漂亮哥哥

你来救我了吗？

吴函

一完结篇一

定离 著

湖南文艺出版社
HUNAN LITERATURE AND ART PUBLISHING HOUSE
博集天卷
CS-BOOKY

『吾心悦汝，此生不渝。』

太上忘情，我不愿、不敢、不想忘。

他所求的无非能够再次碰触到她，能够在她身边。

目录

愿能如她所愿。

不入轮回，

长伴彼此。

第一章

灵泉之变

苏竹漪捕捉到了流光镜的存在，她立刻将神识注入流光镜，并喊了一句秦江澜。

神识注入流光镜是一片模糊，她根本看不清里头到底有什么，自然不知道秦江澜是否在其中。

一直都是猜测，而只有这一回，她是如此接近真相。他真的在里面吗？小骷髅也在那里头吗？

苏竹漪的心怦怦直跳，她有一丝丝紧张。

下一刻，她听到了小骷髅的声音，那颗怦怦乱跳的心好似在一瞬间跃至嗓子眼。

"小姐姐，是小姐姐的声音，小姐姐在天上吗？"小骷髅仰头看着天空，天不似从前那么灰蒙蒙的，而是蓝蓝的，却跟落雪峰的天空并不完全相同，这里的天有一些云雾缭绕，好似把天空割成了一片一片的，有一点破碎的味道。

他只听得到声音，却瞧不见人。他激动地拽着秦江澜的袖子又蹦又跳："小叔叔，小叔叔，你听到了吗？"

秦江澜也抬头看天。

短暂的失神过后，他直接飞到天上，朗声道："在。"

"我在这里。"

其实在他意识到自己逐渐失去记忆、逐渐被抹去的时候，他的内心是沉重压抑的，他一个人处于这片静谧诡异的天地当中，这里的一草一木都在静悄悄

地吞噬他的灵气、他的生气、他的记忆。

每一天，他都会遗忘一些东西，而他明知道自己忘掉了一段岁月，却完全想不起来那段时光里有谁、有什么重要的事情是不能忘的。

他会一点一点地忘却亲人、同门、师父、心爱的人……

他甚至会忘记他的剑、他的剑道……

他想记得，可用尽了办法去记，依旧是一场空。所以秦江澜觉得自己着了魔，直到小骷髅到来，他才好了一点，却也只是好了一点而已，每一天，将往事讲给小骷髅听的时候，秦江澜脸上都带着笑，但心里仍是抑郁成结。等到流光镜里进来个元神之后，他才有了一线希望。

只是这希望十分渺茫。

养魂灯、养魂草、聚魂阵法都用上了，悟儿也一直用灵气包裹着他，均没有什么效果，那个元神自从进来时说了几个字，此后再没有透露半个字，且他元神不稳，连人形都难以凝聚。

秦江澜没想到，他会听到苏竹漪的声音，而这声音的出现像一道强光，劈开了他心底的阴霾。那颗沉寂的心脏好似要从他的胸腔里蹦出去，如同山谷内的一声呐喊，左冲右撞形成了无数回音，这回音响彻天际，久久不散。

"在，我在这里……"他飞在空中，大声回应，脑子里想到的是望天树上的苏竹漪，她不穿鞋袜坐在木屋边，脚伸在木屋外晃荡，双手拢在嘴边，朝着远方大声喊叫，好似要将喉咙喊破一样……

虽然，她那时候一般喊的是"秦老狗，你快放老子出去"。

而现在的他虽然没有像她那样大喊大叫，但他大声地回应，胸中的阴郁好似随着那一句应答而发泄出来，让他一直紧绷的神经得到了缓解，好似清风吹上脸颊，抚平拢起的眉心，好似阳光照进心里，焐着他渐渐冰凉的心，好似听到她像从前一样，在他身边哼着不知名的小调。

苏竹漪也愣住了，她感觉不到秦江澜的存在，却听到了流光镜里他发出来的声音。

她下意识地用手按着胸口位置，有些怕再次失去对流光镜的感应，虽然这样按着并没有任何作用，但苏竹漪却觉得安心不少，她先是笑了两声，声音显得十分张狂："秦老狗，当初你关我六百年不放我出去，现在风水轮流转啊，真是老天开眼，没想到一重生，就叫老子报了这血海深仇！当年我可是天天求你。现在你说句好听的，老子再考虑想办法放你出来，不然你就在里头待一辈子吧。"她这会儿可真有一种小人得志的感觉了。

"哟，还跟老子沉默，不吭声了，以前是我求你你不吭声，现在你求我……"

"苏竹漪。"

一个低沉喑哑的声音传来，沙沙的声音，好似脚踩在枯叶上，又像虫子爬在她胸口，撩得她酥酥麻麻的，与记忆中清冷的玉石之声不太相似，让趾高气扬、尾巴都快翘上天的苏竹漪稍稍错愕，随后她假装漫不经心地道："说啊，我听着呢。"

"吾心悦汝，此生不渝。"

太上忘情，我不愿、不敢、不想忘。

苏竹漪觉得有点甜，好似吃了颗糖，但她依旧"嘁"了一声，撇嘴："我又不是不知道。"

她知道秦江澜喜欢她。

他为她做了那么多，她怎么不知道，她知道，也不会装作不知道。他喜欢她那不是很正常的事情吗？喜欢她的人多了去了。苏竹漪虽然觉得他说的话不怎么动听，这会儿倒也没纠结太多，而是问："你在镜子里是什么情况？我这边是一头雾水，不知道怎么才能把你弄出来。那个流沙河你知道吧，我现在泡在流沙河里，元神封印好似被破开了，这会儿神识恢复不少，才能感应到镜子的存在。"

她快速地介绍了一下自己现在的情况，又问："你现在算是什么，该不会是器灵吧？要是成了器灵……"想到这里，苏竹漪的心倏地一沉，她拧着眉头："小骷髅说你是有肉身的，你是以肉身进去的？前几日我找到个魂器，里头那元神好似知道流光镜，然而我正要仔细问，就发现那元神不见了，是不是进了镜子里？"

"嗯。"原来那元神是苏竹漪找到的，秦江澜也快速道，"那人元神很虚弱，目前还未开口说话。我想办法替他聚魂，希望能得到一些有用的消息。"

秦江澜有些犹豫，他不知道要不要告诉苏竹漪现在自己的情况，他也不知道，若是他当真被抹去了，镜子外的苏竹漪是否会受到影响，她是否会记得曾经有过这么一个人？

他浮在空中。

看着那片天，他眼睛轻眨，长长的睫毛掩下，好似遮了他眸子里的光。秦江澜道："妖女，若天地间再无秦江澜，你是否会觉得高兴？"

他脸上看不出什么表情，但手已缓缓攥紧。

她以前很厌烦他的。因为他没有由着她的性子，没有放她自由，她……

他不知道对面的人会如何回答，一瞬间，他好似比任何时候都紧张。

"没你了啊？"苏竹漪微微皱了眉头，接着就咯咯笑了起来，她笑的时候也按压着胸口，不知道是因为想到了没这个人，还是因为自己按得太用力，苏竹漪觉得自己心尖骤然一疼，她道，"没你了多无趣……"

她视线一扫对面一同浸泡的男子："现在这些男的啊，脸没你好看，修为没你高，就连……"视线往下一扫，苏竹漪嗤笑一声："想来功夫也不如你，睡过了你这样的天生尤物，别的男人我都看不上眼了怎么办？瞧这家伙，身下没二两肉的，啧啧……"

前面听着挺正常的，说到功夫，秦江澜也以为是剑法、修炼功法等，只是听到后面那句，他脸上的笑容就有点挂不住了，转念想到她说自己浸泡在流沙河，秦江澜脸上的笑容彻底僵了，他回味了一下她刚刚说话的语气，可不就是看着别的男人，在那里评头论足嘛。

流沙河秦江澜是知道的，一千年才出一次灵泉，他的年纪不合适，本不应该进去，但当时宗门因为他三阳聚顶的资质而让他去了，他就是那一次去的一批弟子里年纪最大、修为最高的那个，以至于红叶都聚集在了他周围，其余的几个人几乎没有什么遮挡。当时恰好有两个女修，后来，那两个女修好似求了宗门联姻，只不过他都拒绝了。

浸泡灵泉的时候，男修基本是不着寸缕的，明明秦江澜并不能看到外界，但他眼前好似浮现出她浸泡灵泉的场景。

"东浮上宗的东日晨？寻道宗的常越歌？"上辈子好像是这两个人，这么一比，秦江澜倒是有了底气，心中暗想，"那两人确实不如我。"

不管是哪方面。

"东浮上宗那个没印象，寻道宗这个身边都没几片叶子……"

资质不行啊，比秦川差远了，而她现在还一心二用呢，叶子都比其他几个人不知道多了多少。

而这时，秦江澜收回思绪，又道："苏竹漪，流光镜里有个真灵界。这真灵界里的一切活物都没有生气，但是，他们能够吸食我的生气。我的人生好似在一点一点被抹去。我遗失了很多记忆。"

"苏竹漪……"秦江澜的声音里已经有了一丝颤音，他说，"我怕……我怕忘了你。"

他这样的人，从来没有露出过这样的一面。他从未想过，有这么一天，他会在苏竹漪面前说"我怕……我怕忘了你"。

虽然心里头并不愿提及此事让她担心，可是他知道，或许只有他和她一起努力，他才有出去的那一天。

我不想被忘记，也怕你不高兴。

苏竹漪本来嘴角一直噙着一抹笑，她五官明艳，笑容里总带着点邪气，看着特别耀眼夺目。然而听到秦江澜的话，她脸上的笑容僵了，心跳都好似停滞了一般。

原本她就是一心二用，此刻被这消息震得心神一乱，灵气运行出了点岔子，紊乱的灵气冲撞得她经脉疼痛，嘴角溢出一丝血来。

这下，苏竹漪完全没心思修炼了，直接中断了灵气运转。她识海翻腾，将神识全部投入流光镜。

苏竹漪从未看透过流光镜，哪怕上辈子刚获得这面镜子时，她也没看清镜内天地，不知道流光镜里头到底是什么光景，然而此时在流沙河的灵泉中浸泡，在她耗尽神识去探索的情况下，苏竹漪看到了一片好似破碎了的天空。

她还看到了浮在空中的秦江澜，还有他旁边正仰头东张西望的小骷髅。

突然看到秦江澜，苏竹漪的神识好似迟钝了一瞬，她莫名有些想落泪。

在他眼里，他所在的真灵界是什么样子呢?

在她眼里，他就站在一片浓雾之中，浓雾里的世界死气沉沉，她不知道如何来形容，只觉得流光镜里的整个世界都只是一幅画，一幅暮气沉沉的画，只有他和小骷髅是立体的，只有他是鲜活的。

他就在那样的地方，度过了一年又一年。

若他无知无觉，什么都不知道，到最后，就会一点一点地融入那个世界，变得跟那些人一样了。

遗忘曾经的所有，成为流光镜里的一部分。想到这里，苏竹漪本来酸涩的眼睛终于落了滴泪。她这些年过得太顺遂，还有了师父和师兄，此生重活，与上辈子截然不同，这重来一次的机会其实是他给的。

她一时不知道说什么，只是恶狠狠地道:"忘? 敢忘! 你忘了自己姓甚名谁都不能忘了我!"

深吸一口气，苏竹漪又道:"不过是面镜子，我就不信奈何不了它。"她是个浑人，也是个狠人，身上戾气很重，本性属于一言不合就动手杀人的那种，这些年虽然收敛许多，但骨子里的凶性却并未消失，这会儿她直接用神识锁定

流光镜的位置，随后五指成爪，竟抓向了自己的胸口。

"当初老子敢把你藏在胸口，我现在也能把你挖出来！我看你这次往哪儿躲！"苏竹漪将手指插入心窝处，指尖触到了冰凉的镜面，而这时，秦江澜喝道："不要胡来，流光镜不是凡物！"

苏竹漪的话让秦江澜立刻意识到她现在状态不对。

就跟他一步一步被镜子里的世界所影响一样，在苏竹漪神识完全侵入流光镜的一刹那，她也被流光镜里真灵界中那万千死灵的气息所影响了，而苏竹漪跟他性子不同，她上辈子走的就是随心所欲、杀人不眨眼的魔道，如今心中一有不满，被那怨气刺激放大，瞬间就被影响了心神。

那股凶气好似一柄刀，而流光镜好似要借那柄刀，快速将他抹去。

他是祭品，却由于一些不知名的原因，一直没有被流光镜彻底吞噬，所以现在，它利用苏竹漪提前将他的人生终结吗？

"小叔叔，怎么了？"小骷髅很害怕，他好似感觉到了狂风呼啸而来，竟无处可躲，"小姐姐……"

最让他害怕的是那杀意好似来自小姐姐。

秦江澜浮在空中，都有些站不稳了，苏竹漪如今勉强算是流光镜的主人，而流光镜借助了主人的力量，他只能听到苏竹漪的声音，却无法感觉到她的存在。

黑暗犹如滔天巨浪打来，距离岸边的秦江澜只有一步之遥。秦江澜一时没有办法，只能将小骷髅远远扔开并用灵气屏障护住，随后念起了静心咒。

一如从前。

听得熟悉的音调，苏竹漪动作稍稍一缓。

下一刻，剑祖宗重重砸在了她头上，砸得她眼冒金星，她伸手一摸，脑袋上鼓了个大包。然而苏竹漪完全没有怪剑祖宗的意思，她后背一凉，只觉后怕。

刚刚，她识海翻腾，神识全部进入了流光镜。也就在进去的一刹那，好似迷失了心智，她觉得自己在发狠，想要把流光镜从胸口挖出来，然而她在做这个动作的同时，识海却犹如风暴一样，朝流光镜中那唯一的活物碾压过去，她以为自己是在对流光镜发狠，准备把镜子挖出来，实际上却是在对秦江澜发狠……

若不是秦江澜念的静心咒让她稍稍一顿，断剑迅速地砸了她的头，后果不堪设想。

苏竹漪低头，看到胸口只有个浅浅的红印子，顿时更加心慌。这流光镜是她的本命法宝了，好似懂她的心思，所以如此设计引她上当？

现在该怎么办？

苏竹漪不敢再将神识全部注于其中，她小心翼翼地分出一缕神识，又注入了一缕灵气，然后她想了想，道："我会重新去查流光镜的事情。"

当年她从古卷之中找到蛛丝马迹，花费了数百年的时间才把流光镜给找出来并修复，如今却要重新走一回，哪怕那面镜子没了，但那些古卷上对它的记载应该还在，她得去看看是否遗漏了什么。

那个元神应该知道些什么，可惜他已经进了流光镜，只能秦江澜他们想办法，看看能不能从那元神身上得到消息。

她此前想得太简单了，以为修为变强、感应到了流光镜，便能把秦江澜放出来。

可祭品吞进去容易，要吐出来却是极难。哪怕青河成了龙泉剑，他也没办法将师父洛樱的祭品从体内剥离。

流光镜不会比龙泉剑差。

而她自以为是流光镜的主人，实际上她对流光镜没有半点掌控能力，若不是这灵泉，她都感应不到流光镜的存在。所以，她比青河还不如，就好似现在，灵泉里吸收进识海的那种灵气变少，她对流光镜的感应也就时断时续了，好几次，神识都差点没有捕捉到它的位置。

秦江澜跟洛樱一样，是自主献祭的，区别在于，洛樱的献祭中断了，她少了胳膊和元神，而秦江澜的献祭成功了，他用自己的人生换了她的新生。

所以，要流光镜把吃到嘴里的，本该属于它的祭品吐出去，谈何容易呢？

苏竹漪手握成拳，指甲掐进了掌心的肉里。

流光镜里的雾越来越浓厚，苏竹漪已无法看清秦江澜。心知他们能够联系的时间不多了，她咬了下唇："你等我。"

她轻声说："有什么事记得告诉悟儿。"

苏竹漪想了想，又道："悟儿。"

"小姐姐，我在呢。"小骷髅刚刚挺害怕的，现在小姐姐不凶了，他才忙不迭地跑了回来，抓着秦江澜的手，"小姐姐，你刚刚怎么生气啦，你想我没有啊？"

小姐姐和小叔叔好像吵架了，他得转移一下他们的注意力。

"你小叔叔脑子有点笨，忘性大，没准会把我们都给忘了……"苏竹漪尽量让自己的语气显得平静，她还轻笑了一声，"你这些日子陪着他，把我们的

名字念给他听好不好？"

"好啊。我也觉得小叔叔好忘事，他前几天给我讲的故事，现在就忘光光了。我还写在小本本上了呢，拿给他看，但他好似想不起来。虽然他没说，但我也没揭穿他。"小骷髅用手捂着嘴，好似在跟苏竹漪说悄悄话，"小姐姐，你不能当着小叔叔的面说啊，我爹说了，只有老了才会忘事。"

"我们别嫌弃他老。"小骷髅不仅压低了声音，还用了传音秘法。

"嗯。"苏竹漪点点头，咬唇低喃，"秦江澜，你也有今天。"

心中有万千感慨，还来不及去细细品味，就被一声尖叫打断了！

"啊！"在场女修除了她，就只有丹如云，丹如云在鬼叫什么？她不太想管闲事。

此时，苏竹漪的神识微震，就见识海里氤氲的灵气完全消失，同一时间，流光镜的联系彻底中断，她也无法再感应到流光镜的存在。

难道说，灵泉里能够滋养神魂的那种特殊灵气被她给耗光了？

苏竹漪猛地睁眼，发现池中几乎所有人都已经睁眼了，其中丹如云看着前方，大声尖叫，而寻道宗的常越歌用双手挡着身下，眼睛却时不时往苏竹漪的身上瞟。

东浮上宗的东日晨应该比他们先睁眼，这会儿他肆无忌惮地盯着苏竹漪的身体，目光炙热，视线极有侵略性。

苏竹漪周围原本红叶特别多，跟秦川不相上下，然而后来她没有修炼，那些红叶自然四散开去了其他修士的位置，因此她面前的水面清澈，没有任何遮挡。

丹如云身边比她只多了几片红叶，也好不了多少。

"色坏！"丹如云恶狠狠地道。

这池塘边有结界，不知道是不是这次时间太短的缘故，结界都没打开。他们的衣物就放在池塘边，但现在结界未打开，压根拿不到衣物。

难不成，他们所有人都未能坚持十日？

想到这里，丹如云又急又怒。池子显然出了状况，她都不知道这种情况以前有没有发生过、该如何处理。

大家都没穿衣服，此前沉浸修炼之中无人在意，现在，池里的灵气都没了，还谈什么修炼？

总不能这么光溜溜地坐着，你看我，我看你？

东浮上宗才爆出了找年幼女修做炉鼎的丑闻，那东日晨恐怕也不是什么好人！丹如云尖叫过后，发现他们看的都是古剑派的苏竹漪，她一咬牙，将苏竹漪往身侧一拉。好歹她身边还有几片红叶，多多少少能遮一点。

"色坯，看什么看，再看我挖了你的狗眼！"丹如云恶狠狠地道。

被她骂的东日晨嘴角慢慢勾起一抹邪笑，他舔了下唇，眼珠子都没动一下，视线牢牢地盯在苏竹漪身上，看都没看丹如云一眼，道："色坯？又没看你，你叫什么叫？"

东日晨身边的红叶是除了秦川以外最多的。秦川虽然资质好，但才筑基期而已。

而他早已结了金丹。

东日晨看着苏竹漪，脸上露出了势在必得的笑容。

他倾身上前，道："今日就让他们做个见证，你与我结为双修道侣，你看如何？"

五人中，秦川周围是厚厚的一层红叶，将他的脸映衬得红通通的，此刻，他还未睁眼。

东日晨自觉修为最高，其他人都不是他的对手，他威压施展开，另外几个修士想动却非常吃力。他靠近苏竹漪，脖子上的挂坠随着他的动作左右摇晃。

那是一个日月星辰挂坠，红为日，金为月，是东浮上宗很贵重的秘宝，也是身份地位的象征，若是不出什么意外，东日晨日后至少会是个长老，即便是东浮上宗掌门之位，他也有机会去争取。

年轻弟子中，有资格佩戴日月星辰的，如今只有他一人。

他是东浮上宗未来的长老。

苏竹漪是古剑派落雪峰洛樱的徒弟。他原来曾见过洛樱一面，觉得那洛樱美得不似真的，就好似天上那月亮，纵然有心，他也无法摘得。没想到，洛樱的徒弟居然也这般貌美，还是跟洛樱不一样的美。

不同味道的美。

洛樱美得孤冷素净，她站在那里，犹如云端仙子，让人生出不忍亵渎之心。

苏竹漪美得炽烈惑人，她坐在那里，就是山野中最勾魂的妖魅。水面上散落的青丝、水下露出的白嫩的肌肤，浑身上下无处不勾人，让人心头发痒，恨不得直接扑过去，狠狠地将她占有，能尝到她那销魂蚀骨的滋味，哪怕死也值得。

东日晨威压施展开，使得其余人难以动弹，随后他半跪在灵泉里，一只手穿过苏竹漪的肩膀处撑着池壁，另一只手轻轻捏住了她的下巴，将她的脸往上微微抬起。

"先在你身上留下点痕迹，到时候，我让掌门去你那儿提亲。"他邪邪笑着，视线在苏竹漪身上转来转去，只觉得她好似个妖精，没一处不诱人，一时不知道该从哪里下手。

"色坯，死不要脸！"丹如云气得浑身发抖，她的胸口急促起伏，倒惹得东日晨多看了一眼，却摇摇头道："大了一些，太大了也不好看……要像她这样，大小正合适，一手堪堪握住……"说到这里，东日晨也知道要从哪儿开始了，他松开手，正要去碰，然而手在距离苏竹漪的胸口三寸处停了下来……

他的手被苏竹漪擒住了。

稍稍一愣后，东日晨笑容更盛，夸赞道："不愧是我看中的女人，实力不俗，比那些庸脂俗粉可强太多了。既然如此，你我双修，修炼速度会加快，你看，我们是不是天作之合？"

苏竹漪轻声一笑，她算是知道了，为何她对寻道宗那弟子都有些印象，却对东浮上宗这人没半点印象。因为像他这样做事不动脑子的"天才"，多半死得早！他早早就死了，苏竹漪能对他有什么印象！

百岁金丹期又如何？苏竹漪手上力道陡增！

她眼神骤然冰冷，挑眉问："想道侣想疯了？"

吧嗒一声，将东日晨的手骨直接捏得粉碎，苏竹漪一字一顿道："等你死后，叫你的掌门给你结个冥婚！"

"啊！"东日晨痛得脸色发白，惨叫连连。

"你……"对上那双讥诮的眼睛，东日晨本来撑着池壁的那只手猛地抬起，朝苏竹漪头顶拍去，"贱人，我杀了你！"

秦川刚刚睁眼，看到的就是这一幕。他顶着威压，霍地直接起身，一剑劈出，辟邪剑削向了东日晨的手臂，而东日晨吃痛过后灵气运转，脖子上的日月星辰也猛地迸射出耀眼的光芒，挡住了秦川的剑。

丹如云原本气得直哆嗦，也想上前帮忙，结果这会儿看到从水里起身的秦川，脸颊倏地红了，有些不自然地移开了眼。

秦川长相俊美，他五官本就十分好看，穿着衣服显得清俊冷淡，然而这不穿衣服的时候，乌发披散，肩宽腰窄，双腿修长，起身时身上还粘了两片红叶，平素的冷漠刻板都消失了，俊美出尘不说，还带着一点邪魅，这画面实在是有点冲击力。

苏竹漪也抬头瞟了秦川一眼，不愧是天道找来代替秦江澜的，比另外两个人要好得多。

秦川本来气愤至极，怒视东日晨，此番感觉到两女的视线，只觉身下颇凉，他平日里看着老成，实际年纪也不大，这会儿脸唰的一下红了，身子立刻沉入水中。

旁边寻道宗的常越歌出来打圆场："若真心喜欢，到时候就请宗门做媒，现在莫唐突了佳人。"

"闭嘴。"东日晨冷声道。

他威压施展开，身边冷风阵阵，日月星辰从脖颈间飞起，悬在半空，那光芒让其他人有些睁不开眼，加上威压的存在，此时的东日晨就好似身披了日月之光一般，让人生出敬畏之心。

他的左手骨刚刚被捏碎了，现在注入灵气，疼痛才稍稍减轻。

东日晨从来没受过这样的屈辱，他怒火中烧，威压锁定苏竹漪："来而不往非礼也，你捏碎了我的手骨，我该怎么回报你呢？"

"过来。"苏竹漪侧坐着，微微歪头，将鬓间湿漉漉的头发撩了一下，只是那缕头发不太服帖，就那么贴在她脸上，搞得她有点心烦。

"现在想求饶了？"东日晨冷笑一声，"可惜晚了点。"

"是啊，我改变主意了。"苏竹漪笑了一下，猛地抬脚一踹，"像你这样的人，冥婚都别结了，免得恶心人！"一脚踹出，直接踢到了东日晨腰腹之下，她并没有被其威压所控制住，这一下用了十分力道，在攻击的同时，她手中的断剑已经劈向了那日月星辰，将那日月星辰斩得左右一晃，东日晨的护体结界瞬间衰弱，被苏竹漪竭尽全力的一脚给直接踢爆。

东日晨脸涨成猪肝色，惨叫声直冲云霄。

苏竹漪轻身上前，唰的一下，出现在他身前，趁他双手捂着身下时，五指成爪，抓向他的胸膛，却又在最后时刻变成了烈焰掌，一掌将他的胸腔震碎，烧出一股焦煳味。

"你……"

东日晨目眦尽裂地盯着苏竹漪，然而此时命悬一线，一句话都说不出来了。他气息微弱，威压不复存在。

寻道宗的常越歌看到东日晨朝自己的方向倒下，下意识地伸手去接，嘴里喊道："手下留情！他快不行了……"

却见苏竹漪眼眸一眯，一抬手，就有金光从她指尖溢出，竟有几道雷电落下，直接打在了东日晨身上。常越歌伸出的手连忙缩了回去，他立刻往一侧挪，一脸震惊地跟秦川挤在了一处。

他此前也偷看过苏竹漪，她该不会秋后算账吧？常越歌一颗心七上八下，只觉受到的冲击太大，一时有点接受不了。那么美艳的女子，出手竟如此狠辣？常越歌心头发毛，下意识地夹紧了腿。他也顾不得那么多，紧紧挨在了秦川身边，与秦川肩并着肩还觉得不够，像是要躲到秦川怀里一般。

秦川："……"他一个大男人，怎么缩得跟个受气小媳妇似的？

他想："小师父还是跟从前一样。"那时候看她杀人，他其实也吓得腿软尿裤子，现在，他已不再害怕。

"他死了？"丹如云反应过来，也立刻往后躲，但池子就那么大，能躲的地方有限。

她心头害怕，也顾不得什么男女有别，直接往秦川他们的方向挤，结果就变成了三个人挨在一起，躲在红叶周围，苏竹漪一个人站在对面，她面前则躺着一具烧焦了的尸体。

谁都没有想到，泡个流沙河灵泉会泡成这样。

而此时，结界外，东浮上宗的掌门脸色大变，他抬手攻击结界，吼道："晨儿！"

东日晨是东浮上宗年轻一辈中最优秀的弟子，地位颇高，在宗门内拥有一盏心血魂灯，然而现在，魂灯灭了。

"那家伙发什么疯？"丹鹤门的丹青山好奇地问。

段林舒摇头，没吭声。

寻道宗宗主一脸凝重，而云霄宗的宗主则面无表情地站在那里，好似对周遭的一切都漠不关心。

发现结界打不开，东浮上宗的宗主直接一掌打向了段林舒，段林舒飞剑一横，挡住那攻击，他喝道："东临，你干什么？"

丹青山也紧跟了一句："难不成你跟那谁一样，也快走火入魔了？"

寻道宗宗主不动声色地退后了一步，而云霄宗宗主冷冰冰的视线落在了东浮上宗的东临身上。

东临双目通红，哑声道："东日晨死了！被古剑派那女弟子杀了！"东临一甩袖子。"现在结界之中修为最高的就是那古剑派的苏竹漪，她杀了东日晨，接下来就轮到你们的宝贝疙瘩了。"

东临手中法器直指段林舒，他气得浑身发颤："你们古剑派是不是早已跟魔道勾结？趁此机会，断我正道脊骨。这里面的几个弟子都是我们精挑细选出来的天骄，你，其心可诛！"

东日晨死在里头了？还是被苏竹漪杀的？

段林舒双眉深锁："先想办法打开结界，等查清楚了再说！"

"心血魂灯，还能有假?!"他怒视段林舒，"你门下弟子做出这样的事，你也脱不了干系，诸位，助我擒住段林舒！"

段林舒面色一沉，看向云霄宗宗主："这结界可有打开的方法？"

按照惯例，结界会在十日后自行打开，结界打开后，他们可以看谁的红叶多、谁的红叶少，从而了解到弟子们吸收灵气的情况。

此前从未遇到过需要提前打开结界的情况，因此段林舒不清楚这结界到底能不能提前开。

"等。"云霄宗宗主道。

他们其他派的弟子也都是点了魂灯的，现在只有东浮上宗的弟子出事，也不知道两人为何起了冲突，竟到了必须分出生死的地步。但现在结界没办法打开，只能等了。

段林舒主动走到了中间，处于其余四位掌门的气息封锁之下，他面色凝重地站在结界入口处，眉心皱出了个"八"字。

苏竹漪啊苏竹漪，几天没看着你，你又捅出天大的娄子了，真是……叫人脑仁疼。

此事，怕是不能善了。

苏竹漪杀了人后，跟没事人一样，嘴角依旧噙着一抹浅笑，神态十分放松。

她也没管池子边缩着的那三只小鹌鹑，若无其事地打量起四周来。

周围有结界，现在结界打不开，他们就出不去，她四处看看，一是看有没有办法打开结界，二是想找找源头，这流沙河为什么会有这样能增强神识的灵泉呢？必须等一千年？这灵泉从何处来的，是不是有某种神秘法器存在？苏竹漪在古书上看到过一个记载，在千万年前有个法宝叫石中玉，是天然的法宝，并非由人炼制而成，那石中玉每天都会生出一滴金色泉水出来，泉水能滋养元神，被人称为金玉髓，价值不菲。

她用手指轻轻敲击池壁，心想，这结界底下会不会藏着一个像石中玉一样的东西？

就在苏竹漪仔细搜索的时候，她感觉到周围几道惊惶的视线一直在她身上晃来晃去，苏竹漪站起来，转过身，朝着那挤在一起的三个年轻修士呵呵笑了两声，道："都愣着做什么？继续修炼不就行了。"

那笑容很艳，明明犹如盛放的出水芙蓉，却叫其他人心头发凉，好似胸口都绷紧了一样。

丹如云鼓起勇气道："池子里没灵气了。"

苏竹漪哧了一声："池子里没灵气了，空中也没了？你体内也没了？神识耗尽了？"

这些正道弟子比起她当年的那些同门真是差得远了，一个个被呵护得太好，若是把他们扔进血罗门，怕是一个都活不下来。

兴许是身边有了秦川，刚刚丹如云又说了话，常越歌忍不住叹息道："虽然东日晨确实有错，却罪不至死，大家都是正道同门，直接杀了实在……"

话没说完，被苏竹漪一眼给瞪得憋了回去。

那眼神中的冷意好似成了刀，都快捅到他心窝子里了。而这时，旁边的秦川道："若是苏竹漪实力不济，被他得逞，你我身为正道名门弟子，眼睁睁地看着道友受辱却无能为力，日后道心都会受损。"

"呃……"常越歌也说不出反驳的话了。

丹如云连忙道："就是，东日晨死有余辜，你们难道没听说，东浮上宗出了个采阴补阳、手段血腥的……"

那人害死了很多女子，听说后山上的女尸堆了好几层。他简直不是人，是畜生，跟那些邪魔外道有何区别？

东浮上宗出的事被压了下来，很多人并不知情。但东方耀阳前些日子身体有些问题，请了丹鹤门的丹药大师前去东浮上宗做客炼丹，因此这事情丹鹤门的人是知道的，丹如云是丹鹤门掌门丹青山的爱女，资质好，丹道天赋尤其高，她在宗门里头备受宠爱，这些消息也没瞒着她。

"没准这东日晨就是跟那人学的。"她对东日晨半点好感也无，虽然没想到苏竹漪这么利索地把人杀了，但杀了也就杀了，死了也就死了，等出去之后，东浮上宗要追究，她肯定是要帮苏竹漪说话的。

"那现在，继续修炼？"总不能这么坐着干瞪眼。

丹如云看向常越歌："你们寻道宗不是很擅长一门叫千叶手的法术吗？"

千叶手，手上万千幻影，影中绿意丛生，一旦施展，旁人就无法近身，且每一片绿叶都是威力很强的攻击武器，算是寻道宗一门很厉害的功法了。

014

"是，我千叶手已修至顶层。"常越歌自信一笑，接着手腕一翻，掌心便出现了一片绿莹莹的叶子。

"你施展千叶手，把这尸体弄到空中去吧。"丹如云皱眉，"这池水日后还要炼灵髓丹，就这么泡着怪恶心的。"

常越歌："……"

无奈之下，他施展千叶手把尸体弄到了空中，接着才喃喃道："这次的灵髓丹，我不想吃了。"

"我们泡过灵泉的，吃了效果也不大，就是门中那些优秀弟子……"丹如云摇摇头，只是一想就觉得倒胃口。

苏竹漪这会儿没理他们，她在那里敲击石壁，按照规律摸索石壁上的暗影符文，倒是让她摸出了一点门道，但现在没办法把这里的结界给弄开。

这里的结界想来是很久以前云霄宗和四大派的大能联手打造的，为的就是保护流沙河的灵泉，还有既定的分配方式。她现在虽然能看出阵法结界的阵眼，但以她现在金丹期的实力，哪怕知道阵眼在何处，也没办法将其破开。

他们在这里待十日，结界就会自行解开，她又杀了人，外头的几个掌门只怕现在已经闹起来了，若再看到她想破这里的结界，怕是更不好收场。她只有金丹期修为，那五个掌门算是修真界正道顶尖的大能，她肯定不能做得太过分。

想到这里，苏竹漪也就懒得折腾，她索性坐下，继续修炼。

时间不多了啊，她不知道秦江澜还能坚持多久。上辈子天天咒他死，现在却舍不得他死了。

是不是有更多的人记得他，他的人生就会被抹去得慢一些？要不回去了，让师兄师父他们都去上香？她以后去凡间降妖伏魔，报秦江澜的生辰八字和名号，最好自备画像……

此番池中无灵气，修炼就是依照心法运转自己体内的灵气，很多人觉得这样对自己实力的提升不大，但实际上，这样日复一日地练习，会缓缓增加灵气运转的速度，虽然短时间的练习收效甚微，但长期坚持下来，相同的功法，相同的资质，她运转灵气的时间能比别人少很多，修炼起来的速度自然比别人快了。

她此前修炼每次都会把自己的神识和灵气都耗干，让自己透支，每一次彻底消耗后虽然痛苦不已，但效果显著。

苏竹漪修炼的时候仍旧是一心二用，她发现哪怕没有吸收池内灵气，那些红叶还是会因为他们开始修炼而重新分布，原本她跟秦川周围的红叶相当，而

现在，她周围的红叶却要多一些，如今池中四人，她一个人占了三分之二的红叶，而秦川、常越歌和丹如云三人的加起来都没她的多。

听说这些红叶是很好的炼器炼丹材料，既然如此，那她也不会跟其他人客气。

又过了两天，结界终于打开了。

看到结界内的场景，外头的五个掌门皆是一愣。

池子里安安静静地坐着四个弟子，他们依旧在修炼，红叶大部分聚在古剑派苏竹漪身边，其次就是云霄宗秦川，剩下的两个弟子身边没有几片叶子，看着着实有些可怜。

来的弟子都是各门各派精挑细选出来的，纵然资质上会有点差距，但不会这么明显，以往那么多次，从来没有哪次像这次一样。

"这，古剑派那小姑娘，资质比三阳聚顶还好？"寻道宗宗主惊诧地道，说话时还看了云霄宗宗主一眼。

云霄宗宗主没说话，只是眉头微皱。而东浮上宗的掌门东临脸色铁青，看到池中人时，瞳孔微微一缩，心中怒意滔天，眼神好似要杀人一般，东日晨是他的侄儿，资质优秀，天赋奇高，他把人带出来浸泡灵泉，哪儿晓得，东日晨竟会葬身于此，连尸体都被这般羞辱！

池中四人安静修炼，好似什么都没发生过。若不是他们上空还挂着一具尸体，大家险些以为进去的只有四个人了。

丹青山看了一眼寻道宗宗主："那缠着东浮上宗东日晨尸体的是你家孩子施展的千叶手吧。"

可攻可守的寻道宗成名功法千叶手，被常越歌用成了一棵树，还是一棵挂尸树。

看到里头四个弟子专心修炼的样子，大家心头都有点数了，段林舒稍稍松了口气。那东浮上宗的弟子没准是犯了众怒，这才被四个弟子一齐制服，只不过最后一击是苏竹漪所为，以至于心血魂灯上只显示出了苏竹漪，但实际上并非她一人所为。这样一来，事情就简单多了。

现在，就等他们出来问个清楚明白了。

结界打开之后，他们可以模模糊糊看到池内景象，但依然无法进入其中，里头的弟子却可以出来，等到最后一个人从里头出来，这结界才算是彻底打开，而他们也可以进去分配红叶和池水。

"不知道这次，他们最长的能坚持多久。"丹青山道。他看着池中几个弟子，眼神有些欣慰，毕竟十日过后，他们脸上的神情都很自然，似乎没有忍受神魂痛苦，想来还能坚持得更久一些。

在这池中修炼，时间越长，元神所受的压力越大，现在看他们脸色都不错，比他以前还要好些，如果不出差错，这些人就是以后各大派的掌权人，东浮上宗这次栽了，怕是会伤筋动骨喽。

加上之前出的那件事，以后没准会变成三大宗呢。

东临也意识到了这一点。

他们跟古剑派素来不和，这次更是结下仇怨，杀人偿命，天经地义，只待那杀人凶手一出来，他必定直接出手，先废了她修为，再谈其他！

这几个弟子修炼起来倒也认真，结界开了都没人注意。

苏竹漪素来是一心二用，她手一抬，施展擒拿术将自己的衣服抓了过来，直接在水中穿好，随后站了起来。

看到苏竹漪起身，结界外的东临心中一喜："好，好，好，最先出来的就是你，没有让我等太久！"

他要为侄儿报仇，多等一刻，心中的愤怒便会加深一分，那具烧得焦黑的尸体就那么挂在树上，悬在空中，可想而知，侄儿生前受了多大的痛苦。

那具尸体挂在那里，无时无刻不在提醒他，要他为侄儿报仇。每一次看见，都让他心痛不已，怒意更深。

苏竹漪扫到了结界外的那几人，瞥见东浮上宗宗主那张铁青的老脸，她冷笑一声，转过身，冲池中那三只小鹌鹑道："喂，起来了，结界开了。"

其余三人都睁开眼，各自取了衣服穿好，随后一起出了池子。

外头的人又看愣了。

这是怎么回事？居然一起出来了？弟子们进去的时候各掌门千叮咛万嘱咐，一定要磨炼自己的意志，哪怕元神剧痛也得咬牙忍耐，等到实在坚持不住才能出来，这样的机会人生中只有一次，断然不能轻言放弃……

说好的坚持到最后呢？他们居然一起出来了，云霄宗和三大派的弟子什么时候关系这么要好了？

几个掌门面色镇定，实则内心大起波澜，十天是结界打开的时间，但一般来说，他们能坚持十五天左右，时间最长的有三十天，就是云霄宗当年的一位大能，也正是他，让云霄宗成为凌驾四大派之上的庞然大物，到如今已有数万

年，依旧屹立不倒。

"可以出去了吗？"丹如云穿好衣服，看了苏竹漪一眼，想站在苏竹漪旁边，却有点害怕。正忐忑呢，就见苏竹漪冲她一笑，招了招手："嗯，一起走吧。"

她笑得很甜，眉眼弯弯，没有此前那么盛气凌人，若说之前的她像是黄泉路上的彼岸花，红得让人心悸，此刻她就好像刚刚绽开的海棠，盛着露珠和朝霞，让人惊艳让人暖。

丹如云先前看秦川看呆了。她觉得那很正常，毕竟秦川很优秀，又没穿衣服，长得俊，她一个女修，对俊逸男子生出点爱慕之心又不是什么可耻的事情。

可她现在看个女人居然也看呆了，这女人的胸脯还没她大。

苏竹漪："走不走？"

"走走走！"回过神的丹如云红着脸走到了苏竹漪旁边。

秦川本是在后头，他略一抿唇，也走到了苏竹漪身侧，那常越歌并不是蠢人，此番也算明白了大家的意思，再想到自己用千叶手把那具尸体挂了好几天，他无奈地将尸体放下，随后紧跟上前，挨着秦川并排站好，一同往结界外而去。

落在外头几个掌门的眼里，就是四个弟子一起出了池塘，然后排成一排，高高兴兴地出了结界。

难不成是此前众人合力击杀了东日晨，并且杀出感情来了？

就在跨出结界的一刹那，苏竹漪感觉到一股威压直接碾压过来，数根肉眼难辨的银针飞射而来，直接刺向了她眉心和四肢穴位。早知道出来可能会遇到麻烦，她特意等了三人一路，制造出他们几个都站在她这一边，一定有隐情的局面，却没想到，这东浮上宗的老不死的居然敢直接废她修为。

当当当！银针都被段林舒手中长剑挡下，他持剑立在苏竹漪身前，因为刚刚瞬移，宽大的衣袍被风吹得鼓起，将苏竹漪彻底挡在身后。

"段林舒，你这是要包庇杀人凶手了？"东临面沉如水，冷声道，"杀人偿命，天经地义。"

"这事情的来龙去脉还是要弄清楚的。"丹青山道，"等弄清楚了，再罚也不迟。"

东临的法器是一柄枪，他的枪握在手中，枪身往前一倾，枪尖寒光闪闪，刚刚那些银针便是从枪尖射出去的。他站在原地，一字一顿地道："我侄儿死了。"他手指着那具烧焦的尸骨。"东浮上宗这一辈唯一一个佩戴了日月星辰的弟子。"

"骨龄百岁，金丹期修为，天纵奇才！"他一双眼睛好似要喷火，威压施展开，让周围的几个宗主都稍感不适，"他没有死在邪魔外道手中，没有死在秘境里，没有死在寻道途上……"

他环视四周，手中长枪重重落地，震得地面随之一颤："他，死在了正道同门手里。"

"不管他犯了何错，"目光一凝，东临哑着嗓子一字一顿地道，"但罪不至死，看他身上的伤势，他明明已经没了反抗能力，气若游丝，却还是被她补上了几道雷诀，如此恶毒的心肠，如此心狠手辣，我不杀她，只是废她的修为，有何不妥！"

手中长枪横扫："今日谁敢拦我，我东临便跟他一战到底，不死不休！"

其声震震，犹如春雷滚滚，炸得几个小辈识海翻腾，若不是自家长辈护着，这会儿肯定七窍流血神识剧痛了。

苏竹漪元神不弱，又有掌门护着，这会儿倒是没受到什么损伤，她冷冷看那东临表演，一副痛失亲人悲愤欲绝的模样，看得她倒足了胃口，随后她从掌门身后跃出，傲然道："东日晨仗着修为比我们高，用威压压制，妄图轻薄池中衣着单薄的女修，这等行为与那些采阴补阳的魔道淫修有何区别？这样的人，难道不该杀？"

轻薄池中女修？丹如云稍稍一愣，想到此前那东日晨不屑看她，觉得有些尴尬，不过她也皱了皱眉头，走到自家掌门旁边，委屈地道："掌门，那东日晨出言不逊，还羞辱我……"

他嘲讽她胸太大！

话说到一半，感觉到东临慑人的目光，她只觉浑身一凉，然而下一刻，自家掌门拍了拍她的肩，那些阴寒犹如潮水一般退去："然后呢？"

"然后他就死了呗，罪有应得，死有余辜！"丹青山瞟了东临一眼，虽未说话，视线却饱含深意。东浮上宗出了个见不得人的老淫贼，现在又出了个小淫贼，上梁不正下梁歪，这宗门，这些年内里是烂得有点难看了。

"就算他出言不逊，也罪不至死！"东临右手握紧长枪，"段林舒，你门下弟子屠戮正道同门，该当何罪！"

秦川上前一步："东日晨动手在先，他在灵泉中擅自动用神魂威压，对其他道友动手，本来就违背了先祖们定下的规矩，而他不仅违规，还轻薄女弟

子，扬言先修习阴阳和合之术，再请掌门出面提亲，莫非东浮上宗素来如此行事，全然不顾女子心意？"

"放肆！"东临怒喝一声，却见云霄宗宗主微微抬手一拦，示意秦川退下，随后才道："东日晨行为不端在先，然而罪不至死，古剑派苏竹漪做法有失妥当，我们这些外人不便多说什么，段林舒，你自己斟酌斟酌，给东临道友一个答复。"

他看得分明，这人分明就是苏竹漪一人杀的。秦川倒也出了一剑，不过看那剑伤，也就是擦破了点皮。寻道宗的弟子就是处理了一下尸体，至于丹鹤门的丹如云，她应该未曾动手。

除了苏竹漪，剩下的三人都没结丹，在东日晨的威压下很难动弹，所以他们根本不可能帮忙杀人。而苏竹漪很明显能够直接杀人，实力强悍，她在将其重创之后并未收手，反而补了几下取其性命，这样处理委实有些过了。

他看得清楚，其他几人也都看得出来，大家心头都敞亮，这番齐齐看向了段林舒。

在大家的注视下，段林舒咳嗽一声："苏竹漪。"

"弟子在。"苏竹漪睨着掌门，那眼神看着有点瘆人，不知为何，段林舒觉得苏竹漪似乎不怎么担心，眼神里透着点审视的意味，好似他要是处理得不好，她便瞧不起他。

"你年纪小，战斗经验不多，下手没个轻重，这样，先给东浮上宗的掌门道个歉，回去罚你关禁闭反省八十年！若有下次，绝不轻饶。"段林舒想了想，"云林山就划给东浮上宗，算作我们赔礼道歉了。"

云林山是一座灵山，山上有个不错的灵石矿脉，那座山处于东浮上宗和古剑派之间，东浮上宗以前一直对云林山有几分觊觎之心，段林舒也知道，不管怎么说，苏竹漪都是取了东日晨的命，还不是误杀的，明显是特意补刀的，东临如此愤怒，他可以理解。就好比谁把他门下资质最好的弟子直接杀了，他也得怒发冲冠。

听到段林舒的话，东临冷笑一声："为了培养东日晨，宗门耗费了大量的资源，他死在你们派弟子手中，这么轻描淡写地就想揭过？"

他陡然发难："老夫不要什么云林山，也不要她道歉，更不要她性命，今日，我必废其修为，谁敢拦我？"

"谁敢拦我？"他陡然发难，气势惊人。

云霄宗、寻道宗、丹鹤门这三个宗门的掌门此时不欲插手，齐齐退后了一步。

上辈子，寻道宗跟东浮上宗交情不错，丹鹤门掌门跟古剑派段林舒也曾把酒言欢，他们几人的关系估计跟上辈子差不了多少。

而云霄宗最近几百年声势不如以前，看到同为剑道宗门的古剑派崛起，心头大约是有些紧迫感的，因此这个时候，东临要废她经脉，恐怕云霄宗宗主还是很乐见其成的。

毕竟她展露出来的资质实在太过逆天，比秦川都要强上许多，若让她成长起来，就是下一个洛樱，甚至比洛樱更强，这样一来，云霄宗天下第一剑宗的地位岂不是更坐不稳了。也就是说，现在五个掌门里头，怕是有三个心里头都是想废了她的。

想通这些关节，苏竹漪施展灵气屏障，将自己牢牢护住，随后神识注入传讯符，联系了青河。

不管什么困局，唯实力可破。青河就是那柄可以轻松破局的剑。

他们现在出了流沙河灵泉的结界，但外头依旧有个结界存在，当初五个掌门各自持了一把钥匙，五把钥匙合一才能将阵法结界打开，也不知道青河能不能赶过来，他是龙泉邪剑，阵法应该拦不住他。

不需要他杀人，他只要杵在那里傲视全场，让其余人忌惮即可。

青河如今的实力深不可测，即便是这几个修真界的顶尖强者，也不一定奈何得了他。要知道，上辈子，他们联手击杀青河都没成功，最终，青河如何陨落的无人知晓，他们只知道他的魂灯灭了。

东临一枪刺出，目标正是段林舒身后的苏竹漪。

段林舒手中长剑幻出万千华光，飞剑挡住长枪，发出锵的一声巨响，与此同时，他右脚后退半步，脸色变得十分凝重。

苏竹漪眼睛一眯，刚刚这一照面，她就看出来了，段林舒的实力比东临要差一些。

古剑派修为最高的不是段林舒。

很多门派修为最高的都不是掌门，掌门平日里要处理宗门事务，不可能长年累月闭关，特别是像古剑派这样的剑道宗门，剑道有大成者，通常闭关参悟百年不见人影。

好比剑痴洛樱，五百年才下山。

段林舒的实力在宗门内能排进前五，他平日里老说，他管着这偌大的门派，靠的不是剑道实力，而是魅力。他的修为境界比起东浮上宗的东临要稍稍差了一些。

特别是他还得护住身后的弟子，这样一来，他稍微分神，就有可能被对方抓到可乘之机，让苏竹漪陷入险境。此番形势对古剑派不利，段林舒一边挥剑格挡，一边道："东临，条件还可以再谈，除了废掉她的修为，其他的都可以商议。"

苏竹漪杀人的时候随心所欲，那时候她本来就在流光镜的影响下变得杀气腾腾，差点就害死了秦江澜，神识退出去后，发现有人送上门来，以她的脾气，将东日晨千刀万剐都不能泄她心头之愤。

名门正派不是要一张脸吗？她联系其他几个弟子一起出去，把事情的来龙去脉讲清楚，有古剑派护着，苏竹漪相信那东临不敢做得太绝，她将各种可能都在心中过了一遍，自觉不会有什么生命危险，却没想到，东浮上宗宗主虽不取她性命，却是打定主意要废她修为。

此时掌门拦在身前，苏竹漪心头有了一丝异样的感觉，她上辈子的师门是血罗门。

"血罗门"三个字对上辈子年幼的苏竹漪来说只是一柄鲜血淋漓的刀，可以随时收割她性命的刀。

而对于古剑派，苏竹漪原本没有任何归属感，她杀人杀得随心所欲，并没有考虑过会给宗门带来什么不好的影响，但现在，掌门处于下风，皆是因为她杀了人。

她不应该当着那么多人的面补刀。

要么就一击毙命，要么就另找机会动手，不应该在东日晨没有反抗能力的时候，当着众人的面补下几道雷诀，也就因为这几道雷诀，让她处于被动的位置。

东临犹如发狂的疯狗一般，杀气腾腾，他可以疯，但段林舒不能疯，为了保她周全，段林舒一边与东临交战，一边低声下气地与其谈条件……

听到掌门的声音，苏竹漪在心中反省了一下，她觉得在没有结婴前，自己的某些行为可以稍稍改改，不能让人抓住把柄。

"好……"

东临枪势稍稍一收："那就让她缠上噬魂鞭，跪在晨儿灵柩前忏悔七七四十九日，以告慰他的在天之灵！"

"你！"段林舒瞳孔一缩，他没料到东临收势是假，虚张声势一番后，直接祭出了镇魂钉，那镇魂钉去势如虹，就算他给苏竹漪罩了一层防御结界，此番也被镇魂钉给击破，眼看镇魂钉朝苏竹漪眉心刺去。

段林舒目眦尽裂，想要挥剑阻止，却来不及了。

苏竹漪早就做好准备，防御屏障弄好了，手也捏了一个替身草人，却没想到，东临居然会祭出仙宝镇魂钉来对付她一个小小的金丹期修士。

镇魂钉是攻击元神的法宝，这钉子侵入人的元神之中不会立刻要了人的命，只会扎根在元神里，使得元神日夜剧痛，哪怕想办法拔出了钉子，元神上的损伤也难以复原。而元神受损，哪怕修为没有被废，以后修炼也极为艰难了，跟被废除修为并没有太大区别。

在镇魂钉穿透防御结界之时，她胸口的松风剑气猛地迸射出耀眼光华，那一道剑气迎向了镇魂钉，使得镇魂钉稍稍一滞，而苏竹漪此番避无可避，直接将断剑放脸前一挡。

叮的一声响，镇魂钉撞到了断剑上，巨大的力道让苏竹漪好似断线的风筝一般摔了出去，重重地撞到了身后一棵红枫树上。树干被撞得直接折断，她仍旧去势不减，撞向了第二棵树，接二连三，池边枫树倒了一片，红叶哗哗地落下来，顷刻间将她整个人掩埋在了红叶堆里。

"苏竹漪！"段林舒目眦尽裂。苏竹漪被撞进了结界，枫林深处，掌门此番想要过去，却发现进去不了。他心急如焚，用神识去看，完全感觉不出苏竹漪到底伤得如何。

镇魂钉不会要人性命，但会让元神痛苦不堪，段林舒没想到，这仙宝镇魂钉居然会现世，并且出现在了东临手中，更令他想不到的是，东临竟然用镇魂钉对付一个只有金丹期的小辈！

"若是苏竹漪有什么三长两短……"段林舒手中长剑发出长啸，他衣袍无风自动，身上气势惊人。

东临右手持长枪，左手拿着一个袖珍的手弩，刚刚那镇魂钉就是从手弩中射出去的。

"你现在的心情就是我此前的心情。"东临冷笑着道。

"小师父！"秦川双目通红，眼睛里都是血丝。他想上前帮忙，然而在这些大能的威压之下，他连动都动不了，他想过去看看苏竹漪到底如何了。

可云霄宗掌门不让他离开。秦川哑声道："掌门！"

"苏竹漪杀了东日晨，东临为弟子报仇欲废其修为，这是他们两派的矛盾，

我们不便插手。"

古剑派跟东浮上宗早就不和，此前东浮上宗就一直想把云霄宗搅和进去，还请了一个云霄宗的长老过去见证，上次就去蹚了浑水，这种时候，云霄宗必定要置身事外。

"我也对东日晨出了剑，那他是不是也要废我修为？"秦川用一双布满血丝的眼睛瞪着云霄宗宗主，看得云霄宗宗主眉心一皱。他叹息一声，道："东临，你既然已经用了镇魂钉，她的元神必定受损不轻，就没必要废掉她的修为了吧，此事就此了结如何？"

没想到，东浮上宗竟又多了一件仙器。如今这修真界仙器罕有，一件仙器出世，能让宗门实力大增。若他刚刚用镇魂钉出其不意地对付在场其他人，就算是他们这样修为的修士，也很有可能着了道。

东临没回答，他感觉不到结界之中红叶底下的苏竹漪到底是什么状态，而刚刚射出的镇魂钉也落在了结界之中收不回来，他心头一时有些不安，没有直接答话。

片刻后，他才垂下眼，道："修为可以不废，但错不能不认，就让她在晨儿灵柩前磕头认错，以告慰晨儿的在天之灵。"

"你不要欺人太甚！"段林舒挥剑斩去，然而寻道宗宗主施展出千叶手，幻化出一堵树墙拦在了他身前："段兄，镇魂钉的伤虽然难治，但总归有治愈的希望，人死却不能复生，现在这个结果，你若是还不满意，就有些说不过去了。"

他看向丹青山："丹兄，你说是不是？"

"凤凰山的丹朱血颜花能够治疗镇魂钉造成的元神损伤。"丹青山缓缓答道。只是那丹朱血颜花已近万年不曾现世，哪里是那么轻易就能找到的。

几人说话间，就见林子深处有了动静。

苏竹漪撞断了好几棵树。

她发现那些树也是阵法，现在她就被困在了阵法当中，身上的红叶好似有千斤重，压得她都快喘不过气来了。

外头的话她也都听见了，还要她给东日晨磕头认错，想得美。

苏竹漪握着断剑，摇摇晃晃地想要站起来，然而此时此刻，红叶压着她，她好不容易爬起来，又被一股力量给压了下去，险些跪倒在地。

眼前好似出现了东日晨的棺木，一个人怒喝道："跪下！"

威压沉沉，重重地压在了她身上，苏竹漪的骨头都被压得咔咔地响，她从前是个天大地大、保命最大的性子，俗称软骨头，遇到事情绝对不会硬拼，但此时，不知为何，她不想跪下。

她手里握着剑，心中有不屈。

骨头好似被寸寸压断，双腿也被折断，她手撑着断剑，依旧昂着头，就算鲜血喷溅在断剑上，也没有丝毫要放弃的意思。

"就这么一个烂人，也配要我跪？"

"错？重来一次，我还是会杀了他。"

她眸子猩红，周身戾气，眼前血红一片，所见皆是一片模糊。随后，苏竹漪朝着声音传来的方向挥出了手中的断剑，剑出，一道墨绿色剑意将层层叠叠的红叶绞得支离破碎。

古剑派落雪峰上，苏竹漪花了一夜时间养出了绿色的剑心。

但那其实是松风剑气养出来的剑心，是她投机取巧弄出来的，根本算不得她的。

而现在，这墨绿色的剑意才属于她，好似墨汁侵染了松风剑的绿意，将原本翠绿的颜色变成了墨绿色，那剑意带着一股毁天灭地的气势，将层层叠叠压在她身上的红叶绞得粉碎，那些细碎的叶子漫天飞舞，像是下了一场红雨。

跪你？想得美！

认错？何错之有！

重来一次，我依旧会杀人。

只是……下一次，我必定一剑穿心取其性命，不会让他有任何喘息之机。手中墨绿色剑芒再次挥出，煞气腾腾，苏竹漪连斩数棵红枫树，将红叶林劈开了一条路。

若你不屈，我便不弃。

对你的要求已经够低了，明明剑道天赋极高，然而到了现在，才有了这么一点微弱的剑芒。

断剑："……哼。"

红叶被绞碎，压在身上的巨大压力瞬间消失，苏竹漪立刻清醒，她先是伸出了手，接着冒出头，随后才从红叶堆里站起来，低头看向手里的断剑，眼神有些阴沉。

她用断剑挡了那镇魂钉，虽然挡住了，但也只是挡住了镇魂钉侵入元神，

那撞击的力道让她浑身的骨头都快断了，又被层层叠叠的红叶压住，已经让她痛苦不堪，却没想到，这断剑还趁机设了个幻境来考验她，差点就让她崩溃了。

在幻境之中，哪怕是红叶的微弱力量，都有可能将她压垮，因为她会以为那是真的，到时候她就成了第一个被树叶压死的修士了，说出去得多丢脸？

苏竹漪站起身，看了看四周。她发现这红枫林深处有阵法结界，外头的人似乎进不来，于是她索性不出去了，免得那东浮上宗的东临再下黑手，等到青河来了再做打算。

她站在红枫林深处，笑吟吟地朝掌门挥手，还扬声道："掌门，我没事，你别担心。"

她说完之后，就打算四处转转，看这红枫林里有没有藏着什么秘密。既然断剑都劈出了一条路，她就沿着路往前走走看。据说这里以前没人能进来，她这次算是误打误撞地进来了，不知道能不能捞到什么好处，能不能解开那滋养元神的灵泉的秘密。

继续往前走了一会儿，苏竹漪看到这片红枫林里居然有一棵粗壮的梧桐树，怕是要十人合抱才行，而梧桐树内好似传出了一股与众不同的气息。

它很强大，每一片叶子都蕴含了浓郁的灵气。

它比长宁村那棵柳树不知道要强大多少倍，就好像凡人和仙人之间的差距。这棵树难不成快要长成山河之灵一类的树灵了？只是它并没有山河之灵干净透彻，却也没有半点凶气，反而有一种很忧伤的气息，叫人莫名想哭。

是的，想哭，在树边待了片刻，苏竹漪眼睛都酸了，有想落泪的冲动。

苏竹漪皱眉，凝视着梧桐树，没有轻举妄动，她小心翼翼地绕树一圈，随后就有点想念小骷髅了。这么大一棵梧桐树，没准有灵，若是小骷髅在，以他的本事，一会儿就能跟这种灵物打成一片，到时候，随随便便就能套出些有用的东西来。

又站了片刻，苏竹漪觉得脸上湿湿的，她伸手抹脸，居然抹到了一脸的泪水，登时觉得万分古怪，一时后退几步，有些不敢靠近这棵梧桐树了。

就在这时，她踩到了一根枯木，发出咔嚓一声响。

梧桐树上落下了一片叶子，那片叶子轻飘飘地落下来，苏竹漪却觉得她怎么都躲不开，哪怕手中断剑斩了出去，依旧没办法避开……

难不成她真要被树叶砸死？

那梧桐树叶压在了她头上，苏竹漪忽然觉得眼前景色一变，随后，耳边就有个声音问她："你……你为什么哭了？"

苏竹漪迷迷糊糊地坐在原地，她想："我……我为什么哭了？"

不知眼泪为何而起，却早已泪流满面。

结界外，段林舒看着苏竹漪从红叶堆里钻了出来，她好似没事人一样跟他挥手，还走到了红枫林深处，最终消失不见。

段林舒一愣，随后万分欣喜。苏竹漪没事，她的元神没有受损，刚刚她哪里像元神受损的样子！

而东临则猛地攥紧手里的手弩，他的镇魂钉居然连个金丹期的修士都对付不了？怎么可能！她到底用什么办法挡住镇魂钉的！

虽说知道这苏竹漪有一柄仙剑，但以她目前的实力，哪怕手里握着仙剑，也不可能挡得住镇魂钉，难道说，她身上还有超过仙品的防御法宝？

东临想要进入红枫林把人揪出来，奈何那结界他也打不开，他沉着脸，问身旁的人："这个结界是怎么回事？我们以前只能走到灵泉附近，不能继续往内深入，她为何能去红枫林深处？"

丹如云本来已经吓傻了，这会儿鼓起勇气道："不是被你的仙器撞进去的吗？"

东临本就面色阴沉，听得这话，冷冷地瞥了丹如云一眼，丹青山便轻描淡写地说了一句："小孩子不懂事，做长辈的别跟她一般见识。"

"哼！"

"我就不信你能在里头躲一辈子。"他站在结界外，冷着脸道。

段林舒沉着脸，看来这东临不会善罢甘休，他一个人要护住苏竹漪太难，现在必须叫人过来。正欲传信，就见云霄宗宗主喝了一声："还打算叫人，莫非想厮杀一场不成？"

"若是叫魔道发现此地，又会生出多少乱子？"

"大家都是正道同门，难道要因此而自相残杀？等你们拼得两败俱伤，到时候就让别人有机可乘了！"

就在这时，脚下土地一震，在场所有人面色一凝，随后猛地转头看向山谷入口，却见一点寒光乍现，明明只有微弱的一点光芒，却让所有人都感觉到森然寒意。

"谁？"

入口处，一个黑衣黑发的年轻男子背着一柄剑走了进来，他往前迈出一

步，便已跨过千山万水，直接出现在了众人眼前，他周身气势惊人，好似要把周围完全冰封一样。

"青河，你怎么来了？"古剑派掌门段林舒惊诧地道。青河的实力他摸不透，不过青河的冷他倒是习惯了，因此这会儿没觉得有什么不对。

"你怎么进来的？"

"外头不是有阵法，需得五把钥匙合一才能打开？"丹青山也觉得惊讶，径直问道。

青河冷冷地道："以剑破阵。"他看向段林舒："我师妹呢？是她叫我过来的。"

手中飞剑并未出鞘，却让人感觉到了一股强大的威压，让人浑身冰凉，如坠冰窖。这……这是古剑派洛樱的弟子青河？

他怎么做到的，给人的感觉竟然超过了洛樱！古剑派这是连出了几个妖孽啊……

"有人要废她修为？"青河面无表情地盯着其他人看，"谁？"

他这会儿没施展威压，谁都能动作，丹如云躲在丹青山背后，伸手指了一下东临。

然后青河就出剑了。

他体内邪气重，至多能出一剑，也只有第一剑可以伪装剑气，当年在落雪峰就是一剑瞒住了云霄宗长老，那时候还有小骷髅帮助，而这些年经过他的压制和练习，在没有小骷髅的帮助下，他也能出一剑。

他不仅能出一剑，还不能杀人，所以此时剑没劈在人身上。

一道惊鸿剑光斩在了东临身上，将他手中的镇魂钉直接劈成两段，仙品法宝镇魂钉居然就这么被一剑砍成了两截？

"你……"东临哇的一下喷出一口污血，他怒视青河，"你……你竟敢毁我仙器。"他已经将这仙器锤炼成了本命法宝，此番仙器受损，他自是受伤不轻。

"这是仙器？"青河面无表情地反问，接着呵呵冷笑了两声。

丹如云心中暗道："一剑就能劈成两半的叫什么仙器，叫豆腐渣还差不多。"她看向青河，只觉得这青河真是威武霸气，心想要是她有这么一个护着自己的师兄该多好。

感觉到有人打量，青河扭头看了丹如云一眼。

那冷冰冰的眼神让丹如云瞬间浑身发寒，再也不敢抬头。

丹如云的心境瞬间变了："还好我没有这样的师兄。"

"此事我东浮上宗绝不会善罢甘休！"东临受伤，此番他以一敌二肯定不行，只能撂下狠话，随后他将东日晨的尸骨装殓，愤愤离开。

青河又不能杀人，他目视前方结界，问："苏竹漪呢？"

"在里头。"段林舒也不知道说什么才好，弟子强是好事，但是强得有点过分了，也会觉得古怪。

为何青河盗走剑心石后会变成这样？莫非古剑派剑心石里头藏着什么秘密不成？他忧心忡忡，殊不知，这会儿其他几个门派的掌门心头也翻起了惊涛骇浪。

洛樱是天下第一剑修，他们承认。现在洛樱的徒弟比洛樱还强？这才骨龄三百多岁，乍一看只是金丹后期修为，但他刚刚展现出来的实力绝对不是金丹期，只有修为比他们高的人，他们才看不透其真实修为，所以现在这青河比他们这些修炼了千年的还强？

"若是跟他对上，我也没有必胜的把握。"云霄宗宗主心中暗道。难道说，云霄宗天下第一剑宗的地位真的保不住了吗？

他微微仰头看天，只觉得一口郁气堵在胸口，良久，才幽幽叹息了一声。

"先把红叶和池水分了吧。"

"你们几个小辈也过去看看，那结界是不是能想办法进去。"

"没道理她能进去，你们不能进去。"

"对，都去看看吧。"

丹如云、常越歌和秦川面面相觑，随后三人一起往结界深处走，结果就看到秦川毫无障碍地跨了过去，而丹如云和常越歌都被隔在了外头。

青河本来站着没动，他心念一转，随后也跟了过去，然后，他觉得自己好似跨了进去，又好像被卡在了中间，游离于结界两边，这是为什么呢？

青河觉得现在的情况很诡异，他似乎卡住了，卡在结界处，明明周围什么都没有，却好似有海浪一下接一下地冲刷在自己身上。

光影起伏，在他身上明明灭灭，好似岁月停滞，时光凝结，他处于时间的洪流当中，起起伏伏，身不由己。

他大脑有一瞬间的空白，元神仿佛脱离了肉身，要飘向天地间，就要乘风而去，却又随着浪头打下而沉入身体，陷入泥潭，就这么一拉一拽地反复拉扯着他，让他有些茫然无措。

眼前出现了师父的影子，如水中月影般浅淡，好似一阵微风吹过，就能将师父吹散了揉碎了。青河伸手想去抓，却什么都没抓到，那空落落的感觉像是在他身上硬生生地剜掉了一块肉。

总有一种他曾失去过师父的错觉。

一想到失去师父，他就浑身冰冷，从头到脚都被冰封住，那冷浸到了骨髓里，一瞬间，青河觉得自己好像已经死掉了。

"青河？"掌门段林舒伸手拉了青河一下，在他眼里，青河突然站在原地不动了，身上的气息都好似消失了一般，这让他觉得有些奇怪，故而伸手一拉。

青河微微一颤，回过神，慢慢退后一步，随后看向身侧的丹如云："这里有结界屏障，使得你无法进入其中？"

刚刚沁入骨髓的冷从他眼神里透过来，让丹如云头皮发麻，上下牙齿都开始打架了，磨得咯咯响。

丹如云被他看得腿脚发软，话都不敢说了，嘴也压根张不开，上下两片嘴唇好似被冰给冻住了一样，她只能低头含胸缩在那里，战战兢兢地点了下头。

青河没说什么，他后退两步，直接盘膝坐下，打算等人出来。这地方，连龙泉邪剑都无法破阵，就好像这里根本不存在于天地之中一样。他没办法进去，只能等她出来。

为何她能进去？

为何他能进去？

想到苏竹漪身上的那些秘密，青河觉得，她可能不是魔修夺舍那么简单。当年天雷次次劈歪，他其实也觉得有些奇怪，如今想来，难不成，她游离于天道之外，所以被天道不容，天雷才会劈歪到她头上？也正因如此，所以现在她才能进入这结界？那秦川呢？青河想到了落雪峰那块刻着"秦江澜"三个字的石碑，苏竹漪说秦江澜是她的再生父母，这之中到底有何关联？

他从前并不过问这些，不管她身上藏着什么秘密，是正是邪，是好是坏，只要她听师父的话，青河就不会为难她，只要她还是自己的师妹，他就会一直护着她，这一点永远不会改变。

现在，他依旧会护着她，然而他也想知道，她到底隐瞒了些什么。这些只有等她出来才能知道。

结界内，苏竹漪茫然地睁开眼，入目一片混沌。

一个稚嫩的声音道："你……你为什么哭？"

苏竹漪听到那个声音，她抬头，却没发现任何人、任何气息，那声音凭空出现，好似从她心底响起，眨眼又消失得无影无踪。

苏竹漪脸上满是泪水，她觉得自己很悲伤，却不知道悲伤从何而来。

我为什么哭？

好像体内的水都变成了眼泪，她的血液、她的灵气都变成了眼泪，止不住地往外流，好像体内的灵气都要流干了一样。她灵气流失，身体也越来越虚弱，只觉得浑身冰凉，周围混沌一片，根本找不到出口。

伤心、难过、悲痛、绝望？

因为这些，所以哭？

莫名其妙的悲伤让苏竹漪一时有些彷徨无措，然而眼泪流得久了，她的心也越来越冷了，若是遇到困境或绝境，哭就能有用，哭就能解决问题？悲伤无

法控制，愤怒却随之而来。

苏竹漪很少哭，准确地说，是很少真心实意地哭，眼泪对她来说，很多时候只是迷惑别人的手段，是武器。

上辈子她娘刚死的时候，苏竹漪天天哭，眼睛快哭瞎了都没任何用，眼泪不会给她提供任何帮助，反而会惹来更多的嫌弃和麻烦。

好在她醒悟得早，否则的话早就饿死了。现在她不知道自己为何如此悲伤，却明白自己的心情应该是被什么东西给影响了，这是那梧桐树里的悲伤，如同幻境一样传递到她身上，想让她感同身受？因为悲伤，从而绝望，因为绝望，从而失去生机……

她不能这么哭下去了！她必须破除这迷障！

苏竹漪闭上眼睛，眼泪仍旧流个不停，她心中好似腾地燃起了一把火，那火苗越烧越旺，一时间，愤怒大过悲伤，她打起精神，一剑劈出，喝道："谁在那儿装神弄鬼，哭，哭有屁用？"

眼泪止不住，灵气会随着眼泪不停地往外流，眼看自己越来越虚弱，苏竹漪把心一横，直接拿断剑往眼前一划，既然灵气是通过眼泪流出去的，她无法控制住眼泪，那她把眼睛戳瞎总行了吧？

反正这是幻境，就算不是幻境，眼睛受伤了，吃一颗灵气丹药便能恢复。

苏竹漪是个狠人，不管是对别人还是对自己，她直接用剑在眼睛上划了一道，随后发现周围的迷雾渐渐散去，混沌散开，那种莫名悲伤的情绪也消失了，她抬手抹了下眼睛，发现眼睛没有受伤，也不再有泪水涌出了。

眼前是那棵树，树下有个小女孩蹲在那里，她抱着膝盖，哭得上气不接下气，那悲伤的情绪就是她传递出来的。

苏竹漪微微皱眉，那小女孩不是活物，应该是缕残魂。可说她是完全的残魂也不对，里头好像有真实的气息，给人的感觉有些奇怪，跟小骷髅倒有点类似，苏竹漪一时说不清楚她到底是个什么东西。

兴许是感觉到了苏竹漪打量的视线，小女孩忽然抬起了头，她长得很可爱，眼睛红通通的，却没有黑瞳孔，像是镶嵌着两块红宝石，看着不是人类修士。是个修得了人身的妖修？那其实力必定很强了。

小女孩的大眼睛里蓄着泪，就那么呆呆地看着苏竹漪。

苏竹漪注意到她眼睛里蓄着的泪水，忽地心头一跳，目光微闪。

那眼泪给她的气息很熟悉，就好似灵泉里能够滋养元神的灵气。

难不成那特殊的灵气是这小女孩的眼泪，之所以一千年才出现一次，是因为她的眼泪要流一千年才真正落下一滴来?

苏竹漪按捺住心头的激动,甜甜一笑,让自己的语气显得和蔼可亲,她柔声问:"小姑娘,你是谁,你为什么哭?"身上没有什么小玩意,苏竹漪掏了个替身草人出来,递过去,道:"送你个小娃娃,别哭了啊,有什么事情跟姐姐说。"

她的替身草人扎得好,小骷髅都当娃娃玩,还照着她扎的草人自己编了新花样。可惜她身上没小骷髅的那些小玩意,不然能拿出来哄哄这小女孩。既然是小孩子的样子,应该会比较好骗。

小女孩愣了片刻,红着眼睛接过替身草人,道:"我……我爬到建木上玩,回去的时候,就没有家了。"

看着明明像缕缕残魂,却能轻易握住替身草人,要么是元神无比强大,要么是她有实体依托,苏竹漪看到小女孩把草人拿在手里,心头暗想。

小女孩说到这里,又大哭起来,虽然哭得很伤心,眼眶里蓄满了眼泪,但眼泪却依旧没有流出来,只听她道:"我找不到家了。"

建木?难道是传说中那棵建木?"生天地之中,高百仞,众神缘之上天。"也就是说,建木位于天地中心,是沟通天地人神的桥梁,若是修士飞升成仙,就可随建木而登仙界。

只是从来没听说过谁飞升了,上辈子最有机会飞升的就是秦江澜,他住在所谓的望天树上,好似居于天宫云海之中,可最后依旧没有飞升成仙。

从小女孩口中听到"建木"两个字,苏竹漪觉得自己好像窥见了另一片天地。可小女孩身后这树分明是棵梧桐树,并不是建木啊。

"你家在哪儿?家里还有谁?"定了定神,苏竹漪脑筋一转,又问。

小女孩继续抽噎地道:"真灵界,家里还有我的伴生梧桐树啊,没别的人。"

听到这个回答,苏竹漪顿时一愣。

秦江澜此前不是说他在的地方叫真灵界。可那个界在流光镜里啊?

对,因为真灵界被流光镜直接吞噬,所以她找不到家了,这么一想,倒是说得通了。

"你能详细说说真灵界吗?"

从小女孩断断续续的描述当中,苏竹漪对真灵界有所了解了。

真灵界就是修士飞升后的界,也就是传说中的仙界,但并不是得道飞升才可以去,只要实力到了,渡劫成功,便可进入真灵界,继续修行,与天搏命,

求大道长生，最终破道而出，凌驾于天道之上，不再有生老病死，不再受规则束缚。

破道者，神也。成神后，便能开天辟地，再造世间万物，制定规矩法则。

然而自盘古开天辟地之后，天地间再无神的传说。

建木就是修真界和真灵界之间的桥梁，修士飞升后会前往真灵界，而真灵界的修士要返回修真界却非常困难，会受到天道限制。小女孩是只年幼的凤凰，从小没见过父母，算是个孤儿，独自栖息在一棵梧桐树上。

那梧桐树跟建木很近，她经常在建木上爬上爬下，游玩嬉戏。然而有一天她出去之后，就发现真灵界凭空消失了，她回不去了，只能往下走，结果一直走到了建木的底端，出现在了修真界里。

上界生灵到达下界，本身就会承受很强大的压力，她又累又怕，蜷缩在建木的底端哭泣，最终陨落在这里，成为地缚灵一样的存在……

她只想回家，回到那棵遮风避雨的梧桐树上。

"建木在哪儿呢？"她身后分明是棵梧桐树，苏竹漪不会连梧桐树都认错。

"就是这棵啊。"小女孩站起来，她说完这句话，身后的树就变了个样子，苏竹漪登时明白，这个幻境是跟这小女孩有关的，因为小女孩伤心难过，所以苏竹漪一进来就哭个不停，小女孩可能无心害人，只不过她已经死了，成为地缚灵一样的存在，既然是鬼灵，便会不由自主地控制他人心神，若是苏竹漪一直沉浸在这幻境的悲伤里无法自拔，苏竹漪最后就会成为这小女孩残魂的养分了。

因为小女孩想家，于是这棵树就变成了梧桐树的样子，小女孩虽然看似是缕残魂，元神力量却比苏竹漪要强得多，因此在她的影响下，苏竹漪看到的树也就变成了梧桐树。

但实际上，这棵树并不是梧桐树，它就是建木。在小女孩点破真相过后，苏竹漪看到的也就是建木原本的样子了。

这就是传说之中的建木。

建木，青叶，紫茎，玄华，黄实，其下声无响，立无影。忆起书上所载，此番得见，一一证实。

苏竹漪一开始进来的想法是捞点能够增强神识的灵泉，哪儿晓得进来之后却发现里头居然藏着建木，她实在是太过震惊，有点回不过神了。不是说只有飞升的修士才能看到建木吗，那她现在为何能看见了？是因为她身上有流光镜，还是因为她不在天道中？

她心中震惊，伸手碰了一下建木的树干，却发现，这树干是虚影，并不能被她碰触到。并且，在她接触到建木的一刹那，整个空间好像扭曲了一样，她的手变得曲曲折折的，好似这一段空间都被挤压过一般。

"你要带我找回家的路吗？"小女孩又问。

苏竹漪回过神，忽觉有些不妙。

若她被小女孩的情绪影响，就会直接死在那里，被小女孩的死灵吸食掉生气。然而她没有，她看破了那迷障，在小女孩眼里，她就是个很有本事的人，觉得哭没有用，要想别的办法解决问题，所以小女孩就提出了第二个要求，要她带自己找回家的路。问题是真灵界在流光镜里啊，她去哪儿找给小女孩？

谁有那么大的本事，居然能把整个真灵界都祭了镜子？难怪说流光镜是道器了。不是仙器，而是道器。然而这么想也不对，如果是炼制之时祭的真灵界，就好像当时铸龙泉剑的那个铸剑师让全族跳入熔炉铸剑一样，这样的话，流光镜的怨气应该比龙泉剑更重，除非那些人根本就不知道自己死了，也并没有受到任何痛苦折磨。所以流光镜里才有个真实存在的真灵界。

这就是道器啊，那个炼制流光镜的人能够将一个仙界玩弄于股掌之中，他会是什么修为呢？

只是秦江澜都能意识到自己是被困在镜子里了，当年真灵界的人居然一点也没意识到，一点怨气都没？这中间的差距在哪儿呢？

主动祭祀和被动祭祀的区别？有人记得和无人记得的区别？

她陷入沉思，一时忘记了周遭。

"你不能吗？"小女孩又问，她身上好似有火焰熊熊燃烧，那火光让苏竹漪反应过来，她觉得自己好似要被烤焦了。糟了，这小女孩已是怨灵，一言不合就会出手杀人。

"他也不能，你也不能，你们明明说过要帮我找到家，为什么却把我扔在这里不管了？"小女孩陡然化作一只燃烧的凤凰，怒视着苏竹漪，道，"你们这些骗子！这次我不会放你走了，要么带我回家，要么死！"

随着小女孩的尖叫，苏竹漪脑海中又出现了一些零散的画面，让她头痛欲裂。

"我找不到家了。"小女孩依旧坐在树下，嘤嘤哭泣。

"你家在哪儿？"一个误入此处的男人问道。

"在建木的顶端，在真灵界。"她答。

那个男人上了建木，许久之后，他又返回树下，道："上面什么都没有。"随后他坐下，开始念咒，想将地缚灵超度。然而他并非小女孩的对手，最后只能承诺替她出去寻找。

只是他出去之后，就立刻找人将这附近全部封印起来。凤凰的残魂太强，当今天下无人能消灭或超度这个地缚灵，所以只能将其封印，竭尽全力阻止人靠近。这样的地缚灵若是吸收了足够的怨气，害了更多的人的话，就会成为凶煞的鬼物，到时候就难以控制了。

他们将小凤凰的残魂封印在了结界之中。等到她的眼泪彻底流干，元神彻底消耗干净，残魂力量完全削弱后，这地缚灵也就自然而然地消散在天地之间。

按理说这是没什么问题的，小凤凰的元神也的确在逐渐衰弱，却没想到，苏竹漪这个倒霉鬼会直接撞了进来。莫非天道故意把她丢进来送死？为何那男人能爬上建木，而她连碰都碰不到？

没时间想这些了，眼看性命不保，苏竹漪尖声道："我知道真灵界在哪儿！但我现在神识不够，你得帮我，我需要你的眼泪！"

凤凰又叫不死鸟。

这个小女孩跑到建木上玩，恰好逃脱了流光镜的吞噬，她本是幸运的，却又是不幸的。

她找不到家了，因为年纪太小，且没有父母管教，所以惊恐不安之下，就掉了眼泪。传说中凤凰一族是不能流泪的，因为哭过的凤凰会丧失涅槃的机会，没人告诉她这些，她在惊恐不安下哭了，所以她无法涅槃，才会成为地缚灵。

她眼睛里流出的泪就是灵泉中滋养神识的灵气，当年四大宗门的其中一人也遇到了这只凤凰，那时候她已经成了地缚灵，然而怨气却没有现在这么重。他没办法找到真灵界，就骗她说出去帮她找，但他离开后封印了此地，用她的眼泪和红叶造福了后人。

根据刚刚那些零碎的画面，苏竹漪对这里发生过的事情有了个大概的了解，小女孩被骗过一回，所以她现在不能用同样的方法脱身了。

"你不要骗我。"小凤凰看着苏竹漪，大声地吼道。

"若我骗你，你再杀我也不迟。"苏竹漪板着脸，义正词严地道，"我不会跟那人一样，没帮你找到家，我就不离开这里。"

"真的吗？"

那小凤凰继续哭，可她的眼泪千年才会真正落下一滴，她又急又怒，随后竟学着先前苏竹漪的样子，将自己的一只眼睛给挖了出来，她将那血淋淋的眼珠递给苏竹漪，用仅剩的一只眼睛盯着苏竹漪，道："没有眼泪了，眼珠给你。"

凤凰泣血，再也不能涅槃，元神力量汇集在眼中，化作泪水涌出消散，最终，彻底消亡。

那眼珠相当于一块红色的灵石。难怪这小姑娘看着像缕残魂，却又不似残魂，因为她还有一双眼睛是真实存在的，她陨落之后，身体化为灰烬，一双眼睛却保留了下来。而这双眼睛就是能够滋养元神的大补之物。

苏竹漪握着那只眼珠，只觉得分外烫手。在独眼凤凰的注视下，她缓缓地将神识注入那只眼珠当中。本是想缓缓吸收的，哪儿晓得压根控制不住！

苏竹漪感觉大量灵气猛地涌入丹田识海，冲破了元神的封印，与此同时，巨大的力量冲击身体，使得她的肉身顿时苦不堪言。

元神如果强过肉身太多，肉身会无法承受元神的力量！这也是为何她重生后元神会被封印，流光镜既然将她带回了一千多年前，自然不会让她直接撑破了肉身死掉，所以才会封印她的元神，算是维持她重生的一个附带效果，而现在，那涌到她体内的力量直接冲破了她元神的封印，好似身子都快被撑破了一样。

"哇……"苏竹漪喷出一口鲜血，整个人顿时委顿在地。她忍着疼，不断地用灵气修复身体，不停地往嘴里塞丹药，与此同时，她用神识锁定藏在她体内的流光镜，一瞬间，她甚至看清了流光镜里那混沌之中犹如坟墓一般死寂的城池。

她还看到了秦江澜和小骷髅，秦江澜盘膝坐着，小骷髅蹲在地上，好似在用一根木棍拨动养魂灯里的火苗，他们面前是个聚魂阵法。

苏竹漪眼睛一热，她道："真灵界就在那里……"

她不知道小凤凰能不能看到，这会儿却是别无他法。

小凤凰稍稍一愣，随后兴奋地啾了一声，她看到了，看到了梧桐树，看到了家，小凤凰兴奋地啼叫起来，随后她一头撞进了流光镜，她真的消失不见了。

苏竹漪一脸惊愕。小凤凰看到了？她居然能看到流光镜里的世界？

随着她的撞入，苏竹漪的身子再也撑不住，歪倒下去，她侧身倒下，却没有落到地上，身后的建木上落下一片青叶，那叶子好似一叶扁舟，载着她顺着

时间的长河流淌，让她去往了未知的远方。

她看到天地间一片混沌。

元气鸿蒙，萌芽兹始，遂分天地，肇立乾坤，启阴感阳，分布元气，乃孕中和，是为人也。首生盘古，垂死化身；气成风云，声为雷霆，左眼为日，右眼为月，四肢五体为四极五岳，血液为江河，筋脉为地里，肌肉为田土，发髭为星辰，皮毛为草木，齿骨为金石，精髓为珠玉，汗流为雨泽，身之诸虫，因风所感，化为黎氓。

四时行，万物生，道法自然。

她还看到了一棵位于天地中心的树，还有树下那潺潺流淌的河。

那是建木和流沙河？

历经千万年，流沙河成了山河之灵，她银发皎皎，赤足站在建木底下，问："为何我能有灵智，能化为人，而你还是一棵树？"

"因为天道让你站在这里，做一座沟通天和地的桥梁，所以你就只能站在这里，一动不能动了吗？"

"若我能勘破天道，制定法则，我就让你离开这里，随我去开辟新的天地，你看如何？"

女子赤足站在建木的枝丫上，她想了许久，终于想到了破道之法。

人生天地之间，若白驹过隙，忽然而已。时间不可逆，而她要破道，便能从此入手。

"若我将那些想要重回过去逆天改命之人带回从前，他们若能改变命运，并影响了天地，是不是我就能够破道而出了？"她想了很久，在建木的枝丫上问，"你说这样可以吗？"

她化身为流光镜，寻找命定之人。命定之人必须是在历史上留下了印记的人，是时间长河里举足轻重的人。一开始，流光镜并不需要祭品，她以自身力量扭转乾坤，使得岁月回溯，然而天道会拨乱反正，无数机缘巧合重叠在一起，重生之人并没有让她破道。

每一次施展，她的力量都会被削弱，到最后，她已经不再有逆转乾坤的威能。

曾经那镜子光亮，镜面犹如宝石，那时她的灵气充裕，力量强大。而到后来，宝石失去光泽，镜面有了斑斑锈迹。山河之灵的灵气几乎耗尽，她沉睡千年，落到了真灵界一个几近化神的大能手里。

"没有灵气重生了？"

"没关系，我给你祭品。"

只是大能没想到的是，祭品一旦被吞噬，就再也不存在于天地间，而流光镜也从原来的山河之灵变成了天地不容的邪物。那大能重生之后，因为没有了真灵界，在修真界那灵气贫瘠之地，根本无法修行到原来的境界，最重要的是，他出生于真灵界，在修真界里还会受到天道压制，于是，他根本没有活多久。他算是对抗天道的人里头最可笑的那一个了。

流光镜藏匿于天地之间，大能想要将其找出来，成为它的主人，一次重生不行，可以屠杀生灵作为祭品再次重生，他可以在时间的长河里畅游，最终达成所愿。然而他却一直没有找到流光镜，于是他临死时将流光镜的消息传向了修真界，最后，他硬生生将自己炼成了魂器。

他想的是，流光镜一旦现世，他就会从魂器中苏醒，再次掌控流光镜。却没想到，这一等，就等到了天荒地老。

上一辈子，那魂器无人发现，里面的残魂最终彻底消散，到最后，他都没有再遇到流光镜。

"苏竹漪。"一个声音突然从脑海中响起，但那声音很温和，有些像树叶沙沙的声音。

"她不是邪物。她不能堕为魔器。"

"流光镜吞噬生灵并非她本意，除了自己献祭的秦江澜，其余生灵都不是她想要的。"

"真灵界的生灵并不知道自己已经死了，所以没有怨气，但有一个是不同的，在被吞噬之前，这只小凤凰一直思念着里头的一棵梧桐树。"

"我们树木生出灵智很晚，那棵梧桐树更是普通的梧桐树，然而，因为小凤凰长久的泣血思念，在流光镜里的它没有彻底消亡，反而有了淡淡的怨气，我将你引入此地，将凤凰送回流光镜里的真灵界，目的是化解梧桐树的怨气。而你也要想尽一切办法，不要让秦江澜有怨气。"

"一旦他滋生怨气，影响了流光镜里的死灵，那整面镜子都会充满怨气，到那时，流光镜就会彻底堕落成魔器。"

"你是谁？"脑子迷迷瞪瞪的，苏竹漪只觉得头昏脑涨。

没有声音回答她了，只有树叶摇晃发出的沙沙声响，她猛地睁眼，就看到一片青叶落了下来，与此同时，轰隆一声巨响，天上乌云密布，电闪雷鸣，金色闪电犹如一柄利剑，从天而降……

一瞬间，苏竹漪觉得自己无路可逃。却在这时，一个人高喊："当心！"

秦川飞扑过来，将苏竹漪抱住往一侧滚去。

轰隆一声巨响，那闪电落在了建木上，那屹立于天地间的巨树轰然起火，熊熊烈焰燃烧，犹如一条火龙，将天烧成了绯红色。

建木，唯飞升修士可见。这是天道制定的法则。可它也违规了。

建木被雷劈死了吗？

苏竹漪觉得胸口发烫，好似那面镜子在轻轻晃动，她神识再也支撑不住，直接昏了过去。就在这时，外头有人进到结界里来了。

"苏竹漪，秦川……"

"你们怎么样了？"

在小凤凰撞入流光镜的一瞬间，流光镜内，秦江澜和悟儿一齐抬头看天。

"咦，有只鸟飞进来了。"小骷髅惊呼道。

"苏竹漪又把什么弄进来了？"秦江澜稍稍一愣。接着，他就看到那只鸟犹如一团火焰从头顶飞过，所过之处，空气都好似灼热了许多，他目光一凝，紧随那火凤而去，就看到那凤凰撞到了一棵梧桐树上，本来毫无生机的梧桐树在一瞬间好似有了生气，树叶摇动，发出了沙沙的声响。

那只凤凰也是缕残魂，苏竹漪又从哪儿抓了缕残魂来祭镜？

"苏竹漪？"秦江澜喊了两声，对方却没有回答，他心中隐隐有了一些不安，脸色都凝重了几分。

小骷髅紧张兮兮地抓着秦江澜的袖子："小叔叔，我们……我们要帮那只鸟吗？"

小凤凰好似很开心，围绕着梧桐树又飞又转，哪怕因为这样的动作，残魂越来越微弱，也浑然不惧。

等待了这么久，她终于回家了。她太高兴了，连小骷髅都能感觉到她的喜悦，那种喜悦好似不能被打搅。因此他明明发现小凤凰越来越虚弱，却不知道要不要上去帮忙。

然而他只是犹豫了一瞬，小凤凰就彻底消散，好似化作一阵清风消失了。小骷髅呆呆地看着，随后咧嘴一笑。他知道，刚刚那鸟很高兴，她身上本来有很多怨气的，可是在绕着梧桐树飞翔的时候都消失了，所以，他应该为她高兴才对。

梧桐树恢复了宁静，然而不知为何，秦江澜觉得那梧桐树有些不同了。

这只是感觉，秦江澜也说不出来为什么。

曾经有只小凤凰一直记着真灵界的一棵梧桐树。就好像苏竹漪记着秦江澜一样。流光镜里的生灵并非全对自己的处境一无所知，还有一个生灵知道，然而，它只是一棵树。

他和小骷髅返回聚魂阵，路上小骷髅忽然紧紧抓着他的手，压低声音道："小叔叔，我……我刚刚捡到了个东西。"

小骷髅低着头，将一颗红彤彤的宝石摊在手心里："我感觉这个好像对聚拢元神有好处，是之前那只鸟身上掉下来的……"

小骷髅有点紧张，怕小叔叔骂他。小叔叔和小姐姐都很担心那个人的元神会消散，他也很担心，所以他感觉到这石头能够增强元神，就捡起来，捏在了手里。

这是那只鸟的东西，小叔叔会不会怪他乱捡别人的东西？

小骷髅紧张得骨头都好似发烫了。

秦江澜看到那红宝石，心中大喜，他拍了拍悟儿的头，道："这石头很有用，谢谢你。"

秦江澜带着小骷髅快速返回聚魂阵处，他将红宝石直接放到了聚魂阵中。这是凤凰血精，对养神有奇效，他最近找的那些养神聚魂的东西全部加起来也比不上这么小小的一块宝石。

秦江澜有些紧张地盯着聚魂阵，就见阵法当中的人影聚拢凝实，渐渐能够看出身形轮廓。

这是一个中年男子，他目光渐渐清明，好似恢复了正常。他站在阵法当中，忽地仰头看了会儿天，随后又凝视着秦江澜，仔仔细细地看了许久。

"你是主动祭祀流光镜的？却不是为自己，而是为了别人重回千年前？那人发现千年前的天地之中没了你，还跑去祭奠你，而你又机缘巧合招了个死物过来，还跟那人建立了联系？"

他连续问了三个问题，每说一句话，声音都会变得更大，到最后，他几乎是在声嘶力竭地吼，还哈哈大笑了起来："天意啊天意……"

他笑得癫狂，最后才道："不瞒你说，这能让岁月回溯的镜子是我炼制的。"

"我当时修为已至天下第一，寿元无限绵长，几近化神，然而我站在高处，却觉得万分孤寂，心如死灰。那个时候，我无比怀念曾经为了追寻所谓的大道长生，毫不留情割舍掉的那些东西。"

他说到这里，神情稍稍恢复正常，眸子里也有了些许温柔："午夜梦回之

时，我会问我自己，后不后悔，若是再给我一次机会，我会如何选择？我一遍一遍地问自己，日复一日，年复一年，本来坚定的心开始动摇。"

"所以我想回到过去，弥补遗憾，于是我想尽办法，炼制出了能够让岁月回溯的流光镜。只是它后来脱离了我的掌控，直接吞了整个真灵界，它还想吞了我。"他伸出手指做了个嘘的动作，"它有了自己的意识，它想成为道器。"

"我想回到从前，为的就是弥补遗憾，可它把整个真灵界都吞了，天地间再无真灵界，我如何能弥补遗憾？"

"我一觉醒来，时间的确逆流了，我回到了万年之前，却不是万年前的真灵界。我回到了建木下层的修真界。我通过建木艰难地爬上去，却没有看到真灵界。哈哈哈，那面镜子真是了不起，它把整个真灵界都吞了。真灵界成了祭品，真灵界都没了，我回到从前又有什么意义呢？"

他什么都弥补不了。那些曾经爱过、恨过、伤过的人和事都一齐消失了，仿佛从来没存在过一样。

"所以，我要它吐出去啊，让它把真灵界吐出去！"他声嘶力竭地吼，神情几乎癫狂，吓得小骷髅攥紧了秦江澜的手。

"它吞了真灵界，依旧没有成为道器，你知道是什么原因吗？"他疯狂大笑，明明是缕残魂，眼睛里却流出血泪，"因为它还在天道之中，哪怕回到从前，整个天道轨迹也并没有更改。"

"我回到了从前，真灵界没了，所以我什么都没法做。"就好比建木，修真界才是建木的根基，真灵界虽然消失了，但只要根基还在，只要底下的修士继续修炼，他们总能再次走出修真界，建立起真灵界，所以历史的进程并没有被更改。只不过是少了一个界而已，而修真界的那些人本来就不知道真灵界。

"那镜子想要成为道器，就得有人能够真正地扭转命运才行，所以它还要现世，引诱其他人认主，施展这回溯岁月的重生之法。"他呵呵笑了两声，"我一直想要毁了它。后来有别的人得到了流光镜，杀了无数生灵祭镜回到从前，一心想要改变命运，可是，天道在无形中拨乱反正，他们依旧什么都改变不了。"

"流光镜每一次现世都会被天道削弱，现在的它已经没什么本事了。最重要的是，一旦这里滋生了怨气，怨气就会扩大到无法控制，那它不会成为道器，而是堕落为魔器了。一个魔器如何能规避天道规则，凌驾于天道之上呢？"

他看着秦江澜微笑："除了炼成之时吞噬掉的真灵界，只有你是主动献祭的，其他的人猎杀生灵献祭流光镜，重生后，自然不会记得自己杀过的那些生灵，哪怕记得，也不会时时刻刻去想，去祭奠。"

因为苏竹漪一直想着秦江澜，不愿意别人取代他，她做出了一些干预，以至于秦江澜的人生并没有那么快地被流光镜吞噬，同样，秦江澜自己也意识到了不妥，他甚至发现了这里头的秘密，他没有浑浑噩噩地死去，甚至心中有了不愿意忘记的执念，滋生了怨气。

流光镜想要成为道器，就不能让怨气滋生，否则它就会变成魔器。

而它要成为道器，就会制定属于自己的天道规则。整个镜中世界都在它的天道规则当中，它也得遵守自己的道。于是，它哪怕看秦江澜不顺眼，也没办法直接抹杀他。就好像天道很想灭掉苏竹漪这个重生的异类，却没有直接用一道天雷将她轰死一样。

有道可循，并非毫无生机。

流光镜要成为能够抗衡天道的道器，自成天地，那它就得遵守自己的规则。它想灭掉秦江澜，只能借助其他的力量。

中年男子静静地看着秦江澜，微笑着问他："你想不想离开这里，回到原来的天地，跟心爱的女人在一起？"

他一字一顿地道："我可以帮你。"

"你可以帮我？"秦江澜一脸冷静地凝视着阵法之中的中年男子，淡淡地问，"你怎么帮我？"

刚刚男子慷慨激昂的一番话并没有在他心中掀起多大的波澜。因为他并不信男子，至少是不完全信的。

"流光镜是我炼制的，所以我知道它的弱点，但是我如今没有肉身了。"中年男子看着秦江澜道，"你其实还活着，肉身也存在，并没有彻底被流光镜吞噬，我只需暂时居住在你肉身内，设法控制流光镜即可。"

秦江澜是自愿祭祀的，被流光镜接纳，若能夺得秦江澜的肉身，他便能将流光镜彻底变成魔器，然后让魔器认主，为他所用。

他现在就在镜子里的世界，要将镜子收服简直轻而易举，此人身在宝山之中，却不知道如何去操控，简直是上天助他！中年男子按捺住心中的激动，让自己显得面无表情且高深莫测，然而心中却恨不得直接扑到秦江澜身上，夺了

这具肉身。

只是他现在元神刚清醒，太过虚弱，不可用强。

秦江澜在他眼里原本是蝼蚁一样的存在，然而现在，他不敢与其硬碰硬，若是强行夺舍，吃亏的只能是他自己。但若能骗得秦江澜自愿献舍的话，就好办多了。

"哦。"秦江澜点点头，然后牵着小骷髅的手走了。

那中年男子一愣，随后立刻跟着往外飘，然而他发现在聚魂阵外围还有个封印结界，他无法离开结界。

他急了，问："难道你不想离开？"他在镜子里，都能感觉到秦江澜迫切离开此地的心境，秦江澜不想人生被抹去，不想忘记心爱的女人苏竹漪，此刻身在镜中，秦江澜那强烈的执念，他也能感应到，所以他觉得，这就是秦江澜的弱点。

秦江澜头也没回，他的确想离开，无时无刻不想离开，可是他又不傻，怎会让一个来历不明的元神进入自己的肉身。

更何况，小骷髅这半个山河之灵不喜欢此人。

小骷髅若是喜欢这个人的话，这会儿肯定会很高兴这个人醒过来了，所以哪怕小骷髅现在什么都没说，秦江澜也知道他不喜欢这个人。小骷髅喜欢此前扑进来的那只看着煞气腾腾的小凤凰，却不喜欢这个看着虚弱无害的中年男子。

想到这里，秦江澜忽地站定，不再往前。

阵法中的男子本是焦灼不安的，正在思考要如何说服他，却没想到他停下了，顿时心中暗喜，道："虽然有人记得你，让你暂时没有被抹去，但那力量是微弱的，你最终还是会消失，你喜欢的人现在记得你，可以后呢？相信我，我一定能帮你出去。"

秦江澜走回了阵法旁边，他把放在阵法中的凤凰血精给捡了起来，它一时不会被完全消耗，现在依旧红彤彤的十分漂亮。他把它递给小骷髅："拿回去送给你小姐姐。"

"小姐姐最喜欢红宝石了。"小骷髅高兴地道。

"哎，你……你当真不愿出去了？"

"我真有办法！"

"你回来……"

苏竹漪醒来的时候已经在落雪峰上了。

她睁开眼，神识一扫，就看到房间门口坐着青河，他以往都是坐在师父门口的，这次倒守在她门口了。

苏竹漪想坐起来，但刚刚动了一下，就发现动不了，浑身被裹得跟粽子一样，而就在这时，青河推门而入，他站在门口，道："你在红枫林里昏倒了。"

"浑身都是伤，肉身几乎破裂。"

哦，那是因为元神突然增强，身体承受不住，差点被撑破。

看到自己被裹得严严实实的，苏竹漪想到了望天树上那段岁月，她一开始，也是受伤太重，浑身上下被绷带裹着，跟个蚕茧一样。不过下一刻，她问："哎？谁给我疗伤的？"

青河看她一眼："自然是丹鹤门宗主丹青山，药是丹如云上的。"

当时她情况那么危急，丹青山是在场最强的丹药师，他治也得治，不治也得治。在青河的威压之下，丹青山完全没说半个"不"字，直接给苏竹漪疗伤了。

"我睡了多久？"苏竹漪躺在床上看着屋顶，继续问。她现在转头都累。

"三天。"

"哦，那还好，没有昏迷多久。"苏竹漪心道。她这次虽然受了重伤，却是不亏的，肉身修为阴错阳差地还涨了一截，元神封印也已解开，完全是因祸得福。

她没有直接肉身爆裂而亡，苏竹漪觉得应该是最后建木落在她身上的那片青叶的缘故。

那叶子落在她身上，好似有无限生机涌到了她体内，让她修为精进，肉身伤势也得到了缓解，只是不知道，那棵违背了天道规则的巨树现在怎么样了。

"既然你已醒，瞧你气息尚可，比之前还强了一些，我就先离开了。"青河转身欲走，忽地在门口站定，他问，"你此前的症状是元神陡然增强，肉身无法容纳，若是魔修夺舍，为何会夺舍到幼童身上还能生存……"

他说到这里，望着门外皑皑白雪："等你哪天想说的时候，再告诉我吧。"

苏竹漪艰难地转了一下头，她想了想，咧嘴一笑道："其实我是重生的，我重生回来的任务就是看着你和师父，让你们好好活着，所以你千万别给我惹乱子，不然的话，我就功亏一篑，要被天道劈死啦。"

话音落下，外头就响了一声闷雷，让苏竹漪微微一愣，身子还打了个哆嗦。这些话的确不能提及，这是贼老天的警告啊！

青河没说话，半晌之后才答："嗯。"

说完，他离开了房间。这下，换苏竹漪有些纠结了，青河他信了没？难不成他真信了？她不知道，卡在那结界之中无法进去的时候，青河也曾有过别样的感悟。

苏竹漪眯了下眼，她身体很疲惫，意识却很清醒，这会儿闭目凝神，开始用神识感应体内的流光镜了。

如今神识恢复，她能够看到流光镜的存在。

能够看到流光镜，她也就能联系上秦江澜了。

之前那建木说什么来着？不能让秦江澜产生怨气，从而使得流光镜彻底堕落成为魔器？她不是很明白，不过大意就是得哄着秦江澜嘛，这个她很拿手的。

反正身体不能动，神识又特别充沛，闲着没事，于是苏竹漪将神识注入流光镜，这下，倒是能看得清楚明白了。

"秦江澜。"她喊了一声，自个儿笑起来了。

到了元婴期后神识就能由虚化实，她现在的神识甚至能轻轻碰到秦江澜了，苏竹漪将神识一波一波地扫过秦江澜的身体，觉得好玩得很。

秦江澜："……"

有一种好似被剥光了站在别人面前的感觉，他倒是没想到这么快又能跟她联系上，心情有些欣喜，又微微不安。

被那神识一阵阵轻抚，秦江澜耳根子都有些红了，他心中默念静心咒，随后主动开口，道："前些日子，那个元神恢复清醒了。"

"哦，"苏竹漪也收了逗弄他的心思，一本正经地问，"他说什么？"

"他说他炼制了流光镜，但是流光镜失控，吞噬了真灵界的所有生灵。他说我将肉身借给他，他便能助我离开流光镜。"秦江澜皱着眉头道。

苏竹漪便道："那是他骗你的啊，流光镜是山河之灵——那个流沙河炼的，她想通过道器逆天改命来打破天道规则，从而成神，结果一直没成功。"

神识一扫，扫到了阵法之中那个中年男子，苏竹漪看到他的元神那般虚弱，顿时咯咯笑了两声。随后她像是捏蚂蚁一样捏着那中年男子的元神："你就是那个将整个真灵界祭祀了流光镜想要重回过去逆天改命，结果发现真灵界完全消失了，而自己只能在修真界里苟延残喘的大能？"

"若我没有找到流光镜重回千年前，你早就消散了呢。"上辈子，他没有等到流光镜出世就已经消失了。苏竹漪重回千年前，机缘巧合遇到了那个魂器，倒是让他在消散前得以清醒，并且因着对流光镜的执念而进入了流光镜。

"你说，我是应该顺应天命，直接将你捏死，还是逆天改命，暂且饶你一命呢？"苏竹漪看着阵中那个虚弱的元神，笑着道。

那元神冷哼一声："你神识能进来，就自以为是流光镜的主人了？你以为你能操控流光镜？简直是笑话。"

他也以为自己能成为流光镜的主人，然而实际上并不能，他们只是通过流光镜重生，并不能操控流光镜，只有自愿献祭，并且肉身存在于流光镜里的秦江澜，才有可能替代那早已因为灵气耗尽而湮灭在天地间的山河之灵，成为流光镜的主人。他想要秦江澜的肉身，自然也是因为这个道理。现在，苏竹漪的神识的确能进来，但她想杀他却完全不行。这里面的不管是生灵还是死灵，都是以秦江澜为中心的。

"还真杀不了。"明明看着那么虚弱的元神，苏竹漪尝试了许久都不能将其毁灭，看来他在这点上的确没撒谎。

真是怪得很！

"还真动不了你？"苏竹漪嘀咕了一句。

"你以为流光镜在你身上，神识能够与其沟通，你就是流光镜的主人，可以为所欲为了？"

中年男子负手而立，站在阵法结界当中，一脸冷笑地看着前方。他是看不到苏竹漪的，却能感觉到她的神识威压，他道："你杀不了我的。想要你的小情郎活命，就按照我所说的去做。"

啧啧，"小情郎"。她重复了一遍这三个字，还瞄了秦江澜一眼。随后苏竹漪又看向中年男子，问："那你说说看，我要怎么做？"

听到她如此问，他顿觉有戏。远处秦江澜纹丝不动，似乎对他们的对话漠不关心。

首先肯定是让秦江澜自动献舍，好叫他能成为这流光镜的中心。此前秦江澜没答应他，现在若是能说服这女子的话，应该会好得多，毕竟那秦江澜似乎很爱她，愿意为她舍身祭镜，给她换一次重生的机会，肯定也愿意听她的话。

"我需要一具肉身。"他道，"否则我一次虚弱的残魂根本什么都做不了。"

苏竹漪是个精明的人，她当魔头那些年忽悠过的人不知道有多少，听他这么一开口，就知道此人的确是心怀不轨的。而且大概是在魂器里待了太久，刚刚恢复，还挺蠢。若是她的话，肯定要循序渐进，一点一点地慢慢骗，谁一张口就要肉身，直接放大招啊。

"秦江澜！"苏竹漪一开始跟秦江澜说话的时候类似传音，中年男子并不

知道他们说过什么，但现在苏竹漪却是直接喊的，这一下，中年男子也听到苏竹漪叫人了，顿时心头暗喜。

秦江澜本来距离那中年男人的结界有一些距离，不过他也能听到苏竹漪的话，在苏竹漪喊了过后，他便飞到了结界附近，小骷髅屁颠屁颠地跟在他后头，跑着跑着，还掏出块红宝石举到头顶晃了晃："小姐姐，漂亮吗？到时候带回来给你哟。"

看得苏竹漪稍稍一愣。小凤凰将眼珠挖了一只给她，剩下的那只居然落到了小骷髅手里。

那只小凤凰一直想回家，最后，在建木的帮助下，也算是如愿以偿了吧。

苏竹漪视线从红宝石上移开，说："秦江澜，我杀不了这个元神。"

"你试试？"她看着秦江澜说话的时候，神识又轻飘飘地往他身上抚了一把。

中年男子本以为她会叫秦江澜献舍，没想到她说出的话叫他元神冷得一颤，她是杀不了他，但秦江澜却是可以的。

秦江澜摇了摇头。

中年男子才稍稍松了口气，他觉得自己苏醒过来，情绪一直起伏不定，现在已经有些承受不住了。

"不用我们动手，"秦江澜道，"他自己会消散的。"

"哦。"苏竹漪点点头，神识又从上到下，犹如清风一样抚过秦江澜，"那我们来聊点别的。"

她吐气如兰，那清风拂过脸颊，好似一只手轻轻抚摸。他眼神一黯，随后默默地往一旁走，就地坐下，心中默念静心咒。而这时，那中年男子高声道："他自己祭祀了流光镜，会被一点一点地吞噬，你以为他现在记得你，过一段时间后，还能记得你？"

"天道拨乱反正，会将他的人生彻底抹去。而他也会彻底融入流光镜，变成跟那些真灵界的死物一样的东西。"

"而你！"他看不到苏竹漪，此时伸手指着天空，"你就后悔一辈子吧！"

苏竹漪沉默了。

片刻后，她语气欢快地道："怎么会，我怎么会后悔一辈子？"

秦江澜眼皮一颤，他本想睁眼，但睫毛颤动，却并没有睁开。

"既然天道要寻个替身代替他的存在，而他就会随之消失，我让那个替身做不成他的替身，让更多的人记得他不就行了？"秦川本来被叫作秦江澜，而在她的坚持下，他现在还叫秦川。天道只是会给人以指引，但真正决定命运的其实是人心，是他们自己。

在秦川身上，她发现只要愿意去努力，替代的身份也可以被更改，秦川依旧是秦川，他不是前世的秦江澜，他用的也不是松风剑，他得了一柄仙剑，名为辟邪。

从张恩宁身上，苏竹漪已经看到了，张恩宁其实有选择的机会，只不过，张恩宁选择了一条成魔的路。

"只要他不消失，总会有办法出来的对不对？"苏竹漪看着秦江澜，"秦老狗，你把我困在望天树上六百年，也陪了我六百年，现在你困在这镜子里，我至少也得陪你六百年，我这人是不愿吃亏的，所以，你起码得坚持六百年不消散，对吧？"

秦江澜睁眼，倏然一笑。她以前在望天树上很少看秦江澜笑，应该说几乎从未见他笑过，成天冷冰冰的一张脸，此番见他笑了，哪怕那笑容一闪而逝，苏竹漪也觉得很欣慰，于是她又趁机摸了他一下。

至于如何让他出来，苏竹漪想到建木说的话，若她逆天改命成功，流光镜是不是可以成为道器，那时候就能够把秦江澜放出来了？那么问题来了，怎么样才叫逆天改命成功呢？

这又没个判断标准，大概要走一步算一步，然后慢慢去揣摩了。

至少现在，这一辈子发生的事情跟重生之前已经有了很多不同之处，但很明显，这些并不够。

她躺在床上，身子被缠得严严实实的，都不能动，识海却欢腾得很，想着想着，还大声地把青河给叫了过来。

青河一脸冷淡地站在门口："做什么？"

他刚刚站在师父窗外看师父来着，师父这两日担心苏竹漪，都没有休息好。

"师兄，你给那石碑上两炷香啊。"苏竹漪躺在床上，斜着眼道。

青河："……"

"哎，别走啊，你把古剑派的弟子全叫过来，让他们排队上香啊。"

"你别走啊！"

青河面无表情地走了。

只是过了一会儿，他又回来了，身后还跟着两个古剑派弟子。

古剑派弟子平时是没有机会上落雪峰的，在落雪峰古剑剑尖上感悟剑意，还是要古剑派优秀弟子才行，门派试炼之中的佼佼者才有机会到落雪峰上来，

此次两人跟在青河后头，离了他一丈远不敢再靠近，心情却是激动澎湃的。

前面是青河。

古剑派最冷的一个人。

弟子们私下称青河为人形剑，练剑练得着了魔，三尺之内无人敢接近。因此两人心头紧张好奇得很，却谁也不敢开口询问，两人不敢交流，神识传音也不敢，只能用眼睛瞟来瞟去，希望对方能从眼神里领会一下自己的意思。

松尚之睨着眼："你说青河师兄叫我们来做什么？"古剑派里头没侍女，弟子修行的同时要打扫山门，山门落叶不是用扫帚扫的，也不能用灵气，需得用剑气将落叶一片一片挑起，然后绞得粉碎，最后收剑，轻吸一口气，将根本不存在的灰烬吹飞。看着潇洒写意，实际上却枯燥无味，而且很累，他今天跟师弟林寻一块当值，正扫着白玉石阶呢，就被青河给叫了过来，偏偏都已经入了落雪峰，还不知道到底是过来做什么，他虽然激动，却也有点紧张。

青河太冷，脾气古怪，极难亲近，总不会要做什么恶事吧？

这里是宗门内，他不会动手杀人吧？

越想越害怕，松尚之腿肚子都打哆嗦了。他紧张地看着师弟，偏偏师弟是个蠢的，根本领会不了他的意思，嘴角还挂着笑，一副被高手看中，马上就要一步登天成为剑道大能的傻样。

林寻眨眨眼，他的意思是："师兄，我好高兴，青河前辈是不是觉得我们资质好？"

松尚之继续抽眼角："这偌大的落雪峰上都没几个人，他会不会把我们叫来当剑奴？侍剑？"脑中想到了自己浑身剑伤的悲惨模样，他觉得呼吸都不畅了。

林寻眼前一亮："前面就是他们住的地方了，洛樱前辈和苏师妹也在这里呢。"同辈分的按入门先后排，苏竹漪比他后入门，按理应称师妹，但苏竹漪实力很强，一般来说，当面他们都会称呼她道友，只是背地里依旧喊师妹，这样亲热。

两个人眉来眼去，思维却完全不在一条线上。

等到青河停下来的时候，他们才规矩地低头站好，一副等待长辈训话的模样，周围环境都压根不敢看。

接着，就看到青河转过身来，递给他们一人三炷香。

两人同时愣住，皆是一头雾水。

青河侧身让开，他们就看到面前有一块石碑，上面刻着"秦江澜"这三个字。秦江澜是谁？两人对视一眼，眼神里都是茫然。

"上香。"青河淡淡道。

"哦哦。"哪怕心头万分疑惑，松尚之和林寻也不敢怠慢，规规矩矩地上了香，还不用青河吩咐，跪下来磕了头。

等上完香，青河打算赶人了，只是看到两人的眼神，他冷冷地道："你们去剑尖上领悟剑意，不可随处走动，傍晚前下山。"

"是！"两个人齐声应道，那叫一个意气风发。其中林寻鼓起勇气问："秦江澜是谁啊？"

青河没回答，瞟了一眼苏竹漪的房间。

她房间的窗户开了一条缝，人也醒着，想来早就注意到外头的动静了。

果然，就听里头传出一个声音来："拜了他，剑道领悟得会更快。"

"不信？我天天拜啊，早晚三炷香呢。"

"你问青河，是不是？"

青河："呵呵。"

上了香，那两个弟子要去剑尖上领悟剑意，苏竹漪还喊了句："明天也要来啊。"

热情得像风月楼里挥手帕的老鸨……

青河："……"

等到人走了，青河才问了一句："有需要？"他觉得苏竹漪身上秘密很多，不过他从来不会主动过问，同样，他也知道，苏竹漪确实不会害他们，她的想法自有其目的。

青河对自己认可的人很包容。只要不涉及师父，不会暴露身份影响师父名望，不管她是要杀人还是要放火，他都不会阻止，还能在一旁压阵，如今只是叫几个人过来上香，他自然不会阻止，只是等到他身体不适，需要离开的时候，这落雪峰就得封山了，他不在的时候，不想让任何人上来冲撞了师父。

"有需要。"苏竹漪道。她还想着要如何给师兄解释一下这个问题，就听到屋外的青河答了一声："好。"

凡人喜欢给那些行侠仗义的修士立长生牌，上香祈愿，有传说这样其实对修士修行有益。不过他并不清楚这是不是真的，因为青河从来没干过什么好事，他觉得他的画像若是被画出来，大概也是贴在门上当门神驱鬼。唯有师父那样的才会被悬于房中膜拜，白衣仙子，飘逸出尘，惊世剑仙，侠名远播。

苏竹漪现在觉得这个师兄还是挺不错的，虽然长得比秦江澜稍稍差了一点，但实力很强。

但因为融合了龙泉剑，是柄邪剑，随时可能控制不住自己杀人，加之他一心一意为师父而活，所以她对他没动过什么歪念头。不过想想还是蛮可惜的，上辈子的苏竹漪看见不错的男人基本上会上去撩一撩，如今重活一回，倒真是越活越回去了。

她虽然喜欢秦江澜，也一心想把人救出来，但到底没想过只为这么个男人而活，这会儿看着师兄还觉得可惜，有些无奈地咂了咂嘴。江山易改，本性难移，苏竹漪觉得自己是没遇上比秦江澜更俊的，否则的话，她还能动点歪心。

躺在床上不能动，身上的伤是元神陡然增强而引起的，估计还得养十天半个月，她上辈子在望天树上养伤躺了好久，那时候元神也极度虚弱，根本什么事都干不了，睁眼就只能看见那盏灯和灯光周围的方寸之地，比现在无聊得多，那时她也忍了过来，如今躺上几天，她倒是不觉得日子难挨。

横竖还能逗逗秦江澜。

神识又扫了进去，她问："刚刚找了两个弟子给你上香，你有没有感觉出什么？"

秦江澜缓缓摇头。

光上香不行，要让别人记着这么一个人。就好像很多人心里一直记着洛樱一样，应该是那种纪念才有意义。当然也有可能是因为只有两个人，而且仅上了一次香，秦江澜感觉不出来。积少成多嘛，反正现在没别的思路，就暂时这样吧。

"秦江澜。"苏竹漪分出一缕神识，像是一片羽毛扫过他的脸颊，接着轻轻碰触他的鼻梁，一点一点地抚摸下去，又落在唇上。

秦江澜："……"

她还腻着嗓子问他："当年，你给我换药的时候，是不是也是这样？"

神识稍稍落得重一些，好似有一双手在捏他的下巴："这力道重不重，还是要这样？"

"苏竹漪。"秦江澜面无表情，耳根微微泛红，声音依旧保持着清冷。

"怎么？"苏竹漪咯咯笑了两声，"又想施展禁言术了？"

风水轮流转啊，想当年是他磋磨她，现在，轮到她翻身做主了。

苏竹漪睨他一眼，挑眉道："还是自个儿要念静心咒了？我猜猜，你现在是不是在心头默默念咒？静心咒？"神识扫到他腹下。"还是去火咒？"

苏竹漪的表情秦江澜是看不见的。

他只能听见苏竹漪那戏谑的声音。

苏竹漪躺在床上，身子不能动，也没说话，脸上表情倒是生动得很，还没走远的青河扯了扯嘴角，默默地移开了眼。

秦江澜又叫了一次苏竹漪的名字，让苏竹漪有些自得地咧嘴一笑："怎么，我说对了？"

"你修为进阶，元神力量增强，境界还不稳定。"秦江澜语气平静地目视前方，"好好修炼，稳固一下心神。"

怎么没头没脑地说这个？

秦江澜伸手，微微指了一下自己的脸颊。

此时苏竹漪才注意到，他脸颊绯红一片，却并非因为害羞，而是好似被人打过一巴掌一样。她是控制神识去抚摸的，以为自己的力量很轻柔，然而实际上，这种对神识细微的掌控需要勤加练习，她上辈子掌控得不错，然而现在境界还不稳，力量把握得不是很好，她自以为把秦江澜轻轻抚摸了个遍，实际上……

大概是啪啪啪啪地扇了他几耳光，从上到下，啪啪打脸……

偏偏他还稳得住，眉头都没皱一下。

苏竹漪："……"

本来是存着调戏的心思，如今看着他的脸，倒是有些心疼。

秦江澜在流光镜中，苏竹漪的神识侵入，他约莫能感觉到对方的心境，现在，她大抵有些尴尬惭愧？所以神识都缥缈微弱了一些，这样一来，她接下来应该会安分一点了。

秦江澜修为不弱，如今在这流光镜里，比上辈子只高不低，挡那区区神识轻而易举，但他并没有那么做。

他希望苏竹漪能稍微安分一点，再这么下去，念静心咒都不能静心了。

上辈子在望天树上，她没灵气，也喜欢挨着他动手动脚，现在，连肉身都没办法接触到，她还能用神识来撩拨他，秦江澜虽然无语，心中却微醺，甘甜醉人。

小骷髅在一旁坐着，他仰头看着天，有些不满地道："小姐姐，我感觉到你的神识了。你是不是跟小叔叔说悄悄话了？"他背靠着秦江澜，眼眶里的小火苗都在转圈了。"你们说的什么悄悄话，我不能听吗？"

苏竹漪正色道:"他刚刚在教我修炼,如何控制神识。"苏竹漪分出一缕神识,小心翼翼地落在小骷髅手上:"你觉得怎么样,力道重不重?"

"沉甸甸的,好像……好像……"小骷髅想了好一会儿,才道,"好像被笑笑扑了一下。"

笑笑是小骷髅那条大黄狗,现在已经进阶了,力气很大。

苏竹漪:"……"

看来她对神识的掌控还得加强,反正现在身体不能动,倒不如修炼一下神识,时间宝贵,不能就这么浪费了。想通这些,苏竹漪也认真起来,她用神识跟小骷髅做游戏,这些年,她其实都没怎么陪过小骷髅,一直对他不冷不热的,如今隔着面流光镜,她反而陪他玩了好久,让这小骷髅特别开心,每天都笑得合不拢嘴。

她修炼神识的时候很认真,神识耗尽了才休息,等到恢复了又继续,过了七八天,对神识的掌握就增强了不少。而这七八天过去,流光镜里头那中年男子的元神已经衰弱得不成人形了。

他不甘心,一点也不甘心。

寿元将至,他为了让自己继续留在人世间,能够等到流光镜再次现世,而把自己炼制成了魂器,使得他的元神可以存于戒指之中。他不知道流光镜到底要多久才能再次出现,因此夺舍都不行,毕竟夺舍只有一次机会,就算他夺舍成功,也只是增加一些寿元而已,只能炼制魂器,等到流光镜现世之后,他的元神还有夺舍的机会。

如今在元神消散前,好不容易等来了流光镜,也有最合适的肉身可以夺舍,可他偏偏太虚弱了,根本没有那个实力。

千算万算,却没想到,他醒来得这么迟,迟到元神都不能维持完整人形,迟到根本没办法强行抢夺身体。

难道就这么放弃了?

突然他心中充满悔意,悔不当初,悔不当初啊……

意识渐渐消散,他看着秦江澜的方向,道:"你真的会消散的。流光镜想成为道器,需要重生的人扭转天命,可惜,天道岂能轻松破开,我当年实力几近化神,整个真灵界无人能及,翻手为云,覆手为雨,却依旧逃不出天道宿命,做不到起死回生,躲不过寿元将至。"

"那面镜子是无主之物,要成为它的主人,我猜测只能改变命运,就好比我,通过镜子重生回万年前,但实际上,我完全不能操控它,那镜子于重生之人仅仅是个媒介。"

"要成为它的主人，我们只能另寻他法。"或许是感觉到自己要消散了，他的话诚恳了许多，"我们可以把流光镜变成魔器。"

"那样，魔器就不会有必须逆天改命才能认主的限制了。"他说到最后，已经有些精疲力竭，"我教你，我乃真灵界第一人，我教你把流光镜变成魔器，到时候，我们就能够掌控这面镜子，通过祭祀生灵重生，甚至可以通过镜子直接吞噬生灵，届时，你是它的主人，自由出入流光镜也是轻而易举，而天下皆在我们手中。"

"这世上有很多大魔头，哪怕嚣张一时，最终也没有好下场。"秦江澜看着小骷髅，"自古邪不胜正。"

苏竹漪刚好投了缕神识进来。

"秦老狗，你说谁呢？"

苏竹漪休养了七八天，身上的伤好得差不多了。

她没有一直躺着，出去活动了下筋骨，练了一会儿剑。在红枫林那边，苏竹漪悟出了一点剑意，好似当时是要她跪下，要她认错，然后她打死不认来着？

她觉得如果秦江澜的松风剑气是宁折不弯的气节，那她估计就是死不认错的执拗了，其实还是有一些共通之处的。

有了剑意，剑法的威力也大增了，从前苏竹漪一直觉得剑修前期弱得可以，所以她懒得修炼。如今有了剑意，倒觉得剑用起来也不差，因此修炼也认真了一些，天璇九剑第一重和第二重她以前就会了，只是疏于练习，如今施展而出，威力着实不小。

练了剑，苏竹漪精疲力竭，回到房间打坐休息，调息的时候还一心二用，哪怕很疲惫了，也分出一缕神识去联系秦江澜和小骷髅，哪儿承想就听到秦江澜说这种话。

"魔头都没有好下场！"

"自古邪不胜正！"

一听到这种话，苏竹漪就冒火，问："你背着我瞎说些什么呢？"

"邪不胜正？"她的神识落到秦江澜身上，"你这么正，还不是……"声音立刻婉转起来，她轻呼一口气。"还不是着了我的道？"

她如今对神识已经掌控得很好了。

那一缕神识轻柔如羽，轻轻落在秦江澜的唇上："你胜了还是我胜了？"

"你。"秦江澜眸子清亮，几乎没有任何犹豫地脱口而出。

苏竹漪心满意足，嘴上依旧不饶人："哦，为什么呀？"她那神识如羽毛扫过他的唇，又顺着下巴滑下去，拂过脖颈，钻进衣衫，在他锁骨上刷了好几下。本是想逗逗秦江澜的，却叫她自个儿心如火烧，只觉他鬓若刀裁、眉如墨画、目似点漆、浑身上下无一处不撩人心痒。

"因为你美。"秦江澜面不改色地道。

明明是逗他的，结果苏竹漪反而心跳加快了。一瞬间，那缕神识稍稍一滞，随后她才咯咯笑了两声："当然，我一直都知道。"

她忽然想起很多年前，望天树上，她经常对着他搔首弄姿，问他："你看我美不美？"

那时候的他从来没有回答过。

其实他心里一直都有答案，只是直到今天才说出口。

她心跳加速了，却发现秦江澜面不改色平静得很，有些不甘心地继续撩，忽地听到了他的心跳。

那怦怦的心跳声让她的眼睛微微一热。

你还活着，挺好的。

就在这时，在一边玩泥巴的小骷髅又欢快地开了口："小姐姐，你来了吗？你看，我用泥巴捏了小人儿……"

他在地上用泥巴造了房子，房子门口有松树，房子里有小姐姐、小叔叔，还有好多人……

"嗯啊。"苏竹漪又用神识摸了小骷髅一把，结果小骷髅没蹲稳，一下子往前跪了下去，双手往前一撑，把好多泥巴人都压坏了。

苏竹漪："……"

她现在神识控制得很好啊，她力气有那么大？不过，正好把其他人都压坏了，只剩下了她、秦江澜和小骷髅，这也压得太巧了吧？

神识瞄了一眼正襟危坐的秦江澜，苏竹漪心头呵呵笑了两声，接着又摸了他两下。

"我恢复得差不多了，明天下山去降妖除魔。"苏竹漪笑了一下，"你上辈子去了哪些地方，哪些地方有妖邪要除啊？"

上辈子的这时候，苏竹漪还在血罗门里折腾呢，她对这些方面了解得很少，既然要去打着秦江澜的名号行侠仗义逆天改命了，就得先做好准备，若是提前知道哪里有妖邪鬼物作祟，她直接去还能省下不少事呢。

问了话，秦江澜没吭声，苏竹漪又喊了一遍他的名字。

"秦江澜。"

"嗯。"他轻轻应了一声，随后微微一笑，明明是个清冷如玉的人，那一笑间，眉眼中有了惑人心神的力量，好似缠绵的丝线，把她的心瞬间绕得一紧。

"我忘了。"清风拂乱他的发，他明明是在笑，却让苏竹漪心头一涩，她觉得自己最近情绪波动有点大，居然会被对方的一个动作、一个眼神、一个笑容所影响……

从前都是她勾人，如今，她反而被人给勾了。

这种看似古板固执清冷的人，一旦撩起人来，还真是叫人把持不住啊。

"嗯，记得我就行了。"索性用神识绕在他脖颈上，好似双手环抱在他脖颈上一样，苏竹漪上辈子都是主动去勾引他，哪怕真的吃上了，除了最后那次，基本都是她在上方，坐在他怀里，圈着他脖颈。她这会儿用神识圈着他，笑吟吟地道："让我仔细瞧瞧，待会儿多画些画像，到时候叫他们挂在屋里，让你变得跟上辈子一样，受万人敬仰。"

"好。"

静心咒早已无用。

其实他已经不可避免地有了反应，只是现在坐得端正，装作什么都没发生罢了。等到苏竹漪神识离开，他才缓了口气。

他的修为比苏竹漪强，而且隔着流光镜，在他的掩饰下，苏竹漪应该没注意到他的异样，青衫薄，又那么盘膝坐着，若不是施了一层屏障，便什么都暴露了。

秦江澜心头稍定，随后就听到小骷髅猛地开口："小叔叔，你是哪里不舒服吗？"

他指着秦江澜的身下，担心地道。

山河之灵的神识更强……

小骷髅不会去偷看别人衣服底下是什么样子的，但是……

现在的情况很诡异，小叔叔面红耳赤、心跳加速，是不是生病了？小姐姐偷偷告诉小骷髅，要仔细地看着小叔叔，别让他做坏事，别让他产生怨气，小骷髅自觉责任重大，所以看得很仔细哟！

一对眼眶里火苗扑哧扑哧地燃烧，神识都快把秦江澜的裤子戳个窟窿了。

秦江澜："……我没事，一会儿就好了，不要告诉小姐姐，好不好？"

"好啊。"小骷髅万分天真地答应了。

秦江澜松了口气，悟儿天真善良，他不会骗自己吧？不过悟儿可是跟了苏竹漪那个妖女，之前那些年，她嘴里十句话没两句真话。

小骷髅连连点头，保证道："我不会告诉小姐姐的！"

然而他心里头想的是，肯定要告诉小姐姐的呀，小姐姐叫他仔细看着小叔叔呢，悟儿最听小姐姐的话啦。

苏竹漪打算下山。

她现在金丹后期实力，元神元婴期，剑道也算有所成就，下山历练按理来说是不会有什么危险的。她先是绘了秦江澜的画像，直接在门口的松树上挂了一张，这几天青河还没走，她便叮嘱青河叫那些上来感悟剑意的弟子每天不仅要上香，还要对着画像拜一拜。

"就跟他们说，拜了这人，剑意领悟得更快。"

青河："……"

他没吭声，对于师妹的某些话，他都以沉默应对。

恰好这时，最早来的那个松尚之一路飞奔过来，他抱着自己的剑，面露狂喜，道："两位……两位，我养出剑心了。"

他算是新入门的弟子，比苏竹漪早了一点，古剑派弟子百年之内养剑心，只要百年内养出剑心，就算资质不差的了，若是养不出来，他们就得先去外门，所以现在不到三十年，他就把剑心养出来，已经算是优秀的了。

"哦，施展出来我们看看？"

就见他施展了一下古剑派的天璇九剑第一式，舞得有模有样的，并不算差。

苏竹漪见了，就装模作样地指点了他一下，纠正了他剑招的力道和灵气的施展，叫那松尚之更加感动，连连道谢，只觉苏师妹又漂亮又和善，跟旁边那位一比，简直……

一个天上，一个地下。

正心生感慨，就听苏竹漪又道："是不是拜了此人，剑道修炼如有神助？"

松尚之一愣，他看着那多出来的画像，只觉得画上那男子宛如谪仙，好看得让人觉得不是真人。

"他就是秦江澜，曾经以剑入道，飞升大乘。就跟我们门派的剑心石一样，拜他也能让人剑道提升。他的佩剑就是松风剑，我从剑冢里得到了仙剑松风剑，也机缘巧合地知道了这段往事。"

她伸手一拍身后的青松，抖落几根松针下来，那松针好似剑意一般，让松尚之心神一凛，看向秦江澜画像的眼神也敬重了许多。

苏竹漪分发了几张画像下去："分给你关系好的同门，以后多拜一拜啊，心诚则灵。"

说完又冷了脸："若是被我发现画像有损……"她想着要如何威胁，随后转头，一伸手，把杵在旁边的青河拉了过来。

不用多说，松尚之就已经明白了，连连道："必不会损毁，还请放心。"

青河："……"

除了师父，几乎所有人都怕他。

看着揪着自己胳膊的师妹，他神情依旧淡漠疏离，心中却是稍觉暖意，随后绷着脸，冷冷地瞥了松尚之一眼。

松尚之被这一眼看得直哆嗦："头可断，血可流，画像绝不会有半点损坏。"

苏竹漪："……"

就喜欢你这样懂事的正道弟子呢。

第三章

铭记

苏竹漪要下山历练，她没直接走人，而是去跟各峰长老都打了招呼。

她是个睚眦必报的人，哪怕过了这么久，又经历了这么多事，有件重要的事却是一点没忘。

之前她受鞭刑的时候，器峰、灵峰、戒峰三峰长老都在，后来掌门姗姗来迟，这几个人在她受刑的时候都在场，都能弄到她的毛发血肉，可以用来追踪她的位置。她平时对这些分外注意，然而受刑的时候顾不过来，所以在这时候被人沾了点，让血罗门用秘术来追踪她的下落的可能性就很大了。

她此前离开古剑派前往素月宗，结果被血罗门的死士暗杀，想来跟这几个人脱不了干系，然而到底是谁，线索太少，查不出来。

戒峰的云峰主表面上是最可疑的，毕竟她对落雪峰一直挺看不顺眼，器峰的胡峰主平时大大咧咧的，看着十分护短，对苏竹漪也一直不错，而灵峰的易峰主一直想看小骷髅，还死缠烂打地在落雪峰上待了一段时间……

到底是哪个人呢？苏竹漪觉得易峰主和胡峰主的可能性大一些。因为一个对她的灵宠念念不忘，那易长老在灵兽方面比较偏执，为了捉只灵兽，能一动不动地趴在那儿守候几年甚至几十年，卖个消息给别人，她死了灵宠就无主，倒也说得过去。

至于胡长老，实在是苏竹漪上辈子是个心黑的魔头，总爱怀疑好人，反而忽略坏人。所以她觉得胡长老比云长老更值得怀疑。

她选了合适的时机暗地里去拜访了掌门和这三个长老，很天真地询问了一下下山历练要注意的事项，应该去哪个地方合适。

然后，她透露了一下自己想去的地方。

她跟每个长老说的都不太一样，但也没直说要去哪儿，只是表明了意向，她磨磨叽叽地在门派晃了几天，让松尚之把画像的效果又宣传了一下之后，才真要下山了，而下山之前，她还让青河做了伪装，而后她跟青河分了两路，各自前往此前商议的地方。

苏竹漪去的是南疆苗山一带。这片地方离四大宗门都不近，深山里头有个苗蛊寨，里头的人大都实力不低，而且擅长用毒和养蛊虫，他们世代隐居山林，误入的修士大都是有去无回。

因为苗蛊寨的存在，苗山一带虽然灵气不低，但大一点的修真门派却是一直没建起来，不管是正道还是魔道，想在这里开山立派的都没成功，莫名其妙就衰落了。久而久之，也没谁想在这里占山为王，最后这里成了个散修聚集的地方，属于龙蛇混杂的区域，正魔两道的修士都有，还有几个几十人、一百来人的修真小派，一夜间就能灭掉，是在修真界基本没名气的那种，完全可以忽略不计了。

这地方修士水平参差不齐，低阶修士非常多，高阶的也有，当年苏竹漪就曾在这苗山混迹过很长一段时间。

掌门和长老都觉得这里不太适合刚刚下山的新人弟子，然而苏竹漪对这里熟得很，也知道距离苗山几千里处有不少凡人村寨，她选这里为目的地，应该能碰到不少不平事。

血罗门的弟子按理来说应该来得很快的，但苏竹漪没遇到，她问了青河，也没动静，心头还挺遗憾，觉得自己这次瞎忙活了，居然没有把人给引出来，她在外头晃了两天发现没人跟，也就隐匿了身形，再出现的时候，就乔装成了秦江澜，打算用他那张脸去招摇撞骗，不对，行侠仗义去了。

这日，苏竹漪站在水边绿树底下，看着水里的倒影道："你看，我这障眼法施得如何，跟你是不是一模一样？"

绿树成荫，水中绿影好似碧玉，而她所幻化的秦江澜仿佛站在碧玉之中，比玉更清冷，只不过下一刻，那张俊逸的脸上就露出了一抹邪笑，苏竹漪眨眨眼，对着水面抛了个媚眼，这等动作用秦江澜的身子做出来，竟然不会让人觉得倒胃口。

她有点期待真正的秦江澜在自己面前低吟浅唱，辗转求欢了。

苏竹漪如今修为不低，元神更强，将自己乔装成秦江澜不难，只要不遇到元婴后期的大能，其他人都看不出破绽，而她本身就是往凡人村镇和低阶修士

区域走的，遇到大能的可能性很小。

秦江澜在镜子里，看不到苏竹漪现在是什么模样。只是想到苏竹漪以他的样子游历天下，总觉得有些恍然如梦，依稀记得上辈子从望天树上坠落，她说自己重活一回，要做天下第一人，要求得大道长生，谁敢阻她，她就杀谁。

而她现在要去行侠仗义？她是为了他。

秦江澜嘴角带了丝笑意，他一边听着小骷髅讲故事，一边想象着苏竹漪现在的样子，脸上笑意更深了一些。随后就听到苏竹漪道："你居然又笑了。"

"背着我偷偷笑，在想什么呢？"一阵清风吹到他脸上，接着开始往下游走，将他的衣襟往下扒了一些……

她的神识倒是掌控得越来越好，扒衣服的动作也越来越熟练。

"咦，你的锁骨这儿还有颗小痣。"苏竹漪假装惊讶地道，其实她早就知道了，毕竟朝夕相处了那么多年，她整天闲着没事，只能盯着他看。

芝麻粒大小的一丁点，像是用毛笔尖轻轻点了一下，是红艳艳的颜色，看着挺诱人，让她忍不住想舔一舔。

"我在扮你，肯定要每一个细节都相似才行，我仔细量一量看一看，检查一下是不是有什么遗漏。"她语气轻佻，神情促狭，那神识就好似要把秦江澜给剥光了一样。苏竹漪的神识比秦江澜其实要弱一些，所以若他不给她看，设个屏障便能拦了她，然而他没有，所以说，看他表情镇定得很，好似无欲无求的样子，实则内心很享受。

苏竹漪站在水边，一边看着水面的倒影，一边用神识挑逗秦江澜，正玩得高兴，忽然感觉到身后有血腥气，她神识一直关注着四周的动静，结果就看到一个受伤的女子朝她所在的方向飞了过来，那女子气息微弱，只有凝神期修为，这等微末的实力，如今连她的防御屏障都破不了，因此苏竹漪也没把人放在心上。

若是往常，看到有人朝自己的方向扑过来，她心情好，就一巴掌把人拍开，哪天碰上她心情不好，便直接把人给杀了，毕竟谁知道对方凑过来安的什么心，她谨慎惯了，是容不得有人突然靠近自己身侧一丈之内的，如今都已经抬了手，转念想到自己现在下山是要救人的，于是默默收了手，负手站到了一边。

贸然出手不合适，还是先观望一下。

片刻后，那女子踩着飞行法宝歪歪斜斜地从她眼前飞过，随后就见那女子灵气一滞，好似体内灵气耗尽，直接跌到了水里，溅起大片水花。

女子身子霎时也湿了大半。

她身上穿的是件低阶灵宝，虽然品阶低，但防水这样的基本功能还是有的，哪怕她身上灵气不足了，也不应该瞬间就浸水湿透。

苏竹漪看那女子湿了身，露出了姣好的身材，顿时眉头轻皱了一下。

受伤女子从水里冒出来，头发湿漉漉地贴在身上，衣服也湿透了，本来就很薄的衣衫底下那玉色的肌肤露了出来，腰肢极为纤细，且那腰上还有伤，血水从伤口处沁出来，在清澈的河水中氤氲开来，乍一看，好似一条红绸轻荡。

苏竹漪："……"

她怎么都没想到，下山后遇到的第一个人居然会是苏晴熏。

苏晴熏是长宁村村长苏翔的孩子，父亲是个炼体的修士，母亲是个凡人，压根没有修炼资质，因此苏晴熏的修炼资质其实非常一般，不过上辈子她是秦江澜的徒弟，修炼资源丰厚，还用了很多方法改善资质，出入秘境也有师兄师姐们照顾，历练时法宝不少，修为自是不差，只看修为境界，她跟苏竹漪相差不大。当然，真打起来，苏竹漪要弄死她并不难。

苏晴熏长得不差，鹅蛋脸，大眼睛，记忆之中脸颊上还有点婴儿肥，小时候看着跟个白玉团子一样，长得十分可爱，长大了抽条了，也很娇俏玲珑，跟苏竹漪的妖艳完全不是一个风格。然而现在看苏晴熏，虽然身子依然娇小，但该凸的凸，该翘的翘，特别是那胸脯鼓鼓胀胀的，竟比她还大了许多，跟丹鹤门那个……那个丹如云不相上下，倒叫苏竹漪啧啧称奇。上辈子苏晴熏穿得很严实，平时可能还束了胸，所以都看不出来，如今苏竹漪才发现，她这身子倒是很惹男人喜欢。

面庞稚嫩，有少女的天真，身子却是曲线玲珑，衣衫被水湿透，真是别具一番风味。

她就那么肆无忌惮地打量着水中看着有些惊慌失措的苏晴熏，这眼神落到苏晴熏眼里，就好似有些色眯眯的了。

她轻咬贝齿，抬头道："公子，救我。"

苏晴熏只知道树下那男子很年轻，实力也很强，但具体有多强，她却是不知道的，心想在这附近的男修，修为再高，也就筑基期吧。

她没仔细看，也不敢用神识去查，此番抬头，才瞧见树下那男人的模样。

本来是轻轻咬着唇，一副可怜兮兮的模样，此时却愣在当场，目光一滞，心如小鹿乱撞。

她想，这世上真有如此好看的男人？他站在树下，嘴角噙着一抹浅笑，好

似聚拢了天光，将周遭的一切都衬得黯然失色。

苏晴熏险些看痴了……

苏竹漪："……"

她明明是下山行侠仗义的，看见的第一个人就想杀，怎么办？

"秦老狗！"

苏竹漪神识直接冲流光镜里大吼了一声："我看见你的徒弟了，你给我下了逐心咒，我都动不了她！把那劳什子的逐心咒解了。"苏竹漪声音里杀气腾腾的，眉宇间有了戾气。

苏晴熏一愣，只觉那光风霁月的仙人，陡然间就有了邪气。难道因为她被对方瞧出破绽了？

时间不多，追兵随时可能杀过来……

想到这里，苏晴熏咬牙，把心一横，跌跌撞撞地站起来，沿着河岸边跑，绕过那男子后，发现他没动静，她心一沉，随后在他身后不远处的礁石边设了个结界，隐匿住身形。

她现在这个样子跑是跑不掉了，倒不如藏在他身后，拼上一把。

流光镜内，秦江澜感觉到了苏竹漪的怒气。

"借助流光镜重回千年前，本就有违天道，你刚刚回去，年幼弱小，若是直接害死了苏晴熏，我担心你会受天道规则惩罚。"秦江澜语气平静地道。

她回到长宁村的那几天都是雷雨天气，天天电闪雷鸣的，还曾劈断过树木，苏竹漪这么一想，倒觉得重生之初，老天恐怕也很暴躁，所以一连打雷下雨了好多天。秦江澜倒是了解她。

她才不会觉得上辈子杀了苏晴熏，就已经报仇了，此后一笔勾销，她重新来过的时候，看到苏晴熏还真是想直接害死的。哪怕现在看到苏晴熏，她也是咬牙切齿的，她就是这么小心眼，还记仇。

你打我一巴掌，我就能杀你全家，更何况，对她来说，苏晴熏背叛了她。

或者说，她觉得苏晴熏辜负了她。

除了苏晴熏，全天下的人杀她，苏竹漪都觉得理所当然。她杀别人，别人自然可以杀她。

可她就是不能接受苏晴熏利用自己对她的信任，引自己入局。

"那你现在解啊！"苏竹漪不满地冷哼了一声，她神识还关注着苏晴熏，发现她已经躲到了自己身后的石头边，心头也喊了一声。她其实想起来了，早些年，苏竹漪二十岁左右的时候，在南疆遇到过一个女修，名字她忘记了，就是南疆一个小门派御灵宗的女修，那女修说苏竹漪勾引了自己师兄，直接出手用鞭子抽她的脸，苏竹漪最在乎自己那张脸了，她把那挑衅她的女修脸划烂，还没用红颜枯那样的毒呢，结果那女修便自杀了，御灵宗的修士追杀她想给师妹报仇，最后，被她屠了门派。

本来这是很早的事，苏竹漪都忘干净了，她杀过的人那么多，哪里记得年轻时做的这么一宗事，偏偏秦江澜不知道从哪儿知道的，在望天树上的时候，每次数落她，就会念一遍，她听得耳朵都起了茧子，自然也就记了下来。

这次，她来了南疆，刚好碰到苏晴熏被追杀，莫不是被那御灵宗的修士追杀？时间对得上，苏竹漪抬头看天，明明该幸灾乐祸的，她却觉得有一丝怅然。就好像天地间有无数的丝线连接成网，而他们就是被蛛丝粘住的飞虫，想要挣脱，何其艰难。

"解不了。"秦江澜此时的语气倒没那么平静了，他声音微微沙哑，低声道，"我不在你身边。"那嗓音醇厚，好似有蜜糊了她胸口，让她觉得又甜，又有些透不过气，本来心头燃起的火也被浇灭了。

她嘴角一勾："你的徒弟被人追杀，我要不要救她？"

"她刚刚看我的眼神都发光了，好似对我一见倾心。"苏竹漪啧啧叹了两声，"难不成，上辈子，她其实也心悦你？"

"她是徒，我为师，岂能乱了师生伦常。"秦江澜抬眸看天，"她尊师重道……"说到这里他倒是顿了一下："不要胡思乱想。"

"我胡思乱想什么了？"苏竹漪心道，"也不看你长了张什么样的脸，再者，当年，好歹是你把她从狼窝里带出去的。"

女娃娃嘛，对俊美的救命恩人肯定还是很上心的。

忽然想起当年，她惊恐地等待的时候，脑子里也一直想着秦江澜的脸。她一直盼着他带人回去救她。

也是经历过那一回无望的等待后，苏竹漪才不会把自己的性命寄托在别人身上。

胡思乱想什么？

秦江澜淡淡道："与其想些乱七八糟的……"他长睫一眨，像刷子一样盖下，浮光掠影一般，把夜风剪断了，也像是把她的神识都切断了一样，让她稍稍一愣。

"不如想我。"

"与其想些乱七八糟的……不如想我。"

苏竹漪一时说不出话来。

这秦江澜说起情话来也不害臊。她浑然忘了，当年自己是如何半遮半掩地挨在他身边，贴着他耳边说那些勾人的话了。她可从来没害臊过。

跟秦江澜没说上几句话，苏竹漪就发现有几个人追了过来。她对御灵宗的修士没什么印象，不过看他们是乘着灵兽过来的，想来应该就是御灵宗的人了。

上辈子这些人应该都死在了她手上。

苏竹漪看了那几人一眼，随后用余光扫了一下身后的石头，瞧见那藏在石头边的苏晴熏，她笑了一下，转头欲走。

"这位道友，有没有看到一个凝神期的红衣女修从这里经过？"

苏竹漪："……"

她挺想撬开这些所谓的正道弟子的脑袋，看看里面装的是什么。

虽然他们修为不高，跟苏晴熏半斤八两，甚至不如她，但她受伤了，河水里那么多痕迹没有被掩盖，他们就不会去查一查看一看？再说，苏竹漪刚刚不太自然地瞄了身后石头一眼，他们都没注意到？

不过下一刻，就有人道："她应该来过这里，好似往这边走了。"

说话的人手中有只巴掌大的灵兽，此刻那只灵兽跳到地上，小鼻子耸动几下，朝着苏晴熏藏身的地方过去了。

苏竹漪很好奇，苏晴熏应该如何脱身？

不过她倒是没兴趣救人，她因为逐心咒的限制，不能亲手杀苏晴熏，但别人总可以吧，而苏晴熏若是死了，她也想知道天道又该如何弥补？

想到这里，苏竹漪没管他们，打算直接走了。

哎，明明是打算下山行侠仗义的，哪儿晓得出师不利呢，第一个人就不想救，她还是适合杀人。

然而刚走出去没多远，苏竹漪就感觉到脚下一晃。这河边的土地裂开了一道口子，而那条清水河好似活了一样，明明只是一条普通的小河，却卷起了数丈高的浪花，且那浪花里有一股浓浓的血腥气，叫苏竹漪眉头一皱。

下一刻，一个硕大的头颅从河中冒出，看到那东西，苏竹漪瞳孔一缩，这河中居然藏着一条妖蛟！

蛟龙翻腾，神情好似十分痛苦。龙尾横扫，将岸边那绿树直接砸断，随着它的挣扎，卷起大量水花，那条小小的清水河到底是怎么容纳下这么大一条妖蛟的？

就见岸边的御灵宗的人被妖蛟吓得四处逃窜，其中一个跑慢了的，被蛟龙直接一口咬成了两截！

难道这就是上天给苏晴熏安排的脱身之法？

苏竹漪猛地想起上辈子南疆关于妖蛟的说法，这里的确出了条妖蛟，是从苗山那边的苗蛊寨里跑出来的，当时在这附近作乱，害了不少人命，最后引来了云霄宗还有四大派的修士前来除妖，只不过他们什么都没捞到，在他们布下天罗地网准备抓妖蛟的时候，那妖蛟被苗蛊寨的修士给带回去了……

苏竹漪当年来这边是因为血罗门的一个任务，具体细节她忘了，她把御灵宗灭了之后，怕有所谓的正道修士来查，便直接跑了，所以对后来发生的事不太清楚，等到百年后她修为大进，再来苗山的时候，才听说了一点当年的事。

所以，她这是撞见那条千年妖蛟了？它出现得真不是时候！

不过没准是苏晴熏的血把它引出来的，毕竟当时苏晴熏泡在水里，血水都流到了河中。这妖蛟实力不低，修行了上千年，实力跟那些元婴期的人类修士差不多，它肉身很强，所以论战斗力，它比元婴初期的修士要强一点。

当年那些正道修士来了一大群，布下天罗地网来杀它，足以证明这蛟龙实力不差。

苏竹漪要杀它得费些功夫，而且她也不想立刻就杀了它，等它在周围弄出些乱子，祸害不少人后，她再用秦江澜的样子出来除妖，届时那些百姓定然对他万分感激，主动为他上香祈福了！

想到这里，苏竹漪看那妖蛟就越来越顺眼，也就不嫌弃它出来得不是时候了。

妖蛟在空中翻腾挣扎，它嘶吼两声过后，飞入高空，眨眼就消失不见，而底下御灵宗弟子死的死，伤的伤，看着好不凄惨。

苏竹漪本来是想出去帮个忙的，但这些人上辈子马上就死了，而且品性不怎么样，她出去帮了忙，他们也不见得会给秦江澜上香，传播他的名声……

她只犹豫了那么一小会儿，那些御灵宗的修士就匆匆跑了，苏竹漪站在原地，只觉得有些无奈。

万事开头难……做点好事怎么这么难呢？

苏竹漪走回河边，弯下腰去，用手里的断剑在河边淤泥里拨了两下，将一片碗口大小的蛟鳞给拨了出来。

刚刚那条妖蛟是青蛟，体长十余丈，头上无角，离化龙还很远。它脱落的鳞片中间是青色的，上面有褐色斑点，边缘卷起，好似卷刃一般，看着应该有毒，这样一条毒蛟浸泡在河里，没道理河水里没毒。

但河水此前的确无毒，说明妖蛟毒性被封，这也证明这妖物的确是苗蛊寨里的修士所养。

难怪当年云霄宗和四大派的修士没把它带走，反而叫它被苗蛊寨的修士给抓了回去。

苏竹漪上辈子在南疆待了很长一段时间，这地方乱，灵气却足，山里头资源多，秘境都出过，在此地修炼寻宝十分不错。但她没进过苗蛊寨，不过她曾招惹过一个苗蛊寨的男子，那男的帮过她几次，大约见她没有真心，后来某天跟她说他要回了，之后就消失得无影无踪。

男子名字拗口，她已记不清了。但她记得当时男子传授给她的蛊毒知识，这会儿用剑将那鳞片翻了两下，苏竹漪心头就有了点数，将灵气覆于手上，打算把那鳞片给捡起来。

正弯腰去捡的时候，就听一个人柔声道："不要碰。"

苏晴熏从石头边露了个头，身子微微前倾，胸前两只"大白兔"都快从领口蹦出来了，这会儿正紧张地看着她道："那蛟鳞看着好似有毒。"

那双又大又圆的眼睛里好似含着泪，像是两泓清泉，看着像小鹿的眼睛，又可怜又可爱。

真的不一样了，她记忆里的苏晴熏何时有过这样的表情姿态？记忆里的苏晴熏把秦江澜的清冷学了个七七八八，平日里把自己包裹得严严实实的，一副清冷矜持的模样，倒是跟洛樱有些像，所以那时候还有人叫苏晴熏小洛樱呢。

苏竹漪没理她，把蛟鳞捡起来，打算回去研究一下，看看这是什么毒，到时候对付起来也简单一些，若它让那些村民中毒了，她去解毒的话，也会更受人尊敬。

苏晴熏微微咬唇，神情有些委屈，她沉默片刻，又道："刚刚谢谢公子，没有指出我的藏身之处。"

苏竹漪这才转头看了她一眼，视线落在她胸前，鼻孔里轻哼一声，说了一句："伤风败俗。"

就见苏晴熏一怔，神情尴尬地躲到了石头背后。苏竹漪又在河里捡了两片蛟鳞，接着她使出缩地成寸，眨眼消失不见。

苏竹漪进了山，寻了个无人的地方设了个阵法结界，接着把蛟鳞放在了她此前得到的那个丹鼎里头。这是当初从素月宗拿的，原本以为用不上，没想到这么快就派上了用场。

蛟鳞虽然脱落，但仍旧坚硬得很，苏竹漪用断剑将蛟鳞碾碎，用神识仔细去找，果然在里头发现了一些小白点。这些小白点就是苗蛊寨里的蛊虫了，这条妖蛟也是倒霉催的，想来是被苗蛊寨的人捉了去当蛊母用的，让许多蛊虫寄生在它体内，通过吸食它的血肉生存，所以刚刚它才会看起来表情痛苦。

现在这些蛊虫还是虫卵，等到蛊虫都成熟，它的痛苦会加剧，然后这些蛊虫自相残杀，留下最后一只，那时候，这蛟龙估计也被吸了龙髓，它的灵气修为等都会融入蛊虫，用这种方法养出来的蛊，最次也是金丹期修为的吧。

苏竹漪将断剑放在丹鼎之中，随后用灵气将丹鼎悬浮在空中，施展了一个火诀。

她用文火慢熬，又辅以灵石，滴血画符，不多时就将这些蛊虫给孵化了出来，待看到蛊虫之后，她眼皮一跳，没想到，这蛊虫居然是传说中的情蛊。

若中此蛊，便会一心系在下蛊人身上，至死不渝。通过这蛟龙养出来的情蛊，若是突破金丹，直接元婴期修为，哪怕是上辈子的秦江澜都会着道，就是不知道这养蛊人想把蛊虫下给谁。

脑子里忽然出现那苗蛊寨男子的脸，苏竹漪原本不记得他的样子和名字了，此时倒突然想了起来，他叫苗麝十七，身量不高，长得很清秀，皮肤白得有些病态，看着就像邻家小弟，但实则手段很狠，死在他手里的人都受了万虫噬心之苦。

之所以会想起他，是因为他在临走时曾说了两句话。

"你不爱我，真想给你下个情蛊。"

"你没有心，下了情蛊用处不大，就不浪费在你身上了。"

苏竹漪后来特意去查了情蛊，得知已经消失许久，这才安了心，如今看到跟玉简上所绘图案一模一样的蛊虫，她觉得头皮发麻。红虫，四足，后背上有花纹，凝神看像是修真界很出名的情花，肚腹有一点珍珠白色，犹如泪珠，分明就是情蛊，看着丹鼎内乱爬的情蛊，苏竹漪将断剑旋转，用剑气把蛊虫全都绞杀干净。

这些虫子在丹鼎内壁流了一层红色的液体，看着挺恶心。她增强火诀，把液体烧干，最后只剩下了一些青褐色粉末，就是妖蛟鳞片粉末烘干后的产物了。

情蛊有毒，但妖蛟身上的毒不是情蛊的毒，她认出来后，便去这边的修真坊市买了草药，还去山里采了点灵药，配着炼了一点解毒丹。等她忙活完，已是三天之后。

妖蛟现世，掀起腥风血雨，许多修士前去杀蛟都有去无回，而那些普通凡人更是死了上百人，它肚子饿了就会出去吃人，但也不会全吃了，每次吃十来人之后，妖蛟就会飞走，还没出现屠村屠城的情况。按理说这样的妖蛟吃灵石、灵气、丹药才能修炼，它为何要执着于吃人呢？莫不是因为要养那些蛊虫？或者需要怨气？还是单纯地喜欢折磨幼小生灵？

虽然不知道原因，不过它这样做倒是有利于苏竹漪此后树立形象。

苏竹漪觉得自己该出面了。

她原本穿的是黑袍，现在换了一身白衣，玉冠束发，端的是风流倜傥，仙人之姿。

这日，妖蛟又飞到凡间村庄觅食，村民们躲在屋内地窖当中，整个村子一片死寂。妖蛟在村庄上空飞过，发出阵阵低吼，它的眼睛扫过那些房屋，眸子里的凶光宛如有了实质，好似一柄一柄凶刀，将村子里的房屋劈成两半，将地窖里藏身的人直接暴露出来。

苏竹漪本来没什么感觉，以前的她就是让那些人惊恐的对象。

只是在那些地窖中的人露出来的时候，她看到一个精壮的男子手里拿着一柄钢叉朝天上的蛟龙刺了过去，然而他还没刺到蛟龙，身子就直接四分五裂了，那些碎肉飞溅，溅了他身后的村妇满头满脸，而妖蛟的目的是吃人，自然不愿把所有人都震碎，它爪子一伸，把那妇人直接劈成两半，将妇人身下被她死死压着的女童给抓了出来。

苏竹漪过来的时候，正好看到妖蛟一爪劈开妇人，抓出了她身下的女童。那女童手里抱着一个卷轴，她高高举着洛樱的画像，好似想通过画像震慑妖蛟一样。

这些年，洛樱一直没有出来过，因为她伤得太重了，虚弱得好似透明的人一样，好似她本不属于这段历史、这段时光，被强行留下来，身影随时都会消散。

若是洛樱还健康，她听到妖蛟出现，必定会第一时间赶过来救人。所以洛樱才会一直被人记着，一代一代地记下去，哪怕她死了很多年，还有人悬挂她的画像为她祈福。

苏竹漪立时斩出一剑。

剑光将洛樱的画像劈成两半，也将蛟龙爪子劈开，就见那妖蛟长嘶一声，掉头朝苏竹漪直接冲了过来，它身形庞大，掉头之时尾巴一扫，直接将周围的房舍扫倒一片……

苏竹漪此刻意识到，救人远比杀人难得多。因为杀人者肆无忌惮，救人者要牵挂着许多人的命。

"孽畜！竟敢在凡间作祟，有我秦江澜在，绝不允许你继续为祸人间。"她说这话的时候结巴了一下，实在是不太适应。毕竟以前她都是被呵斥的那一个，而她常说的是："是吗？那就看你有没有那本事了，多管闲事会死得惨哟。"

"吼！"妖蛟咆哮一声，口中吐出黑色毒雾，苏竹漪早有防备，并未中招，只是她发现那毒雾一旦落下，底下藏在地窖里的凡人承受不住，她既是来救人的，自然不能让这些人都被毒死了，因此苏竹漪立刻手腕一翻，袖中鼓风，将那些毒雾吹散，并且布下一层轻雾。

随后她施展无影无踪步法，下一刻，身子直接立在了妖蛟头上，提剑往下一刺。

妖蛟没料到这修士如此难缠，它连灵气屏障都没施展，就被此人近身了！

它一声怒吼，身子剧烈摆动，声音滚滚犹如春雷炸响。

苏竹漪心头一惊，还好她刚刚在底下村子上方罩个灵气屏障，否则的话，这些村民就直接被它的龙啸给震死了。

救人真是要瞻前顾后，好不麻烦！

"孽畜，还敢嚣张害人！"又说了一句场面话，苏竹漪施展剑气，刺于蛟龙头部，在它头上只留下了一道浅痕。苏竹漪心头一凛，感觉脚下突然发烫，她立刻飞遁，不料那蛟龙猛地直立而起，几片鳞片犹如被烧红了的刀，朝着苏竹漪飞了过去。

苏竹漪横剑去挡，她剑法很快，然而鳞片太多，总有一两片漏掉，鳞片撞破了她的灵气屏障，且将护体法宝直接割破，在她身上留下了两道口子，白衣裳时染了鲜血。

蛟鳞有毒，好在她提前服用了解毒丹，倒是没有什么影响，只是伤口处微微刺痛。她用灵气封住伤口，掌心蹿出一簇火苗，直接往伤口处一扫。

她素来谨慎，如此才能万无一失，免得被蛊虫入体。

妖蛟实力不差，打起来的时候，苏竹漪并没有完全占据上风，不多时，她白袍染血，整个人显得有些狼狈。但那妖蛟也好不到哪儿去，浑身上下都是剑伤，看着极为可怖。

妖蛟以尾为鞭，长啸一声，甩尾过来，苏竹漪也发了狠，将灵气疯狂注入断剑，不闪不避，手握断剑直冲过去，此时那断剑上青芒闪现，而苏竹漪身子好似与剑合一，化作一道青光，撞向了蛟龙。

那蛟龙身体本比人身还粗，苏竹漪的剑光将蛟龙破开，就好似此前蛟龙一爪劈开妇人一般，它的一段龙尾也被苏竹漪的剑光分裂，而苏竹漪整个人从龙尾的裂缝中穿过，顿时浑身是血，被那龙血淋了个湿透。

说好要俊逸出尘，飘飘欲仙，哪儿晓得出师不利，竟然把自己搞得这么狼狈！

却没想到，底下有个稚嫩的声音喊道："杀得好！"

苏竹漪眼角一抽，是刚才那个捧着画像的女童从地窖里爬了出来，她满身血污，眼眸却晶亮，仰头看着空中的苏竹漪，手里还握着一柄钢叉，高声叫好。

那是她爹刚刚用的武器，根本没有刺到妖蛟，却被她握在了手里，好似想找妖蛟拼命一般。

看她年纪不过七八岁，却胆识过人。或许是刚刚父母皆亡，才使得她有勇气面对妖蛟。她看向苏竹漪的时候，眸子里有崇拜的光。

然而她的声音吸引了蛟龙的注意，那妖蛟也知道苏竹漪是要救那些凡人，此番它没讨到好处，尾巴都被剖成两半，顿时又怒又急，它惨叫两声，眼珠一转，竟舍了苏竹漪，朝那女童喷出一股水箭。

苏竹漪虽然罩了一层灵气屏障在村庄上，但她现在灵气消耗了不少，且知道蛟龙跟她打斗的目标不在村庄，那灵气屏障自然威力弱些，没想到，它竟朝着那女童全力一击，且吐出一箭之后，又喷出数箭，射向了四面八方那些隐藏在地窖之中的村民。

不得已，苏竹漪只能将灵气拼命注入底下的灵气屏障，而她催动灵气屏障防御之时，那妖蛟诡计得逞，身子一抖，数片鳞片射向了苏竹漪。

这是它搏命的全力一击，自是威力无穷，苏竹漪被一片蛟鳞撞上肩膀，险些被撞断骨头，她吊着一只胳膊，也是发了狠，咬破舌尖于虚空画符，手中断剑染血，顿时青光大盛。

她浑身戾气，也没了飘飘欲仙的气质，身上邪气冲天。血咒施展，数道血线缠住了妖蛟，随着她念咒，那妖蛟痛苦嚎叫，身体好似被无数绳索穿透，要被五马分尸一般。

苏竹漪如今实力增强，从前的许多歹毒功法都能施展，只是她为了塑造正道大能的形象，此前一直用剑和正道功法，未露出邪性，然而妖蛟的实力比她想象中更强，且利用了底下凡人。她跟它单打独斗绝对能占上风，所以此前很有自信，可形势却没那么简单，她要顾着那些凡人的性命，于是束手束脚，险些吃了大亏。

"给老子去死吧！"她恨恨道。

就在这时，那妖蛟忽地不再挣扎，口吐人言："在下苗麝寨苗麝十七，还请道友手下留情，饶了我这灵兽一命！"

那声音很阴柔，很冷，不似落雪峰上霜雪的冷，更像坟地里冒出来的幽幽鬼火，阴气森森的冷。

共魂传声之术，打了条妖蛟，引来了其主人。

而那主人苏竹漪居然认识，是上辈子跟她有过接触的苗麝十七，当初苗麝十七只有金丹期修为而已，他居然能控制住这条妖蛟？

想到苗麝十七那些手段，苏竹漪眉头一皱，然而此时，她自然不能因为对方一句招呼，就把蛟龙给放了，底下有人看着呢！

"饶命？它杀了那么多无辜村民，谁去偿他们的命？"

苏竹漪冷喝一声："你既是妖蛟之主，为何不将其好好约束，这等妖邪不除，对不起这些枉死的苗疆百姓！"

"若你再敢伤它半分，我必叫你生不如死！"苗麝十七现在离她很远，所以只能通过妖蛟传声，苏竹漪没说话，身上戾气收敛，手中断剑青光大盛，那青色的剑芒陡然冲天而起："今日，我必将它斩于剑下！"

剑出，妖蛟蛟头落地，然而它却并没有死亡，头和身体遁入空中，分别射向东西两方，而在蛟龙头与身体分开逃窜的一瞬间，它飞溅的血液中有一个金色小点，直冲苏竹漪眉心。

"金蝎蛊！"这妖蛟里头不只有情蛊，还藏着一只金蝎蛊，这种蛊虫一旦入体，就是万虫噬体之苦，能把人的内脏全部掏干净，只剩下一具空壳子，而那空壳子还会成为养蛊人的傀儡。

苏竹漪对待这样的杀招，只有一个应对方法——一招破万敌。

她用断剑一挡，横在脸前，那金蝎蛊号称能冲破一切灵气屏障，仙品法宝都挡不住它，然而现在，它被断剑给挡住了，苏竹漪将灵气注入断剑的同时施展了烈焰掌，那断剑就如烧红的铁板一般，将金蝎蛊直接烧焦了。这种蛊虫一

旦入体，就很难驱除，能活活把人吃空，但在没有侵入血肉之前，它的防御力却十分有限。

"你……"苗麝十七声音阴寒至极，"很好。"

苏竹漪此时没空跟他打嘴仗，只在心头道："我好得很，上辈子你还恨不得我上了你呢！"

蛊虫被灭，苗麝十七借他的灵兽蛊虫说话的秘法也中断了，苏竹漪灵气消耗大半，身上受伤不轻，却没有性命之忧，她神识一扫，发现自己身形狼狈，完全没有仙人风姿，索性撤了灵气，从空中跌落在地，以一副半死不活的模样躺在那里，不多时就见那女童飞扑过来，一边哭，一边用袖子擦她的脸。

片刻之后，越来越多的村民从房子里拥出来，将她团团围住。

苏竹漪闭着眼睛，假装昏厥，并且让自己身体冰冷，气息全无，只以神识观察四周。她想，这些人会如何做呢？若是在魔道，一个昏迷的修士就等死吧，被人发现，只会被补上一刀，然后被取走储物袋。

有人端了热水给她擦脸，周围有很多人在哭。

此前那个女童趴在她身上，哭得很伤心。

"仙人哥哥死了吗？"

"我这里有颗丹药，你看看给他吃了，能不能将其救活？"

"这是你给你家栓子求的长生丹啊。"

长生丹是什么玩意？难不成是寿元丹？修真界里的寿元丹倒算是稀罕物了，这村子里的凡人居然有寿元丹？

只见一个满头白发的男子遣了身边的年轻人回去取长生丹，片刻之后，那年轻人就捧了个匣子回来，从里头取出个布包，整整打开九层，才从里头取出了一颗乌漆墨黑的丹药来。

什么长生丹，不过是修真界里头最低等的灵气丹，这样的丹药掉在地上她都不屑捡，然而现在看到这几个人让了路，小心翼翼地将丹药塞到她嘴里，苏竹漪心头却微微一热。

她往年都是被所有人惧怕的存在，一露面，那些人都是战战兢兢的，头也不敢抬。她上辈子没做过好人，眼里看到的都是一些好人没好报的事，如今被这些凡人这么温柔对待却是头一回，让她有一种说不清道不明的感觉。

明明是蝼蚁一样的存在，她从前看都懒得看一眼，在她眼里，凡人的命根本不是命，抬手就能毁灭一片，而就是这些人正紧张地看着她，表情格外生动，她的神识看过这一张张脸，心头微微一动。

"秦江澜。你为什么要去行侠仗义啊？为什么要去帮助那些像蝼蚁一样弱小的普通生灵？"

苏竹漪将一缕神识投入流光镜，她有些好奇地问。

"生命并无贵贱之分。"他平静地道，却听苏竹漪冷哼一声："嘁，我的命就比别人的要贵、要重要得多！"

他没跟她争，因为他知道，如果真正能做到众生平等，那他也能超脱世外成圣了。

"你救了人，他们会感激你吗？"苏竹漪又道，"刚刚那村民给了我一颗长生丹，我还以为是啥呢，结果就是一颗灵气丹，还长生丹，真是……"

有人弯腰探她鼻息，感觉到她没了声息，那些人都哭了，女童趴在她身边，眼泪都滴在她脸上了。苏竹漪将嘲讽的话憋了回去，她想，偶尔做个好人，其实感觉也没那么坏。

她睁眼，勉强笑了一下。

她用的是秦江澜的脸，这么一笑，村里那些妇人的眼睛都看直了，就连那哭得上气不接下气的女童都愣住了，眼泪鼻涕直接掉了下来，吓得苏竹漪连忙用灵气拂开了。

"仙人哥哥，你没事吧？"

"没事。"

"多谢仙人除了恶蛟。"没等那村民询问，苏竹漪直接报了名号："在下剑修秦江澜，以除魔卫道为己任，听说南疆有恶蛟，便立刻从西城那边赶来，可惜还是来得晚了一些，让村民们受苦遭难了。"

"若不是恩公及时除了这妖蛟，我们……我们这村子怕是保不住了。"众人纷纷感谢苏竹漪，还有好几个人给她叩头，她有些高兴，却也有些担忧。

虽然得到了村民的感激，却惹了个苗蛊寨的变态，她这一波是亏是赚还说不准呢。

苏竹漪没急着离开。

做好事跟做坏事不同，杀了人拍拍屁股就能走了，救了人，她却不能就这么离开。若是那苗麝十七真的过来寻仇，她挺担心他会迁怒这些村民，既然已经救了人，自然没有做事做一半的道理，那样的所谓好人是她心里头极其不屑的。

若苗麝十七真的来了，她得设法把他引开。只有她在，才能避免他把怒火

发泄到其他人身上，上辈子她跟苗麝十七认识已经是一百年以后了，那时候的苗麝十七不过是金丹期，她没道理惧他，只是他居然能控制一条千年妖蛟，这其中不知道有什么猫腻呢。

她在村子里待了三天，说是养伤，实际上是传播自己的名声，偶尔施个法术，给村民帮帮忙，还给了那栓子一颗品阶高一点的灵气丹，作为吃了他长生丹的补偿。

之前那女童父母皆亡，苏竹漪看她没什么修炼资质，便传了她炼体的功法，能学成什么样子端看她自己够不够努力了。

等了三日，那苗麝十七没有过来，苏竹漪躺在木板床上，用神识跟秦江澜聊天。

"我这次救了不少人的命，他们挺感激我的，但我也因此招惹了一个苗蛊寨的人，就那个苗麝十七，你认识吗？"说完，苏竹漪嘴角一抽，她不是故意揭人伤疤吗？秦江澜哪里会记得苗麝十七，他把早些年的事情都忘了，苗麝十七也就在一百年后的南疆待过一两年，之后他又回去了苗蛊寨，再也没有出来。就算秦江澜以前遇到过他，也不可能记得他这样一个无名小卒。

她心中这般想到，觉得自己说错了话。每次听到他语气淡淡地说忘了，苏竹漪都觉得自己心尖好似被刺了一下，有些发麻。她想了想，补充道："不过其实也没什么好担心的，那苗麝十七也就金丹期修为，以我如今的实力，即便撞上他也丝毫不惧。"

却见秦江澜皱眉，沉着脸道："你现在的实力不足以与他硬碰硬。他手段狠辣，养的蛊虫更是凶残，叫人防不胜防。"

听到秦江澜这么说，苏竹漪倒是稍稍一怔，随后她问："你还记得苗麝十七？"

秦江澜上辈子下山历练的时间就是这些年，苗麝十七也就一百年后出来了那么一两年，秦江澜说他已经忘了历练时候的事情，他的人生已经遗忘了一半，在这方面，秦江澜不可能骗她。但按照他的年龄来说，他得忘七八百年的事，怎么还记得苗麝十七？

苏竹漪心思玲珑，她眸子微微一眯，随后道："苗麝十七后来出来过？"

他出来了没有联系她，反而撞上了秦江澜？这不太可能，苏竹漪嘴唇微抿："他出来过？在我'死'后？"

苏竹漪后来在望天树上被关了六百年。

她没神识，成天待在望天树上的小木屋里，完全不知道外界发生了些什么。如果苗麝十七在那段时间里从苗蛊寨出来，并闹出了不小的动静的话，秦江澜会记得他就不奇怪了。

"嗯。"

秦江澜点了下头。他知道自己说出来了，她总会反应过来的，却没想到，苏竹漪这么快就能想到问题的关键。

上辈子，苗麝十七的确出来过。

就在苏竹漪被围攻"陨落"后不久，他出来替她报仇，当时那些围攻妖女、名声传得很大的修士中有好几个死状凄惨。苗麝十七养了一只能够攻击人神识的金蚕蛊，他还有情蛊、寿蛊和金蝎蛊，给自己制造了一批傀儡杀手，当时在修真界着实掀起了一阵腥风血雨，让不少门派的修士人心惶惶，互相提防，害怕自己身边人早已成了被蛊虫掏空的傀儡。

最后，那苗麝十七死在了他的剑下，所以，他一直记得很真切，斩杀苗麝十七的时候，他还受了伤，那段时间都没有回望天树上。

当时苗麝十七死了之后，那些被蛊虫控制的修士依旧没有半点好转，于是他们便深入苗蛊寨，想要请里面的蛊师出马，结果发现整个苗蛊寨早已没有一个活人。

苗蛊寨的修士都被苗麝十七杀了。

他杀了全族，盗走了苗蛊寨的圣蛊金蚕蛊，就为了给苏竹漪报仇。

苏竹漪招惹了很多男人，那些男人嘴上都说愿意为她出生入死。

唯有那个苗麝十七是真心爱着她的。

而他也不是什么金丹期，他在自己身体里养蛊，那蛊名为寿蛊，能增加他的寿元和修为，只是每隔百年，寿蛊就会蜕壳一次，在寿蛊蜕壳的那段时间里，他就会变得十分虚弱，修为大跌，但其他时间，他的修为远远比表面看起来的境界要厉害得多。

苏竹漪万万不能掉以轻心。

"他后来出来过，身上有很多厉害蛊虫，害了不少人命，很多元婴期强者都死在了他手上，你若是对上他，一定要小心谨慎。"秦江澜上辈子没提过苗麝十七的事情，但现在，很多事情已经发生了变化，上辈子苗麝十七爱她，现在却什么都没发生，反而结仇了，成了她的仇人，秦江澜有些担心苏竹漪的安全。

"他出来害人？"苏竹漪稍稍一愣，转念一想，问，"他无缘无故出来杀人做什么？难道他是为我报仇的？"

她本是随口一提，说出口却觉得可能性挺大，顿时心头有几分得意，斜躺在床上的姿势也妖娆了几分，手肘撑着床，手掌托着侧脸，侧身躺着，另一只手放在臀下，嘴角含笑。

然而她用的是秦江澜的外貌，那般姿势，便叫端着一盆热水进来的女童莲莲愣住，苏竹漪一直关注着外界，只不过莲莲进来时她并不觉得有什么不妥，等到莲莲震惊的眼神出现，苏竹漪才想起自己现在表面是男人，她有些尴尬地收了手，平躺得跟个死尸一样了。

"我现在还有一些灵气，不用你端热水来了。"苏竹漪道。

莲莲端热水过来，也就是给她洗脸，她根本用不着。

那小丫头没吭声，依旧递了热帕子过来，等苏竹漪擦了脸，她才道："他们说仙人哥哥要养伤，灵气能省则省。"她说完后，又低着头端着水盆出了房间，苏竹漪自修行后就没有用柴火烧的热水洗过脸，她摸摸自己微微发烫的脸颊，只觉得那水里头有股烟火气，并不好闻，却也不是那么难以接受。

莲莲出去了，苏竹漪继续追问："哎，秦老狗，你当初可只字未提苗麝十七，他出来是不是替我报仇的？哈哈哈哈哈，居然有人替老子报仇，没想到啊，真是没想到。"

本来她打算真遇到了苗麝十七，就想办法把他给杀了，以绝后患，如今倒有些舍不得了，要知道，那人上辈子可是出来给她报仇了呢，多好一个人啊。

"是。"秦江澜没有否认。他只是觉得，说出这一个"是"字好似耗掉了他许多力气一般，让他的心一沉，语气也不受控制地低落了几分，那声音里的苦涩连他自己都未察觉。

重回千年前，苗麝十七现在还未喜欢上她，然而……以她的本事，他再次喜欢上她好像并不难，而且她熟悉苗麝十七，跟他相处过一段时间，只要她有心，只要她愿意，她……

眉头紧锁，秦江澜眉眼间忧虑尽显，好似青山罩雾，绿水蒙烟。

"还真是？哈哈哈哈哈。"她笑得张狂，只觉自己上辈子过得不算太冤。一个正道的大能救了她，藏了她六百年。一个算是邪道的人替她报仇，杀了不少人，哎哟，她还真是个人物，"死"了都不消停，一直在祸害人。

等会儿那苗麝十七真的打上门来，不如就用自己本来的相貌，牺牲一下美色，跟他好好谈谈？

"十七郎，上辈子，你可爱惨了我呢。"

她在那儿胡思乱想，就听秦江澜沉声道："苏竹漪。"

"苏竹漪。"

干吗呢？

小骷髅转着眼眶子里的小火苗，小手指对着戳了两下，嘀咕道："小姐姐，小叔叔叫了你两声了。"

"苗麝十七手段狠辣，你这次得罪了他，不要掉以轻心，毕竟现在一切重新来过，你们并非从前的关系。"

在你眼里，他是那个喜欢过你的人。

在他眼里，你只是个击杀了他蛊母的仇人。

虽然苏竹漪现在用的是秦江澜的外貌，但苗麝十七修为高，手段多，他肯定不会只看皮相，苏竹漪变成了女儿身，他依然知道她就是那个屠蛟之人。

"我知道啊。"苏竹漪点点头，"哎，当初你有段时间离开望天树，去哪儿也没跟我讲，你到底去哪儿了？"

那时候苏竹漪受伤很重，身上裹得像粽子一样，她醒了就无事可做，听秦江澜念咒都算是一种消遣，结果有段时间秦江澜消失了，她每次睁眼都看不到人，等了一两个月，那段日子别提多难熬了。

不过秦江澜倒是安排了一个机关傀儡给她换药，那机关傀儡还是高阶的，厉害得很，却被用来给她换药了，而等他回来之后，那机关傀儡就再也不见踪影了。

那时候，苏竹漪还问过他去哪儿了，说他再不回来，她身上都要长虱子了，结果秦江澜并没回答她，她也就一直没得到答案。

"苗麝十七的手段你都知道，莫非你出去杀他了？"苏竹漪冷哼一声，"给我报仇的人被你杀了？"

她斜眼，神识在秦江澜脸上轻拍了一下："呵呵，你说，我要怎么罚你呢？"

他眉间忧郁散开，浅浅一笑，眸子犹如一汪深潭，叫人看了移不开眼，只听他说："悉听尊便。"

苏竹漪看得愣了一瞬，随后她用神识把秦江澜从头到尾刷了个遍："秦老狗，你居然也学会用美色诱惑人了！"

苏竹漪又等了两天，她身上的伤早已好了，之所以在这里待着，是因为担心苗麝十七杀上门来，但这么一直等着也不是个事，既然他不来找她，她就去

找他！

她离开时并没有隐匿自己的信息，还特意往苗蛊寨的方向走去，这样的话，苗麝十七若出来寻她，就不会跑那么远了。

临走时，苏竹漪给女童莲莲留了一幅画，她在画里留下了一缕神识，一旦苗麝十七靠近，她便能感应到，到时候尽量保证村民们的安全。

若实在保不住，那她就没办法了。本来她也不是个好人，能够考虑这么多，已经叫她难以置信了。

一路走过去，她用秦江澜的样子又顺手帮了几个人，等到了修士聚集的城镇之后，苏竹漪也听到了一些关于秦江澜的消息，说有个名叫秦江澜的剑修斩杀了千年恶蛟，叫赶过来的四大派弟子无功而返。

原来已经有正道名门的弟子赶过来了，却不知道来的是谁？

这日，苏竹漪在集市上买了点东西做准备，随后登上了南疆一座有名的宝山。

这宝山名为云隐山，每过一段时间，整座青山会隐于云雾之中，连山脚都看不见，金丹期以下的修士若是在云雾出现的时候进山，神识就起不到半点作用，而金丹期以上的修士倒是还能使用神识，只不过也会受限制，看到的范围要比平时小得多。

上辈子，苏竹漪经常在云隐山里寻宝。别人是杀灵兽，挖灵石，挖药草，她就简单多了，直接杀人越货。而现在，她要做的跟上辈子截然相反，她要去揍那些杀人越货的人，救那些被劫的人。

云隐山周围曾建立过几个小门派，最后里头的修士死的死，散的散，没有一个门派存活超过百年，之后，这儿就再没有修士想要独占，上山也没人收取灵石，直接沿着小道上去就是了。

这里每天都有成百成千的修士进山，然而并不是每个人都能活着出来，能有九成出来就已经是极为不错的了。

苏竹漪顺着小道上了山，她一路走走停停，好似在游山玩水一般，神识时不时扫过周围，嘴角噙着一抹淡笑。

此时正是云雾笼罩之时，神识受了些限制，不过对她来说影响不大。她走了一会儿，到了一处石壁前停下，随后用手里的断剑割了几根树藤，又伸手在石壁上敲击两下，就见那石壁裂开一条细缝，露出了一个隐蔽的山洞来。

她进了洞，在角落里生了堆火，将之前在集市上买的吃食拿出来烤，等烤好后，她才冲着洞口朗声道："既然来了，为何不现身，难道还要我请你不成？"

苏竹漪的实力虽然是金丹后期，但她的元神远比本身修为要强。

这几日，她感觉到了一股凶戾的气息若隐若现，好似在她附近，仔细感应却又发现离得很远。那气息她有点熟悉，上辈子毕竟一起相处过一段时间，虽然后头她差点忘记了这个人，但如今那气息再现，她还是分辨得出来的。因此苏竹漪明白，苗麝十七已经来了，很好，他没有去找那些村民的麻烦，直接奔着她过来了，这就省事多了。

苗麝十七拿手的是下蛊，然而她对蛊虫防范得十分周密，对方一时没办法下手，恐怕对她的身份也有些怀疑。

而苗麝十七的气息虽然出现了，她却捕捉不到他的确切位置，她的元神是元婴期修为，这样的修为都捕捉不到苗麝十七的准确位置，足以说明他的修为真不是什么金丹期，而是远比金丹期要强，想来百年后那段时间恰好他因为体内寿蛊蜕壳，所以实力变差，成了金丹初期修为。

对方实力强，能操控妖蛟，还擅长控蛊，苏竹漪的一些蛊术都是他教的，如此一来，她自然不愿跟苗麝十七硬碰硬，既然不能硬碰硬，就利用上辈子她所知的信息，跟他把关系搞好点，至少得让他有所顾虑，别动不动就打打杀杀的，那条妖蛟的头和身子分开逃窜，想来是没死，既然它没死，他们就还有和解的希望。

当然，真打起来，她也有五六成把握取胜。

但苏竹漪并不想杀他，毕竟这是上辈子为她报仇的男人，最后还因她而死，她却毫不知情。苏竹漪再怎么没心没肺，这个时候，还是不舍得直接把这么一个人杀了的，留着给自己帮帮忙多好。

她话说完，并没有得到任何回应，苏竹漪将手中烤得焦黄的灵兽肉转了个面，用木叉子举起来，道："要不要尝尝？"

她昨夜想了很久，忆起苗麝十七体内还有一只蛊。苗蛊寨的修士出生后就会与一只蛊虫订立契约，跟修士的本命法宝一样，那蛊虫就是他们的本命蛊，苗麝十七体内那只蛊叫肉蛊，本来是只很差的蛊虫，他在苗蛊寨的地位不高，就是因为那只肉蛊很差，喜吃肉食，吃了之后，吐出微薄灵气，几乎没作用。

当年她发现苗麝十七喜欢吃肉，还曾给他烤过几次，毕竟她那时候想学蛊术，对苗麝十七还算殷勤。

"你到底是谁？"苗麝十七说话了，他的声音很低沉，跟他平时经常吹奏的乐器的声音有些相似。

终于，洞口有声音了。

黑暗之中，一个瘦削的男人走了进来，他微鬈的头发披散，束了一个银箍，额头中央有一个金蚕蛊饰品，那金色并不亮眼，只是蛊虫的那双红宝石眼睛特别明显，好似能把人的魂给吸进去一样。他本就肤色白得不正常，嘴唇又偏红，他披散的鬈发、银箍和红宝石让他显得十分妖异，像是刚刚吸了人血一样。

苗蛊寨控蛊大都是通过竹笛一类，但苗麝十七用的是香，还有一只埙，且他手中没有那只埙的时候，能直接双手合拢成为手埙吹奏控蛊。当年她一开始的时候并不知道这是多厉害的蛊术，等到苗麝十七回了苗蛊寨，苏竹漪自己去研究情蛊时，才明白他的蛊术有多厉害。

然而他那么厉害，却没教她多少，所以苏竹漪后来对他没什么好印象，觉得他太小气了。

随着时间的流逝，她也就渐渐忘了这么个人，毕竟他也没长一张看了就叫人忘不掉的脸。

不过从秦江澜那里知道苗麝十七出手为自己报仇，苏竹漪对他就有了点好感，只觉面前这瘦削的身影在火光的映衬下，好似高大了几分！

"你怎么知道这个地方？"他的视线落到苏竹漪身上，"你是如何避开门口蛊阵的？"

眉头微微蹙起，他的眼神里杀机毕现："又怎么知道我喜食肉？"

跟了他几天，本想暗中下蛊让他生不如死，却发现他对蛊虫很有研究，苗麝十七都找不到机会下手。苗蛊寨禁止村民随意外出，苗麝十七这次是偷偷溜出来的，本以为短时间内就可以将问题解决，哪儿晓得耗了三日都未能得手。

哪怕都是苗蛊寨里的修士，下蛊的手法也各有不同，而此人好似对他格外了解，处处克制他。

正因如此，他才不敢轻易放弃，哪怕回去要受罚也认了。等看到此人入了云隐山，苗麝十七本以为机会来了，哪儿晓得，此人一路来了这里。

这山洞是他一点一点挖出来的。

这山洞跟苗蛊寨后山相连，是他隐藏的秘密。

苏竹漪将手里的肉递了过去："我怎么知道的并不重要，重要的是我对你并无恶意。"她足尖微微点地，所踩的位置正是当年苗麝十七每次坐的位置，她其实并不知道那位置代表什么、有无特殊意义，抑或只是他的个人习惯，但苏竹漪把不知道的东西也当作了自己的筹码，她微微仰头，将手里的灵兽肉扬了两下："加了你最喜欢的佐料，反正你也不惧任何毒药，要不要尝尝？不吃的话，我就自己吃了。"

说完，苏竹漪作势缩回手，就见苗麝十七将那烤肉夺了过去，他深深地看了苏竹漪一眼，在火堆旁坐下了。

在苗麝十七坐下吃肉的时候，苏竹漪也没说话，她用手里的树枝拨弄火堆，让火光更耀眼，不多时，她脸上就有了一层薄汗，而她倏尔一笑："我没有恶意，只是想跟你交个朋友，上次打伤了妖蛟是我的不对，十七郎可否给我个补偿的机会？"

话音落下，见他眸色更深，苏竹漪笑着道："既然想与你交朋友，自然不能以假面目示人。"她手掌心正对自己的脸，手轻轻从脸颊上拂过，将身上那层幻象悄然抹去，缓缓挪移间，那张芙蓉娇面就那么一点一点地在跳跃的火光中呈现在了苗麝十七眼前。

她其实并不知道为何那苗麝十七会喜欢上前世的她，不过苏竹漪觉得，男人嘛，喜欢她，无非是因为她这张脸，所以，她就把这张脸最美好的时刻展示在他眼前不就好了？

半遮半掩之间，苏竹漪将自己的真容一点一点揭开，眉眼含笑，眼波风流，一颦一笑、举手投足皆是风情。

"呵呵。"苗麝十七轻笑了一声。

苏竹漪顿觉不好，她依稀记得，苗麝十七每次呵呵轻笑的时候，就是他克制不住想要折磨人的时候，到底哪儿出了岔子？

不过她脸色镇定："这山洞可是跟苗蛊寨相连的，十七郎要对我动手，那可得掂量一下了，听说苗蛊寨违背了规矩的村民，下场极为凄惨。杀人灭口是没用的，我知道你的秘密，但我说不说，还得看你愿不愿意放下仇怨，与我真心交个朋友了。"她笑吟吟地说完，又递了一块肉过去。"八分熟，十七郎最喜欢的呢。"

苗麝十七手指上有一点黄色粉末，他擅长以香控蛊，刚刚的确是存了下蛊的心思，但现在他嘴唇一抿，道："姑娘真是了解我，那这朋友，还非交不可了。"

"呵呵……"

"既然要交朋友，你知道我这么多秘密，我却不了解你，岂不是不公平？"

他吃肉的动作慢条斯理的，但速度却很快，说话间，一大块灵兽肉已经没有了，只有手指上的一星半点油花证明肉曾存在过。

她是谁？为什么对他这么了解？不管是他深藏的秘密，还是他的喜好，几乎一点不差，他身上的气息本来应该是让人惊惧不喜的，但她的神色却很自然，好似与他熟悉得很……

苗麝十七接过苏竹漪递过来的第三块肉，神色明显放松多了，只是心中警惕也更深。

有这么一个对自己了如指掌的人，本就是极大的威胁。

偏偏他对她一无所知，这样的差距足以让人打起十二分精神提防。不过她这么做了，他倒是不能直接杀她，这里的位置太特殊，如果打起来，他的秘密会暴露给苗蛊寨，同样，他也想知道，她是如何知道他的秘密的，既然要做朋友……

苗麝十七心中冷笑，脸上也浮现了一个笑容，他吃了肉，皮肤就没那么惨白了，苍白的脸上有了一点红晕，笑容也显得真诚了许多："你明明修的是魔道，却口口声声喊为村民报仇，是不是太奇怪了？"

"魔道？我不是魔道。"

"呵，抽魂裂尸法用得那么熟练，杀过的人不少吧？"他已经很自然地蹲在了火堆旁，等下一块焦黄八分熟的灵兽肉了，说话的时候，语气有些轻佻，火光映衬下，那张苍白的脸上少了几分邪气，倒像个邻家小弟一样了，然而额前那红宝石依旧红得妖邪灼眼。

哦，他说的是最后她用血咒术把魂丝插入妖蛟身体，将妖蛟肉身割裂的功法。当时她久攻不下，就用了上辈子的功法，的确是邪法，不过苏竹漪只是淡笑一声："功法是正是邪，端看怎么使用，我用来杀人，它是邪法；我用来救人，难道你能说它不正？"

双手举到火堆上空，明黄的火光把羊脂玉一样的手染了霞色，她正反面翻了两下手："我若杀多了人，在你面前，怨煞气藏不住，你看，我有没有？"

那手倒是好看，看着白白嫩嫩的，春葱似的手指肤如凝脂，看着像嫩豆腐一样，让人觉得……

很有胃口，呵呵……

视线从那双手上移开，苗麝十七心中冷笑，问："那抽魂裂尸法你是如何炼成的？"

苏竹漪将手放下，一本正经地胡说八道："切萝卜啊。"

　　苗麝十七知道她嘴里吐不出什么真话了，便道："我现在还不能离开苗蛊寨太久，既然我们是朋友了，那朋友之间总该互相帮助才是，我在云隐山找到一处秘境，那秘境外有剑阵守护，我看你是剑修，不如助我破阵，届时那秘境里的宝物你我二人均分？"

　　云隐山有剑阵，她怎么没什么印象？上辈子这个时候她杀完人就躲回血罗门去了，如果这个秘境是苗麝十七发现的，但他又偷偷得了宝物的话，没传出去倒是很有可能。

　　"现在？"

　　"我还要回去做些准备，一个月后联系。"他说完，递出了一只银子打的金蚕蛊，"这是我的传讯符，到时候，我用这个联系你。"

　　这样的传讯符，苏竹漪上辈子也有一个。

　　她看似淡淡扫了一眼，实则很仔细地用神识过滤了一遍，接着用特殊的手法把传讯符接过，道："好。"

　　看她那手法，苗麝十七心中疑虑更重，就好像自己被剥光了站在人前一般，疑虑多了，他索性想开了，不再纠结这些，继续道："既然如此，那我就先回去准备了，这几日都是偷偷出来的，不能耽搁太久，不过能交到姑娘这样的朋友，倒也值得，是吧……"他说话的时候声音很低沉："秦江澜？"

　　苏竹漪在村里自报名号，一路行侠仗义用的都是秦江澜这个名字，现在被苗麝十七叫出来，她也没诧异，很矜持地点了下头。

　　既然她都知道，苗麝十七也没隐瞒，他直接从这山洞返回苗蛊寨，只是走到阵法处，他突然顿住，没转身，没回头，只淡淡道："最近有人前来苗蛊寨求蛊。"

　　他的手放在阵法机关处，指尖轻轻画圈，却没点下去，沉默片刻，补充道："美人蛊。既然是朋友，打算合作，我也就提醒你一句，来的人实力很强，跟我们苗蛊寨主祭巫蛊王达成了交易，这美人蛊，他们是会养出来的。其他的不用我多说，你应该明白了吧？"

　　"美人蛊？"苏竹漪听说过，现在听到苗麝十七提醒，她心里头咯噔了一下，随后她一揖手，道："多谢。"

　　苗麝十七没回答，按下阵法机关，消失于山洞中，苏竹漪则忧心忡忡。

　　她对付苗麝十七有点把握，当真对上苗蛊寨那些老怪物，现在的她金丹后期实力还是有点发虚。

　　美人蛊是一种十分阴毒的蛊虫，这种蛊虫喜欢美人，不论男女，皮相越

美，它越喜欢，悄悄寄生在美人体内后，让人短时间内只剩下一张皮，而蛊虫养成之后会蝉蜕，以这蜕下的皮做药引，炼制成蛊药服下，服用者就会拥有花容月貌，具体有多美，就看那作为药引子的美人到底有多美了。

如果要养美人蛊，苏竹漪觉得不管是她还是秦江澜，都算是那美人蛊最爱的药引，也就是说，她不管是用秦江澜的脸还是用自己的脸在外头晃，都有可能被苗蛊寨的人盯上。

苏竹漪虽然对蛊虫了解得多，但每一个蛊师的手法不同，她熟悉的只是苗麝十七的下蛊手段，其他的人哪怕她提防得再好也有可能中招，因此苗麝十七的这次提醒还真是帮了她大忙。

实力很强、有本事跟苗蛊寨的老大达成交易，却只需一个华而不实的美人蛊的修士大能会是谁呢？

一个个人名在苏竹漪脑海里转了一圈，她随即想到了花宜宁。

云霄宗花宜宁，宗门丹老的女儿，那丹老是个丹道宗师，丹药与蛊虫有相似之处，他跟苗蛊寨的蛊师能平等对话，且拿得出他们想要的东西，因此能请动他们出马，养一只需要耗费大量精力和资源，却并没有多大用处的美人蛊。

花宜宁当初被她毁容了，只怕对这蛊虫在意得很，若是花宜宁知道自己也在这苗蛊寨，只怕会不顾一切对自己下手。然而问题又来了，苏竹漪的修为是高，元神也强，能瞒过天底下九成的修士，却瞒不过云霄宗丹老那样的大能，若是她有个仙品的隐匿法宝，现在就没这么头疼了。

到底是不是云霄宗丹老，她出去打听一下就知道。若是有云霄宗弟子也出现在这南疆附近，就证明花宜宁他们过来的可能性极大。

思及此，苏竹漪灭了火，站起身，在从前苗麝十七固定坐的位置仔细看了一会儿，没发现什么问题之后才离开，莫非她想多了，那里并没什么古怪，他坐在固定位置只不过是习惯？

出了山洞，苏竹漪一边走，一边跟秦江澜神识联系："你们云霄宗号称正道第一宗门，那丹药长老居然为了自己的女儿而找南疆苗蛊寨的修士养美人蛊，真是心狠啊。"

他不自己抓人炼蛊，只是做交易换得一颗美人蛊丹，然而谁不知道，美人蛊丹是如何炼制而成的，他不直接杀人，人却因他惨死，最后一张脸都要被别人取代。虽说服食蛊丹后容貌并不会跟药引子完全一样，但至少能像个六成的。

"美人蛊？"秦江澜最近几日记忆遗失得比以前稍稍慢些，他感觉得出来，美人蛊他没什么印象，但对丹老还有印象，毕竟他在望天树上之时，最初的时候，偶尔会去丹老那边取些草药，记忆之中，丹老是个很和善的老者，至于丹老的女儿，秦江澜没什么记忆了。

"上辈子我也对花宜宁没啥印象，不过她现在喜欢秦川，上辈子肯定是喜欢你的，你真不记得？"

秦江澜摇头。他现在拥有的记忆就是他已经修为大成之时的了，那时候，他被尊为云霄宗师尊，门中弟子极为尊他、敬他，在他面前都是低着头的，也只有苏竹漪不尊敬他、不畏惧他，不把他当成高高在上的神仙，只想着对他动手动脚。

"本想着在南疆大干一场，没想到会碰上这么个糟心事，小骷髅什么时候能回来啊？"

若小骷髅在，他用灵气把她一裹，比任何隐匿法宝都遮得严。她最近要不要避一避，或者，问问青河？好像对师兄那煞神有点依赖性了，不行，青河管好自己已经很吃力了，她不能把青河叫到这么混乱的地方来，这里血腥杀戮不少，若是勾起青河的邪性，那就得不偿失了。

青河和洛樱好好活着，对她来说，算是很重要的事，这也是她心目中与天道争命的关键点。

"应该快了吧。"秦江澜道。

"小姐姐，你想我了啊？"小骷髅这会儿正在放风筝，可惜飞远了，到处都一片死寂，连风都没有一丝，因此小骷髅就绕着秦江澜转圈跑，那风筝歪歪扭扭地飞着，快掉下来的时候，秦江澜就用灵气在底下一托，这才使得风筝一直摇摇晃晃地飞在空中没掉下来。

小姐姐每次都跟小叔叔说悄悄话，他还有点委屈呢，只不过现在小姐姐提到他了，小骷髅立马高兴得快跳起来了："小叔叔说快啦，我也想你啦，还想笑笑、蚕蚕、大姐姐、青河哥哥、掌门伯伯他们呢……"

"那你是不是玩得没劲极了，早想着跑了啊？"

却没想到，小骷髅摇摇头："没有啊，我要陪小叔叔啊。"

在悟儿的认知里，笑笑有蚕蚕它们一起玩，其他人都有人陪，那个世界是丰富多彩的，而小叔叔只有他一个人。他想，若是自己离开了，小叔叔在这里一定会很孤单。

在这样沉寂的风景里，若是他一个人，他肯定会从早哭到晚，非常非常害

怕，非常非常不开心。

"小叔叔什么时候能去我们家玩呢？"他问。

然而这个问题，没人回答得出来。

良久后，秦江澜道："应该快了吧。"同样的一句话，听在苏竹漪耳朵里，却是不一样的滋味。

她走得有些分神，结果不小心脚下一滑，差点崴了脚。手撑在路边的大树上，苏竹漪突然感觉到一道青芒从手心飞出，直接朝前飞去。

"哎哟，剑祖宗，你怎么跑了？"

第四章

苗蛊寨

云隐山有个秘境，秘境外有剑阵。苏竹漪刚刚在苗麝十七那里听到这个消息，兴趣不是很大，但到时候若他联系她，她应该会去看看，只要她还在南疆。

刚刚来的时候，剑祖宗并没有反应，如今出去没走多久它就飞了，难道是因为感觉到了剑阵？

苏竹漪运转灵气低空飞行，跟着断剑追了过去，刚飞出一丈，她就发现这云隐山的路变了。云隐山被云雾环绕时，偶尔会出现鬼打墙的情况，这种情况百年难遇，上辈子苏竹漪就没遇到过，她只是听说若是遇到了，尽量不要胡乱走动，否则就会被困死在山中，等雾散了，这山里就会多上几具白骨。

看到了山路变幻，苏竹漪知道其中厉害，不打算追，结果断剑直接飞回来，照她的脑门拍了一下，她没办法，只能跟着断剑过去，绕了一会儿，居然看到了一片竹林。

云隐山上有竹林？

就在苏竹漪疑惑间，身后一股巨力袭来，将她往前推了十来丈，直接打到了竹林之中，还没站稳，啪的一下，一根绿竹犹如软鞭一般抽了过来，将她的防御屏障瞬间击溃，在她背上抽出一道深深的血痕。

断剑悬浮于她头顶上空左右摇晃，完全是一副看好戏的模样。

莫非这里就是剑阵，断剑引她过来，是为了剑阵考验？她最近事情多，没时间闭关专心练剑，所以断剑这是不满了，在发现这剑阵之后，直接把她赶了过来……

感觉到断剑不满，苏竹漪心中咆哮："我又不是偷懒不练，我是忙，我是忙啊，祖宗！"

人已经进了剑阵，多说无用！

苏竹漪抬手一抓，将断剑握在手中，她冷声道："别看热闹了，既然这是剑阵，我战斗，你也别歇着。"

她手上挽了个剑花："我就破阵给你看。"豪言壮语刚刚说完，又有三根绿竹啪啪啪地抽了下来，三根绿竹齐齐打下，前后夹击让她难以躲避！

苏竹漪施展天璇九剑，一剑劈开，却发现那绿竹分外柔软，她的断剑劈过去，那竹子瞬间卸去所有力道，使得她和剑都往前冲了一段距离，而那竹子弯曲成弓，竹叶青绿犹如剑芒，亮得刺眼。

剑势！

苏竹漪心道不好，立刻施展无影无踪步法后退，然而为时已晚，绿竹反弹回来，大量竹叶飞射，起码数百道剑意将她彻底笼罩，她的天璇九剑根本挡不住那么多剑意，而其他法术居然施展不出来，噗噗噗几声响，三道剑光刺入她身体，在她身上直接刺了三个血窟窿，她连忙服下丹药，还没喘口气，旁边又一根绿竹抽了过来。

柔能克刚，刚如何破柔？

她挥剑去挡，断剑的确挡住了绿竹，但那竹子柔软，虽然挡住了竹身，但竹尖受了阻挡，反而继续垂下，啪的一下抽在了她脸上，顿时，她的脸颊火辣辣地疼，伸手一摸，竟流了血。

竟然敢打她的脸！

紧接着，又有竹叶飞出，贴着她身子飞过，将她的皮肉削下一片，这剑法虽柔，威力却不小，且不给人个痛快，一片一片地削，设下这剑阵考验之人恐怕非正道剑修。

魔道也有剑修，剑法比较邪门，一剑封喉，一剑穿心，以杀止杀的多，她上辈子就遇到过几个。想起云隐山山路变幻后就会多出几具白骨，莫非那些人误入剑阵，被这剑阵给活生生削成了骨头架子？

苏竹漪没时间多想，因为下一根竹子已经落了下来，她不再抵挡，而是一剑劈出，然而又遇到了老问题，竹子被压弯后，又反抽了回来。

她力道不够。断剑剑意不足，剑势不够强。

柔能克刚，只能说明，那刚不够强，只要她的剑气能直接斩断这些竹子，不给它们机会卸去力道反弹，那她就能破开这剑阵了。意识到这一点之后，苏竹漪把心一横，运转灵气注入断剑，继续斩！

她不躲了，也不退了。

有绿竹抽来，她挥剑便斩。

有竹叶剑意袭来，她挥剑便斩。

渐渐地，她好似遗忘了所有，脑子里只有一个念头——斩！

若重活一次，你会如何？

谁敢阻我，我就杀谁，不管他是正道还是魔道，这就是我的道！

斩！

天璇九剑的剑招她都忘了，每一次都是直接斩出去，她身上的剑伤越来越多，皮肉被削掉了大片，但她不怕疼，也忘了疼，她紧紧握住手里的剑，将那些不断出现在眼前的绿竹一一斩断。

从前她以一剑破万敌，用断剑横在身前挡剑、挡攻击，断剑都能当成盾牌来用了……

而现在，她依旧以一剑破万敌，手中断剑上的锈好似融化了一般，一点一点地顺着剑身滴落，锈水顺着剑身蜿蜒流淌，融入她掌心，与她身上的血水融合在了一起，她不知疲惫，不知疼痛，面对那些不断飞过来的竹叶，她挥剑猛斩，斩！斩！斩！

不知道过了多久，苏竹漪终于听到了咔嚓一声响。

柔能克刚，刚也能克柔，只要，她足够强！手中断剑好似比以往长了一些，苏竹漪一剑劈出，那青墨色剑光将绿竹斩断，待到一根竹子从当中折断，第二根、第三根、第四根竹子悉数断裂，而等到她斩断了全部的绿竹，才松懈下来，一旦松懈下来，她就感到全身都疼，低头一看，自己都愣住了。

此时的她衣服破破烂烂，身上到处是剑伤，伤口深可见骨，现在她这个样子，跟小骷髅站在一处，当真是姐弟俩，去坟地吓人保管一吓一个准。

待看到手中断剑，苏竹漪眼睛一亮。

断剑原本锈迹斑斑，如今上面的锈已经完全消失了，剑身是墨绿色的，看着很深沉沧桑的颜色，但越往上越浅淡透亮，好似老树里长出了新芽，此时这断剑依旧没有剑尖，却比从前要长上两寸，剑意养剑，所以，因为她剑道修为有所精进，断剑也得益不少吧？手中握着断剑，苏竹漪觉得这柄剑好似不再像从前那般冷，剑柄都有了温度。

"其实用剑也不错。"

断剑："哼。"

真希望到时候断剑能派上用场，能够镇压住龙泉邪剑。

竹林剑阵破了吗？

苏竹漪看那满地断竹和破碎的竹叶，厚厚的一层把地面都铺满了，鼻子还能闻到竹叶的清香，她眉头深锁，没敢掉以轻心。神识看得不远，她不敢轻举妄动。

而这时，断剑轻鸣一声，青色剑光往地上一指，苏竹漪服了颗丹药，便循着那剑光过去，不多时，她进入了一条狭窄的山道，而山道的尽头坐着一具女尸。

那女尸并没有腐烂，看着仍如活人。她容貌极其美艳，哪怕盘膝坐着，也显得身姿婀娜，且她左边放着一个玉瓶，右边放着一件衣服，那衣服叠得工工整整的，一点灰也没沾。

看到那衣服，苏竹漪眼眸泛光，没想到，她会看到上辈子秦江澜一直爱穿的那件鲛鳞所织的青袍。

原来，上辈子，这剑阵是秦江澜破的啊，可惜他已经忘了，否则的话，她还能问问这里头有什么陷阱。

这人生前应该是个邪修，哪怕此时看着没有什么危险，苏竹漪也不打算立刻靠近。她虽然服了丹药，但刚刚破剑阵伤得挺重，灵气也消耗干净了，现在服了丹药只恢复了少许，不宜再闯。

苏竹漪取出一方阵盘布下，设了个防御结界，随后坐下打坐调息，然而没过多久，外界忽然有人声传来。

"剑阵被人破了？"

"若是里头的东西被人取走，这美人蛊的交易就做不得数了。"

"前方有阵法，破阵之人还未离开，速去！"顷刻间，便有一道剑光出现，苏竹漪的防御阵法乃是阵盘所化，根本抵挡不住这样的攻击，阵法结界被击破，几个人御剑而来，在她身前不远处停下。

"是你！"

人群中，一个戴黑色面纱的女子走了出来，她看着苏竹漪，眼睛里闪过一抹凶光。

果然是云霄宗花宜宁他们。在人群中，苏竹漪还见到了一个熟人。

苏晴熏。

苏晴熏居然落到了花宜宁手中。

难道说，花宜宁本来打算用苏晴熏来养美人蛊？

苏晴熏长得不错，又是个杀人如麻的魔道妖女，他们抓她来养美人蛊，估计会觉得没什么心理负担。

然而现在苏竹漪算是自投罗网了。

花宜宁眼睛里那毫不掩饰的凶光，她刚刚可是全瞧见了。

"剑阵是你破的？"走在最前面的是苗蛊寨的修士，他皮肤黝黑，脸上布满皱纹，皱纹里堆积了黑泥，好似干了一整天农活晒得满头大汗没洗脸一样。

他头发披散，头上戴的不是苗麝十七头上那样的银箍，而是绑了一根藏青色抹额，抹额中间同样是一只金蚕蛊，只是他的金蚕蛊金灿灿的十分耀眼，蛊虫的眼睛是绿色的宝石，幽幽绿色像是夜色中潜伏的猛兽，就那么死死地盯着你，一旦你露出任何破绽，必被其咬断喉咙。

他头上抹额的金蚕蛊装饰能给人以神魂威压。

这个人是苗蛊寨主祭巫蛊王？

记得上辈子苗麝十七说过，巫蛊王一辈子都不会离开苗蛊寨，这个人就算不是巫蛊王，也应该是苗蛊寨的长老，修为在元婴期，身上的蛊虫恐怕极为厉害，她现在该怎么办？

"是。"苏竹漪点头，"在下古剑派苏竹漪，乃洛樱亲传弟子，不知前辈有何指教？"

那苗蛊寨苍长老面色一沉，看了她一眼之后，道："姑娘年纪轻轻修为不凡，竟能破得此阵，老夫实在佩服。"他抬手，指着那女尸左手边的玉瓶道："此物乃我苗蛊寨至宝，被那妖女所盗，我们追查许久，直到前不久才知道她葬身此处，只可惜她陨落之地有阵法守护，我们不得其门而入，这才请了云霄宗剑道高手，助我们一臂之力，却没想到，这阵法居然被小道友给破了。"

"她竟盗走了苗蛊寨至宝？"苏竹漪脸上略显惊诧，"晚辈破阵后受伤，一直在调息，还不曾去看她身边物品。"她侧身让开。"若真是苗蛊寨遗失的至宝，理应由你们取回才是。"

苗蛊寨的人跟花宜宁他们只不过是因利益结合，只要苗蛊寨的人不动手，她至少能多一分胜算。

那玉瓶里应该是蛊虫，苏竹漪大方让出，表明自己的立场。

苗蛊寨苍长老看了苏竹漪一眼，随后示意身后几个寨民靠近女尸，似不打算管他们之间的恩恩怨怨，一心只想找回寨中秘宝。

就在这时，花宜宁冷笑一声："苏竹漪，没想到会在这里碰到你。踏破铁鞋无觅处，得来全不费工夫啊。"

花宜宁站在她爹身后，她左侧是齐月，苏竹漪对这个女修有点印象，她是秦川比剑输给她时，跑出来质问秦川的那个女修，对秦川也有爱慕之心。

花宜宁身后还有三个云霄宗弟子，皆有金丹后期修为。

也就是说，对方有六个人，其中一个元婴后期的长老，三个金丹后期，一个金丹初期和一个筑基期。外加一个失去行动力的苏晴熏。

而现在苏竹漪修为是金丹后期，元神是元婴期，但她受了伤，现在还未完全恢复。

只是，他们当真敢杀她？

这里不是剑冢，若是在这里杀她，以她的身份，她肯定是有魂灯的，岂不是会暴露杀人者的身份？

"原来是云霄宗的前辈，久仰久仰。"那花长老没说话，对苏竹漪的套近乎根本不理睬。就在这时，苏竹漪发现，自己头顶上空罩了个隐匿结界，这种结界的目的就是隔绝她与外界的交流，使得她发不出任何声音。

"哎呀，怎么头顶上会多出个结界呢？"她目光一凝，浅浅笑道，"我刚刚还好兴奋地告诉师父和师兄，说我在苗疆遇到了正道名门修士呢。"

"你……"

花长老视线终于落到了苏竹漪身上："你金丹后期修为，竟然能感觉到结界？"

"是啊，因为我是洛樱的徒弟、青河的师妹嘛。"苏竹漪依旧脸上带笑，"我师兄看着是金丹期，却能一剑斩了东浮上宗宗主的仙宝，啧啧，我这个做师妹的自然不能太弱，免得堕了师父和师兄的威风，丹长老，你说是不是？"

我有师父和师兄做靠山，你敢杀我？

我师兄能一剑斩了东浮上宗宗主的仙宝，你敢杀我？同为正道名门剑修，你杀我，如何向古剑派、向全天下人交代？

苏竹漪面上镇定，心头还有几分不确定，若是花宜宁被仇恨冲昏了头，当真要杀她，她要如何脱身？想到这里，苏竹漪手指收紧，神识问断剑："剑祖宗，若他们真的动手，我是死是活就全看你了。"

断剑轻哼了一声，听那语气，似乎有些自负？

明明只是一声轻哼，却让苏竹漪安心不少。

"苏竹漪，哪怕你师兄就在这里，今日，我也要杀你！"花宜宁解下了脸上的面纱，露出了一张极为可怖的脸。

"你害我如此，我断不能让你存活于世！你都能杀东浮上宗最优秀的弟子，我为何不能杀你？难道你以为，我们云霄宗会怕了你古剑派？"

她手一抬，飞剑轻啸一声，被其握于掌中："今日，我必在你脸上划下千万剑！"

苏竹漪上辈子毁过两个女人的脸，现在，倒有人想用同样的办法对付她。

旁边的齐月突然出声："花师妹，我们可以用她来养美人蛊啊。"

"胡闹，若是日后师妹的脸跟她有些相似，那该做何解释？"身后一个金丹后期的修士道。

"也就六成相似，而这张脸……"她被人冷冷地盯了一眼，不敢继续说下去了。

这张脸，秦川应该会喜欢吧？花宜宁看着面前这张美艳的脸，从牙缝里挤出声音来："苍长老，用她来养美人蛊，你看如何？"

那女尸旁边也有阵法，还是蛊阵，苍长老这会儿正在看手下解阵，闻言，转过头来看了花宜宁一眼："光看皮相的话，蛊虫肯定是喜欢的。"但她是古剑派洛樱的弟子，这浑水他不打算蹚。

花宜宁则突然道："此前说好的玉蝉蛊，再加那支御蛊笛，就用她来养蛊。"

"宜宁！"花长老皱眉，神情不悦地低喝了一声。

"我们苗蛊寨那不争气的娃的遗物果然在你们身上，呵呵。"苍长老笑了起来，眼睛都眯成了一条缝，他眼神凌厉，目光慑人，被他盯上，花宜宁觉得自己好似被一条毒蛇盯上了一样。

花长老手一抬，轻轻拂手，好似将刚刚升起的紧张感给拂开了，他笑容和善地看着苍长老："我是丹药师，喜欢收罗一些稀奇古怪的东西，有人奉上求药，自然也收于囊中。此前未将两样一起拿出，也是不想苍长老误会。"

苗蛊寨的修士很少出来，但以前也出来过一个，最后陨落在了外头，他身上一只很厉害的蛊虫和御蛊的仙宝消失得无影无踪，当时苗蛊寨出来好几个强者寻仇，同时想找回蛊虫和法宝，结果都无功而返，现在，这两样东西却是从花长老手里流了出来。

花长老虽然是在笑，但身上威压却不弱，那苗蛊寨苍长老与他对视片刻，道："那这御蛊笛我就收下了，至于用她炼蛊，我只炼蛊，其他的一概不知。"

这是在撇开关系，他不知道苏竹漪是什么身份，只知道这是他们送来的美人，他只是个养蛊的，这些与他没关系，古剑派跟云霄宗的事，苗蛊寨不掺和其中。

也就是说，她死了，他们会用她炼美人蛊，但他们不会帮着云霄宗杀人。

明白这一点，苏竹漪反而稍微放心了一些。

"上次在剑冢里，你就趁我渡劫对我下手，我本不愿追究，没想到，你堂堂正道宗门的剑修，竟然心思如此恶毒，你们残杀正道剑修，就不怕剑道受损？"

"不过是报仇雪恨，有何不可？"花宜宁冷笑一声，霍然出剑。

她手中飞剑出鞘，剑光似柳如竹，竟是一柄软剑，犹如灵蛇一般出现在了苏竹漪面前。

苏竹漪刚刚经历过了竹林剑阵，这花宜宁的软剑简直跟小孩过家家一般，她手持断剑，一剑劈出，剑气在即将撞上灵蛇软剑之际，花长老手中飞剑斜斜刺出，瞬间将断剑挑开。

花长老修为高出苏竹漪太多，此番力道太大，震得苏竹漪握剑的虎口一麻，脚也后退了三步。

"爹！"花宜宁蹙眉，对她爹突然出手有些不满。

"你不是她的对手。"刚刚那一剑对上，花宜宁的剑必将折断。

"你年纪轻轻能有如此剑术，确实很难得。"花长老看向苏竹漪，"事已至此，我便送你上路，让你死得体面一些。"

此事已经无法回转，就算放她走，仇怨也已经结下了，他不相信她已经传音出去，因为他一过来，就已经用神识封锁了这片区域，他觉得苏竹漪是在唬他。

他是丹药师，留着她一口气，在她身上放个蛊也能要她的命，或者直接将她扔到灵兽肚子里，到时候，魂灯也不会显示出她是他们杀的，最不济，现在旁边还有个现成的人可以动手。

视线落在那血罗门的苏晴熏身上，花长老心中已经有了安排——黑锅就让血罗门来背了！

云霄宗是个剑宗门派，他本人其实也是剑修，此时飞剑出，一声长吟，寒光落入苏竹漪眼中，直取眉心。

他以为自己的威压能够将其完全笼罩，却没想到，那金丹后期还受了伤的苏竹漪，竟然能对他举剑，还是一柄奇怪的断剑。她不是从剑冢里得了一柄名为松风剑的仙剑吗？

她是个好苗子，在他强大的威压下，也能奋起反抗，犹如剑道不屈。

可惜注定夭折！

杀意锁住了她眉心，千钧一发之际，苏竹漪胸口的松风剑气飞出，将花长老的剑气劈裂！

花长老微微错愕，随后道："竟有高人相护，可惜只是剑气而已。"

他再次出剑，就在这时，花宜宁和齐月也同时出剑。

"我倒要看看，你身上那剑气能替你挡多少剑！"

苏竹漪手心出了汗。

她冷笑一声："我有一剑，可挡万剑！"

老子的断剑可是万剑之祖！

老祖宗，你千万要撑住！

苏竹漪举起手中断剑，在她抬手的那一刻，断剑脱手，飞到空中，发出了一道青芒。

下一刻，断剑微微震动，发出了剑啸声。

别人的剑剑啸都是龙吟凤鸣，声音洪亮犹如长啸。

而断剑，它在空中哼了一声。

断剑："哼！"

它那一声哼得霸气十足，荡气回肠。

花长老手中飞剑本来正在长吟，剑气刺向苏竹漪，却没料到那飞剑陡然震动不停，好似不受控制了一般。他的飞剑名为香附，香附其实是一味药，也是他爱妻的小名。此剑是他那位已经陨落四十七年的铸剑师道侣早期所铸的，算是定情信物，飞剑并非仙剑，原本只是普通法宝，被他慢慢温养，后期才成为灵宝。

香附剑长年累月陪伴他左右，剑身上自带药香。

"香附！"

像这样飞剑不受控制的情况少之又少，几乎从来没遇到过。花长老脸色大变，随后他发现身边爱女的飞剑早已脱手，朝着空中的断剑飞了过去，不仅是她，她身后的三个弟子的飞剑也不受控制，而另外那个修为弱的齐月的飞剑则直接折断了！

一个剑修怎么能控制不住自己的剑？

花宜宁脸上的面纱已经放了下来，她的脸被毁容后一直没恢复，那疤痕不能治愈，只能等时间流逝慢慢好转，现在还没过去太长时间，伤疤依旧狰狞可怕，因为神情紧张而拉扯扭曲，那张脸就显得更加可怖了。

飞剑嗡鸣震动，震得她虎口流血，灵气注于其中，心神沟通，也没法安抚

飞剑，下一刻，她实在抓不住，飞剑飞入高空，比那青色断剑矮了三尺，悬于空中时依旧抖动不停。

不仅是她的，她三个师兄的剑也已经脱手，就连父亲的剑都有些失控。

花宜宁目眦尽裂地盯着苏竹漪，她脑子里闪过一个念头，眸子瞪得更大了，眼睛里满是血丝："你到底做了什么？"

万剑朝宗？这不可能！万剑朝宗是剑道的至高境界。

当今世上无人能达到这个境界，苏竹漪才多大啊，怎么可能做到这个！

花宜宁在剑道上天赋极高，她相信自己天生就是用剑的人。

她也喜欢练剑，沉迷其中，对其他的一切都不太在意。直到有一天，她在鹤园见到了秦川。鹤老教弟子练剑一点也不温柔，秦川只是炼气期修为，却被鹤老丢在鹤园的剑阵里头，他浑身都是伤，却好似不知疲惫、不知痛苦一般，用手中的一柄木剑跟那铺天盖地的鹤羽幻化而成的飞剑对抗，仅仅一天的时间，她就发现，秦川的剑术有了很明显的提高。

而意识到这一点的时候，花宜宁才发现，她这个平时对外界不太关心的人竟然坐在鹤园的围墙上看了他一天。

看他练了一天的剑。

她欣赏秦川。待看他收剑坐在树下包扎伤口的时候，花宜宁觉得自己好似懵懂地感觉到了一些其他的情绪，像喜欢剑一样，她对秦川也有了兴趣。

秦川的资质很高。

秦川是被鹤老捡回来的，好似失忆了。她娘早逝，她是被爹爹宠大的，在云霄宗要风得风，要雨得雨，心头觉得秦川很可怜，偶尔看他伤得实在太重，她还会指点他几句。后来，花宜宁发现她若是压制修为，剑术居然已经比不过秦川了。

这让她很不舒服。她自己是剑道天才，对于超过自己的人总是心存不悦的，于是她很久都没有再去鹤园，而等她有一天忍不住过去看的时候，她发现当初那个和和气气的秦川已经变了。

他变得冷漠，更加难以接近。

花宜宁偷偷打听了一下，她在云霄宗地位极高，要打听一下秦川的消息简直轻而易举。秦川想起了从前的事，然而他回到村里，才发现自己的村子被灭了。

他之前失去了记忆，犹如叫花子一样倒在地上，濒临死亡，是鹤老发现了他，把他带回了云霄宗。

他好不容易想起了从前，想起了家人，却发现自己从小生长的村子早就被灭了，亲人、一起长大的同伴全部死亡。他虽然看着孤冷不易接近，但那时候的花宜宁忽然觉得，原本就很好看的少年，已经变得长身玉立，他清隽俊逸，虽然看着很冷，但兴许是年少时她指点过他的缘故，他还是会同她说上几句话，待她与别人不一样。

在别人眼里，他是寒冬冻结成冰的河。

在花宜宁眼里，那是初春的河，冰雪虽然还未彻底化开，但那河水上已经泛着暖意，干净清澈，让人一眼看了，就觉得眼睛好似被水洗过了一样。

花宜宁是个执着的人。

就好像练剑一样，她一旦沉迷某个人或某件事，就会特别执着，执着到近乎偏执。

她爱上了秦川，之后把这件事告诉了她爹，也得到了她爹的支持，并且跟掌门和鹤老都沟通过，大家都没有反对。鹤老只是表示，秦川现在还年轻，潜心修炼，暂时不能沉浸在儿女情长中，等双方三百岁后，若是彼此情投意合，成就一桩姻缘也是美事。

她爹一直说，她以后若是找道侣，一定要找个资质跟她相当的人，否则徒增伤感。

她娘资质很普通，服用了很多灵丹妙药，寿元也没办法有她爹那么长，到最后，为了留下血脉后代，更是损了根基，在她年少的时候就陨落了，所以花宜宁一直觉得，她的道侣，资质一定要绝佳，当然，最重要的是她得喜欢。

幸好，她遇到了。

秦川的剑道修为越来越高，她也不甘落后，一心想跟他并肩，云霄宗说到剑道天赋高的年轻一辈，都会把他们的名字一并提出来，每次听到旁人口中说出他们的名字，花宜宁就觉得他们好似已经在一起了，就像她爹和她娘一样青梅竹马，唯一不同的是，他们的资质相当，以后寿元相近，能陪伴彼此直到天荒地老……

然而有一天，有一个人出现在她面前。

苏竹漪。

秦川看苏竹漪的眼神跟看别人的都不一样。

她对秦川的执着比剑道更甚，故而对突然插到她与秦川之间的苏竹漪没有一丝好感。

剑道比试上，她就想教训苏竹漪，却没想到，她没能给苏竹漪一点教训，

反而自己的脸被毁。

在剑冢里，明明她超过了苏竹漪，结果不到片刻就被反超，苏竹漪那轻蔑的笑容好似在她脸上打了一记响亮的耳光。

在剑冢里，她看到苏竹漪渡劫，不惜放弃正道弟子的骄傲出手偷袭，却也没能成功将其击杀。

而她在宗门不分昼夜辛苦练剑之时，秦川去了流沙河，跟苏竹漪一起。她还听说，苏竹漪斩杀了东浮上宗的东日晨，秦川和苏竹漪一起入秘境，他为了苏竹漪，连命都不要，冲过去抱住她为她挡住天雷轰击，掌门他们进去的时候，就看到他们两个人抱在一起，秦川把苏竹漪压在身下，一时难以分开……

她听到这个消息的时候，整个人都快崩溃了。

苏竹漪毁了她的脸，使得她一直躲着练剑不能见人，她周围都没有镜子，然而她手中有剑，每次都能从雪亮的剑身上看到自己可怖的脸，或者是覆了黑纱的脸。

苏竹漪在剑道上胜过了她，苏竹漪一路攀上剑山巅峰，回首朝她嘲讽一笑的样子像是刀子在剐她的心，她引以为豪的剑道资质被一个小她几十岁的年轻女修轻轻松松地踩在了脚下。

最致命的一击是，苏竹漪还抢了秦川。她对秦川不冷不热，秦川却不顾自己安危，拼死救她。

从一开始，她就想杀苏竹漪，在剑冢里，她动手过一次，之后还请过血罗门的死士，可是都没有成功，此次在南疆遇见，乃是上天垂怜，她无论如何都不会放过这个机会。

可现在，苏竹漪再次摧毁了她的信心。

万剑朝宗？万剑朝宗？！

她的飞剑飞到空中，臣服在苏竹漪的青色断剑之下，这一刻，花宜宁觉得脸上火辣辣地疼，好似她直接跪倒在苏竹漪面前一样，她眸子里的血丝更加明显，神色更显癫狂。

花长老一脸担忧地喊："宜宁！"

因这苏竹漪，他的宝贝女儿都快滋生心魔了！

花长老袖间拂出一阵清风，让花宜宁眸色稍稍清明，他刚松了口气，就见苏竹漪足尖一点飞到空中，手握飞剑立于众人头顶之上。

"啧啧，都快入魔了，还算什么正道剑修？"苏竹漪轻笑一声，灵气注于断剑之中，随后一剑挥出，像是斩断绿竹那样，没有使任何剑招，就那么直接

100

斩了出去。

剑光划过，像是黑夜中深海上的飓风卷起海浪，朝着底下那三柄飞剑扑打过去。

啪啪啪。

三柄飞剑直接折断，而花长老手中的飞剑终于脱手，也朝着"海浪"撞了过去。

"宜宁、香附！"

花宜宁脸色惨白，直接瘫倒在地。

花宜宁本就快滋生心魔，如今本命飞剑被直接折断，剑道大损，日后还能不能用剑已成问题。

而香附也主动迎向青色剑气，直接被那青色剑气绞成了四段。

花长老只觉喉头腥甜，一口鲜血哽在喉咙，他猛地站直，大袖鼓起的瞬间，头发上的束发玉簪直接折断，长发飞舞，整个人显得狂怒。

断剑："我只能镇压飞剑。"

苏竹漪："知道。"

云霄宗都是剑修，剑祖宗制住了剑已经帮了她很大的忙，直接让敌人折了大半。

如今，她的对手只剩下了花长老，其他几个弟子飞剑折断剑道受损，一时半会儿缓不过来……

打肯定打不过，逃却是有了机会！

"香附……"抬手将断成几截的飞剑握在手中，云霄宗的花长老脸色阴沉得可怕。

然而就在这时，他们身后猛地传出一声惨叫。

惨叫声此起彼伏地响起，必是蛊阵出了岔子！

苏竹漪余光瞄到身后，顿时头皮发麻，她直接施展大擒拿术，把那青色鲛鳞袍子吸到手中，随后将袍子顶在头上，罩着头往外冲。秦江澜那鲛鳞袍可是件仙宝！此时这袍子上的光晕不对，然而她管不了那么多，趁他们顾不过来，先拿了再说。

在她做出这一系列动作的时候，花长老已经出手了。他抬手一掌击出，灵气犹如瀚海波涛，气势惊人。

苏竹漪不闪不避，直接强行闪身蹿走，一刻也不敢耽误！

手中的替身草人瞬间碎裂，而她吐了口血沫子，喝道："都这时候了，还对老子动手，我倒要看看你有多大的本事，带不带得走这几个人！"

身后，蛊阵已破。女尸左侧的玉瓶摇摇晃晃地转了一圈后倾倒，瓶口的木塞子吧嗒一下弹出来，一缕暗黄色气体涌出，并且伴有一股甜腻的馨香。

随后，尸体瞬间干瘪，里头涌出了无数蛊虫，且那些蛊虫极为厉害，连苗蛊寨的苍长老都自顾不暇，将长笛吹得断断续续，并没有多大效果，他身上爬了密密麻麻的蛊虫，整个人已经成了个虫蛹。

笛声好似被蛊虫的啃噬声给揉碎了一样，苍长老此刻想逃，却发现已然没了生路，一道银光闪过，他的本命蛊……

本命蛊被吞了！

苍长老尚且在死撑，而他手下去破阵的三个村民眨眼被啃成了白骨，更多的蛊虫朝着苏竹漪他们的方向涌了过来。

云霄宗除了花长老，其他弟子都因为剑道受损而受伤不轻，几乎没什么移动能力，其中一个人颤巍巍地站起来，伸手去拉边同伴，没拉起来，自己反而险些摔倒。他目光一凝，面露惊惧，立时向花长老求助："师父！"

一旦被那些蛊虫追上，只怕会跟苗蛊寨村民一样，变成森森白骨。

又一人喊："师父！快想办法啊，师父！"

"跑！"无奈之下，花长老只能暂时放弃攻击苏竹漪了。

他祭出法器，施展擒拿术将几个弟子抓到法器上。

他运转灵气，全力飞行的速度其实比催动法器更快，因此此时的花长老并没站在法器上，而是拖拽着法器往前飞行，并施展了缩地成寸之术。

前方，苏竹漪越过苏晴熏的时候，看到苏晴熏仰头，声音凄厉地喊了一声："救我！"

苏竹漪脚下没有丝毫停顿，无影无踪步法施展开，飞跃而出，眨眼已跑出数丈远，后面那蛊虫群那么可怕，她自己跑不跑得掉都是未知的，还救人？想都别想！

神识扫到身后那花长老也开始跑了，他元婴期修为，缩地成寸，化为一道流光，比她更快，偏偏一道银芒紧随其后，竟像是认准了他一样。

苏竹漪瞬间明白过来，他们刚刚交谈的时候，花长老透露出他身上有只高阶蛊虫，打算拿出来跟苗蛊寨长老做交易，那银色蛊虫之所以会追着他跑，很可能是因为受了他身上蛊虫的吸引，想到这里，苏竹漪松了口气，盯上那老东西好啊，这样一来，她就有跑掉的机会了。

她随后发现那银色蛊虫喷出一条细细的丝线，落在了花长老肩头！

花长老本来将几个云霄宗弟子都拖在他的一件法器上，这时候，他突然一咬牙，松了扯着法器的手，舍了其他弟子，连法器也不要了，一只手拽起花宜宁，另外一只手猛地捏碎了一张纸符。

高阶遁光符！这种符炼制方法已失传，能瞬间挪移，可遇而不可求。苏竹漪会画符，但这遁光符她是不会的，没想到花长老手里居然有一张。

花长老凭空消失，那银色蛊虫失去目标，猛地掉转方向，朝着苏竹漪撞了过来，苏竹漪手握断剑，直接向那蛊虫斩出一剑，那青色剑芒倒叫银色蛊虫稍稍收敛，往一侧躲开。只是她挥剑之后，行动稍微一滞，瞬息停滞后，苏竹漪就感觉身后密密麻麻的蛊虫越追越近了……

就在这时，一个低沉的声音缓缓响起，那调子极低，浑厚沧桑，在这迷雾之中更显神秘。调子一转，好似呜咽，如泣如诉，仿佛叫人一颗心都跌落谷底。

前方被云隐山的迷雾笼罩，神识看不真切，眼睛却能看到那迷雾之中有一点淡淡的金色和两个小红点。

她心头一喜，然而下一刻，又觉得背后一痛，竟是被一只蛊虫钻进了身体，苏竹漪立刻挥剑，将蛊虫钻入之地的血肉削去，接着她就地一滚，躲在了苗麝十七身后。

但是苏竹漪并没放松，她立刻用蛊术封住伤口处的血肉，并且给了自己一记裂焰掌，接着都没处理伤口，双手合拢放到嘴边形成手埙，和着苗麝十七的埙声吹奏起来。

苗麝十七握着埙的手一顿，随后继续吹奏起来，在他吹奏的时候，从他体内也飞出一只蛊虫，在那密密麻麻的蛊虫中横冲直撞了一会儿，它所过之处，蛊虫大量消失，不多时就只剩下了零星的一些。银色蛊虫扇动翅膀，将剩下的蛊虫都招呼到了自己身侧，这时候，苗麝十七的蛊虫立刻返回他周围，跟那只银色蛊虫缠斗起来。

银色蛊虫很小，看着比针眼大一点，而苗麝十七的蛊虫却胖乎乎的，苏竹漪以前没见过，她猜测这蛊虫就是苗麝十七的本命蛊，肉蛊很弱小，现在却能跟那只银色蛊虫打斗？

肉蛊的打斗方式也很奇怪，它被针眼大的银色蛊虫戳得满身都是窟窿也不见血，身子变幻出各种各样的形态，不止一次将那银色蛊虫包裹住，就像是凡间包汤圆一样，然而那银色蛊虫十分强悍，很多次都扎了窟窿钻出来，肉蛊就

继续包……

肉蛊是他的本命蛊，现在被戳得到处都是窟窿，这么下去，苗麝十七也坚持不住了，苏竹漪想起苗麝十七上辈子控蛊时吹奏的曲子，那曲子跟现在的曲子类似，却有些不同，比现在这个要厉害一些，不仅能给自己的蛊虫补充灵气，还能镇压别的蛊虫。

她看他脸色越来越白，索性换了曲调。

苏竹漪也是会控蛊的，她换了调子，与苗麝十七的合音减弱，银色蛊虫顿觉压力减小，它兴奋地要冲，却又觉得身上多了一股古怪的压力，而苗麝十七猛地转头看了苏竹漪一眼，随后他闭眼，跟着苏竹漪的调子吹奏起来……

控蛊极为耗神，不多时，苗麝十七额头上就布满汗珠，然而效果很明显，其他蛊虫都像死了一般静止不动，银色蛊虫的反抗也减弱，又过了一会儿，肉蛊终于将银色蛊虫彻底包裹，像是捏成了一个肉团子一样，那肉蛊变得圆溜溜的，只是身上坑坑洼洼的，一副元气大伤的模样。

须臾间，肉蛊钻到苗麝十七体内，他身子一颤，几乎摔倒，苏竹漪见状，伸手扶了他一把。

而这时，苗麝十七猛地甩开她，跌跌撞撞地往前走去。

此番危机解除，苏竹漪也想看看到底结果如何，苏晴熏有没有死掉，她往前跟了两步，就见苗麝十七猛地转头，神情狰狞地向她吼："滚。"

他面色苍白，眼睛下方呈青灰色，且嘴角溢血，看着极为可怖。

苏竹漪眸子一眯，立刻停下，不仅停下，她还往后退了好几步。

就见苗麝十七跌跌撞撞地往前走去，在一个云霄宗弟子面前停了下来。

云霄宗的花长老一开始是打算把人都救走的，花长老后来发现带不走全部的人，便将其他弟子舍弃，带着他女儿用遁光符逃生，而留下来的弟子本来就折了飞剑，受伤不轻，根本跑不掉，被身后追来的蛊虫啃噬，却并没有立刻死掉，苗麝十七出现后，他的肉蛊吃掉了不少蛊虫，使得银色蛊虫把其他蛊虫召唤到了身边，没有继续啃噬这些弟子……

苗麝十七面前那个弟子身上千疮百孔，很是可怖，但他没死，还有一口气在，此番一个眼眶已经空了，他用仅剩的眼珠盯着苗麝十七，那眼睛里流露出希冀的光。

然而……

苗麝十七折断了他的臂膀，送到嘴边……

他体内的肉蛊控制不住了！

苏竹漪没继续看下去，哪怕她杀人无数，一爪掏心都干过，但吃人她还是有点接受不了，上辈子没见过苗麝十七吃人，没想到，在肉蛊失控的时候，他连人肉都吃……

苏竹漪身上受伤不轻，不过她却没有停下，而是服了颗丹药之后，打起精神飞了出去，飞快地猎了一只灵兽拖了回来，没生火烤，直接用裂焰掌加天罡五雷诀，把整只灵兽轰熟，接着跑过去丢到了苗麝十七身后不远处。

这时候，她看到了苏晴熏。

苏晴熏居然还没死。

她身上也被蛊虫咬出了很多伤口，却比其他人要好一些，莫不是因为蛊虫群飞来的时候，她本就趴在地上没动，所以在她身上的蛊虫反而少些，都去追云霄宗那群人去了？但苏晴熏少了一条胳膊，不知道是蛊虫吃的，还是苗麝十七吃的。

苗麝十七还会杀苏晴熏吗？

苗麝十七坐在地上，他此时已经恢复了许多，吃肉的时候动作都优雅了几分。

只见他优雅地吐出了一截白森森的手指骨，落到苏晴熏头侧，擦着她的脸颊落下。

苏晴熏的眼神本就有些涣散了，但她强打起精神，没有彻底昏过去，长长的睫毛颤动，眼睫毛上挂着泪珠子，就那么直勾勾地看着苗麝十七，然而在手指骨擦过脸颊的一瞬间，苏晴熏再也支撑不住，直接昏死过去。

苗麝十七像是没看见苏竹漪一般，他抬手将身后的灵兽肉拖拽过来，端坐在地上慢慢吃了起来，不多时，就把整只灵兽啃成了骨头架子。

吃饱喝足的苗麝十七起身，朝着前方走去。

苗蛊寨的苍长老和他那几个手下也都死了。

长老的肉身还没被啃光，骨头架子上连着点肉丝，几只蛊虫在他体内钻来钻去，不把他的肉身啃干净誓不罢休。

苗麝十七面不改色地从苍长老的尸体上跨过去，将地上歪倒的玉瓶捡起来，随后手指轻搓两下，指尖便带了点暗黄色的灰，就在这时，苏竹漪闻到了一股淡淡的香气。

苏竹漪突然想到，苗麝十七控蛊用的就是香和埙，他跟这女尸有什么关系呢？

香味一出，就见蛊虫纷纷从尸体里钻了出来，飞进了玉瓶，紧接着，苗麝十七又走到了女尸旁边，他静站片刻，忽地转身，冲苏竹漪招了下手。

"过来！"

想干吗？苏竹漪登时警惕，但她面上不显，只是站着没动。她现在体弱，本来在剑阵受的伤没养好，后来又被云霄宗那老头打了，若不是有替身草人，她命都没了，现在如果苗麝十七要对她动手，她胜算不大。

苗麝十七见她没动，也没说什么，他突然出掌，在地上打出一个大坑，接着才道："把人放进去，埋了。"

他自己怎么不碰？那女尸现在好似只有一张皮了，苏竹漪虽然不怕，但会觉得很恶心啊。

"我爹和我娘。"他转头，用一双黑得有些可怖的眼睛看着苏竹漪，眼睛里瞳孔好似成了竖线，且黑眼珠很大，显得眼白很少，让人心悸。

他一闭眼，再睁眼时，眼睛恢复如常。

明明只有一具女尸，为何他说是他爹和他娘？

苗麝十七将手举起来："我脏。你能通过我娘的剑阵，品性应该不算差。"

剑法阳刚，正直不屈，才能破那阴柔煞气的剑阵。这样的剑修难找，却没想到，她能做到。

苏竹漪："……"

她之所以能破阵，没准是因为剑祖宗，虽然她剑术的确增强了，但说到底还是飞剑厉害，否则的话，指不定能不能斩断那些竹子呢。主要是她对自己的品性太了解了，哪怕最近在行侠仗义做好事，也是被逼无奈，实际上，她觉得做坏人爽快多了。

杀人利索！

救人麻烦！

神识扫过那具女尸，没发现有什么不妥，苏竹漪想了想，用灵气将自己裹了一层，接着依旧用了捉蛊虫的手段，以手画符避免蛊虫侵入，这才走过去，用双手将女尸抱起放到坑中。上辈子没听苗麝十七提过他爹娘，既然他会觉得自己手脏，想来对他爹娘是充满敬畏的，所以苏竹漪的动作也很虔诚，她小心翼翼地将女尸放到坑里，想了想，还从储物法宝里掏出了一枝梅。

小骷髅以前总喜欢在她房间里放花，每天都放，每天都换，这次他走了之后，房间里的花就没人换了，苏竹漪自己懒得弄，也懒得扔，直接把花塞到了储物法宝里，如今拿出来倒没有枯萎，仍是一枝开得正艳的梅。

等把人埋好，苗麕十七道："回山洞。"

他转身就走，在经过苏晴熏身边的时候，苗麕十七将苏晴熏提起来，像是抓了个破布娃娃一样，就那么拎在手里。

"你打算把她……"

不杀她，还救走？

"有用。"他低头瞄了苏晴熏一眼，"被那么多蛊虫啃噬都不死，元神坚韧，适合养蛊。"

他竟打算用苏晴熏来养蛊？

苏竹漪神色一动，上辈子……

上辈子苗麕十七是不是曾经也打算用她来养蛊！

或者说，她上辈子身体里就有蛊虫？毕竟苗麕十七已经回了苗蛊寨，苗蛊寨与世隔绝，他此前说过他不会出来了，那他怎么知道她"死"了呢？除非，他在她身体里留下了线索。

她其实已经不太记得当时相处的一些细节了，却觉得她跟苏晴熏也是有相似之处的。她们都是从血罗门出来的，通过不断厮杀才活下来的人，自然意志坚韧，而她也的确被蛊虫咬过没死，在南疆混，遇到蛊虫是很平常的事。

"怎么，想杀我？"见苏竹漪静默不动，苗麕十七冷冷道。

"她是血罗门的杀手，杀了那么多人，与我也有些仇怨……不过既然你要养蛊，那就随便你吧。"找到一个合适的蛊母并不容易，苗麕十七要带苏晴熏走，她要他杀掉苏晴熏也不容易，不过……

苏竹漪还是想试试，毕竟上辈子，苗麕十七爱过她，可能吧……

本来苏竹漪对自己挺有信心的，然而一想到蛊母，她又觉得，苗麕十七上辈子跟她接触，目的恐怕也不是很单纯，没准打算把她当成蛊母来养，但这些已经无法查证了，只是她的猜测。

"我觉得还是杀了她比较好。"苏竹漪提议道。

"呵呵。"苗麕十七冷笑一声，睨苏竹漪一眼，手指微动。

苏竹漪："……"

她深吸一口气："我跟云霄宗的人结了梁子，就不在外头乱晃了，我会通知我宗门前辈来接我。十七郎，后会有期。"

既然如此，她就不跟他玩了。苏竹漪现在伤得重，打算暂时找个地方养伤，先前不想叫师兄过来帮忙，如今叫师兄过来接人，倒是没多大问题。她身上还有阵盘，以师兄的速度，她撑个两日就行。

至于云霄宗，她倒是不惧，那花长老丢了自己门下的弟子跑了，这次的事情，她并不怕他们说出来，只是她现在暴露了位置，怕血罗门的死士找上来。

"后会有期？"苗麝十七转过身，上上下下地打量苏竹漪，"你身上中的蛊不打算解了？"

苏竹漪登时愣了，她身上有蛊虫？

她一直小心翼翼，还是沾了蛊虫？

"那件鲛鳞袍在你身上吧？那衣服上有幽冥蛊。如今蛊虫已经进了你体内，若不除去……"他没继续说了。

幽冥蛊，无色无味无形。这种蛊一般寄生在物品上，年岁越长，蛊虫越厉害，因此幽冥蛊又叫时光蛊，它进入人体后会蛰伏一段时间，等人发现身体不妥的时候，已经无力回天了。

它会吞噬人的寿元，让人快速老去，红颜化枯骨。

看到苏竹漪神色异常，苗麝十七呵呵笑了两声："看来你也知道幽冥蛊。"

"幽冥蛊，只有长生蛊，也就是寿蛊可解。"苗麝十七的声音陡然低了几分，"父亲给我留的蛊虫里就有一只寿蛊。"

是的，苗麝十七身上有寿蛊。这一点，苏竹漪之前就已经知道了。

这鲛鳞袍上辈子是秦江澜所得的，难不成上辈子秦江澜跟苗麝十七一起破的剑阵，一起去拿的他爹娘的传承？只可惜秦江澜已经不记得往事了，否则的话，还能问上一问。

幽冥蛊无色无味无形，苏竹漪此时神识在体内游走了一圈，也没发现蛊虫的存在，但她知道幽冥蛊的厉害之处，若当真被她发现了，那她也就离死不远了。

苗麝十七伸手出来，上面出现了一只长满褶子的灰褐色蛊虫。他手指一捏那蛊虫的肚子，蛊虫就发出了犹如蝉鸣一样的叫声，而下一刻，苏竹漪发现自己身体内也传出了虫鸣声，像是在回应它一样。

她身上果然有幽冥蛊！

苗麝十七收了蛊虫，转身就走，苏竹漪这下完全不考虑别的了，她连忙跟了上去，狗腿子似的跟在了苗麝十七身后。

笑话，幽冥蛊若是不解，她不出一年就会老得跟老树皮一样，偏偏幽冥蛊又只有寿蛊可解，寿蛊也是罕有的蛊虫，既然苗麝十七身上有，那她只能指望他了。

之前她在女尸前方不远处养了几天伤，还仔细地观察了一下那件鲛鳞袍，并没有发现什么不妥，只是觉得那瓶子很诡异，而且前方有阵法，不敢去碰。等到苗蛊寨的人破了阵引了蛊，她就趁他们不备，浑水摸鱼把衣服给抓了出来。哪儿晓得，居然中了只幽冥蛊，苏竹漪心头沉甸甸的，不过她跟过去的时候，仍旧跟师兄联系了一下，到时候若是苗麝十七整出什么么蛾子，只能靠师兄压阵了。

传讯过去，并没联系上师兄，苏竹漪一愣，随后想到，这会儿师兄可能在坑里，她在传讯符里留下一道神识传音，希望师兄听到后早点过来。

跟在苗麝十七身后，苏竹漪心神不宁地跟秦江澜对话。

"秦老狗，你记得你的那件鲛鳞袍吧？"

"嗯，仙宝，青华。"刚刚逐心咒又动了，秦江澜很担忧，清冷的眸子里好似有了浊气，旁边的小骷髅看得紧张，恨不得立刻告诉小姐姐，可小姐姐神识进来了，他又找不到机会说，而看小叔叔眸色清明许多，他稍稍松了口气。

刚刚，小叔叔看着有点吓人。他是太担心小姐姐了……

"你记得它是怎么来的吗？我拿到了那件袍子，但跟你穿的时候不太一样。"她本想说自己中蛊了，但话到嘴边，又憋了回去，还是不说了。

"不记得。青华是仙宝，能得到它是好事，它能护你周全。"想到上辈子自己穿的袍子在苏竹漪身上，秦江澜脸上有了一丝笑意，然而下一刻，他眉头微蹙。

那鲛鳞长袍颜色太暗沉，虽然衣袍上有淡淡的光晕，但想来苏竹漪是不会喜欢的，他虽然暂时出不去，但他可以给她炼制一件真正的长裙，这里东西很多，被他亲手炼制过的东西带出去损坏较小，只是小骷髅待在这里的时间可能不多了，想要炼制一件很好的法袍时间不够。

但他现在开始炼制，总有一天，能亲手交给她。

他很期待那一天的到来。

"刚刚你们云霄宗的修士找我麻烦，你这个师尊怎么当的！"苏竹漪骂骂咧咧地道，"我要养伤了，你好好反省一下。"神识退出去前，她还轻轻摸了秦江澜一把，等到神识彻底抽离，苏竹漪才觉得自己的头疼得快要炸了。

本就虚弱，强打起精神分出神识与他交流，她都快撑不住了。

等走到那隐蔽的洞内，苏竹漪歪倒在以前习惯待的位置，她靠在那里，背

抵着一个倾斜的光滑石台，用手揉着太阳穴，星眸半掩，很是疲惫。

"你不怕我？"苗麝十七走到苏竹漪身边，一脚把她踹开，接着把苏晴熏放在了石台上。

苏竹漪："……怕怕怕！十七郎，给我个痛快行不行？"

手一伸，将断剑插在身前一尺远的距离，她看着剑祖宗道："剑祖宗，就靠你护主了。"

因为她实在撑不住了。

苏竹漪昏了过去。

醒来的时候发现山洞里没有人，她身边有一个火堆，把整个山洞都照得亮堂堂的，树枝烧得噼啪作响，火堆外有一圈淡淡的灰色细线，绕了个圈，阻止火苗往外延展。

断剑依旧插在身前不远处的地上，在火光的映衬下，那半截剑身好像挺拔了许多，看着很有安全感。她挣扎起身，先是仔细检查了一遍身体，没有发现不妥，才稍微放宽了心，随后打量了一下四周，苗麝十七和苏晴熏都没在山洞里，也不知道他们去了哪儿。

掏出传讯符，苏竹漪发现传讯符还没反应，也不知道她睡了多久，为何青河没回复她。

苏竹漪对青河的事很上心，她想了想，又拿出当初掌门给的传讯符，掌门她倒是一下子就联系上了，苏竹漪问了一下，发现青河不在落雪峰，落雪峰也封了山，不过掌门能进去，他时不时会去看看洛樱，这几天洛樱还是老样子，吃了多少丹药都不见效，真是叫人忧心。

"对了，你弄出来的那张画像，那人到底是谁？"掌门语气无奈，"现在宗门上下好多弟子都在参拜，有人来问我拜的是谁，我都不晓得。"

如果我说那是云霄宗的剑尊，你会不会抽我一耳光？

"就是一个剑道高人啊。"苏竹漪笑了一下，眼睛眯起来，神情狡黠，"拜了能悟道，掌门，我跟你说，我剑道修为又精进了。"

掌门是不相信苏竹漪满口胡言的，什么叫拜了能悟道？不过听到她说剑道修为精进了，掌门很高兴，连连夸赞了她几句："等你回来参加宗门大比，技压群雄！"

"别又像上次在云霄宗那样，剑都不出，这是同门弟子切磋，你剑道高超，有时间的话，就指点一下他们。"

"拜剑神拜得好。"苏竹漪顺势道。

"你呀……"掌门又数落了她几句。

苏竹漪本来是想问一下青河和洛樱，哪儿晓得掌门那么啰唆，拉着她絮絮叨叨了好一阵，苏竹漪索性把自己遇到云霄宗花长老一行人和他们对自己动手的事给掌门提了一下。

"我用留影符把当时的情况记下来了。"苏竹漪说完，还补充了一句。

她此次出行准备充分，既然要做好事留侠名，画像符咒没少带，在看到云霄宗的修士时，她的留影符就已经用上了。

"好！等你回来，我们就上云霄宗讨个公道，你现在是否安全？我派人来接你！"掌门段林舒怒气冲冲地道，"我亲自过来！"苏竹漪是现在古剑派最好的苗子，云霄宗简直欺人太甚！

"你还是看着我师父，她那儿离不开人。"苏竹漪道，"我暂时还是安全的，我打算联系师兄。"至于其他人，掌门若是派那几个长老过来，她反而信不过。

跟掌门结束了传讯，苏竹漪发现阴影处已经有了人。

她有些疲惫，苗麝十七回来了都没注意。

"说完了？"苗麝十七从阴影中走出来，在苏竹漪对面坐下，随后冷冷瞥她一眼，道，"坐直了。"

苏竹漪一愣，她因为疲惫，这会儿坐得并不端正，斜靠着石壁，身子软趴趴的。

还没反应过来，就感觉一根树枝啪的一下抽了过来，打在了苏竹漪的肩上，苗麝十七淡淡道："坐直了，我要引走幽冥蛊。"

苏竹漪以为还得求他，跟他讲条件，或是弄清楚她为什么会知道他的秘密，他才会解蛊，没想到他竟然主动要给她解蛊。

"要不缓两天？"等她元神恢复后再解！

"缓两天？你已经昏迷了七天，再缓两天，那蛊虫就在你体内成熟，开花结果了。"

她居然睡了七天！

这样的话，是真的不能耽搁了。

苏竹漪立刻坐直，目光炯炯地盯着苗麝十七。

她必须全神贯注，因为她怕在解蛊的时候，苗麝十七又给她下蛊。

"呵！"苗麝十七嗤笑一声，手腕翻转，指尖出现了一小撮黑灰，他轻捻

手指，那黑灰便从他手指上落下，落到了火堆之中，本来明黄色的火光霎时变成了淡淡的紫色，紫气氤氲，又有浅浅的清香扑鼻而来。苏竹漪目光如电，在那朦胧的紫气中坐得端正笔直，就好比她身前那柄断剑。

她明艳的脸上笼了紫色的纱，乌发如鸦羽，肌肤赛玉雪，正襟危坐，疏离冷漠。看惯了她不太正经的笑，此番看她一副拒人于千里之外的样子，苗麝十七唇间溢出一声轻呵，他拿出御蛊的埙，放到唇边吹奏起来。在他吹响石埙之后，苏竹漪就看到那只灰褐色长满褶子的寿蛊从他耳朵里钻了出来，随后飞到了紫色的烟雾中，转了两圈后，落到了断剑上。

断剑："……"

它在断剑上蠕动，身上的像老树皮一样的外壳一层一层地剥落，在剥落的时候，它还发出一声接一声的蝉鸣，腹部不断鼓起又缩小，叫声也越来越大。

苏竹漪身子微微一颤。

她感觉到了。

她感觉到自己体内有东西了。

那只无色无味无形的幽冥蛊在她身体里钻来钻去，跑到了皮肤底下。苏竹漪感觉到一个滑溜溜的东西从她的头部一路往下，跑到了她的手腕处，她神识跟过去，明明刚刚捕捉到了蛊虫，眨眼又消失不见。随后，她就感觉到了苗麝十七阴冷的目光射来，苏竹漪登时明白，现在只能通过寿蛊引诱它出去，否则的话，她根本抓不到它，万万不能心急。

埙声比之前的要欢快一些，给人一种春意盎然的感觉。

断剑上寿蛊一层一层地脱皮，那蛊虫像剥洋葱一样越剥越小，掉落了一层一层的枯皮，它越叫越凄厉，但那声音却叫苏竹漪有些躁动不安了。

她是魔道妖女，对身体这样的反应熟悉得很，眸子本就瞪圆了，此时凝神盯着苗麝十七，直接咬破舌尖，用舌尖在嘴里缓缓搅动，将血腥气弄得满口都是。与此同时，她还注了一缕神识进入流光镜，冲秦江澜喊："秦老狗，我想你了。"

"想得人都空虚了，你念个静心咒让我听听吧？"她身子发热，燥热难耐，脑子里不自觉地想起望天树上，她双腿缠在他腰上，双手抓着他的背。

身体发热，好似那神识都着了火，苏竹漪投入流光镜的神识缠着秦江澜，贴着秦江澜的身子，轻轻拂过他的身体，贴着他的肌肤磨蹭，好似一丈红绸，将他从头到脚紧紧缠住，红绸覆面，遮住他眉眼，也捂住他心窍，叫他眸子游移起来。

秦江澜略一定神，随后低低咳嗽一声，念起了静心咒。

那声音平静清冽，像是一阵清凉的风吹过她的神识，拂过她的肌肤，也慰过她的心河。

听得他的声音，那让人躁动不安的蝉鸣也渐渐远离，苏竹漪好似听不到其他的声音了。她的身体好似沉在了冰雪里，却一点也不冷，就好像积雪压着的青松一样，没有被雪压得折断，反而更显苍翠。

她的心终于缓缓沉静下来，整个人好似浸了水的珍珠，光晕越发纯净耀眼。

吹埙的苗麝十七眼皮微抬，目光微闪。

她端坐在那里，就好似在发光一样。

他垂下眼，眸色渐深。

也就在一刹那，寿蛊蜕尽死皮，从断剑上飞起了一只纯白的蝶。

蝴蝶振翅，引得她体内的幽冥蛊再次现身，苏竹漪觉得手臂一阵刺痛，随后，就看到一道几近透明的光冲向了空中的白蝶。

这两只蛊虫在空中合为一体，在紫色烟雾中飞舞缠绵，偶尔还会找个地方停下，翅膀扇动得哗哗响。

它们最喜欢停在断剑上。

断剑："……"

两只蛊虫实力都不低，剑祖宗现在是柄断剑，剑气较弱，它能轻松镇压飞剑，但镇压蛊虫的能力却要差得多，况且它也怕蛊虫返回苏竹漪体内，那只幽冥蛊无色无味无形，且能轻易穿透一切防御，苏竹漪现在身子那么弱，根本防不住。

所以感觉到苏竹漪有些担忧的眼神，剑祖宗默默忍了。

断剑："等出去了，把我浸在灵泉里，多撒点花瓣……"

第一次听剑祖宗说这么长的话，苏竹漪有点受宠若惊。

她此时却不敢放松，仍死死地盯着蛊虫和苗麝十七的一举一动。

明明有只虫子从体内飞出，她皮肤上却一点伤口都没有。等到那幽冥蛊离开后，她的身体没此前那么燥热难耐了，此前就好像是中了淫毒合欢散，那种滋味实在有些不舒服，身子软绵绵的不说，脑子还不清醒，眼前老浮现出当年与秦江澜在一起的情景，对她集中精神极为不利，若不是秦江澜在流光镜里，能被她神识好一阵摸，只怕现在她都快控制不住自己了。

不过好在现在蛊虫飞出，那些异样感也随之消失。

苗麝十七依旧在吹埙控蛊，苏竹漪用神识牢牢锁定着他和蛊虫，没有丝毫

松懈。又等了整整一个时辰，那只白蝶张开双翅形成了一个合围的姿势，随后苗麝十七体内那只肉蛊又钻了出来，肉蛊恢复了不少，表面虽有点坑坑洼洼的，但比上次不知道好了多少，那肉蛊把寿蛊和幽冥蛊都包了起来，随后，肉蛊一点一点缩小，变成了一个小白点，又回到了苗麝十七身上，它没有钻回苗麝十七的身体里，而是落在了他银箍中间金蚕蛊的红宝石眼睛上。

等肉蛊返回，苗麝十七将埙放下，目视苏竹漪："好了。"

苏竹漪心头松了口气。

分出的那缕神识仍停留在秦江澜身上舍不得走，但她最终没有受两只蛊虫交欢的影响，苗麝十七这一手真是厉害，若是她意志力差些，怕是要中招，自己巴巴地缠着他索欢了。

就算只是肌肤接触，贴脸亲两下，苏竹漪都不敢想，像这种蛊师，浑身都可能有蛊，不亲密接触还好，若真亲密接触，怎么都防不住。上辈子她有心学蛊术，对苗麝十七很好，二人一起在南疆出生入死，她也时不时烤肉讨好他，含情脉脉地看着他，却不敢跟他有任何肌肤之亲。

苏竹漪在别的人面前会穿得很魅惑很美艳，上辈子跟苗麝十七相处的那段日子，应该是她穿得最保守的时候了，把自己包裹得严严实实的，压根不敢露出脸以外的地方，像在秦江澜面前那般穿着薄纱晃来晃去的情况完全没有发生过。所以她那时候勾引他很累，要让他觉得她喜欢他，却又不敢把自己的身体暴露出来，基本上，所有的勾引都用眼神和声音，她含情脉脉地看着他，微微哑着声音喊十七郎……

她后来抛个媚眼都能让男人看呆，估计就是那时候锻炼出来的……

其实此前好多事她都忘了，如今随着接触，那些事再次浮现在眼前，苏竹漪觉得，那时候的她才一百多岁，算起来也很弱小，苗麝十七应该算是她早期的一座靠山了吧。

她有野心。

她更怕死。

尸山血海里走过来的人特别惜命，她虽然很想学蛊术，却还是觉得命最重要。她对他好，表现出一副很喜欢他的样子，然而最后，苗麝十七说她其实不爱他，然后他就回了苗蛊寨，再也没出来。

她在苗麝十七那儿学了一些蛊术，会用手埙控蛊，但苗麝十七一直没把他们苗蛊寨秘而不传的养蛊术教给她，以至于后来，苏竹漪虽然会控蛊防蛊，却始终不会养蛊，蛊虫用得好多厉害啊，让人防不胜防，可惜，她一直不会养。

所以，上辈子，她内心其实是不喜欢这个人的。

因为她觉得自己费尽心思，却没得到想要的。

现在她也不喜欢，因为他没有杀苏晴熏。

理由就是这么简单。

"那件鲛鳞袍是男人穿的。"苗麝十七看着苏竹漪，淡淡道。

莫非想抢法宝？

苏竹漪咧嘴一笑："我可以给我男人穿。"

"你有道侣了？"他的手依旧握着石埙，脸上没什么表情，手指无意识地多用了两分力道。

苏竹漪犹豫了一瞬，随后点了点头。

"呵呵。"苗麝十七又笑了两声，明明面前还有火堆，火光温暖明亮，苏竹漪愣是从那声音里感觉到了彻骨的寒意，她神识瞄到他微微搓动的两根手指，苏竹漪瞳孔一缩，心都绷紧，她很了解他，苏竹漪知道苗麝十七想杀人了。

她现在重伤还没恢复，而苗麝十七又得了一只蛊虫，不对，算上那只银色的就是两只蛊虫，他实力大增，她现在想要脱身简直是痴人说梦。苏竹漪眼珠一转，想说"十七郎可不就是我未来的道侣"。

然而苗麝十七突然动了一下，让苏竹漪的话憋了回去，她有些犹疑不定，实在摸不准他此刻的心情，不敢贸然说话了。

苗麝十七冷冷地瞥了苏竹漪一眼，接着用树枝拨了拨面前的火堆，他拨了几下后，把树枝丢到火堆里，随后道："你走吧。"

"趁我还没改变主意的时候。"

苏竹漪立刻站起来，拔了断剑就走。

苗麝十七面露错愕之色，随后垂下眼睫毛，倏尔一笑。

他皮肤很白，白得像是擦了粉，在火光映衬下才有了一丝人气，那笑容很深，脸颊上的酒窝都出来了，也有一丝血从耳朵边流下，流到酒窝处荡了荡，又顺着下巴流了下来，滴落在他握着石埙的手背上。

他的寿蛊其实还未到蜕皮时间。但他刚刚强行吹奏了控蛊曲，配着紫烟使得寿蛊成熟，化蝶求偶，将幽冥蛊从苏竹漪的体内引了出来，而寿蛊成熟蜕皮，他的修为就会大跌，刚刚把她吓走了，挺好的。

苗麝十七靠在了山洞的石台上，他面色显得有些疲惫，身上的气息也逐渐虚弱，片刻之后，修为境界就已跌至金丹，本来他还有要事要做，修为跌了对他极为不利，然而也说不出原因，鬼使神差地就救了她。

闭目休息了一刻钟，苗麝十七手一翻，袖中掉出一点粉色粉末，他搓了两下，便有粉色雾气出现，随后，不远处有块石头被推开，一个人缓缓从底下爬了出来。

那是他以前最喜欢坐的位置。那底下有一具石棺，是他打算用来装蛊母的。

"主人。"苏晴熏低眉颔首，站在了苗麝十七身边。

苏晴熏的手已经长出来了。此时，她只穿了件肚兜和白色亵裤，乌发披散，上面没有一点装饰。露在外头的肌肤欺霜赛雪，乌发犹如锦缎垂在腰间，从石棺里爬出来后，在香气的指引下，苏晴熏在苗麝十七的身边跪下，小心翼翼地用手里的丝绢替他擦耳朵，接着将唇凑到他耳边，将一只蛊虫引到了自己体内。

她看起来好似没了意识，犹如一具傀儡。

苗麝十七不下命令的话，她就坐在那里不动。蛊虫入体会很痛苦，但她没有发出一丝声音，只是眉心蹙起，眸中水光潋滟。

静默许久，苗麝十七道："以后别叫我主人了。"

苏晴熏眼睛一眨，小扇子似的扑闪，像极了此前那寿蛊所化的蝶。蝴蝶振翅，将苏竹漪身上的幽冥蛊吸引出来，与寿蛊合为一体。

眨动间，盈满眼眶的泪珠终于滚落下来，苗麝十七看着那颗晶莹的泪珠，想起了发光的珍珠，他道："叫我十七郎。"

"是，十七郎。"

苏竹漪出了山洞，立刻离开了云隐山，一刻也没耽误。实际上，她虽然害怕，却也想过赌一把，既然知道他有寿蛊，寿蛊蜕皮他就会衰弱修为大跌，如今那蛊虫明显蜕皮了，指不定他在绷着，一会儿就得现形，但苏竹漪的目标本就不是苗麝十七，她有至关重要的事，不想再跟他纠缠。

又变幻成了秦江澜之后，苏竹漪乘着飞行法宝返回古剑派，她身上丹药多，这会儿就一股脑地吃丹药补充灵气，催动法宝飞行，路过村寨也没有停下来。

她跑得快，却也没有大大咧咧地跑，而是一路小心谨慎地往前飞，然而没遇到有人追杀，莫非那云霄宗的花长老自顾不暇，根本没空来管她了？

那花长老捏碎遁光符之前是被那银色蛊虫吐的丝线击中了肩膀的，她倒是忘记问了，那银色蛊虫是什么蛊。

苏竹漪以前没遇到过，根本不知道那银色蛊虫到底是什么。

苗蛊寨的圣蛊为金蚕蛊，难不成那蛊虫是银蚕蛊？

反正不关她的事，苏竹漪摇摇头，安慰自己别想这些乱七八糟的事情了，当务之急是去看看师父和师兄。

一开始，苏竹漪压根不知道自己昏迷了七天，而这么久都没联系上师兄，她心头着实担心得很！千万千万不要出什么乱子啊！

第五章

青河入魔

"他打算把我永远封印在这里，与这些恶心的黄白之物相伴……呵呵，哈哈哈哈哈哈……你发现没？他怕我死了。哈哈哈哈啊哈……"

张恩宁不能说话，也不能动，身体被禁锢，元神被完全镇压，他从头到脚都被闷在粪池里，日夜饱受煎熬。

只是他跟老树契合，是神魂认主的关系。而老树的生命力顽强，它的根须可以慢慢地穿透一切封印汲取营养，也能给主人以微弱的支持。

此时的张恩宁有了微弱的神识，他的识海像是清晨树叶上的露珠，眨眼就能被阳光蒸发掉一样。

"为什么？"

上天为何如此待他？为什么？！

他想保护娘亲，可娘亲却死于非命。

他想报仇，处心积虑，步步为营，眼看就要成功，却又撞上了小师父，最终功亏一篑。

他现在什么都做不了。

他想强大起来，他想改变处境，他想一雪前耻，然而他在那青河面前，连一丝反抗的念头都生不出来。

他被禁锢在这恶心的封印里头，浑身力气好似跟那些污浊混在了一起，生气被蛆虫吸食了一样，可他逃不出去，也死不了。

"神树啊，他怕我死掉，我死了，他可能会疯魔，哈哈哈哈哈哈。你帮我，让我死掉好不好？"既然都看不到生路了，不如死得果断一些，至少他的死能让那青河也生不如死！"你们怕我死了，用我来分担戾气，我偏偏不让你们称心如意！"

"他最近不在，你帮我……老树，你帮我……"

他神情狰狞，几近疯魔，眼未睁开，眸中竟有血泪溢出。

老树也是被封印的，它也不能动，但这粪坑对它来说，还有不少的养分，它偷偷长出了新的根须，也就稍稍能动了。根须原本是想扎破封印，一丁点就好，这个它擅长，它以前就从山河之灵的封印里伸根进去，从而得到了灵气，变得跟其他树不同。

现在，它的根须缠在张恩宁身上，扎到了他体内，静悄悄地满足他的心愿。

苏竹漪不眠不休地赶回了古剑派，回到落雪峰，她一刻不停地冲到了洛樱的房间。

哗啦一下推开房门，床上空无一人。屋子里插着一束梅花，那花却不鲜艳，应该是好几天前放在屋子里的了。

洛樱不在房内。她身体和神识虚弱无比，大部分时间躺在床上，此时不在，苏竹漪更是心慌意乱，一颗心怦怦乱跳，紧紧攥着的手里全是汗。

苏竹漪想用神识去看，然而她本就是重伤赶路，元神虚弱无比，灵气也消耗得差不多了，此番精力不济，用神识去看有些力不从心，正忧心忡忡之时，就听到洛樱的声音响起："怎么伤成这样？"

洛樱穿着一袭白衣站在房门口，她身材瘦削，单手抱着一个四方的木匣子，那匣子看着好似很沉，她抱得很吃力，额头上都是汗，这会儿看到苏竹漪，她把匣子放下，快步走到苏竹漪跟前，从袖中掏出个玉瓶子，拿了一颗丹药递给苏竹漪，道："你神识耗尽，这是高阶凝神丹，能让你舒服一些。"

修士神识耗尽的话，头会很疼的，这一点洛樱深有体会。

"师父，"苏竹漪接过丹药直接吞了，她看洛樱好似的确是老样子，不过能够清醒起床拿东西，想来是有所好转，心头石头稍稍落地，又想起青河，便有些着急地问，"师父，你知道师兄最近去哪儿了吗？"

洛樱摇头："我昨日才醒，并不曾见到他。"

洛樱元神很虚弱，神识很多时候连周围都无法感应，精神好一点的时候，也就能看见窗外。以往她每次醒来，青河都在窗外，她都已经习惯了，而昨日睁眼，她并没有看到青河。她自己慢腾腾地起身，开了窗子，看到屋外的白雪，也看到远处的青松和红梅，却没看到曾经那个睁眼便能看见的大徒弟，心

中闪过一丝担忧。

只是面上仍是不显，此番，她站在原地，静静等着苏竹漪说话。

吞了丹药，苏竹漪的精神稍微好了一些，而等到神识能用了，她才发现洛樱并非肉眼所见的老样子。

她看起来更虚弱了，好似一阵风就能吹倒一样。在青河的控制下，洛樱虽然很难好转，但也不会继续恶化，然而现在的情况是，她看起来比从前更弱了。难道说，龙泉剑跟青河的平衡被打破，现在邪剑做了主宰，所以它才会继续索要祭品？

师兄出问题了？

"师父，你能联系上师兄吗？"苏竹漪定了定神，继续问。

洛樱从储物袋里掏出了一张传讯符。

使用传讯符要注入神识，她如今神识微弱，无法凝聚一缕神识注入传讯符，尝试了几下，洛樱额头上的汗珠大颗大颗地往下滚，人也有些站不稳了，苏竹漪连忙制止她，并将她扶回了房间的床上。

坐在床上，洛樱揉了揉太阳穴，接着又道："竹漪，你把我放在门口的匣子拿过来。"

苏竹漪心头有些慌，但她还是直接施展擒拿术把木匣子抓了过来。

洛樱缓了口气，她闭眼休息了片刻后，睁开眼睛把木匣子打开，就见里头放的只是一块拳头大小的石头，那石头是青绿色的，左边颜色为青色，右边为绿色，从左到右，颜色渐浅。

"竹漪，这是剑心石。"

相传古剑派的老祖宗游历到落雪峰的时候发现了一块天外奇石，奇石的样子好像一柄利剑，他在奇石旁边练剑，百年时间就自创了天璇九剑，下山后，诛妖邪斩魔道，名动天下。待他中年时又返回落雪峰闭关，此后才在这里开山立派，创建了古剑派。

"那时候的落雪峰不在天上。是先祖将其挪到了古剑上，又用阵法使得古剑一直悬空，使得落雪峰位于其余诸峰之上。我们脚下的这古剑其实就是先祖当年遇到的那奇石。这剑心石反而是他的剑，他的剑没有进入剑冢，也没传给后人，他将剑意封印在这里头，像是一颗心脏一样。"

"天璇九剑剑气寒冷如霜雪，我们私下揣测……"说到这里，洛樱有些不好意思地别过头，垂目道，"揣测先祖其实是受了情伤，才会一个人跑到落雪峰这样冰天雪地的地方，所以他陨落之后，留下剑意帮助后人感悟，也告诉我们，心中没有小情小爱，唯有大爱的人，才能将天璇九剑九重完全练成。"

"并不是每一任落雪峰弟子都需要把感情封印。"她看着苏竹漪，脸上竟有了一丝僵硬的笑意，"我幼时就是个剑痴，每天捧着剑不愿放手，眼里看不到除了剑以外的东西，所以我师父才让我封印了情感，也就是你们以为的将心祭给剑心石。"

她将那块石头拿出来，握在手里："你看它是石头，其实它原本是剑。"

说到这里，洛樱低低咳嗽了一声："我大概支撑不了多久了。我很高兴，在我年幼时，曾把心祭给了剑心石。"她看向苏竹漪。"你说最后，我到底是被剑心石吞没，还是被龙泉剑吞没呢？"

洛樱轻轻握着那块石头："若是让我选，我肯定选它了。"

她这次睡觉做了个梦，梦到了幼时的那些事，梦到了师父，还梦到了徒弟。

如果可以选择的话，她想留在剑心石里，哪怕元神湮灭，意识消散，她也始终在古剑派，她的剑意也在剑心石中，在落雪峰，就好像一直陪在两个徒弟身边一样。

她会像以往落雪峰的前辈一样，留下剑意，让后人能够早日养出剑心，感悟剑意。

所以，洛樱这次醒来后，强撑着起身，去取了剑心石过来。

她把剑心石拿过来，就是希望离它近一些，在她撑不住的时候，没准她就入了剑心石。不过那时候，她其实已经什么都不知道了。

洛樱躺在床上，她将剑心石放在自己胸口的位置，说了这么多话，她已经有些累了，眼皮无意识地合上，然而眨了两下后，她又强打起精神睁开眼。

她问："竹漪，你师兄……青河他是不是收服了龙泉剑？我最近总是很想亲近他。"

洛樱对青河有了莫名的亲近和依赖，每一次看见他都有些很异样的心思，她明明没什么感情波动，然而现在，洛樱觉得自己变得有些古怪了。

她苏醒的时间不多，剩下的时间可能也不多了。她自己心里清楚。

沉睡的时候，她总能梦到他。

清醒的时候，她总是很想见到他。

是因为他身上有龙泉剑吗？她元神太弱，什么都感应不到，但是大家都说，青河突然变得很厉害。

比曾经的她还厉害！

就见小徒弟像没骨头似的席地而坐，依偎在她身边，还抱着她的手臂，笑眯眯地说："什么呀，难道不是因为师父很喜欢师兄吗？"

"胡说八道。"洛樱轻斥。

因为喜欢，所以才想亲近啊。

洛樱轻斥了苏竹漪，但自己内心却有几分迷茫。

她最近老做梦，梦里重新经历了从前种种，看那个少年的一举一动就有了与从前不一样的感受。

她以前忽略的，梦里通通清晰起来了。那个十三四岁的少年郎一天一天长大，一点一点变强，在她面前永远都阳光灿烂地笑着，她想，他是笑给她一个人看的。

她想，他对她有不一样的情感，她从前觉得这样的情感简直不可饶恕，如今都要死了，且心里头莫名地受他吸引，想与他亲近，于是一天天松懈下来，反而没那么抗拒了。

看不到他的时候，还会莫名失落。她知道那种莫名亲近不正常，所以才会问苏竹漪，青河他是不是收服了龙泉剑，然而她也想过，龙泉剑连她都无法压制，当年那位大能想尽了办法，不仅牺牲了自己，还抓了几个魔道强者，才将龙泉邪剑封印住，青河如何收服得了那柄剑，他若真把剑带了出来，现在早已被龙泉邪剑吞噬神志，四处滥杀无辜了。

"师父，师兄很爱你。"苏竹漪想了想，仍捅破了这层窗户纸。青河只听洛樱的话，如果他是那柄邪剑的话，洛樱就是束缚着那柄剑的剑鞘。

不管他有多狠的心、多利的刃，都因为那剑鞘的束缚包容而敛去锋芒，成为一柄不杀生的凶剑。

因为洛樱，他克制自己的杀意。

因为洛樱，他可以去粪坑里一直待着。

在他那里，对洛樱的爱可以压制住龙泉邪剑的杀意，这一点让苏竹漪觉得不可思议。

姬无心对小骷髅的爱让一个大魔头甘愿自尽，只求儿子能成为山河之灵，能有机会自由自在地活在天地间，看遍世间风景，无忧无虑，无拘无束。

青河对洛樱的爱可以使那柄曾让修真界生灵涂炭的凶剑不再作祟。

秦江澜……他也可以因为爱而牺牲自己给她一个重来的机会。

值得吗？

苏竹漪一直觉得，不管别人好不好，只要她自己过得恣意逍遥就够了，她如今也挺喜欢秦江澜的，愿意为他去奔波，但她始终觉得，若是要用她自己的命去换秦江澜的命，她肯定毫不犹豫地摇头。

这明显是不需要考虑的买卖，谁也没有她自己重要。

然而对很多人来说，并不是这样的。

她觉得这些人都傻。

可现在，看到床上躺着的"傻子"，想到那些触动过她的"傻子"，苏竹漪嘴角勾起一抹笑容，眸子里却有了星点泪花，心中也有微微酸涩。

曾经在望天树上，她跟秦江澜说，六百年，她没变，他变了。

而现在，她不得不承认，自己也开始变了。

伸手替洛樱掖好被角，苏竹漪坐在地上，静静看着这个好似要消失的人。

洛樱合上眼，她身子弱，单薄得像个纸片人一样，躺在床上，那张床都好似没有一点凹陷，就好像她没重量似的。苏竹漪想起在七连山第一次见到洛樱时的样子，那个眉目如画、面容清冷、气质高贵的女剑修，英姿飒爽，剑若惊鸿，此刻的她哪儿有当年半分威风。

她重生一回，机缘巧合之下，替洛樱多挣了十年的命。

然而这十年，洛樱一直待在落雪峰，几乎没有跟外人接触，对外声称洛樱十年前陨落，恐怕大家都会相信，也就是说，其实并没有多大的更改。

眼看洛樱渐渐闭上眼，苏竹漪想了想，将断剑拿出来，放在了洛樱的枕头边。

洛樱胸口上放着剑心石，枕头挨着剑祖宗。

"有它们守护你，你肯定不会有事的。"苏竹漪本是在地上坐着的，她没离开房间，背靠着床，盘膝坐下，开始打坐调息养伤，并时刻关注传讯符，等待青河的回复。

"秦江澜。"

"嗯？"

"谢谢你。"

小骷髅在流光镜里蹦："小姐姐，我要回来了。"他感觉到自己的身子好像又开始消失了，就跟上次一样，不过消失是有过程的，第一次的时候，小叔叔一直看书，他都不敢提，心头胆怯了许久，而现在倒是挺高兴，又怕自己走了，小叔叔没人陪，既高兴，又担忧，只能连连叮嘱小姐姐："我走了，你一定要天天来看小叔叔啊。"

听说只有小姐姐才能用神识跟小叔叔联系。

"知道啦。"苏竹漪道。

"每天跟他说话，我带着小本子呢，你把故事讲给他听。"

手里拿着个小本子，小骷髅冲秦江澜挥了挥手，他其实不知道苏竹漪在哪儿，反正小姐姐的神识好似经常贴在小叔叔身上，所以直接朝小叔叔挥就好了。

看着不停朝自己挥舞小手的小骷髅，秦江澜默默地抽了下嘴角，他依旧准备了些礼物，这会儿给悟儿一一装好，等他带出去给她和那些朋友。

苏竹漪分出神识看他们在那儿忙碌，嘴角含笑。

她看了一会儿，又收回神识，聚精会神地养身体，没过多久，忽听一声剑啸。

苏竹漪猛地睁眼，就看到师父身上的剑心石不停地震动，而她的断剑已经直立而起，青芒大盛！

苏竹漪眼皮一跳。

手一伸，断剑入手，她神色凛然，一脸严肃地问："怎么了？"

断剑："他来了。"

谁？

床上，洛樱陡然呻吟了一声……

就见洛樱的生命力急速流逝，她躺在床上，面色痛苦至极，身子都蜷缩起来，断臂处竟有鲜血流出，将衣袖染得猩红湿透！

出大事了！

难道说，青河的意志已经被压制，以至于龙泉邪剑开始发疯了吗？

就在此时，苏竹漪听到哐哐哐三声巨响，那是古剑派的铜钟声，门派遇到重大事件时，铜钟才会被敲响，现在发生了什么事情？

他来了，他来了？龙泉剑来了！

苏竹漪将灵气注于断剑之中，随后反手舞了个剑花，直接将断剑重重插入地面。青芒剑意涌出，犹如海浪一样涌开，而在刺入地面的一刹那，断剑发出一声长啸，不是从前的冷哼，而是犹如龙鸣一般的啸声，那声音与古剑派的钟声合鸣，让床上的洛樱痛苦的脸色有所收敛，也使得苏竹漪的心稍稍镇定下来。

有师父在，青河一定会压制住那柄邪剑的。

她信他！

外头变天了，乌云密布，狂风呼啸。

呜呜的风声好似把落雪峰的梅树都绞断了，轰隆隆的雷声将铜钟的声音掩盖了，苏竹漪神识探出，只感觉外界一片阴沉沉的，就好像在七连山的封印底下，神识受到了限制一样。

她没有出去看个究竟，只是守在洛樱床前，手撑着断剑，将灵气不断注于断剑之中。

外面，到底怎么样了？

哐当一声响，屋子里的窗户被狂风吹开，放在桌上的花瓶直接被吹翻，花瓶从桌上落下摔得粉碎，里面那枝本来就不鲜艳的红梅眨眼枯萎，又瞬间变成了灰。

风不可能吹开这里的窗户。

风不可能直接把红梅的生机全部吸收，让它瞬间枯萎……

苏竹漪猛地抬头看向窗外，她看到一团人形的黑气从远处缓缓过来，而在他踏上古剑的那一刻，苏竹漪发现整柄古剑都在颤抖，就好像发生了地动一样。

她险些站不住了！那人逐渐靠近，所过之处，本来洁白的霜雪都变得污浊，红梅树瞬间枯萎。

"青河……"

他的意志被邪剑吞噬了？如今，那是一柄行走的龙泉邪剑？

片刻后，苏竹漪发现又一个人上了落雪峰，待看清那浑身是血的人，苏竹漪猛地惊呼出声："掌门！"

掌门段林舒浑身是血，断了右臂，他左手持剑，吐出一口血沫喷在剑上，随后虚空画符，又燃了寿元换得浩然正气，冲前方费力斩出一剑……

那个黑影是青河。

他轻易地进了古剑派，都没有引动古剑派的护山大阵。

他一路杀了过来，门中弟子死了近百人，伤者更是不计其数。

他还冲上了落雪峰。

此前东浮上宗前来质问了两次，段林舒一直以为镇压了凶物的是洛樱，而不是青河，然而现在他才明白，当年东浮上宗和素月宗的修士并没有说假话。

一直都是青河，一直都是青河啊……

然而现在，为时已晚，青河现在的状态很明显是被凶物所控制，他周身煞气，根本没了任何神志，对同门痛下杀手，已经残害了近百同门性命。

不管怎样，他必须将青河制住，否则的话，整个古剑派都会遭青河屠戮！

"燃五百年寿，求浩然正气，诛十方妖邪！"他本来浑身是血，喊出这句话时，周身光芒大盛，头顶上的阴云都好像破开了一道口子，有一束阳光笼罩在他头顶，让他看起来威风凛凛，宛如神祇。

惊鸿剑光飞出，化为银龙冲向了青河。

然而青河身上猛地腾起一团黑雾，那雾气凝结成剑，直接当空斩下……

好似千万人齐齐号哭，怨气冲天，将那束阳光瞬间淹没，也将光中的段林舒彻底蚕食。

苏竹漪浑身冰凉，她好似失去了声音，一句话都没喊出来。

上辈子，青河杀人的时候她年纪不大，还趁乱灭了个小门派，让青河背了黑锅。她只知道，四大派去追杀青河都没有成功，反而死伤惨重。至于到底死了谁、伤了谁，苏竹漪并不清楚，毕竟那时候，她还是修真界底层的小喽啰。

然而她猛地想起来，后来，古剑派的掌门不姓段。

段林舒，他死在了青河手中。

青河好似已经不认得掌门了，他的眼睛已经看不到任何人。

将掌门吞噬后，青河毫无停顿地继续往前，眨眼已至窗外。

他浑身煞气腾腾，身上沾了很多血迹，背后黑气聚集成剑。剑影之中还能看到被杀修士的元神虚影，苏竹漪甚至好似看到了挣扎的黑气之中有掌门的身影，还有一些曾经见过的同门……

不知不觉，眼睛里已经有了泪光。

龙泉剑屠戮生灵并不会直接把人的元神彻底诛杀，当初炼制之时，那铸剑师就让亲人投入熔炉祭剑，所以剑成之后也是如收割祭品一般，把元神收于剑中产生怨气，最后跟龙泉剑里的怨气合为一体，不分彼此，不断壮大。那些新吸收的元神并不会立刻消失，然而他们也不再是从前那些人了。

看着青河身上的狰狞黑影，苏竹漪一颗心好似要从身体里蹦出来，屋外的风声、雷声、雨声、古剑派的钟声都变得微不可闻，唯有她自己的心跳声怦怦作响，好似下一刻血管和心脏都会爆开一样。

仅仅是那怨煞之气就像是要吃人一般。她害怕，她惶恐，然而一瞬间，苏竹漪明白，自己怕的不是死。

她从前最怕死，为了活命不择手段，然而现在，她怕的是命运无法逆转，

126

怕的是洛樱和青河走上了从前的路。

她怕，怕得心都绷紧，握剑的手隐隐颤抖。

天色越来越暗了，阴云滚滚，遮蔽了所有光线，苏竹漪从来没有见过如此阴暗的落雪峰，哪怕是夜里，落雪峰也是有光的，然而现在，那些积雪都好似蒙上了一层灰，窗外灰蒙蒙一片。

人形黑气青河站在窗边，他在窗外停了下来，就好像以前很多次那样，站在窗外看着屋内的人，只不过那时候窗户是关着的，而洛樱大都在沉睡。

苏竹漪无法透过黑气看到青河的神情，但她知道，青河现在肯定在痛苦挣扎，他想夺回身体的控制权，他想压制住龙泉剑。

苏竹漪将灵气不断注于断剑之中，墨青色剑光将苏竹漪周围的那一片区域照得蒙蒙亮，她脑门上已经起了一层薄汗。

这世上谁敢得过龙泉剑？

掌门不能，洛樱不能，从前的小骷髅也只能稍稍压制它，现在的小骷髅或许稍微厉害一些了，然而他不在身边！就连最强时候的秦江澜，恐怕都不能，唯一能够压制住龙泉剑的只有青河。上辈子，青河不也选择跟龙泉剑一起消失在天地间，而没有继续杀戮吗？

苏竹漪现在只希望青河还能找回神志，还能压制住那柄凶剑。

"青河，师父她很难受。"苏竹漪微微侧身，扛着那煞气的威压，勉强挤出了一句话。

按理说，苏竹漪现在正对龙泉剑的邪气，她本身就是个嗜杀的性子，此番应该容易迷失神志才对，但苏竹漪手握着断剑，眼神清明，她没觉得自己内心涌起了杀意，她只是想守护。

守护身后的洛樱，甚至守护那被龙泉剑控制的青河。

忽然，一声闷雷炸响，金色闪电从天而降，好似将天幕都撕裂了一样，这代表什么？是天道在说，不管怎样挣扎，这命运都不可更改吗？

她手中紧紧握着断剑剑柄，指节已泛白。

就在这时，窗外的黑影动了。

哐当一声响，木屋的门轰然倒塌，狂风吹了进来，还夹杂着浓郁的血腥气，让苏竹漪有些睁不开眼，地上碎裂的花瓶也眨眼被狂风绞成了粉末。

待她再次睁眼，就看到青河脚步僵硬地踩着倒地的房门走了进来。

他身后的黑气再次凝聚成剑，那剑直接将房顶掀开，一剑将其劈成两半后

没有停下，朝着苏竹漪的方向斩了过来。

苏竹漪拔剑，墨青色剑光斩向那黑气凝聚的巨剑，在与黑气交锋的一瞬间，无数惨号猛地撞入她脑海，苏竹漪觉得仿佛被一双双手拖拽住，无数张嘴在啃噬她的身体和元神，自己好似跌入了地狱，被恶鬼蚕食一般。

那些被龙泉剑杀死的生灵的冤魂缠住了她，要将她一起拽入龙泉邪剑！

手腕一翻，断剑在手中旋转，墨青色剑光将周围的黑气稍稍逼开一些，然而眨眼黑气再次涌上来，剑光犹如风中烛火，好似随时都会被扑灭。

逐心咒内的松风剑气出现，正是那道剑气，将黑气劈开一道裂缝，然而下一刻，松风剑气也被吞噬，龙泉剑一声长啸，犹如万人同哭，仅仅是那声音，就形成了一波海浪，以龙泉剑为圆心震荡开来，好似方圆百里都受其波及，正对着它的苏竹漪更是不能幸免，巨大的力量将她直接弹飞。

轰的一声响，苏竹漪被撞到了床边，她的头重重撞到床板上，霎时间头破血流，本来她的伤势就没有恢复，吃了师父给的丹药才休息了不到一个时辰，现在更是雪上加霜，连站起来都有些费力。

勉强撑着床站起来，苏竹漪手心感觉到温热，一转头，就看到师父手臂流出来的鲜血好似将整张床都染红了，她无声无息地躺在血泊之中，脸上已经没有了痛苦的神情，她的左手轻轻搁在胸口的剑心石上。

师父……

"青河，你醒醒！"

苏竹漪双手握紧断剑，直接挥剑斩向了那团黑气："师父快撑不住了！"

那黑气幻化成手，直接将苏竹漪猛地攥紧，好似要将她直接捏碎一样。她将断剑横在身前，微弱的剑光拼命抵挡黑气的侵蚀，一旦剑光彻底被吞噬，苏竹漪便会变得跟掌门一样，被黑气淹没，成为龙泉剑里的冤魂。

青河走到了床边，他静静站在洛樱床前。

身上的怨气嘶吼着、咆哮着，黑气汹涌而下，朝着洛樱一点一点蔓延，那具虚弱的身子渐渐淹没在了黑气当中……

这是他的祭品，主动献祭的祭品……

就在黑气覆盖上剑心石的那一刻，剑心石猛地发出一道耀眼的光华，随后，一道剑光从剑心石里头飞了出来，将黑气直接割裂了，苏竹漪先是一愣，随后明白了那里头的剑气到底是什么。

就好像秦江澜在逐心咒里头留下的松风剑气一样，这剑心石里也有落雪峰历代传人留下的剑意和剑气。

雪亮的剑意一道接一道地从剑心石内飞出来，不知为何，苏竹漪仿佛看到了一个个淡淡的人影，她拜在洛樱门下的时候，青河带她去看过落雪峰历代传人，拜过那些牌位，只是当时她并没用心，随意扫了几眼，青河也没放在心上，因为他眼里只有洛樱，对落雪峰的其他前辈不屑一顾，甚至他很憎恨那个让洛樱祭了心的师祖。

洛樱房间里就有师祖的画像，苏竹漪眼神涣散，她被黑气紧紧束缚，手有些无力，快要握不住断剑了。

可她看到了那惊鸿剑光，看到了剑光里师祖的容颜。

那些剑光从剑心石内飞出，一道接一道，剑意犹如流星闪电，以及霜雪连天，将黑暗划破，将怨气割裂，引得古剑剧烈震动，落雪峰好似出现了雪崩。苏竹漪好似听到其他人的声音，剑心石的剑气飞出，将落雪峰的封印也打开了吗？

她神识虚弱，看不见远方到底有些什么，是不是有弟子握着剑，冲到了落雪峰上来？

来了也无用，她想，千万不要来。

剑光如冰雪连天，撞击龙泉剑，却只是划破了那怨煞气凝聚而成的剑身，没有伤及龙泉剑根本，那柄邪剑仍旧在那里，纹丝不动。

只是苏竹漪觉得自己身上的压力减小了一些，龙泉剑的怨气也是它的力量，看来怨气被伤，它依然会受到一些影响。眼看剑心石渐渐暗淡，里头的剑气似乎快要消耗光，苏竹漪心头一急，她直接咬破舌尖，喷出一口舌尖血，然后强打起精神，用舌尖画符，牵引天地之力，提升自身修为。

跟掌门一样的燃寿法术。

"燃五百年寿，求浩然正气，诛十方妖邪！"这个法术就是用寿元和潜力换取一时修为境界和元神大增，也就是透支生命力，在正道里头叫作碧血青天，在魔道里头叫作血祭，法术的效果差不多，但施展时的法咒却有区别。

苏竹漪从来没想过，自己也会有燃寿诛邪的这一天。

她也根本没想那么多，好似下意识地就这么做了，毕竟现在极度虚弱，她连剑都握不住了，只有通过透支生命力的方法，才能有一战之力。

她还年轻，寿命还很长。

头顶的天好似被捅破了一个窟窿，一束阳光从天而降，落在了苏竹漪身上，也落在了她的剑上，断剑青芒大盛，她手持断剑劈开了黑气的束缚，随后以身为剑，连人带剑一同撞向了青河！

一瞬间，断剑的青芒长了几分，仅仅缺了一点剑尖。

青色剑芒跟苏竹漪融合在了一起，一头扎在了黑气当中。

她好像就是一柄剑。

跟龙泉剑撞上的一瞬间，她身子剧痛，好似断剑被折断了一般。

还是差了一点啊。断剑还未重生，她还无法镇压龙泉剑……

穿透那无数怨气的一刹那，苏竹漪浑身剧痛，她声音沙哑，低低地喊了一句："师兄。"

手中断剑坠落，苏竹漪跌倒在地，她仰面躺着，只觉得身子好似断成了两截。

雷声滚滚，大雨瓢泼。

万万没想到，她重活一回的结局竟然是这样的。

秦江澜……苏竹漪想跟秦江澜说句话，然而她神识难以凝聚。

就在这时，她听到了狗的狂吠声。"汪汪汪！"

同样是倾盆大雨，同样有龇牙咧嘴的大狗，而这条狗明明吓得尾巴都夹了起来，却仍挡在了她面前，冲那团黑影狂吠。

它冲向了青河。

然后它呜咽着倒下，滚烫的鲜血溅在了苏竹漪眼睛上。

她恨狗恨了两辈子，而今，血和泪融在了一起。

"笑笑……"

苏竹漪在落雪峰很少看到笑笑，小骷髅把它藏得很好，用灵气包裹得严严实实的，一点都露不出它的气息来，就怕惹得她不高兴。小骷髅去了秦江澜那边，笑笑就会成天待在山上，吃什么、喝什么、在山上那些厉害的灵兽手底下如何讨生活，苏竹漪一概不知道。

狗是很有灵性的生物，苏竹漪讨厌狗，笑笑自己也感觉得到，它从来不往苏竹漪面前凑，唯一的一次就是今天，就是现在……

"笑笑……"

那血还是烫的，溅在她脸上、溅在她眼睛里，她眼前猩红一片，目光所及的世界好似一片血色汪洋。

笑笑进阶了，不是普通的灵兽，它生命力很顽强，竟呜咽了两声，慢慢地爬到了苏竹漪旁边，将爪子轻轻搭在了她脸上，它爪子里握了一个灵果，是雪山上的灵果，能补充灵气的。

它看到苏竹漪没了灵气，还抓了个灵果过来。

身子被龙泉剑劈成了两半，它爬的时候在地上拖出了一道血痕，疼得爪子收紧，将灵果捏碎，那汁液也溅在苏竹漪脸上，流到了她嘴里，清清凉凉的，还很香甜，让苏竹漪想到了小时候吃的那颗糖，让心都柔软了的甜……

她想，若是她不死，若是笑笑不死，那她以后大概不会对它有杀意了。

只是，还会有以后吗？

眼泪和鲜血模糊了视线，她看到那团黑气再次过来，却没有妄动，而是在她身前停下了。

笑笑的鲜血溅在了黑气之中，好似让那黑气都收敛了几分。

传说中狗血是除煞之物，难道说，笑笑的血起到了一点作用？

然而片刻后，青河又动了。

被黑气笼罩的青河僵硬地站在苏竹漪身前，他抬手，手上黑气凝聚成剑，就像他手握着那柄龙泉剑一样。他举起龙泉剑，那柄剑上的黑气犹如墨汁一般滴下，落在皮肤上有刺痛感，仿佛被烈焰灼烧、毒液腐蚀一样，还能听到嗞啦的声响。

剑身压下，又抬起，青河整个人都在发抖，手臂更是颤抖不停。

他身上的黑气稍稍淡了一些，苏竹漪看见了他的面容，那张脸上青筋毕露，无数怨气充斥在他体内，在他身体里流转，显现在脸上，就好像无数条黑色蚯蚓在蠕动一般，他眼睛泛红，神情痛苦，喉咙里发出咕咕咕的古怪声响，黑气里夹杂着一声接一声的剑鸣，就好像青河在跟龙泉剑吵架一样。

苏竹漪流了很多血，她躺在血泊里，身上仅有的那点灵气来源于笑笑给的灵果。现在青河在抗争，她很想从储物袋里掏出丹药补充一下，却压根动不了，连手指头都抬不起来。

黑剑距离她只有三寸，那墨汁一样的黑气好似涌入了她眼中，就在这时，青河猛地将剑举起，他的眼睛里竟有一滴泪滚落。

"师妹……"他艰难地发出声音，手腕一翻，将剑反方向握住，剑尖对准了自己，猛地往下一压。

黑气凝聚成的剑穿身而过，并没有对他造成什么实际伤害，而苏竹漪瞬间明白，此时青河的意识占据上风，他想跟龙泉剑同归于尽，只是还未找到办法……

上辈子，青河魂灯熄灭，龙泉剑再也没有出来兴风作浪，必定是他找到了方法，将龙泉剑封印或者毁灭了。

"悟儿呢？"青河半跪在地上，手捏住了苏竹漪的手腕，他难得有片刻清醒，此时手太过用力，快要将苏竹漪的手腕给捏碎了。

有悟儿在，他可能坚持得稍微久一点，然而现在，悟儿呢？

青河抬头，看到床上的师父，喉咙里发出低低的呜咽，他松开攥着苏竹漪的手，大手抓住床沿，将木头硬生生地掰下一片，顷刻间捏成粉末，而他的手指也沾上了洛樱的血。

洛樱胸口上的剑心石已经没了光亮，受了震荡，从她身上滚落，直接落到了洛樱断臂的位置，浸在了血水里。本来只是一块拳头大小、凹凸不平的石头，此刻就像是一团海绵一样，竟然开始吸收那些鲜血，一瞬间，剑心石就变得红彤彤的，像是鸽血石一样晶莹透亮。

就在这时，青河身上的黑气猛地迸发，将他的身形再次掩盖，只听一个冰冷阴寒的声音道："我的祭品，你也敢抢！"

龙泉剑再次成为主导，黑气凝聚成剑，朝那剑心石斩了过去，苏竹漪心中不停地呼喊断剑："剑祖宗，剑祖宗……"

断剑："……"

龙泉剑比现在的它强，它好不容易长出的一截剑身，刚刚两剑对撞，使得它身上布满裂纹。飞剑要握在主人手中，才能实现更强的威力，它以前镇压飞剑，也是因为它是剑冢里头最早最强的那一柄，然而龙泉剑自诞生之日起就换了无数主人，最后被封印，这样的剑永远不会进入剑冢，要么被封印，要么被毁灭。所以，只要它没有彻底重生，对龙泉剑就不会有太大压制作用……

断剑："叫我有用？"

没用。它遗忘了从前，只记得自己在剑冢里待了千年万年，甚至千万年，看着一柄又一柄剑出现在那片坟墓当中，看着一批又一批的人进来把别的剑选走。

它只是一柄断剑，一直没人选它，当然，它也瞧不上那些人。

等到哪天它突然想出去了，就发现，它已经靠近了剑河，已经变得锈迹斑斑，快要跟里头有些等不到主人的剑一样，坠入剑河，跟万千残剑融为一体。

哪怕它是剑祖宗、剑冢里的第一柄剑，也逃不掉这样的宿命。

它是剑祖宗，有它自己的骄傲，没有人看上它，它也不会主动去引诱人。直到某一天，它被人捡了起来，它想，这应该就是命中注定的，既然如此，那就随她出去吧，表面很镇定，其实断剑心里头很高兴，它表达高兴的方式大概就是哼了。

捡它的人实力弱，捡它的人不爱练剑，捡它的人压根不像个剑修。

只是她一点一点地在改变，剑意贴近人心，所以对于她的变化，它才是感触最深的那一个。

看着苏竹漪拼命挣扎想要爬起来，断剑猛地飞入高空，剑身嗡鸣作响，那声音响彻云霄，好似阵阵雷鸣，又引得整个古剑派弟子的飞剑齐鸣，无数道雪亮的剑光冲上天空，汇集在了一起，而断剑剑身布满裂纹，像是被无数道剑气给撑破了一样。

剑光犹如一条青龙撞向了青河，与此同时，不远处的大松树射来了一大片松针，绿色的剑意跟青色的剑意合在一起，将龙泉剑上的黑气刺穿，而青河脚步踉跄，他挥剑的动作被阻拦，随后手上的龙泉剑消失，整个人身子一歪，跪倒在洛樱床前。

在他跪倒的那一刻，头顶上的断剑从高空坠落，吧嗒一下落地，剑身碎裂，只余剑柄和三寸长的剑身……

"剑祖宗……"

断剑："要是能活下来，就好好练剑。"

说完之后，剑光彻底消失，那剑柄又变得锈迹斑斑，比当初在剑冢里看到的时候更加残破，好似从地上拿起来，那断剑就会化成粉末一样。

青河的手握住了洛樱的手。他的手在颤抖，身子也在颤抖，苏竹漪此时才发现，床上的师父已经没有半点气息，她的血都好似流干了，浑身冰凉，已经没了生气。

死了？

苏竹漪直接蒙了，她脑子里有短暂的空白，她嘴唇翕动，但一丝声音都发不出来。耳边传来青河的怒吼，他将洛樱的身体紧紧抱住，又哭又笑，几近疯魔。

他将洛樱抱到怀里，站起来，转身欲走，经过苏竹漪身边的时候，青河停顿一下，道了一句："保重。"

他身后是零散的黑气，张牙舞爪地飘浮在那里，虽然被剑祖宗的剑气割得七零八落，没有此前那么嚣张狰狞，却像是在嘲讽她一般，让她心如刀绞。

洛樱依旧死了。

青河抱着洛樱离开，然后，他会找到封印龙泉剑的方法，自己身死道消。

苏竹漪的手指微微动弹，她拼尽力气伸手抓住了青河的裤脚。

"师兄……不要死……"

剑心石……剑心石还在，这一次跟从前不同，刚刚龙泉剑不是说剑心石抢祭品吗？师父的元神……师父的元神或许在剑心石当中。她紧紧攥着青河的裤脚，想要说话，然而嘴巴张着，声音沙哑，断断续续地说不出一句完整的话，青河稍稍用力就挣开了，他转头看了苏竹漪一眼："从此以后，你就是落雪峰的主人。"

师父死了，落雪峰就由弟子继承，他走了，就剩下小师妹了。

他抱着洛樱离开，就在这时，几道人影冲上了落雪峰，本以为是前来阻挠的同门，却没想到，古剑派的弟子竟被逼到退至落雪峰上。

魔修！

古剑派果然有奸细通风报信，这么快就有魔修趁机围攻，并杀上了落雪峰，待看到东浮上宗的人佩戴了改变容貌的法宝潜藏在魔修当中，青河登时明白，东浮上宗跟魔道勾结了。青河此时元神强大无比，那人虽然佩戴了高阶灵宝掩饰身份，但青河依旧认出他来了。

东浮上宗！东浮上宗跟古剑派积怨已久，恐怕早就有心下手，这一次，让他们等到了绝佳的机会。

看到那些人，青河心头涌起杀人的念头，身后黑气登时暴涨一倍有余，然而在黑气发狂的一瞬间，他手臂一紧，将洛樱的尸身抱得更紧了一些，好似要将其嵌在自己怀里一样。

他不能再杀人了。

铜钟被敲响，云霄宗和修真大派的弟子们都会赶过来救援，他不疯魔，古剑派的弟子退至古剑之上，尚能抵挡一阵，最不济，在几位长老的帮助下，还有人能逃出去……

若是他继续开杀戒，他恐怕没有机会清醒，他会不分敌我，杀光这里所有的人，包括小师妹、其他同门……

这样，他们就连一丝生机都没有了。

他不能失去意识，他还想毁灭龙泉剑，所以，必须保持清醒。

抱着尸身，青河看了一眼那些人，抬手一剑劈出了一道深深的沟壑："越界者，死！"

没想到，劈出这一剑之后，青河只觉得煞气冲天，意识又有片刻模糊。

"难怪古剑派修士的修为高啊，三百岁的修士能一剑劈裂仙器，原来都是修炼的邪法，这下子走火入魔了？"

"这小子身上煞气这么浓，跟你一比，我都觉得自己是正道大能了呢。"一个女修咯咯笑道，"不若入了我魔门，让你做左护法！"

青河语气森然："滚！"

"我越界了，你待如何？"其中一个魔道大能冷哼一声，抬手抓了一个弟子，直接丢过了青河所画的界线，青河一剑劈出，本想不置人于死地，震慑一下其他人，但又不能暴露他不敢伤人，于是他挥剑斩了那人的四肢，却没想到，黑气侵入那人体内，顷刻间就吞噬了那人的性命。

青河身形顿时模糊，他又要控制不住自己了。

"啊！"

"那魔头若是继续杀人就会失控，所以他不敢杀人。"一个声音高叫道。

"不能耽搁了，趁那些正道门派还没过来，将古剑派连根拔起！"

刀剑相交，鲜血飞溅，空气中，浓烈的血腥气让人几欲作呕。

青河按捺不住心中杀意，他只能长啸一声，化作一道流光消失，否则的话，他完全控制不住自己。

兴许是那果子的缘故，苏竹漪觉得自己有了一丝力气，她从储物袋里掏了一颗丹药，颤抖着塞到了嘴里。

丹药在嘴里化开，灵气缓缓在体内游走，替她止血疗伤，让她的痛苦稍微减轻了一点。

苏竹漪听到外头有厮杀声，有刀剑声，有魔道打上门来了？来得如此巧？

"小骷髅，你还有多久才能过来！"微弱的神识投入流光镜，就听小骷髅道："小姐姐，我的身子开始变透明了呢……"

然而就在这时，一个身影冲了过来，大声道："剑心石呢？"

那声音里饱含威压，让本就虚弱不堪的苏竹漪元神震荡，好不容易聚集起来投入流光镜的神识又被震散，识海再次枯竭。

"青河把剑心石拿走了？"来人愤怒地叫道，却在看到床上那块奇怪的石头后稍稍一愣，那是剑心石？他见过剑心石，床上的石头一点也不像剑心石。

到底是不是呢？

"原来是你。"苏竹漪看着来人，咬牙切齿地道。

匆匆进来的人是胡长老。胡长老在古剑派里算得上最平易近人的一位了。

他待人和善且护短，谁说自己门中弟子的不是，他都能跟别人吹胡子瞪

眼、针锋相对，甚至出手较量起来。

苏竹漪之前怀疑的对象其实就是他和易涟。

当然，怀疑胡玉的理由很奇葩，单纯地因为苏竹漪不喜欢这种老好人，潜意识里觉得他这样的好人内心是黑的，只不过很多真正的好人教育了她，比如说掌门，让她的这个观念发生了转变。而现在，没想到，这个奸细真的是胡玉。

透露她的行踪，协助别人杀她也就算了，他竟然敢跟东浮上宗和魔道勾结，要灭了古剑派满门，就为了一块剑心石？

看他对剑心石如此看重，苏竹漪已经明白了胡玉所求为何。

"我？"胡玉稍稍一愣，随后道，"有魔修杀上来了，剑心石不能落入歹人手中！"他直接施展擒拿术，想将床上的石头抓到手中，然而就在即将碰触到剑心石的一刹那，胡玉道："险些忘了，剑心石只有落雪峰弟子才能取。"

一般弟子只能在剑尖上感悟剑意，根本不能触碰剑心石，剑心石里头有剑气和剑意，只有落雪峰的传人才不受剑气伤害。

落雪峰的剑修素来是古剑派最强的，他们拥有的资源也是各峰最多的。

就因为他们掌握着剑心石。对胡玉来说，那剑心石就是能让人剑道大成的宝物。他剑道遇到瓶颈百年，明明已经成了一峰之主，但去落雪峰还要跟掌门通报，等到洛樱同意了才能上去，也只能在剑尖上感悟剑意，在他的强烈要求下，才看过一次剑心石。

他心有不甘，他心有执念。

他的剑道一直无法突破，修为增长也极为缓慢，所以，他处心积虑地想得到剑心石，他一直在等待机会，现在，终于等到了。

看着那血红的石头，他双目都在放光。

说罢，他低头看了苏竹漪一眼，将她从地上拽起来，动作有些粗暴："事关重大，快将剑心石取过来，放到……"本是想找个法宝来装，结果他发现床头边有那个装剑心石的木匣，他心头大喜："放到木匣当中。"

见苏竹漪没动，他眉头一皱，直接抓了苏竹漪的手去拿剑心石，苏竹漪的手捏紧成拳，那胡玉眼神一凛，眉若刀锋竖起，喝道："都这种时候了，你还在磨蹭什么？"

他手上用劲，像是要把她的骨头给捏断了，苏竹漪却像是不知道疼，感受不到威压一样，哼都没哼一声，拳头依旧紧紧攥着，没把剑心石抓起来。她看起来哭过，眸子里还有水光，但寒意凛然，好似水结成冰。

"魔修都打上门来了，你想剑心石被抢走吗？"

苏竹漪身子一僵，随后把剑心石握在手中，那石头冰凉，但入手之后又能感觉到暖意，她甚有种错觉，那就是一颗跳动的心脏。

"快，把剑心石放进匣子里。"看到剑心石被拿起来，胡玉松了手，将匣子拿到手里，递到了苏竹漪眼皮底下，但苏竹漪却没把石头放进去，她强打起精神，大声道："胡长老说得对，这剑心石是古剑派的根基所在，一定不能让外人抢走。我是落雪峰传人，我在剑心石在，若是放在匣子里，更容易遗失。"不远处就有很多古剑派修士，易涟和云峰主那几位长老都在，他们结成剑阵，那些魔修暂时被阻挡在外，苏竹漪这些话就是说给他们听的。

"胡玉，还不过来帮忙！"易涟无法分神说话，那只长期停在他肩膀上的金丝雀飞到空中，冲着胡玉大喊，"快，一定要撑住，撑到救援到来！"

就见胡玉目露凶光，神魂威压施展开来，握着木匣的手青筋暴起，他咬牙切齿，一字一顿地道："苏竹漪，把剑心石放进来。"

金丝雀眼珠一转，尖叫道："难怪魔修会在这个时候乘虚而入，原来是你通风报信，胡玉，你疯了！"

苏竹漪没想到易涟会联想到那么多，更没想到他直接就揭穿了胡玉。她本是想引起他们的注意，胡玉好似没有立刻撕破脸的迹象，看他会不会迫于其他人的压力，暂时先去一同对敌，却没想到，会被易长老直接叫破。

那胡玉脸色一变，随后索性不再伪装，直接挥剑就斩，苏竹漪不是紧紧攥了剑心石在手里，那我斩她手臂总行了吧！

金丝雀猛地扇动翅膀，几根羽毛化作利剑朝胡玉飞射而去，他躲都没躲，一剑斩向了苏竹漪的手臂。

却在这时，一个声音叫道："小姐姐！"

小骷髅现出身形，他早已不是骨头架子了，身上被蚕蚕用丝线缠着，像是长了肉，外头还穿了衣服，这会儿还戴了帽子，在出现的一刹那，小骷髅就感觉到周围有外人，于是他立刻用灵气将自己隐藏，待看清面前情形时，小骷髅目瞪口呆："怎么了？"

"小姐姐！"灵气瞬间将苏竹漪彻底包裹，那层屏障施展开，直接挡住了胡长老的剑。他一剑刺去，只觉得撞到了灵气屏障上，剑尖都好似震得一颤，那灵气屏障却纹丝不动。

看到有人用剑刺小姐姐，而且小姐姐浑身是伤，小骷髅就开始担心了，将灵气直接往苏竹漪的身体里输入，随后视线一转，看到地上的大黄狗，小骷髅

尖叫出声，声音无比凄厉。

"笑笑！"

笑笑竟被一剑斩成了两段，它的头和身子在小姐姐脚下不远处，后腿却在一丈外，中间一道血痕，显然它被斩断之后，还爬到了小姐姐身边。小骷髅用灵气将笑笑紧紧裹住，将它分离的身体紧紧凑到了一起。

随后，他怒视着胡玉！

小骷髅从来没有愤怒过。他胆子小，怕鬼，怕流光镜里的死寂，怕自己也变成死气沉沉的怪物。

他会担心，担心笑笑，担心小姐姐，担心小叔叔，担心所有他在乎的人和物。

他会紧张，会自责，会委屈，唯独没有愤怒过。但此时，他出奇地愤怒了，眼眶子里的火苗好似燃到了身体外，那一簇青绿色的火苗从他头顶冒出来，他不会使什么攻击手段，也没有谁教过他，他只是像一座钟那样，咬着牙齿朝胡玉撞了过去！

那胡玉虽然心头一惊，嘴上却道："这……这是鬼物！你们落雪峰好大的胆子，青河入魔，你还养了个鬼物，这剑心石岂能落在你手中！"

苏竹漪被灵气滋养得舒服多了，她缓了口气，精神稍稍好了一些，冲着胡玉道："他比你、比任何人都干净！"

轰的一声，小骷髅犹如一颗流星一般撞到了胡玉身上……

胡玉的防御屏障直接被震碎，他脸上写满了难以置信，完全没想到，这鬼物的威力竟然这么大……

他的身体好似着了火，那火是坟地里的阴火，烧得他浑身剧痛，却没有丝毫温度，将他的心都烧冷了，血液也失去了温度。

他的身子像是一个易碎的青瓷瓶，被这么一撞，倒飞出去的时候，他看到自己的身体碎裂成片，那些冷了的污血向四周溅开，他眼睁睁地看着自己血肉分离。

嘭的一声，胡玉的身体在空中炸开，直接陨落。那血肉淋了小骷髅满头满脸，他怔怔地站在原地，身子瑟瑟发抖，显得有些惶恐不安。

悟儿是鬼物，鬼物其实是很容易滋生煞气和戾气的。

他只是很愤怒，又找不到攻击的办法，所以才那么撞过去，没想到，这么一撞，直接把人给撞成了碎肉！鲜血和碎肉溅了他全身，衣服上到处都是，那浓烈的血腥气包裹着他，让他眼眶子里绿油油的小火苗都变得有了一点猩红色。

"悟儿！还有好多坏人在外头，他们杀了好多人，快过去帮忙！"苏竹漪看小骷髅似乎不对劲，立刻出声喝道，"外面那些坏人想杀进来，掌门都已经死了，看到易长老没有？他们在用剑阵对抗那些坏人，你快去帮忙，千万不能让那些坏人冲进来！"

苏竹漪语速飞快地道："快去救人。"

你不是在杀人，你是在救人。

小骷髅回过神，看到外面也是一片狼藉，还有很多认识的人受了伤，他曾偷偷看过古剑派的弟子，这些人都不认识小骷髅，但小骷髅认识他们。

小骷髅一抹脸上的血肉，噌噌地朝着古剑派弟子那边跑过去，那些古剑派弟子在联手抗敌，没有关注这边的动静，而金丝雀却是看在眼中的，以至于小骷髅冲过去的时候，负责剑阵阵眼的易涟猛地收了剑，侧身让开。

他这么一动，剑阵阵型顿时乱了，本来阻挡魔修剑气的阵法出现了一个口子，便有两个魔道高手以这口子为突破口冲了进来，打算大开杀戒……

"易涟！你怎么了！"

易涟："我……我只是给他让个路。"

小骷髅冲了过去，他这次有控制力道，心头也害怕再把人撞粉碎了，因此只想着把人撞飞就好，哪儿晓得这么一撞过去，人没飞，自己倒一屁股蹲坐在地上了。

那魔修的武器是柄大刀，刀背上有七个铁环，每一个铁环上都挂着一个拇指大小的骷髅头。

魔修煞气腾腾地一刀劈下，小骷髅没事，但他的帽子却被劈裂了，露出了一个骷髅头来，那魔修稍稍一愣，随后哈哈笑了两声："原来古剑派跟咱们是同道中人啊，既然这样，那我等下也手下留情，有愿意加入我魔门的，都饶你们不死！"

小骷髅露了脸，他发现周围的古剑派弟子都一脸震惊地看着他。就连易涟长老也满脸错愕，神色古怪。

他身上缠了丝线，脸却依旧是骨头架子，这会儿眼眶子里的火苗微微转动，忽听一个女声道："骷髅，鬼……鬼物！"

他们都怕他，他感觉得到。

他也怕自己，刚刚他甚至撞死了人。

小骷髅浑身一颤。

眼看那些魔修冲进来打乱了剑阵，小骷髅心慌意乱地用灵气把古剑派的弟子包裹起来，这落雪峰外古剑派的弟子有数千人，整个宗门有大部分的人退到了落雪峰上，其余诸峰也有长老带着各自的弟子阻挡，但人最多的还是落雪峰，魔修最多的也是这里。

小骷髅设下防御屏障后，就不知道应该怎么做了，回头用求助的眼神看向苏竹漪，却见小姐姐躺在地上，脸色惨白。

"小姐姐！"

苏竹漪身子很虚弱，之前那一剑险些把她劈成两段。

此前形势紧张，她都忘了痛，现在小骷髅回来，苏竹漪才稍稍松了口气。但她依然放心不下，不知道青河现在怎么样了，他抱着师父的尸骨去了哪儿？

小骷髅给她的灵气让她舒服了一些，勉强挣扎着坐起来，靠在那房屋废墟中的床边，虽然床也被青河弄破了，但借力靠着好歹舒服一些，她坐下后打坐调息，用灵气去滋养伤口，她检查身上伤势的时候，看到右边手腕上有一条深深的红线。

霎时间，一脸雪白。

那红线不是单纯的一条线，在她手腕横纹上，以手神木穴为起点，往上蜿蜒，蜷曲盘结，状若虬龙，一直到了右边肩头，肩头有一个黄点，像是点的一点花蕊。她此前右手险些被捏碎，肩膀也差点被削了，疼得都麻木了，压根没注意到自己手上有这样的异常。等她注意到了，却已经晚了。

苗疆十七！

苏竹漪懂蛊虫，她明白这意味着什么。

哪怕现在斩断右臂也无济于事，那蛊早就下在她身上，不是成熟的蛊虫，而是个小小的虫卵，她在南疆受伤的时候就已经被下了蛊，而之后她一路赶回来，根本没时间休息，也没机会休息，现在伤势雪上加霜，她心神绷紧，根本没精力去关注别的，于是那虫卵在她虚弱至极的时候偷偷成长起来，最后被小骷髅的灵气一滋养，直接成熟了。

现在苏竹漪还看不出是什么蛊虫，她咬着牙画符，想把蛊虫控制住，但如今蛊虫成熟，要驱出身体很难，她只能争取将它圈定在一个位置，不让它在她全身游走。

左手手指溢血，用灵气和血水一起在右肩上画符，然而符咒画了一半，苏竹漪彻底蒙了。

鹅黄色的小点像是花蕊，有一个东西藏在她体内，一点一点吐出花蕊。花蕊边缓缓长出花瓣。红的花瓣像是桃心，一片一片地绕着花蕊展开，她脑子轰地炸开，五指成爪，指尖朝那花瓣剜去，把那一块肉硬生生地剜下来，然而下一刻，在伤口旁边又开出了一朵花……

情花。

情蛊。

在那花朵滴下泪珠的瞬间，她就会彻底爱上下蛊之人。

苗麝十七竟然给她下了这么一只蛊虫，就是蛟龙身上养的那些情蛊。

她眼睁睁地看着那花朵之中有了星点水汽，好似一颗泪珠要滴落下来。

"悟儿，悟儿！"

小骷髅看到小姐姐神情痛苦，也顾不得许多，又噔噔噔地跑了回去："小姐姐，你怎么了？"

"灵气，灵气，用灵气裹住那朵花，捏碎它。"

她已经没办法了，只能伸出左手攥住小骷髅："挖出来，捏碎它。"

"我……"小骷髅感觉到那里好似有只虫子，他以前连蚂蚁都不愿踩死。

"快点！"苏竹漪猛地用力，惊得小骷髅眼泪直接掉下来了，他立刻用所剩不多的灵气裹住小姐姐的肩膀，并用灵气去抓那只虫子，却发现根本抓不到，灵气一碰，那虫子就缩小了……

"虫子哭了！"

虫子越来越小，好似变成了花中的泪。

苏竹漪眼睛里也有了泪，她猛地将神识投到了流光镜中。

识海本已枯竭，在小骷髅之前灵气的帮助下才恢复了那么一丁点，此刻，所有神识涌入流光镜，却因为虚弱，依旧没有掀起什么风浪。她神识很微弱，细细的一缕，像是头发丝一样，就那么死死地缠在了秦江澜身上。

"秦江澜！"

"秦江澜，秦江澜，秦江澜！"

一声比一声尖锐，好似凤凰泣血一般。

此前遇到问题，她只是喊小骷髅，希望小骷髅能快点出来，能快点过来救人，她不想让秦江澜知道她现在的处境、她在经历什么，因为秦江澜不能产生怨气，他在流光镜中，她不想让他担心。

她知道他担心，他一直担心，毕竟他留了逐心咒，逐心咒一动，松风剑气一出，他就感觉得到，知道她又处于险境，所以苏竹漪知道他一直在担心，然

而他没办法从流光镜里出来，他帮不了她。

既然如此，她就尽量让自己显得没那么痛苦难过，她不想他因为担心而自责烦恼，产生一些不好的情绪。可是现在，她没有办法了。

情蛊在她最虚弱的时候成长起来，而她现在只有金丹期修为。

她会爱上下蛊之人。

中蛊之后，她依然记得秦江澜这个人，可她不会爱他了。

她了解自己的性子，一个她不爱的人，她不会为他做任何事。她不会让宗门弟子参拜他，不会行侠仗义，让世人记住他。

她不仅不会爱他了，她还会什么都不做，让他一个人在死寂的流光镜中失去记忆，最终成为流光镜的一部分。

或许等她哪天修为进阶实力大涨，能够跟情蛊抗衡，想起流光镜里的秦江澜，会发现他已经不在了。

"秦江澜，秦江澜，秦江澜……"

她撕心裂肺地喊，好似要将这名字用刀刻在心上。

"情蛊，秦江澜……"

苏竹漪已经满脸是泪，她不知道，她从来不知道，其实自己这么害怕失去。

上辈子她不曾明白，不曾拥有，而好不容易得到的一切却又在顷刻间破灭了。

先是掌门、师父、师兄、笑笑……现在又轮到了秦江澜。

秦江澜！

神识再也克制不住，那丝线好似紧紧地嵌入了他的身体，既是火热的，又是冰凉的，明明只是一缕神识，秦江澜却真真切切地感受到了她的情绪，他眼前甚至浮现出了她的脸。

她哭了。

神识消失，好似琴弦断裂，她的声音回荡在他耳边，让他的心直接空了。

流光镜中，陡然下起了瓢泼大雨。他坐在雨中，浑身冰凉。

泪珠从涌出到滴落其实只是刹那之间。

明明一念间，心中却好似经历了沧海桑田，曾经刻骨铭心的深情成了蛊虫的养料，她还记得秦江澜，知道那是曾把她困住的正道大能，可是她已经不再爱他了。

肩膀上，那情花中的泪珠滴落，苏竹漪怔怔地坐在地上，她神情有些茫然，随后眨眨眼，看着小骷髅道："还站在这里做什么？你快去帮忙啊，那些魔修还没走呢！"

这些人一个都不能留。

小骷髅的身份已经暴露了，青河又是魔剑，他们也知道了，现在古剑派已经被打成了魔道，苏竹漪心一横，决定在云霄宗那些正道人士赶过来之前，必须把这些人全部灭口……

一个都不能留！

"小姐姐，小叔叔他……"

"管什么小叔叔，悟儿听话，快去帮忙。"

她挣扎着爬到洛樱房间后面，将那张小凳一脚踢开，随后把本来就有血的手掌直接按在了地上。屋后书架打开，出现了一间小屋子，屋子正中间挂着洛樱她师父的画像。

苏竹漪加入落雪峰的时候，就是在这里拜见的历代祖先。

落雪峰人很少，所以即便古剑派传承了这么多年，这小小屋子里的画像都没挂满，牌位也才三排而已。

她打起精神走进去，将画像前面的龙角香炉一掰，龙角被她转了个方向，霎时间，一道银光冲天而起。紧接着，整柄古剑重重一抖。

古剑派本就有个护山大阵，而坐落在古剑上的落雪峰不仅有密道，有禁地，还有一个比古剑派护山大阵更厉害的结界，只是施展这结界，损耗极大，会使得悬浮于空中的古剑失去依托，不出百年，就会落到地上。

苏竹漪原本不知道这些，是握到剑心石的一刹那，脑海之中突然多出的信息。

结界一出，整个古剑派都笼罩在了结界当中，只是这结界并非攻击的阵法，而是犹如云雾铺开，雨雪纷纷落下，将整个古剑派藏匿于其中。

神识被隔绝了？

"怎么，古剑派打算跟我们同归于尽？"

"哈哈哈，你们打算在那灵气屏障里躲多久？"

"轰，拿出法宝给我使劲轰，我看那灵气屏障能撑多久！"

"把其他几峰抓到的弟子都给我带过来，当着他们的面，一个接一个地杀！"

古剑派今日必将从修真界抹去！

青河上来的时候，古剑派的掌门和长老第一时间发现异常，所以他们立刻出手，阻拦那行走的魔煞之气。

那时候的青河失去神志，对一切阻拦自己靠近祭品的人都用同一个方法应对。

斩！一剑斩出，斩出一条血路。

因此，古剑派那几位强者大都受伤很重，掌门更是身殒，易涟受伤较轻，于是他刚刚担任的是剑阵阵眼，承担了大部分的压力。

宗门交手，靠的就是强者对抗，虽然现在古剑派还有很多弟子活着，但他们其实并不是那些魔修的对手，一个元婴期修士可轻易斩杀成百成千金丹修士。

所以现在他们只能防御，等待救援。

然而现在，一些其他峰的弟子被魔道修士抓了过来。

"听说那姓段的死了？"

"现在你们谁做主？"手握大刀的魔修用刀尖指着易涟，"既然你们缩在里头不出来，那我就一个一个杀过去！"他顺手扯过一个女弟子，直接将她的衣服给撕破了，随后把人往身边那个瘦削一点的魔修那儿一扔。"知道你喜欢女人，这个给你。"

那魔修接都没接，目光炯炯地盯着落雪峰上的苏竹漪，咂咂嘴唇道："我可是瞧见了尤物，那条命给我留着，谁都别跟我抢！"

苏竹漪与那边隔了一段距离，她感觉到了一道恶心的视线紧紧盯在身上。

那魔修她认识，是个淫魔，元婴中期修为，最爱奸淫正道女修，手段极其残忍。

"小骷髅，想办法拦住他们。"

"好的，可我灵气不多了，小姐姐。"他可以回到小葫芦里补充灵气，但是时间有点来不及了，怎样才能用灵气束缚住那想要杀人的魔修，小骷髅很着急，心想，他之前是怎么做到的？

没谁教他杀人，他也不懂任何修炼方法。

那时候心中愤怒便撞过去，好似火苗膨胀，这才把人给撞碎了，但后面那次，他却没有把人撞碎，要怎么做才能把这些坏人都打跑呢？小骷髅看了看自己的手，他将逐影剑握在了手里，随后一咬牙，施展出了天璇九剑第一重。

此前很多弟子看到小骷髅，心中是震惊和恐慌的，可现在看到那么丁点大

的小骷髅在帮他们，还施展出了天璇九剑，大家似乎没那么害怕了，其中有个小女孩的声音从人群中传出来："好厉害的小骷髅！是天璇九剑呢，我都还没学会！"

这就是上次从凡人村子里带过来的那个小女孩，曾经小骷髅偷偷去看过她，结果她惊醒，以为自己做了噩梦，现在看到小骷髅，又道："哎呀，我梦到过他。"

"他……他是来守护我们的吗？"

小骷髅本来有些害怕，他耳朵很灵，神识更强，能听到周围的一切动静，这时候手也不抖了，一剑刺出，正要刺中那魔修之时，有个黑影冲上来一挡，是个被魔修控制的僵尸，那僵尸替持刀的魔修挡了攻击，虽然被小骷髅一剑扎穿了，但他是僵尸，不晓得疼痛，也不闪躲，反而直接一拳打在了小骷髅身上。

小骷髅的灵气都分给了其他人，自身灵气稀薄得很，这么一拳直接把他打飞了，倒是没碎，反而那拳头都化作齑粉了。

"那骷髅有古怪！"

几个魔道大能沉声道："他灵气不足了，虽然防御力强，攻击力却很弱，一起上，看他顾得上哪边！"

另外一边，苏竹漪弯腰捡起了断剑。她现在很虚弱，却不能等死。

断剑还剩个剑柄和短短的一截剑身，现在想用都用不了，得好好养着才行。她又想到了松风剑，此时手中不能没有武器，苏竹漪打起精神挪到了松树底下，看到秦江澜的石碑，觉得有些诧异，她原来是不是脑子有坑，竟给仇人立了个碑，还在树上挂张画像？

长得倒是人模狗样的。

手碰到松风剑的一刹那，苏竹漪胸口幕地一疼，随后就发现头顶一声惊雷炸响，下一刻，她胸口溢血，好似有人硬生生在她心上挖了块肉，然而即便这样，也不太疼。

就是有些空落落的，叫人精神恍惚，识海里几乎没有神识，却依旧微微震动。

流光镜！

流光镜陡然飞出她身体，在它冲上高空的一刹那，一道闪电当空劈下，金色闪电像是上天射出的箭，呼啸而来，"箭"尾燃烧出了火焰，在空中留下一道红芒，就在快要落到流光镜上时，天地间又凭空出现了一道惊天剑气。

那道剑气将整个天幕都劈开了，落雪峰上飘的雪花都被剑气给直接绞碎了。就见一个青衣人从天而降，他凌空而立，衣袍猎猎翻飞，手虚空一抓，竟把门口的大松树连根拔起。

松树本就是松风剑所化，被巨力拖拽后落入那人手中，眨眼幻化成剑。

那一剑，劈散了天上闪电。

那一剑，劈开了天上厚重沉闷的阴云。

那一剑，惊天动地，将所有人的目光都吸引了过去，谁都没想到，这里会突然冒出一个人，一剑惊世人。

松树被连根拔起，上面挂着的画像晃晃悠悠地落了下来，苏竹漪愣愣地看着那画像，看着画像上那人，又抬头看向天空……

她低声喃喃："秦江澜。"

他手一伸，将那面悬空的宝镜握在手中，随后侧头回眸，看了苏竹漪一眼。

那是一双暗红色的眼睛，目光显得十分妖异。

他手中的松风剑在颤抖哀鸣，似乎并不想被他握住。

秦江澜，他入了魔？

就算他入魔了，身上也没有青河那样的凶煞气和血腥气，看起来干干净净的，却很冷，冷得好似要把人的骨头都冻结成冰。

他身上干净澄澈犹如霜雪冰河，那古朴的铜镜上却隐隐有黑气溢出，流光镜，它成了魔器？

然而下一刻，忽然有弟子喊道："是……是那位剑尊！"

松尚之激动得眼泪都掉下来了。他怎么都没想到，自己日夜祭拜的剑尊会突然出现，他是来拯救古剑派的吗？

"拜见剑尊，剑道大成！"

第六章

剑尊现身

小骷髅看到秦江澜，大声道："小叔叔，你出来了。这些坏人打伤了小姐姐，还杀了好多人。"

小骷髅已经学会告状了。

苏竹漪是有记忆的，她清楚地记得自己做过些什么，跟秦江澜应该算是朋友，但是却没多少感情，所以她当初那么撩他到底是为了什么？

莫名其妙，她只觉得自己莫名其妙，就好像那时候脑子里头进了水。

不过对她来说，喜欢一个人本身就是很奇怪的事，不喜欢一个人才正常，她或许曾经对秦江澜动过心，不过一念之间就不喜欢了，所以她现在只是对他没有爱情，却也知道他们此前关系不错，她能找他帮忙。

她知道秦江澜喜欢她就行了。

"秦江澜！"

苏竹漪想说，这些人都不能留，然而她还没开口，就见秦江澜深深看了她一眼，直接飞到了小骷髅身边，随后他眼睛都没眨一下，直接出剑。

苏竹漪如今只有金丹后期修为，但秦江澜却好似比上辈子更厉害，他出剑太快了，一剑封喉，剑上不沾血，竟这么一路斩杀过去，在他杀人的时候，手中的流光镜泛着冷光，直接将那些人还未彻底消散在天地间的元神吸到流光镜当中。

修士陨落后元神会消散，像这种被一剑斩杀、来不及做任何准备的，元神会消散在天地间，此后天地间再也不会有他的存在，然而现在看来，魔器流光镜竟然能吞噬那即将消散的元神。

这个，算不算跟天道抢食？

流光镜里原本有很多死灵，一开始，那里的死灵甚至不知道自己死了，现在流光镜又在吸收元神，就代表它把本该消散在天地间的元神通通吃进去了，这才是真正的逆天而行吧！

苏竹漪觉得自己好像摸到了关键，但她一时又想不出问题所在，若是能看到流光镜里头到底是什么样子就好了。她心中想到。

她就走了一下神……秦江澜居然把人都杀完了。

苏竹漪看到成片倒下的魔修，只觉得目瞪口呆。不过其实那些死的人都是作恶多端的魔修，死了也就死了，这些人里头，上辈子有很多也是死在秦江澜剑下的呢。

或许是秦江澜的剑法太过惊人，此时整个落雪峰鸦雀无声，可闻针落。

他利落杀人，剑不沾血，随后收剑，转身，一步一步缓缓走向了苏竹漪。

身后是看傻了的古剑派弟子。

易涟一脸错愕，他肩头的金丝雀张开的鸟喙半天没合拢。明明那么大点一只鸟，嘴巴里都能塞个鸟蛋了。

松尚之已经从储物法宝里掏出了随身携带的香，唰的一下点燃，恭恭敬敬地对着秦江澜的背影参拜了。

他这个动作太蠢，其他人都不忍看，还是戒峰的云峰主最先反应过来，她直接跪下："多谢侠士拯救了我们古剑派。"

继她之后，古剑派弟子一个接一个地跪了下来，虽然秦江澜并没有回头，但他们依然恭敬地磕了三个响头。

古剑派险些覆灭，他救了整个古剑派。

前些日子，古剑派弟子都在拜这个剑尊，云峰主本是有些不悦的，如今，却是心悦诚服，这样的剑法当得天下剑尊，只是他身上似乎有些古怪。

可惜她受伤不轻，一时看不出对方到底有什么怪异之处，然而对方救了整个古剑派，肯定是不会害他们的。

秦江澜转身朝苏竹漪走了过去。

小骷髅亦步亦趋地跟在秦江澜后头，他一动，人群中有个女童也动了，那女童头上扎了两个"丸子"，各系了一截红带子，这会儿从人群中出来，鼓着脸跟在了小骷髅身后，被小骷髅看见了，她怯怯地跟上去，小声道："我……我梦到过你的。"

小骷髅不知道怎么跟别的小孩子相处，他从来没跟别的小孩子相处过。

他有点紧张。

想了想，小骷髅从小蝴蝶里拿出了一个替身草人，觉得替身草人不鲜艳，他又翻到了红石头，红石头是给小姐姐的，他继续翻，翻到了在落雪峰上捡的漂亮石头，当时他把那些石头用袋子装起来，袋子很薄很透明，那些石头装在袋子里亮闪闪的。

小骷髅把袋子塞到了那女童手中，他是很想交朋友，但是现在还有更要紧的事情要去做。

看着手里一袋闪闪发光的石头，女童有点蒙，她才刚刚入门，学得不多，却感觉得到那袋子里的石头灵气特别浓郁。

真是个可爱大方的骷髅。这么看，她觉得他好像一点都不可怕了。骨头白白的，像玉一样，其实他不是骷髅吧，而是玉石做的？

小骷髅跟在秦江澜背后，本是想跟着小叔叔去看小姐姐的，因为刚刚小姐姐看起来特别痛苦悲伤，可她转眼又把他赶走了，让他去救别人，现在小叔叔把问题解决了，他就想看看能不能帮上忙，结果快到小姐姐旁边的时候，小骷髅觉得小叔叔身上很冷，很吓人，好似有一股从地底冒出来的湿冷气息，让他的骨头都脆了，浑身冒寒气一般。

他敏锐地感觉到，小叔叔不想被自己跟着。于是他稍稍一愣，随后往笑笑身边跑了过去，他用灵气把笑笑裹住，笑笑现在没有生命危险，但是它也没醒过来。

之前，他把笑笑被劈成两半的身体拼在一起，并用灵气滋养，但现在劈开的身子还没合拢。它现在处在昏迷中，没办法自己养身子，小骷髅想了想，席地坐下，掏出针线，他打算把笑笑的两截身子给缝起来……

他一边缝，一边掉眼泪，又偷偷看小姐姐那边。

然而刚看没多久，就感觉那边好似起了一层灰蒙蒙的雾，他想，肯定是小叔叔不给他看，虽然用神识去看可能还能看见，但他不敢看了，继续认真地救治起笑笑来。

苏竹漪看到秦江澜走到自己面前，在自己面前杵着了，松风剑没在他手中，既然它能消失，就证明已经认主了。

外面古剑派的弟子本是闹哄哄的，在秦江澜靠近后，那些喧哗声都消失不见，她跟他好像进入了一个与世隔绝的地方，周围悄无声息，一片死寂。

秦江澜入魔了吗？

他身上没有青河那般的凶煞气，但他很冷，像是透出一股死气来。

对，就是死气沉沉的感觉。

此时天上乌云已散开，雨雪也停了，太阳悬在空中，照在她身上，她能看见自己的影子，却无法看见秦江澜的影子。

好似阳光照不到他身上一样。

他从前是最厉害的正道大能，如今入了魔，居然也这么与众不同。不知道入魔之后的他是不是还对她有意思呢？

正思索着要如何应对，就见秦江澜突然伸手，她心头警惕，抬手欲拦，却发现他用左手轻易地捉住了她的手，右手则按住她的肩膀，接着拉着她一个旋转，使得她背对了他，手还扭着呢……

她现在身子虚得很，根本奈何不了他。

不过哪怕她现在精神抖擞，修为达到全盛时期，其实也奈何不了他。

"秦老狗，好久不见。怎么一见面就动手动脚，是不是……"她不敢挣扎，回头冲他眨了下眼，妩媚一笑，"是不是太想我了？这么迫不及待？"

她衣衫破烂，到处都有血迹，手臂和肩膀都被人捏碎过，现在被灵气滋养过后，虽然重新接了起来，但实际上还没长好。

发丝凌乱，眼睛也肿得像核桃一样。

她真的哭过，还哭得很伤心。

耳边回荡着她撕心裂肺的叫喊声，她一遍一遍地喊他的名字。

秦江澜，秦江澜，秦江澜……

他曾有那么一瞬间，心若死灰。他险些跟流光镜合为一体。然而最终，他出来了。

无法放弃，成魔不惧，万千死灵的怨气冲破了流光镜的禁锢，他在掌控那面镜子的同时，也被死气吞噬，可他岿然不动。

"对不起，在你身处险境之时，我没有在你身边。"他心中想。

她中了情蛊。不过下蛊人现在没在她身边，没有催动那只蛊虫，所以她不会要死要活地去爱那个下蛊人，但是，她也不会再爱他。

在望天树上的时候，她也不爱他。

他其实已经习惯了。只要，她还记得他就好。

只要，她还是那个苏竹漪就好。

毕竟，以她的性格……

想到这里，秦江澜倏尔一笑。还好，他爱的是个不要脸的魔道妖女。

掌心贴在她背上，灵气顺着掌心和后背相接处涌到了她体内。

苏竹漪一愣，心想："这秦江澜是要替我疗伤？"

他果然是在乎她的。

秦江澜这么厉害，又入了魔，若能为她所用……

不知道他能不能压制住青河呢？

不对，成魔了，他神志是偶尔清醒还是一直清醒，会不会像青河那样发狂？正思索间，她忽觉腰间有些痒痒的……

秦江澜的手已经从她背上转移至腰上了……

大掌在她腰间的剑伤上轻轻按压，那里是被青河斩的，虽然用灵气去滋养了，但伤口依旧很深，还有些渗血……

他的手掌按下去的时候，苏竹漪眉头一皱，她是不怕疼的，更疼的时候都忍过去了，然而现在，那一点刺痛却让她有些忍不住，不受控制地倒吸了一口凉气，发出咝的一声。

灵气在伤口处游走，一点一点地温养，好似将那伤口处的煞气都驱除干净了，那只手在她腰间游移，轻轻按压，叫她觉得有一种说不出的古怪……

秦老狗，亏你是个正道大能，竟借着疗伤占老子便宜！

她差点忘了，他现在已经不是正道大能了。

被秦江澜的灵气滋养，轻揉乱抚了一通，苏竹漪觉得腰上的伤好多了。

脸也有点红，不是以前刻意伪装的害羞，而是一种很奇怪的反应，她脸皮那么厚，会害羞？说出来她自己都不信。

那手揉了腰伤，又落在她手腕上，顺着胳膊一路移上去，她衣服破破烂烂的，那冰凉的掌心就贴着她的手腕一路往上，最后轻按在她肩头。

她肩上的布料早就破了，没有遮挡，外伤也已经恢复，看起来白嫩光滑，像是抚着绫罗绸缎一样。

苏竹漪心头呵呵笑了两声，用舌头舔了一下自己干裂的嘴唇，笑道："怎么，这么迫不及待？"

她一只手被他反拧着，能动的手又被他用另外一只手压着肩，即便如此，她还是用手指轻轻扯他衣角："可是我还有事呢。"

秦江澜入魔都入得与众不同，并没有冲天的怨气和煞气，身上多了死气，他也是冷的，但冷得跟青河完全不同。

他是死物的冷，就像是流光镜里死寂的真灵界。

苏竹漪知道他以前是喜欢她的，现在也应该是喜欢的吧？只是他入魔了，喜欢跟愿意为她做事是两码事，就好像原来在望天树上，他实际上也喜欢她，可是不会答应她的要求，不会放她离开。

她现在更琢磨不透秦江澜的心思了。入魔的人跟魔修是不一样的，入魔的人情绪不稳定，容易被怨气、煞气影响，成为毫无神志、只知杀戮的兵器，而他没有这些煞气、血腥气的话，难道会直接变成死物？或者说他现在已经是个死物了？

苏竹漪觉得她已经完全搞不懂现在秦江澜的状态了。

她都说好几句话了，他到现在还没吭过一声。

苏竹漪视线从他脸上移开，瞟到了飞在他身侧的镜子，从镜子里看到自己披头散发，满脸血污，眼睛浮肿，登时脸色一变，她一直觉得自己生得美，哪怕落魄狼狈也不掩姿容，然而……

她其实是想多了。

正想整理一下仪表，就听他道："知道情蛊吗？"

"当然，中蛊之人会爱上下蛊之人。"她嗤笑一声，"这么看着我做什么？我可没给你下过蛊。"

老子还用得着下蛊？

"你中了情蛊，忘了？"秦江澜并没有掩饰什么，他凝神看着苏竹漪，问。

苏竹漪一愣："怎么可能！我对蛊虫很有研究，特别是情蛊，绝对不会被下蛊了都不知道。"上辈子因为苗麝十七最后说的那句话，她到处去找情蛊的信息，对情蛊了解得十分透彻，苗麝十七那妖蛟身上倒是有情蛊，但那只是虫卵，还是小白点，要成长到可以控制金丹后期修为的她，起码还得养十年。难道说，除了苗麝十七，还有别人也养出了情蛊？

"况且问题的关键是，我没爱上谁啊。"她知道秦江澜喜欢自己，因此这句话只是在心头说的。

"我只爱自己。"她想。

"如果是虫卵呢？"秦江澜手按在她肩头，轻轻揉捏了几下，直到这时，苏竹漪才觉得他掌心有了一点温度。

"虫卵？情蛊以情为食，以人类的强烈情感为食物，所以要让一个情蛊成熟，那中蛊者也得是个多情之人，如果是虫卵的话，那人要极度虚弱，才能让虫卵有可乘之机。"苏竹漪笑笑，"你觉得我像？"

秦江澜松了那只擒着她手臂的手，随后将手掌轻轻覆盖在她眼睛上，轻言细语地问："为什么哭？"

秦江澜说话的声音大都平静无波，那样温和的声音，让苏竹漪有些错愕，好似有一片洁白的羽毛落在了湖心，泛起了极为浅淡的波澜。

丝丝清凉涌入双眼，好似清风拂过，冰雪淡敷，让她难受的眼睛舒服了许多。

为什么哭？

因为难过，因为绝望？

"因为我拼尽全力想要保住他们的命，想要扭转天命，结果还是无济于事，洛樱依旧死了，青河依旧会与龙泉剑一起消失……"那手掌盖在她眼睛上，她脸很小，半张脸都被遮住了，而他的遮挡让她看不到外界，让她眼前没有一点光亮，让她站在一片寂静无声的黑暗之中，耳边只有自己平静沙哑的声音，"我以为我做了很多，然而事实却是，我什么都没做到……"

"你对他们有很深的感情。"

"不，我只是想通过他们对抗天命。我是重生的，那天道其实也想把我抹去，而我想改变这样的处境。"苏竹漪缓缓道。

她只是失去了感情，却没有失去记忆。

她记得自己曾经想救出秦江澜，并且坚定地不让秦川代替他。

只是她都搞不清楚为何自己会那么做，秦江澜死不死、忘不忘，对她来说，真的那么重要吗？

苏竹漪觉得自己此前做的一切都很傻，都莫名其妙，可她也隐约觉得，那时候她是喜欢秦江澜的，只不过现在不喜欢了而已。

她有些迷茫，却又下意识地觉得这是理所当然的。

她用命去爱一个人才不正常，就好像中了蛊。

她还记得其他的一切，唯独忘了自己中了情蛊。那情蛊也因为成熟而消失在了她体内，化作了一滴泪珠，无影无踪。手腕上血红色的细线，还有那朵妖娆的花，都不见了，就好像从未存在过。

"若是中了情蛊呢？"

"你说我？"苏竹漪稍稍一愣，"下蛊之人催动蛊虫，中蛊之人才会受其控制。"

秦江澜目光幽冷，他对蛊虫了解得没有苏竹漪多，对情蛊也只是略知一二。

杀了苗麝十七，永远不给他催动蛊虫的机会。

"不过即使一直没有催动蛊虫，中蛊之人也不会爱上别的人，等遇上下蛊之人，还是会一见倾心的。"秦江澜几次三番提到情蛊，难道她真中了情蛊不成？

"当然，若是修为远远强过那蛊虫，也无所谓呀。"她摊手，"情蛊虽然恶心，实用性也不错，但对心中有情有爱的人来说是最恶毒的蛊，对其他人来说并不算多可怖，而培养这种蛊虫的人并不多，因此近千年来，都没有情蛊现世。"

有那份精力，养别的厉害蛊虫多好，费尽心思就是想让别人只爱自己，苏竹漪觉得养情蛊的人脑子都有毛病。

苗麝十七脑子就有毛病……所以她一直都不怎么喜欢苗麝十七，当然，主要原因是他不教她养蛊。

"那杀了下蛊之人呢？"

苏竹漪用余光扫了他一眼："问了这么多，等会儿能否帮我个小忙？"

"我去找青河。"秦江澜定定地看着她，没等她开口，径直道。

很好，很懂事。

"不管蛊虫有没有被催动，中蛊之人都会万念俱灰而殉情，当然，若是修为远远高出下蛊之人和当时成熟的那只蛊虫品阶，这些同样是可以抵抗的。"苏竹漪见他答应得爽快，问得又这么仔细，心头倒有点不安了。

情蛊限制很多，用起来十分鸡肋。

若非如此，上辈子起码有一万个女修会想尽一切办法在秦江澜身上下情蛊。

苗蛊寨虽然不出世，但那些强者要去求蛊还是能找到路子的，云霄宗那姓花的不就去求了美人蛊？只要付得起代价，就能拿到想要的蛊虫，就算是失传的，也不一定没有办法。

上辈子，爱慕秦江澜的女修可不少。

问题来了，她真的中情蛊了吗？

听到苏竹漪的解释，秦江澜嘴角一勾，他心头的压力小了许多。

苗麝十七暂时不能杀，苏竹漪现在修为比苗麝十七低，杀了苗麝十七，她很可能会跟着殉情。

更不能让苗麝十七出现在她面前，因为那样一来，苗麝十七就能直接催动蛊虫操控她。

现在他要做的就是督促她养伤，好好修炼，等到她的修为远远超过苗麝十七和那只成熟的蛊虫，她就不会再受那只蛊虫影响，可惜的是，不知道那只成熟并消失在她体内的蛊虫到底是什么品阶。

"秦江澜……"在秦江澜松手之后，苏竹漪瞬时转身，直接投到了他怀里，把脸贴在他胸膛上，手指还在他胸口画圈，"青河他带走了师父的尸身，我怕他想到办法跟龙泉剑同归于尽了。"

"我带你去找他。"

"你知道他在哪儿？"

秦江澜微微抬头，目视远方。

怎么可能不知道，那龙泉剑怨气冲天，他能看到远方那将天幕都遮蔽的黑雾。

"知道。我带你去。"

苏竹漪稍稍松了口气。她有点疑惑，当初流光镜在她体内的时候，稍有异动，天上就电闪雷鸣的，那是因为她是被流光镜带回来的，属于天道之外的人，那秦江澜也应该属于天道之外的人，可为何他出来的时候，就只出现了一道闪电，并且被他直接给劈开了。

他的确很厉害，当年就是天下第一。难不成，他现在又快飞升了？他的修为高出她太多，她压根感觉不出来秦江澜到底是何境界。

正思索间，双脚突然离地。

秦江澜竟然将她打横抱了起来！

他带她去，不是御剑飞行载着她，而是就这么抱着她过去？

"松风剑还有点不听话。"秦江澜低头，解释了一下。

松风剑："……"

苏竹漪以为秦江澜会踩着飞剑带她离开。

没想到的是，他直接打横把她抱在了怀里，一只手还穿过腋下搂着她，离她胸脯好近，偏偏他神色坦然，好似没意识到自己的手搁在哪儿。

秦老狗看起来太高冷镇定，活像当年那正道大能，然而苏竹漪明白，他不是望天树上的那个他了，起码那时候的秦江澜不会主动把她抱在怀里，还抱得很紧……

苏竹漪以为秦江澜抱了人会嗖的一下飞到空中，像流星一样划过天幕，没想到，他还把怀里的她掂了掂……

倒是没说话。

难不成觉得她很重？

秦江澜心想："瘦了。"

在望天树上她不爱动，也没多大的地方让她动，被他每天用灵气养着，比现在丰腴一些，现在太瘦，抱着有些硌手。

很瘦，很轻，很虚弱，很让人心疼。

他脸上其实没什么表情，但下意识地把她抱紧了一些，苏竹漪窝在他怀里，只觉得有点冷。

青河他们的冷是气势上的冷，待人冷漠，秦江澜的冷是身体上的冷，他自己就是冰凉的，身上没有一点温度，苏竹漪心头一跳，她双手环住他的脖子，将脸颊贴在他胸口上，然后，她连心跳都没感觉到，想要用微弱的神识去看，结果就听到了喧哗声。

她以为秦江澜会直接离开的，却没想到，他居然把结界都打开了。

也就是说，他就这么抱着她，直接走到了落雪峰古剑派弟子面前。

苏竹漪：……

上辈子你爱我，把我藏在望天树上，没有一个人知道。

这辈子是打算直接昭告天下吗？就这么直接抱到了众人面前，你叫宗门里头那些爱慕我的师兄怎么看？

你这么厉害，刚刚一剑斩杀那么多魔修，以后谁敢跟你抢女人？

谁敢跟老子眉来眼去！嗯？

苏竹漪心头都想骂娘了。

落雪峰上人很多，不仅有古剑派的弟子，还有云霄宗、寻道宗、丹鹤门的人，就连东浮上宗也来了人。率先赶到的都是元婴期以上的长老，也只有他们的速度够快，能够在这么短的时间内催动法宝，赶到古剑派救援。

谁都没想到，这场危机已经落幕，而入侵古剑派的魔修竟然全部被诛杀。

现在那些魔修的尸体都被拖了过来，一排一排地摆了过去，九成都是秦江澜斩的，身上连伤口都没有，也正是这出神入化的剑法，引得云霄宗和古剑派的剑修起了争执，以至于外头闹哄哄一片。

"我说，现在不是争执剑法高低的时候吧？"丹鹤门的长老出来打圆场，"古剑派受此危难，这么多弟子受伤，现在跟他们争什么。"

"看这剑伤，分明是我云霄宗的星辰剑法。"云霄宗来的就是秦川的师父鹤老，他指着一具魔修的尸体，"肉眼看不到剑伤，剑若流星闪电，直接斩破了防御屏障，斩进眉心，击溃元神……"

他蹲下，用手在那尸体的额头上一抹，本来尸体的额头上毫无伤痕，在他手拂过后，才有一个很细小的红点，有血珠子沁出来。"这分明就是星辰剑法的至高境界！"

秦江澜自创了松风剑诀，但他刚刚出来杀人的时候用的是星辰剑法，松风剑诀太直太正，面对别人的攻击，松风剑能像傲雪迎风的松树一样，可挡一切狂风巨浪，但主动杀人的话，威力要稍微逊色一些。

准确来说，松风剑诀主防御，而星辰剑法主攻击。

"什么云霄宗，分明是我们古剑派的剑尊！"一个古剑派弟子唰地拿出一张画像，指着画像上的秦江澜道，"看到没，这是我们古剑派的剑尊画像，我们弟子人手一张挂在房间里祭拜的，怎么就成你们云霄宗的人了！"

最初的画像是苏竹漪画的，之后的那些都是用法术临摹的，跟苏竹漪画的一模一样，因为画画的人心中存了爱意，那画上的剑尊俊美无匹，宛如谪仙，气质清冷高贵，只是见着画像，都有一种高山仰止之感。

云霄宗的人都没怀疑这张画像是真是假，只是争辩道："这位剑尊施展的是云霄宗的星辰剑法，自然是我云霄宗剑尊……"

丹鹤门的人都无语了，有人道："天下剑尊行不行？"能眨眼杀死这么多魔道高手，其中不乏元婴期的凶残魔修，还有一些正道通缉的恶棍，称他为天下剑尊，他们丹鹤门的都服，只怕全天下修士都会心服口服。

"不行！"

又吵起来了……

一些人争执不休，一些人照顾伤者，一些人收殓同门，一些人因为死掉的同门而暗自垂泪，还有一些人则是去查那些魔修的身份了。

东浮上宗的人心中有鬼，怕隐匿在其中的长老身份暴露，打算设法毁其外貌，毕竟现在是戴了隐匿法宝的，暂时看不出问题，只要把容貌毁了，一具没有元神的肉身，在这么多尸身当中也不起眼。

他们趁乱过去，然而还没靠近，就发现那些争执声突然消失了。

小木屋的废墟那边走出来一个人。

古剑派弟子拿出的画像上的人。真人跟画像上的人一样俊美，多一分少一分都不行，俊逸出尘得恰到好处，好似受了上天眷顾，精雕细琢，镂刻他的时候用了十二分精力。相比起来，其他男人都是歪瓜裂枣，上天随意捏的泥巴了。

他怀里还抱着古剑派的苏竹漪，就这么突兀地出现在了众人眼前，一时间，整个落雪峰变得鸦雀无声。

苏竹漪这会儿都愣了，她贴在秦江澜的胸膛上，一只手还放在他胸口上。

愣了一瞬后，云霄宗的鹤老大步流星地跨了过来，看都没看苏竹漪一眼，直接朝秦江澜躬身行礼："这位前辈，请问您刚刚施展的是不是星辰剑法？莫非前辈与我宗门有些渊源？"

苏竹漪脸埋在他怀里，她倒是不会害臊，但现在这副样子，头发凌乱，衣衫褴褛，脸色也那么差，还是别在众目睽睽之下露脸了，有损她的形象。她想，鹤老是秦川的师父，也是上辈子秦江澜的师父，原本他们的师徒关系是十分和睦的，不过鹤老陨落得挺早，也就两三百年之后吧，秦江澜失去了那么多记忆，应该不记得鹤老了才对。

却没料到，秦江澜道："你曾受过剑气反噬，以为经脉恢复了，实则有暗疾在身。"他脸上没有什么表情，声音也很平静："你修炼的星辰剑法太过刚烈，若是继续冲击下一境界，你暗疾复发，撑不了多久。"

他说完，往一侧迈步，抱着苏竹漪与鹤老擦身而过，却又在走了三步后停下："珍重。"

鹤老脸色大变，神情挣扎，犹豫再三后，才道："多谢前辈提点。"

苏竹漪的心怦怦直跳。

"流光镜认你为主了，所以你的记忆也回来了吗？"她传音问。

"嗯。"

继续往前走，秦江澜双手抱着苏竹漪，压根没拔剑，然而身上却出现了一道剑气，落在了地上的一具尸体上，随后，那尸体上落下了一张面具，露出了一张让众人都有些惊讶的脸。

"东浮上宗！"

"东浮上宗的修士怎么会混在魔修里头？"

那东浮上宗的长老脸色大变："没想到许长老竟然堕落为魔修，此事我们一定会彻查，给诸位一个交代！"

秦江澜负责把人揪出来，至于接下来他们要如何处理，是不是相信东浮上宗，却不是他想管的了。

小骷髅这会儿已经带着昏迷的笑笑去到了落雪峰的雪山上，秦江澜交代了几句，让小骷髅别乱跑，等他们回来，这才抱着苏竹漪离开了古剑派，朝着青河的方向飞了过去。

他刚刚走了那么一圈，流光镜里又收了几个还未完全消散的元神。

而此时，苏竹漪身上那块石头里头也有一个元神。

他知道，那是苏竹漪的师父洛樱。她的元神虚弱未醒，但是并没有彻底消散。

苏竹漪一直想让青河和洛樱活着，想来，知道洛樱元神未散，她也会高兴一些。只可惜情蛊幼卵以情为食，苏竹漪不仅不爱他了，对青河和洛樱的感情也淡薄了，她以为自己救他们只是因为想逆天而行，却忘了，她是因为喜欢他们，才会奋不顾身地想要救他们。

"洛樱的元神还未消散。"

苏竹漪道："这样的话，跟上辈子倒算是有些不同了吧？"却不知道，上辈子洛樱死在封印底下后，她的元神是被龙泉剑彻底吞噬了，还是有可能有一丝一缕返回了剑心石呢。

"等找到青河再说。"

他抱着她飞，等飞得看不到古剑派了，苏竹漪伸出双手圈住了秦江澜的脖子。"你身上这么冰，我冷。"

"秦老狗，你现在到底是怎么回事？"苏竹漪实在没忍住，想问个究竟。

"冷吗？"本来冰凉的身体忽然有了暖意，好似他身体里燃了一把火一样，瞬间变得暖烘烘的。

抱着他就像是抱了个小火炉。

她这几天经历了太多，神识疲惫，伤得也重，此刻被这么暖烘烘地煋着，苏竹漪瞬间犯困。

太累了，好想休息，上下眼皮都开始打架了……

苏竹漪努力睁眼，想坚持一下。

"睡吧。"秦江澜柔声道。她燃了五百年寿元，强行提升了自己的修为，如今身体受到反噬……

不过她原本骨龄只有十几岁，他们之间差距挺大，如今，倒是稍稍接近那么一点了。

"不能睡，"苏竹漪喃喃道，"还没看到青河。"

她眼睛都眯着了，声音近似呓语。

青河……她对青河着实与众不同。

想到青河，秦江澜眉头蹙起，随后轻吹了一口气。

苏竹漪闭了眼，在他怀里陷入沉睡。

他怕她睡得不舒服，这才唤出了松风剑。

"变宽一点。"

松风剑："……"

松风剑变得又长又宽，当块床板完全没问题。秦江澜将苏竹漪放到松风剑上，他想了想，笔直地跪坐着，让苏竹漪枕在了他腿上。

他用手指轻轻抚摸着那张脸，一点一点地在她脸上游走，轻轻描眉，拂过唇线，指尖流连，就像是在流光镜中，她用神识摩挲他全身一样。他所求的无非能够再次碰触到她，能够在她身边。

不让她一个人去与那天道抗衡。

清风吹来，好似有轻言细语念着安神的咒语，那语调十分熟悉，就好像曾经身受重伤，被裹得紧紧的那些日夜里，在她耳边不间歇地响起过，轻抚她的伤口，伴她入梦。

苏竹漪睡着了。

修士平时都是打坐调息养神休息，正儿八经睡觉的时候不多。

她每天规规矩矩睡觉的时候，已经是上辈子的事情了，那时候在望天树上没什么事情做，白天看看闲书，画点画，找秦江澜麻烦，到了夜里，也会按时休息，哪怕她不想睡，也会被秦江澜直接用灵气给禁锢在床上。

久而久之，苏竹漪养成了早睡早起的习惯。

这次她睡得很熟，很舒服，还做了个梦，梦到了六百年前的往事。

明明很讨厌失去自由，在望天树上的时候，她每一天都想离开，想说服秦江澜放她走，没想到梦中依旧是那时候的光景，好像她曾留恋过。

高大的绿树、小小的木屋、屋子里简单的摆设，还有那个常年静坐的人。

穿一身青色袍子，玉冠束发，脖子上挂个坠子渊生珠，那是灵兽乾坤眼珠炼制而成的，黑漆漆却又有淡淡华光，看着高贵优雅又显得神秘悠远，在他锁骨处，黑白分明，互相呼应，醒目又诱人。

也不能说醒目，毕竟那坠子藏在他的衣服里，只有她才看得到、摸得到。

梦里的她赤脚站在木屋的地板上，长发没绾任何发髻，柔顺地披散在身后，她摘了望天树的枝条和叶子做了个花环，望天树是不开花的，但她手里的花环却有星星点点的花夹杂在绿叶之中，苏竹漪有点不记得那花是怎么来的了，但她不能出去，只可能是秦江澜给她摘的。

她头发长及臀下，后背不着寸缕，乌发如云，肤白赛雪，站在木屋里的床边上，屋外的阳光洒在她身上，像是给那玉色镀金，黑色染晕。

如瀑的黑发挡了后背，她拿了条裙子挡在身前，赤足走到秦江澜面前，最后，用遮挡身体的裙子直接蒙住了他的头，罩在他身上，打破了他身上的清冷，瞬间变得旖旎又多情。

即便是在梦中，苏竹漪都觉得，眼前的男人当真俊得恰到好处，并不逊色于她。

她那么自信臭不要脸，却也不得不承认这一点。

"秦江澜……"她张口叫他。

"怎么，吃干抹净了，就打算翻脸不认人了？"她手指抚在他额上，又顺着眉心往下，滑过他挺直的鼻梁，落在他唇上，"尝过味道了，觉得如何，是不是销魂蚀骨得很？"

她声音婉转，音色有淡淡的沙哑，显得有几分旖旎惑人。

木屋内暖风阵阵，好似那风里还残留着醉人的香气。

其实前面还发生了些什么的，只是她没梦到，只梦到了最关键的地方。

她撩了秦江澜那么久，终于睡到了他。明明之前他把持不住，受了她引诱跟她什么都做了，结果他天赋异禀，而她身体太弱，直接睡了过去，等到醒来，这家伙居然又变得这么冷情，还跑到那儿坐着了，叫他都不理人。

她以为他对她会有所改变。哪儿晓得他现在一副吃了肉就翻脸不认人的模样，实在叫她咬牙切齿。

她衣服是剥干净了的，坐到了他怀里，趴在他身上。

这动作她以前也做过，每次要靠近他的时候，都会感觉到一个结界阻挡，使得她碰不到他，但现在，那结界并不存在。

喊，假正经。

"秦江澜……"他不理她，她依旧自说自话，"是不是偷偷在念经？"

"肯定是。"她自问自答。

"静心咒？"她手贴在他胸膛上，随后咯咯笑出了声，"别装了，你瞧你这心跳得有多厉害。"

"舒服不舒服？"她柔声问，"以前没尝过吧？"她手伸到他衣服里头，吐气如兰："要不要再来一次？"

说了那么多，秦江澜连眼睛都没睁开，苏竹漪也不气馁，她只是笑得一脸荡漾："还是说，我昏过去之后，你自己又偷偷来了好几次？"

用一只手抚着自己的腰，她皱眉："腰好酸。还疼。"

腿微微动了动，随后苏竹漪稍稍错愕，又笑了起来："你替我清理过啊？"

她并没有不适感，干干净净的，只能是秦江澜处理过了。

兴许是她的话太露骨，秦江澜终于睁开眼，他从入定的状态中清醒过来，本是想直接把人给丢到一边去，却没想到，隔着那薄薄的红色纱衣，看着那雪白的身体，忽地又觉得有些燥热。

刚刚的静心咒白念了。

看他一动，苏竹漪就知道他大概又要扔她了，于是她直接像八爪鱼一样缠在他身上，隔着红纱，吻上了他的唇。她一点也不温柔，恶狠狠地啃了一口，像是想出了心头的恶气，把他的嘴皮都咬破了。

隔着一层柔软的红纱，他的身体没有那么冰了。

他的神情也好似没有那么冷了，从前那棵高山上傲雪的青松，也因为天边的晚霞而显得旖旎多情起来，好似给青松抹了一层胭脂。她本是恶狠狠地咬了下去，还闻到了淡淡的血腥气，想来秦江澜不仅没有设结界，自身也没有灵气屏障。苏竹漪想，现在的秦江澜对她毫无防备，所以，她是不是能杀死他呢？

她体内其实有一丝丝灵气。

因为就在之前，她引诱秦江澜成功了。秦江澜修为高、资质好，并且以前未破过身，他的元阳对她大有益处。她的经脉断了，本是没办法吸收灵气的，但是她体内藏了面流光镜，能把那微弱的灵气凝聚在流光镜内，而现在的她，在秦江澜对她毫无防范的情况下，能不能杀了他？

肯定是不能的，只是想想而已。

对方只要念头起来，一个眼神便能轻而易举地杀死她。

而且，若他死了，她吃什么喝什么，怎么下树都是难题，所以，还是算了吧。因为在思考问题，苏竹漪的动作稍微温柔了一些，她斜斜地歪在他怀里，侧身靠在他的胸膛上，一只手霸道地把他的头往下按，而自己则仰头亲吻他。

那姿势有些累，没多久，苏竹漪就疲了，她也觉得没趣，身子往下滑，落在木地板上，头则枕在了他腿上，随后咯咯笑了起来，翻身爬起，笑吟吟地道："还装！"

明明都有反应了，你还装！她伸手要去抓，秦江澜终于动了。他轻吹口气，那红纱衣就裹在了她身上，随后他把她卷起来往床上一丢，紧接着，秦江澜起身，出了望天树。

望天树有结界，她知道他出去了，却并不知道他到底去了哪儿，毕竟现在她像是被钉在了床上一样。她撇了下嘴，先是骂了许久，到后来咂咂嘴唇回味，只觉得味道氤氲醉人，仿佛唇齿留香。

这场梦境让苏竹漪面生双霞，她有些无意识地扭动，微微晃了晃头，又吧唧吧唧嘴。

秦江澜的手盖在她的眼睛上。

他感觉到她睫毛颤动，像是要醒了。

他明明用了安神之法，她却这么快就要醒过来了。秦江澜看到那逐渐靠近的龙泉剑，眼神有些晦暗不明，他移开盖在苏竹漪眼睛上的手，等她醒来，却见她只是翻了个身，又蹭了蹭头，接着继续睡了，他的手被她压在了脸颊底下。

他舍不得抽出手，用手指轻轻触碰她的脸，却又担心她这么睡着不舒服。

正犹豫时，忽觉一个柔软的小舌头舔过手心，秦江澜一愣，浑身都僵直了。

她不会梦到吃东西了吧？

他不禁莞尔，长睫眨动，剪碎清风。手心上还有微微湿热，他浑身都是凉的，而被她舔过的地方却好似被火灼了一样。

松风剑飞了半个时辰，飞到了青河所在的位置。

这个地方秦江澜有印象。

苏竹漪幼时就生活在七连山附近，他当年也是在这附近发现苏竹漪他们的。

青河身处悬崖底下，秦江澜见状，微微皱眉，驱使松风剑飞了下去。

这一处有封印，但已经被破开了，不过底下依旧有封印存在的痕迹，还有浓郁的凶煞气，想来龙泉剑原来就被镇压在这里，算是龙泉剑的墓地。

他飞下去的时候，就听到了一声嘶吼，那青河跪在洛樱的尸身前，背靠着山壁。

他手中拿着一根灰色骨钉，面前用白烛摆了一个阵型。

青河用被龙泉剑害死的人的尸骨制成了噬魂骨钉，他打算将自己钉死在山壁上。要有多大的意志力，才能一边抗衡龙泉剑，一边钉自己。

"你不一定会成功。"秦江澜没把话说绝，事实上，他清楚，青河坚持不了

多久了，那滔天的黑气足以说明一切。

"吼。"回答他的是类似野兽般的一声嘶吼。

秦江澜身边的流光镜微微晃动，下一刻，那镜面陡然冒出一道雪亮的白光。

流光镜射出耀眼的光，然而仅仅是一道光而已。

那光芒照耀下，青河觉得有些刺目，他甚至艰难地转过头，瞥了秦江澜一眼。那双眼睛里充满痛苦，还有黑气在眼中环绕，就像在眼中形成了旋涡一样。

"滚。"一声怒吼过后，青河终于发出了人声。

他意识模糊，身上已经被戳了几个窟窿，黑气顺着骨钉溢出，好似身体漏气了一样，也有丝丝污血夹杂其中，缓缓地浸到了骨头里。

青河的肉身跟龙泉剑合而为一。所以他虽然是人形剑，但依然有血肉，只不过跟正常人完全不同。他其实这些年一直有想过，若是哪天克制不住了会如何，也想过跟龙泉剑同归于尽，因此早早做了一些准备，只是他没想到，这一天来得如此突然。

当这一天到来的时候，青河发现，他想要毁掉龙泉剑真的很难，哪怕他是铸剑师的后人。

他依然会控制不住自己，害死师父、残杀同门。现在，想要钉死自己都有些力不从心了。一瞬间，他甚至想，没必要坚持下去了。

天下大乱跟他有什么关系？反正师父都死了。

他被龙泉凶剑取代，成为只知道杀戮的兵器，血洗天下又如何？反正师父都没了。

虽然这样的念头一闪而过，但青河视线落在面前洛樱的尸身之上，精力好似又集中了一些："你所守护的，我不想毁灭。"

洛樱，我只能尽力了。不是师父，只是洛樱。

没有名分的阻隔，她只是洛樱，是他心中挚爱。

他手上用力，将骨钉一点一点地往下压，剧痛让他的身子颤抖，握着骨钉的手不停抖动，喉咙里也发出阵阵嘶吼，他侧头看向秦江澜，见秦江澜还未离开，又挤出一丝声音，依然只有一个字："滚。"

他认识这个人，是师妹的心上人。她门口的松树上挂了秦江澜的画像，底下还立着块碑。这个人身上也有诡异之处，并不像活人，但他看不透对方，只是在他还能勉强控制住自己的时候，他不想伤害对方。

毕竟他已经没了洛樱，并不希望苏竹漪也没了这个男人。他没有跟心爱的人相守，他希望她可以。

"洛樱的元神并没有彻底消散。"秦江澜将镜子握到手中，"她现在元神虚弱，寄居在剑心石当中。"

剑心石在苏竹漪身上。不过秦江澜用灵气屏障将苏竹漪笼罩起来，这里怨煞气太浓，血腥气也重，他不想影响到她，况且，若是有活人的生气进来，龙泉剑的意识肯定会增强，那青河就更控制不住了。

所以他并没有让苏竹漪露面。

剑心石传承的是剑意和意志，也有历代先辈的元神残念，但并不是真的有人的元神在里头，只是一缕意识、一道剑气而已。人陨落之后，元神就会消散于天地间，除非炼制成魂器，但即便炼制成了魂器，也只是减缓了消散的速度，最终依旧会消失……

像师父那么虚弱的元神，一旦陨落，必将消散得无影无踪，融入剑心石的恐怕只有一缕残念了，连意识都不是。

但刚刚他说，洛樱的元神在剑心石里？

"在剑心石里也是会消散的，只是速度会慢一些。"秦江澜顿了一下，"但有一处地方，元神在那里不但不会消失，还会缓缓增强。"

"哪里？"

"死城。"他目光幽冷，"流光镜里的真灵界。"

他曾心如死灰，又几近疯魔。体内的生气在一瞬间疯狂涌出，滋养真灵界里的死灵，他的意识好似脱离身体，看到远方城池里的人动了起来，以他的生气为养分，在城中生活，他几乎变得跟他们一样了。

让死灵都意识到自己死了，从而产生怨气，使得流光镜被冲天的怨气主宰，成为魔器，从而断了它想要成为道器的路，也就能够认主，认主之后，他才能随意掌控流光镜，离开流光镜。这是那个已经消失了的真灵界残魂告诉他的。

然而秦江澜明白，真灵界的万千死灵个个修为高深，实力强大，如果流光镜真的成了魔器，那冲天的怨气能直接把他给吞噬殆尽，让他毫无意识，变得跟失控的龙泉剑差不多，那时候的流光镜就跟龙泉剑性质一样了，唯一的区别大概就是流光镜比龙泉剑更强。

同样，流光镜一心想要成为道器，它又怎么会那么轻易地成为魔器呢？若

是真的会成为魔器，早在吞噬真灵界的时候，它就完全能够成为魔器了，偏偏流光镜把真灵界的生灵禁锢，说他们是死了，但他们完全不知情，能够通过吸食秦江澜的生气而重新活着。

千年万年过去，这些人都还存在，元神不曾消失，还能存活在流光镜里。

它其实已经快成为道器了，但并非通过回溯岁月，更改命运。哪怕回到过去，依旧在天道当中挣扎，如何才能算作真正的更改命运？让好人变成坏人，活着的人死了，死了的人活着？在历史上，很重要的人不能被更改，否则会被天打雷劈？

秦江澜曾经是这么以为的，所以他给苏竹漪下了逐心咒，就怕她一重生就杀了很有名气的苏晴熏，从而引得天罚。

天罚的确存在，但那都是天道给人的错觉，或许确实有那么一星半点的原因，但并不是关键。

每个人都是天道中一个渺小如尘埃的存在。

对它来说，其实并非没有人不可替代。那一段我们曾生活过的岁月、那一段历史，对我们来说极为重要，然而这天地历经千万年，这么一小段岁月里某个人的更改当真就是破道了？它会在意吗？

你以为它会在意，然而实际上，并不会。

自以为是天下第一，无可取代，实际上，在它的推动下，还会有新的剑道至尊、新的天下第一。

或许流光镜尝试了无数次回溯岁月，逆天改命都失败了。最后，流光镜自己也意识到了这一点，所以，它才将祭品真灵界保存下来，用尽了力量。

任何生灵，陨落之后，元神都会消散于天地间。

流光镜想要破道，就是从这里来入手的。

托苏竹漪的福，秦江澜看过很多凡间的话本，很多凡人相信善有善报，恶有恶报，生前若是作恶多端，哪怕活着没有被收拾，死后也会受到严惩，下辈子投胎做畜生，这是很多凡人的信仰。然而实际上，死了也就死了，元神消散了，根本没有下辈子一说，根本没有轮回转世一说。

如果说，真的有阴曹地府出现呢？

生灵死后，元神不是消失在天地间，而是进入亡者生活的城池，甚至能够转世重生。善者，生活顺遂；恶者，命运坎坷，受苦受难。

这就是流光镜想要的道，可以称之为轮回道。不是打破天道成为道器，而是能够弥补天道的不足，跟天道并存。

秦江澜意识到了这一点，所以，最后，他离开了流光镜。

"洛樱可以在死城里生活。"秦江澜看着青河，"你也可以。趁你还有意识，主动祭祀流光镜，你可以不断为流光镜里的世界提供生气，以你现在的实力，应该可以坚持很久。"

"我为何要信你？"青河目光阴冷。

秦江澜淡淡道："你别无选择。"稍稍顿了一下，他语气稍缓："我是你师妹的男人。"

青河紧握骨钉的手稍稍松了几分力道，他看向流光镜："就这面镜子能制住龙泉剑？"

要他主动献祭，他现在就是龙泉剑，也要这镜子吃得下才行。

"试试便知。"

"好！"青河没有过多犹豫，他也没有时间犹豫了。

他跟着秦江澜，一字一句念动献祭的咒语，并将满是污血和被黑气萦绕的手放在那古朴的镜子上，念咒之时，他浑身疼得像要被撕裂了一样，龙泉剑拼命挣扎，就在他快要撑不住的时候，一只手轻轻按在了他肩头。

冰冷的手，彻骨的寒意。这是秦江澜的手，在身体接触的一瞬间，青河猛地睁眼："你！"

"你已经死了吗？"他稍稍震惊，却没有精力去管别人了。最后一句念完，青河感觉到那镜面再次迸射出耀眼的光辉，他的身体仿佛被巨力拖拽，而一瞬间，他彻底失去了对身体的控制，龙泉剑拼命震动，想要挣脱那股巨大的束缚力。虽然失去了对身体的控制，但他的意识反而清醒了，看着龙泉剑挣扎，仿佛脱离了那身体的束缚，游离在外，冷眼旁观一般。

是镜子吞噬龙泉剑，还是龙泉剑击碎圆镜？看到那镜面出现了一丝裂纹，他想，龙泉剑那么厉害，镜子必定会失败吧？

没想到，下一刻，他的身子猛地一沉，仿佛坠入了无尽深渊。

"洛樱……"

秦江澜将流光镜握到了手中，那镜面上有一道裂痕，不过片刻之后，裂痕便消失了。

"洛樱也会进去的。"他用手指轻轻摩擦镜面，随后，把洛樱的尸身也送到镜中，等做完这一切后，秦江澜把流光镜收回怀中。

秦江澜是第一个主动献祭流光镜的人，而他在生死关头也理解了流光镜想

要走的路。

镜子已经没有灵智了，它最后为了封印真灵界，几乎消耗了全部的元神力量。所以它不会教他做什么，只有当他自己领悟的时候，才触动了流光镜长眠的那缕微弱神识。他掌控了流光镜，但只是暂时的，现在的秦江澜也并非流光镜真正的主人。他要想办法帮助流光镜达成所愿。为了流光镜，为了苏竹漪这个天道不容的重生者，也为了他自己。

青河是第二个主动献祭流光镜的人。

流光镜需要的是生机，青河虽然是龙泉剑，煞气冲天，但他毕竟只是跟剑合而为一，他是活的，进去之后能够为流光镜里的世界提供生气，而他的实力那么强，可以坚持很长一段时间，最重要的是，如今的流光镜在秦江澜的掌控之下，青河还不会消散，并失去记忆。

对被邪剑控制的青河来说，待在流光镜里比待在外界好得多。他控制不住的那些力量反而会成为支撑流光镜里世界的原动力。

秦江澜收好流光镜，返回松风剑上，载着还在睡觉的苏竹漪返回了古剑派落雪峰。

他用手轻轻抚摸她的发丝，手指穿过乌发，一点一点地往下梳，又轻轻给她按着头，让她能够睡得更舒服一些。

秦江澜坐在她身侧，目光温柔。

他没有驱动松风剑，松风剑是仙剑，有剑灵，是可以自己飞的。

松风剑："……"

还好它不是路痴。

不多时，秦江澜带着苏竹漪回到了古剑派。上辈子，他是云霄宗师尊，正道之首，身上承担着一个宗门甚至整个天下，将苏竹漪的命保下已经是冒天下之大不韪了。

这一次，他提醒了从前的师父，却并不想再背负曾经那个身份。

所以，他回到了古剑派。

古剑派虽然死了不少人，掌门更是陨落了，但日子总得过下去，回来的时候，伤势较轻的弟子都在忙碌。

落雪峰是古剑派的根基和信仰所在，他们派了人手过来修整，秦江澜带着苏竹漪回来的时候，这里的一切都已经复原了。

落雪峰已经被打扫干净了，积雪再次变得洁白，那几处房舍也重新搭了起来，还有几个弟子移栽了一棵大松树过来，埋在了苏竹漪屋子前那个大坑里。

那棵松树长得十分茂盛，不知道他们是从哪个深山老林里头挖出来的，树冠苍翠，比松风剑所幻化的松树还粗壮一些。

松风剑："……"离开的时候还好好的，回来坑就被占了！

苏竹漪醒来的时候，发现自己躺在熟悉的床上，小骷髅跟秦江澜并排坐在门口，小骷髅旁边趴着笑笑。

笑笑已经睁眼了，它的身子被小骷髅用针和蚕丝线给缝了起来，如今真的长在一起了，在灵气滋养下，它的后腿好似能动了，等好得差不多了，就能把线给拆了。

"落雪峰上那些灵兽，哼，我都不想理它们了。"小骷髅在跟小叔叔告状，"小姐姐被欺负的时候，它们都不出来，就笑笑跑了出来，笑笑还是里面最弱的。"

"灵兽，特别是高阶灵兽特别敏锐，能够主动避开危险，当时的情况，它们来了也都会死，所以肯定会躲起来，躲得越远越好。"

小骷髅想得很简单："可是笑笑出来了呀，它不怕吗？"

"它也怕，但是它想保护小姐姐，就像你和我一样。因为想要保护某人，所以能够战胜恐惧。"他侧头看了小骷髅一眼，"悟儿，笑笑很勇敢。"

悟儿微微低下头，闷声道："嗯，我以后也要更勇敢一些。"他用手指戳着地面："我有能力，但是我没保护好他们。"

苏竹漪闭着眼睛听，这时候从床上坐了起来，她这么一动，门口一大二小都转过头来看她，一个俊美的男子加一颗骷髅头，还有一只吐着舌头、站过来摇尾巴，随后面露惊恐把尾巴夹起来的狗，这画面给人的冲击力挺大的，她稍稍一怔，随后道："我睡了多久？"

她其实并不讨厌那狗了。当然，仅限于笑笑。

她曾经说过，若是能活下来，以后大概不会对它有杀意了，既然现在都活了，她也不能出尔反尔。想到这里，苏竹漪瞄了笑笑一眼，神识相比从前要温和了许多，也顺便看了一眼笑笑的伤，当时，它可是被青河斩成了两段，最后还爬到她跟前，给了她一个果子的。

施展了神识去看伤，苏竹漪随即就发现自己精神恢复得很不错，身上的伤也好多了，她当时伤得那么重，可不是两三天就能好的。

同样，笑笑伤得那么重都恢复得七七八八了，怎么也有十天半个月了吧？

"一个月。"小骷髅连忙道,"我每天都盼着小姐姐醒过来呢。"

什么?!

苏竹漪一愣,她一觉睡了一个月?深吸一口气,发现房间里燃着安神香,苏竹漪立刻明白自己为何会沉睡那么久了,她心头有些急:"青河呢?"

青河他怎么样了?

这时,笑笑看着小骷髅,呜了一声,像在跟他说话一样。

小骷髅反应过来,立刻用灵气包裹住了笑笑,就怕小姐姐生气,看到小姐姐径直出了房门,并没有呵斥笑笑,他才松了口气。

秦江澜看了一眼苏竹漪,又低头看了一眼身侧的位置。

苏竹漪直接到他旁边坐下,跟他们坐成一排。

他脸上没多余的表情,心里头却有一丝丝甜。本来因为她睁眼就问青河的那微微的不舒服也直接淡去了。

"青河没事。"秦江澜语气平静地道,"他现在在流光镜里。"

他声音清亮,犹如环玉相叩。

"啊?"苏竹漪愣住,青河在流光镜里?那他这是死是活?

秦江澜把流光镜的信息也简要地给苏竹漪讲了一遍。

苏竹漪反应快,她一下子就明白过来:"也就是说,流光镜想要弄出个轮回道?而这是对天道的补充,所以若能成功,是会被接纳的。那为何每次流光镜露出来,我就要被雷劈呢?"

"依靠流光镜重生的确是逆天而行,所以天道不容。但现在,我们要做的不是这个。"秦江澜缓缓道。

苏竹漪也是看过凡间话本的,甚至看得比秦江澜还多,这会儿琢磨了一下:"你是说建立轮回道,让元神不会直接消散于天地间,然后在流光镜里的世界存活,甚至可以轮回转世。就如同话本上的地府一般。生前作恶多端,死后就受惩罚;生前积德行善,死后便能投个好胎。这不是那些可怜巴巴的凡人被欺压报不了仇想出来安慰自己的吗?"

你作恶了,我奈何不了你,但你死后肯定要在地府里受刑,我一辈子老老实实做好事,哪怕日子过得苦,却也是为来世积福。

对苏竹漪这个魔头来说,这样的思想她是不屑一顾的,毕竟她就是那种大奸大恶之辈,若真有这么个轮回道,那她死后就不得安宁,上刀山,下火海,进油锅……

下辈子真得投入什么畜生道了。

"然而我觉得有存在的必要。"秦江澜伸手指天，"流光镜也意识到了这一点，想来天道其实也是认同的。"

"那如何判断一个人生前的所作所为？"苏竹漪又问。

"你忘了，流光镜到底是什么？"秦江澜说这话的时候看着苏竹漪，眼神中带着一点宠溺的味道。

苏竹漪："……"

她莫名觉得有些头皮发麻。当年望天树上的秦江澜可是不会给她好脸色的，他在流光镜里被她用神识摸了太多次，现在出来了，就变成温顺的小绵羊了吗？

想到之前做的那场分外逼真的梦，苏竹漪忽然想，若是他配合一点，是不是滋味会更加销魂？

有点想试试怎么办？毕竟他现在看起来这么厉害，若是能双修，得到好处的肯定是她。于是她身子一软，不由自主地靠近他一点，然而靠近之后，苏竹漪却觉得有些冷。

梦中的他身子烫得灼人，她与他缠绵之时，能感受到他的热，能听到他的心跳，还能摸到热汗。

在那梦境里，她是主动挑逗的那一个，却也沉迷其中，享受着愉悦的滋味，如今，却觉得反差有些大。他现在到底怎么了？

她稍稍一怔，动作停了下来，就那么静静地靠着他的肩膀，听他继续讲了下去。

流光镜是流沙河幻化而成的，存在于天地初开之时，就像是流淌的时光一样，见证了世间万物的生命轨迹，也正是这个原因，他们才能顺着时光逆流而上，重生在了一千多年以前。

所以这个人生前做过什么，对流光镜来说，其实是一目了然的。

至于如何去评判……

秦江澜顿了一下："所以还需要判官。"

"我？"苏竹漪眼神稍暗，她回过神，伸手指了指自己。

结果秦江澜淡淡瞥了她一眼，随后他一句话都没说，苏竹漪也读懂了他的眼神。

她真是挺了解他的。

这会儿他心里头指不定有多嫌弃她，就她那德行，去评判一个人的行为，肯定是杀得好，就该杀，大杀四方！

"所以说，如果流光镜真的建立起了轮回道，就算是破道而出，我们的命运也能由自己掌控了？不会时刻被雷劈，不会被天道不容，不会随时可能被那双手推动着，走向既定的结局。"

"嗯。"秦江澜点头道。

只要成功了，他就不会是现在这个不死不活不在天道之中的模样了。

苏竹漪是重生者，她会受到很多磨难，特别是在渡劫的时候，虽然不至于被天道瞬间抹杀，但她的路比别人要艰难得多。

即便她顺顺利利地活了下去，在上辈子她死的那个时间点，她再次死亡的可能性也很大，就跟青河、洛樱一样，无论她如何努力，结果变化也很微小，若不是秦江澜掌控了流光镜，从镜子里头出来，现在青河和洛樱应该都没了。

她所做的一切最多是让洛樱的元神在剑心石里头多待几天，而这个，苏竹漪都不清楚，上辈子洛樱的元神有没有聚在剑心石里，毕竟她没有地方去了解。

而现在，他们真的有希望了。

苏竹漪对现在的流光镜很好奇，她想看看它。

"我一直以为流光镜是我的本命法宝。"她皱眉，"当初我的本命法宝是……"说自己的本命法宝是把小锄头实在有点难以启齿，她想了想，说："是别的东西，结果心神联系断了，我以为被流光镜取代了。"

毕竟本命法宝很难被替换，她的小锄头既然已经认主了，想要更改是需要找材料布阵和高人护法的，怎么会无缘无故就没了心神联系呢？

秦江澜掏出了流光镜。

那镜子其实只有巴掌大小，背面是青铜色的，像长满了墨绿色的青苔，正面却光洁明亮，犹如清澈的水面，能将人的面容清晰地映照于其中。流光镜是流沙河幻化而成的，所以背面是海藻和淤泥，正面是清澈河面。

"你的本命法宝太弱了。流光镜在你体内，带你重生，当你感应到它，它出现引出震荡和天罚的时候，你的本命法宝太弱，会被切断心神联系也在情理之中。"

"我能拿到手里看看吗？"苏竹漪见秦江澜没有阻止，伸出手轻轻地碰触了一下流光镜的镜面。

冰冰凉凉的，手指像浸在了凉水里一样。

苏竹漪的神识再次注入了流光镜，没想到，她居然能看到里头的情形，神识探入其中，苏竹漪直接发现了青河。

青河……他可真是了不得。

他进去之后，以他为中心，方圆千里的范围都跟正常的天地无异，那些怨气、煞气也化作生气，成为支撑流光镜里的世界运行的根基，因此青河神色还算平静，并没有之前那么癫狂，只是他面沉如水，看着脸色实在不好。

"师妹？"青河感觉到了一缕熟悉的气息，他抬头，冷冷地看着天空，道，"你男人呢？"

苏竹漪一愣，什么我男人？

"那个自称你男人的秦江澜让我自主献祭进入了流光镜，他说师父也能在这里生活……"说到这里，青河脸色阴郁，他阴沉沉地道，"师父呢？"

哟，秦老狗，你自称我男人啊？

"哦，我问问。"苏竹漪收回神识，睨向秦江澜，问他，"嘿，臭不要脸的，我师父真的可以在里头生活吗？还是你撒谎骗青河的？"

身子一歪，她吐气如兰："你什么时候是我男人了，我怎么不知道？"

说实在的，青河待在流光镜里确实要好一些。他在外头很容易失控，但在里头，看着还好。而且既然如今流光镜在秦江澜的掌控下，青河也不会失去记忆了，这样的话，他待在里头也没什么不好的，反正他就是个为师父而活的情种而已，待在哪里都一样，当然，前提是有洛樱才行。

如果她当时是清醒的，或许也会选择把青河先诓到镜子里头去。

秦江澜没回答苏竹漪的话，只是点点头："可以在流光镜里生活。"他伸手，冲苏竹漪讨要剑心石："剑心石。"

苏竹漪眼珠一转，身子往后一靠，手撑在身侧，离他远了一些，又起了点调戏的心思："在我身上，你自己来取。"

秦江澜："……"

他手微抬，指尖溢出一点亮光，微微动了下嘴皮。

苏竹漪没听到他发出任何声音，却瞬间发现自己不能动了。

他居然给她下了定身咒。

手伸到她腰间，轻而易举地将剑心石给取了出来，秦江澜淡淡瞥她一眼："你不喜欢我，何必出言引诱？"

"我不喜欢你，你怎么还跟青河说你是我男人？"她挑衅道。

"他信任你，我得取信于他。"他神色淡然，语气平静。

这么说倒是合乎情理。

"你以前不是骂我妖女。"苏竹漪挑眉轻笑一声，"一起生活了那么多年，还没习惯我的引诱？"她微舔嘴唇。"再说了，你这么俊，腰又好，谁不喜欢啊？"

他就坐在她身边，苏竹漪很想抬脚，脚尖在他身上撩一撩，就像是在望天树上的时候一样，然而，她被下了定身咒，压根动不了。

"腰好就受人喜欢吗？"小骷髅站起来，扭了两下腰，"小姐姐，我腰好不好？"

秦江澜："……"

在小孩子面前，她也不知道害羞。

苏竹漪笑了一下，道："悟儿，你小叔叔欺负我，我不能动了，快来帮我解开。"悟儿是山河之灵，灵气冲刷过来，她就能恢复自由。

孰料小骷髅摇摇头："我也动不了了。"

苏竹漪："……"

动不了你怎么站起来扭腰的？头怎么摇的？！

随后他伸手捂住眼睛："小叔叔说小姐姐犯错了，要打屁股，让我不要看。"手指间露出点缝隙，露出眼眶子里头绿油油的两簇小火苗。

"带笑笑去山上。"秦江澜看着小骷髅道。

"喔，好的。"虽然很想继续看，但小骷髅还是懂事地点点头，笑笑现在还不能走路，他伸出双手用灵气把笑笑托起来，像把笑笑抱在了怀里一样。

"你不是更喜欢我吗？"苏竹漪发现，小骷髅居然不听她的话了，她昏睡的这段时间，秦江澜给他灌了啥迷魂汤？

"我腰不好，我要去山上练腰。"小骷髅回答道。说罢，他一步三回头地上了山……

刚刚秦江澜跟小骷髅肯定神识传音了！

不知道他俩说了什么，她神识比他们弱，压根听不到。

苏竹漪深吸一口气，不去想那些乱七八糟的："来来，给我解开，我还想看看流光镜怎么帮助师父呢。"

就见秦江澜将剑心石放了镜面上，随后那镜面化为水面，剑心石直接入了水中，跟石头落入水中一模一样，直接沉入水底，眨眼消失不见。

"把神识投进来。"

不用他说，苏竹漪也知道要用神识去镜子里看。

她看见镜子里本身就藏着师父的肉身，而剑心石落到师父的肉身上，刚好落在她心窝处，在那里停滞不动。

"然后？"

"等！"秦江澜淡淡道，"让青河过去，等她醒来。"

"然后？"

"然后你把神识撤出来，否则青河该劈你了。"秦江澜很难得地讲了句笑话，然而苏竹漪一时间没反应过来："啊？"

就见青河已经瞬移到了洛樱旁边，他蹲下身，在洛樱额头上落下一吻。

随后身后黑气凝聚成剑，重重插入地面，他没抬头，手轻轻抚在洛樱脸颊上，眼神温柔，声音却很冷，道："师妹还想偷看多久？"

苏竹漪："……"

那声音冰冷，她那缕神识都好像被冻僵了。

喊，谁想看了。她的经验不知道要比青河丰富多少，只知道可怜巴巴地坐在师父门口的傻子。若她是青河，早八百年就把师父给拿下了。

被青河的神识威压震了一下，苏竹漪觉得有点头疼，结果就感觉到一双手按在了她太阳穴上，轻轻揉捏，还有安神的咒语在耳边轻响，那声音低沉醇厚，有些沙哑，让苏竹漪有些把持不住。

她想，上辈子是她在秦江澜旁边，整日撩拨他，如今，倒像是反过来了一样。

"你撩就撩，别把我定身啊，不然我怎么配合你啊……"

她其实是不介意跟秦江澜双修的，毕竟她跟合欢宗的人有些交情，会点采阳补阴的法诀，得到好处的肯定是她，至于秦江澜所说的不喜欢，不喜欢又如何，喜欢不喜欢对她来说，压根不重要。

更何况，她不觉得喜欢，却也不讨厌他啊。她甚至觉得，她曾经喜欢过他。所以他才会一直出现在她梦中，与她肌肤相亲，旖旎缠绵。

秦江澜没回答她的话，而是问："接下来，你有什么打算？"论脸皮厚，他是比不过苏竹漪的，跟她说这些，他迟早会落到下风，不如转移她的注意力。

苏竹漪道："养好伤，好好修行，好好练剑。"

如果洛樱和青河能在流光镜里生活，那她心中的大石也算落了地。她是个睚眦必报的性格，云霄宗的那两个人是一定要揭穿的，她身上还留着当时的留影符，掌门还说要替她出头，却没想到，转眼间他人就没了。东浮上宗的人她也不想放过，他们屡次挑衅，这次魔道大举进攻古剑派跟东浮上宗的人脱不了关系。

把这些人通通杀了，把他们的元神拘在流光镜里，让他们死了都不消停，

天天受苦，最后投入畜生道！

流光镜的轮回道还未成功建立，苏竹漪就已经想着用这镜子来作威作福了。

不过要报仇，还是得好好修行、好好练剑才行，剑祖宗都只剩下个剑柄和短短一截剑身了，她得把剑祖宗养回来。至于报仇为何不喊秦江澜，她觉得让秦江澜一个云霄宗的剑尊去对付云霄宗的修士肯定是不现实的。

"嗯，我教你。"

"教我什么？"

"练剑。"他起身，虚空一抓，松风剑已在手中。

"咦，我还以为这棵松树是松风剑呢。"苏竹漪纳闷地道，实在刚才没怎么注意，松风剑一直化为松树立在屋门口，她就以为这松树是松风剑了。

松风剑："……"

糟心事不提行不行？

"秦老狗，你教我练剑，总得把定身咒给我解了啊？"苏竹漪喊道。

"叫我什么？"他收剑，气势清冷。

苏竹漪眼珠一转，嗲声道："情哥哥？"

秦江澜沉默不语。

心情有些微妙。她明明忘了情，却依旧时刻挑逗他。

他的心就像被攥在妖女的手里一样，时紧时松，七上八下。

"还是跟小骷髅一样，叫你叔叔啊？"

秦江澜："……"

他收敛心神，朝虚空刺出一剑。

苏竹漪如今对剑道一点也不排斥，学得很用心。

秦江澜手把手教苏竹漪练剑。跟青河当初的粗暴教导不同，秦江澜很认真，也很有耐心，同样，他很严格。

只不过不管他多严格，苏竹漪在认真练剑后浑身疲惫、松懈下来的时刻，总会见缝插针地挑逗他一下，有时候会收了剑，握着一截树枝比画两下，眨着眼问："你觉得我握剑的这个姿势对不对？"

本来画面挺美，但小骷髅也想学剑保护小姐姐，所以每次都会在旁边拿着逐影剑跟着比画，苏竹漪虽然有心对秦江澜动手动脚，但到底没在小孩子面前做出太出格的事。加上她是真心练剑的，因此只是嘴上说说，习惯使然，并没有真的把人吃到嘴里。

秦江澜教得认真，苏竹漪学得也认真，一个月过后，她身上的伤势完全恢复，剑祖宗也稍稍养出了一小截，只是燃烧的寿元却是补不回来的，现在的苏竹漪从骨龄上看，已经是五百多岁的人了，容貌比从前略显成熟，身量还高了一些，腰肢更细，胸脯也更挺。

她倒是挺满意这些变化的，至于寿元流逝，苏竹漪并不是太在意。修为越高，寿元就会越长，她上辈子五百来岁的时候，跟现在的实力差不多呢。

这一个月的时间里，洛樱在流光镜里醒了过来，不仅是她，当初被秦江澜收集的元神也在流光镜内苏醒，因为有些元神消散得很快，所以最终那些陨落了的修士并未都恢复，而是只有一部分能够现出人形。

古剑派修士只有两个苏醒，这其中并没有掌门段林舒，掌门的元神消散了。

他燃烧了寿元，却并没有任何作用，在油尽灯枯之时，被龙泉剑彻底吞噬。这也是为何古剑派修士的元神只有两个在流光镜内苏醒，大部分人死于青河剑下，被龙泉剑吞噬后没办法再保持自己的神志，已经跟龙泉剑里的万千亡魂形成的怨气合在一起，根本无法剥离。

青河被龙泉剑控制，龙泉剑的威力洛樱也领教过，所以洛樱并没有怪青河，这一点倒是让苏竹漪有点惊讶。

除了洛樱、青河和古剑派的另外两个弟子，流光镜里还有别的元神，且都是魔修。他们是上次进攻古剑派的魔道大能。

魔道的大都死在秦江澜剑下，一共有两百余人的元神存于流光镜内，这些都是元神，并没有肉身，但在流光镜的世界里，却好似元神也能触碰。

两百多个魔修都是作恶多端之辈，洛樱通过流光镜看到了他们生前种种，然后……

然后青河弄出了个净身池，白天他们接受惩罚，晚上则浸泡在净身池里净化身上的罪孽和煞气。

那净身池跟青河曾经泡的粪坑有异曲同工之妙。两个古剑派修士则给青河和洛樱当帮手，流光镜里的秩序也算是建立起来了。只是要维持那个世界的运转需要源源不断的生气，青河虽然很厉害，能支撑很久，但不可能无限期地支撑下去，所以他们还得寻觅更多的强者，并让其主动献祭才行。

"去找更多强者，让他们献祭流光镜？"苏竹漪问。

"一个人起不到多少作用，就像原本的我也只能让周围的人活动，且不过十多年的时间，就遗忘了半生的记忆。虽然流光镜如今在我的掌控之中，记忆

不会消散，但哪怕是我，生气也并不足以支撑这里头的世界太久，即便有元婴期修士主动献祭，也就是十年左右而已。"秦江澜说到这里，问，"你知道南边的雷荒沙漠吗？"

"知道。"

不过那地方苏竹漪没去过。实在是在那沙漠里头讨不到半点好处，属于生人禁地，哪怕是高阶修士，也很少有人过去，苏竹漪上辈子虽然厉害，却没厉害到能把修真界都探索完的地步，这南方的雷荒沙漠，她就完全没有进去过。

"那里有个古秘境。"秦江澜沉声道，"那古秘境原本是云霄宗一位云游的剑修大能发现的，古秘境里头危机四伏，他发现之后并没有硬闯，而是给宗门传了消息，云霄宗当时派了两个长老和若干精锐弟子前去接应，依然无法进入古秘境，最后他们索性通知了四大派，数位大能一起研究了四百年，最终确定了古秘境开启需要的契机。这事件十分隐秘，并无其他人知晓。"

"我的龙鳞匕是在那古秘境里得到的，还有很多厉害的法宝也是从那里头出来的。"秦江澜说到这里顿了一下，"下月初七，七星连珠之夜，就是古秘境开启之时。"

他静静地看着苏竹漪，说："一起去吧。"

"上辈子这个时候，我根本接触不到这些。"苏竹漪笑了一下，转而问道，"那里头有能支撑流光镜更久一些的生气？"

"古秘境里有息壤，息壤生生不息，永不耗减，若是能将其收入流光镜，青河就轻松多了。"

"难怪。"苏竹漪点点头，"上辈子那息壤被谁得了？未曾听说过啊。"

"没人得到。"秦江澜神色一暗，"息壤遇土则化，落地之后就消失得无形无影，我也只是看到了而已，没有人抓到它。"

"那有什么东西能抓到息壤吗？"苏竹漪对息壤不了解。秦江澜想了想："流光镜本身其实是河，或许能成。"

秦江澜并不确定能不能成功抓到息壤，但不管怎样，他都得去试试。息壤是生生之气，而现在他身上死气居多，所以息壤肯定是不愿靠近他的。

他一靠近，那息壤可能就跑得无影无踪了。若非如此，他心里头都不太想让苏竹漪离开落雪峰。

情蛊是扎在他心上的刺。他不能让苗麝十七出现在苏竹漪面前，不能让苗麝十七催动情蛊。既然不能杀苗麝十七，那就将其困住，让苗麝十七永生无法出现在苏竹漪眼皮底下。

　　秦江澜这个月已经去过一次南疆，然而他并没有找到苗麝十七。这修真界太大，他神识再强，也无法探测完整片天地，而秦江澜也不可能离开苏竹漪太久，万一她自己跑出去，刚出古剑派就恰好遇上了苗麝十七怎么办？

　　所以他在南疆找了一圈没找到，又连夜御剑飞了回来。

　　"上辈子古剑派是谁去的？"苏竹漪没注意到秦江澜的面色变化，又问。

　　"上一世这个时间古剑派也因为青河而元气大伤，好像只去了易涟一个人。那易涟倒是得了不少好处，之后，他把古剑派再次撑了起来。"

　　只是那时候古剑派在四大派之中依旧属于最末，一直到秦江澜陨落，古剑派位于四大派最末的地位也不曾更改。

　　当然，瘦死的骆驼比马大。哪怕是四大派最末，也比其他的修真门派要好得多，依旧是天下人心中的四大派之一。这些都是易涟他们的功劳。

　　苏竹漪了解清楚之后，当即决定去。

第七章

古秘境

她要去，就得做些准备，替身草人她又炼制了不少，丹药也准备了很多，之后又闭关修炼，等到初五的时候，易涟长老匆匆出现了。

"刚得了消息，雷荒沙漠古秘境会在后天开启，金丹期五层以上的修士皆可前去寻宝，你快快做些准备。"这些事情原本是各大门派的掌门互相联系、互通有无的，然而段掌门陨落得太突然了，有很多事情没来得及交代，因此易涟并不知情，结果临到开启的关头才得知了此事，他心头虽有些不悦，却也怪不得别人。

苏竹漪应承下来，易涟便问："那小骷髅身上有山河之灵的气息，能不能放出来给我再看一眼？"

他对小骷髅执念挺深。哪怕知道小骷髅不是灵兽了，依旧好奇得很。

"不能。"

"那记得叫他一块去古秘境。"易涟叮嘱道。

苏竹漪："……"

次日，苏竹漪和易涟他们一起乘了灵舟前往雷荒沙漠。

古剑派这次去的修士比上次要多一些，易涟带队，还有阵峰的梅长老，梅长老一向深居简出，苏竹漪以前只闻其名，未见其人，这次在灵舟上，她还是第一次瞧见这位长老。

梅长老身后还带了个女弟子，她的长相十分明艳大方，穿的是一身红色劲装，头发只绾了个高髻，上面束了条红绸带，看着英姿飒爽。

苏竹漪穿着素白长裙，落雪峰唯独剩了她，大家都以为她师父洛樱死透了，所以她虽然专情于红色，此时却不能穿大红色的。

她穿白裙，戴白花，觉得自己颜色寡淡得很，见别人穿得红彤彤的像一片云霞，还撇了下嘴。

这女弟子苏竹漪倒认识，也姓梅，她们上辈子交过手，苏竹漪被那梅女侠用阵法困住过，差点就吃了大亏。虽然不至于去恨她或报仇什么的，不过苏竹漪也做不到跟她亲热。

"苏师妹。"

"梅师姐。"

两个人打了招呼后就没了下文，苏竹漪去灵舟边上站着，秦江澜隐匿身形，与她并肩而立，目视远方。

而苏竹漪左侧还有个小骷髅，她虽然一个人站在那儿，但身边却隐藏着两个实力强悍的男人。

总有一种身边跟着左右护法的感觉呢。

"叫你们哼哈二将怎么样？"

一日后，苏竹漪他们就到了雷荒沙漠外缘的约定地点。

他们是来得最晚的，这时候，其他宗门的修士都已经到了，东浮上宗跟古剑派是彻底撕破脸了的，这时，只听有人直接呛声道："古剑派这次受损惨重，还是好好休养生息才是，出来蹚这浑水做什么？如今古剑派是易涟做主吧，若是你也出了什么意外，以后修真四大派恐怕就变成三足鼎立了。"

易涟没说话。

他肩膀上那只金丝雀叽叽喳喳地叫了几声，随后道："古剑派现在别的是差了点，弟子却不差，后继有人，你们东浮上宗可就是青黄不接了。"

东浮上宗原本花了大力气培养出了一个东日晨，结果被苏竹漪给杀了，如今他们年轻一辈的弟子当中，确实没什么出彩的人物，这次来的人年纪也都不小。

"你！"

"傻鸟不懂事。"易涟伸手轻轻拍了一下金丝雀的头，手里冒出了一条小虫子，被金丝雀直接叼起来吃了。

吃了虫子，金丝雀又道："古剑派的修士是为了镇压龙泉剑而牺牲的，东浮上宗内部查完了没，会不会有漏网之鱼？门派中有长老跟魔道勾结，陷害正

道同门，一个正道宗门里头出了那么大乱子，不好好彻查一番，反而跑到这里来蹚浑水……"

它张开翅膀梳理了一下羽毛，随后瞬时躲到了易涟脖子后头，继续道："宗门坐镇的长老都出来了，万一回去发现老巢都被魔道给端了，那可如何是好？"

龙泉邪剑在历史上还是挺有名的，在场没有任何一个人敢说自己能镇压那柄凶剑，因此后来大家倒是认可了古剑派的说法。凶剑出世，青河、洛樱、段林舒为了镇压凶剑而陨落，魔道趁机攻上古剑派，关键时刻，剑尊出现力挽狂澜，最终使得古剑派化险为夷。

只不过那所谓的剑尊是不是真的古剑派大能，现在尚无定论。

实在是云霄宗鹤老坚持称那剑修施展的是云霄宗剑诀，因此大家对那剑尊的身份十分好奇。

"易涟，看好你的鸟。"因为金丝雀戳到了他们的痛处，这会儿，东浮上宗那几位脸色都不太好看。其中东浮上宗掌门冷哼一声，不再说话，他的视线在苏竹漪身上轻飘飘地扫了一下，接着才看似云淡风轻地移开眼。

苏竹漪如今底气足得很，面对那东浮上宗掌门的视线丝毫不惧，反而直视对方冷眼回应，这样的眼神，对一派掌门来说就是极为不尊重了，隐隐有挑衅的意味。

她身边隐藏着小骷髅和秦江澜，在场修士这么多没有一个察觉得到，大家的实力不如他们，想对付她？想得美。

只不过有个问题是，秦江澜和小骷髅都不会去主动杀人，所以苏竹漪不介意嘴欠的金丝雀多拉点仇恨，自己眼神也霸道得很，一副初生牛犊不怕虎的模样。

到时候，只要有机会，肯定有人会主动对付她的。

有人要杀她，那两个总不会袖手旁观，就算他们不杀人，只要短时间内制住对方，她也能轻易取人性命。

打着这样的主意，苏竹漪看东浮上宗那几位的眼神就显得有些狂傲了，仿佛眼前芸芸众生皆是蝼蚁，不堪一击。

就在这时，云霄宗掌门开了口。

"既然人都到齐了，我们就先进去吧。"

其他门派的修士都有地图，而古剑派却是没有的。

这事本来就隐秘，是各派掌门才掌握的机密，而秘境开启时间还是最近才推测出来的。段掌门陨落之前什么都没说，他的肉身和元神都被龙泉剑吸收了，身上的储物法宝都没留下来，于是古剑派对这件事情压根不知情。易涟得到消息是在两天前，东浮上宗是彻底撕破脸了，云霄宗对他们也不友好，寻道宗跟东浮上宗关系匪浅，丹鹤门跟他们关系不错，这次的秘境之行还是丹鹤门掌门告诉他的。只不过那地图一共只有五份，且是当年各派大能共同绘制的，很难复制，这就导致古剑派没有地图，只能跟着其他门派的修士往前走。

所幸他们人不多，算上苏竹漪就四个人，与丹鹤门一块进去也方便。

"小师父。"云霄宗的弟子站在一处的足有上百人，苏竹漪过来的时候没有东张西望，都没有注意到秦川也在其中。

他居然有金丹期五层了？

这才过去多久，他就有了如此实力？只是看到秦川之后，苏竹漪就发现秦川虽然突破了金丹期，但只有金丹期二层，并没有达到金丹中期，看来这个修为限制并不严格，也有不少门派带了优秀弟子过来探宝。

看到秦川，苏竹漪微微颔首，算是应了。余光瞄到身边的秦江澜，苏竹漪发现秦川长得跟秦江澜已经有六七分相似，只不过两人的气质完全不同。

"小师父，最近还好吗？"他走到苏竹漪身边，"听说你受了很重的伤。"

稍稍顿了一下，秦川道："节哀顺变。"

想到她失去了师父和师兄，秦川的眼睛里充满了担忧。

秦江澜面无表情，束发的飘带轻轻飞扬。

苏竹漪感觉到身侧有一股冷风吹过，她正要开口说话，就感到一阵香风飘过，接着，穿白色仙鹤纹道袍的丹如云就快步走到她身边，拽住了她的手。

"等下你们古剑派的跟我们一起走。"丹如云一副跟苏竹漪很熟络的样子，她手里拿着地图，冲苏竹漪挥了两下，"地图在我这儿呢。"

丹如云在丹鹤门十分受宠，从地图在她手里头就能看出来了，她亲昵地挽着苏竹漪的胳膊："我是丹药师，实战能力不够，苏竹漪你跟我一块，我给你提供丹药，你保护我，如何？"

上次，苏竹漪一剑斩了东日晨的实力着实让丹如云震惊不已，她原本是很佩服年纪小、修为高、剑道又不俗、资质更逆天的秦川的，后来……

后来完全被苏竹漪的剑法给征服了，只觉得那一剑惊天动地，气势惊人，让她佩服不已，如今若有人问年轻一辈弟子中谁最厉害，丹如云会直接报苏竹漪的大名。

她自己也是众人眼中的天之骄子，从前绝不甘愿屈居人下，现在却对苏竹

漓心服口服。本来她才结丹，修为境界都还没稳固，掌门是不同意她来的，但想到苏竹漓肯定要来，丹如云便死缠烂打地来了，因为各门各派都会让优秀弟子前来见世面，哪怕修为稍微差了一些，大家也都睁一只眼闭一只眼，毕竟修为限制是出于安全考虑，并非对进去的人数有强制要求，既然自己要带，那自己照看好便是。

丹如云个子娇小玲珑，胸却格外饱满，这么亲昵地蹭着苏竹漓的时候，苏竹漓都觉得软绵绵的，忍不住多看了几眼。苏竹漓自己也觉得有点好奇，什么时候她跟丹如云关系这么好了？

上辈子，丹如云跟苏晴熏可是亲如姐妹来着。

亲亲热热地挽着苏竹漓胳膊的丹如云忽然觉得有点冷。好似一阵阴风吹过，让她脖子上起了一层鸡皮疙瘩。

恰在这时，丹鹤门掌门叫她过去，她本是想跟苏竹漓一块的，但后背莫名冒着寒意，又正好遇到掌门招呼，她也就松了苏竹漓的手："这里的沙漠古怪得很，听说地图上的标志也是移动的，等会儿你一定要跟紧我们，别乱跑，否则跟丢了就惨了。"说罢，她扭头看秦川："你们云霄宗的人都在等你呢，还杵在这里做什么？"

这雷荒沙漠里头有很多稀奇古怪的凶残灵兽，且这沙漠里的天气说变就变，人越多越会发生可怕的变化，路线随时都会更改，所以五个门派的人并不会一起进去，而是分别拿一张地图，各自进入，最后在约定地点会合。

古剑派四人跟丹鹤门一道，现在其他宗门已经进去了，就剩了云霄宗，秦川自然不会让自己的师兄弟久等，他嘴唇微抿，道："保重。"说完，秦川转身回到了云霄宗的队伍当中，与他们一块在沙漠中前行。

隐匿在一旁的秦江澜依旧面无表情，然而丹如云却觉得，随着她那句话说出口，那股好似在山谷里徘徊不去的阴风消失了，她的身上也没了冷意，取而代之的是一阵清凉的风。

在这荒漠里，风都是热辣辣的，灵气屏障都防不住，她身上汗淋淋的，头发有几缕贴在脸上，那凉风让她浑身舒坦，就好似泡在了冰冰凉凉的泉水里，而直到此时，丹如云才意识到了苏竹漓身边的异常之处。

雷荒沙漠特别热，哪怕是灵气屏障、灵气法宝也很难将这酷热彻底隔绝，在这里若是没有灵气屏障、灵气法宝防御的话，人能直接被晒伤，在沙子里滚几圈，人都能被烤熘。这也是为何这次来探宝的修士有金丹期五层以上的修为限制，若是实力太低，根本抵挡不住这里的酷热，怕是在沙漠里待不了多久，就会被活生生地晒死。

现在，除了元婴期的那些大能，金丹期的修士或多或少出了点汗，然而苏竹漪却没有。她不仅没出汗，周身还有淡淡的清凉，刚刚站在她旁边，丹如云都吹到凉风了。

难道苏竹漪身上有什么仙宝？

掌门又在叫她过去了，丹如云依依不舍地往回走，忍不住问："你身上是不是有能降温的宝贝？"

苏竹漪不动声色地笑了一下："寒霜剑意。"

用余光瞄了一眼冰冰凉凉的秦江澜，苏竹漪此刻看他格外顺眼。听说越往内越热，挨着秦江澜，她灵气都会省不少。

古剑派练的是天璇九剑，但剑意却不一定是寒霜剑意，但落雪峰的洛樱和青河都是寒霜剑意，现在苏竹漪说她也是，丹如云信了，心中倒觉得有些可惜。领悟了寒霜剑意的人自身的确会偏冷，洛樱和青河都是如此，这可不是什么宝贝能造成的效果了。

她再三叮嘱了苏竹漪一定要跟上队伍，这才依依不舍地回到了掌门身边，把地图也递了过去。

丹鹤门的一位长老正在跟易涟交谈，大意也是这沙漠危机四伏，让他们四个走在丹鹤门修士中间，免得跟丢了。

易涟自然答应下来，带着苏竹漪等人加入了丹鹤门的队伍。

地图上，整片沙漠被分为了九块。

"这沙漠里风沙大，每一片区域都会随着风沙移动，古秘境的入口就在这一块里头。"丹鹤门长老周黎手中也拿着一张地图，他指着地图上的一块圆形区域道，"这地图只是临摹了个大概，无法按照规律移动，因此并无大用，但地图上有些标志我得跟你们讲一讲，万一不小心走散了，你们也能明白自己在哪一片地方。"

沙漠里禁止飞行，一旦飞起来，就容易引出落雷和沙暴，这也是为何这里叫雷荒沙漠。大家都是实力很强的修士，但在雷荒沙漠里，得老老实实、规规矩矩地迈着双腿往前走。

"据说这里头是按照九宫飞星排列的，飞星轨迹以中官为起点，然后按照洛书数序飞移，因此……"

周黎手一点，在地图上画了一条路线出来，第一颗星叫一白贪狼星，第二

185

颗星叫二黑巨门星，第三颗星叫三碧禄存星，第四颗星叫四绿文曲星，第五颗星叫五黄廉贞星，第六颗星叫六白武曲星，第七颗星叫七赤破军星，第八颗星叫八白左辅星，第九颗星叫九紫右弼星，将九星介绍完毕，周黎接着又指着地图上其中一片很明显的灌木丛道："我们现在是在这里。四绿文曲星，震卦，属木。"

"我们要去的就是九紫右弼星，离卦，属火，到那个地方会更热，哪怕是金丹后期的修士，承受起来也相当困难，你们到时候多看着这两个年轻人。"

说到这里，周黎才意识到四周好似有些不同。

他是来过雷荒沙漠的，每次进来都得用灵气屏障牢牢锁住自己，即便如此，也能感觉到热浪扑面，虽然不会让他受伤，却也是叫人不舒服的，然而现在，他居然一点都不觉得热。

丹鹤门的弟子也有意无意地朝这边挤，就连原本待在掌门旁边，还需掌门时刻看着的丹如云都凑了过来，走在他们身侧。周黎眉头微皱，随后道："古剑派修士果然实力非凡，在这雷荒沙漠之中，不仅能保持自身清凉，还能让周围凉风习习。"

苏竹漪默默看了秦江澜一眼。因为周围人多，秦江澜已经没有在她旁边走了，毕竟大家只是看不见他，但实际上他不是虚影，而是摸得到的，有人过来，他就得往旁边让开一点，等到人越来越靠近，秦江澜索性乘着松风剑飞在了她头顶上空。

不知道是不是他飞得很低的缘故，并没有出现什么落雷。

又走了大约半个时辰，秦江澜忽然传音道："有沙暴来了，往西走。"

头顶上是热辣辣的太阳，周围一丝风都没有，苏竹漪虽然觉得好奇，却从来没想过去怀疑秦江澜，听到他的话后，下意识就转了方向，直接往西走。

"苏竹漪！"梅长老看到苏竹漪突然掉转方向，有些担心地叫住她。

苏竹漪则道："易长老、梅长老，不能往前了，前面有沙暴过来，走这个方向安全。"她说话的时候声音很大，并没有避着丹鹤门的修士，自己往前挤出去的时候，也不忘道："易长老，你知道我有个小伙伴能很好地感知天地。"

易涟顿时反应过来。

苏竹漪那个灵兽，不对，她养的那个鬼物实际上算半个山河之灵，对这些比较敏感是理所当然的，因此他立刻对周黎道："周长老，小苏的话可信。"

丹鹤门来的修士也有上百人，周黎听到了苏竹漪的话，但他只是一个长

186

老，拿主意的还是掌门，这会儿他正与掌门传音交流，就见古剑派那苏竹漪脚下步子迈得极快，已经走出了好远，她一走，古剑派剩下的三个径直跟了过去，而他们这么一动，让丹鹤门的队伍都乱了。

毕竟苏竹漪他们身边凉快，好多丹鹤门的修士都靠着他们在走，结果那移动凉气变了方向，有六七个弟子甚至在掌门还未下令的情况下就已经下意识地跟了上去，就连丹如云也在其中……

这时，掌门喝道："现在西方是坤卦，九星之中的黑星巨门星，大凶！回来！"

哪怕前方有沙暴，他们也不能往西方去。九星轨迹中最凶的就是黑星，大家都要按照地图变化避开凶星，现在明知道旁边是凶星区域，还往里头凑，那不就是找死吗？

沙暴固然可怕，但面对沙暴他们还有反抗之力，一旦进入凶星，那就是有去无回了。

掌门几句怒喝，丹鹤门的弟子总算醒悟过来，停下了脚步，然而走在最前头的苏竹漪依旧没停下，速度反而快了一些，易涟长老心头稍做权衡，直接跟了上去。

梅长老则传音道："那边是凶星！"

"苏竹漪如今是落雪峰唯一的传人，岂能让她独自涉险？"

梅长老稍稍错愕，随后转身道："如画，你跟丹鹤门一起走。"孰料梅如画听到这话后非但没停下，反而纵身一跃，她足尖点着流沙，在地上画出几道漂亮的弧线，结果速度竟然不比苏竹漪的无影无踪步法慢，追到了前面，距离苏竹漪只剩下了三尺远。

"前面是凶星，苏竹漪，若你恣意妄为，害我们进入险境，我……"她眉头蹙起，威胁的话都没说完，好似一下子卡住了，不知道应该怎么说才能震慑到别人。

苏竹漪："……"

就在苏竹漪侧头，想要笑她几句的时候，忽地听到身后传来可怕的呼啸声，就见一条黄沙形成的巨龙从天而降，那巨龙威力太大，直接将几个没反应过来的修士卷上了天空，好在丹鹤门强者动作极快，直接把人锁住给抓了回来，然而就在这时，沙地上出现了一个接一个的旋涡，好似在沙漠中形成了一个接一个的漏斗，要将人吸入地底深处。

就在这时，伤亡出现了。其中一个漏斗之中出现了一双金色大钳子，那钳子陡然夹住了一个修士，直接把他身上的灵气屏障击溃，在那人的反抗和同门

的帮助下，钳子没有将人杀死，而是松开，又飞快地沉到流沙底下，带走了那修士的一条胳膊。

"这片区域是绿星，也叫文曲星啊，是吉星，怎么会这样？"按地图上的标注，九大区域里头最安全的就是绿星了，所以这一路进来他们并没有遇到任何危险，却没想到，这绿星竟然也出现了这样的危机。

眼看第二条、第三条、第四条黄沙形成的巨龙已经卷了过来，丹如云看向渐渐跑远的古剑派四人，嚷道："吉星都不吉，还管什么吉星凶星，跟他们走！"

丹青山一咬牙，道："跟上他们！"

说罢，他双袖鼓风，利用那黄沙巨龙的力量，将面前的上百个丹鹤门修士推得往前快速移动了很长一段距离，使得他们缩短了跟古剑派修士之间的距离。

前方的沙漠中有一块石碑，石碑有半人高，歪在黄沙里头，通体漆黑，被阳光晒得有些泛白，远远看着有些刺目。

苏竹漪等人跨过那石碑界线后，立刻消失得无影无踪，跟在后面的丹鹤门弟子眼睁睁地看着他们不见了，但这个时候，也没有人犹豫，丹鹤门弟子一个接一个地跨过石碑，掌门丹青山留在最后，大声道："快，若是动作慢了，对面就是另外一片区域了。"

这里的风沙区域是经常变换的，现在绿星连接着黑星，但时候一到，他们跨过石碑就会进入另外的区域，若是因此走散，那就危险了。好在他反应快，跨过石碑后，看到弟子们都在，终于松了一口气，而这时，丹青山一抖地图，就见地图上出现了几个红点。"云霄宗在白星，也就是前辈们画出来的第六星，东浮上宗在八星左辅星，寻道宗在一白贪狼星，他们现在都在吉星里头，只有我们在凶星。"

他们能看到别人的位置，想来，其他宗门的人也都能看到，丹鹤门的修士已经进了凶星，还是凶星里头最凶的黑星巨门星！

事已至此，多想无益，只能见机行事，争取把大家都活着带出这一片地方。

他手拿地图，想按照飞星轨迹尽快找到吉星的交界处。

本打算稍稍停顿一下，让他好看清地图的轨迹变化，却没想到，前方弟子又开始走了，一问，又是古剑派的四人提前动了。

丹青山心头微微有了怒意。他从前跟古剑派掌门段林舒确实有过硬的交情，所以对古剑派有颇多照顾，这次通知古剑派也是他的意思，明知道古剑派跟其他宗门不和，他也把这几人带到了自己宗门的队伍里，如果他们能在古秘境里得到些好东西的话，他也算是对得起九泉之下的段林舒，却没想到，他一片好心，竟然招了几个不服从命令的刺儿头。

他神色不悦，快步上前，道："这里极为凶险，切忌轻举妄动，还是等地图上的星轨出现，我们找到方向之后再做打算。"

像是为了附和丹青山的话，头顶上热辣辣的太阳骤然消失，周围瞬间变得一片漆黑，然而头上的日头虽然消失了，但温度并没有降低，依旧酷热难耐，甚至比之前还要热了不少。

丹青山刚刚施力挡住黄沙巨龙，消耗了不少灵气，此时他也感觉到了热，额头上有了汗珠，只是看到古剑派好似不受酷热影响的四个人，丹青山言语也放柔和了一些，他道："曾经有几个元婴后期的大能进入此区域后再也没有出去，魂灯直接熄灭，我们不知道这里头到底有什么，大家要小心谨慎。"

"这里有鬼物。"就在这时，苏竹漪突然道。

她还是挺擅长养尸的，一进来就感觉到这地方有点不同寻常，小骷髅现在正抱着她的大腿，下颌骨都快抖掉了，这更加证实了苏竹漪的猜想。

这一片区域是天然的养尸地。

其实她对九星颇有了解，巨门星本身就招阴灵，这里会是天然的养尸地也不奇怪，奇怪的是像这种酷热，受太阳暴晒阳气很重的地方，按照常理来说，是不可能成为养尸地的，到底是哪里不对呢？

苏竹漪很擅长动脑子，她喜欢思考，分析问题。然而今天的她懒得动脑子了。

她看向四平八稳地坐在松风剑上的秦江澜，问："哎，秦老狗，你带我们来凶星做什么？难不成养尸地里头有什么经久不散的元神，可以收入流光镜？"

"现在怎么走？"

大家都瞅着我呢！

周围本是黑漆漆的，没有光，修士用法诀施展照明术，头顶上悬浮了一条六七尺长的小白龙，身上发出幽幽亮光，而有了光，大家安心不少。

就在这时，头顶漆黑的天幕上出现了一轮圆月，那月亮很大，像是距离他们很近，伸手就能把月亮摘下来一样，他们明明站在沙漠之中，渺小无比，却又好似站在群山之巅，距离圆月星辰一步之遥。

在月亮出现后，寂静的夜里出现了一些很细微的、让人毛骨悚然的声音，只见那沙漠之中出现了一具接一具的白骨，还有一具接一具的干尸，它们从沙

子里钻出来，朝着活人的方向前行……

而直到此时，秦江澜才道："都是死物，没有元神。"

没有元神，就只是鬼物，还是没有灵智的鬼物，这种鬼物只对生人血肉有兴趣，也就是说，一旦碰到活人气息，它们就会追到天荒地老，不死不休！

活人不死，它们就不会停下来。

秦江澜还真是跑到这里来找元神的！现在怎么办？

看到密密麻麻的鬼物从沙子里钻出来，丹鹤门修士只觉得头皮发麻，然而他们没有自乱阵脚，而是飞快结成防御阵型，古剑派的擅长攻击，这时候，除了苏竹漪，其余三人已经主动站在了最外围，手中利剑出鞘，在月色下闪耀寒光。

"苏竹漪过来！"梅如画紧张得小声喊道，本来大家都是屏住呼吸，用灵气屏障护住周身生气的，沟通都用神识传音，然而梅如画在紧张之下直接开口，哪怕她压低了声音，那声音在这死寂的夜里也显得异常清晰，就像是洪水决堤一般，那些从沙子里缓缓往外钻的死物好像瞬间活了。

它们朝着发声之处，如潮水一般涌了过去。

天上的月亮好似在往外渗血。

凶猛的鬼物密密麻麻，成千成万，那森森白骨在血红的月色下更显狰狞可怕，这里丹鹤门加上古剑派一共也就一百多人，被那白骨巨浪打来，犹如海中漂浮的孤舟，眨眼就能被蚕食吞没。

这就是凶星巨门星，现在，大家终于知道，为何入了此区域的前辈们之后魂灯就灭了，也知道，他们到底经历了什么，或许，那些人现在就在这无尽的鬼物当中，与其融为一体，朝着这些活人汹涌而来。

近了，眼看它们越来越近了……

小骷髅本来抱着苏竹漪的大腿瑟瑟发抖，这会儿猛地抬起头，用手中逐影剑挽了个剑花，身子一跃往前冲出一丈远，将跑在最前头的那个鬼物一剑削成两截……

小骷髅本是隐匿了身形的，他的逐影剑更是只有一道淡淡的细痕，大多数时候是无影无形的，因此，在这月光下，大家都看不到他的任何动作，也注意不到他的剑。

众人只见前面一个鬼物莫名其妙被分作两半，分开的两半身子还在动，却又被随后而至的鬼物踩踏在了黄沙之中。

苏竹漪看到秦江澜动了，他手握松风剑迎风而立，下一刻，就是出剑的姿势。

苏竹漪立刻抬手，手中断剑随之射出一道青芒。

那一剑，剑斩山河，劈山断海，就见面前密密麻麻的鬼物哗哗哗地往两边分开，直接劈出了一条路。

秦江澜反手一抓，刚好抓住苏竹漪抬着的手，拉着她直接冲到了分开的路中，他速度很快，手很凉，苏竹漪在被他抓住的瞬间就变换了姿势，好似自己凌空飞过去的一样，她微微转头，眉头一凛，轻斥那些看傻眼的修士道："还不跟上？"

长发如墨飞扬，人如月下妖姬，一瞬间，在血色月光下，在漫漫白骨堆当中，那个飞在骨墙中间的身影让人万分震惊，也让人打心底佩服。

她怎么会有如此实力！

古剑派落雪峰的修士为何一个比一个妖孽？

苏竹漪给大家的震撼太大，一时间让丹鹤门修士有些蒙了，不过大家的反应也快，现在不是发呆的时候，速速随她前行，才能躲开那些鬼物。

这边，苏竹漪看到自己装得差不多了，她嘴角一勾，笑着回头跟着秦江澜往前冲，不多时就看到了一块石碑，然而秦江澜没跨过去，而是沿着石碑的方向往南边继续冲，跟在身后的修士这时都不质疑，就连丹鹤门掌门也没吭声，只是手紧紧攥着那地图，神经绷紧。地图上显示，石碑过去就是吉星，本来他是打算去吉星的，如今……

跟着她吧！

一百多个人跟着苏竹漪往前跑，跑了两个时辰后，又出现了一块石碑，随后，就看到苏竹漪跨过了石碑，众人也没多加考虑，一个接一个地过去，丹鹤门掌门过去之后，神识一扫地图，随后直接愣住，他们居然就这么一路跑到紫星了？

"先休整一下吧。"苏竹漪停下后，朗声道。

这是秦江澜说的，她直接传达了一遍。

说完之后，苏竹漪回头才发现，丹鹤门弟子一个个跑得汗流浃背，衣服都能拧出水来了，这会儿说休息了，他们才松懈下来，一些男修还松了衣襟领口，而一些女修则用手扇风。

这个区域本来就是最热的，他们又一路狂奔了那么久，为了维持灵气屏

障，体内灵气消耗了不少，这会儿都舍不得用灵气来给自己降温，好在大家都准备好了丹药和灵泉，也能缓解一下酷热。

"那几个宗门都还在吉星等待星轨移动，想等到一条最安全的路线移动到这里。"

就是等到恰好有路线可以使得吉星跟秘境入口相交，那他们就能安全地到达秘境入口，但现在看来，那几个宗门都还没等到，反而是他们这一拨人抢先过来了，不仅过来了，还没有多大损伤，也就最开始，有个修士被沙漠里的凶残灵兽夹断了胳膊，因为断臂被那灵兽给带走了，现在他的手臂没长回来，但回去用灵丹妙药养一段时间，也是可以断骨重塑的。

没想到这次过来会如此顺利。

丹鹤门掌门丹青山有些犹豫，他打算去道个谢，但一想到自己之前呵斥了他们，他就有点尴尬，正要过去的时候，丹青山发现丹如云已经在苏竹漪身边坐了下来，叽叽喳喳地在她身边说个不停，他想了想，暂时没有过去，就先让小辈之间好好交流一番吧。

这里太热，他吩咐早先安排好的修士守在外围，随后和其他长老在外圈结阵，尽量让门中弟子的灵气消耗少一些，保全实力，看到大家选好了落脚点休息，丹青山拿出了早就准备好的冰莲，与长老们布下阵法，使得这一片区域的温度稍降了一些。

他们在布阵的时候也在修炼养神，补充灵气，因为有专门的修士守夜，丹青山并没有分出神识来注意周围，等他心法运行完一个周天，灵气稍稍恢复之时，丹青山睁眼，随后哑然失笑。

他们这几个长老围了个圆圈，结果没想到弟子们没有四散在圆圈内，反而都挤在了一处。

以古剑派弟子为中心，丹鹤门修士一个个规规矩矩地坐在他们周围，里三层外三层地围了一圈，好似坐在那儿听他们讲道似的，他想了想，也往那边靠近了一些，结果发现确实更凉快，于是跟其他长老一商议，大家都坐了过去……

苏竹漪："……"

她其实正靠着秦江澜呢，因为他身上凉凉的，她还忍不住摸了几下，被这么多正道修士围着，莫名觉得有点刺激。

云霄宗修士进来的时候看到的就是这样的画面。

虽然从地图上可以看到丹鹤门和古剑派已经到达了约定地点秘境入口，但他们认为，这些人是从凶星过来的，肯定损失惨重，能有少数活着就已经不错了，却没想到，他们看着状态好得很，好似没人受伤。

反观他们自己，两百余人的队伍折了大半，如今到达秘境入口的修士只有八十九人，其中还有两个重伤的。

云霄宗弟子大都身形狼狈，这会儿看到丹鹤门修士后，迅速靠了过去。丹青山见状起身相迎，跟云霄宗掌门说了几句场面话，虚虚实实地扯了一番，将他们如何过来的一句话带过了。

云霄宗修士死伤不少，弟子情绪不高，也没跟丹鹤门弟子靠得太近，在距离丹鹤门十丈远的位置打坐调息，然而紫星酷热难耐，他们有不少受了伤的没一会儿就热得满头大汗，反观丹鹤门弟子都没什么反应，终于，有人忍不住问道："莫非丹鹤门的道友有能够与此地酷热抗衡的妙法？"

哪儿有什么妙法，就是觉得挨着古剑派的人就会凉快一些。

就见丹青山指了指周围那一圈缓缓融化的冰莲，并没有多说什么。

云霄宗其实也做了准备，但有几位长老陨落了，这个时候布置起来要慢了一些，等到他们阵法布好，大家也就没了声息，继续养精蓄锐，等待其他宗门到来。

头顶上，星辰缓缓移动，待到七星连成一线时，秘境才会正式开启。

此时入口处灵气波动极大，一条布满青苔的小路时隐时现。

有心急的弟子想要趁着小路显现之时抓住机会冲进去，但刚有动作，便被门中长老阻止："星轨还没稳定，不得轻举妄动，当年刚发现这古秘境的时候，咱宗门派了很多人过来，有人在看到小路后直接强闯，后来尸体都找不回来！"

"回风剑李早，记得吗？他就折在了这儿。"

苏竹漪虽然被很多修士围在中间，但大家都没有紧紧挨着她，距离她其实还有五尺远。丹如云他们原本是挨着的，结果久了就觉得阴森森的，好似凉气从地底冒出来了一样，于是大家不由自主地往外稍稍靠了一些。也就是说，现在的苏竹漪距离他们都有一段距离，她坐姿有点奇怪，身后插着一柄剑，而剑身幻化为松树，此刻她就那么靠在松树上。

有认识的知道，这是她从剑冢里拿出来的仙剑——松风剑。

云霄宗弟子的到来并没有引起苏竹漪的关注，她都没有看那边一眼。此时

的苏竹漪仰头看向天空，她脖颈纤长，莹白如玉，夜色也难掩其光华。她看起来是靠着剑的，实际上是靠在秦江澜背上的，这会儿仰着脖颈，头就枕在他肩上。

他身上凉凉的，苏竹漪都不需要灵气屏障，也能保持周身清凉。

"秦江澜。"她微微一动，后背轻蹭了一下，"天上的星星好亮。"

她也曾坐在望天树上的木屋边看星空，那时候的星星跟现在差不多，都这么亮这么近，好似伸手就能摘下来。

她曾经也喊过秦江澜一起看星星，然而他没理过她。而现在，她居然背靠着他，在这里看星空。

"嗯。"秦江澜没有回头，但她那修长的颈子，她的体温，还有她的发丝，无一处不撩动他的心弦。

秦江澜身上是冰凉凉的，但此时的他莫名觉得有点热。

不是身上，而是心头，紫星的酷热没影响到他的身体，反而犹如一把火，烧在了他心上。

他的手伸到地上，猛地抓了一把沙子。

沙子从指缝里漏出来，让他眉头蹙起。上次来的时候，他们的速度没有这么快，在秘境入口等了不到一刻钟，天上七星就连成了一线，随后他们就进入了秘境。

而现在，他们在秘境入口等了很久。

莫非这周围有古怪？有什么东西能勾起人内心深处的欲望，将其无限放大。

他想了想，轻声念起了静心咒。

神识扫到云霄宗那边的弟子，他发现那边弟子中有一些人有了情绪波动，反而是丹鹤门这边目前没有异常……

为何上次没有这样的异常反应？是因为当时待的时间短，还是说，那时候的他心中没有太大的执念和欲望？

扫了一眼正靠着他扬扬得意的苏竹漪，秦江澜忽然想知道，她到底有没有受到影响。

她现在心中的欲望是什么呢？称霸天下？

"苏竹漪。"他低低唤了一下她的名字，却没得到应答。

秦江澜猛地回头，就看见身后一片迷雾，刚刚还靠着他微笑的苏竹漪消失不见，不仅是她，聚集在秘境入口处的其他人也通通消失，而他竟然毫无所觉！

小骷髅在一旁哇哇大叫："人呢，人呢，怎么都不见啦？"

194

迷雾内一片死寂。

秦江澜与小骷髅走了许久，终于听到了窸窸窣窣的声音，他循声望去，就看到一个年轻男子站在河道边，正用剑有一下没一下地拍打水面。

他注意到那年轻人穿的是云霄宗弟子服，只不过服饰的样式老旧，且袖口不是现今的云纹，而是树纹。

飞剑击打水面，每一次都会发出呼呼的风声，水面明显可见数道风刃回旋……

看到这些风刃，秦江澜想起了一个人，一个早已陨落的人。

回风剑李早。

李早也是个天才剑修，年少成名，自创回风剑诀，那剑诀现在都还放在云霄宗剑阁里，供外门弟子研修。

河道边，挥剑的李早突然转过头，他看到秦江澜后，先是一愣，接着脸上扬起一个大大的笑容："天，我可算见着人了！"

李早几步冲到秦江澜面前："你也是这次来古秘境探索的弟子吗？我怎么没见过你？其他人去哪儿了？"

小骷髅轻轻钩了一下秦江澜的手："小叔叔……"

面前这人看着有点奇怪，怎么跟流光镜真灵界里的人气息相近呢？

秦江澜看着面前一脸焦虑的李早，问："你拿到了什么？"

李早一愣，随后面露不悦："与你何干！"他将手中回风剑横在身前："这秘境内机缘无数，想要什么，自己去寻，若想不劳而获，那我就要替你的师门好好教训教训你了！"

在说到机缘无数时，李早脸上不由自主地露出笑容，就好似他在秘境内斩获了无数大机缘，已让他发自内心地感到满足。

秦江澜大致明白了，秘境入口处，欲望被勾起不是错觉。

其他人很可能被什么东西给拖入了幻境，以欲望为诱饵，让大家沉沦其中，迷失自我。

眼前的李早以为自己跟同门只分开了几天，殊不知，他已脱离了队伍数百年。

一旦他意识到真相，会发生什么？

秦江澜急着找苏竹漪，他直接道："云霄宗松风剑秦江澜，请赐教！"

李早嘀咕："宗门何时出了个松风剑？我怎么不知道？"虽心中怀疑，但李早仍抱了下拳，本想让这无名之辈三招，哪儿晓得对方一出剑，李早顿觉难

以招架，只一个回合就被剑气逼退，他一脸骇然："你……你这么厉害的剑法，我为何从未听过你的名号？"

秦江澜："因为我比你晚出生四百年。"

李早面上一哂："骗人也……"他想说自个儿都还没四百岁，只是话未出口，嗓子眼却突然发痒，喉咙里发出奇异的声音，犹如蝉鸣一般。

"我……我……"他痛苦地抠着嗓子眼，很快就呕出一大团血块。

李早用尽最后的力气出剑，将喉咙割开，硬生生剖出了一个蚕蜕："光……光阴蚕！"

光阴蚕是一种寿命极短的灵兽，可以通过吞噬其他生命的寿命来延长自身的寿数，它制造幻境让人沉溺其中，让人感受不到岁月流逝，然后时间就被它一点一点地吞噬了。

他的寿命已经喂饱了那只蚕。

李早的声音时断时续，他把染血的蚕蜕往秦江澜手里塞："它……它会挑新鲜的身体，然后取代那个人。被它寄生过的都会成为它的傀儡。去……去救其他人……用这个……可以……感应到它的位置。"

秦江澜点点头，将蚕蜕握在手中。

李早脸上露出笑容，身体瞬间化作了一具枯骨，倒地的一刹那，枯骨又成了一抔灰。

流光镜未能收到他的残魂，这说明他已经彻底消散于天地间。

他的寿元、神魂力量已被光阴蚕吞噬干净，支撑他一直未倒下的便是找到同门一起返回宗门这个念头。现在，一切都随着真相被揭开而烟消云散了。

秦江澜直接卷起回风剑插入地面，并在剑上刻下李早的名字，为其立了块碑。

接着，他神识注入蚕蜕，模糊地感应到了一个方向……

秦江澜："走！"

他下意识地觉得光阴蚕若要挑新鲜的身体，定会挑苏竹漪，只是等到了之后，发现光阴蚕找上的竟然是秦川，秦江澜一脸阴郁地盯着昏迷的秦川……

光阴蚕趴在秦川额头，正在往他脑子里钻！

透过光阴蚕蚕蜕，他甚至能看见秦川的幻境是什么！

秦川，他竟然在幻境里与苏竹漪成亲！

眼看两人即将拜天地，秦江澜直接一剑刺出，斩向了秦川额头上的蚕！

他没有直接杀死光阴蚕，而是用剑气将其封锁，暂时留了它一条命。

小骷髅："杀了蚕，其他昏迷的人都能醒过来了吧，为什么不杀呢？"小骷髅不杀生，可对这种坏东西，他没有半点好感。

秦江澜脸上露出笑容，他淡淡道："看看你小姐姐到底想要什么。"

小骷髅开心地笑了起来："对，小姐姐的幻境是什么，我也很想看啊！"

落雪峰上，苏竹漪手里端着一杯灵茶，她喝了一口茶润嗓子，继续讲她的苗蛊寨历险记，着重描述了自个儿伤得多重、被欺负得多惨。

"我用留影符记录下来了，还给段掌门发了一份，说好的为我做主呢？"

段掌门重重拍了下桌子："等你师兄回来，我们直接打上云霄宗，绑了花家父女，要他们血债血偿！"

青河点点头："嗯。"

洛樱："确实不可轻饶。"

一群人在那儿七嘴八舌地讨论要如何折磨花家父女，明明都是正道大能，口中说出来的话却比魔修还像魔修，好似各个都擅长剥皮拆骨、搜魂炼魂。

苏竹漪笑吟吟地看着他们争来争去，手却轻轻按上了胸口。

"秦老狗，你说这一切若是真的，该多好。"

那时候，落雪峰上还很热闹，而现在，段掌门陨落，师兄和师父都已入了镜中。

明知这是一场幻境，苏竹漪却不着急破开，这样的温馨场面，她想再看一会儿。

小骷髅眼眶里水汪汪的，他一脸委屈地说："没有我，小姐姐的幻境里没有我！"

扭头看了一眼小叔叔，瞧见他那张惨白的脸，小骷髅都不敢说话了。小叔叔的脸色好难看！难道是因为小姐姐的幻境里也没有他？

正想安慰几句，就发现幻境里出现了他和笑笑，小骷髅立刻破涕为笑："有了，有我了！"

只是身侧冷意更盛，小骷髅雀跃的心瞬间跌进了冰窟窿。

小叔叔的脸色好差，眼睛也变红了……

小姐姐的幻境里有这么多人，唯独没有小叔叔，他现在一定很难过。

红着眼的秦江澜手上用力，捏碎了那只光阴蚕。

光阴蚕碎，幻境随之破开。

苏竹漪抬头，就看到秦江澜面无表情地杵在自己跟前，她吓得心头一抖，一边拍胸口，一边道："吓死我了。"她伸出胳膊去揽秦江澜的脖子："我刚遇到幻境了，你猜我看到了什么？"

她凑过去，在他耳边吐气如兰："我看到我们在望天树上耳鬓厮磨。"

秦江澜心如刀割，拳头骤然捏紧。

原来，这世间最痛苦的不是肉身被摧毁、元神被崩碎，而是……

她不爱我。

因为有秦江澜这个逆天的存在，光阴蚕被轻松解决掉，其他弟子都没受太大的伤，最多身子虚了点，很快就能补回来。

没多久，头顶上七星连成一线，秘境的入口终于露出了一角。

"别抢这一时半会儿！"云霄宗长老扯着嗓子喊，结果话音刚落，就听到大家喊："进去了，有人进去了！"

进去的是秦江澜和苏竹漪。

秦江澜一直抓着苏竹漪的手。

他身上挺冷的，与她接触的掌心却是热的，像施展了法诀，把自己的手变热了一样。等到进入秘境之后，秦江澜现出了身形，他不想在其他宗门的人面前露面，所以和小骷髅一起隐匿了周身气息，但现在进入秘境了，他就不再隐匿身形，而他一现出身形，小骷髅也跟着冒了出来，他们一左一右站在苏竹漪旁边，都牵着她的手。

易涟三人进来就看到三个人手拉手的画面。

乍一看，还挺温馨。

只是左边是个骷髅，右边死气沉沉，看着叫人莫名心悸，心跳都变得有些快了。

易涟低低咳嗽一声："大家都没事就好。"他说完走上前去，打算在入口等等，毕竟古剑派没地图，也不知道里头到底有些什么，贸然去闯并不妥当，哪儿晓得在旁边站了一会儿，丝毫不见人接着进来，他想了想："难道丹鹤门他们还在等其他两个宗门？"

"没有，我们进来的时候，星轨还没有完全连成一线。"秦江澜道，"这里并不是秘境的真正入口，所以你在这里等不到他们。"

虽然有偏差，但也不会差太远。因为掌控了流光镜，秦江澜的记忆变得十分清楚，哪怕他一时有想不起来的，通过流光镜，他也能回忆起来。

这里距离秘境入口不远。他上一次还路过这里，前面那个很大的脚印形状的深坑，就是最明显的证据，跟他记忆里的画面能够完全重合。

"古秘境里相当于一个小世界。"

秦江澜转身，看着易涟道："这里也有很多生灵、法宝，并非远古大能留下的仙灵洞府，而是一个真正的小天地。这里在七星连珠的时候跟我们所在的天地交会，以秘境入口为交点，但交会过后就会逐渐远离，像两条逐渐靠近的线，会合后又分开，在拉远了一段距离后，我们就会直接被剥离出去，不需要去找出口。"

在秦江澜说话的时候，苏竹漪左手拿松风剑，右手拿断剑，将两柄剑交叉，转了一圈。

本来梅如画一时没反应过来，看到苏竹漪的动作后便明白了，她问："那分离多远，我们这样的外来者才会被主动驱离呢？"

"这说不准，应该是五年到十年的时间。"

将古秘境简要介绍了一下，秦江澜取出一张地图交给了易涟："我们要去一个地方找东西，那边没有什么灵物法宝，你们跟过去只是浪费时间，就此分道扬镳吧。"

"这……"易涟有些犹豫。

"我会负责她的安全。"

小骷髅在一旁接着道："我也会保护好小姐姐的。"

易涟颔首，笑了："嗯，那就在此分路，预祝你们如愿以偿。"说话的时候，肩头上那只金丝雀的眼珠子滴溜溜地转，时不时扫一眼秦江澜抓着苏竹漪的手，张开嘴嘿嘿地笑。

秦江澜点点头，召出松风剑，与苏竹漪坐于飞剑上，朝远方飞遁而去。

秘境外是沙漠，这里却是群山连绵，青天白云，地面有很多大大小小的湖泊，看着像一面面翠绿的镜子似的，他们从高空飞过，在水面上留下一道又一道剪影。

苏竹漪倒是不怎么担心自己的安全，想当年秦江澜就进来过，那时候的秦江澜能有多厉害，最强不过元婴期，在这里都能活下来，现在他都这么厉害了，还有小骷髅在，她从来没有哪一次秘境探险这么轻松惬意过，就好似进来

游山玩水一般。

然而飞了没一会儿，苏竹漪忽然觉得剑身轻颤，她的神识没感觉到任何异常，正欲出声询问，忽然被秦江澜捂住了嘴。

苏竹漪见他神情凝重，小骷髅也战战兢兢的，乖乖闭上嘴，屏息凝神，没有发出任何声音，片刻之后，她露在外头的眼睛倏地瞪圆。一个身材高大宛如一座山丘的巨人手持一把斧头从远方走来，他的身高有几十丈，头发梳了根辫子绕在脖子上，除此以外，上半身便再无任何遮挡，下半身则裹着一条兽皮裙，那兽皮看着十分完整，想来是从一只巨大的灵兽身上扒下来的。那握着巨斧的巨人走过，一路地动山摇，在地面上踩出一个接一个的大坑，苏竹漪此时才明白，之前那么多湖泊到底是从何而来的了。

分明是巨人的脚印接满了雨水形成的。

巨人高大，走路的速度虽然不快，但迈一步却是很远的一段距离，就见那个巨人渐渐远离，直到许久之后，他才彻底消失不见。苏竹漪修为最弱，她对自己神识的判断有些不相信，所以等到小骷髅不抖了，不害怕了，她才觉得安心。于是她眼珠一转，伸出舌头，在秦江澜掌心上轻轻一舔。

"明明一个噤声咒就可以解决的事。"她笑眯眯地道，"怎么就动了手呢？"舌尖在他掌心里画圈，苏竹漪冲秦江澜眨了眨眼，就见他松了手，随后掏出块帕子……

上辈子，秦江澜也喜欢随身带帕子的，却见他没有用帕子擦手，反而又把帕子放了回去，接着，他捉了苏竹漪的袖子，轻轻擦了两下掌心。

"你……"

"这里是远古秘境，据说那巨人是盘古后人。"他神情自然地说着话，好似刚刚在她袖子上擦手的不是他一样。

"这种巨人数量很少，整片天地只有一两个，被这里的生灵奉为神灵，很少出现，实力强得可怕。"秦江澜继续道，"我在这秘境里待过几年，大致对这里有个了解，以我们现在的实力，只要避开这巨人，在这里头不会遇到多大危险。他不会主动攻击我们。"

曾经秦江澜也遇到过巨人路过，当时他的实力比现在弱一些，他屏息凝神地站在那里，目送巨人远去，也没见巨人主动出手。

这样的巨人根本注意不到他们这些渺小的生灵，就好像我们平时走在路上很少去看地上是否有蚂蚁一样。

苏竹漪点点头，她觉得，有秦江澜在身边就特别安全。

就好似六百年前的时候，他守在她身边，救回了她的命，她虽然烦他不给她自由，却也一直都明白，待在秦江澜身边，她才有绝对的安全。早些年提心吊胆，随时都可能送命的生活远离了她，而她成名之后，并非事事顺心，也曾落入险境，只有待在他身边的时候，才能够安安稳稳地睡觉，不担心周围会有凶猛的灵兽，不担心会有人偷袭。

"他好高啊……"小骷髅还在震惊中，他呆呆地问，"小姐姐，我有他的脚趾高吗？"

苏竹漪："……"

三人原本坐在松风剑上，小骷髅拿了个风筝出来放，苏竹漪则打坐调息，又往前飞了一段距离，忽然听到身后有轰隆隆的声音传来。

秦江澜脸色骤变："那巨人回来了。"

他抬手施展隐匿法术，苏竹漪则立刻出手斩断了小骷髅的风筝线，断线的风筝越飞越远，那巨人看也没看，继续朝着苏竹漪他们的方向狂奔，眨眼就已经行至眼前。

小骷髅也反应极快，在他们身上罩了个灵气屏障，使得飞在空中的松风剑眨眼消失不见。

之前那巨人明明是慢腾腾走路的，现在为何会狂奔回来？他在大地上奔跑，每走一步都会踏出一个巨大的深坑，乱石泥土飞溅。苏竹漪有很多话想问，但她知道，现在不仅一丝声音都不能发出来，连神魂气息都不能泄露，她看到那巨人在前方不远处猛地停住，随后四处张望。

他在找什么？在找他们吗？

就在这时，苏竹漪感觉到秦江澜的手搭在了自己肩上。

那手很冷，冰冰凉凉的，有让人很不舒服的气息从他掌心透出，渐渐将她笼罩起来。就好像她的生命力被那死气所覆盖，她变得跟鬼物没有多大区别……

就在这时，那巨人深吸一口气，便有一股强大的吸力把周围的树木连根拔起，随后他皱眉大喝了一声，直接朝空中挥出了一斧头！

虽然秦江澜护住了他们，使得巨人无法发现他们的存在，然而那巨人在什么都没看到的情况下，直接斩出一斧头。

当年，盘古就是用手中巨斧开天辟地的。

现在，这一斧劈出，苏竹漪感觉到一股飓风袭来，将松风剑化成的小舟直

接打翻，紧接着，那巨人面上露出喜色，探手向虚空一抓。

秦江澜、苏竹漪、小骷髅被掀翻去了三个方向。而那巨人毫不犹豫地抓向了苏竹漪……

苏竹漪使出全力，刺出断剑，却犹如一根针轻轻刺了一下对方的掌心，连滴血珠都没出来，他抓住了苏竹漪……

"苏竹漪！"秦江澜稳住身形，他人剑合一，朝着巨人的手臂斩了过去。

"小姐姐！"

却见那巨人一甩手，像驱赶周围的苍蝇一般，将秦江澜直接给抽飞了。秦江澜嘴角溢血，而这时，巨人鼻子抽动，哈哈哈笑了三声："原来还有一个。"说罢，他直接出手，将秦江澜也捉到了手里。

他的笑声犹如雷声滚滚，将小骷髅的骨头都直接震断了几根，若不是被蚕蚕的丝线一层一层地裹着，小骷髅觉得自己的骨头都要散架了。

笑过之后，巨人大步流星地朝着反方向狂奔，他速度太快，让小骷髅都没有反应过来。

小骷髅愣愣地站在原地，片刻后，眼泪汹涌而出，险些将眼眶里的火苗浇灭了。

"还有，还有啊，还有我啊……"

还有一个呀！

他没哭多久，只是一瞬间，他就停止了哭泣，眸中火光暴涨。

小骷髅抹了眼泪，握着逐影剑，朝着巨人的方向追了过去。那巨人速度太快了，而且身上没什么气息可以捕捉，小骷髅只能跟着脚印去追，他越飞越快，身上的骨头掉落了好几根都浑然不觉，就这么朝着巨人脚印的方向一路往前追了过去。

苏竹漪本来很紧张，但她发现，那巨人并没有伤害她；抓住她的时候，手上并没有用力，反而小心翼翼地握着，拳头中间留了很大的空隙，像怕把她捏疼了一样。等到秦江澜也被抓了进来，苏竹漪立刻问："他好像并不想杀我们，那他现在是什么意思呢？"

"等等看。"巨人的手指犹如竖长的石碑，五根手指直接形成阵法牢笼，他们一时难以破开。

"以前没遇到过。"上辈子，他完全没遇到过这样的情况。

没过多久，秦江澜就发现巨人停了下来，紧接着，巨人摊开手掌，将手平举并往前伸出。

苏竹漪愣了，用手肘碰了一下身边的秦江澜："你不是说巨人数量稀少，整片天地只有一两个吗？这叫一两个？"

眼前，十几个巨人站在一起，高高低低，犹如群山连绵一般阻挡在前，而透过他们身体的缝隙，苏竹漪看到不远处有一片一望无际的海，海上好似漂着巨大的白莲。

巨人们叽里咕噜地交流，苏竹漪一句都听不懂。

下一刻，两根手指小心翼翼地伸过来，想要把她拈起来。苏竹漪死死地拽着秦江澜的手，不敢放开。

巨人小心翼翼地拨了两下，发现两个小人儿确实没法分开，于是，他皱了下眉头，将两个人一起抛到了水中。

那力道太大，任何灵气屏障在入水的一刹那都完全消失了，而在入水后，苏竹漪就发现自己身上出现了一个气泡。

她跟秦江澜明明十指紧扣，但在遇到水的一刹那，竟莫名其妙地分开了……

他们各自站在一个气泡之中，缓缓下沉。

"秦江澜……"她伸手想要去触摸旁边的人，却发现手指根本戳不破那层透明的气泡，而秦江澜脸色铁青，正不断地用剑去斩那气泡。

"秦江澜，你冷静一点。"苏竹漪沉下心来，她感受了一下四周，随后问，"你有没有觉得，这气泡里很舒服？"

明明是在气泡之中，周围的海水被隔绝在外，但苏竹漪觉得浑身都很舒服，像泡在灵泉当中，神识得到滋养，肉身得到锤炼……

像有液体在冲刷她的身体，涤荡她的元神。

只是瞬间，她的修为就提升了一层。

她回头，看到巨人们冲他们招手，脸上都带着笑，虽然听不懂他们的语言，但苏竹漪觉得，他们似乎在祝福，在祈祷。

苏竹漪觉得有些莫名其妙。

就在这时，秦江澜眸子中寒光闪现，他的手贴在气泡的透明结界上，距离苏竹漪很近，好似只有一步之遥。

"别怕。"他说，"我在流光镜里回溯岁月，看到了相同的场景，这是他们的转生池。"

确实不会有危险。跟修士一样，巨人陨落后，其元神也会消散在天地间，

但他们实力太强了，元神也太强大，所以一时不会彻底消散，于是这些活着的巨人就会出去寻找散落在天地间的元神气息，并将他们带回转生池内重获新生。

不知是何种原因，巨人把苏竹漪和秦江澜都当作同族溢散的元神了，所以便把他们抓过来转生了，这池水的确能够滋养他们的元神，也不会削弱他们的记忆，但他们会在池水中孕育新的身体，最终变成巨人一族，从水里头爬出来。

听到秦江澜的解释，苏竹漪先是一愣，随后道："那我现在的肉身怎么办？如果真的变成了巨人，会不会长得很丑？"

明明他俩都有肉身啊，怎么会被当作元神抓过来？

苏竹漪猛地想道："是因为流光镜吗？"

流光镜是远古时代最早出现的流沙河，传说中就是开天辟地的盘古血液所化，巨人又是盘古后人，所以曾经把流光镜一直藏在心口的苏竹漪和秦江澜都被当作他们的同族了，因为有同源气息，也正是这样，那巨人只抓了她和秦江澜，对小骷髅不管不顾。

苏竹漪顿时眸子一亮，她兴奋地拍着气泡，把手贴在了秦江澜手放着的地方，好似与他掌心相贴："把小骷髅丢进来的话，他是不是就能有肉身？"

"会吧。"脸上好似冰雪融化，笑容由心而生，仿佛在嘴边开出一朵暗香的花来。秦江澜同时想到，若是把这转生池收到流光镜里，流光镜里的轮回道应该会完善很多。

没想到，这一次古秘境之行还有如此机缘。当然，前提是他们能得到。

然而如何才能得到呢？

巨人的转生池不知从何而来，也不知道能否分出一部分融入流光镜。

这一切都得与巨人交流商议过后才有结果。只是现在，秦江澜不知道他们还得在这气泡里困多久。

那边苏竹漪也想到这个问题了，若是他们被困的时间太长了，小骷髅怎么办？

"小骷髅没被带过来，他会害怕吧？"

她以前对小骷髅不冷不热的，后来嘛，苏竹漪也没觉得与他有多深的感情，只是她下意识地觉得小骷髅应该会害怕，还有点担心。"他是鬼物，手上已经沾了人命，若是离了我们，在这古秘境里染了煞气，到时候可就……"

可现在他们也出不去，根本不知道如何是好。

他想了想，神识投入流光镜中，交代了青河布阵之法。

青河："……"

洛樱身子还很虚，刚刚睡着，此刻她听到秦江澜的话，猛地惊醒，随后点头答应下来，道："我们立刻去办，免得悟儿受到太大刺激。等他来了，你好好哄他。"

在师父面前，青河脸上一直挂着笑容，哪怕在流光镜里头也不例外，只不过如今的笑容倒是发自内心的，因为师父醒了，不仅醒了，精神也在缓缓恢复，而这里没有太多外人。

因为曾经失去过，那时候的痛苦点醒了他。他不想再静静看着，默默守着了。

他是个没经验的人，这时候也只是从细节处一点一点地改变，比如现在，他并不叫洛樱师父，而是叫她的名字。

师父这称呼让他觉得有很大的距离感。他执拗地叫她的名字，哪怕她一开始微微皱眉，如今也接受了。

"洛樱、洛樱……"他在心里轻柔地喊了这个名字千万遍。

洛樱一边说着话，一边站起身，都没要青河扶。她的脸色依旧很苍白，却比往日要好多了，现在也不是时刻都睡着，清醒的时候比睡着的时候多，偶尔会跟青河一起在真灵界走走看看。

如今的日子倒也安逸闲适，至少她知道自己身体的状况，她在缓缓恢复，她也知道，青河身上的煞气正逐渐变弱。进入了流光镜，在她苏醒之后，青河便将一切都坦白了。

现在的她什么都知道。

或许很久以后，他能与龙泉剑剥离开，龙泉剑会被毁灭，而她的胳膊也会长出来。

那一天一定会到来的。她对生活充满了期待，而这种雀跃的心情是她从前并不曾体会过的。

现在，她还会担心小骷髅，所以在听到秦江澜的话后直接站起来，还催促青河快一些，语气比以前急促多了，声音也不似从前那么平板。

青河点点头，把另外两个弟子叫过来，吩咐他们去找材料，随后便与洛樱一道忙活起来。

如今流光镜是秦江澜掌控的，秦江澜能够通过神识看到整个真灵界，于是哪里有需要的东西就能直观地看到，他们把阵法布置起来没有费多久工夫，等到阵法结成，几个人围了一圈，等待悟儿的到来。

悟儿跑得很快，但巨人跑得更快。他迈一步，能让小骷髅飞上一个时辰。

追得近了，到处都是大大小小的脚印，有的深，有的浅，小骷髅看得晕头转向，可他不能放弃，必须继续追。

有巨人把小叔叔和小姐姐抓走了，他要去救他们！

就在他摸不清方向的时候，忽觉前方有人，小骷髅认得他们的衣服，那是东浮上宗的人。他本来想冲过去找人帮忙的，可他也知道，东浮上宗的人跟古剑派的人不和，虽然小骷髅的真实年龄不大，可他感觉到东浮上宗的修士对他们不友善，之前还说风凉话，小骷髅在原地站了片刻，没上前，掉头往另外的方向走。

只是他跑得太累了，没隐藏自己的气息，手上还握着仙剑逐影，逐影虽然看着像没有剑身一样，但此刻因为他情绪有些激动，手中逐影发出了一道光华。于是他一动，就被东浮上宗的人发现了，其中一人看到他手中的仙剑，惊呼出声："那鬼物手中握的是仙剑？"

"剑短如匕，剑柄为棱形，剑身透明无形，难道……难道是传说中的逐影剑！"

东浮上宗虽不是纯粹的剑修门派，但里面也有用剑的修士，且不管是不是剑修，见了仙器都会眼睛发亮。

一个穿了衣服，戴了帽子，帽子底下却是一个骷髅头的鬼物，手握着一柄仙剑！没想到，刚刚进入古秘境不久，他们就能撞上如此机缘。

东浮上宗此次损失不小，进到秘境之中的门中修士已经死伤过半，然而如今见到仙剑，众多修士又振奋起来，纷纷冲了上来，欲斩杀鬼物，夺取仙剑。

几个元婴期长老眼神交会，随后身形一闪，移至小骷髅周围，将他封锁在其中，一人手中出现一张金色大网，冲着小骷髅兜头罩下。

小骷髅为了救小姐姐和小叔叔，很节省灵气，因为他知道，若当真找到了那巨人，肯定有一场恶战。所以他现在没给自己罩灵气屏障。

那大网将他兜住，他看到有人打出一张符，那符咒落在他身上，烧得他身上起了火星子。

"蚕丝！他骨头上缠的是蚕丝！"

"当心，别把蚕丝弄坏了，直接攻击他的头部！"

也有一人站在后头小声道："那个鬼物身上气息好似挺干净的。"

然而她的声音被淹没在了人群里。

小骷髅站在原地，他之前被巨人震伤了，因为不停歇地跑，骨头断了几根都没顾上，他心里头又慌又害怕，害怕小姐姐和小叔叔被巨人伤害，也害怕自己孤单一个人。

现在，这群人无缘无故地就攻击他，他很难过，也很愤怒。

眼眶里的火苗陡然变成了深绿色，那两簇火苗就像是坟头的磷火，让东浮上宗的修士有了一丝心悸。

"这鬼物……这鬼物现在才生煞？"

"快，阻止他！"

大量攻击落在了小骷髅身上。他其实不算很疼，但是，他很伤心，很生气。

他可以用灵气挡住那些攻击，也可以躲开跑掉。可他此时愤怒地举起了逐影剑，他一剑劈开了那金色大网，随后斩向了执网人。

惊鸿剑光好似要撕裂苍穹，逐影剑无影无形，却带来了一阵阴凉的风。

手里握着金丝网的东浮上宗修士法宝被毁，神魂一震，倒退了几步，而下一刻，他感觉到眉心一凉，剑光未至，他却浑身僵硬，动弹不得。

双目瞪圆，下一刻，他就会被劈成两半。

死亡的阴云笼罩于头顶，明明拔剑出剑只是一瞬间，他却觉得无比漫长，仿佛经历了整个人生。

要死了吗？

那两簇幽幽绿火，那个凶残的鬼物，手握长剑，要收割他们的性命。

时间静止，无人救得了他。

他拼死催动法宝阻拦，却听得咔嚓一声，他最得意的本命法宝轻飘飘地粉碎，下一个碎的就是他自己了。恐惧布满全身，他想求救，喉咙里却发不出一丝声音。

然而就在这千钧一发之际，他看到那鬼物的身体渐渐消失，不仅是身体，连同逐影剑也一并消失，那剑气在空中一滞，落到他身上之时卸去了大半的力道，即便如此，那剑气也从他额头上破开，在他脸上留下了一道狰狞的伤口。

"啊！"一声惨叫过后，他大口大口地喘气，只觉得浑身都是汗，整个人

像是从水里捞出来的一样。

"明长老!"

"我没事。"他咬牙忍着疼，用灵气艰难地止血，压低声音道，"那鬼物使的是天璇九剑。"

"鬼物与古剑派有关系？"

第八章

脱胎换骨

小骷髅再次出现在了真灵界的阵法当中。只不过这一次，召唤他的是青河。

他跌坐在阵中，身上的煞气还没消散，看到青河，眼睛里依旧闪着幽幽绿火，神志还有点不清楚，怎么……怎么突然就换地方了？他要杀掉那些人，杀，杀，杀了他们！

小骷髅站起来冲向青河，结果被青河直接一把拎起来，提到空中，眼睛与他对视。

"怎么了？"青河板着脸，沉声问。

他身上没有以前那么多黑气了，但小骷髅一直都挺怕青河的，此番见了青河，好似缓过神来，战战兢兢地缩在那里，心头的怒火都减弱了一些。

他真的很怕青河，特别是在做错了事的时候。身子一转，看到身边的洛樱，小骷髅立刻哭了："大姐姐，小姐姐和小叔叔被巨人抓走了，我想救他们。"

"没事，你小叔叔没事。"看到小骷髅哭成这样，洛樱忽然觉得心中不忍。

"真的没事吗？"

"嗯，他们都没事，还是你小叔叔教我们方法，这才找到你的。"洛樱语气温和地道。

她有些难过，想出言安慰他，哄他开心。

她不会哄人，这会儿手腕一翻，掌心飘起几朵雪花，又有一枝梅花在指尖绽开，接着，还有蝴蝶绕着花瓣翩翩起舞，这只是简单的障眼法术，但洛樱的

身体还没恢复，在青河看来，她灵气能少用就少用。

看到大姐姐手里的花和蝴蝶，小骷髅的情绪稳定了一些，得知了小叔叔和小姐姐没事，他才开始继续告状："东浮上宗的修士要杀我，他们……他们用网抓我，还用火烧我……"

看到小骷髅衣服上被火烧出来的小窟窿，青河本来是打算制止洛樱施展灵气哄他的，现在说不出口了。

他的右手依旧提着小骷髅，左手手掌摊开，掌心上也开了朵花。

只可惜那花冒着黑气，又叫小骷髅身子一抖。

洛樱瞥了青河一眼，伸手要去抱小骷髅，虽然她只有一只手，但是抱小骷髅却不会觉得累，然而青河直接往一侧挪开："他身上有煞气，你别跟他接触。"

洛樱定定地看着青河："你身上也有煞气。"

青河脸上笑容一滞："等他煞气除尽了，我再把他带过来给你抱。"

青河原来很听洛樱的话，不管她说什么，他都不会拒绝。而现在，洛樱看到笑容凝固、转身就走的青河，心中有些不舒服。

此时的她还未理解那情绪究竟为何，又从何而来。

青河转身走了两步，心想："等我煞气除尽了，也给你抱？"好想把心里话说出口，然而……

还得慢慢来，憋得有点辛苦。

青河面无表情地把小骷髅拎到了除煞气的池子里。

小骷髅登时直蹬腿："这是要做什么，我怕。"

青河皱眉，他与小骷髅对视良久，最后冷冰冰地道："不怕，我陪你下去。"

小骷髅内心是惊恐的。"你陪我，我更怕啊……"

小骷髅其实也喜欢青河，但是喜欢跟害怕同时出现，这样并不冲突吧？

得知小骷髅已经安全地进入流光镜，秦江澜放下心了。他给苏竹漪说了一下，让苏竹漪也放心。

苏竹漪点点头，没再说话。他跟苏竹漪的气泡隔得很近，然而逐渐沉底之后，气泡渐渐分开，两个人看似叠在一起的手也逐渐远离。

那边，苏竹漪终于松了手，盘膝坐在气泡中开始吸收灵气。

他的手则一直贴在气泡上，久久不曾放开。

他不知道自己究竟站了多久。他只是发现，盘膝而坐的苏竹漪忽然歪倒，斜斜靠着，睡得很香，嘴角还噙着一抹浅笑，像正在做一个美梦。

她梦到什么了呢？

池底黑暗，没有一丝光线。

秦江澜意识渐沉，温暖的灵泉冲刷着他的身体，让他逐渐放松，身子不由自主地倒下，眼睛闭上，仿佛也陷入了一个甜美的梦。

气泡是软的，比苏竹漪睡过的任何床都要柔软舒适。

她像是躺在温暖的水中，水一波一波地漫上来，轻轻冲刷她的身体，用很温柔的方式锤炼她的肉身。

她还做了个梦。

是梦也不是梦。

她觉得又经历了一遍自己的人生，重生之前，重生以后……好在她只是个旁观者，站在一旁静静看着，并没有受到那梦境的影响，还能在一旁嘀咕："我小时候这么丑？"

"怎么又差点死了。"

"原来第一次杀人的时候我也很害怕啊，眼睛里倒是有凶光，手脚都在发抖。"

"灭了苏家满门？咦，这小姑娘长得还不错……"她那人渣父亲真是长得俊，难怪一个普通凡人能迷住她娘，后来，又迷住了一个炼丹师的女儿。苏竹漪很厌恶他，但此时却觉得那些仇恨已经淡了，她甚至想，这人渣倒也有些可取之处，她那人人羡慕的好皮相，说到底跟他有几分关系。

"哟，这人还捅过我一刀！我居然都忘了报仇。"小女孩在挣扎，疼得满头大汗，她站在旁边看，心头没有太大波澜。

"哦，不是忘了，是他死在别人手里了。"

"我还真杀了这么多狗？"以前屠狗的时候不觉得有啥问题，现在自然也不会惭愧，只是莫名有点尴尬，"狗见愁"这外号可不美。

时光匆匆流逝，她遍体鳞伤，濒临死亡。眼睛即将完全闭上，意识即将永沉黑暗的一瞬间，她眼前有了一道绿光，那时候她其实已经没意识了，而如今，她知道，是秦江澜来了。

望天树上的六百年，每一天都过得极其无聊。可梦境之中，这段岁月却让旁观的她会心一笑。

"啧啧，光溜溜的两个人一起落到树下，亏得他还是正道大能！"

重新回到小时候，经历过的事情显现在眼前，苏竹漪笑呵呵地看着，她发现，重回这一次，她的生活变得丰富多彩，也认识了更多人。

跟上辈子不同，上辈子，她幼时被村子里的人欺负，稍大一些又进了血罗门，而血罗门充满了血腥，以至于她上辈子走的那条路上充满荆棘，前期遇到的也都是同一类型的恶人……

她逐渐长大，拜洛樱为师，入古剑派。

她前往南疆，一路行侠仗义，为秦江澜传播侠名。

她回到古剑派，遭遇重创，她身上的虫卵被催发长大，情蛊侵入她的身体，而她表情痛苦，一遍又一遍地喊秦江澜的名字。

那声音凄厉，撕心裂肺。

苏竹漪乐呵呵地看着回忆，而这一刻，她虽然体会不到那时候的痛苦，体会不到那样的感情，但她被自己的神情所触动，被自己沙哑的声音所震惊。

她看着自己在那儿哭，觉得有些不可思议。

原来……真的有情蛊啊。

巨人族的转生池能让人的人生再现，这样的力量是区区情蛊无法抗衡的，只不过苏竹漪其实是相信自己中了情蛊的，毕竟她很信任秦江澜，秦江澜说的话，她觉得可信度很高。秦江澜没道理编出个情蛊来骗她，而她也知道，中了情蛊的人会缺失中蛊的记忆，其他的都完全正常，记忆存在，唯独少了感情，缺了爱。

但她原本觉得无所谓，中情蛊就中情蛊呗，没多大事，不爱就不爱了，不爱才正常，反正她只爱自己。

她一直是这么告诉自己的。她觉得在这方面，她有着最可怕的坚持，永远都不会改变，然而，在这回忆之中，她所看到的苏竹漪却是这个样子的。

情蛊出现，她因为无力反抗而惊恐痛苦，一遍又一遍地喊秦江澜的名字，嘴角溢血，泪流满面。

这该有多爱啊？她想，这该有多爱呢。

这是她吗？她都觉得看起来不像了。苏竹漪明明在梦中，但她依旧下意识地轻轻按着胸口，只觉得那里空落落的，好似失去了很多东西。

情蛊是真的。

爱也是真的。

苗麝十七修为不低，元婴期肯定有的，他养的情蛊也厉害，苏竹漪如今是金丹后期，她心中暗想，等到她突破元婴期，那情蛊估计就控制不住她了，哪怕苗麝十七出现在她眼前，催动情蛊也影响不了她的神志，她不会痴恋上苗麝十七。

等修为再精进一些，解除情蛊也不是难事。

只是，她有点害怕那样的自己。她看了自己的一生，受苦受难的时候很多，命悬一线的时候也不少，可她不曾那么痛苦过，那么撕心裂肺地哭喊过，好似心都碎了，嗓子里咳出血来，只是一个情蛊，就让曾经不管遇到什么困境都能冷静应对的她失去了自制力。

变得像个傻子一样。

很难想象，自己会真的爱上秦江澜，还爱得那么深。那样的话，她岂不是有了弱点？

堂堂噬心妖女苏竹漪会把一颗心丢在一个曾经的仇人身上？

她睡得稍稍不安稳了一些，然而她的人生依旧在往前走，不多时，她看到自己入了古秘境，被巨人抓住，放进了转生池……

周围有了淡淡的柔和的光晕。

苏竹漪睁开眼，她发现周围的气泡不见了，自己被什么东西包裹住，用手一摸，有些软软的，还有很淡的清香。神识一扫，苏竹漪愣了，她居然在莲花当中？

她在莲花的花苞当中，花瓣一层一层地包裹着她，她用手去推，只觉得有些费力。

就在这时，她听到外头有声音响起："咦，怎么会有这么小的转生莲？"

那声音很大，轰隆隆的，像打雷一样，苏竹漪立刻明白，是外头的巨人在说话。只是，她在转生池里泡了一圈，居然能听懂巨人的话了？

"才一年就结出花苞的转生莲……"这次说话的人声音要柔和一些，没有那么震耳欲聋了，却也好似簌簌风声呼啸。

"好弱啊，会不会……会不会连转生莲都推不开？"之前那人叹气，"每一次转生都会有部分元神溢散在天地间，每一次转生都会比从前虚弱，每一次都会有族人永远无法再醒来，我们……"

他们曾想过很多办法，但陨落后元神消失在天地间是天命，而他们的元神又太强，压根没办法封印起来，最重要的是，封印了的元神没办法进入转生池。

按理说，他们这样的转生巨人在天地间生存了千万年，应该十分强大睿智

才对。

然而每一次转生都会有部分元神消散，记忆缺失，又活了太久，他们的记忆有些错乱，以至于这些剩下的巨人实力虽然比其他生灵要强大，但他们已经不是睿智的长者了，反而有些呆。

"推不开的话，就会真的陨落了吧。我们……我们只有这么十几个了。"

天地间的生灵都能繁殖，可是他们不能。

他们没办法孕育后代，这是天道所限，每一种生灵在天道之中都有其特定的生命特征和习性。

那些渺小的生灵通过大量繁殖而保持种族不灭。

那些强大的生灵要繁育大都艰难得多。

有的生命很长，不用修炼也能活几百上千年，有个巨人还养了一只千年老王八呢。

有的生命却活不过一天，朝生暮死。

有的花只能开一瞬，昙花一现。

有的却能万年常青。

这些都是天命。

而巨人不能繁育，只能依靠转生池，现在他们一共还有十一个族人。好不容易感应到两个同源气息，却一年就长出了转生莲花苞，还这么小……

脖子上缠着辫子的巨人就是发现他们的那个，他叫盘四季，这会儿正颤巍巍地伸出手，用巴掌比着那个花苞道："还没有我的巴掌大。"

他用手指小心翼翼地碰了一下花苞，压低声音道："你一定要醒过来，你一定要推开花瓣，你一定要走出来。"

他虽然是小声念叨，但那声音对苏竹漪来说依旧震耳欲聋，她脑子里嗡嗡作响，识海翻起波浪。

不过此时苏竹漪也意识到，她的元神封印完全解开了，修为也增强了，距离元婴期只有一步之遥，等她顺利渡劫，就能突破，成为元婴期修士了。

这么年轻的元婴期修士，她算是修真界第一个三十年内结婴的修士了吧？

不对，她燃了五百年寿元……

也不对，她在转生池里滚了一圈，身体虽然没有变回婴儿，但肉身却变得强悍了许多，她的寿元竟然就这么恢复了？

苏竹漪震惊之余，忽然觉得有点气闷。

她现在就像是在蛋壳当中，只有破壳而出，她才能获得新生，若是破不开的话，会陨落在这莲花花苞里。想到这一点，苏竹漪登时有了紧迫感，她想起外头巨人说的话，要推开这莲花花瓣！

苏竹漪用手去推，莲花花瓣毫无反应。

"使劲，用力，力气太小了，这怎么行，咬牙推！"

"你是谁啊，变得这么弱，是不是连自己是谁都不记得了？我跟你说啊，你必须推开莲花花瓣出来，若是出不来，你就再也看不到蓝天白云了……"

那声音轰隆隆的，让苏竹漪的头更痛了。

"别吵。"她忍不住吼了一声。

然而外头那人依旧喋喋不休，唠叨个没完。

苏竹漪："……"

她若真没出去，就是被这啰唆的巨人给念叨死的。

就在这时，又一人道："四季，你别吵，她现在这么弱，神魂都受不住你那声音。"

"哦，哦。"

外界再无声息，苏竹漪深吸一口气，继续推动莲花花瓣。那花瓣是软的，她手上用劲，花瓣就往外凸出一些，却完全没办法破开，烈焰掌打出去，依然没有任何效果。

苏竹漪尝试了很多办法，依旧推不动，而她觉得自己的呼吸声越来越重，好似手脚都有些软绵绵的了。

现在怎么办？用手推不动……

苏竹漪想到了剑祖宗，想起了在南疆时遇到的剑道考验。那时候她斩不断的是柔软的绿竹，现在，她推不开的是柔软的花瓣……

她手一扬，唤出了断剑。

柔可克刚，刚可制柔。只要她的剑足够快，她的剑势足够强。

在南疆竹林，苏竹漪为了破剑阵，练了唯一的一剑。

她的那一剑没有任何虚招，直直刺出，力达剑尖，手臂与剑成一条直线，将身体的潜能和一往无前的气势融入剑中，披荆斩棘，一往无前。

那一剑，她练了千万遍，为了那一剑，她曾遍体鳞伤，被绿竹时刻鞭打。而现在，苏竹漪在莲花花瓣里，将灵气运转到极致，手腕用力，人和剑一同刺出，此时的她就好似一柄剑。

苏竹漪的修为精进了，肉身也变得更强了，一剑刺出，威力更胜从前，只

是，那莲花花瓣比绿竹更强，这一剑刺出，在花瓣上顶出了个剑尖，却没有刺破莲花花瓣。

只是这一次，她倒是心中有数，不曾惊慌。

斩断绿竹，即能破阵。

斩断莲花，便是新生。

而现在，她就要新生。这一次新生后，她就有巨人做靠山了。

巨人是盘古后裔，实力强悍。

她趁早出去，就能把东浮上宗的修士和云霄宗的那个花长老给灭了，苏竹漪有仇报仇，有怨报怨，她在转生池里看了往事，对于上辈子的事情，她在感情上的确已经淡了，但重生回来的那二十来年的光阴却格外清晰鲜明。

苏竹漪还记着仇，此前是因为实力稍有不足，事情太多，以至于她没办法去找机会报仇，如今她的修为已经提升至金丹期大圆满，且出去之后跟巨人的关系不会差，能有巨人帮忙的话，她在这里头就没敌手了，想寻宝也方便，这么好的局面，她怎么可能放弃。

此次破莲而出，她必能将仇敌尽数斩于秘境。

此次破莲而出，要不了多久，她就能突破元婴期，再不受情蛊控制。

此次破莲而出，连小骷髅都很有可能长出肉来，那样的话，小骷髅的宝葫芦和里头的石莲台都能为她所用。

此次破莲而出，她还能再见秦江澜。

虽然心里空了，但苏竹漪如今明白，她曾爱过他。若不是情蛊，她还在爱他。

所以……她要破莲而出！

天刚破晓，一轮红日跃出山涧。

她好似看到外面的阳光洒落在花瓣上，从那洁白的花瓣外透过来，让她头顶的花瓣显得晶莹剔透，宛若水晶。

苏竹漪眼神一凛，她再次出剑。

不折。

不屈。

不放弃。

在飞剑刺出的一刹那，断剑剑光暴涨，本来只有很短一截的剑身猛地变成了完整的一截，与此同时，这段时间再也没有发出过任何声音的剑祖宗发出了一声剑啸。

剑势如疾风，剑啸如雷鸣。

而那剑啸声中，苏竹漪还听到了一声熟悉的冷哼。

断剑："哼，最近有勤加练习，继续保持。这一剑勉强发挥出我原本实力的百分之一。"它说完后，又轻哼了一声。

剑祖宗很锋利，只是她原本太弱，不足以发挥出它的实力，而现在，那道青光将花瓣刺破，划出一道缝隙，她穿过缝隙，剑势不减，身子也往外射出，却并没有跌入池中。

"出来了，出来了，我看到头了。"盘四季一直屏息凝神，紧张得不敢说话，现在看到里头的人破莲而出转生成功，他终于忍不住开了口。而他的手还放在莲花边，刺破莲花花瓣的剑气在他掌心划出了一道口子，然而即便掌心被划破，溢出一丝鲜血，盘四季也没松开手，反而轻轻吹了口气，用灵气轻抚转生的新朋友，压低声音道："你好，你是谁转生的，还记得自己的名字吗？"

苏竹漪施展出那一剑，体内灵气已经消耗干净了，她站在原地，站在巨人手掌心，听到巨人的问话，苏竹漪眉头微皱，道："不记得了。"

之前巨人们在外头说的话她都听到了，这会儿，苏竹漪不知道该如何回答，索性当作什么都不知道。她心头有点忐忑，脸上却镇定得很，就听那巨人继续说："忘了？"

"这么弱，忘记也正常，既然你忘了，我们就叫你小忘好不好？"手掌托举起来，他把手放在自己胸膛的位置，苏竹漪都听到了对方怦怦的心跳声。看到他胸膛起伏，乍一看像是波浪一样。

"小忘，小忘，汪汪汪……"

苏竹漪："……"

她一脸无语地在巨人掌心站稳后，问："跟我一起来的那个人呢，他的莲花在哪儿？"

"他比你强，莲花花苞从水里出来的时间肯定会久一点。"一个红发巨人道。

"你怎么这么小。你这么小该怎么办呢？"盘四季身边的巨人凑过头来，他用一根手指头轻轻压下来，悬在苏竹漪头顶，离她的头皮只有一点距离，让苏竹漪有了一点压迫感，然而那巨人看起来更紧张，他呼吸沉重，胳膊都在颤抖，这会儿颤声道："一根手指头就能压坏……"

"对她来说，外头的天地好危险。"好像山上一只灵兽都能咬死她。能被巨

人注意到的灵兽，那就已经是天地间极为强悍的顶阶灵兽了，苏竹漪还差一点突破元婴期，的确不能跟那种灵兽抗衡。

谈话间，其中一个穿绿色草裙的巨人抬手摘了片树叶。

那也是棵很大的树，树叶对苏竹漪来说就跟一艘小灵舟一样。巨人手指指尖溢出光华，在树叶上画出几道符文，紧接着，那树叶变成了一艘绿莹莹的小灵舟，叶柄又细又长，上面还有一片小叶子，像是灵舟上撑了一把绿伞。

"你太小了，这灵舟给你代步。"那巨人说完，又自我介绍了一下，"我是盘山。"报上了自己的名字，盘山才招呼苏竹漪上灵舟。

苏竹漪纵身一跃，跳到灵舟上，随后她发现这不过是那巨人随手用叶子炼制的灵舟，却是个仙器……

这巨人的实力太强了吧，随手炼制的东西都能成为仙器？站在灵舟上，名叫盘四季的巨人伸出手指，将那叶柄轻轻一推，苏竹漪就发现灵舟嗖的一下往前飞走，速度极快，比她自己御剑飞行快得多。

这么一飞，苏竹漪就飞离了转生池，甚至径直飞出了巨人所在的山谷，苏竹漪索性四下张望，想看看能不能发现息壤的踪迹。

身后，盘四季着急的声音传来："哎，哎，你别乱跑，我是你的引导者，你等我一起呀。"

苏竹漪："……还不是因为你刚刚推得太用力！"灵舟速度太快，她压根停不下来。

她转了一圈，息壤没见着，倒是瞧见了易涟和梅长老，他俩浑身是伤，惨遭围殴！

围攻他们的是东浮上宗的人，是老仇人了！

对方有几十人，元婴期修士也有好几个，几十人形成了包围圈，不断压向被困的两个长老，眼看两个长老身上的伤越来越多，苏竹漪不再犹豫，体内灵气催动到极致，将灵舟的叶柄一摇，转了方向，直接朝东浮上宗的阵型冲撞过去。

这叶子做成的灵舟是仙器，速度太快，且本身是叶片所化，飞过去的时候无声无息，竟没有被提前发觉，最先看到她的居然是易长老身上那羽毛被血打湿了的金丝雀。

它大声喊："苏竹漪，撞……撞……撞……撞了……"

苏竹漪眉头一皱。死鸟，叫什么叫！

然而她随后发现，明明鸟都叫了，居然没人搭理她。于是，她的灵舟就轰的一声撞了下去。

就在撞下去的一瞬间，苏竹漪施展大擒拿术，将易涟和梅长老两人一齐拖上了灵舟。

"苏竹漪！"看到灵舟上的人，东临神色凛然，"来得正好！"他双手抬起，两袖狂风吹拂，同时掌心用力，拍向灵舟……

苏竹漪丝毫不惧，明明已经把易长老和梅长老救到了灵舟上，却没有立刻带着人逃跑，而是驱使灵舟撞了上去。

灵舟撞过去的威力不小，但东浮上宗的修士也不弱，这次进入秘境的都是精英，现在他们迅速反应过来，其中背着弓箭的那个修士在掌门东临出手后直接弯弓搭箭，瞄准灵舟上的苏竹漪，灵气注于羽箭之中，一箭射出，箭若流星飞出，灵气汇于箭尖一点，在空中燃起火星！

苏竹漪依旧站着没动，此箭威力甚大，然而她相信巨人的实力，这灵舟看着普通，灵气也显得十分内敛，乍一看不怎么样，实际上却是仙器！

就听哐的一声巨响，羽箭撞在了灵舟的防御屏障上。

灵舟乃仙器，受得住这一箭，舟身上并无半点裂纹。只是舟身微微一晃，好似落叶在随风摇摆。

在东临和那背弯弓的修士阻拦之下，灵舟的速度稍微减缓了一些，但仍旧撞上了人群。

"散开！快……"

反应不及时的东浮上宗弟子被灵舟压住身体，一时间，四周响起了此起彼伏的惨叫声。

顺利逃脱的弟子看到同门受伤，登时怒火中烧，手中攻击不停，纷纷打在了灵舟上。

苏竹漪再次驱使灵舟飞起，舟身摇动时，就听一人大喊："别让她跑了！"

随着他话音落下，几根带着弯钩的金色绳索挂在了灵舟之上，与此同时，一张大网从天而降。

跑？苏竹漪压根没想过跑！将两个替身草人塞到了易涟和梅长老手中，她紧接着摇动叶柄，使得灵舟上升，随后灵舟一翻，将整个舟身倒扣，就好似那片叶子反面朝上，落地之后，把叶片上的小蚂蚁给压在了底下。

金色大网落下，也只是落到了灵舟背面而已。此时，那灵舟反倒成了块盾牌，将重伤的易涟和梅长老倒扣其中。

苏竹漪则在灵舟倒扣的一瞬间隐匿身形，出现在了灵舟之外。

灵舟乃仙器，刚刚她这一通操作下来，东浮上宗死伤一片，如今只要她能藏匿住身形，将剩下的这些人一个个击杀并非难事。脑子里正思考着血罗门的暗杀手段，忽然觉得一道劲风袭来，苏竹漪就地一滚避开那道杀机，刚站稳，又有一道剑光斩向她所在的位置！

她引以为傲的隐匿手段竟然没起到半点作用！东浮上宗的人是如何发现她的？

恰恰这时，灵舟底下，易涟的声音传出："麒麟眼，他们手里有麒麟眼，可看破一切迷雾幻象！"

苏竹漪："……"看来想要一个个偷袭行不通了！

既然不能偷袭，那她就不躲了，直接上吧！苏竹漪不再躲避，身形一闪，冲至东临面前，挥剑就斩！无数道剑气纵横交错，好似天都猛地往下一沉，被这凌厉剑光给削得矮了几分！

擒贼先擒王，先砍了东临这狗贼！再灭东浮上宗！

东临一脸狞笑："找死！"一个金丹期竟敢对元婴期修士挥剑，真是不知天高地厚！

他挥枪去挡，本以为手中枪能破开剑影，洞穿苏竹漪，不承想，长枪撞到剑光竟寸寸崩裂，与之一起破裂的还有……他的身体！

"掌门！"东浮上宗的修士就见掌门的身体如积雪遇阳，在那片浩瀚明亮的剑光之中寸寸融去，只有点点血痕残留于剑上，证明掌门曾经存在过。

"杀！为掌门报仇！"短暂的失神过后，东浮上宗的修士齐声怒喝！

大量的攻击转瞬而至，苏竹漪杀入人群就未想过能毫发无伤，她避无可避，只能硬生生地扛了两记攻击！

只是等挨了这一刀一剑后，苏竹漪惊喜地发现她如今的肉身强得有点离谱，原本可以重创她的攻击，现在只是擦破了她的皮！

在转生池里滚了一圈，她的肉身被池水锤炼，堪比一个体修苦修数百年。虽然她的实力依旧是金丹期大圆满，但经过转生池后，肉身强度大增，俨然是个缩小版的巨人，若非打斗一场，她都不知道自己现在本事这么大了。

这一下，苏竹漪更有底气。她不再犹豫，稍稍侧身，再次出剑，一剑斩向身侧修士，只是现在对方有了防备，不敢硬接，反而急速后退，与此同时，旁边的人攻击又至，苏竹漪根本没有躲避，而是用身体硬扛下攻击，好似要以伤换伤，以命换命！

她硬接一剑屁事都没，然而手中的剑在敌人胸口斩出了一道深深的血痕。

"你！"被劈中的男子眉心渗血，刚喊出一个字，身子陡然裂成两半，这一幕吓得周围的年轻弟子惊叫连连。

苏竹漪心道："一群废物，你们的长老都快被我砍完了，还在那儿惨叫呢！"

砍完一人后，苏竹漪没有任何停顿，再次盯上了下一个目标。

杀！

她很久没有这么痛快地杀人了。

鲜血飞溅，将她身上的衣服染得血红。她剑气上血光涌动，好像手握着的不是剑，而是一条吞噬生灵的恶龙。

这样杀人不眨眼的苏竹漪，落在其他人眼里，与恶鬼没有任何区别。

"快，快，列阵，防守！"东浮上宗的修士完全没想到，短短几个呼吸的时间，他们就转攻为守，从猎手变成了猎物。

苏竹漪杀人之后，再次冲向了下一个人，就在这时，她脚边嗖嗖嗖连续出现了十支羽箭，而箭上布满金色丝线，与此同时，脚下泥土猛地陷落，地上突现大量尖刺，并有荆棘缠绕其中，裹上了她的脚踝！

脚下有修士控制的灵植，头顶有落下的巨网，身侧有羽箭形成的牢笼，对付她一个人，这些人同时出手，布下了天罗地网。

苏竹漪仿佛回到了上辈子。

她上辈子被围攻的时候，差不多也是这样的。

而这一次，她身上还没有那么多的法宝阵符可用。手中断剑再次发光，苏竹漪足尖一点，天璇九剑施展而出，无数剑影犹如流光飞舞，绞向了周围的天罗地网。

她破网而出，剑尖直指那个身上有麒麟眼的东浮上宗长老。此时这里最厉害的就是他，等制服了他，夺了麒麟眼，剩下的人便不足为惧！

然而就在她冲过去的时候，那人猛地跺脚，身前出现了一道由藤蔓围成的墙壁，同一时刻，他黑如锅底的脸上突然露出一个笑容，一条藤蔓从他身后飞出，卷着一个蚕茧一样的东西甩到了身前。

老天助他！他擅长控制灵植，这次以灵植为墙阻挡攻击，没想到，居然从地下藤蔓当中捞出个活人，还是古剑派的人！

藤蔓瞬间炸开，露出了里面被包裹的女修。梅如画十分虚弱，此刻却从昏迷中醒来，她呻吟一声，缓缓睁眼。

梅如画怎么会在这里！

苏竹漪在绿竹阵和莲花里练的剑法都异常刚猛，运转灵气之后，每一剑都是拼尽全力，毫无收势的可能，而现在，那梅如画凭空出现，挡在了她面前。

收剑，剑气反噬会让她受创，同时，对方还会趁势攻击，形势瞬间逆转。

不收，梅如画立刻陨落，她本就重伤，必死无疑。

收还是不收？

这一切发生得太快，只是电光石火之间，苏竹漪就做出了选择。

她从前不会有半点犹豫，直接杀过去，一剑斩两个，现在，苏竹漪也只犹豫了一瞬。

她依旧是那个杀人不眨眼的魔道妖女，在牺牲别人和自己重伤之间做选择，她不该有半点犹豫。

苏竹漪没有收剑。

她看了梅如画一眼，视线从梅如画身上扫过，青光犹如游龙，穿过了那东浮上宗长老拦在身前的荆棘屏障，穿透了梅如画的身体，也扎进了东浮上宗长老的肩膀，因为层层阻挡，加之他的阻拦和闪躲，这一剑刺偏了位置，但苏竹漪在靠近他的一瞬间，直接伸手刺穿他的胸膛并抓出了他的心脏。

"你……"他怎么都没想到，苏竹漪竟然会毫不犹豫地朝自己的同门动手。

他怎么都没想到，苏竹漪还会魔道的歹毒功法白骨爪。

他双目圆睁，身子重重倒下，直接陨落了，至死也未闭眼，那颗麒麟眼从空中坠落，刚好砸在他的眼睛上，又骨碌碌滚到了一旁。

苏竹漪的手指头微微抽动两下。

她的肉身变得十分强大，比那些通过炼体苦修的体修更强，灵气注入手中时，手指僵硬如铁，堪比法器，她这辈子虽不曾试验掏心的手段，但上辈子却施展得极为熟练，只是此时手中握着那血淋淋的心脏，她脸上不再有从前那般冷笑，神情有些木然。

她握着心脏，转过身，看向不知何时出现在她身后不远处看热闹的盘四季，道："能帮我护住她的元神吗？"

盘四季他们在外行走的目的就是把同源的元神带回去，不知道有没有办法保住梅如画的元神。

盘四季稍稍一愣，随后伸手一抓，他嘀咕道："好弱，捉来干什么呢？这种不是我们族人的元神，丢进转生池里一会儿就没了。"他小心翼翼地用左手握着，手指微微合拢，好似护着一簇燃烧着的小火苗："就算我暂时护住，过不了多久也会消散的。"

他以前养过一条龙，龙的寿命很长，然而，还是长不过他。后来，那条龙陨落了，他护了那元神很久，最终还是逃不脱天道宿命，龙的元神依旧消散在了天地间。神龙尚会消散，这么微弱的一点元神又能坚持多久？

不过这是她的愿望，盘四季作为她的引导者，觉得有必要替她实现。

他轻轻护着那元神，紧接着又问："你打完了吗？"

其实盘古族人都挺好战的。当然，他们享受的是战斗的激情，只能在转生谷里打，也只跟同族打，并且点到为止就好。

每一个族人从转生池出来，都会跟同伴打一架以示庆祝，庆祝再次新生，但这一次，大家都没提这个要求，压根没往那方面想，转生出来的这么弱，她能跟谁打？

看到苏竹漪乘着灵舟出来，盘四季因为担心她，便悄悄跟在了她身后，看到她跟那些弱小生灵打的时候，盘四季虽然觉得有些无奈，心中悲凉，却也由着她去发泄了。

盘古后裔啊，居然沦落到跟那些弱小生灵打斗的地步了……

他握着巨斧的手紧了紧，心头幽幽叹息了一声，也暗自打定主意替小忘保守秘密，绝不告诉其他人，小忘的第一场战斗是打了一群还没她脚趾高的小人儿。

打完了吗？

苏竹漪回答："没有！"

只是人没杀完，她的灵气已然要耗尽了。

苏竹漪站在原地，她抬手，将那颗刚掏出来的心脏一点一点捏碎，眼睛冷冷地注视着面前的东浮上宗修士，道："今天，你们一个都跑不掉。"

"她的灵气快耗尽了，大家不要怕！"

苏竹漪用灵舟撞伤二十余人后，又连斩数人，掌门和长老死在了她手中，这般手段让不少东浮上宗修士心生怯意，明明还有活着的长老在喊不要怕，大家依然在下意识地后退。

看到她捏碎那心脏，血肉从指缝里流出、滴落，有一个修士终于忍不住了，不过他没跑，而是像疯了一样冲上前攻击苏竹漪，还未靠近，就被一剑劈作两段，下半身还在地上，上半身却飞了出去……

没人看见她出剑，都没看到她手抬起来，然而那剑光飞出，一剑斩了一个金丹中期修士，这等威慑之下，无人再敢前进一步。

就在这时，突然有人转身就跑，苏竹漪纵身一跃，提剑去追，在她动的一瞬间，东浮上宗的修士像是一下子醒悟过来，纷纷朝四面八方飞遁离开，还有人喊："分开跑！她绝对不是金丹期大圆满！"

古剑派落雪峰修士的真正实力跟修为境界完全不符。

曾经的洛樱、青河都是例子，现在的这个比洛樱、青河更强更狠！

苏竹漪追上那人，一剑斩了，作势要继续去追，实则灵气即将耗尽，刚刚那气势如虹，无非是想把人吓跑，等她恢复了，再一个一个慢慢杀！

她如今也就跟个纸老虎差不多了，体内灵气只剩了一丝，追人也是做做样子，只是转头看到有个女修没跑，反而往那尸身附近狂奔，她立刻一个闪身追了过去，同时一剑刺出……

就见那女修猛地跪下，身子蜷缩起来，将怀中抱着的一只小麒麟紧紧护住。就在这时，盘四季的斧头从天而降，跟一堵墙似的挡在了苏竹漪面前，他说："那是麒麟呢，麒麟是瑞兽，数量也很稀少，我们一般会避着它们。"

免得不小心踩死了。

"水麒麟喜欢亲近善良的生灵。"盘四季又道。

"他们杀了麒麟父母。"这麒麟分明是刚刚出生的，而东浮上宗那修士手里头还有颗成年麒麟的眼珠，也就是说，他们杀了这小麒麟的父母，还把小麒麟抓了起来。

"嗯。所以你找他们打架，我也没阻止嘛。"盘四季笑了一下，"这小麒麟认可了这个小人儿，你把她打死了，小麒麟就没人养了。"

苏竹漪收了剑，道："那就饶她一命。"

不饶能行？那斧头就跟墙似的挡在她面前，苏竹漪不得不认怂。

她保证后，盘四季才把斧头拿开，而此时，苏竹漪发现，那颗麒麟眼被小麒麟叼在嘴里，乍一看，那样子有些像凡间房屋门口嘴里叼着球的镇宅石狮。

只可惜，那是它父亲或者母亲的眼珠。它还小，根本不懂。

苏竹漪叹了口气，随后叫盘四季把倒扣的灵舟给掀开了。

灵舟掀开，里头的梅长老和易长老爬了出来，梅长老跌跌撞撞地跑了过来，他看着梅如画的尸骨，面色苍白，手脚发抖，嘴唇翕动却没发出声音，眸子里已有了泪花。

易涟紧随其后，站都站不稳，只能用剑撑着身体，他看着梅如画被剑洞穿了的尸身，又看了一眼苏竹漪，一时不知道说什么才好。

他们在灵舟底下可以看到外界发生的一切，知道苏竹漪一剑刺穿了梅如画，一剑斩了东浮上宗长老。

周遭气氛凝滞，苏竹漪眉头一皱。

梅如画确实是她杀的。

她当时没怎么犹豫，如今心中倒有一丝愧疚，但这不代表她觉得自己做错了。若这两个长老要追究她的责任……苏竹漪握剑的手都捏紧了，若他们要替弟子报仇，那她也绝不会心慈手软。毕竟这两个人都是重伤，哪怕她灵气没了，用拳头也能砸死人。

她不会尊重师门长辈任其处罚，也不会再待在古剑派。

就在这时，易涟忽然抬手，拍了拍她的肩。

"我知道你也很难过，但是当时的情况我们都看在眼里的，你没别的选择。谢谢你救了我们。"他说完之后，梅长老抬起头来，道："我把小画的尸骨带回去，不能埋在这里。"

说罢，他将尸骨收殓起来，接着才道："这秘境危机四伏，我们要找个地方养伤才行。"梅长老看向苏竹漪："你的灵气也耗尽了吧？"

"嗯。"苏竹漪轻轻应了一声。

他们并没有说她不对，而因为没说，她明明觉得自己没错，如今，心头那一丝愧疚却好似扩大了一分。

她始终认为自己没错，下一次依旧会这样做，只是情感上到底有所动摇了。

易长老和梅长老重伤。

苏竹漪灵气枯竭，当务之急，他们得找个安全的地方躲起来养伤。

"秘境灵兽多，这里血腥气太浓，我们必须尽快离开。"易涟虚弱得连说话都困难了，他肩膀上的金丝雀也病恹恹的，翅膀折了一只，脑袋歪垂着，有气无力地说道。

找个安全的地方？

这秘境里头最安全的地方自然是转生谷了。苏竹漪示意易长老和梅长老上灵舟，她开口之后，梅长老就说道："这灵舟是仙器，你现在灵气枯竭，怕是不能催动它前行。"

飞行法宝并不是要源源不断地注入灵气才能飞行，大都有悬空阵法和消耗灵石的聚能阵，但也需要修士掌舵，这就需要神识和灵气了。虽然需要的不多，但苏竹漪现在灵气耗尽，一时半会儿恢复不过来，两位长老也帮不上忙，

用灵舟的话会很艰难，且这灵舟动静又大，反而会暴露位置。

"我有办法。"苏竹漪一边说，一边登上灵舟。

见她坚持，易长老也跟了上去，梅长老稍做犹豫，到底也跟着上了灵舟。三人上去之后，那个怀抱麒麟的东浮上宗女弟子忽然冲了过来，她把双手前伸，将怀里的小麒麟递了出来，紧张地道："晚辈李珊见过各位前辈，这只麒麟刚刚出生，我……我怕养不活它，能不能……能不能交给你们？"

刚出生的麒麟幼崽绝对会引来很多强大灵兽，李珊心里清楚，她护不住这只幼崽。她也不知道怎么给它弄吃的，但她知道，古剑派的易长老对灵兽很有研究，战斗的时候，他召出了灵兽帮忙，现在肩头上依旧站着一只小小的金丝雀。

他肯定知道如何养一只麒麟幼崽。

苏竹漪倒是没想到这个东浮上宗的女修找他们不是为了自己，而是为了怀中的小麒麟。

送上门的麒麟瑞兽，岂有不拿的道理，苏竹漪伸手去抓，结果那小麒麟直接一爪挠到了她手背上。

盘四季说麒麟亲近善良的生灵，它这个反应，岂不是说她不够善良？

"呵！"她现在不讨厌狗，倒是讨厌麒麟了！

如今的苏竹漪肉体强悍，小麒麟又弱得很，一爪子没抓破她的皮，反而把它自己那嫩嫩的指甲给折断了，它缩着爪子蜷在那里，嘴巴里叼着的碧绿珠子都掉了出来，口水吧嗒吧嗒地流，眼睛里泪汪汪的。

它抓了苏竹漪一爪子，没伤着苏竹漪，自己倒哭了。李珊狠下心把它往外抓，想将它送到灵舟上，奈何它一直往她怀里缩，头都埋在了她胳膊底下。

盘四季就道："这小麒麟刚刚出生是不好养活。"

苏竹漪想了想，瞥了那女修一眼，道："上来吧。"

这女修留着也行，到时候她去追杀东浮上宗剩下的修士，要是其他宗门的人阻拦，她留着这女修，也算留了个证人，东浮上宗先动手杀人，她只不过是反击罢了。

李珊愣住，随后道了声谢，战战兢兢地上了灵舟。她上去之后也不敢动，就一言不发地缩在角落里，心绪翻滚，很难平静下来。她是东浮上宗的修士，古剑派杀了东浮上宗那么多人，她现在却来寻求古剑派修士的庇护。

怀抱小麒麟，李珊缩在角落里一动不动，她没有亲人了，师父也陨落了，与其他同门并不亲，如今，她就做个忘恩负义的小人，只要她能保全小麒麟就好。

苏竹漪让人上了灵舟就没再管了，她招呼盘四季出手，带他们回转生谷。

就见盘四季伸手把绿叶所化的灵舟拿起来，他手上捉了个元神，另外那只手还抓着斧头，拿着叶子不方便，盘四季想了想，将脖子上盘着的大辫子放了一圈，接着把叶柄插进了辫子里。

灵舟倾斜，本来坐在舟头的易长老他们滚到了舟尾，背靠着叶柄才堪堪坐稳。

苏竹漪独自一人站在了叶尖上，她道："我们先回转生谷。"

"那三个是你打算养的宠物吗？"盘四季好奇地问。在他眼里，人类修士跟灵兽其实没多大区别，大概就是人类修士跟他们长得稍微像一点，跟人修看灵猴差不多？

苏竹漪："……"

还能说什么，她要把人带进去，现在就只能承认了吧。

"嗯。"苏竹漪应了，神识一扫那三个"宠物"，默默地扯了一下嘴角。

回到转生谷后，苏竹漪就跑到转生池边看了一眼。

她现在联系不上秦江澜。

本来打算把梅如画的元神放到流光镜里去的，那样的话，梅如画就能在流光镜里活着，或许还有机会转世重生。

只是现在秦江澜还在转生池里，他实力强悍，不知道何时才会从水里头冒出来。

见联系不上秦江澜，苏竹漪便要开始打坐修炼了，她这次的目的是把受伤的两个长老送回谷内养伤，顺便把梅如画的元神送到流光镜里，而她自己稍做休息，就要继续出去寻息壤、杀仇人。

然而她刚刚坐下，就看到盘四季苦着脸过来，他蹲在苏竹漪面前，还是觉得身高不对，索性趴在地上，下巴搁在地上，手伸到苏竹漪面前，五指依旧合拢，苦哈哈地道："我手里还抓着那个元神呢，现在怎么办？"

找个魂器装起来？

然而没有啊。魂器本身就不好炼制，且对他们来说毫无用处，因此不仅没有，还没人会炼。偏偏苏竹漪回来之后就像是忘记了这个元神似的，他心头着急，只能问道："我还要捏多久？"

明明是一小撮元神，捏在手里都觉得烫手，主要是他力气太大，真担心一不小心捏碎了。

"捏到另外那个同伴从转生池里出来。"

苏竹漪睁眼，看到面前趴着的盘四季，就跟不远处盘了条龙似的，他的头就是一个小山丘。她坐在原地，眼前凭空出现了山峦，登时觉得有些压力。

"那岂不是要等成百成千年？"盘四季惊愕地道，声音也不由自主地放大，震得苏竹漪险些喷出一口老血。

"要那么久？"她可懒得等。

再说，不出三五年，重合的星轨又会分开，他们会被送出古秘境，到时候怎么办？她哪怕在转生池里滚了一圈，本质上也不是这里的生灵，依旧会被排斥出去的吧。

"是吧，像你这么快出来的以前没遇到过。"他其实也不肯定了，毕竟好久都没有同伴转生，也没见过这么弱的，他都不记得她是谁，她自己也不记得……

每一次转生，元神都会溃散。他失去了太多的记忆。

盘四季趴在那里，心头发酸，下意识觉得，那个还泡在转生池里的同伴大概是盘古族人最后能够顺利转生的同伴了。

"其实我以前挺聪明的。"盘四季突然喃喃道。

苏竹漪："……"

她不知道盘四季为何会没头没脑地说出这么一句话，不过感觉到他似乎不太开心，苏竹漪顺势答了一句："你现在也挺聪明能干的。"

"那是。"盘四季点点头，又回到了之前的问题，"这个元神，为啥要等到他出来啊？"他一边说，一边扭头看向了转生池。

"流光镜你知道吧？流沙河。"苏竹漪也不隐瞒，毕竟她之前跟秦江澜商量过，对巨人的转生池是有些想法的。

"盘古开天辟地，身躯血肉化作天地万物，其中流沙河和建木是当时最强的灵物，流沙河后来幻化成了流光镜，流光镜能保住元神不朽。"

原本是不行的，不过秦江澜得到了流光镜的认可，打算建立轮回道，这样他就能控制流光镜，使得流光镜不会吞噬掉某些人的元神了。

"流沙河，听着有点耳熟。"盘四季显得有些高兴，"真的能吗？我们的元神也能？"他们巨人一族实力太强，从未找到过能容纳他们元神的地方，除了转生池。

"不知道呢，等他出来就知道了，流光镜在他身上。"苏竹漪笑了一下，"你说，若是真的能容纳你们的元神，是不是以后转生你们的元神就不用消散了？"

剩下的巨人岂不是有了另一种意义的永生？

不管信不信，苏竹漪还是给盘四季他们画了一张大饼，他们这一族的人数越来越少，元神也一次比一次虚弱，或许要不了多久，就会灭族，但若能进入流光镜，就有保全的可能。

"那好吧，护着她到那个同伴出来就行了，对吧？"盘四季看着掌心里的虚弱元神，幽幽叹了口气，他手里抓了这么个东西，以后做事都不方便了。不过，既然答应了帮忙，就不能反悔，一定要做好才行。

只盼那人能早点出来，但早点出来的话，又可能破不开莲花，真是叫人忧心呢。

然而就在他胡思乱想之际，一个声音道："出来了，出来了，浮出来了！"

苏竹漪扭头去看，她看到一朵莲花浮出水面，微微晃动了两下。

湖水湛蓝，水面白莲如玉，在阳光下幽幽闪光。在莲花出现的一刹那，好几个巨人突然出现，苏竹漪都不知道他们刚刚躲在哪儿。

"出来了。"

"好小一朵。"

"比之前那个大一点点。"

巨人看着湖中白莲议论纷纷。

苏竹漪也起身，她跳到了盘四季的肩膀上，跟着他一块去到了湖边。

她远远看着湖心的莲花，心中微微期待。那个人是她喜欢过的人。如果不是情蛊，她还爱着他。

秦老狗出来了呢。

他总不会破不开白莲吧？

"会活着出来吗？"盘四季盯着湖心处的莲花，十分紧张地问道。

"会，怎么不会。"苏竹漪语气笃定地道。

苏竹漪就没想过秦江澜会失败。

她坐在盘四季的肩膀上，看着湖心的白莲，看着那晶莹剔透的花瓣微微往外张开一些，花苞在一点一点地绽放，让人充满了期待。

苏竹漪也没等多久，大约半个时辰之后，莲花彻底绽开，秦江澜静静地站

在莲花当中，好似他在里头都没遇到考验，没有用过力气一样，他只是静静地站着，清风徐来，花独自开。

秦江澜出来后，一眼就看到了苏竹漪，他足尖一点，在莲花花瓣上轻轻一踏，借力飞过湖面，直接落到了湖边。他在地上稍稍停留了一瞬，接着便飞入空中，在苏竹漪身边，也就是盘四季的肩膀上停了下来。

"没事吧？"秦江澜看着苏竹漪，见她灵气不足，眉头微皱。

"没事。"苏竹漪道，"哎呀，恭喜你新生，快把你的流光镜拿出来。"她伸手一指，让盘四季把手掌抬到他们面前，接着道："古剑派又死了一个，盘四季把她的元神暂时护了起来，你把人收到流光镜里吧。"

秦江澜取出流光镜，镜面一翻转，便将梅如画的元神收入镜中，而苏竹漪在看到流光镜的一刹那，就已经把一缕神识投入镜中，而她立刻就看到了镜子里的小骷髅和青河他们。

小骷髅在练剑，洛樱站在一旁指点。

青河背靠着梧桐树坐着没动，视线依旧在洛樱身上。他看着没从前那么冷了，坐在那里的时候，嘴里叼着片青草叶，嘴角还噙着一抹浅笑，原来的青河在洛樱面前也是一副阳光温暖的模样，但如今的他看着要真实许多，那笑容是发自内心的，而不是他在师父面前讨师父欢心的伪装。

哟，难道说一段时间不见，青河跟洛樱有了很大的进展？

难不成两个人一起教小骷髅练剑，还教出默契，教出感情来了？

就在苏竹漪好奇之时，青河抬头看了一眼天空，随后语气不悦地道："怎么又进来个认识的？"

梅如画在死前是受了重伤的，元神十分虚弱，这会儿被收入流光镜里，她的元神都没醒过来，入得镜中，洛樱飞到空中将梅如画的元神护住，接着才问道："古剑派出了何事？"

为何又一个年轻弟子陨落？

对这女弟子，洛樱还有一些印象，她是梅长老的亲传弟子，资质不错，修为也高，没想到这么年轻就陨落了。

如今古剑派损失不小，只怕实力大损，会引得他人觊觎。

洛樱对古剑派感情很深，此番见了梅如画，更是忧心不已。

"我们在探寻古秘境，东浮上宗的修士想灭了我们。"苏竹漪简单提了一句。

这时候，小骷髅将剑诀施展完毕，他收了剑，小脸仰着，一本正经地道：

"东浮上宗的都不是好人。他们想杀我，抢我的剑。"小骷髅手握逐影剑挽了个剑花，道："我出去了要找他们报仇。"

苏竹漪点头："嗯，东浮上宗那些人一个都不放过。"

洛樱便道："你自己也要小心一些。"

苏竹漪跟洛樱他们聊了会儿天，而这时，秦江澜把小骷髅也放了出来。原本小骷髅需要到一定时间，才会从流光镜返回外界，但秦江澜掌控流光镜后，他可以直接把小骷髅唤出去，只是之前他自己在转生池的气泡中，加上小骷髅身上有煞气，他当时形势不明，把小骷髅放在镜子里，由洛樱、青河照看着，反而要安全一点。

这会儿，小骷髅出了镜子，也坐在盘四季的肩膀上。

几个巨人七嘴八舌地围拢过来，庆祝同伴新生，苏竹漪在一旁做了些解释，秦江澜对目前的情况也大致有了了解，于是他问道："若是悟儿也进入这转生池，他会长出肉身吗？"

秦江澜问出这个问题前，小骷髅本来握着剑打算出去找东浮上宗修士报仇的，这会儿却愣愣地坐在原地，心头七上八下，眼睛里的火苗飘飘忽忽，紧张得骨头都在打战。

"应该可以的吧？"盘四季有些不确定地道。他们从来没试过把并非同源的元神放入转生池，或者说，哪怕曾经试过，他们也忘记了。

总之，盘四季是不知道到底能不能行的。

他对新同伴的问题很上心，又去问了其他巨人，大家也都不清楚，于是大家纷纷道："那放进去试试呗？"其中一个伸手过来，想捉了小骷髅丢到转生池里去。

巨人一天无聊得很，对此也挺好奇。

"我们都能出来，小骷髅的元神比我们强，他应该也能出来吧？"苏竹漪摸了摸悟儿的头，就是怕悟儿不懂什么攻击手段，到时候傻傻地待在莲花里，都不知道怎么出来。

她蹲下身，跟小骷髅面对面，说："悟儿想长高长大对不对？"

"嗯。"小骷髅拳头都捏紧了，他真的好想长出肉来。

"那你进那转生池吧。"苏竹漪拍了拍他的脑袋，笑了一下道。

眼看小骷髅依旧一头雾水，秦江澜也蹲下，语气温和地道："等下你进了那湖里不要害怕，在里头安心地待一段时间，练剑什么的都好，等到浮出水

面，你就想尽一切办法从包裹你的东西里面出来，好似小鸟破壳一般，你能做到吗？"

"能！"悟儿懂了，连连点头道。

看到秦江澜很温和地跟小骷髅说话，苏竹漪忽然想起从前，流光镜还在她身上的时候，她神识投入流光镜里，看秦江澜给小骷髅讲故事、陪小骷髅玩、带他放风筝。

他其实是个很有耐心的人。若非有耐心，也不会在望天树上由着她折腾了整整六百年。

世人都说秦江澜不易亲近，高贵冷情，对人冷漠疏离，一人独居于望天树上，与世隔绝，实际上，他并不是那样的人。

至少，在她眼里，他早已经不是那样的人了。

秦江澜又跟小骷髅说了一些需要注意的地方，等到小骷髅都听明白了，他才请盘四季将小骷髅放入了湖水中。

水面上再次出现了一个透明的气泡，看着小骷髅渐渐沉下去，苏竹漪觉得有些欣慰。等他长出肉来，他爹留下的宝葫芦里的石莲台就能归她所有，原本苏竹漪一直很想要那宝葫芦里的东西，然而如今，她忽然觉得，让她觉得欣慰的不是宝葫芦，而是小骷髅本身。

情蛊噬情，而今，那情蛊对她的影响其实已经很微弱了吧。

待到小骷髅彻底沉入湖，苏竹漪便笑吟吟地道："秦江澜，走，我带你去收魂。"

这句话的意思就是，秦江澜，我们去杀人！

秦江澜瞥她一眼："先去找息壤。"

苏竹漪连忙道："对对对！找息壤，我可是打听出来了，息壤在北方！"她一脸骄傲，像是在邀功求赏。

秦江澜看着那张扬起的笑脸，只觉有几分心痒，恨不得低下头去一亲芳泽。

他默默移开视线，说："走吧。"他有流光镜，能清楚地回忆起上辈子息壤出现的时间和位置，并不需要去打探消息，只不过……

她开心就好！

两人离开转生谷，一直往北方去，这次苏竹漪没乘灵舟，而是坐在了秦江澜的松风剑上。她在松风剑上打坐调息，不多时，体内灵气就完全恢复。

她身体一恢复，就有些闲不住，往秦江澜的身边靠，没骨头似的倚着他，还道："秦江澜，我想起来了，我的确中了情蛊。"

秦江澜身子一僵，随后微不可闻地应了一声："嗯。"

苏竹漪的手都快伸到秦江澜领口里了，她浅笑了两声，又道："咦，从转生池里出来后，你的身子好像热了一些。"

原本冰冰凉凉的，好像连心跳都没有，如今又变得活生生的了。她用指甲在他脖子上刮了一下。"我觉得吧，我的修为要是突破了元婴期，就不会受那情蛊的影响了。"

说到这里，苏竹漪坐直身体，一脸严肃地道："我的修为到瓶颈了，困在金丹期大圆满不知道还要多久，我知道个法子能让我快速进阶。"

她本是坐在秦江澜背后的，这会儿半跪在剑上，双手伸出从他身后穿过，头也伸了过去，胸口正抵在他肩上，她好似挂在他背上一样，头发也垂了一些，犹如瀑布一般落在他面前："秦江澜，不如我们双修吧？"

"跟你说话，你听到没？"苏竹漪用修长的手指戳他脸颊，本来用了几分力气的，戳了两下又轻轻碰触，顺着他鼻梁滑下，轻轻按在他唇上。

苏竹漪心里头真有双修这个打算，又不是没睡过，而且睡了她也不亏。不过现在有正经事要做，秦江澜应该没空搭理她，她就是无聊，看到端坐着的秦江澜就想去逗一逗，这是六百年里养成的习惯，刻在骨子里的趣味，一时半会儿改不了，她也懒得去改。

秦江澜喉头滚动，倏地抿住了她放在唇边的手指。

苏竹漪登时愣了。她没想到秦江澜会回应，准确来说，他的回应是这么叫人猝不及防。

像是干柴上被浇了一层油，火星子溅落其上，登时化作了熊熊烈焰，烧得噼啪作响，火光冲天，叫周围的人压根避之不及，被那如火的热情瞬间吞没。

她素来不正经，如今秦江澜陡然不正经起来，倒是叫苏竹漪都有些惊讶了。

她没有抽回手，身子一个利落翻身，从他背后跌到他怀里，仰躺在他膝上，衣服在翻转的同时已经扯开了一些，苏竹漪神色得意地挑了下眉："就现在？在这里？"

默默飞行的"床板"松风剑："……"

秦江澜缓缓低下头，慢慢地靠近那张他朝思暮想的脸。

双唇即将相触的一刹那，他想起了袖中没有扔掉的蚕蜕，周身好似被浇了一盆凉水，瞬间冷静下来。一场没有爱、只为修行的欢愉，他并不想再经历。

曲指在她额头轻轻一弹，秦江澜道："找到息壤再说，坐直了说话。"

苏竹漪哎哟哎哟地叫了起来，一边呼痛，一边捂着额头咕哝："坐怀不乱？你是不是不行啊？"

秦江澜："我未曾用力。"

看苏竹漪似乎疼得厉害，他拿开她的手，结果就看到她眉心被弹出了一个沁出血的红印子⋯⋯

刚从转生池出来，他的肉身得到了淬炼，力气也变大了许多，一时还未适应，得亏苏竹漪也淬炼了体魄，否则的话，他这一指头下去，怕是得把她的脑门都弹破了。

于是秦江澜有了合理的说辞，他理直气壮地道："我现下还不能掌控力道，怕把你弄疼了。"

苏竹漪："⋯⋯"你这个用词就有点深度了啊！

恰恰此时，结界外有人声传来。

"这一片是月光草，素心花就隐藏在月光草当中，很难被发现。"

"素心花是高阶灵草，若花瓣有七瓣，便能成为仙品，而这样的仙品灵草必有高阶灵兽守护。你看到月光草的地方是在这附近？"

"正是。"

没想到，来的竟然是云霄宗的人。走在前面，正小心翼翼朝这边靠近的还是她的老熟人，云霄宗的花长老。

苏竹漪对灵草也有些研究，素心花品阶极高，仙品素心花能炼仙丹，对修士好处极大。花宜宁当时飞剑被斩断，剑道受了重创，几乎入魔，若是没死，现在也跟个废人差不多，若是能得到素心花，她或许还有机会恢复，然而，苏竹漪绝对不会给她这个机会。

素心花？有高阶灵兽守护的素心花？

一眼就扫到了藏在草丛里的素心花，苏竹漪招呼秦江澜停下："去，把那花摘给我！"

她回去后要当着花宜宁的面，把素心花给扬了！

苏竹漪如今神识很强，隔着老远就听到了云霄宗弟子的谈话。

那群人现在正小心翼翼地朝他们所在的方向靠近，生怕惊扰了守护仙草的灵兽。

苏竹漪仔细看了一下周围，费了老大的劲才在素心花附近看到了一条蛇。那蛇不过拇指粗细，脑袋上还长了个花冠子，立在草丛里就跟朵花似的，难怪一开始她没注意到。感受到灵蛇身上的气息，苏竹漪发现那灵蛇是元婴后期实力，只不过这会儿正躲在草丛里发抖，显然是对飞在空中的他们有所畏惧……

他们都是从转生池里出来的，身上有盘古一族的气息，而远古秘境之中，所有生灵对盘古一族天生畏惧，不知道是不是这个原因，才使得那灵蛇如此惊恐，却又没离开，想来是舍不得那朵素心花了。

秦江澜抬手一抓，便将素心花给连根拔了出来，直接递给了身边的苏竹漪，并道："可揉碎了敷在你额头上。"

苏竹漪扑哧一笑，说："那可得赶紧敷，晚了伤口就康复了。"

她原本是想当着花宜宁的面摧毁素心花，只是看到那可怜巴巴的小灵蛇后，眼珠一转，改变了主意。

苏竹漪将花往灵蛇面前一扔，说："赏你了！"

那灵蛇先是愣住，随后花冠子张开，本来只有铜钱大小的一朵花，绽放的一刹那犹如血盆大口似的，直接将素心花连花带根一口吞了。

随后那灵蛇趴在地上，身上出现一缕缕白光，许久之后，它蜕掉了一层花里胡哨的蛇皮，身上长了一层透明的白鳞，僵在那里不动了，头上的花冠也变得跟素心花有些类似，还有七片花瓣，乍一看，就像一朵仙品素心花。

云霄宗这次过来的人数量不多，她要杀他们不难。

苏竹漪瞥了身侧的秦江澜一眼，唯一要提防的反而是身边这个男人。毕竟他曾是云霄宗师尊，原本跟那花长老关系不错。

她不求他出手相助，只希望等下他别添乱，别拦着她杀人！

花长老他们小心谨慎，但前行的速度并不算慢，眨眼又靠近了一些。

苏竹漪抬手，虚空一抓，手已经握住了剑祖宗。紧接着，她隐匿身形纵身一跃，飞到结界之外，身子犹如飞燕一般轻盈，几个起落，就已经飘然行至花长老他们身前。

她不会跟人废话。

花宜宁先是比武时对她下狠手，之后又请血罗门死士暗杀她，在南疆还想用她来养美人蛊，千方百计要杀她，苏竹漪是别人打她一巴掌，她都能把对方千刀万剐的性子，花家父女与她积怨太深，她杀他们一万次都不为过！

苏竹漪直接一剑挥出，青光斩向花长老。

花长老好歹是元婴期修士，虽然没有提前察觉危险，但在剑光陡至的瞬间，他身上灵气暴涨，且身上斗篷飞出，在空中变大，犹如一面战旗迎风展开，被风一吹，旗帜又变大几分，旗帜挡下那一剑，缝隙处还有一点寒光闪现，竟藏着一柄又细又长的飞剑。

花长老的香附剑折断，如今换的剑比香附剑品阶更高，这次来秘境也是做足了准备，带了大量的灵器法宝在身上，皆不是凡品。其中这面战天旗既能防守，又能攻击，威力极为不俗。

"谁！"他挥旗挡剑的同时出手攻击，孰料那旗帜竟刺啦一声被破开，剑光已至眼前，他双目金光闪现，周身灵气屏障也运转到极致，硬生生受此一击后，身子倒飞出去，翻滚三丈后才险险停住，落地的一瞬间，他取出一颗丹药，飞快塞入口中。

"是你。"对于那剑势和剑光，花长老都极为熟悉，在看见苏竹漪的时候他就明白，此事不能善了，唯有与她一战到底，拼个你死我活。然而现在的她实力增长极大，这一剑之威，他差点抵挡不住。

花长老可以立刻叫人过来，有不少云霄宗的修士距离此地不远。但他堂堂云霄宗长老，遇见年纪轻轻的晚辈只能求助他人？这叫他的一张老脸往哪儿搁？更何况，这事是他做得不地道，此前恩怨皆因他而起。

"苏竹漪，"他咬碎了口中丹药，"你我之间恩怨太深，不如立下誓言，比武论生死，此前恩怨以命抵消，不再牵连他人。"他顿了一下，深吸一口气，道："若我陨落，实在是我技不如人，云霄宗弟子不得为我寻仇。反之亦然，云林，你做个见证。"花长老侧头看向旁边一脸紧张的年轻弟子。

其实如今古剑派实力大跌，他就算是杀了苏竹漪，也不担心古剑派能掀起多大的风浪。因此这个条件其实表明了他的诚意，也表明了他有自知之明。

他身上有伤，胜算不大，而眼前的苏竹漪实力进步得惊人，不远处还静立了一个人，那人的实力更是让他心悸。仅仅一个苏竹漪，他就已经无法抵挡了，更何况，还有一个强者在一侧虎视眈眈。

通过刚刚苏竹漪那一剑，他就知道，今天哪怕自己有再多的法宝，恐怕也支撑不住。他没把握坚持到云霄宗弟子赶来，同样，他还想保住旁边的云林。而他这么说，就是让云霄宗不能因着这次的事情而找古剑派麻烦，算是给苏竹漪一个承诺，她可以放心地杀他，云霄宗不会因此而对付她，只希望他死后，苏竹漪也不要再去找花宜宁的麻烦了。

恩恩怨怨，一笔勾销。

苏竹漪摸不清楚秦江澜的心思，她这会儿担心的是秦江澜会出手干涉，既然花长老自己这么说了，秦江澜想阻止都没理由，因此她点头："好。"

说罢，她欺身上前，无影无踪步法施展开，身形变得鬼魅无比。

花长老站在原地，他服用丹药后须发皆白，脸上都起了褶皱。人心是矛盾的，虽觉得自己无法脱身了，但总归还是放不下剑道已毁的女儿，他在刚刚那一瞬间服下了丹药，短时间内提升了修为。他负手而立，站在原地，本来握在手中的飞剑落地，取而代之的是一柄满身裂纹的断剑。

那剑断得比苏竹漪的剑祖宗还厉害，好似被炼器师强行拼凑在了一起，只有半截，上面裂纹无数，像一碰就会再次碎裂一般。那是花长老的香附剑，当年由其爱妻所炼。

秦江澜远远站着，看着花长老手中的香附剑，眸色微黯。

他记得那柄剑。他上辈子在得到松风剑之前，用的剑就是花长老妻子所铸的，陪伴了他近百年。当年，他们还想撮合他跟花长老的女儿结为道侣。

原本秦江澜是不记得花宜宁的，对她没多大印象，只是隐约记得人名，样子都有些模糊。但他掌控了流光镜，且在转生池里转了一圈，从前的生活便又经历了一遍，自然也都完全想了起来，只是没想到，苏竹漪跟他们有这么深的仇怨。

如今的花长老不是苏竹漪的对手。

秦江澜眉头深锁，站在原地，一时没有动作。而远处，苏竹漪和花长老已经战到了一处。

不过短短几个回合，苏竹漪就已经完全占据上风，她一掌拍出，直接打在了花长老天灵盖上，烈焰掌焚烧之下，花长老满头白发都被烧焦了，头上有鲜血流出，满脸血污。

"花长老！"旁边的云霄宗弟子惊呼出声，想要上前扶他，然而花长老手举平，示意弟子不要靠近。

他看着苏竹漪道："没想到，你已经如此厉害了。古剑派落雪峰的修士个个都这般惊人，老朽佩服。"说完，他吐出一口鲜血，手颤巍巍地捂着自己的伤口，道："剑道造诣之高，前无古人，后无来者。"

他身上最重的伤自然不是来自那一记烈焰掌，而是胸口的剑伤。花长老说话的时候再也支撑不住，单膝跪地，一只手撑着断剑才没有彻底倒下，他此时脸色惨白，满脸血污，看着苏竹漪目露乞求："宜宁是我没教好她，把她宠坏了，但她修为尽失，剑道已毁，还请小友，放她一条生路……"

眼前的女子仗剑而立，浑身上下气势惊人，若她成长起来，怕是能一剑惊天下，花长老甚至觉得，哪怕是云霄宗，都拦不住她了。

她站在那里，犹如一柄指天的利剑。

花长老眼神涣散，不停地咯血，他看着苏竹漪，目中透着丝丝祈盼。

苏竹漪知道他不行了。临死之时，人通常有诸多要求，然而放过花宜宁，她没那么大度。苏竹漪往前踏一步，威压直接施展，本就油尽灯枯的花长老再也支撑不住，身子歪倒，支撑他的香附剑也在一刹那完全碎裂，他倒在地上，手只握了一截剑柄，哪怕陨落，眼睛也没有合上。

身后，秦江澜祭出流光镜，默默将花长老的元神收入流光镜中。

旁边云林冲到了花长老身前，怒视着苏竹漪："同为正道同门，你竟然下此毒手！"

苏竹漪睨他一眼，冷笑道："生死比斗，不懂？"

云林面色一滞，抱着花长老的尸体离开，他没走多远，便有一群修士踏剑而来，剑光犹如流星闪耀，快速接近。

花长老死了，魂灯自然熄灭。他在云霄宗地位极高，乃长老之一，因此便有云霄宗修士追踪过来。

"发生了什么事，云林，花长老怎会陨落？"

人未至，声已到，云霄宗宗主大喝一声，其声隆隆，犹如雷鸣。

哟，云霄宗进来的修士基本都来了，连秦川都在呢。她侧头，冲身后阴影中的秦江澜浅浅一笑。

秦江澜，这次我跟你师门起了冲突，你会如何做呢？我很好奇。

"是你！"云霄宗宗主看到苏竹漪，目光微讶。

他落在云林身前，检查了花长老的伤口，随后皱眉问苏竹漪："花长老是你杀的？"

看过了花长老身上的伤口，云霄宗宗主心中的惊异又增加了几分，花长老身上有几处剑伤，其他较轻的伤口是古剑派成名剑法天璇九剑造成的，但花长老的致命伤口却并非如此，那一剑威力太大，竟然将元婴期的花长老一剑刺穿，剑气不仅破开了他的灵气屏障和其他防御，还将肉身洞穿，这等威力岂是金丹期的苏竹漪能做到的，莫非，其中有什么误会？

虽愤怒至极，但云霄宗宗主也不想胡乱下结论，他神识落到苏竹漪身上仔细查看，随后发现，她已经是金丹期大圆满了，且身上气息浑厚，自身好似不由自主地吸收灵气，隐隐形成了一个灵气旋涡，这是修为进入大圆满境界，即将突破元婴期的征兆。

古剑派落雪峰的苏竹漪当真是天纵奇才，竟然将三阳聚顶资质的秦川都给比了下去。

现在的秦川在秘境里得了机缘，如今也才刚刚进阶到金丹期四层修为。

苏竹漪没说话，直接把当初打算给掌门的留影符取了出来。

她将灵气注入符中，当初在南疆时，花家父女跟苗蛊寨勾结，欲用她来养美人蛊的画面就这么直接地展现在了众人眼前。这些事情在转生池里她又经历了一回，此番再看，并没有多大感触，只是到最后，她忽然想到，若是没有花家父女害她，她当时就不会身受重伤，后来她拼了老命地往古剑派落雪峰赶，又跟龙泉剑对抗，若她当时没有受伤，或许身上那情蛊就没有机会成熟。

毕竟，苗麝十七只是在她身上下了一个微小的虫卵，若不是她太虚弱，那时候情绪太过激烈，哪里有那虫卵成熟的机会。

"这……"

云霄宗宗主没说话，身后两个长老同时皱眉。

花长老和花宜宁逮了魔道女修炼蛊也就罢了，最后居然要杀正道同门，还在那儿强词夺理，听到花宜宁的那些话，云霄宗的几个强者都有些脸红，一时不知道说什么才好。

"这肯定是假的！"人群之中也有花长老门下的弟子，花长老在云霄宗地位很高，名声也不错，除了溺爱女儿一些，对其他弟子都十分和蔼，还为宗门炼制了很多丹药，在门中颇受崇敬，因此这会儿有弟子高声辩驳，呵斥苏竹漪。

然而就在这时，蛊虫漫天飞舞，画面断断续续，就见花长老自己拉着飞行法宝，想要救走云霄宗弟子，那画面看得人怔住，又感动又担心，一时忘了说话，却在下一刻，他们看到花长老丢弃了飞行法宝，捏碎了遁光符，瞬移到远方。

他只带走了花宜宁。

云霄宗另外几个弟子均被蛊虫啃成了白骨，凄厉的惨叫声让在场的修士都愣住了。

"他们都死了。"良久后，终于有人出声道，"那是齐月师妹。"

"另外那两个是我的师兄。"又一人道，"他们那次出去的确没回来，师

父，他……"

他说师兄出了意外，没了。

当时师父脸色太差，身子也虚，师妹更是重伤，人都废了，所以，他们都没敢具体问，根本不知道师父和师兄他们这次出去遭遇了什么，为什么会这么惨烈。

现在，看到这些画面，他心头下意识地觉得，这是真的，并不是刚才那同门所说的造假。

花长老在关键时刻舍弃其他弟子，带走爱女花宜宁，其实可以理解，然而他心里头总是梗了根刺，有些不舒服。

"看到了？"苏竹漪收了留影符，"他们之前就请了血罗门的死士暗算我，后来更是直接想抓我炼蛊……"说到这里，苏竹漪顿了一下："若不是被他们所害，我体内也不会中另外一种蛊虫。"

她看着云霄宗众人，然而这话，她其实是说给秦江澜听的。

"本来掌门打算替我讨个公道，却没想到，师门出了意外，而段掌门也陨落了，但这笔账，我自己得讨回来。"苏竹漪将手中的剑一挥，指着那云林道，"姓花的自己跟我定了生死比斗，他输了，所以死了。"她冷冷环视一周，飞剑横扫，一道剑气以弧形飞出，地上眨眼便出现了一道深深的剑痕，苏竹漪蹙眉，扬声道："若是你们云霄宗有人要替他报仇，那我也奉陪到底！"

"云林……"云霄宗宗主看向了一旁的云林，眼神凌厉。

云林哽咽道："回禀宗主，花长老确实与她定下了生死比斗，并且让我做见证，他说，若是他陨落了，我们都不得替他寻仇。"

"还有呢？"宗主冷声问。

云林稍稍犹豫，最终还是道："花长老，他……他还请她放宜宁师妹一条生路。"

话音落下，云霄宗弟子顿时哗然。

花宜宁在云霄宗内，难道苏竹漪能跑到云霄宗去杀人，他们还护不住一个师妹？

虽然目前看起来是苏竹漪占了理，但她那样子看起来也太嚣张了，什么叫若是有人替花长老报仇，她奉陪到底，简直是目中无人！

之前质疑的那个弟子只有金丹期三层修为，本身实力并不足以进入秘境，属于优秀的年轻弟子，被宗门护着进来历练的，跟秦川的身份类似，是排在秦川后面的万年老二。

240

他非常崇敬花长老，此刻依旧不肯相信花长老被一个金丹期的女修给杀了！因此他这会儿仍梗着脖子，涨红着脸吼："花长老怎么会输给你一个金丹期！你肯定耍诈了，你是不是用了毒？"

"怎么，不信？"

"你想试试？"苏竹漪亮了剑，朝他挑眉钩了下手指，"来！打到你信为止，如何！"

她的语气没那么冷了，脸上还带了笑容，本来就美得让人难以忽视，现在那张脸上少了凌厉和冷漠，眉梢眼角多了风情，在清冷的月色下更显妩媚，头发随意披散，被夜风吹得飞扬，脸上柔光镀了一层银灰，星眸耀眼，眸子里的光能击中人的心脏。

此时的她像是月下精魅一般勾人心魄，这么一个简单的动作，竟让那年轻男子愣住，心中的怒火要发不发，突然被堵回去了。

他的脸更红了，也不知道是气的还是其他原因。

"你别嚣张！"他结结巴巴地喊了一句，随后拔出剑打算迎战。就在他拔剑的一刹那，秦川突然开口："我信。张良师兄，你不是她的对手。"

秦川并没有站在前面，他默默站在队伍的后端，苏竹漪听到他的声音后，循声望过去，冲秦川扬了一抹恣意张扬的笑。

秦川稍稍愣住，也回了一抹浅笑，脸上迅速爬满红晕。

就在这时，阴影之中的秦江澜走了出来。他一步一步往前，站在了苏竹漪身侧。

他只出了一剑，松风剑的剑气稳稳当当地落在了苏竹漪刚刚划出的剑痕上，如果说苏竹漪刚刚是在身前斩出了一道沟壑，那么秦江澜这一剑便将这沟壑扩大为天堑。

就好像他们面前陡然出现了一个山谷一般。

这人轻飘飘地出了一剑，竟然有如此威能。

"现在，信了吗？"秦江澜没有看任何人，但每一个云霄宗修士都觉得他的视线正扎在自己身上。

秦川脸上的笑容凝住，他默默低下了头，握了握手里的剑。

那个人是谁，他的剑法竟然厉害到了这样的地步。只有那样的人，才能站在她身边吗？

秦川低头不语，而这时，他师父鹤老上前一步，冲那人行了大礼。

"前辈，原来您也在这里。"鹤老弯腰行礼后，缓缓道，"上次多谢前辈指

点，晚辈受益匪浅。"

此人上次诛杀那么多魔修只出了一剑，他若是指点了苏竹漪，苏竹漪能够杀了花长老也就不奇怪了。

"是那位？"鹤老跟云霄宗宗主提过古剑派曾出现过的那厉害剑修，他当时用的是云霄宗剑法，所以，他一直觉得此人跟云霄宗关系匪浅，莫不是早些年的某位隐世长老？

云霄宗有的长老修行遇到瓶颈后就会离开宗门满天下历练，有的一去不返，是以，他们有了这样的猜测。

宗主此时也上前一步，鞠躬行礼，恭谨问道："不知前辈高姓大名？"

秦江澜没有隐瞒，他淡淡道："秦江澜。"视线不经意地扫过秦川，随后又落在了苏竹漪身上，他伸手，轻轻放在她腰侧："我们先走？"

他出来震慑住云霄宗，使得他们不敢对苏竹漪使出任何手段，这就是他的目的。一旦双方交起手来，他会毫不犹豫地站在苏竹漪身边。

因此，能不打最好不过。

人群中，秦川猛地抬头，他觉得自己的心脏好似被刺了一下，莫名难受得厉害。

她不要他叫秦江澜，是因为这天地间已经有了一个秦江澜。

原来如此，原来如此……

在她眼里，秦江澜是独一无二的存在，所以，他就是同名都不被允许。

秦川默默垂下头，只觉胸口难受，好似快要喘不过气来。

看到秦江澜出来，苏竹漪就知道打不起来了。他们身前是秦江澜一剑斩出的天堑，那剑痕跟她之前划出的一剑完全重合，这等掌控力，用出神入化来形容也不为过。

上辈子，苏竹漪知道秦江澜剑法精妙，但她自己不是剑修，所以只觉得厉害，体会不到其中精髓，如今却是明白了她和秦江澜之间的差距。若是剑祖宗在秦江澜手上，只怕现在已经完全恢复了吧。

秦江澜揽着苏竹漪的纤腰，带着她从云霄宗弟子头上飞过，就在他们飞起的一瞬间，一道白光闪现，是之前那条灵蛇咬住了她的鞋面。

"当心！"底下有云霄宗的弟子看到了，怕那灵蛇有毒，下意识挥剑去斩。然而下一刻，就有长老出声阻拦："那灵蛇想要认主，你们不要添乱。"

人比人气死人，她年纪轻轻，长得好看，修为高，剑术强，讨灵兽喜欢不说，身后还有个顶阶强者做靠山……

　　有个云霄宗的女弟子终于忍不住嘀咕道："那个苏竹漪可真是福运通天，所有的好运气都聚集在她一身了。"

　　苏竹漪是美，但她身侧那男子更是俊美强大，让不少女修忍不住看了又看。"我要有她一丝气运也好啊。"

　　"我要有个那么厉害的人护着该多好。"虽说平日里都是刻苦修炼的女修，然而此时见了那苏竹漪，心中依旧有了一丝不切实际的幻想和期待。她那样的人生，谁不羡慕呢？

第九章

渡劫

苏竹漪和秦江澜往北边飞了过去。

那白色透明的小蛇咬着她的鞋面，接着又缠在了她脚踝上，像给她戴了个银白色的足环一样。灵蛇吃了素心花进了阶，现在神识能跟苏竹漪交流，也就表露了自己想要跟着她的意思。

苏竹漪倒是有些好奇，问："明明他比我强得多，你为何选我不选他？"

小白蛇便很得意地卷了两下尾巴。"可他听你的话啊。"它没说，另外那个强的有点叫它害怕，身上有一种让它不太喜欢的力量，就好比其他人身上生机勃勃，而他却暮气沉沉。

苏竹漪却没有养灵蛇的打算，她现在实力强，身边跟个秦江澜比什么灵兽都好用，加上还有转生池里的小骷髅，等他出来后，不晓得多厉害，她身边有了这么强的两个打手，还要什么小灵蛇啊，如果这家伙实在要跟，到时候扔在落雪峰看家护院就好。

秦江澜飞的时候没踩剑，他单手揽着苏竹漪盈盈一握的细腰，足尖轻踏，时不时需要踩着落叶树顶着力，不借助法宝，飞行速度倒不慢，只是飞得不平稳，时高时低，在踩到树顶的时候，他身子飞纵到高空，高高跃起，衣袍被风吹得鼓起来，好似在夜色下展翅的鹰，苏竹漪被他搂着，自身没有用一点灵气，她就像菟丝花一样缠在他身上。

在高高飞起的一刹那，苏竹漪觉得好像一伸手就能够到天上的月亮，她腾出了一只手高高举起，掌心合拢掬了满手夜风。随后她又张开五指，任由夜风穿过指缝。

她自己也提气飞过，但那种时候，多半是她很苦，没有法宝，又或是法宝被毁，逃命的时候，跟现在的情况完全不同。

更何况，自己飞和被人抱着飞的感觉是完全不一样的。

他们飞得又高又疾，速度不比松风剑慢，然而夜风却不刮脸，一点也不觉得冷。说他用结界挡了风吧，却又有一丝风吹过来，凉丝丝的，叫她舒服得很，她手举了一会儿又觉得累，主动用双手搂住了秦江澜的腰，往他怀里钻。

头抵在他脖颈处，越埋越深，身子也越贴越紧，苏竹漪还微微低头，将自己的脚尖踩在了秦江澜的鞋面上，明明在凉风中，她却觉得他的身体越来越热。

苏竹漪还不怕死地去咬他的喉结，她用舌尖轻轻舔了几下，使得秦江澜手上用力，大力将她箍紧。

他没有继续飞了。

身子骤然坠落，苏竹漪咯咯笑了几声，在即将落地的一刹那，苏竹漪眼神里有了一丝讶异。

咦，不飞了？就这么掉下去，撞到地面上？

高空坠落，会受伤也说不定。不过，她却不怎么担心，果然，下一刻，秦江澜脚踩上了松风剑，松风剑载着他们再次飞上高空，而这一次，不再是起起落落地飞行，而是飞得十分平稳了。

落到松风剑上，苏竹漪就没了逗乐的兴致，她松了环住秦江澜的双手，坐到一旁开始修炼。秦江澜这假正经不肯与她双修，她就只能自己苦哈哈地修炼冲击境界，争取早日结婴了。

好在这古秘境内灵气浓郁，她感觉要不了多久就能突破。

苏竹漪坐下后，秦江澜也坐了下来，在松风剑飞过一棵大树的时候，他伸手摘了一片翠绿的叶子，用灵气轻轻一抚，把叶子拿到嘴边吹奏起来。

曲声幽幽，可助她凝神静心，提升修炼速度。

一夜过去，秦江澜道："到了。"

前面的路不能飞行，他们得从山壁的狭缝里钻过去。

苏竹漪从剑上跳下，好奇地打量前方。

他们面前是一道很细的缝，像是有人在高山上劈了一剑，剑将山刺穿，而他们要从这狭缝里通过。

缝隙太窄，两人不能并肩前行。

秦江澜在前面开路，只是他走在前头的时候，也没忘记牵着苏竹漪的手。他的个子比苏竹漪高，肩膀也宽一些，肩膀在山石上都擦破了皮。一些碎石滚落下来，苏竹漪这才发现，这石头坚硬得可怕。她本来打算用剑把石头劈开一点好过去的，现在看来，指不定削不削得动呢。

"这山石很坚硬，若是强力破坏，或许会将整个通道堵住，而这里，我们飞不过去。"这天地间有太多古怪之处无法参透，他们如今实力已经很不错了，但在这一片有息壤出现的区域，依旧得小心翼翼，不能乱来。

"哦。"因为有秦江澜走在前头，苏竹漪在经过的时候，就不觉得挤了。她看到秦江澜肩头的衣服已经磨破了，肩膀都磨破了皮，微微挑眉，问："上辈子，你怎么跑到这里来了？那时候你是如何通过此地的？"

他们进了转生池，实力大增后进来都这样，上辈子的秦江澜到底如何过来的？

秦江澜脚步稍稍一顿。

苏竹漪没料到他突然停住，直接撞到了他后背上。

"当时我被一只恶兽追，只有这里一条生路。"他被追得走投无路，看到有缝隙可钻，自然拼了命地想挤进来，那时候，他受的伤可重多了，恨不得削断了自己的身子骨，挤到这狭缝之中。

为了活命，秦江澜也有这么狼狈的时候。

所有人只看到了他的光鲜，但实际上，每一次机缘、每一次提升都是以生命和鲜血换来的。当时的他觉得自己撑不下去了，但他始终没有放弃。

他渡过了无数次劫难。

修真路上有无数坎坷，他都一一踏过。

牵着苏竹漪的手紧了紧，然而他没有渡过这个劫。

情劫。

埋得太深，在初次遇见时欠下的债，在心里种下了一颗愧疚的小种子，随着时间的流淌而生根发芽，以她的一举一动、一颦一笑为营养，就那么长得枝繁叶茂，扎了深深的根，长成了参天大树，贯穿了他的整个人生。

剜不去，割不掉。

毁掉那棵树，也是毁掉他自己。

他牵着她的手继续往前走，走了将近半日，才终于走出那狭缝。

狭缝里是黯淡无光的，在他们走出去的那一刻，那万丈光芒兜头罩下，更把眼前人衬得宛如神祇。

苏竹漪看着亮光下的秦江澜，他站在那里，聚拢了天光，让周围的一切都变得黯淡，抑或是，那一刻，她的眼里只看得到他了。

迷迷糊糊地走出了狭缝，苏竹漪看到的是一道瀑布。

他们从狭缝里钻出来竟然到了一道瀑布背后。

她刚刚被秦江澜晃花了眼，都没怎么注意外界，结果秦江澜也没提醒她，以至于她贸然出去，就被淋成了落汤鸡。

身上的衣服湿透了，就那么紧贴着肌肤。

苏竹漪的衣衫素来轻薄。

她这次出来，穿得没以前那么张扬，不是耀眼的红，颜色稍微素淡了一些，却没想到，那素色的裙子沾了水，会变得那么透明。

苏竹漪本来打算用灵气把衣服弄干的。

看到秦江澜故作镇定地看着她，她就那么湿淋淋地过去抱着他的腰，问："你故意的吧？故意不告诉我这里有水。"

故意站在那里晃她的眼。

"故意让我湿淋淋的。"松了手，足尖一点，她又退回瀑布底下，在水底下旋转起来，还扭起腰肢跳舞，她浑身都湿透了，衣服紧紧贴在身上，勾勒得身材曲线更加曼妙。

秦江澜完全没有办法移开视线。

他还想忍住，可一瞬间，脑子里一片空白，所有的理智都消失，所有的隐忍和克制都化作乌有。

"妖女。"他艰难地抬起手，将她扯进自己怀中。

嘴唇在她唇上轻触，冰冰凉凉又软糯香甜，好似能吮出蜜糖来。

他轻轻咬了咬她小小的耳垂，在她耳边又低声呢喃了一句："妖女。"

勾魂夺魄的妖女，就是她了。

"不爱我，为什么要勾引我？"他下意识手上用了点力气，似乎到了这种时候，仍想将她推开。

苏竹漪牢牢扣住他的肩膀，闷哼一声后，不满地回答："谁……谁说我不爱你了？在转生池里我什么都想起来了，我……明明很爱你啊。"

也不知道这家伙到底在纠结什么？爱不爱有那么重要吗？当然是吃到嘴里更重要啊！

她的腿主动缠上了他的腰："等我突破元婴，定不会再受情蛊影响，到那时，你就知道，我有多爱你。"

此话一出，秦江澜再也把持不住，他俯下身去，将苏竹漪牢牢压在了身下。

瀑布飞溅，水珠晶莹得犹如一颗颗璀璨的珍珠，时不时有飞鸟从眼前掠过，她一开始还能看看瀑布外的风景，到后来，就只剩下低低的呻吟了。

背抵着冰冷的石壁，面前却是滚烫的身躯，在冰火两重天的夹击之下，苏竹漪的神识好像已经脱离了躯壳。

阴阳和合的推动下，有丝丝缕缕的灵气涌入身体，让苏竹漪本来已经到达瓶颈的修为境界再次有了松动。

她想到了在凡间时烧开水的情景。

水开了，把水壶的盖子都快顶起来了。

盖子被一下一下往上顶，现在，她的身体是这样，修为境界也是这样。

天光好似被乌云吞噬了。

苏竹漪："……"

不会吧？她才刚尝到滋味呢！该不会元婴期的雷劫来了吧？

天色一下子就变得阴沉沉的。

苏竹漪怀疑她元婴期的雷劫要到了，她本是耽溺于这场情爱之中的，这会儿听到轰隆隆的雷声，她登时有些心慌意乱，又好似海上小舟一般起伏不定，只能牢牢地攀着那根滚烫的救命浮木，手抓得很紧，心里头却知道这样是不对的。

她勉强打起精神，用手去推秦江澜。

秦江澜依旧压着她，并没有将她松开。

"雷劫，秦江澜，雷劫！"她身上的灵气开始不稳定了，灵气汹涌起来，一点一点漫上她的身体，偏偏那情潮也没退去，她的身子绵软无力，精神却高度亢奋，手明明是在推秦江澜，推着推着，又紧紧抓住，指甲在他身上抓出了血痕，而她更是很想放声尖叫。

"啊！"她很紧张，身子和灵魂都在战栗，在情欲和即将到来的雷劫的双重刺激下，苏竹漪再也撑不住，彻底软了下来，眼前好似有白光闪过，大脑瞬间一片空白，身体好像浸泡在温泉里的花瓣，被那热气彻底打湿，浸泡得更加柔软，花瓣里的颜色都给浸泡得透了出来。

她脸颊绯红，白玉一般的肌肤也红艳艳的，像是全身抹了胭脂、披了红霞，肌肤上还渗出了一层薄汗，有汗珠顺着额头滚落，被秦江澜直接吻了去。

苏竹漪完全软了下来，她环在秦江澜腰上的腿没力气了，人也完全站不稳。

外面雷声越来越急，她打起精神，想推开秦江澜。

可秦江澜仍不愿放开她，他以她的身体为战场，好似将她劈成了两半。

"秦老狗！"她嗓子都沙哑了。

秦江澜的身子重重压下，他没有继续动作，而是将头埋在她颈窝，轻轻蹭了两下，又抿着她嘴唇道："不怕。我替你挡。"

浑蛋！雷劫要是那么好挡的话，怎么会有那么多人渡劫失败！

若是有人帮忙，雷劫的威力会更大一些。

更何况，苏竹漪如今的雷劫本身不是一般的雷劫，若是一般的元婴期雷劫，她对自己有信心得很，毕竟上辈子已经渡过了一次，然而现在她是重生者，是天道不容的异类，她的雷劫来得突然，威力自然也超乎寻常。

"你他妈滚远点，别连累我！"苏竹漪在储物法宝里东摸西摸，第一时间掏出了替身草人。秦江澜静止不动了，她的意识也就渐渐回笼，这会儿冲秦江澜大声吼，自己都不知道是因为害怕他的存在而使得雷劫威力增加，还是因为他想要阻挡雷劫。

只是苏竹漪话音落下，就看到一道雷电轰的一声落下，她立刻运转灵气支撑起灵气屏障，与此同时召出了剑祖宗，手一抬，打算以剑相抗。

姗姗来迟的剑祖宗瞄了一眼还交缠在一起的两个人，剑身上的青光莫名闪了闪。

而这时，秦江澜的松风剑已经飞出，跟那雷电相撞。

轰隆一声巨响，苏竹漪感觉到巨大的震荡在松风剑和闪电撞击的地方炸开，好似形成了一个旋涡往外蔓延，她没感觉到多大的压力，却发现身上的秦江澜身子微微一颤。

兴许是秦江澜替她阻挡雷劫，惹怒了头顶上那片天，没有任何喘息的机会，第二道、第三道雷电转瞬落下，松风剑挥剑去斩，剑身发出一声震耳欲聋的雷鸣，犹如狂龙呼啸。

第四道天雷落下，秦江澜收了松风剑。

他知道，如果继续用剑去挡，松风剑会折断。

他将灵气运转到极致，在身上形成了一个防御结界，再一次挡住了雷劫。

轰隆一声，第五道、第六道、第七道雷电同时劈下，连续三道神雷打在了秦江澜的防御结界之上，那结界受到了一次比一次强的冲击，上面布满裂纹，最终彻底消失。也就在结界被击破的瞬间，第八道神雷转瞬而至，穿透了瀑布水帘，打在了秦江澜的后背上。

水滴飞溅，再次将他们两个人淋得湿透。

那剑都无法劈开的山石被雷劈得滚落，大量石头从高处落下，砸在了秦江澜的身上。

秦江澜把她护在身子底下。

不论是天空劈下的雷电，还是头顶滚落的山石，都没有碰到苏竹漪。

那一刻，他好像给她撑起了一片天空，替她遮风挡雨，免她颠沛流离，让她有枝可依。

苏竹漪的手环到了秦江澜的后背上，她手有些发抖，胸口也闷得慌，她颤抖着摸了一下他的后背。

摸到了满手的鲜血。

秦江澜如今是很厉害，比他上辈子更厉害，还在转生池里经历了一回，肉身被淬炼，实力强大得惊人，也正是因为实力强大，才会让她元婴期的雷劫变得如此可怕。

外面漆黑一片。

瀑布都好似被雷电拦腰斩断，不再有水花飞溅。那黏稠压抑的墨色里，唯有身上的人眼睛是明亮的，像两颗耀眼的星辰，让苏竹漪在这巨大的危机之下，也觉得心安。

下一刻，最后一道神雷出现。

没有雷声，没有雨声，只有紫金色的电芒把黑暗撕裂，将周围照得亮如白昼。像有一团火从天空坠落，笼罩在她头顶上空。

而她依然被他死死压在身下。

一只手蒙上了她的眼睛，掌心的温度让她心安。

苏竹漪的神识也受到了限制，她什么都看不见，什么也听不到，身处一片黑暗之中，心也渐渐沉寂下来。

她的意识渐渐模糊，仿佛沉入一个漆黑的梦境牢笼。

不知道过了多久，苏竹漪睁开眼。她发现自己倒在一片荒漠之中，头顶上是热辣辣的太阳，烤得她身体脱水，头晕目眩。

这是哪儿？

她是谁？

为何会出现在这里？

灵气呢？灵气都好似快被烤干了，体内只余下一丝灵气，苏竹漪舔了一下干裂的嘴唇，不敢轻易动用灵气，她打起精神，跌跌撞撞地往前走，走了十来里路，苏竹漪看到前面有个修士在跟沙漠中的一只灵兽搏斗。

那男子皮肤黝黑，骨瘦如柴，身上到处是伤。

与他战斗的是一只沙蝎，此时尾巴断了，甲壳上到处都是剑痕。

苏竹漪权衡了一下，没有上去帮忙。她等到最后关头，沙蝎和修士都精疲力竭之后，上前给他们一边补了一剑。她从人修身上搜出了两颗丹药，把沙蝎的血喝了，捡了人修的一个储物法宝做水囊装了剩下的血，又用剑祖宗把沙蝎的肉割下来装好，甚至用它的壳子做成了铠甲一样的衣服。沙漠里的太阳太毒，沙蝎之所以能在这里生存，是因为它的壳子能够有效地阻隔那火辣辣的阳光。

苏竹漪做这一切都是为了活命。

她收拾好了之后继续上路，然而自那以后，苏竹漪再也没有遇到过一个人、一只灵兽。那片荒漠里没有一棵杂草，也没有一个活物。

她孤独地行走，直到灵气彻底耗尽，身上带的沙蝎的肉和血全部吃完喝完。她固执地向着一个方向前行，总觉得不管这沙漠多大，她朝着一个方向前行，就一定能走出去，然而最后，她昏倒在沙漠之中，身子被风沙掩埋，与黄沙融为一体。

再次醒来的时候，苏竹漪发现自己回到了原点。

她一醒来就注意观察自己周围的环境、自身的状态，哪怕周围都是同样的沙漠，苏竹漪也能察觉到，她返回了起点。这是为什么呢，难道说，她进入了一个阵法？

这一次，苏竹漪换了一个方向前行，然而走了同样的距离，她再次看到了生死搏斗中的沙蝎和人修。苏竹漪皱眉，她依旧没有任何改变，没有帮任何一方，等到两边都精疲力竭时，苏竹漪杀了沙蝎，站在只剩一口气的人修面前，问："这沙漠里到底有什么古怪？我没看到阵法，你知道些什么？"

"你救我，我告诉你。"人修回答道。

她身上只有微弱的灵气，她自己都随时可能死去。

若把那一丝灵气注入人修体内，他勉强能多撑一会儿，然而，苏竹漪不会那么干。她本打算威胁他，转念想到他本来就要死了，看他那眼神，就知道这么威胁行不通，于是她没吭声，这次没有像上次一样补上一剑，而是静静等他死亡。

她同样在人修身上搜出了两颗丹药，依旧按照老样子前行。一路上做下标记，节省体力，这一次，她走得比上次远，却依旧淹没在了黄沙里。

第三次……

第四次……

第五次……

第五次的时候，那个人修终于忍不住主动说话了。

"你救我，我们就有两个人，我在这里生活了很长一段时间，我比你有经验。我们互相陪伴，总比你一个人孤独地死在这里好。"

他如果不说话，苏竹漪还能等他安静地死掉，他说了这些废话，苏竹漪就又提剑给他补了一下。

之后又继续往前，她陷入了一个轮回的怪圈。只是不管重复多少次，她的想法从来没变过。

活着离开。

经历了多少次，她已经不记得了。

最后，她终于看到了沙漠边缘，看到了绿洲。

就在倒在绿洲里的一刹那，苏竹漪感觉到有水珠落到唇上，她周身清凉无比，又有一股灼热温暖的气息扑面而来。

苏竹漪睁开眼，就看到秦江澜逐渐靠近的脸。

他神色一僵，却没有被抓到的羞窘，反而继续低头，在她唇上一吻："醒了？"

"我昏迷了多久？"

"一息。"

才一息？也就是说，她就是闭了下眼，就进入了梦境。而在那个梦境里她经历了几十个轮回。

苏竹漪此时已经明白了，那梦境其实是渡劫时的心境考验，大概是因为雷劫被秦江澜挡了，她突破修为境界时就有了个对心境的考验，好在她目标明确，也算是意志坚定，因此并没有困在梦境里多久。

如果她选择救了那男子，跟他一起生活，或者说救了沙蝎，跟它一直纵横沙漠，便可能出现不一样的结局。

可她就是那么坚定，那么坚定地无视陌生生命，那么坚定地依靠自己而活。她会觉得一个濒死的修士不值得她信赖。

她或许不会再杀他，等他死亡，却也不愿意浪费自己的灵气去救他。他若是有本事走出沙漠，便不会使他自己落到那般田地。总之，就是在那种情况下，苏竹漪更愿意相信自己。

重活一世，苏竹漪心中或许有了情，但她依旧小心眼得很，也就在乎几个值得在意的人，在其他人面前，她其实依旧是冷血的女魔头。

然而，她喜欢这样的自己。

她自恋。

她也自信。

实际上，不管是哪一辈子，苏竹漪都觉得自己挺了不起的。

思绪回笼，她看到秦江澜正欲说话，眼皮合上，身子重重压在了她身上。

她只昏迷了一息，也就是说，秦江澜刚刚承受了她雷劫的最后一重，那紫金色的电芒撕裂了天空，从天而降的火流星砸在了他身上！

"秦江澜！"

他昏了过去。

就在昏迷前的一瞬间，他还低头吻她。

苏竹漪脸色一僵。

苏竹漪成功渡过了元婴期的雷劫。

她现在已经是元婴期修士了，全身经脉得到了拓宽，体内灵气也十分充沛。

她现在刚刚突破元婴期，但苏竹漪明显感觉到，如今她的实力比上辈子最强的时候还要厉害得多，最起码，她上辈子没有在转生池里滚一圈，肉身远远不及现在。

她元婴期了，哪怕苗麝十七在她面前出现，催动情蛊，也影响不了她了。除非苗麝十七修为也陡然进阶，不过这种可能性太小，她能这么顺利，完全是因为她是重生的，而上辈子的她早就是元婴后期的实力。

实力上去了，苏竹漪就不会担心自己会像疯了一样爱上苗麝十七。

253

苏竹漪深吸一口气，随后将手按在了秦江澜背上。他背上有很多血，明明浑身肌肤犹如铠甲，但依然被最后那道雷击得伤痕累累，整个背部血肉模糊，衣服都碎成了渣。

若不是秦江澜给她挡了这天雷……

想到这里，苏竹漪有些头皮发麻。她现在清楚自己跟秦江澜的实力差距，如果不是秦江澜给她挡了这九道雷劫，她肯定扛不住。

就算侥幸扛下来，也是半死不活。

他又救了她一次。

苏竹漪小心翼翼地从秦江澜身下挪开，将灵气注入他身体，紧接着又往他嘴里塞了一颗疗伤的丹药。

他是被天雷劈伤的，肉身和神识都受创不小，正是这个缘故，他才会昏迷，苏竹漪觉得秦江澜伤得太重，她那颗丹药根本起不了太大作用，她稍稍整理了一下衣裙，随后往外看了看。

这一片区域有息壤存在，周围的灵草不少，仙草也有。如果能找到一株养神的仙草，那秦江澜苏醒得肯定会快一些。

苏竹漪一时找不到，直接把小白蛇拎过来，打算问问它，知不知道哪里有滋养元神的高阶甚至仙品药草。

小白蛇原本一直缩在狭缝里头，大半个身子埋在碎石堆里，它出来之后道："我就一直守着素心花，对别的药草不怎么关心。"

脑袋转了两圈，小白蛇又道："这里我没来过，我们都有领地意识，一般来说，不会轻易靠近别的强者的领地。"

别的强者的领地，意思是这里头也有一个强者？

苏竹漪心头一惊，那强者在哪儿？为何她什么气息都没感觉到，也没有任何强大生灵出现。瀑布外头是一个盆地，就像在地上放了个花盆，盆地边缘起伏不平，上面长满了绿色植物，像镶嵌了一个绿色的荷叶边。

盆地内芳草萋萋，神识所过之处都是一些低阶灵兽和灵植，她压根没感觉到任何强大气息。

要么，这里根本没有强者。

要么，这里的强者修为远远超过她，所以她无法察觉。

但秦江澜也没察觉，他上辈子来过，若真有危险，肯定会提前提醒她，而且刚刚一过来，他就不管不顾地压着她索求了，哪里像是有强者在侧的样子？

苏竹漪这么一想，就放心一些，她又仔细看了一圈，仍没什么发现，就打算穿过狭缝回去之前那边，毕竟那里头有很多高阶药草，没准就有养神的。

秦江澜虽然身体和神识都受了重创昏迷不醒，但实际上应该没有生命危险。

苏竹漪急着找养神的药草，是怕他一直昏迷不醒。

息壤就快出现了，还有不到一天的时间，若是秦江澜一直昏迷不醒，她却把息壤错过了，找不到息壤，就没有办法为流光镜里的世界源源不断地提供生机，青河虽然厉害，却也不可能一直在里头撑着，他们想要建立轮回道，就得继续去寻找生机，可这玩意哪里是好找的……

她把秦江澜扶到狭缝边，在他身边罩了个防御结界，又把小白蛇留下来看守。接着才往狭缝里头钻，她进去后发现之前闪电劈下来，把这山壁也给劈坏了，狭缝口堵了不少碎石，想要顺利通过并不容易。

苏竹漪拿出断剑开路，她知道这狭缝里头石头坚硬，便控制力道挥剑开路，哪儿晓得石头被推开的瞬间，整面山壁都晃动起来，苏竹漪还没走进去多远，她立刻施展无影无踪闪身退出狭缝，就在她退出去的一瞬间，狭缝直接被乱石堵住，只留下了一点空隙。

这盆地是有古怪的，他们之前根本飞不进来，只能从狭缝里钻进来。现在，连退路都没有了。

她担心地看着山壁，忽然，看到那缝隙里有什么东西钻了出来。

污泥从狭缝里冒出，开始只有一丁点，眨眼就冒出了巴掌大小一块，竟是一坨黄泥巴！

息壤！息壤提前出来了。

苏竹漪以前从来没见过息壤，然而看到那黄泥巴的第一眼，她立刻就明白，那就是息壤。而她必须抓住息壤！

苏竹漪直接施展擒拿术，伸手去抓，就在她手指快要碰到泥巴时，她背后一寒，身后陡然冒出一股异常强大的气息！

小白蛇猛地昂头，发出了一声尖厉的长鸣，它是想要震慑对方的，然而在极度惊惧之下，那声音不仅没有半点威慑力，反而像是因为太害怕而喊破了音。

因为对方太强，所以苏竹漪没察觉到它，甚至连秦江澜都没察觉到它。但是在息壤出现的时候，它也出来了。

那是一朵巨大的花，整个盆地其实就在这株植物的身上。荷叶边的盆地是

它的身体，花冠藏在芳草之中，而苏竹漪他们穿过那狭缝后，几乎是直接站到了这恐怖灵植的身上。

它在沉睡，连刚刚的九道神雷都没把它震醒，所以他们根本察觉不到它的存在。而等到息壤一出现，它立刻动了。

苏竹漪浑身冰冷，身子被巨大的威压和阴影笼罩，根本动弹不得，就连神识也好似被冰封了一般。

余光瞄到那巨大的花冠，那花冠的目标不是她，然而她却被那威压波及，依旧浑身僵冷。

它的目标是那团小泥巴。

他们的目标一致，都是息壤。

息壤遇到土地就能钻地消失。而现在，它身后是山壁，那山壁坚硬如铁，并非土壤，但不远处就有泥土了。所以她能抓住息壤的时机也就是这一刹那。

她与息壤的距离比那花近得多。

她的擒拿术已经施展了一半，此番她抵住威压，灵气运转到极致，随后伸手将息壤牢牢抓在手中，那是软软的冰凉的一团泥，只是掌心的冰凉远远不及身后陡然袭来的阴冷气息。

那巨大灵植的目标彻底转移到了她身上。

苏竹漪紧紧捏着息壤，拼尽全力声嘶力竭地喝道："你敢伤我，我就敢毁了它！"

顶着那巨花的神魂威压，苏竹漪尖声吼道。只是一瞬间，她身上汗如雨下，使得她整个人好像刚刚从水里捞出来一样。

那泥巴滑不溜秋，她觉得自己快抓不住了。她的小腿微微发颤，双膝有些下沉，身子好似被一股无形的压力往下按。

她身上还有盘古族人的气息，然而那朵巨大花冠根本不惧。它的花盘转了一下，花朵中的花蕊慢慢抖了抖。

它没有发出丁点声音，整片天地间都好像失去了声音，在这种死寂的威胁下，苏竹漪艰难地抬起了手，她直接将那团泥巴捂在了嘴边。

实在抓不住息壤，她就把息壤吞进嘴里！

那花长得不好看，土黄色的花，颜色很暗沉，花朵很大，此番与苏竹漪离得很近，不到一丈。它的花冠面朝苏竹漪的方向，花盘太大，直接把外面堵住了，遮住了阳光。花蕊是红褐色的，花蕊朝着苏竹漪的方向微微震动，像是蛇在吐芯子一般。

就在这时，苏竹漪听到一个雷鸣般的声音在识海里凭空炸响。"息壤，是我的！"

它已经存活了上万年。

它本是普通的灵植，之所以能够拥有灵智，修炼万年不死不灭，完全是因为息壤。

那块生生不息的土壤给它提供了足够的养分。有息壤在的地方，那一片区域的土壤都会变得肥沃且充满灵气，息壤能够让土地上的灵植长得茂盛，更有机会拥有灵智。

它早些年有幸跟息壤离得很近，后来有了灵智，没去修炼别的，把自己当人参娃一样修炼，很有气魄地斩断了自己的大量根须，朝着息壤的方向跑。只是一开始的时候，它对息壤的感应很差，有几次都跑偏了，但它没放弃过，直到后来，它的智力越来越高，实力越来越强，长得也越来越大。

随着年月的增长，它渐渐摸索出了息壤出现的规律。息壤每隔千年就会从地里冒出来，换个位置待着，而想要把息壤抓到手里，只能趁息壤离地的时候。

它追着息壤跑了那么久，才等到息壤出现在这岩山附近。息壤要在这底下待一千年，它就扎根在这里等了一千年，还偷偷地将岩山的石头挪到了息壤旁边，将它包围起来。

岩山的巨石非常坚硬，哪怕它实力强悍，想要圈起息壤，给息壤只留一条路也异常艰难，它费尽了力气才做到，就沉睡着等待息壤再次出现，它本来算好了时间的，哪儿晓得，息壤会提前出来，而且，被别的生灵抓到了手中。

"息壤是我的，还给我！"它大喝了一声，花盘底下出现了无数根须，而苏竹漪身后的山壁上也有无数根茎从缝隙里头钻出来，朝着她飞扑过去。

苏竹漪嘴一张，把小泥巴直接塞进了嘴里。

小白蛇看愣了，就连那土黄色的巨花也有瞬间呆滞，动作稍稍迟缓。

苏竹漪："……"

她其实是想将它含在嘴里的。她尝试了一下，或许是息壤本来是远古神物太强大的缘故，没办法被收进储物法宝，抓在手里又滑溜溜的，加之那可怖的灵植在威胁，她打算用小泥巴跟巨花谈条件。

放嘴里了她可以用神识说话，这并不影响交流。

然而她没想到的是，息壤进了她嘴里，直接从喉咙滑进了肚里去。

现在怎么办?

苏竹漪脑子里闪过一个念头,息壤乃远古时代盘古开天辟地之时就出现的神物,跟流光镜、建木、盘古族人属于同一个时代,肯定是有灵智的,而且灵智不低,它钻进她嘴里,多半是故意的!

为什么呢? 因为她身上有盘古族人以及流光镜的气息,所以息壤会选择躲到她身体里? 这团小泥巴只是不断生出土壤,不断提供生气,生生不息,擅长钻地逃跑,并没有什么攻击能力,所以它是为了不落到巨花手里,才选择了她吗?

苏竹漪心头喊了两次那小泥巴,只可惜她的神识无法感应到它的存在,就像当年流光镜在她身体里,然而她却感觉不到流光镜一样,现在,她也感觉不到小泥巴到底在哪儿,只是觉得自己腹部凉凉的,像喝了一大口凉水。除此以外,就没有别的感觉了。

苏竹漪原本在那朵巨大的花前面还能勉强动一下,现在,那巨花反应过来,将所有根须缠在了她身上,将她捆得结结实实,紧接着把她倒吊起来拼命抖动,难不成是想把她吞下去的息壤给抖出来?

苏竹漪干呕两下,然而除了吐了点酸水,啥东西都没有。继续抖,肚子里的五脏六腑都仿佛移了位,苏竹漪咳出的就是鲜血,而不仅仅是酸水了。

修士突破炼气期后大都会直接辟谷。

苏竹漪也早就不吃普通食物了,而有灵气的东西,譬如说灵丹进入体内,融化后直接进入经脉,根本不会进入肚腹肠胃之中。

她被剧烈抖动,头顶上的玉簪都从发髻里滚落,啪嗒一声掉在了地上。微弱的星光在闪烁,而她也眼冒金星,头晕目眩了。

巨花伸出了无数根须,大量根须缠在她身上,把她缠得很紧。

有很多根须妄图从她口中钻入,她身上用来护体的灵气屏障已经岌岌可危。

她咬了一下舌尖,把舌尖咬破后,才打起精神传音道:"息壤现在在我身体里,你若乱来,我立刻将它毁掉。"

没想到,那朵花并没有被吓到,它甚至直接说话了。

不是神识交流,而是发出了古怪的人声,像刚刚学会说话,吐字不标准还十分刺耳,但也能完整地表达出自己的意思。

"我可以把你埋在地下,我可以将根须扎进你的身体吸收养分。"

那巨大的花冠微微抖动，随后竟发出了类似人类声音的笑声，还是个女人的声音："哈哈哈，谢谢你帮我抓了息壤。"末了，它还转了一下花盘："我……我还可以用你的身体。"

是了，它可以用她的身体。

她身上有盘古族人的气息，它做灵植的时候，为了移动而斩断自己扎进土壤里的根须，每一次都要承受巨大的痛苦，但如果它占有了一具合适的身体呢？

她是盘古族人，肉身坚硬，与外头那岩石差不了多少。它侵入她的身子，小心控制的话，她还能承受住。想到这里，它兴奋起来，花冠都开始微微晃动，显得十分高兴。

它住进她的身体，也就相当于跟息壤生活在了一起，那它万年来的目标岂不就达成了？

那人就是装了息壤的花瓶，以后，它可以长在花瓶里。

它越想越兴奋，身子一点一点地缩小，随后用根须抽打苏竹漪身上的灵气屏障，大约过了一炷香的时间，苏竹漪身上的灵气屏障再也支撑不住，直接破碎了。

灵气屏障消失，根须便能真正触碰到苏竹漪的身体，无数根须伸到了她嘴边，打算撬开苏竹漪的嘴，一点一点地侵入她体内，苏竹漪浑身僵硬不能动弹，她拼命咬紧牙关，然而根本无济于事。

就在这时，剑祖宗自动护主，无数道青色剑光斩向了那些密密麻麻的根须。

五行之中，金克木。

苏竹漪修为进阶后，断剑又变长了一些，如今只缺了一寸剑尖，它斩向根须的时候威力不小，将许多根须都斩断了，对那灵植造成了一定程度的损坏，也彻底惹恼了它。

它猛扑过来，竟直接将断剑吞到了花冠当中。苏竹漪心中大急，传音喊道："剑祖宗！"

金的确能克制木，但前提是实力差距不会太大，如今剑祖宗剑身还未复原，并且没有剑修掌控，威力能强大到哪儿去，根本不是巨花的对手。

剑祖宗被巨花吞没后，苏竹漪识海内听得一声剑鸣，她听到那飞剑发出的嗡鸣之声，还有一声熟悉的轻哼，好似心中有一根弦被拨动了。

苏竹漪天璇九剑才练到第三层，她平素用得最多的就是在竹林剑阵里学到的那一剑。

只有一剑。

一剑破万剑。

在施展那一剑的时候，她的人和剑一起冲出，宛如达到了人剑合一之境。

然而她并没有真正地达到人剑合一之境。

她做不到爱剑成痴，不是那种一心扑在剑道上的人，对她来说，任何武器都只是一种工具。对敌的工具、自保的工具，她之所以练剑，是因为剑法威力强大，而曾经，她爱过一个爱剑的男人。

她之所以养剑，也是因为剑厉害。

她对剑祖宗倒有了一些尊敬，愿意下功夫提升剑道实力，使得剑祖宗能够恢复，但归根结底，也是因为她想变强。

她始终觉得，自己只是想要变强，才会选择在剑祖宗断得只剩下个剑柄的时候，在落雪峰上日复一日地练剑，练那一招。

然而如今，心弦拨动时，她忽然觉得，剑祖宗不仅是个武器。它平时只知道冷哼，大多数时候高高在上，不愿意搭理她，然而它会在她受到伤害时，主动护主。

被巨花吞噬的一刹那，那声剑鸣在她脑中响起，是清越的声音、不屈的声音，还是淡淡安抚的声音。

苏竹漪好似感觉到了剑祖宗，感觉到了它的锋利，感觉到了它的不屈，感觉到了它的沧桑，还感觉到了它对她的隐忍和包容。

她其实并不是个好剑修。不管是秦江澜还是秦川，抑或花宜宁，对飞剑都比她执着得多。但剑祖宗跟她从剑冢里出来，在那之后，并没有舍弃她。在被巨花吞下的时候，它还在安抚她。

好似有一缕意识附着在了飞剑之上，一瞬间，苏竹漪达到了剑修后期才能达到，甚至很多剑修终生无法达到的境界。

真正意义上的神识相通，人剑合一。在担心剑祖宗处境的情况下，苏竹漪身子一闪，竟然通过人剑合一之境，脱离了根须束缚，进入了花冠当中。

旁边躲藏在石头堆里的小白蛇本来全身僵硬不能动弹，身上被威压镇住，也被乱石划伤，早就遍体鳞伤，它一直关注着场中局势，小小的眼珠子瞪圆了，这会儿再次看傻了眼。

苏竹漪呢？她吞了息壤，本来就让它惊讶万分，然后巨花吞了她的剑，接着又吞了她？

现在怎么办？它艰难地转头，看到旁边昏迷着的在阵法结界中的秦江澜，蛇身挣扎，想抵住那威压，从乱石堆里钻出去。

然而，它似乎做不到。它很难想象，那刚元婴期的苏竹漪是如何做到在那巨花的威压之下还能勉强动弹的。

就在这时，它看到那巨花的花瓣剧烈晃动了一下，紧接着，巨花发出了一声尖叫，就见花瓣上被斩出了一道缝隙。

苏竹漪的剑破得开转生莲，此刻她握着剑祖宗，灵气运转到极致，挥出一剑。

一剑又一剑。

每一剑都落在同一个点上，快若疾风闪电，短短瞬息工夫，她已经斩出了千百剑。

一剑的威力对修炼了万年的巨花来说算不得什么，然而滴水穿石，百寒成冰，那威力在短时间内不停聚集，终于，将巨花破开了一道裂缝。

就在那一瞬间，她手中断剑出现了万丈青芒，犹如九天银河从天而降。璀璨星光汇入剑中，苏竹漪握着飞剑，只觉得周身充满了力量，那些光芒将她层层包裹，而她沐浴在滔天剑光之中，觉得自身如剑，剑若流星，剑若惊风，剑若游龙……

飞剑脱手而出，在空中长啸一声，无数道剑气纷纷落下，犹如撒下了漫天箭雨。

"吾名青霞。"

苏竹漪："……"

苏竹漪的思绪一下子跑偏了："剑祖宗，你真的叫青霞剑啊？"

剑祖宗："哼。"

"那不是当初你取的吗？"

青霞剑这名字是苏竹漪取的。

它依靠她的剑意重生，自然也认可了当年苏竹漪取的名字。否则在重生那一刻，难道要它喊一句吾名"祖宗"？

不过看到苏竹漪那碍眼的笑容，剑祖宗忽然觉得，其实叫祖宗还顺耳一点。

它刚刚就该说："吾名祖宗。"

不过现在不是跟苏竹漪贫嘴的时候。

它重生了，但受苏竹漪修为限制，不能完全发挥出实力，现在剑光虽然对

底下那巨花造成了一些伤害，却并没有伤其根本。

也就是说，苏竹漪现在根本没有脱险。

苏竹漪也明白，她只是随口说了一句，但精神依旧紧绷，并没有放松，这灵植太强，哪怕断剑重铸了，她也得全力以赴，才能争得一线生机。苏竹漪咬破手指，虚空画符，看到那巨花被高悬在天上的剑祖宗的剑气斩伤，她便想趁此机会，利用阵法符咒让它伤上加伤！

烈焰掌一掌打出，拍在了她刚刚用鲜血绘制的符咒上，瞬间一片火海涌出，扑向了那巨花。

就在这时，那朵巨花再次生出了无数藤蔓和根须，与此同时，它的藤蔓上以肉眼可见的速度长出大量粉色的小花苞，跟土黄色的难看巨花不同，那些小花苞颜色鲜艳，粉嫩可人。

那花苞在短时间内变大，片刻之后就绽放开来，整个盆地里出现了一股浓郁的香气。苏竹漪在看到开花的时候就有了防备，因为她知道那巨花不可能无缘无故地弄出这么一招，因此立刻给自己罩了防御屏障，还拿出了替身草人，并迅速往嘴里塞了颗丹药。

然而这些依然不够。她知道那香气可能有问题，所以在巨花长出花苞的时候就一直提防，可是她的防御屏障根本无法阻挡那气味。

那味道很浓郁，很黏稠，甜得腻人，熏得人头脑瞬间昏沉，她甚至看到自己的识海变得混浊，不再清澈，好像变成了泥浆。

这花香不仅让她身体难受，连神识都受到了污染。

她没办法抵挡花香。只能在意识还清楚、能控制自己言行的时候拼死一搏，苏竹漪握着剑，打算将罪恶源头巨花斩断，然而她挥剑之时，忽然发现左手握着的替身草人已经碎了。

这个替身草人是高阶草人。

这是当年青河替她从古剑派拿来的。她原来一直用不上，因为修为不够，而这草人品阶太高。

她刚刚突破元婴期，因为觉得危险，所以直接拿出了这个高阶草人。这样的草人，她一共只有两个。然而现在，这个草人已经碎了。

苏竹漪一个踉跄，她识海混浊，原本清澈的识海变成了淤泥，而淤泥渐渐干涸，好似龟裂的大地。

差距太大了。

若是一开始巨花就施展出这一招，她就没法挣扎了。

苏竹漪身子摇晃几下，手一松，用剑撑住身体才勉强站稳。

身体受伤还可以咬牙忍住，疼痛能被她忽略，而元神、识海……

识海受重创让她瞬间失去了战斗力。

她摇摇晃晃地站在那里，而不远处，那小白蛇的身子也变成了青灰色，好似周身长了一层岩石，身体渐渐变成了石头。苏竹漪觉得自己可能也要变成石头了，她根本动不了，识海干涸了，手臂也开始变得僵硬，而那朵花，花上的土黄色也变得暗淡了许多，渐渐有些透明。显然，那巨花施展出这一招，自己也受损严重。

但是，巨花的威力太强了。

这到底是什么花，苏竹漪从未见过，它竟然有如此的能力。是因为一直长在息壤旁边，所以有了如此强大的神魂攻击力量和控土能力？

苏竹漪的身子也渐渐僵硬了，白嫩光洁的皮肤变得跟岩石差不多，像在她身上覆了一层泥壳。

不仅是她，连她手中刚刚重铸的飞剑也开始石化。剑祖宗受她修为所限，能够发挥出的威力被削弱了很多，剑灵也受到了那巨花的神魂攻击。

若找不到办法破解，她会变成一块石头，一块挂着剑的石头？

就在此时，头顶上有水落了下来。下雨了吗？苏竹漪头都不能抬，神识完全不能用，她觉得那不是雨，什么雨这么湍急，她像是处在河中的礁石，被奔流不息的河水不断冲刷，耳边还能听到浪花拍打礁石的声音。

那水清凉且灵气浓郁，清洗她的身体，让她的身子好受了很多，干涸的识海也有了水泽的滋润，得到了些许缓解。

水花四溅，在空中飞舞，像是把那浓郁的香气都冲刷干净了，味道越来越淡，最终完全消失，只剩下一股雨后的清新味道。而那巨花被惊涛骇浪彻底淹没，本来就颜色变浅的花朵如今更加透明。

那花瓣像是一层薄薄的丝绸，仿佛下一刻就会被流水卷走撕裂了。

秦江澜在昏睡中醒来，他抛出了流光镜。

之前抵抗雷劫的时候，他没有拿出流光镜，毕竟流光镜里的轮回道还未建成，如今它还算是天道不容的产物，拿出流光镜不能抵挡雷劫，只怕会吸引更大的雷劫。

但现在，他必须用流光镜来对付这灵植。

那水是流沙河里的水，是时光长久沉淀下来的水。静止时是晶莹透亮的镜面，移动时就是湍湍流淌的河。

天河从高空坠落，将整个山坳彻底淹没，将那巨大的花也淹没了。在那巨花被重创的时候，秦江澜出剑了。

他手中没有剑。松风剑在之前对抗雷劫的时候受了一点损伤，剑身上出现裂纹，需要好好养着。

但他心里有剑。秦江澜的剑道出神入化，哪怕手中无剑，他也能挥出惊天剑气。

他一剑劈出，剑气没入水中，那被流沙河的水镇压的巨花之前施展出秘术，已经耗费了大量灵气，此刻被流沙河镇压，又遇上了那惊天一剑，它发出了一声微弱的悲鸣，随后，整朵花被分裂成了两半。

大片大片的花瓣犹如被揉皱了腐蚀了的破绸子，被水浸泡得融化了。苏竹漪看到秦江澜随手一挥，那流动的液体渐渐凝固，紧接着，倒流回了空中，在空中形成了一面古朴的圆镜。

与河水一起消失的还有那朵厉害的花。

苏竹漪还看到秦江澜朝她走了过来。

他步伐缓慢，一步一步走到她面前，轻声道："没事了。"只是下一刻，苏竹漪看到秦江澜倒在了她肩膀上，幸得她现在身体僵硬，大半个身子像是覆盖了一层泥，宛如石雕，所以站得很稳，没有被秦江澜撞倒。

然而她没有恢复，手也无法抬起，都没办法去扶他一下。

现在怎么办？她浑身上下也就脑袋能动，身子好似石化成了一座雕塑，神识在刚刚那清凉的河水冲刷下稍微恢复了一点，却依旧干涸，没办法操控神识，她只能眼睁睁地看着他倒下，却无能为力。

那山坳处一片狼藉，巨花被连根拔起完全消失，只剩下了一个巨大的深坑，和坑中乱七八糟的根须。周遭的灵植大都损毁，还有一些动物尸体。而这附近因为巨花的存在，倒没有什么高阶灵兽，也正因如此，现在的苏竹漪倒不担心会被灵兽趁火打劫，暂时来看，她没有生命危险。

但是她现在差不多是块石头，不知道何时才能恢复。

秦江澜本来被雷劈成了重伤，还没恢复，又驱动了流光镜，现在再次陷入昏迷，他整个身体的重量都压在苏竹漪身上，但苏竹漪并不觉得沉，她只是担心秦江澜会摔下去。

现在怎么办呢？

不远处，小白蛇也是条僵硬的小白蛇。

这寂静的山坳里没有什么生气，到处都死气沉沉的。

太阳下山，月亮升起。

夜风吹过，在山坳中回旋，发出了呜呜的风声，像是谁在低声呜咽。

她在山坳里站了一天。

第二天，第三天……

整整三天过去，她身体的石化并没有缓解多少，神识倒是稍微恢复了一点，能够分出一小缕往外延伸，却也只能探索周围三丈内的距离。

"现在怎么办？"她总不会一直站在这里，当一块抱夫石吧？

"秦江澜。"

秦江澜还是在昏睡，叫他他也不答应。

"剑祖宗。"

剑祖宗的身子也石化了，还跟她的手固定在了一起。

剑祖宗的剑灵也挺虚弱的，它低低应了一声，说："你能动了，我也就能动了。"

"你不能动？"

"你是我的主人！剑是由人掌控的。"

苏竹漪："我发现那巨花虽然死了，但它对我们造成的伤害依旧存在，并且，这石化还在继续。难道那香气是一种毒？若无法解毒的话，我最终会变成雕塑？"

原本她的脑袋是能动的，但现在她连脖子都转不动了。神识在恢复，身体却越变越坏。

形势十分危急。

太阳东升西落，转眼几天过去了。

苏竹漪觉得自己只剩下一双眼睛能动了。这还是因为她一直坚持把神识化实，将微弱的神识变成小刀，一点一点在切那些石屑，稍稍延缓了一下石化。

她被困在原地，心情越来越沉重。

就在这时，身后的岩山发出轰隆一声巨响。

紧接着，那座看起来巍峨的大山从中间分开，直接形成了一个大峡谷。一个大约一丈高的小巨人从峡谷底下飞奔而过，他跑得很快，眨眼就到了苏竹漪身边。

"小姐姐，你怎么样了？"

"小叔叔，你没事吧？"小骷髅眼眶红红地看着苏竹漪，他一只手将秦江

265

澜扛在肩上，另一只手捞起苏竹漪，将她夹在腋下，这才着急地往回走，走了几步，看到地上还有一条石化小白蛇，他夹着苏竹漪弯腰下去捡起来，把石头蛇揣在了衣服兜里。

悟儿从转生池里出来了。

石雕苏竹漪和石化小白蛇还有秦江澜被小骷髅带回了转生谷。

小骷髅现在已经不是小骷髅了，他长了肉。苏竹漪和秦江澜是肉身进入转生池的，他们是活的，有身体，所以在转生池里只是淬炼了肉身，依旧原原本本地出来了。

但小骷髅不一样，他是死物。

当初是因为即将成为山河之灵的元神无处可依，自然而然地回到了本来就属于他的尸骨上，而转生池里转生的本来就是盘古巨人的元神，小骷髅进去之后，元神从那个无法继续成长的骨头架子里出来，在转生池里浸泡沉浮，从转生莲里出来的时候，已经拥有了新的肉身。

大约是死的时候是小孩子的缘故，他现在也是个小巨人，不仅个子比真正的巨人矮小得多，相貌也完全是个小孩子。

就是个子高了，快有两个苏竹漪高了。但在巨人里依旧是小个子，不过就是这个子，已经让其他的盘古族人喜极而泣了。

苏竹漪那个雕像是弯腰拄着剑的姿势，因此悟儿现在比苏竹漪高了太多，他盘腿坐在苏竹漪面前，手上握着条石头蛇。

这石化小白蛇太小了，悟儿一般直接将它揣进兜里，也不用特意摆放。

"小姐姐，他们说那山谷内的花有毒，没办法解毒，但那花已经死了，你会慢慢恢复的。"小骷髅的声音没有盘四季他们那么粗犷，依旧是清脆悦耳、甜甜糯糯的童音。他有了肉身很高兴，迫不及待地想跟小姐姐分享，问小姐姐现在的他好不好看，哪儿晓得小姐姐变成了这个样子，悟儿担心死了，也就懂事地没有再问了。

等小姐姐恢复了再说。

不知道在小姐姐眼里，他现在还可不可爱呢？

"就是暂时会保持这个石雕样子，慢慢恢复。"小骷髅又道，"你别害怕。会好的。"

"嗯，我又不怕。"

说慢慢恢复，其实也不是很慢，苏竹漪原本只有一双眼睛还能动，如今脸部也能动了，石化的部分在一点一点缩小，按照这个速度的话，还有三五个月的时间，她就能解脱。

悟儿皮肤白，容貌俊俏，他在盘古族内备受宠爱，因为是重塑的肉身，出来的时候是光溜溜的，衣服都是盘古族人准备的。

他现在外头裹了个皮裘，裹了一身顺滑的白色长毛，还戴了兜帽，苏竹漪觉得面前好像蹲了一只蠢萌的大白熊。

她以后都得仰头看他了？

以前一直不长个子，现在一长就长这么大，真是叫人不知道说什么才好。

苏竹漪白天被摆在转生谷内灵气最浓郁的大树底下。不知道是不是因为身体里藏着息壤，苏竹漪觉得那些树或者藤都特别喜欢亲近她，只要悟儿不在身边，就有藤蔓缠在她身上，因此之后悟儿就寸步不离地守着她了，免得她被植物给围起来。

夜里的时候，悟儿就会把苏竹漪搬回房间去。

这个房间是他跟盘古族人一起修的，他们力大无穷，在山壁上掏个坑简直轻而易举，然后做木门、木床，只一天的工夫就把洞府修好了，盘古族人弄这些东西觉得有趣，什么都往房间里塞，对他们来说，做这么小小的床、椅子就跟做模具似的，一个个都积极得很。因此苏竹漪他们的房间很大很宽敞，里头的东西也一应俱全，住的话应该是十分舒适的。

然而她现在是个石雕，不能动，摆在房间里就跟个装饰差不多。

床上的秦江澜还在昏迷，现在都没醒过来。

晚上，"大白熊"悟儿是不会待在房间里的，他白天寸步不离地守着她晒太阳，晚上要跟盘古族人学东西，所以，他就把苏竹漪和秦江澜放在了一块，房间里还有结界，那些灵植钻不进来。而小姐姐有小叔叔陪着，小姐姐又能看着小叔叔，这样一来，他才能放心出去修炼啊。

悟儿也是心大，他直接把她摆在了秦江澜床头。秦江澜若是醒来，一睁眼就看到个雕像竖在面前，也不知道到时候会不会受到惊吓。

这天夜里，苏竹漪又挂着"拐杖"站在秦江澜的床头。

她住的洞府在山上，挖的是个圆形拱门，木门右上方还开了扇小窗，此时，窗户开着，但挂了一层帘子，把窗户遮得严严实实，没给外界灵植钻进来的机会。但即便如此，外头的山壁上依旧爬满了绿色藤蔓，就跟长了满墙的爬

山虎似的。

那帘子不是布料的，而是转生池里那莲花的花瓣，白里透着粉，在月光的照耀下晶莹剔透。正是因为这扇小窗，没有点灯的房间里才有月色清辉，室内仿佛蒙了一层雪白的纱。

苏竹漪现在没办法修炼，她只能炼神，也就是休养元神，她闭上眼睛，将白天在外头随着呼吸而吸收到的天地灵气徐徐运转，在体内运转一周后，汇集到丹田识海，又用那灵气去滋养识海，使得识海逐渐好转。没多久，苏竹漪忽然感觉到一只手放在了她脸颊上，轻轻贴着她脸颊，细细摩挲。

她睁眼就看到秦江澜已经醒了。

他坐在床边，外袍随意披在肩上，手贴在她脸上。

"你醒了？"苏竹漪看见秦江澜，星眸陡然变亮。她语气之中夹杂着一丝淡淡的欣喜。

"嗯。"秦江澜点头，"你这毒只能慢慢恢复。"巨花死了，元神和躯体被他收入了流光镜，如今受他掌控，他自然也就知道苏竹漪中的毒是怎么回事。

"我知道，盘四季他们给我看了，说再等三五个月就会恢复。"她现在嘴以下的部分还是石化的，下巴上是正常的肌肤，下巴底下却是岩石模样，苏竹漪觉得要是手能动，这会儿肯定要去抠几下。

"嗯。"秦江澜点点头，"我也好多了。"秦江澜伤得很重，但恢复得不慢，这几日，他在盘古族里得了不少好东西，床头还点了一盘凝神香，想来也正是如此，他才能醒得这么快。

手在她下巴上轻轻刮了两下，还真刮下了一点粉末，秦江澜便皱眉道："是不是这样会好得快点？"

他轻轻揉了两下，又问："疼不疼？"

苏竹漪没觉得疼，她也不知道这样会不会好一点，不过僵硬石化了，若是被按揉的话，能恢复得快一点也说不定呢。因此她道："别刮，万一刮破皮怎么办？"现在是石头雕塑看不出来，万一恢复后，皮被擦破了甚至掉了一层皮，那就恶心了。

"你给我揉揉。"她脸皮厚，这话说得理直气壮，一点也不晓得害臊。

秦江澜轻笑一声，他坐在床边，亲了一下苏竹漪的额头，接着过去将那扇小窗彻底关上。关上窗户后，屋子里就再也没了光线。苏竹漪神识恢复了不少，依然看得见，她看到秦江澜取了颗明珠出来，放在了桌上的小碗里。

那碗里是悟儿摘的果子，旁边是他采的花。

在落雪峰，悟儿养成了每天在她房间里插花的习惯，现在到了转生谷，他依旧坚持在苏竹漪的房间里放花，而且不局限于梅花，各种各样的花都有，并且有个特点，就是这些花都特别大，花盘跟脸盆似的。

对普通人来说大，对巨人来说，大概很小很可爱吧？他的审美已经往巨人那边跑偏了。

碗里的果子红红绿绿的，现在放了一颗夜明珠进去也不突兀，看着那朦胧的光晕，苏竹漪莫名觉得有点馋，也不知是因为那果子看着好吃，还是因为面前这个芝兰玉树的人。

他受伤刚醒，头发披散着，发丝略凌乱，脸色也很苍白。

衣衫随意披着，将锁骨露在外头，在那淡淡的光辉下，整个人少了那种清冷，像是打了一层柔柔的光，把肌肤衬得更加白皙，人也显得有些羸弱，好似能被风吹走一样。

好似能被人压在身上肆意蹂躏一样。

秦江澜受伤了，反而更诱人了，让她恨不得啃上两口，然而，她动不了。

啊，不对，她的嘴还是能动的。

想什么呢，苏竹漪觉得自己脸皮够厚，但这会儿脸颊有些发烫。

秦江澜见她视线落在碗里，便端着碗过来，手里拿了一颗红彤彤的果子："想吃的话，我喂你。"

"想。"

苏竹漪点头，心想："想吃你。"

奈何身体做不到。

于是秦江澜便用灵气将果子再次清洗了一遍，他把果子送到苏竹漪嘴边，苏竹漪便张嘴咬了一口。

果子很甜，让她想起了小时候吃的糖。

不只是甜，还有灵气涌入体内，让她觉得舒服极了。果子不大，几口就咬掉一半，苏竹漪心思一起，咬着咬着，就咬住了秦江澜的手指，还含在嘴里，用舌尖轻轻舔着，自个儿玩得倒是高兴，眼睛都眯了起来，长长的睫毛一颤一颤的，像是逗猫的小羽毛似的，而秦江澜就是那只心痒的猫。

他神色自若地将手从她嘴里抽出来，还在她脸颊上擦了口水。

反正苏竹漪也不能动，只能看着他干瞪眼。

接着，他将灵气聚集在掌心，开始在她身上揉了起来，那是冰凉的坚硬

的石头，轻揉起来依旧是石头，哪怕他动作温柔，神情专注，揉的也只是块石头。

苏竹漪石化了的身体是没任何感觉的。

她看着秦江澜在那儿揉，看得都有些无聊了。兴许是感觉到了苏竹漪的不耐烦，秦江澜又拿了颗果子，他用灵气将那果子悬在苏竹漪面前，吊在她嘴边，她想吃的话，直接张嘴就是了。

苏竹漪："……"

以为她是驴呢？

就在这时，秦江澜拿出了流光镜："还是无聊的话，就跟你师父他们聊聊天。"

"息壤在你体内，也得想个办法把它引出来，放到流光镜里。"说这话的时候，秦江澜顺势揉了揉苏竹漪的小肚子。有息壤的话，问题能解决一半，若能说服盘古族将转生池也放入流光镜，轮回道便算是完善了九成。

"把我直接收到流光镜里不行吗？"她进去不就代表息壤也进去了。流光镜能自动吸收生气，一旦进去，息壤就藏不住了。

"不能。既然是轮回道，自然要陨落了才可入内，除非是自主献祭。"

流光镜里，除了他和青河，其他都是死灵。就连洛樱，当初也仅仅剩下了一点元神。

"那我也……"苏竹漪脱口而出，然而话说了一半却打住了。

她也自主献祭？不可能吧，她怎么会那么高尚。

不行，她怎么能有那样的念头，思及此，苏竹漪目色暗沉了一些。她有些不爽现在的自己。

秦江澜不会让苏竹漪自主献祭流光镜的。若流光镜里的轮回道成功了还好，若失败了，他们都会消散，他不会让苏竹漪卷入其中，否则重活这一回又有什么意义。

他手伸到她脸颊上，轻轻捏了一下，她全身都是冷硬的，摸摸光滑软嫩的脸颊，才能让他觉得心安。

"最近，你师父跟师兄的关系好像有了一些进展。"

"啊？"苏竹漪的注意力立刻被转移了，她神识注入流光镜中，或许是有秦江澜的帮助，她神识刚投入进去，就恰好看到青河和洛樱站在红枫树下。

洛樱背靠树站着，眉头微蹙，而青河面对她站着，一只手撑在树干上，像是将洛樱圈在了自己的领域里。

青河比洛樱高大得多，他站在洛樱面前，就挡住了她身前的光。

洛樱被他整个人笼罩，她眉头攒起，脸上神情不悦，心中却有说不清道不明的情绪。

她越来越依赖他，越来越愿意亲近他了。但洛樱一直觉得，这是因为他是龙泉剑，而她献祭过龙泉剑，所以，她本能地排斥这份情愫。

所以她开始避开青河，结果被逼急的青河就将她堵在了这里。

他从前尊她敬她，在她面前素来笑容满面，现在，他神情严肃，眸子里仿佛酝酿了一场风暴，这样的他让她十分陌生，然而心底却并不排斥，隐隐还有一丝慌乱。

"青河，你要做什么，让开。"洛樱故作镇定地冷声呵斥道。

青河没说话，他俯身在洛樱额头上落下一吻。

偷偷看热闹的苏竹漪："……"

亲额头做什么，亲小嘴啊，师兄，你还是太嫩了，哎，啥时候跟我学几招啊？

她正期待接下来的重头戏呢，就见青河抬起头，冲空中冷冷一瞥："苏竹漪。"

咦，被发现了？

"还看？"青河发出一声不满的冷哼，但余光扫到洛樱后，嘴角却有笑容一闪而过。

洛樱双颊生红晕，那白嫩薄透的肌肤下透着嫣红，像是枝头上初绽的梅花。她得知苏竹漪在看，慌乱地低头，脸颊泛红，是因为害羞了。

那个曾经面无表情的洛樱，害羞了。

若她生气愤怒，是不会有这样的反应的，她害羞，说明她心里其实也有他了，不是师徒情谊，而是男人和女人之间的情感。

意识到这一点，青河显得很开心，他也就不恼苏竹漪偷窥了，而是问："你好些了没？"

"那花被我们收拾了。"

巨大的花朵被古剑派修士的剑气绞碎，遍布真灵界最大的那片河畔。

苏竹漪这才注意到，这镜中世界多了很多花，大片大片的花。

她想起了从前看过的话本，黄泉路上，彼岸沙华。

真的越来越像了呢。

他们真的能完善轮回道，被天道认可，从而摆脱原本必死的宿命吗？她想，不管结果如何，至少，他们现在拥有希望，并且，每个人都在为此努力。

"流光镜里的死灵太少了，要不要我去多杀几个？"

秦江澜："……"

他没说什么，而是用了点力气，弹了一下苏竹漪的脑门。

"哎，我就是随口说说嘛。"她撇嘴，冷哼一声，眼珠子滴溜溜地转，闪烁星光，那张脸在夜明珠的照耀下，美艳动人，顾盼生辉。

倒也真是随口一说，至少，她不会再像从前那样轻易屠城，视人命如草芥。

"嗯，我也是随便弹弹。"手指头又在她额头上敲了一下，秦江澜轻笑道。

他也就能欺负一下不能动的苏竹漪了。

苏竹漪："……"

苏竹漪恢复得比小白蛇快一些，有秦江澜的功劳在里头，毕竟他每天都要揉她几个时辰，其余时间，秦江澜大都在自己养伤。

他出去跟盘古族的人谈妥了转生池的事，并没有费多少功夫。

巨人转生越来越难，元神越来越虚弱，这万年来有族人陨落，却再也没有元神进入转生池新生，即便找到一缕元神，浮出水面的也是枯死的转生莲。剩下的巨人也都越来越呆，随着每一次元神消散，他们的记忆逐渐缺失，他们也都意识到，或许不久之后，他们这一族会彻底灭亡。

对于苏竹漪和秦江澜的出现，巨人们虽然高兴，但这两人的身体明显不像巨人，他们虽然呆，隐隐觉得不妥，却也没有放在心上，双方实力悬殊，根本不惧任何潜在威胁。

就算悟儿看着像小巨人，但是他身上并没有盘古族人的气息，不过即便没有，他依旧很受盘古一族喜欢，毕竟悟儿是个孩子，还是个眼神清澈纯净、懂事可爱的小孩。

若有一个地方能让他们的元神不再消散，他们也求之不得。

至于生死，只要元神保存完整，对他们来说，就是永生。再者，他们其实也是一直被困在远古秘境里头的，如果以后陨落了，元神能保存在流光镜里，他们也能离开远古秘境，前往更广阔的天地。

秦江澜用流光镜收了转生池。

他做这一切的时候，苏竹漪并不知道，她是个雕塑，不能动，神识也没乱用，毕竟当初识海都干涸了，需要好好养，而完全没用神识去探索四周也是因为她对这里有足够的信任。

信任到觉得四周不会有危险，她也因此而放弃了以前在血罗门里养成的本能。

重活这一次，她的日子比上辈子真的要安逸太多了。虽然也受了些苦，但大多数时候挺舒适的，修炼资源要多少有多少，都没担心过没有灵石丹药，也不用时刻提防，担心周围的人对自己痛下杀手。

正因为没有用神识去提防着四周，秦江澜回来说他已经收了转生池的时候，苏竹漪都惊了一下。不过她转念想到外头那些巨人其实都特别呆，也就能理解为何他们能被秦江澜说服了。

秦江澜说得云淡风轻的，但苏竹漪看得出来，他应该很疲惫，他本来伤势就没有完全恢复，驱动流光镜收入转生池必定消耗了他大量的灵气，远远不会像他说的那么轻松。

"你累了，去休息吧。"苏竹漪道。

秦江澜摇摇头："还好。"他从储物法宝里掏出了一个茶壶和一个茶杯，那壶内有灵泉，被他施展火法煮沸放到一边。

"今天在山上看到了外界已经灭绝了的灵茶，长在峭壁上的，我摘了一些。"他将一片暗红的叶子放到茶杯里，也没有什么行云流水的烹茶动作，接着将沸水倒入杯中。

那片暗红卷曲的叶子本来很小，这时在沸水中逐渐舒展开，暗红色像从叶片里渗出来了，变得浅浅，像在杯中缓缓开出了一朵红艳艳的山茶花来，杯中清澈的泉水也变成了绯红色，却又不是纯粹的绯红色，还有金黄色、桃红色，像是天边的彩色烟霞。

他端起茶杯轻轻一晃，那杯中花左右晃荡，便有浓郁的灵气扑面而来。

"这茶对神识恢复有好处。"他将杯子放到唇边，轻轻吹了吹，那在沸水中沉浮的茶叶就突然凝固，杯中都有了丝丝缕缕的冰花。他手腕一晃，再摇动时，就有淡淡的烟霞雾气氤氲而起。

"养神的。"他走到苏竹漪身边，低头看着她的眼睛，浅笑道。

苏竹漪就觉得秦江澜泡茶是要给她喝的，毕竟以前他经常给她喂吃的喝的。她现在身子能动了，但手还不能动，因为手挂着剑，跟剑一起石化的，手腕那一截还石化着，吃丹药灵果都是秦江澜伺候的。

结果就看到秦江澜坐到她旁边，自己端着茶杯饮了一口。

那茶香清雅，灵气浓郁，还有一丝冰霜的气息，让苏竹漪有些情不自禁地咽了口唾沫，就等着灵茶润口，哪儿晓得他自个儿喝了。

算了，他收了转生池太疲惫，她就勉强原谅他这一回，等他喝完了再泡一杯。

秦江澜喝了两口，又把茶杯递到苏竹漪唇边。

他已经喝掉了一半，茶杯得往外倾倒茶水才行。

苏竹漪便微微仰起头，等那茶水入喉，这么喝虽然能喝到，却有一些茶水从嘴角滑落，顺着她脖颈滑下，在雪白的肌肤上留下一道透明清亮的水痕。

秦江澜便将杯子拿开，俯身下去，将她脖颈上的水用舌尖舔干净了。

"不能浪费。"他说，"这灵茶很稀少，我也只摘得三片叶子。"

苏竹漪微微眯眼，笑吟吟地道："那你用嘴喂我不就好了？"她以前说情话的时候都会刻意压低声线，让自己的声音显得沙哑妖媚，然而现在她声音清亮，那嗓子好似被山泉水洗得清亮无比，声音犹如泉水叮咚，悦耳动听，却让秦江澜更加着迷。

用嘴喂她？秦江澜本来苍白的脸上有了一抹薄红，像是那杯子中的雾在他脸上染了胭脂一样。

他本是来逗她的，却发现自己还是棋差一着。

论脸皮厚，谁比得过她？

秦江澜又抿了一口茶，随后俯身低头，吻上她的唇。

口中的清茶渡给她的同时，舌尖也顺势滑进去，那茶水是冰冰凉凉的，而她的唇舌却是香甜温热的，他在她口中细细描绘，在她齿间流连忘返，等到她将清茶喝完，他才意犹未尽地松开，接着又喝了一口。

一杯茶水其实不多，但两人足足喝了半个时辰。

等到茶水喝完，苏竹漪觉得自己的身子暖洋洋的，她的神识渐渐清明，恢复得差不多了，自然就能随意操控，她将神识化实，犹如和风一般轻轻地抚着秦江澜的身子，就好像在流光镜里一样。

"要不要我帮你？"身子往前凑，她那腰倒是软得很，好似没骨头一般，在秦江澜身上蹭了两下。

身子和神识都不老实。上半身诱人得很，随着她的动作，本来就松松垮垮的衣服落到胳膊上，露出了大片雪肤。下半身却还是石头，看得秦江澜的眼神都黯淡了几分。

苏竹漪轻笑一声，手腕忽地动了两下，结果就发现手腕上有碎石滚落，原本她上半身就手腕不能动，现在倒是连手腕也快恢复了，看来，她再坚持个把月应该就恢复了。

想到这里，苏竹漪就觉得心情不错。

她促狭地眨眼，低头瞧见他有了反应，微微抿唇，舌尖在唇上舔过，又重复了一遍："要不要我帮你？"

视线在他身上扫来扫去，眼神可一点也不知道羞涩。

还在石化中的剑祖宗终于忍不住冷哼了一声："你们够了！"

最终，苏竹漪还是没帮上秦江澜，虽然她自己挺乐意的，然而秦江澜不给她这个机会。

他给她把上衣穿好，又梳了头发，接着才回到床上打坐调息。苏竹漪逗完他了，也开始修炼，体内的灵气总不能白白浪费。

如此，又过了三五天，她的双手也解脱出来，而同样石化的小白蛇却只恢复了一小截尾巴。

悟儿很担心，他知道，这灵蛇曾经帮助过小姐姐，一定是要尽力救的。

他跑过来取经，问苏竹漪为何恢复得这么快。

苏竹漪便道："你要天天揉它。"

"揉？"悟儿不懂。

"就是又捏又揉啊，它就好得快了。"

"小叔叔也天天揉你吗？"

看到悟儿那依旧天真的眼神，苏竹漪终于有点害臊了，不过她依然很镇定地点了点头。

悟儿对苏竹漪的话深信不疑。自那之后，他每天把小白蛇捏在手里，像是搓麻绳那样搓个不停，别说，倒真的有了一些效果，小白蛇比之前恢复得快了许多。

转眼一个月过去，苏竹漪的身体彻底恢复，能动的那一刻她直接踢了鞋子扑到床上，把在床上打坐的秦江澜给压了下去，而剑祖宗也恢复了，这会儿早不见了，跑得无影无踪。

秦江澜一直注意着她，怎么能不知道她马上就恢复了。

他守着她的时候，眼睛里都有幽幽绿光，像是一只饿狠了的狼。偏偏关键时刻，他反而坐到床上打坐了。

假正经！

双修多好啊，才修一次，她就突破了元婴！多来几次，飞升都不再是梦。

于是现下能动，苏竹漪做的第一件事就是把这假正经给"就地正法"了。

在扑上去的瞬间，她的柳腰就被一双大手箍住，她坐在他怀里，就如同望天树上许多次一样。

这只是开始。

交颈效鸳鸯，锦被翻红浪，香汗涔涔，淋漓酣畅。

苏竹漪恢复了，易长老他们的伤也早就养好了，于是一群人打算离开转生谷，四处转转。

他们是来远古秘境寻宝的，可不是在这里养老的。

不过这次出去，大家一路上潇潇洒洒的，几乎没遇到危险，就把宝物给取了，若是路上遇上了东浮上宗的漏网之鱼，苏竹漪还会把他们的命给收了。她从来不是心软的人，东浮上宗多次害他们，险些杀了易长老和梅长老，还想杀小骷髅，抢他的仙剑，在苏竹漪眼里，将他们千刀万剐都不为过。

时间一晃就过去了，七星轨道远离，他们这些人被直接送出了远古秘境。而等到大家出去后，一些人才后知后觉地发现，东浮上宗偌大一个宗门，竟然只剩下一个女弟子活了下来。

但这女弟子的实力不容小觑，她收服了一只强大的水麒麟。

然而不管怎样，东浮上宗实力大损，宗主长老几乎死绝，再也无法与其他宗门并称修真界四大派。

这仇算是报了。而出来之后，苏竹漪没操心别的事，她和秦江澜打算去流沙河。

去流沙河只有一个目的，就是找到那棵建木。

当初苏竹漪误入结界，看到的那棵建木。

五行之中，木克土，乃植物破土而出之意。然而其他的植物实力太低，反而要依附息壤成长，唯有建木才能真正地克制息壤。

想把苏竹漪体内的息壤逼出来，可能要靠建木才行。这是这些天来，她跟秦江澜深入交流时得出的结论，至于能不能成功，就等找到建木再说了。

第十章

入骨相思

建木当时被雷劈了。

苏竹漪并不确定那棵树到底死了没有，她当时直接昏了过去，依稀记得昏迷之前，那大片大片的火光冲天而起，像是一团团红色的蘑菇云。但建木是天地初开时就出现的神木，是沟通上界与下界的桥梁，应该不会那么轻易陨落。

最坏的结果应该是灵智受损，成为一棵没有意识的树木，却依然能起到连接天地的作用。如果是那样的话，它的枝丫对息壤应该也能起到作用。

去找建木之前，苏竹漪他们先回了一趟古剑派，打算在古剑派待上一段时间后再出发。小骷髅现在长肉了，不用藏着了，要见见人，他想跟其他人接触，他如今个头虽大，却依旧害羞胆小，明明想交朋友，又像奶娃娃一样黏着苏竹漪，因此秦江澜和苏竹漪就想在古剑派待上几天，让小骷髅能够跟其他人相处。

毕竟现在也不急于一时，而当时那里属于时空交错的混沌空间，他们要去也得做好万全的准备，例如高阶替身草人，苏竹漪是打算备上一些的。

刚回去的时候，落雪峰上的大黄狗都认不出小骷髅了。

它很好奇地围着小骷髅转圈，等到小骷髅一开口，用熟悉的声音和语气唤它的时候，它兴奋得呜呜叫，只是叫了几声后，扭过头小心翼翼地看着苏竹漪，见苏竹漪似乎没有生气，没有沉下脸，才欢快地摇着尾巴，又讨好地叫了好几声。

秦江澜将这一切看在眼里。

他看到苏竹漪倚在门边，看小骷髅逗狗玩。

落雪峰的冰天雪地里，她披着红色的大氅，双手拢在袖中，斜斜靠着门，眉若远山，肌肤赛雪，脸上挂着淡淡的笑容，像是雪中绽放的红梅，点缀雪山枝头，艳了岁月春秋。

她没有不高兴。

曾经那个见狗就杀的狗见愁，如今静静地看着一人一狗嬉戏，甚至嘴角还噙着浅笑。

其实就在他以身祭镜，询问她的时候，他都以为，重生后的她会真的如同她亲口所说的那样，依旧做个杀人如麻的魔。

然而事实却是，她变了。

由此可见，上一辈子的她经历了多少痛苦可怕之事，遇到了多少心狠手辣之人。

的确，在最初的时候，她也是一个愿意把生的机会让给别人的孩子。所以，哪怕后来她作恶多端，他依旧不愿杀她。哪怕最后她被天下人追杀，他也冒天下之大不韪，救了她，藏了她。

苏竹漪看着小骷髅和大黄狗，以及地上那解冻了半截、如倒栽葱一般插在雪地里尾巴乱摇的小白蛇，而秦江澜则静静看着她。兴许是他的视线太灼人，苏竹漪有所感应，她转过头，习惯性地抽出手撩了一下头发，问："看什么看？没看过美人？"

秦江澜微微颔首，面不改色地淡定回答："看过了，只是看不够。"不知从何时开始，他的眼睛就只看得到苏竹漪一个人。

昨日，苏竹漪还问过他苏晴熏。

苏晴熏是他的徒弟，他悉心教导了对方数百年。事实上，他下意识地觉得自己对苏晴熏是有师徒情谊的，哪怕重生一次，并不再是师徒，他也不能把苏晴熏完全当作一个陌生人，但实际上，在听苏竹漪说起苏晴熏的时候，他并没有任何情绪波动，甚至觉得，那只是个无关紧要的陌生人。

他的眼里只有苏竹漪。

他只想看着她，就算天天看，他也看不够。

苏竹漪："……"

这家伙的脸皮越来越厚，都快撩不动了啊。

"等会儿会有弟子过来。"秦江澜嘴角一勾，转移了话题。

"嗯，剑尊大人好好教他们剑法，没准要不了多久，咱古剑派就能取代云霄宗，成为天下第一剑道门派呢。"苏竹漪说话的时候眉毛扬起，眼神戏谑。

秦江澜只是笑笑，并不说话，看向苏竹漪的眼神又柔和了几分。

见秦江澜不为所动，苏竹漪也就耸了下肩，自个儿唤出剑祖宗开始练剑，而秦江澜则叫上了悟儿一直往前走，到了古剑派落雪峰的边缘，也就是古剑剑尖处。

这次古秘境之行，古剑派收获颇丰，有不少宝物灵草，他们打算拿出一部分放到器峰的藏宝楼，由弟子们根据宗门贡献兑换。

此前古剑派遭受了不小的打击，为了鼓励弟子提升士气，他们还打算举行一次宗门剑道比试，将秘境之中得到的三样高阶灵宝拿出来作为奖赏。一时间，古剑派上下都在认真修炼备战。而秦江澜这位被古剑派弟子焚香祭拜的神秘剑尊，在机缘巧合之下指点了一个对他万分崇拜、随身携带画像香烛的弟子松尚之后，隔三岔五就有弟子上门请教，结果每逢初一十五的清晨，秦江澜就在古剑派落雪峰上讲道，成了古剑派名副其实的剑道大能。

这期间，小骷髅也一直参与其中，他学了一门变化术，能将身子缩小一些，看起来就跟古剑派最年幼的那个弟子差不多大，他也跟大家一起学剑，如今跟其他弟子相处得不错，时不时会跟人比剑，只不过，他一直压制了修为。

否则的话，不用出剑，他那威压就能直接把其他弟子给压趴下。

在秦江澜讲道的时候，苏竹漪就自个儿练剑，她这几天也抽空炼制了一些高阶替身草人，没准去流沙河找建木的时候用得上。

她还找丹如云要了一些丹药，古秘境最后的那段时间，她出去寻宝杀人的时候顺手救了丹如云，帮丹如云采到了很珍贵的凤翎花。

丹如云说要好好准备，送她一份大礼，苏竹漪就一直等着，估摸着最近几天丹鹤门的礼物就要送上门了。

果然，就在她练剑的时候，落雪峰飞来了一只仙鹤。那仙鹤落在了苏竹漪前面不远处的雪地里，单脚站立后，优雅地伸了下翅膀，接着脖子一转，低头往雪地里一啄。

那不是虫子，那是小白蛇的尾巴……

"汪！"大黄狗已经把小白蛇当成了朋友，这会儿看到自己的小伙伴被啄，登时朝仙鹤扑了过去，惊得那仙鹤掉了几根羽毛，一时间鸡飞狗跳。苏竹漪把狗喊住，冲仙鹤招了招手，将丹如云给她的玉牌掏出来扬了扬："鹤君，在这里。"

仙鹤便气鼓鼓地扇着翅膀飞到了苏竹漪面前，口吐人言道："小姐派我过来送礼。"它打开翅膀，翅膀底下有一根异色羽毛，苏竹漪便将那根羽毛挑出，

将羽毛柄插在了玉牌上的小孔当中。

羽毛内的储物空间阵法这得以解开，苏竹漪神识一扫，就看到里头摆放得整整齐齐的翠绿色丹药瓶，有上百个之多。

看来她当时做出的决断是无比正确的。

她自己也会炼丹。但结交一个厉害的炼丹师还是要省事许多。有了这么多高阶丹药补充，她在外历练也要安全得多。

现在丹药准备好了，小骷髅也跟弟子们相处得不错，她跟秦江澜随时可以出发去流沙河寻找建木了。

秦江澜教授古剑派弟子剑法的时候，易长老等几个长老也混在弟子当中听，皆受益匪浅。

易长老在剑意的熏陶下有所感悟，打算闭关了，但他现在暂代古剑派掌门一职，不能直接撂挑子，这叫他想起已故的段掌门，登时觉得有些伤感。

段掌门资质不错，实力也强，但他并非古剑派最厉害的剑修。因为他花了很多的时间来处理宗门事务，而其他修士动辄闭关百年。

从前只知道做掌门风光，当年没有被选中的时候，易长老曾心中有些不舒服，这才三天两头地待在外头，虽然他的确喜欢灵兽，但一守守几十年或上百年不回宗门，在最初的时候，何尝不是因为怄气。现在才知道，段掌门为了宗门付出了多少。

易长老想闭关，但古剑派不能没人主事，戒峰峰主重伤未愈，早就闭关多时，古秘境寻宝都无法参加，器峰的叛徒胡长老身死后，现在器峰也是他在管理，梅长老原本就是个不问世事的人，若不是这次为了宗门，他根本不会下山，剩下的两峰长老一个受伤不轻，另外一个跟着秦江澜学剑，比那些普通弟子还积极，目前都没心思管事，于是，易长老想到了苏竹漪。

苏竹漪现在是落雪峰唯一的传人。她实力又强，身份地位是没问题的，她养的那灵物悟儿，以及她背后那个神秘男子秦江澜，其实力在这修真界里绝对排得上前几名，说是天下第一他都愿意相信，因此有苏竹漪撑着，古剑派肯定能经受住大风大浪。

当然，易涟也并不是要苏竹漪当掌门管理宗门事务，古剑派是历史悠久的名门正派，哪怕暂时没了主事的人，各峰弟子也会各司其职，让宗门能够继续运转下去。他只是希望苏竹漪在宗门遇到大事的时候出面定夺，而她做出的决定，古剑派弟子大部分是信服的，毕竟她本身在古剑派威望极高，背后站着的又是神秘剑尊秦江澜。

再者，他跟苏竹漪认识了这么久，对这个弟子也算有些了解，至少，他知道她机灵得很，肯定不会让门中修士吃亏，这样就够了。

抱着这样的目的，易涟来到了苏竹漪面前，将一把玉雕的小剑取出递到苏竹漪面前："这是掌门信物，见此剑犹如掌门亲临，门中修士，哪怕是那些长老，也会听你号令。"易涟其实有点怕苏竹漪不答应，还准备好了一套说辞，哪儿晓得现在看苏竹漪那神情，他准备好的话都派不上用场了。

苏竹漪眼睛一亮，本来就犹如黑曜石一样的眼睛里像蹿出两簇小火苗。

她上辈子是个恶人，后来脱离了血罗门，也有了一点势力，但跟古剑派这样的大宗门相比，她那个小小魔门简直不值一提，现在给她掌门信物，要她管理古剑派，苏竹漪顿时跃跃欲试，她想折腾出一个天下第一宗门来。

不是云霄宗那样的正道第一宗门，而是不管正道还是魔道，都尊它一句第一。

天下第一。

不管正道还是魔道，每逢十年百年都要给古剑派上供，门中弟子不管走到哪里，都无人敢欺辱半分。

要达成这个目的也不难，她可以带一群人去各个门派挑战，不管是正道还是魔道，一路打过去，不服的通通打趴下。她就不信，自己带着秦江澜和小骷髅，还能踢到什么铁板不成。

"当然，不能违背天下大义。"易长老看到苏竹漪那骤然发光、乍一看像饿狼之眼一样的眼睛，突然觉得有些后悔，他是不是做错决定了？"若意见有冲突，有长老坚决反对，需得几位长老共同表决，实在定夺不下来，便唤我出关……"

"哦，知道了。"苏竹漪伸手去接那小剑，结果握住剑柄后，发现易涟没松手，她皱眉瞥了他一眼。就是这么淡淡一瞥，让易涟更觉不妙，他总觉得自己好像招了匹狼？

肩头上的金丝雀叫了两声，尖声道："苏竹漪，要不你好好考虑一下？"

苏竹漪大手一挥："我想好了，不用考虑了。"

说话时，苏竹漪手上稍稍用力，拉扯了一下小剑。

她肉身在盘古族的转生池里淬炼过，力气大得很，这么一扯，易涟就没捉住，眼睁睁地看着苏竹漪把玉雕小剑拿到手里掂量了几下，随后直接收入了储物法宝。

见她这么爽快地答应，易涟反而不放心了。但现在信物已经交出去了，他也没本事抢回来！

易涟只能自我安慰：苏竹漪曾为了宗门血战，当时在落雪峰上，是她舍身阻拦龙泉邪剑，并跟掌门一样燃了寿元，不管怎么样，他都不应该怀疑苏竹漪对古剑派的忠心。

她是洛樱选中的人，也是悟儿那样的天地灵物选中的主人，更是一路行侠仗义，在天底下留下侠名的人，虽然她在对付东浮上宗的时候没有手下留情，但恩怨分明，也是易涟所欣赏的，他反而看那些以德报怨的人不顺眼。

因此，易涟顿了一下，笑着道："那我闭关这些日子，古剑派就交给你了。"

"放心。"苏竹漪点头，她终于可以大干一场了。当然，她大展拳脚依旧有限制，她得先把体内的息壤给弄到流光镜里才行，否则的话，这天道命运依旧难以逆转，他们现在所得到的一切最终也会失去。

所有她所在乎的人的性命。

包括她自己。

所以，轮回道的事情还是要放在首位。

夜里，秦江澜回来的时候看到苏竹漪穿着肚兜亵裤坐在床边，她头上坠了一颗耀眼的明珠，像是悬在头顶的一盏灯笼，将那束光聚拢在她手中的书卷上，使得她捧着的书卷上蒙着一层明亮的光辉。

秦江澜神识一扫，随后浅笑一声："怎么想起看凡间的话本了？"

苏竹漪一直很爱看书，她学了很多，也擅长很多东西，当年在望天树上，话本更是看了不少，现在她不知道又从哪儿弄来凡间的东西，跷着腿坐在那里看得津津有味。

裤腿挽在膝盖处，那白皙修长的小腿在明珠的照耀下闪着玉一样的光泽。玉足小巧，好似一掌可握，白玉似的脚，圆润粉嫩的指甲，捧在手里，就像掌心绽开的粉荷，花瓣是白的，尖尖却透着粉。

秦江澜进了屋子，苏竹漪依旧埋头看书，都没抬头瞅他一眼。

他伸手握住她的玉足，用另外一只手在她小腿上轻抚几下，问："看什么这么入神？"

苏竹漪这才抬眼，将手中的书卷直接盖在了秦江澜脸上，蹙眉道："今天怎么这么晚？"

"有两个弟子领悟出了自己的剑意，我在旁边指点了一下。"

秦江澜将书卷拿开，淡淡扫一眼，那两页的字也就映入眼帘，其实他本来以为是苏竹漪以前喜欢看的春宫图，没想到是凡人对阴曹地府和地狱十八层的设想，是民间神话传说。

第一层，拔舌地狱。

凡在世之人，挑拨离间，诽谤害人，油嘴滑舌，巧言相辩，说谎骗人，死后被打入拔舌地狱，小鬼掰开来人的嘴，用铁钳夹住舌头，将其硬生生拔下，但并非一下拔下，而是拉长慢拽，后入剪刀地狱，铁树地狱。

"第二层，剪刀地狱，第三层，铁树地狱……"苏竹漪看到秦江澜看了书卷，她一只手托腮，笑吟吟地道，"这凡人的想象力真是不俗，里面的刑罚倒真可以做个参考。"

"青河那青面獠牙的样子，做这事由他出马，必定事半功倍。"秦江澜笑笑，没说话，用手里的书卷拍了一下她的头。

"如今流光镜内所缺的就是源源不断的生气了。"苏竹漪将小腿搁在秦江澜腿上蹭了两下，"事不宜迟，我们明天就出发去找建木？"

说到这里，苏竹漪掏出玉雕小剑，在秦江澜面前晃了一下："掌门信物，易长老闭关，以后古剑派的事情由我说了算，我要让古剑派成为天下第一大派。"

她说话的时候眉飞色舞，想直接站到床上，然而秦江澜顺势伸出手捉了她的玉足，她身子往后一倒，同时被一股清风往前一拖，秦江澜则坐到了床沿，于是苏竹漪的腿就搭在了他怀里。

他伸手将躺倒在床上的苏竹漪拉到怀里坐着："我还记得你从望天树上掉下去的时候说的愿望。做天下第一人，求得大道长生。"

"如何？"她挑眉，心想当时的自己必定气势非凡。

"挺好的。"

当时她身上不着寸缕，被他牢牢锁在怀里，听她说出那样的狂言，他心中感情复杂，如今回想起来，却只是想笑。

但他心中仍是回答，愿能如她所愿。若轮回道真的能够成功建立，他们也算是得到了大道长生。

不入轮回，长伴彼此。

青山隐隐，绿水迢迢。

芳草萋萋，美人艳艳。

苏竹漪穿了大红的薄纱裙，腰间用玉带束着，那腰肢纤细如柳，不堪一握。

她站在松风剑上眺望远方，秦江澜则站在她身后，她只要稍稍将身子后仰，便能靠在他身上。

苏竹漪记得去流沙河的路，也不太担心到时候他们会破不开几个掌门共同设下的阵法结界。

当初青河直接闯了进去，而现在的秦江澜实力深不可测，虽然跟龙泉邪剑比起来说不准到底谁更厉害一点，但苏竹漪下意识地觉得他们不会在阵法那儿遇到阻拦。

这一路过去，最大的难题就在于找到建木，并把息壤给抓出来。同样，若建木有灵智的话，要说服建木肯定很简单，毕竟它一直想要帮流光镜，怕的就是建木已经失去了灵智，那样的话，他们想砍截树枝恐怕都不容易。

她在途中设想了一下到时候会遇到的麻烦，以及应该如何应对，这样到了目的地遇到问题才不会手忙脚乱，因此苏竹漪此时看着是在眺望远方，沉浸在远方的美景当中，实际上，她在思考问题。

只是飞了没多久，她感觉到体内有东西在动。不是那无影无踪藏得严严实实的息壤，而是……

蛊虫！

她体内那只坚强的情蛊在转生池里转了一圈都没有死亡，反而被池水一同淬炼，仍旧悄悄藏在她体内。

情浓意浓，入骨相思。

那蛊虫就融于她的身体骨血之中，吞噬的是她的情感，跟她本是一体。

她低头，神识铺展开，视线透过苍翠的树冠，透过层层叠叠的绿叶，看到那斜斜靠在树干上、手中捧着石埙吹奏的男人。

他虽然在吹埙，但苏竹漪并没有听到曲声，他的实力好像又增强了不少，若非情蛊有动静，苏竹漪从高空飞过，很难发现底下藏于大树上的苗麝十七。

苗麝十七这个下蛊人在下面，难怪情蛊会有反应。

苏竹漪低头的一瞬间，苗麝十七像是有所感应地抬头，他头上的银箍十分亮眼，额间的金蚕像是活物一样贴在他白得有些过分的脸上，而它那双红宝石眼睛越发妖异，发出摄人心魄的光。

苗麝十七看到了空中的苏竹漪，他咧嘴一笑，还冲苏竹漪扬了下手。而这时，苏竹漪看到他手腕上有一条黯淡的红线，仔细看却不是红线，而是一种名为红线虫的蛊虫，蛊虫宛如细长的红线，她的视线随着红线虫扫过去，就看到那大树底下，红线虫另外那端束着的人。

苏晴熏。

苗麝十七坐在树冠枝干处，而苏晴熏坐在树底下，背靠着大树。

她披头散发地坐着，衣不蔽体，露在衣衫外头的肌肤依旧白嫩，但脖颈处、手腕处有鼓起的青筋，像是蚯蚓一样在她皮肤上纵横交错，而那青筋里头隐约可见有蛊虫在爬。

苗麝十七让苏晴熏做了蛊母？他到底养了哪些蛊虫呢？当初他手上那祸害了不少凡人的蛟龙也被他养成了蛊母，如今却换成了苏晴熏，这一点有点出乎她的意料，毕竟上辈子，她苏竹漪并没有被苗麝十七当成蛊母。

苏晴熏虽然取代她被抓进了血罗门，但他们之间的命运到底是出现了偏差，她们是不一样的。

苏竹漪下意识地看了一眼身侧的秦江澜。

苏晴熏是他悉心教导了那么多年的徒弟，纵然重生之后并没有接触，但上辈子两人关系匪浅，现在苏晴熏很明显状态不好，样子颇惨，秦江澜会如何做呢？

就见秦江澜皱眉，他低声道："苗麝十七。"

之前没找到苗麝十七，现在没想到会在这里遇上。情蛊要解蛊，跟下蛊人有关系，所以不能直接杀了苗麝十七，只能将他控制起来。

思及此，秦江澜脚下飞剑在空中一顿，载着苏竹漪落于树下。

同一时间，他的威压释放，松风剑射出万千松针一样的剑气，在苗麝十七周围排列开来，形成了一个人形轮廓的牢笼。

苗麝十七的脸上原本带着浅浅的笑容，此时那笑容凝滞，待那威压施加在他身上之时，他本来就苍白的脸上更加没有血色，眼睛充血，嘴角溢出血丝来。

他撇了下嘴角，艰难开口。"苏竹漪，这男的……"他勉强扯出一个笑容，"是你的姘头？"

这时，坐在树下低垂着脑袋的苏晴熏也抬起头来，她看到秦江澜的一刹那，晦暗的眸子里陡然迸发出亮光，她哑着声音喊："公子，救救我。"

当初苏竹漪在南疆行侠仗义的时候用的是秦江澜的外貌。那时候苏晴熏就表现出对他的好感，如今看到秦江澜出现，苏晴熏俨然看到了希望，她挣扎起身，然而身子一动，红线虫就在她手腕上勒出了血痕，而血腥气一出，她身上

那些青筋中的蛊虫登时骚动起来，还有一只蛊虫从她嘴里爬出，看得苏竹漪眉头紧锁，怪恶心的。

"没想到你还是个情深之人，那么快就能让情蛊得到机会觉醒。"苗麝十七当初给她下情蛊也是顺手而为，他自己都不太确定当时他的动机到底是什么，大约是对她有些兴趣，但实际上，苗麝十七未曾想过，这情蛊会这么快就成熟。

毕竟，他当时只是偷偷下了个虫卵。没有成熟，离开了蛊母的虫卵才不会被她发现，同样，想要成熟，条件却十分苛刻，没想到，这无心之举竟然真的成事了。

他这段时间没有见过苏竹漪，与她隔得太远，以至于刚刚她从头顶上飞过的时候，苗麝十七才知道那蛊虫已经成熟了。他本来想直接催动蛊虫，却发现苏竹漪的实力又精进了，催动了也没有多大效果，所以并没有那么冲动，而现在看这男的的样子，苗麝十七明白他们所求为何，既然有所求，哪怕他们实力比他强，一上来就彻底压制了他，他也并不惧怕。

因此，他看着苏竹漪笑："我真是看走了眼。"

本以为她是个没心没肺的人，没想到，她还是个有情人，能让情蛊这么快成熟，用情倒也深。

想到这里，他眸色一暗，好似遗憾地道："可惜情蛊已融入你身体，如今你可曾动情？"

他说完这句话，就再也没了力气，忍不住咳出了一大口鲜血，而这个时候，或许是他受重伤，对苏晴熏压制的力度减少了的缘故，那被红线虫拴着的苏晴熏站了起来，径直冲到了秦江澜身边，张开双臂，想要抱住秦江澜。

只听她哽咽道："救救我。"苏晴熏长得挺好看的，是清秀甜美的样子，她哪怕衣不蔽体，十分狼狈，哭起来的时候那张脸也挺好看的。这哭得好看也是要练习的，当年的苏竹漪就练了无数回，深知如何能让自己哭得美，哭得让男人心疼。

苏晴熏曾是秦江澜的关门弟子，唯一的那一个。

苏竹漪若是遇上了上辈子关系好的人，心情好的时候，在不伤及自己的情况下，都有可能出手帮个忙，她觉得多个朋友比多个敌人强。

然而秦江澜不为所动，他甚至没有转过头去看苏晴熏一眼，还用灵气屏障的反弹力量，将苏晴熏震开了。

他只是目光冰冷地看着苗麝十七，眼神锐利如刀。

286

苏竹漪该觉得高兴吗？不，此时此刻，她的心蓦地一沉。

她知道自己有一些改变，但她还是她，她所坚持的、所在乎的依旧存在。

但秦江澜，他好像不再是他了。

秦江澜成了心里、眼里都只有她的秦江澜吗？他只在乎跟她有关的事情吗？

这样并不正常，倒像是渐渐沉沦，入了魔障。

"替她解蛊。"秦江澜看着苗麝十七道。他握着松风剑的手微微发颤，手背上有青筋凸起，指节泛白，显示出他用了很大的力量。

"她不爱你了？"苗麝十七眼睛都睁不开了，一副气若游丝的模样，"你很害怕？"

"我死了，这蛊就再也解不掉了。"他呵呵笑了两声，"我觉得我可能不行了。"

说罢，他身子一歪，直接从大树上坠落。

那树很高，他掉下来的时候没有施展任何法诀，身上也没有任何防御物，他本来就气若游丝，摔下来肯定讨不到好。

苗麝十七暂时无法控制情蛊，影响她的情绪，因为她现在也是元婴期，修为相当，神魂影响力弱，但是并不代表完全没有，就好比现在，看到他从高空坠落，苏竹漪有点紧张。

她施展擒拿手，想要抓住苗麝十七，只是刚刚抬手，就见秦江澜出手，他手中飞剑飞出，插在了苗麝十七的肩膀上，穿透了他肩膀的衣服，并没有伤到他的身体，将苗麝十七整个人钉在了树干上。

秦江澜面无表情地走到树下。"我保证你死不了。若不解蛊，"他看着苗麝十七，淡淡道，"生不如死。"

秦江澜说话之时，流光镜已经出现在他掌心。那镜面上出现耀眼的光芒，投在苗麝十七的脸上，让他整个人都显得透明，而一团虚影被从他体内抽出，看得苏竹漪一愣。

苗麝十七脸色煞白，神情狰狞痛苦，好似有一双手捏紧了他的喉咙，将他整个人提到了空中。身后那本想靠近秦江澜的苏晴熏，此番也变了脸色，小嘴微张，显然被秦江澜的动作惊到了。

在她心里，想来是把秦江澜当作名门正派的修士，但现在，他的手段却是魔道中人十分忌惮且很少有人能修成并施展的禁术。

苏竹漪眉头紧锁，思绪纷杂。

除了自愿献祭的人，流光镜现在收的都是陨落的生灵。但苗麝十七显然还

活着，秦江澜也不会让他死了，但是现在，秦江澜这真是在抽魂？

龙泉邪剑里拘着大量神魂，但都是祭剑陨落后，元神被封在了龙泉剑内，这种方法十分歹毒邪恶，因此提到龙泉剑，就会说一句龙泉邪剑。

如今，秦江澜是要在苗麝十七活着的时候，把他的元神抽出来，让他生不如死？这岂不是比龙泉剑更可怕了？

魔道有炼神幡，能够将魂魄拘在法宝中淬炼，怨气越大，炼神幡的威力越强，当初苏竹漪用过这样的法宝，但她没想过，秦江澜会做出这样的事。就算是炼魂幡，也是跟龙泉剑一个原理，杀了人，再炼魂，那样的元神会神志全无，沦为滋生怨气增加法宝威力的工具，跟其他人的神魂融合在一起，不会保留自己的意识。但很显然，秦江澜现在用的方法不一样。

在看到他做出这样的举动的时候，苏竹漪心头一颤，她思绪一转，随后抬手按在了秦江澜的手臂上，将他的手往下一压。

苏竹漪眉头一挑，淡淡道："流光镜要形成轮回道，岂能拘活人元神？"

那样的话，岂不是会怨气冲天？

秦江澜的手微微一顿，对那被剥离的元神的牵扯之力稍减，于是苗麝十七勉强睁开眼睛，他额间的金蚕好似活过来了一般，红宝石的光在眉心越来越强，以至于一双眼睛里好似笼了一层血红的雾气。

"若不解蛊，生不如死？我若想死，你拦不住。"苗麝十七神情有些疯狂，目光十分狠戾，"我死了，总有人为了我断情绝爱，而你，只能求而不得，哈哈哈哈。"

苏竹漪脸色微变，这个时候，苗麝十七还死鸭子嘴硬，说出这样的话刺激秦江澜。她很明显地感觉到，现在这个秦江澜有些不对头，他似乎只在乎情爱，跟原来的他是两个极端。

所以苗麝十七的话无疑是火上浇油。

秦江澜手腕一翻，将苏竹漪的手挡开，紧接着，流光镜上的光芒陡然更亮，而这个时候，苗麝十七额间的金蚕真的活了，脱离了那个银箍，那抹金色直接钻入苗麝十七眉心。

金蚕蛊能吞噬元神！

秦江澜也知道金蚕蛊，但他没想到苗麝十七反应这么快，并且敢让金蚕蛊吞噬自己的元神，他将镜面倒扣，沉默不言。

流光镜被倒扣之后，苗麝十七跌落在地，他大口大口地喘气，头上的银箍直接断裂成了好几截，待到银箍脱落，他额前出现一道血痕，那血痕之中好似有一只金色蛊虫在游动。

"怕了？"苗麝十七稍稍缓了口气，"想解蛊，跪到我面前求我啊！"

他脸上血污不少，额头还在渗血，一双眼睛里还血雾朦胧的，明明如此狼狈地倒在那里，他却盛气凌人地喊："跪在我面前求我解蛊啊！"

要不要这么作死！苏竹漪恨不得去捂住他的嘴，给他下个噤声咒！

她心里这么想，也这么做了，直接给苗麝十七禁了言，随后才看向秦江澜，就见秦江澜也恰好回头看她，他双目明亮，眸子里好似有冰雪寒光。

苗麝十七被禁了言还不放弃，他浑身上下都有蛊虫，这会儿都不知道从哪儿继续发出声音："想要解蛊，就一切按我说的做，什么时候我满意了，就替她解除情蛊。"

苗麝十七故意刺激秦江澜是有原因的，他是在试探对方的底线。

这个人的实力非常强，且对情蛊异常忌惮。若以情蛊为要挟，让他为自己做事，倒也能省下诸多麻烦，他的复仇计划也能提前，不用现在就费尽心思养蛊母了，当初鬼使神差地给苏竹漪下了情蛊，他都没想到会有这么好的效果，也算是无心插柳柳成荫了。

至于此时所受的苦又算得了什么！

他如此刺激对方，对方都不敢杀了自己，足以说明他们用情至深，对方怕自己死掉，怕苏竹漪无情。

想到这里，苗麝十七的脸上露出了一个微笑。只是下一刻，他的后颈已经被人提起，整个人悬在空中，身子也被一股无形的力量捆住。

他明明是悬在半空的，这附近也是寻常森林，然而此时他脚下却有一泓碧蓝的湖水，那水晶莹透彻，湖面如镜，能够清晰地看见他的倒影。他周身好似被冻僵了，身体和元神都如同那倒影一样，真正地沉浸在了冰凉的湖水当中。

额头上的蛊虫动静也稍缓了一些，像是受到了湖水包裹，与其神识联系都没有之前紧密了。

苗麝十七神情愕然，看来，这个人也并非完全没有办法，至少，现在这个人对金蚕蛊有了微弱牵制。这么一想，苗麝十七就心下一沉，毕竟他也不是真的想死。必须在最合适的时候，争取到最大的利益，他心中暗想。

随后，苗麝十七就感觉自己飞了起来。

准确地说，是提着他的人已经飞了起来。

"走吧。"秦江澜道，"先去找建木，之后从长计议。"

"哦。"苏竹漪眉头颦起，不过她也明白，找建木重要得多，若是能彻底解决情蛊自然最好，但暂时解决不了，对她来说问题也不大。

她修为上去了，那情蛊影响不了她，看着苗麝十七被折磨，她也没多大反应，更别说深爱苗麝十七，为他要死要活了。

秦江澜提着苗麝十七飞走，苏竹漪直接站在他的飞剑上，两人都没有理睬底下的苏晴熏。

苏竹漪其实有注意到苏晴熏，她在暗中观察秦江澜的反应，发现秦江澜对其没有任何反应，眼神都没有丢一个给苏晴熏的时候，苏竹漪心头微微一沉。

上辈子，秦江澜是苏晴熏的师父。

之前碰到云霄宗的故人时，秦江澜也会提点两句，如今他曾经的徒弟混得这般凄惨，他竟完全无动于衷了？

他身上的变化是一点一点来的，就好像曾经那个一身正气的秦江澜一点一点地从这个身体里抽离，剩下的是眼里只有她一个人的秦江澜。

可是说他入魔，她又感觉不到魔气，反而是死气沉沉的，这种变化让苏竹漪琢磨不透，但直觉告诉她十分不妥，莫非跟流光镜里的轮回道有关，毕竟他从镜子里出来前具体遭遇了什么、是不是他所说的那样、他是不是隐瞒了什么，苏竹漪无从知道。

她最近得好好看着他了，希望不要出什么问题。

苏晴熏是苗麝十七养的蛊母，她手腕上还系着红线虫，这种蛊虫跟养蛊人神魂相连，哪怕现在对方已经远离她了，苏晴熏依旧没办法自己逃走。

她也不能逃走，她的皮肤底下，血肉当中，有无数的虫卵，还有已经成熟的蛊虫在身体里游走，若是逃走，若是逃走……

她会被蛊虫吃空，吃得什么都不剩下。想到这里，苏晴熏觉得心中发寒。她伤得很重，还被秦江澜用灵气屏障弹开了，现在却不能养伤，红线虫指引着她朝苗麝十七的方向靠拢，而她不得不拼命地往那个方向追赶。

"我不能死！"

不能这么卑微渺小地死去。这不应该是她的人生。

她想穿着漂亮的衣服执剑站在他旁边，而不是现在这样，浑身血淋淋、脏兮兮的，犹如尸体里钻进钻出的蛆虫。

心中有一股莫名的恨意，苏晴熏的精神头都足了一些。

她强打起精神追了过去，只是没跑多久，就有些坚持不住了。

体内的蛊虫在拼命地撕咬她，好像又有新的虫卵孵化成功，没有了苗麝十七的约束，蛊虫在她皮肤底下蠢蠢欲动，难道她真的没办法坚持下去了？

就在快要倒下之时，苏晴熏看到眼前出现了一棵树，那树周围有黑气萦绕，看着有些邪门。

一截树枝伸了过来，枝条扎到了她的皮肤里。苏晴熏感觉好似有力量注入了自己的身体，她有些茫然地问："你……你是……"

"还记得我吗？我是长宁村村头的那棵树。"张恩宁死了，它还活着呢。

那棵吸收了天地灵气的树，已经被怨气充斥和影响，主人张恩宁临死时的绝望和愤怒让它彻底沦为邪物。

长宁村村头的那棵树，当年长宁村的村民称之为神树，还给这棵老树供奉香火，缠上丝带，随时都有村民前去祭拜祈愿。

苏晴熏记得它。在血罗门里头的厮杀越惊险，那段年幼时候的幸福时光就越值得回味，只不过随着时间的流逝，那段岁月逐渐尘封起来，连梦中都鲜有出现。

她曾经以为自己已经忘记了。但老树的出现像是打开了记忆的门闩，那时候的人和事纷纷涌现出来，苏晴熏的眸子里闪耀着泪花，她还没来得及说话，老树的下一句话让苏晴熏如遭雷劈。

"古剑派的苏竹漪就是当年的小和尚。是她让村民尸变的。她是魔修。或许，是她引来的血罗门，让长宁村彻底覆灭。"

"或许"两个字说得极轻，苏晴熏脑子里嗡嗡作响，她怎么都没想到，苏竹漪会是当年的小和尚。

她长大后已经没怎么想过从前了，但成为一个修真者，特别是一个魔修之后，看待问题不似从前那么没有眼力，回想一下，当初村民尸变十分古怪，血罗门会出现在长宁村那么偏僻的小地方更是奇怪……

原来，原来都是因为苏竹漪！

若不是苏竹漪，她依旧是长宁村备受宠爱的小公主。哪怕最终只是过平平淡淡的生活，生儿育女，也比被魔门抓去要幸福千万倍。她在血罗门里受尽苦难，她的手沾满鲜血，她的身体里全是虫子，这一切的一切都是苏竹漪害的……

都是苏竹漪啊！

强烈的怨气从虚弱的身体里迸发而出，犹如井喷一样，源源不断地给邪树

提供力量。

它给苏晴熏提供灵气，缓解她的伤势，而她给它提供怨气，目前来说，这是双赢的局面了。

"我要报仇。"苏晴熏双目血红，眸子里闪耀着妖异的光，"我要让天下人知道，古剑派落雪峰的传人是个擅长养尸的邪修。现在那个秦江澜身上没什么人气，你说，他还是不是人啊？要怎么做才能将她的真面目揭穿呢？"

苏晴熏虽然有复仇的心，恨不得将苏竹漪碎尸万段，可她现在做不到啊，她身体里全是虫子，她还是蛊母，那红线虫依旧牵引着她，驱使她朝苗麝十七的方向追赶，她连自己的身体都控制不了，想要复仇谈何容易。

一想到这里，她心中就涌起了绝望。

绝望和愤怒交织在一起，让邪树满足地长吁一口气。

"我也要替主人报仇。所以，我们得合作。你帮我，我帮你。"

苏晴熏毫不犹豫地答应："好！"

秦江澜单手拎着苗麝十七，苏竹漪站在他身侧。

俊男美女，一对璧人。

脚下飞剑迅捷如风，眨眼便越过千山万水，流沙河近在咫尺。

流沙河外有结界封印，当时是几个掌门联合开启的，苏竹漪想着破阵估计要费些功夫，哪儿晓得他们就这么直接飞进去了。

等进去之后，他们就从飞剑上下来，往深处走了没多久，就到了那片熟悉的红叶林。

"我怎么觉得这些枫树长得比上次大多了。"

像是每一棵树都成了精。

她仰头看，好几棵枫树都长得看不到头，好像顶端已经扎到了云层里，风一吹，枫叶依旧打着旋飞过，只是那些叶子并非自由散乱地落下，而是在空中有轨迹可循，看得苏竹漪有点眼晕。

"有阵法。"一只冰凉的手覆盖在她的眼睛上，"这里的树不一般，恐怕有的已经有了灵智，竟然能用树叶布阵了。"

秦江澜轻轻遮了苏竹漪的眼，其实有很多办法可以让她不乱看，但很显然，他喜欢这种。

她的睫毛很长，眨眼的时候像是拿着把羽扇在轻轻刷他的掌心，掌心不痒，心却痒了。

苏竹漪很配合他。她肯定会使劲眨眼来逗他，他自己又何尝不是故意的呢。

"喀喀。"苗麝十七之前在空中的时候晕了一会儿，这时候醒过来眯了下眼，咳嗽一声道，"你们倒是走啊。"

"你对她感情越深，对我就越忌惮。"想到这里，苗麝十七已经有些有恃无恐了。

"这枫林怎么会发生这么大的变化，是不是里头出事了？"

苏竹漪觉得有点不妙，心生不好的预感。

那只覆在她眼睛上的手往下移动，慢慢滑落到她唇上，掌心摩擦两下才松开。苏竹漪这个情场老手兴奋地舔了下嘴唇，这秦江澜很有表现欲嘛，难道是因为苗麝十七出现，让他体内燃起了火苗？

不管怎样，都比死气沉沉的要好。

"我感觉到了澎湃的生机。"秦江澜道。

这些树生长得如此茂盛，自然生机勃勃。

"还有绝望的死气。"他眉间蹙起，一缕忧虑转瞬即逝。

生死交替……有的死了，有的才生了。

苏竹漪心中登时有了一个不好的猜想，难道说……

她心尖一抽，足尖一点飞跃而出，朝着当初发现建木的地方飞驰过去。

秦江澜随即跟上，至于苗麝十七，自然是毫无体面地被他提在手里。

"你是个男人，居然让自己的女人在前面开路？"

看到苏竹漪自告奋勇地冲在前头，而这个秦江澜规规矩矩地跟在她后面，苗麝十七压低声音道。

他现在放松得很。横竖这秦江澜不敢杀他，他至少可以刺激一下对方。

苗麝十七想知道这个人的心境是不是没有任何破绽。

当然，除了那个女人之外。

秦江澜看都没看他一眼。

树上掉下来一片枫叶，那枫叶像长了眼睛一样，轻飘飘地落在了苗麝十七的脸上，正好盖住了他的嘴。他手脚都不能动，也就能说上两句话而已，还说一句喘一口气，时不时呕点血。枫叶像是被一股力道压在他嘴上的，他猛吹了几口气，那叶子纹丝不动。

苗麝十七："……"

他暂时还是闭嘴吧。

越往内，枫叶林里的枫树长得越好。

枫树的叶子红得像天上的火烧云，一团接一团，绚烂又刺目。红叶落下，不再是从前那般轻飘飘的，倒像是玉石做的，晶莹剔透，又比钢铁更加坚硬。

每一片落叶就像一把飞刀。

苏竹漪往前飞驰，那些旋转的飞刀纷至沓来，欲将她前进的道路彻底封锁，将她斩成碎片。

苏竹漪出剑了。

现在的她早已不是当初的她，她的剑也不是从前的剑。

剑祖宗青霞，一剑破万法。

那些落叶刀在她眼里根本算不得什么，她就这么斩出了一条路。

枫叶被斩得粉碎，像是红水晶一般爆裂开来，在左右两边铺叠起来，像是特意布置在道路两旁的装饰。

那些枫叶碎片大小相差无几，难以想象，这竟是斩出来一剑的威力。

苗麝十七已经看呆了。

他知道秦江澜很强，他知道苏竹漪也不差，但一段时间没见，她居然成长到了这个地步，难怪秦江澜跟在她后面一点都不着急，因为他清楚苏竹漪的实力。

早知道，当初就该不惜一切代价绑了她啊，这潜力简直无穷无尽。

说可惜，却也不可惜，毕竟他还掌握着情蛊。想到这里，苗麝十七微微一笑，再次昏死过去。从头到尾，秦江澜和苏竹漪二人都没给过他任何丹药，他能熬到现在已经很不错了。

到了。

苏竹漪感觉到了那奇异的阵法波动。

就是那个结界，那个只有游离于天道之外的人才能进去的结界，她到了。

建木就在里头，进入结界之后，她就能见到建木了。想到这里，苏竹漪的心情急切了几分，她似乎感觉到身体里的息壤出现了，肚子咕噜了一声，她连忙神识内视，可惜什么都没发现。

入了结界，苏竹漪没有立刻继续往内。她站在结界边上稍等了片刻，就看到秦江澜没有受到任何阻拦，跨了进来，只是他手中的苗麝十七卡在了结界那儿，没办法进来。

难道说她的重生让苗麝十七的命运轨迹也有了些许变化？苏竹漪弄不清楚，但苗麝十七这个状况有点令人为难。

苗麝十七是昏迷了，但他眉心上依旧有红点闪烁，像有人在他额头上点了一颗朱砂痣一样，那是他的蛊虫，只要秦江澜有任何异动，那蛊虫瞬间就会吞噬掉苗麝十七的元神，这就是苗麝十七威胁秦江澜的手段。所以他大可放心地昏迷。

"我在附近设下剑阵，将他留在这里。"秦江澜道。

设剑阵需要剑，他手中飞剑一抖，无数松针一样的剑气唰唰唰飞射而出，在苗麝十七四周钉了好几层。

紧接着，他再一抬手，树上的红枫叶如雨般落下，被他手中的飞剑削成了剑形，悬浮在了剑阵上空。

那些红色小剑晶莹剔透，犹如一条条小红龙飘浮在苗麝十七上空，它们看着乖巧可爱，但若是有人来犯，必定会爆发出无穷威力。

解决了苗麝十七，秦江澜也进了结界，待跨进去后，他双眉紧锁，沉默不语。

外界生气与死气相交，里面的死气却很浓郁，明明眼前花草树木生机勃勃，但空气里都是一股腐败的气息。

那传说中的建木只怕真的已经陨落了。

清夜无尘，月色如银。

苏竹漪和秦江澜在结界深处找了很久，一直没有找到传说中的建木。

这地方苏竹漪明明来过，她也见过那棵树，然而现在，她就像只没头苍蝇一样在里头转圈，始终没有找对地方。

上一次是误打误撞，有地缚灵小凤凰的召唤，还有建木主动献身，她才能与建木见面沟通，如今这些条件都不存在了，他们主动去寻，却有些艰难了。

秦江澜执了苏竹漪的手，让她不要着急。

苏竹漪只是有预感，她想，建木可能已经死了，心里头并非特别着急，只是胸口沉甸甸的，有些难受罢了。

又往前走了许久，就在苏竹漪觉得恐怕找不到了的时候，秦江澜忽然道："这边。"

"你的神识捕捉到什么了？"

苏竹漪的神识也施展开了，但她什么都没感觉到。若说有什么特别的，那

295

就是今晚的月亮特别圆。

"一点微弱的气息，我也不确定。"秦江澜攥紧了苏竹漪的手，"过去看看。"

他追寻着那气息往前，不多时，就看到了一个硕大的深坑，那坑内有烧焦的痕迹，除此以外，再无他物。

深坑周围的杂草长得茂盛无比，树木也格外高大，但那坑中却什么都没有，连一根杂草都未生长其中，只发出一股腐败的味道。

苏竹漪愣在当场，被秦江澜攥紧的手微微颤抖了。

"这里就是建木曾经存在的地方？"她以为建木枯死了，会看到一棵歪倒在地的庞大枯木，没想到，这里什么都没有，仿佛那棵树被一股强大的力量劈成灰烬，从这天地间彻底抹去了。

建木，没了。

苏竹漪说到底是个没心没肺的，建木是死是活没办法触动她的神经，只是现在，建木的陨落让她想到了自己。

这就是违背天道规则的下场？

若是轮回道没有成功建立，即便她做出的改变越来越大，她这个异类也是会被天道无情地抹去的，就像这棵树一样，不再有存在过的痕迹。

不仅是她，还有她身边站着的人，还有她拼命救下来的人。

苏竹漪脸色有些发白，但她不能露怯。她堂堂女魔头，怎么能被一棵树的死给吓怕了，人家秦江澜都好端端地站着，她也不能怂了。

苏竹漪沉声道："看来建木陨落了，想用建木把息壤引出来行不通了，只能另想办法。"

"那小东西到底藏哪儿了？"苏竹漪眉头拧起，被那滑不溜秋的息壤气得不行。往哪儿钻不好，非得钻到她身体里，现在根本抓不出来。

或许是想到息壤太生气，苏竹漪眼神凌厉，那张明媚的脸因为毫不掩饰的怒容而变得盛气凌人，像是燃烧的火、带刺的花。

可秦江澜知道，她做出这副凶神恶煞的样子是因为有点怕了。

他没揭穿她，只是将她有些冰凉的手握紧，放在了自己的袖子里。

"哎？"

"死了就死了。"秦江澜平静地道，"传说中，建木是沟通人界和神界的桥梁，既然天上已无神，它会毁灭也在情理之中。"

换言之，只要有人渡劫飞升，建木依旧会出现。

只可惜他们现在无法通过建木来引出息壤了。

那还有什么办法呢？

苏竹漪突然有了一个想法，息壤在她体内，若她直接进入流光镜，那岂不是息壤也进去了？

不过这个念头立刻被她否决了，苏竹漪可不具备那种牺牲精神。让她自己献祭陨落，元神活在那镜子里头，她做不到。

反正不到最后一刻，她是不会那么做的。人家秦江澜好不容易才出来，她又进去了，这算什么事啊。

如果说进去了真能成还好，如果进去又失败了的话，那就真成了笑话，反正活一天算一天，在活着的时候，她是不会去想牺牲的。

"那我们现在回去？"

"我下去看看，看还能不能找到一缕残魂。"秦江澜祭出流光镜，飞到了深坑之中。

对现在的他来说，那坑内的死气倒是大补之物，能够增强他的实力，连流光镜都能因此而受益。

苏竹漪在旁边等了一会儿，忽然心生警兆。她的心猛地揪起，像被人一把攥住，并狠狠捏碎了一样。

结界处，苏晴熏躺在地上抽搐，身体慢慢蠕动。她浑身是血，有无数毒虫从她体内钻出来，密密麻麻地在她身下铺满了厚厚的一层。可她一点也不疼，她在笑。

笑声在清冷的月色下显得格外瘆人。

那些毒虫从她身体里钻出来，爬到了昏迷的苗麝十七身上，他眉心的蛊虫微微震动，似乎有一些不安。

结界和剑阵困的是苗麝十七，让他无法逃走，也让其他人无法进去，但苏晴熏不是别人，她是苗麝十七养的蛊母，她体内的蛊虫跟他眉心的蛊虫有紧密的联系，它们本属于一体。

秦江澜不敢让苗麝十七死，苗麝十七自己也不想死。

"我也不想死。"苏晴熏仰头看着头顶的明月，口中不断地有毒虫涌出，她依然咧嘴笑着，看起来狰狞可怕。

她眼前浮现的是秦江澜的身影，不知为何，她总觉得，秦江澜应该会对她呵护备至才对，她渴望得到他的关心和呵护。

然而，他看都没有看她一眼。

"秦江澜，你怕情蛊，怕苗麝十七死亡。他死了，你会怎样呢？"

天底下有哪个养蛊人得到了善终？养蛊之人，终被蛊噬。

"苗麝十七，他不敢杀你，我敢杀你！"苏晴熏目中含煞，宛如恶鬼。她体内拥有大量的灵气和煞气，那是邪树给她的。

它几乎把自己积攒起来的全部力量都给了她，就为了让她获得足够的力量，让体内的蛊虫噬主。邪树没有一点保留，因为它明白，现在损失的，待会儿会千百倍地补回来。

这个苗麝十七一死，那个男人怕是会疯魔，他的怨气将助它一步登天。

"主人，我会替你报仇的。"

啪的一声响，苗麝十七眉心的那个红点像被咬碎了一般，无数的蛊虫互相厮杀，而苗麝十七的身体则成了战场。

他只醒来了一瞬，随后就遁入了永恒的黑暗。

蛊虫噬主，苗疆养蛊人几乎无法摆脱的命运，没想到这么早就来了啊。

结界深处，苏竹漪忽然泪流满面。

情蛊情蛊，以情为食，得其心中真情为养分，隐于其骨血之中。

让情蛊虫卵顺利长大的是苏竹漪心中的情，其中有对秦江澜的爱情，也有同师父和师兄之间的亲情。

她的情养活了情蛊，情蛊汲取她的情，让她的情寄托在了下蛊人身上。

本来情蛊没有被催动，苏竹漪修为高，不会受到情蛊太大影响。然而现在，下蛊人死了。

她曾告诉过秦江澜，如果下蛊人死了，不管情蛊有没有被催动，中蛊人都会万念俱灰，跟着殉情。

还好她修为已经突破了元婴期，若她还是金丹期的修为，她恐怕会在苗麝十七死亡的第一时间自尽！

苏竹漪有理智，她的理智告诉她，她曾经喜欢的人是秦江澜，可是她控制不住自己，控制不住自己的心！

明明秦江澜就在身后，可她心里空落落的，心仿佛被人硬生生地剜掉了一块。

她满脸都是泪水，但是此刻她不敢发出一丝抽泣声。她死死咬紧牙关，不让自己发出声音，伸手将泪水抹去，想要把眼眶里的泪给憋回去。

然而她做不到，那伤心无法控制，眼泪更是无法控制，仅剩的理智告诉她必须忍住，可心中的疼痛好似抽干了身体的全部力气。

深坑中的秦江澜意识到了不对，他凌空飞起，飞快落到苏竹漪身边，从背后一把将微微颤抖的苏竹漪抱在怀中。

苏竹漪转身，那一个转身好似耗尽了她全部的力气，她头晕目眩，看着抱着她的清隽男子，意识模糊地呢喃了一句："十七郎。"

苏竹漪缓缓倒在了一个冰凉的怀抱中。

在这一刻，那皎洁的银色月华也如满地寒霜。

"苗麝十七死了。"秦江澜没有像邪树预想的那样发狂，他只是抱起苏竹漪，朝着苗麝十七的位置飞了过去。

在靠近苗麝十七的瞬间，流光镜从他身上飞出，那一刻，流光镜真的变成了淙淙流淌的河，浪花滔天，将躺在地上的苏晴熏、被蛊虫几乎吞噬干净了的苗麝十七，还有隐藏在暗处的邪树一同淹没。

他脚踏银河，俊眉星目，宛如天神下凡，只是这个天神有点冷。

在他身上感受不到一丝活人的气息，就好像他不是个人，只是个兵器，一个物品，一柄冰凉的剑，甚至一面古朴的镜子。

苏晴熏看到披着清冷月光的清俊男子，脑子里有一瞬间的空白，她眼前似乎出现了一些零碎的画面，那些画面是那么不可思议，叫她脑子都转不过弯了。

那是梦吗？

少女缩在墙角抱膝呜咽，一双眼睛哭得又红又肿。

房门大开，一个看不清容貌的男人走了进来，他手里端着一碗粥，她好似闻到了浓郁的香味。

"吃点东西。"

她战战兢兢地伸出双手去捧那粥碗，身子却没一点力气，连碗都端不住。

"我喂你。"

一勺一勺的粥喂到她嘴里，她眼睛肿着，只能撑开一道细缝，而那缝隙里头，那男子像是在发光。

屋外的阳光在他身上镀了一层金，他五官朦胧，却宛如神祇。

"别怕。"清凉的声音里带着丝丝暖意，好似那披在他身上的阳光也照在了少女的心里。

亲人死亡，村子被一把火烧得精光，被恶人抓走不给饭吃，让他们彼此厮

杀，那些残酷的、可怕的、冰冷的记忆好似瞬间被清风拂走，那些污浊、不堪、恐惧都消散在风里，只剩下眼前那明晃晃犹如太阳一样的人，让她僵冷的身子逐渐回暖，犹如雨后初霁。

"我逃出来了。"她呜咽着道，声音沙哑。

"嗯，这里是云霄宗。"

她哽咽着扑进男子怀里，只觉得闻到了一股淡淡的清爽的香气，那味道沁入心扉，叫人的心神越发宁静。

仙灵福地，剑道第一的云霄宗。

"从今以后，你就是我的弟子了。"

"师父在上，请受弟子一拜。"

她头上绾着元宝髻，身上穿着洁白如雪的弟子服，手里拿着一柄青木剑，木剑的剑穗是粉色的，上面的玉坠泛蓝，雕刻着祥云纹。

晴天白云，苏晴熏。

"小师叔，你居然收徒了，还是这么漂亮的一个小师妹。"少年清脆的声音响起，她有些胆怯地站在男子身后，探头探脑地打量着外面的人。

"宗门这次纳新，有不少好苗子呢，小师叔还要挑几个吗？到时候一块选进来，热闹一点，也给小师妹做个伴。"又有人道。

她心头一颤，本来还偷偷往外看，听得这话，又缩了回去，垂着头有些发闷。

她不想要别的师弟师妹，她只想要师父一个人。

"师父，你还要收徒吗？"她怯怯地问。

"不了。"听到这个回答，她的心像是吃了蜜糖一样甜。

"我要好好修炼，为死去的亲人报仇。"

"我要好好修炼，除魔卫道，日后行走江湖，绝不能堕了师父的名头。"

"我要好好修炼，能够……"

能够与师父比肩，能够站在他身边就好。

"晴熏年纪轻轻结成金丹，前途不可限量啊。"

"你这丫头，修炼怎么这么刻苦？"

不管再苦再累，她都咬牙坚持，为的只是离他更近一点。

"师父，你怎么让那个妖女逃掉了？"她没想到，那恶名在外的妖女居然如此厉害，虽然两人修为相差无几，但那妖女的手段太多，实在防不胜防，若不是师父及时出现，她只怕……

但是师父怎么没有直接将那妖女斩杀，反而让那妖女逃了？

师父平时清冷，对她却十分温和，然而那一刻，他站在那里，却眸色微冷。

他只说了一句："你不记得她了？"

她是谁？我为何要记得她？

她不过是个人人喊杀的魔道妖女，她能是谁？

为何我不记得她，师父他……他会隐隐不快？

她……她是苏竹漪。

长宁村里的苏竹漪，被抓到血罗门里，帮了她的苏竹漪，让她赶快逃命的苏竹漪。

她成了仙门大派的弟子。

苏竹漪成了无恶不作的魔修。

她感激苏竹漪，却又害怕与苏竹漪有牵连。

她感激苏竹漪，却又庆幸当初被留下的不是自己。

那些零散的画面不断地在脑海中出现又消失，苏晴熏分不清到底是梦还是现实……

就在她浑浑噩噩之际，一股森然寒意冲天而起，将她彻底笼罩其中，她瞬间清醒过来！

抱着苏竹漪的秦江澜近在咫尺。

"你……你怎么没事！"苏晴熏看到来势汹汹的秦江澜，她身子一僵，只觉得浑身上下冒出了寒气。

邪树说他身上的气息不对，已经是走火入魔的人了，若是受了这大刺激，必将疯魔，到时候对付起来极为简单，然而现在过来的人哪里疯魔了？

他冷静得可怕，一双眼睛犹如寒潭，三九天最凉的雪也不及他眼神中的半分冷意。

苗麝十七的元神还没有完全消散，因为邪树需要吸收人的怨气和残魂来补充力量，所以苗麝十七的残魂还在，并没有彻底消散在天地间。

只不过他本来就受了重创，元神没有任何反抗能力，已经跟大树身后的黑气融在了一起，跟那些怨气纠缠在了一起。

流光镜锁定了苗麝十七的残魂，而无数阴寒剑气犹如万千针芒，射向了隐藏在暗处的邪树。

他面无表情，口中只吐出一个字。

"死！"

邪树为了支持苏晴熏噬主，将自己的力量几乎耗尽。

此刻，那奔腾而来的河水明明是冰凉的雪水，却又像是熊熊燃烧的烈焰，要将缠绕在它周身的怨气和污浊一并清洗干净。

怎么能就这么死掉?!

它周身的黑气陡然凝聚成形，那人形赫然是苗麝十七的身形。

"他还有最后一缕残魂拿捏在我手中，你敢杀我？"

一剑斩下，黑气被华光劈开，邪树见状，发出一声惨叫，身形朝四面八方遁走，分散为树干、树根、枝叶，跟周围的枫林交叠在一起，乍一看根本分不清彼此。

它隐匿其中，只要有一片叶子能成功躲过，便能换得重来的机会！

没想到，那滔滔河水倒灌，竟将整片树林吞入其中，只见周围环境扭曲，它们仿佛被硬生生扯入了另一个世界。

镜中世界。

"澜儿，过来。"眼前出现一名轮廓模糊的绝美妇人，她冲着秦江澜招了招手，"我是你娘，过来，让我抱抱。"

秦江澜握剑的手一滞，他往前踏出一步。

走出这一步后，那美妇脸上的笑容更加温婉，眸子里盛满了星光，是他幼时期盼的模样，是他心中娘亲该有的模样。

"快来，让娘亲好好看看，你都长这么大了。我的孩子定然英武不凡，你日后一定是天下第一剑修。"她看着他的眼神里充满了骄傲。

秦江澜单手抱着苏竹漪，缓缓走到她面前。

"这是我儿媳妇？让我好好看看，长得可真俏。"她伸出手，似乎想要去摸一下昏迷的苏竹漪，然而只是这么一个伸手的动作，便有一道剑光突至，将她的身子斩成两截。

她临死时瞪大双眼，死不瞑目，似乎完全没想到自己的儿子会将她斩杀。

"孽徒，你怎么连你母亲都杀！"又一人突兀地出现，他手持长剑，怒发冲冠。

"为了护着这个魔道妖女，你竟然连自己的母亲都杀，你怎么会变成这样！"他痛心疾首，却又不舍得将这最优秀的弟子废掉，便长叹一声道，"你

302

父母当初弃你于路边，是为师将你带回的，你与他们并无感情，罢了罢了，只要你跟这魔道妖女断绝关系，我便从轻发落，让你在禁地悔过百年，如何？"

"还不跪下认错！孽徒，难道你要背叛师门！我苦心教导你这么多年，你竟为了一个女子，与你师父刀剑相向，好，好得很！今日我便清理门户，斩了你这孽徒！"

唰唰唰，数道剑光飞出，却连秦江澜的一片衣角都没碰到。

秦江澜手中飞剑轻轻一颤，就见他师父的飞剑嗡了一声瞬间崩裂，紧接着，秦江澜抬手，将面前的师父也斩作了两段。

滚烫的鲜血喷溅过来，他眸子阴沉，用灵气挡开，随后低头，生怕那鲜血飞溅，怀中人沾上一丝一毫。

"这妖女屠城，杀了那么多无辜百姓，你还要护着她？"

"杀了她，杀了她！"无数凡人手握镰刀、锄头，有妇人拿着扁担，还有人手捏着烂菜叶和臭鸡蛋，他们明明惊恐万分，却依旧拦在他面前。

"杀了她，我要替我孩儿报仇！"

"杀了那妖女，我相公就是被她杀死的！"

周围阴风阵阵，那是无数枉死之人的冤魂在哭号。

那些凡人的背后，有各大宗门的强者在怒吼："秦江澜，枉你为天下剑尊，你要为了一个妖女而背叛天下，做天下正道的敌人？"

"你舍得你的父母亲人，舍得将你养大、教你道法的师父，舍得天下苍生，舍得一身正气，就为了这个坏事做尽、丧尽天良的妖女？"

回答他们的是一道剑光，剑光扫过之处，无一活物。

他手中松风剑长啸一声，发出泣血哀鸣，剑身寸寸断裂，像是在说："你舍得青松傲骨、顶天立地，舍得手里的剑、心中的正义？"

剑断了。

秦江澜双手抱紧怀中人，脸上面无表情。

一个又一个人在他眼前出现，一个又一个人死于他的剑下，到最后，连手中飞剑都可以舍弃，他眼中只剩下了一个人。

为你生，为你死。

那些突兀出现的画面又尽数消失，因他斩杀生灵出现的血海也眨眼不见，面前还是那片树林，地上瑟瑟发抖的始终只有一个人。

苏晴熏。

他依旧单手抱着苏竹漪，右手仍旧握着剑，只是那剑锈迹斑斑，仿佛再挥

动一次，便彻底崩溃，化作齑粉。

"我不想死。"苏晴熏拼命挣扎，却发不出一丝声音，只有低低的呜咽，她刚刚做了一个美梦，梦到自己没有深陷血罗门，梦见自己成了云霄宗的弟子，梦见自己的师父是……

师父，师父，师父……

苏晴熏眸子猛地瞪圆，她的身体里猛地涌出了无限生气，竟挣扎着坐了起来，像是回光返照一般，她冲着秦江澜喊道："师父，救我！"

苏竹漪睁开了眼。她心情很差，整个人有些浑浑噩噩的，睁眼之后发现自己还在秦江澜怀里，而此刻的秦江澜身体凉得跟冰坨子一样，冻得她微微哆嗦了一下。

"师父，师父，我是晴熏，我是你唯一的徒弟晴熏啊！"

什么意思？

苏竹漪微微转头，就看到那看不出人形狰狞可怖满身鲜血的苏晴熏拼了命地往前爬，似乎要抓住秦江澜的脚，只听她哭喊着："师父，我是晴熏，我是你的徒弟，你救走的是我，不是这个妖女，不是这个妖女，不是她……"

苏竹漪浑身的汗毛都竖起来了，到底发生了什么？苏晴熏怎么会知道上辈子发生的事情？到底是怎么回事？

她还想问问，看发生了什么情况，就见秦江澜微微抬手，剑飞起落下，将正在爬行的苏晴熏一剑斩断，那血肉模糊的两截躯体没有立刻停止动弹，甚至她的上半身还往前爬了几步……

"师父……"苏晴熏眼神涣散，低语道，"原来是在做梦啊。"

片刻后，她又疯狂起来："呵呵，我已经将你是魔修的消息传回了血罗门，你们杀我灭口，哈哈哈，现在全天下都知道了，古剑派洛樱的传人是魔修，哈哈哈哈……"

笑声戛然而止，是秦江澜又补了一剑。

只听他冷冷道："聒噪。"

苏竹漪捏紧了秦江澜胸口的衣襟。

怎么回事！秦江澜为何会变成这样？苏晴熏刚刚叫他师父，他没有任何反应，直接斩杀了苏晴熏。

秦江澜不是这样的。

她抬头，恰好秦江澜低头看她，他双目里是妖异的血红色，脸上的神情却十分温柔。

他低头在她额前落下一吻："苏竹漪，我只要你。"

负尽天下，负尽苍生，只求你一人。

足矣。

苏竹漪脑子里嗡嗡作响。

入魔？

入魔了？

彻底入魔了？

那流光镜岂不是会即刻变为魔器！

怎么阻止？怎么阻止？流光镜里的师父和师兄他们都会成为魔器的帮凶，丧失神志的！

不对，现在流光镜还没有魔气溢出，怎么办？把息壤弄进去让它提前成为道器？反正爱人陨落，心如死灰，我也不想活了，不如成全他们，让师父和师兄有情人终成眷属。

如果是平时的苏竹漪，脑子里断然不会产生这样的想法，然而现在下蛊人已死，她受了影响，刚刚昏迷转醒，情绪依旧失控，脑子里出现这么一个念头之后，便一发不可收拾，苏竹漪竟然一咬牙，打算来个以身祭镜。

就在这时，那镜子猛地发出一道白光，将整片天幕照得雪亮，天上的明月都不敢直撄其锋，暂避云层深处。

轰隆、轰隆、轰隆……

一声接一声的雷鸣炸响，犹如天地间祭起了战鼓，那滚滚雷声是密集的鼓点，那呼呼风声是战前吹响的号角。

轰！一道闪电划破夜空，犹如一柄金色巨剑，朝着流光镜一剑斩下。

镜内有滔天河水奔腾而出，跟那巨剑撞到了一处。这一撞，灵气四溢，苏竹漪觉得自己像是浸泡在灵泉里，浑身上下都被那浓郁黏稠的灵气给裹满了。

苏竹漪登时看明白了，流光镜在渡劫。

千万别劈在她头上，要知道，天道长期乱劈她！

只是这个念头一闪而过，马上又变成："劈我吧，劈我吧，活着也没意思，就让我这么死了吧。"

她觉得此刻的自己跟患了神经病一样。

好不容易将那心思给压制下去，她才稍稍缓了口气，分出点精力去想正事。

为什么流光镜突然就渡劫了，难道说，六道轮回已成？它没有被入魔的完

全不正常的秦江澜污染，反而即将破道？

这到底是什么情况！

就在这时，苏竹漪忽然觉得肚子里有什么滑不溜秋的东西在蠕动，紧接着，她喉咙里一滑，就见当初怎么也弄不出来的息壤主动飞出她体内，冲向了空中的流光镜。

之前怎么都不出来，现在看到流光镜要变成道器了，眼巴巴地过去凑热闹了？

看那神雷劈不死你！

息壤撞入流光镜后，异变再次出现。整片天空布满闪电，那金色闪电无穷无尽，在天上形成了一张大网。

苏竹漪从未见过这等阵仗，她哆哆嗦嗦地取出了替身草人抓在手里，抓了一个还不保险，恨不得把所有草人弄到一块把自己给全部盖住。

抓了一会儿又觉得生无可恋，刚把替身草人扔出去又立刻捡回来，自己都觉得自己脑子有问题。

她在心里头默默把苗麋十七骂了一遍，接着又委屈得快哭了，哼哼两声："十七郎，你怎么就丢下我一个人去了呢？"

她那颗心简直弄得跟一团乱麻一样了。

苏竹漪一颗心狂跳，但她只听到了自己的心跳声，明明她被秦江澜箍在怀里，却听不到他一丝声音。

她紧张地直起身子去看他，他低头，那双妖异的眸子里清楚地映着她的脸，他的眼中只有她一人。

入魔？不不不，他就是心魔。

不知为何，苏竹漪脑海中闪出了这么一个念头，只是头顶再次轰隆一声巨响，她身子一颤，注意力被那天雷牢牢吸引。

整片天空布满了金色闪电，那闪电结成了一张大网，苏竹漪觉得她根本避无可避，无处可逃。

轰隆！闪电再次劈上了流光镜，那镜面微微颤抖，河水翻滚，将闪电悉数吞没。只是那河水被劈得水花四溅，像是天空下起了一场暴雨。

苏竹漪没有被雨淋到分毫，她身边的男人只是淡淡抬手，便以那手掌为伞，遮住了狂风暴雨，给她一片晴天。

"秦江澜，流光镜到底是怎么回事？"

"不知道。"秦江澜平静地道。

他对一切都不关心，唯一关心、唯一在乎的无非是怀中人。

"你有没有哪里不舒服？"

苏竹漪疑虑重重，却见他笑了一下，低头亲她，还捉住她的手放在自己腿间："哪里都不舒服。"

"这绝对有问题！"一个声音紧张地喊。

另外一个声音却说："你别碰我，我恶心，心爱之人已死，我要随他而去，断不能忍受别的男人。"

她头疼得快炸开了。

看出苏竹漪难受，秦江澜倒是没再动，他只是抱着她道："放心，我不会让天雷伤到你的。"

这会儿雷劫倒也没顾及他们，毕竟流光镜才是真正的渡劫者，只是那天劫威力太大，随着一道道神雷连续劈下，苏竹漪感觉整个天地都被撕裂了，他们所在的地方也没办法幸免于难，外面如同天崩地裂，她只觉得下一刻自己就要被天地碾压成碎末。

幸好有个人牢牢护着她，他用身体给她铸了一堵墙，遮风避雨，挡住了那无处不在的威压和神雷。

"你怎么样？"

"没事。"他不知道痛，也不知道累，只知道护她周全，仅此而已。

"苏竹漪。"

"嗯？"

"我心悦你。"

"别，我喜欢的可是十七郎。"她嘀咕道，说完之后，又恨不得甩自己一巴掌，"不是……"

轰！又是一声惊雷炸响。

苏竹漪要说的话被雷声打断了，她被震得头晕目眩，耳边嗡嗡作响。只这滚滚雷声，便叫她识海震荡，整个人快撑不住了。

她眼前模模糊糊的，隐约见到流光镜中那真灵界显现，师父、师兄、古剑派陨落的弟子、从转生池内走出的盘古巨人，他们一个接一个出现，站在了她前方，站在了风雨雷霆之下。

她的神识都模糊了，却依旧努力睁大眼睛，不敢有任何错漏。

就见流光镜中人与那漫天闪电撞到了一处，她哇的一声吐出一口鲜血，手

里头紧紧捏着的替身草人直接碎了，而紧紧搂着她的人身子一颤，竟然变得虚无缥缈起来。

就在这时，她怀中一个声音道："原来如此，我还说为何他没有丧失理智，没有入魔，原来他就是魔！他将自己的情爱彻底舍去，将心魔从自己身体里完全剥离，哈哈哈哈，果然好手段！"

一片叶子悄悄藏于苏竹漪怀中，那是邪树最后的一点力量，在这关键时刻出现，朝已经支离破碎的秦江澜扑了过去。

这心魔因为庇护苏竹漪，已经被天雷轰得七零八落。

苏竹漪也是重伤之身。

而这一片叶子虽然实力弱，却因藏在苏竹漪身上而没有被天雷轰击，此刻大家都无比虚弱，相比起来，反而是它最强势。

"既然是心魔，便能直接成为我的养分，痛快！"

苏竹漪没动，她的剑却动了。剑祖宗从识海内飞出，直接将那邪树的最后一点力量击得粉碎，这因苏竹漪的一番话而活下来的长宁村老树，最终彻底地陨落在了苏竹漪的手中。

轰！

又是一声巨响，随着这一道惊雷落下，流光镜上的光亮骤然熄灭，整片天地瞬间陷入了一片黑暗之中。

死一样的安静。

失败了吗？

"喀喀。"她呕出鲜血，意识模糊，心中想道："十七郎，我来陪你了。"

眼皮缓缓闭上，却在即将彻底合上之时，黑暗之中又迸射出了天光。

是谁在耳边念咒，那声音万分熟悉，叫她的识海逐渐平静，眉心忧虑都被抚平。

梵音阵阵，仙乐飘飘，灵气从天而降，从地底汩汩冒出，瞬间便充斥了整片天地，她沐浴在灵气当中，只觉得浑身舒坦，周身疲惫一扫而空。

待再睁眼时，她便看见本已死去的建木突然从地底冒出，疯狂生长，片刻间已立于天地之间。而那树下，白衣飘飘的秦江澜站在那里一动不动。

似乎感觉到了苏竹漪的视线，秦江澜回头看了她一眼。

眸中无悲无喜，无情无欲，那眼神并不让人讨厌，只是觉得有些疏远。再看时，苏竹漪发现他周身像是在发光，他的面容变得模糊，看着让人心生敬仰，她差点就跪下去了。

她怎么可能跪秦江澜！让他回家跪搓衣板还差不多。

就在这时，苏竹漪看到秦江澜足尖一点，踏在了建木的一片叶子上。

她微微愣住，心尖一抽，脑中一个可怕的念头一闪而过。紧接着，那念头变成了现实。

秦江澜与建木一同消失在了天地间，他再也没有看她一眼。

曾经，他眼里全是她。

现在，他眼里没有她。

苏竹漪满头雾水，脑子里一团糨糊。就在她发愣之际，流光镜突然落到她手中，里头师父的声音传来："轮回道已成，竹漪，你不必再担忧天道会将你抹去了。"

成功了？她不用害怕突然被老天劈死，不用害怕师父和师兄再次陨落？

她成功了。

可是一点喜悦都没有啊。

苏竹漪："抹去就抹去呗，我心里头难过。"她嘀咕一句："反正十七郎死了，我也不想活了。"

不料一个声音传来："情蛊还是有用的嘛，你看她如今修为增长了，依旧对我念念不忘。"

苗麝十七最后一缕残魂在雷劫前就被吸入了流光镜中，经历了一次天劫对抗，他的元神还强大一些了，成为轮回道里第一个可以轮回转生的元神。

苏晴熏也在其中，不过她受了雷劫影响，元神几乎灰飞烟灭，如今已经入了转生池中。

苗麝十七生前罪孽深重，得受酷刑，不过如今地府缺人手，洛樱让他戴罪立功，先熬孟婆汤。

"秦江澜居然飞升了。他是怎么飞升的，我怎么跟做梦一样，他之前还杀了苏晴熏呢。"苏竹漪还是没转过弯，她觉得自己怎么都想不明白。

"他放任自己养大心魔，将心魔彻底变成了一个眼中只有你的魔物，最终，他斩去心魔，便斩了你，得道飞升了。"清河冷冷道。

秦江澜的心魔是苏竹漪。因她而生，因她而起。

他想她好好活着，想她无忧无虑，想时光倒流，回到最初，让她不再经历那些痛苦。

这是心魔，是执念，是阻止他飞升的劫。

心愿不成，心魔不除，他便注定无法飞升。

所以他以身祭镜，换得一场时间回溯，让一切重来，让她不再走从前的路。

当彻底摒弃了亲情和友情，彻底摒弃了天下苍生和人间正义，只剩下苏竹漪的时候，他的心魔和真身才能彻底地剥离开来，也就在斩杀了苏晴熏的时候，秦江澜一直封闭的真身破道，飞升成神。

他把自己分成两半。一半是天下，一半是她。

自破镜而出时，陪在苏竹漪身边的只是那个渐渐丧失理智、渐渐无情、眼中只剩下她一人的心魔。

"哦，所以我是他历练飞升的一个心劫。"苏竹漪伸手指了指自己的胸口，"然后他看破红尘，无牵无挂地渡劫飞升了？"

洛樱面露不忍之色，微微别过脸庞。

青河脸黑沉沉的，厉声道："若有机会，我替你斩了他。"话音落下，天上便劈了一道惊雷。

如今秦江澜可是神仙了，说神仙坏话是要被天打雷劈的。

苏竹漪："呸。"

还真把自己当盘菜了。

她眼眶一红，又道："十七郎，你死了，我也不想活了。"哭了两声她又骂道："什么情蛊烦得要死，苗疆十七，当真没有解除办法了？"

说话之时，眼睛里却有了泪水，她仰头看天，不想让眼泪流出，殊不知，抬头的一刹那，眼泪再也控制不住地夺眶而出，打湿了整张如玉的面庞。却也分不清楚是为了谁。

是为了十七郎，还是为了他。

"还好，有那情蛊。"洛樱心中叹息，不知道该说什么才好。

"那个心魔呢？"苏竹漪忽然抹了泪水，问，"那个心魔呢？"心魔爱她，那她就养着心魔！他不是把自己分成了两半，把心魔从体内剥离了，那心魔呢？

"替你挡了雷。因你而生，为你而死。"

"哦。"她颓然坐下，一只手托腮，只觉得浑身都不对劲，却再也说不出一句话了。

310

尾声

一个人失去了爱人会怎样？

心如死灰，恨不得追随他而去。浑浑噩噩，不知道今夕何夕。

有的人一辈子走不出去，恨不得立刻了此残生，有的人嘛……

流光镜里，一柄飞剑架在苗麝十七的脖子上，他跪在地上，脸上没什么表情，嘴角噙着一抹邪笑。

"比如你，洛樱死了，你肯定会痛不欲生，自己也活不下去，对否？"

青河没反驳，被洛樱温柔地看了一眼，他一张脸仍是黑着的，但耳根子却偷偷红了。

"再看看你那师妹，啧啧。"苗麝十七嘴角一抽，"你们不用太担心，她不会被影响多久，毕竟情蛊也敌不过时间。"

若情蛊真的是天下第一蛊，为何会消失在人间？他此前说得那么厉害，无非是想从秦江澜那里讨一些好处罢了！若当真那么厉害，大家都炼制情蛊，怎么都不可能失传，那蛊虫对很多修士来说，威胁并不大，毕竟哪儿有那么多痴情人，修士冷血无情的多了去了。

"我死了，蛊虫也就跟着灭了。要是她修为低，我死的时候，她就会跟着殉情，如今她还活着，想来要不了多久，她就又能活蹦乱跳了。"

这世间唯有时光最无情，红颜白头，韶华枯骨，逆得了沧海桑田，负得了三生誓言，情情爱爱在它面前，终究是镜花水月一场空罢了。

更何况是她。

"你们且看着，她会怎样。"苗麝十七平静地道，只是那平静之中还藏着一

点期待和不甘心。

"三个月。"他说,"三个月,她就能自己走出来!"

事实给了他当头一棒。

苏竹漪把自己关在落雪峰三天,她在床上一动不动地坐着,眼神空洞,心里头也空落落的。

小骷髅个头挺大了,现在却缩成一团坐在门槛上,脚边趴着大黄狗。他不知道小姐姐怎么了,只好在门口陪着。

他觉得自己会坐很久,大概会变成一块大石头?

没想到就在第三天早晨,房门打开,苏竹漪穿着一袭红裙从房间里出来,她用脚踢了一下他的屁股:"堵在大门口做什么,剑练得怎样了?"

"小姐姐,你出来了,你好点了吗?"悟儿紧张地问。

"好得很。"苏竹漪咧嘴一笑,"浑浑噩噩坐了三天,好像瘦了一些,下巴更尖了,是不是很憔悴,有没有弱柳扶风的姿态?"

她随手掏出流光镜,对着镜子左右歪了歪脸颊,心满意足地笑了。

镜中的青河和洛樱面面相觑,无言以对。

不知道为何,秦江澜把流光镜留了下来。留下流光镜倒是可以理解,毕竟流光镜掌握的是人间轮回道,待在人间无可厚非,让人觉得难以理解的是,为何他会把流光镜留在苏竹漪手中。

苏竹漪不是流光镜的主人,她操控不了流光镜,拿在手里也就能跟他们说说话,把流光镜当作普通的镜子用。

大约只是想让他们陪在她身边吧?

"你打算把流光镜当作普通镜子用?"

在苏竹漪照镜子的时候,不管镜子里的人在做什么,那张脸都会出现在他们眼前。青河刚刚偷亲了一下师父,苏竹漪的脸就冒了出来,这种感觉……

青河觉得有点糟心。若非觉得她心情不好,青河都不会这么温和地跟她讲话了。他想揍她。

"这可是神器。"苏竹漪冷哼一声,"肯定不能只当作镜子。"

"你并非流光镜的主人,无法驱动它。"洛樱道。事实上,没人驱动得了它,他们只是生活在流光镜里,主持轮回道,轮回道内的天道规则已经生成,这镜子他们也无法驱动,只能各自做自己分内之事。

"驱动不了,我当块砖头砸人也行啊。"苏竹漪说完随手一丢,流光镜便被她丢了出去，落地之时，地面上悄无声息地出现了一个大坑，苏竹漪便咯咯笑了两声，"你瞧，多厉害。"

她在门口稍稍站了一会儿，随后拿出飞剑比画了一阵，接着又道："现在不用担心这条老命了，又觉得有些无聊，我还是得找个目标。"

"小姐姐想要做什么呀？"悟儿将两个拳头放在脸颊边，一派天真地问。

"拳打四海八荒，脚踏正魔两道，我要做天下第一剑！"手中长剑往前一挥，此刻的苏竹漪一袭红衣站在冰天雪地当中，衣衫随风飞舞猎猎作响，端的是威风凛凛、英姿飒爽。

"所以呢？"

"所以我就去挑事啊，从云霄宗开始挑战，你觉得怎么样？"

"只是实力好像还差了一点，毕竟背后没靠山了，我的剑道跟云霄宗那几个老怪物比的话……"她用手摸着自己的下巴，"估摸着还差了一点，实在不行，就用镜子砸。"

她背着剑打算去挑战天下大派，然而，还没走出落雪峰，就有弟子匆忙过来，在她面前跪下道："大师姐，代掌门，大事不好了。"

易长老已经将古剑派的掌门信物交给了苏竹漪，因此如果遇到大事的话需要苏竹漪定夺，她得了信物后，就去了流沙河，还未行使过掌门的权力，这会儿她看到有弟子过来禀报，顿时眼睛都亮了。

不是担心，而是激动。

什么大事不好？

不管什么事，撸起袖子干！

想当年她也有个魔门小势力，手底下的虾兵蟹将也就几千人，如今却有数万古剑派弟子听她号令，想想就热血沸腾了。

不过，要矜持，要沉稳。

苏竹漪深吸一口气，脸上露出一个高深莫测的笑容："松尚之，发生什么事了，这么慌慌张张的，成何体统？"

"我们……我们出去历练的弟子，在外头听到了不好的传闻。"松尚之头都不敢抬，紧张地道。

"什么传闻啊？"苏竹漪脸上依旧带着笑，眼睛里像燃起两簇小火苗。

跟在她身后的悟儿也轻手轻脚地走了过来，现在的悟儿不比往年，个头挺大，踩在雪地上会发出声响，所以他虽然在走路，但实际上脚离地一寸，也不是在飘，而是蹑手蹑脚的。松尚之一直低着头，忽然觉得光线暗了，猛一抬头

313

就看到悟儿出现在眼前，吓得脸一白，声音都打战了。

忽然觉得还是以前的小骷髅更可爱，晶莹如玉的白骨头、圆溜溜的眼眶，还有绿油油的小火苗……他心中默默地想。

"问你话呢。"苏竹漪不满地道。

"现在外头都说，说……说我们古剑派落雪峰修的是魔道。古剑派与魔道勾结！还……还有，三天前，你们杀了那个唯一的知情者，也是当年长宁村灭村的唯一幸存者，只不过她临死时将你们杀人的画面传了出去，说你们杀人灭口！云霄宗秦川也是从长宁村出去的，据说现在已经有侠士去云霄宗向他求证了。"一鼓作气说完之后，松尚之神情忐忑地看着苏竹漪，显得有些心慌意乱。

他原本是不信的，但现在外头传得沸沸扬扬，那女子留下了留影符，一块灵石就能买到，他看到那女子死时的画面，她浑身是血，被剑尊一剑劈成了两段。

那画面之中的剑尊，面无表情，眸光阴寒，一步一步走过来，宛如杀神。

只是回忆一下那符中记录的画面，松尚之都觉得不寒而栗，两股战战了。

"所以你做什么了？你觉得那是真的？"苏竹漪冷笑一声，"你觉得是真的，还跑到我面前来做什么？是不是傻？"

松尚之瞬间挺直脊背："绝对不是真的，肯定是有人看不得我们好，故意抹黑我们！"

"那你做什么了？"苏竹漪又问。

松尚之连忙道："我立刻回来向你汇报了啊！"

"愚蠢！"苏竹漪嗤笑一声道。

"请代掌门指点。"松尚之一脸虔诚。

不知道是谁在做背后推手，现在不管是凡人还是修真者之间都在流传这个消息，让古剑派的声誉受损。松尚之在听到这个消息后，日夜兼程地赶了回来，就是希望宗门能快速出手，挽回宗门声誉。

"我们古剑派行得正站得直，以斩妖除魔为己任，怎么会跟魔修勾结！"他心中想到，至于当时的剑尊……

松尚之刚要闭眼，结果就见眼前一道寒光出现，那剑芒擦着他的睫毛而过，吓得他浑身一颤。他眼睁睁看着自己的一些睫毛被斩断，飘落在雪地上，分外明显。

"我又长又翘的睫毛……"

"谁敢在我面前说师门坏话，我就打谁！"苏竹漪收剑，冷冷道。

　　她原本想说的是"我就杀谁"，不过看到这松尚之像只小鹌鹑一样，怕吓着他，还是改了一个字，苏竹漪瞥了他一眼，道："既然他们说我们跟魔道勾结，那我们就去除魔卫道。"

　　"啊？"

　　"就拿血罗门开刀！"原本她是要去挑战正道的，如今，倒是得改改目标了。

　　青霞："我不是刀。"

　　血罗门是个杀手组织。他们做事很注重善后，几乎不会留下什么尾巴，狡兔三窟，血罗门在外头的驻点不知道有多少，到底谁真谁假，没人分得清楚。

　　曾经血罗门暗杀了修真世家的一位长老，那修真世家倾尽全力讨伐血罗门，结果找错了地方，中了陷阱，修真世家的近万名弟子在陷阱里头陨落了三分之二，剩下的三千人撤退的时候被血罗门死士暗杀，待逃回家族族地时，只剩下了三五百人。当初四大派皆派出了门下的优秀弟子前去救援，可是出发不久就受到了干扰，被困在阵法里耽误了不少时间，等到脱困赶过去的时候，那个近万人的二流世家已经彻底完了。

　　就连元婴后期的家族老祖也战死在祖宗祠堂，他倒在血泊之中，整个祠堂的地上全是血水，有他的，也有敌人的。

　　为了杀那个老祖，血罗门也至少死掉了三百死士，损失不小，但这一役过后，无人再敢小觑血罗门。

　　"血罗门喜欢从凡间掳走小孩从小训练，不管资质如何，只要是幼童，通通带走，然后让他们互相厮杀，听说千人中才能有一人活下来，成为血罗门的正式弟子。"梅长老皱着眉头道。

　　苏竹漪手持掌门信物，她说要带门下弟子去围剿血罗门，他们这些做长老的自然不能反对，只是血罗门藏得太深，他们也不清楚血罗门的老巢到底在何处，而之前古剑派弟子在秘境中吃了亏，虽然得了大量宝物，但大家都还在养伤修炼，而且宗门剑道比试也是他们前段时间定下来的，眼看着马上就要开始比试了，现在出去围剿血罗门合适吗？

　　梅长老觉得苏竹漪这个决定做得有些草率。

　　他在古剑派是不怎么管事的，另外两个长老一个在养伤，一个在闭关悟剑，易涟更是早就闭关了，还把掌门信物给了苏竹漪。梅长老也一直很信任苏竹漪，觉得由她当代掌门最好不过，哪儿晓得她拿出掌门信物的第一件事就是带领宗门弟子去围剿血罗门，这也太激进了……

"要不，等到剑道比试过了，再商量一下？"梅长老犹豫片刻后道。

"谁规定剑道比试就是站在比武台上比剑了？"苏竹漪歪坐在椅子上，手腕上缠着一条小白蛇，她轻轻摸着蛇头，笑了一下，"也不需要太多人，只让那些参加剑道比试的弟子跟着去即可，谁斩杀血罗门死士最多，谁就能获得宗门奖励的重宝。"

这没骨头的坐姿，这艳瞎眼的衣服，还有那嗤嗤吐着芯子的小白蛇……

梅长老觉得自家这代掌门跟她师父洛樱的差距怎么那么大呢？要是没点眼力，一定会觉得她是魔道中人了。

"这……血罗门的位置无人知晓。"梅长老还想挣扎一下，就见苏竹漪唰的一下站起来，她坐没坐相，站起来倒是站得笔直，那一身红衣衬得她像是一杆指天的红缨枪。

"梅长老放心，我已经知道了。"血罗门真正的老巢，苏竹漪知道。

"好。"梅长老点头，"我随你同去。"

"不了，梅长老镇守宗门即可。"说完，苏竹漪转身离开。她走出大殿的时候，阳光穿透殿前的大树落在她身上，在她的红衣上镀了一层金，明明穿的是绫罗绸缎，在那一刻她却犹如身披铠甲，一往无前。

"我们不是要去血罗门吗，为何来这里？"松尚之有些紧张地问。

古剑派弟子要外出历练，修为至少要达到筑基期。松尚之作为筑基初期，刚刚出去行走江湖，还没闯出什么名堂就返回了宗门，然后，他就有幸参与了这场大战。

他有点没底气。

代掌门说此次行动自愿，只要之前打算参加门派剑道比试的弟子都能参与，这就导致出来的弟子修为有高有低，最新入门的那两个小孩还在炼气期，就在他们这支队伍里头，少男少女面带甜甜的笑容，一副郊游踏青的模样，其他弟子也大都是筑基期，让松尚之更加心慌了。

代掌门是把实力最差的那一批弟子都带到身边了啊，他能被选中，到底是该哭还是该笑呢？

"也不知道其余几支突袭血罗门分堂的队伍现在怎么样了。"松尚之抬头看天，只觉艳阳高照，晃得有点眼晕。

突袭别人大本营，为何要白天去？他真是想不明白啊……

又前行了一会儿，苏竹漪停了下来，她前面有一条河，她飞到河中央，将手中飞剑插入河床，过了半个时辰才返回队伍，道："继续走。"

松尚之："……代掌门，你的剑呢？"

剑祖宗去哪儿了?!

"放到河里了啊。"

打架之前先扔了武器真的没问题？

"代掌门，你做了万全准备的啊。"

"嗯。"苏竹漪点点头，掏出了一个储物袋递给松尚之，"拿下去分给大家，保管大家不死。"

松尚之精神一振，随后把那储物袋打开，赫然发现里头居然是满满当当的替身草人，他一阵心塞，默默无语。

"前面百里处就是长歌门，长歌门你知道的……吧？"松尚之语气忐忑地道。

他话音刚落，旁边那愣头愣脑的师兄就过来了："长歌门是挺有名的正道宗门，门主是金丹期大圆满。"

这时，便有个女弟子好奇了："那这门派实力应该很一般啊，为何会有名？做过什么惊天动地的大事？"跟着苏竹漪过来的弟子修为都不高，有的自入了山门后一直在修炼，就没有下山过，长歌门又不是修真界的大宗门，很多人都不知道，这会儿大家都一脸好奇地盯着那说话的圆脸师兄，盼他解惑。

就见他呵呵一笑："长歌门的修士声音都好听，长得也好看。"

"喊！去，把长歌门围起来。"

虽然大家都一头雾水，但没任何人反驳，纷纷祭出飞剑，冲进了长歌门。

松尚之算是明白，为何苏竹漪要带这些愣头青过来了。因为听话啊，她带的这些人大都年轻得很，对落雪峰盲目崇拜，甚至喊他们去冲进云霄宗，他们都敢跟着去，一句话都懒得多问……

作为唯一一个还有些理智的弟子，松尚之压力很大。

苏竹漪带着三百修士，直接闯到了长歌门正殿。

长歌门修士不多，整个宗门一共三千弟子，这会儿被围在了宗门正殿，那门主是个女修，金丹期大圆满，身上披着一件青色大氅，头上绾了个道髻，气质偏冷，说话的时候，声音悦耳动听。

明明是在呵斥古剑派，但她那调子依旧像是在唱歌一样，婉转动听。

"你们古剑派果然跟魔道勾结了？你们要与天下正道为敌？我已传信出去，你们古剑派的所作所为会被天下人知晓……"

"我已经设了阵法，一只苍蝇都飞不出去，你怎么传信？"苏竹漪笑了一下，"余歌是吧，血罗门暗堂堂主，专门培养女死士的，你的老底我都知道了，别装了。"

被直接叫破了真名，还道出了身份，余歌定定地看了苏竹漪一会儿，忽地笑了："你怎么知道这些的？"

她微微转动了一下手指上的戒指："既然来了，就别走了。如果古剑派的洛樱和青河还在，我们可能不敢动手，如今你们古剑派死的死，闭关的闭关，就你们这三百个低阶修士送上门来找死，真是……"

余歌抛了个媚眼："年轻气盛呢。"

话音落下的瞬间，大地都震了一下，那余歌忽然解了大氅，露出了里头的紫色长裙，她还把绾发的木簪取下，一头青丝如瀑散开，原本一个清冷的道姑，眨眼就变成了一个妖艳的美人。

这些年轻弟子血气方刚修为低，余歌略施手段便能制服，需要警惕的就是这红衣女子和她身边看不透深浅的小男孩了。

若是她一个人把他们全收拾了，这份功劳肯定能让她得到重赏，没准会得到宗门最厉害的血罗秘法，想到这里，余歌便觉得热血沸腾，看他们的眼神都热切了许多。

这都是送上门的功劳啊！

"我知道你擅长媚术。"苏竹漪轻笑一声，"声音更是能勾人魂魄……"

说到这里，她回头看了一眼身后的弟子："你们小心点，免得一不小心就入了她的幻境，到时候要我来救人就太丢脸了，回去通通关禁闭。"

"放心，我们肯定不会入幻境的。"

"毕竟长得这么丑，都没你好看。"

"也没剑尊长得美。"松尚之也道。

"扑哧。"苏竹漪笑出了声，"就你这姿色，修什么媚功啊，丹鹤门最近炼制出了一种养颜丹，挺适合你的，可惜你坏事做尽，我要替天行道，你没有机会去换脸了。"

说完，苏竹漪伸出右手，手背向外微微弯曲，在靠近余歌时猛地伸直，那细直的手掌犹如一柄闪烁寒光的刀，朝着余歌的胸口斩去。

余歌被苏竹漪的话气得吐血，她猛地抓起之前解开的青色大氅一翻一抖，它就成了一面青色旗帜，随着旗帜抖动，刮起阵阵妖风，呜咽声在大殿内回荡，犹如鬼哭一般。

偏偏鬼哭当中还有女子浅笑清唱的声音，若有若无的歌声仿佛勾魂的小曲，让古剑派弟子神志模糊，他们握剑的手没了力气，手中的剑都快拿不稳了。

"你身后那些人已经中了我的迷音拘魂阵，想要他们活命，你就束手就擒！"余歌冷笑着道。

"不想。"苏竹漪笑吟吟地答，"要是连这个阵法都闯不出来，我觉得这些弟子也没活着的必要了。"

"你……"似乎没想到苏竹漪会这么回答，余歌脸色一滞，紧接着道，"好，我就先收了这三百弟子，再送你去跟他们会合。"

她手中的青旗猛地变大，朝着苏竹漪扑了过去，苏竹漪伸手从袖中一抓，那动作让余歌脸色微变，神色警惕，但看见她掏出的是一面毫无灵气的古朴镜子，余歌手上动作加快，口中喝道："死！"

"杀了你，剥了你的脸皮做面具！"

青色旗帜兜头盖下，明明笼住了她，却没想到扑了个空，直接坠落在地。余歌用力一拉，却发现那旗帜居然拽不起来了。

"怎么回事！"青旗是她的本命法宝，乃高阶灵器啊！

"我就知道，你一直嫉妒我比你美。"身后一个悠悠的声音传来，让余歌背后一凉，头皮发麻，死亡的阴云笼罩头顶，直到此刻，余歌才意识到，这个不显山不露水、除了一张脸好看、根本看不出有什么实力的女子到底有多强。

若是一开始就知道这女子这么强大，她早就通知宗门了，而不会为了贪功，故意隐瞒不报！

然而现在，后悔已经来不及了。

这女子身上杀机毕现，就在她身后，威压牢牢锁定了她。

"怕了？嘻嘻。"苏竹漪贴在余歌身后，用手轻轻拨了一下她鬓间的碎发，并把那缕头发轻轻别在了她耳后。

盯着她耳朵上那枚金色耳钉，苏竹漪手指一划，便把那一截耳垂给割了下来。

那耳朵本来是白白嫩嫩的，耳垂被割下之后瞬间变成乌黑色，俨然含有剧毒，苏竹漪用灵气逼出那金色耳钉，便拿到了进入血罗门的秘匙。

"你，你到底是谁?！"再好听的嗓音，在惊恐万分的时候，也变得尖锐刺耳起来。

苏竹漪轻笑一声，用余歌一个人能听到的声音道："我，我是你门下的死士呀。"

—完结篇—

哦，忘了说，是上辈子。上辈子就想毁我的脸，怕我取代你的位置，可惜最后，我还是赢了你。

余歌目露惊惧，她怎么都想不起来，自己曾经训练过这么一个死士，不过下一刻，她也没精力去想了。

她发现，自己之所以无法再驱动本命法宝，是因为那旗子一角被一面镜子压着。

巴掌大的镜子压在她的青旗上，她的青旗再也无法动弹，哪怕她拼尽全力，也无法让旗子挪动分毫。

无法驱动本命法宝，她自己也动不了，宗门秘匙也被抢走，难道说，她今日必死无疑？

不，不只是她。余歌忽然觉得，今日，整个血罗门都在劫难逃。

想到这里，余歌哑声质问："血罗门虽是魔道，但犯下的恶比很多魔门要少，我们是拿人钱财替人消灾，你不去找那些花钱买命的人，偏偏来为难我们这些刀，莫非觉得我们好欺负？"她身子动不了，眼珠子转了转，开口示弱："我加入血罗门也是逼不得已，当年我被所谓的正道修士欺压、家破人亡的时候，你们这些名门正派在哪儿？"

"我报仇无路的时候，你们在哪儿？为了报仇，我找到了血罗门，奈何付不起灵石，所以，我加入了血罗门，成了血罗门里一把杀人的刀……"

余歌看着身前站着的小男孩，她话说得很慢，声音哽咽，泪眼婆娑，楚楚可怜。这个小男孩的修为她完全看不出，但古剑派其他弟子都已经入了她的幻境，而他半点事没有，只是眨巴着眼睛站在那里，双眉颦着，显得十分忧虑，因此，余歌将求生的机会放在了他身上。

小男孩自然是缩骨化形的小骷髅。他没有入幻境，这会儿啥事也没做，就站在原地一动不动，愣愣地看着余歌，一副伤心难过的模样。

苏竹漪没去管小骷髅，她站在余歌身后，笑眯了眼。

她踱着步子走到余歌面前，牵起她的手，叹道："你真命苦。"

苏竹漪的眸子里泪光闪烁，她一派天真地问："现在你的仇人呢？你报仇了吗？"

余歌微微恍神。

面前的女子有一张让全天下女人嫉妒的脸，明明妖艳夺目，此刻却做出了娇憨天真的神态，偏偏一点也不违和，肤色如玉，明眸皓齿，嘴角噙着浅笑，像是早春里最嫩的花，沐浴在阳光下，披了五彩的光晕，漂亮得让人目眩。

"我……"余歌低声喃喃，一时间，脑子里组织好的语言都有些混乱了。

"不说就是不给我面子喽。"苏竹漪嗤笑一声，她本来轻轻牵着余歌的手，说话时，突然用力，将余歌的一截手指给掰了下来，将手指上的戒指取下，掏出一块方帕擦了擦，道，"你自出生就在血罗门，难为你还记得家仇。"

血罗门暗堂的女死士大都会编造可怜的身世博同情，苏竹漪从前也不例外。毕竟有些正道的傻弟子，特别是那些年轻男人颇具同情心，总是被哄得一愣一愣的。

她把戒指擦干净，随后道："你这双手这么漂亮，是用初生婴儿的血加上凤仙花还有雪莲熬成汤汁泡的吧？"

"你……你胡说八道。"余歌脸色瞬间变了，她心头狂跳，那颗心脏仿佛要炸开了一样，快无法喘息了。

"死在你手里的孕妇不知道有多少？"苏竹漪说到这里，眼睛微微一眯，"想自杀？血罗门死士对自己挺狠，余歌，你可知道，现在死亡也不意味着解脱。"

她摇摇头，直接一掌拍下，将那毫无反抗能力的余歌击杀，接着才拾起流光镜。看着那犹如水波一般的镜面，苏竹漪咧嘴一笑，走上前几步，将镜子放在了正殿的一个台阶上。

主人陨落，余歌的青旗也威力大减，那些被青旗幻境控制住的古剑派弟子一个接一个清醒过来。苏竹漪淡淡扫了一眼，发现他们手里的替身草人碎了几个，登时啧啧叹息两声，骂道："废物。"

她骂人太直白了，一点不含蓄。

那些弟子个个羞得面红耳赤，杵在原地不敢抬头看她一眼。苏竹漪轻哼了一声，随后闭目念了一段口诀，待她念完，被困在正殿的长歌门弟子里头有四分之一的人出现了异常，她们满头虚汗，疼得满地打滚。

长歌门里头并非所有弟子都是血罗门死士。

毕竟是传承了几千年的修真门派，里头还有一些弟子是真的什么都不知道，大家混在一起，才能更好地掩人耳目。

血罗门的死士为了绝对的忠诚，身体都被动了手脚，像是余歌，就能掌控她手底下死士的生死，当年苏竹漪为了坐上余歌的位置，可是费尽了心思，吃尽了苦头。

"那些身上出现异常的都是血罗门的死士，你们去杀了她们吧，要是连重伤的都对付不了，你们也就别修真了。"苏竹漪瞥了一眼这些年轻人，慢吞吞地道："回家卖红薯去。练什么剑啊，老老实实在家砍柴多好。"

一众弟子："……"

代掌门好凶，代掌门人美嘴臭。

"快去啊！"

"是！"古剑派弟子不再迟疑，提剑冲了上去，跟那些被揭穿了身份的血罗门死士战到了一起。

"小姐姐，我也去吗？"悟儿搓着小手，有点紧张。

"她们都打不过你，你别去，还有其他事要你帮忙，先一旁等着。"

"哦。"悟儿答应一声后就地坐下，时不时瞄一眼对面的战局，看到有古剑派弟子出现危险，他就偷偷射出一道剑气，帮人缓解压力。古剑派弟子顿时觉得如有神助，一个个士气高涨，逐渐占了上风。

苏竹漪装作没看见悟儿的小动作，她左手拿着余歌的戒指，右手拿着耳钉一样的秘匙，慢条斯理地走到放流光镜的台阶上，她轻轻敲了一下那石阶，左右摸索，按照戒指上的图案，在台阶上用灵气勾勒了一个符阵。

阵法出现之时，正中央便有个小孔，她把秘匙插入其中，却没打算拧动。

苏竹漪拿起流光镜，轻轻地放在了那秘匙上。

紧接着，她招了招手，喊道："悟儿，过来。"

"小姐姐，怎么了？"

"朝这里打一拳试试。"她指着镜子道。

"啊？"流光镜可是神器，这他是知道的，现在要他打神器？

"打，别怕。隔山打牛知道不？通过镜子将你拳头的威力扩散出去就行了。"顿了一下，苏竹漪又道，"用最大的力气。"

"好！"悟儿深吸一口气，一拳砸下，轰的一声巨响，流光镜纹丝不动，但他们所在的地面瞬间出现大量裂纹，犹如蛛网一般向四周蔓延，仿佛山崩地裂了一般。

"再来！"

轰！又一拳砸下，地面足足凹陷下去一丈深。

苏竹漪站在被悟儿砸出的坑中，面带微笑地道："继续。"

她站在废墟上笑，而废墟底下则有无数鬼哭狼嚎的声音传来，仿佛地底藏着无数恶魔，正在挣扎嘶吼一般。

百里之外的河水奔腾翻滚，一道道的混乱气息靠近那河床底下藏着的出口，眼看要脱离险境，却没想到，那出口处多了一个阵法结界，阵法结界之中，赫然有一柄剑。

青霞剑!

无数道剑气猛地迸发而出,瞬间将整个出口封住,但凡靠近剑阵之人,皆被绞得粉碎。

血罗门真正的老巢就在长歌门地下。他们在长歌门地下修建了一座地宫,地宫防御结界极其强悍,哪怕是元婴大能,也破不开那结界。结界一共有两个突破口,一个是用秘匙可以进去的入口,另一个是秘密出口。

地宫内部的阵法迷宫也层出不穷,苏竹漪若带着这么多拖油瓶贸然进去,只有死路一条。

他们这群人里修为最高、破坏力最强的其实是悟儿,但是悟儿天真烂漫,让他杀人的话,他可能会畏首畏尾,这样一来,就算进去了,怎么都会有漏网之鱼。

所以苏竹漪压根没打算进去。

她想的是毁灭,将整个血罗门地宫里的修士彻底毁灭。她用流光镜堵住了入口,用青霞剑守住了极少数人才知道的出口,现在就只差关门打狗,瓮中捉鳖了。

“再来!”苏竹漪继续道。

悟儿看了看自己红通通的拳头,一咬牙,又挥出一拳。

流光镜微微震动,整个地面也左右摇晃,而在那地宫之中的血罗门弟子更是气血翻涌,被震得肝胆俱裂。

一拳又一拳,直到小骷髅精疲力竭,苏竹漪才道:“好了。”

地底的血罗门修士全军覆没,而地面上的那些也都被古剑派弟子斩杀,还剩下一部分脸色惨白的长歌门弟子站在原地瑟瑟发抖,他们怎么都没想到,自己身边朝夕相对的同门竟然是魔道中人,准确来说,他们自己加入的这个门派本身就属于血罗门。

“他们怎么办啊?”有弟子问道。

“你们若是想重建长歌门,就等几天去地下看看,能找到不少好东西。”苏竹漪看着那群吓傻了的长歌门修士,皱眉道。

“血罗门的全死了?”松尚之感觉自己脚底下的土壤都泛着红,他还闻到了一股若有若无的血腥气,只觉得有些毛骨悚然。

他们没有进血罗门地宫,但那些血罗门修士已经全死在了地宫里,想想都有些不寒而栗。

“嗯,能够进入血罗门地宫的人没有一个是无辜的。”

每一个都心狠手辣，杀人如麻。就好像上辈子的她手上沾染了无数鲜血，她不无辜，被天下人围攻也是罪有应得。

只是这时候，她莫名想到了秦江澜。他为情所绊，救了人人喊打的女魔头。他斩了情缘，成了仙，而那个女魔头，如今成了斩妖除魔的正道大能。

他赢了。

这么一想，忽然觉得有点不甘心啊。

不甘心，所以去剁几个所谓的名门正派？

剁了干吗，有用吗？

杀人夺宝？她现在左手持仙剑，右手持神器，在古秘境里头得了那么多好处，还一个人独占了落雪峰，并且手握古剑派掌门信物，还需要去夺别人的宝物吗？

压根看不上眼好吗？

加上如今这天地间多了个轮回道，死了并非一了百了，她还是老实点吧。

灭了血罗门后，苏竹漪带着这批弟子返回了古剑派，该赏的赏，该罚的罚，等处理完以后，她又返回落雪峰待了几天，赏赏梅花，练练剑，日子过得非常无聊。

三天后，出去剿灭血罗门分堂的弟子也全部回来了，他们清点了一下发现，这次剿灭血罗门，古剑派弟子仅一死九伤，这等战绩已经十分傲人了。

没有一个门派敢说自己能灭了血罗门，古剑派做到了，不仅做到了，而且伤亡很少。如今外界对古剑派的实力有了新的评价，大家都觉得现在的古剑派已经凌驾于丹鹤门、寻道宗之上，跟云霄宗并驾齐驱了。

原以为古剑派没了洛樱和青河就会一蹶不振，哪儿晓得他们那落雪峰真是出怪胎，新收的苏竹漪入门才多久啊，从古秘境出来之后就有了元婴期巅峰的实力，一举灭掉血罗门，真是叫人惊叹不已。

至于古剑派跟魔道勾结的消息也没人再传了，听说那去云霄宗求证的侠士还被秦川很有诚意地指点了一下剑法，不知道是真是假。

"去血罗门分堂的那些弟子带回了一些小孩。"松尚之恭谨地站在雪地里，他低着头，表面上镇定，心里头着实有点慌。

无他，其他同门都带了一些活口回来，最小的竟然只有几个月大。但他们去长歌门的一个活口都没见，听说后来进去那地官的修士全都吐了，里头的尸骨都被震碎，肉身没有一具是完整的，简直犹如修罗地狱。

　　而造成这一切的就是优哉游哉地坐在门槛上，一只手撑着下巴另一只手甩着小白蛇的代掌门苏竹漪。

　　"哦。"苏竹漪刚刚练完剑，本打算看看悟儿练剑，结果刚坐下没多久，这"小鹌鹑"就过来了。

　　说他是小鹌鹑吧，他也算是古剑派弟子里头比较胆大的了，毕竟其他人都不敢来落雪峰了。

　　明明以前秦江澜在的时候，他们天天过来跟他练剑，如今，却是一个都不来了。

　　那时候秦江澜天天冷着脸，对谁都没笑容，他们还眼巴巴地跟着他。如今她天天笑眯了眼，这些家伙居然一个都不来，真是没意思得很。

　　她眯着眼睛的时候凤目狭长，显得格外妩媚，轻飘飘扫了一眼，就发现松尚之依旧垂着头不敢看她，这媚眼算是白抛了，她咳嗽一声："然后呢？"

　　"我们去找过了，那些小孩的父母都没了，除了那几个刚出生没多久的小婴儿，其他的小孩……"说到这里，松尚之才抬起头来，眼眶微微泛红，"其他的小孩身上戾气很重，他们都杀过人，还……"

　　他有些说不下去了，苏竹漪却知道他要说的是什么。他们都杀过人，还吃过人。毕竟要活下来，在缺少食物的情况下活下来，会吃人没什么稀奇。

　　瞧这些正道的幼苗，一副没见过世面的模样。

　　"反正梅长老说了，这些小孩若是不好好带，很有可能走歪路，所以想让几位师叔带两个徒弟，代掌门你都元婴期了，落雪峰也没个传人，要不，你也去挑一个？"他其实有点担心，如果代掌门教徒弟的话，不晓得会教出个什么样的徒弟来。

　　听说那些小孩现在心理扭曲，需要引导，想到代掌门一口一句废物，回家砍柴卖红薯什么的，松尚之就觉得有些心累。

　　应该能教好的吧？

　　要是剑尊大人还在就好了，唉……

　　收徒？苏竹漪倒是有了点兴趣，她站起来，拍拍手："落雪峰的确太冷清了，那些孩子在哪儿，我去挑挑看，给悟儿找个伴。"

　　"这会儿就在大殿外头。"松尚之连忙道。

　　苏竹漪牵着悟儿的手去了大殿，那儿站了一群小孩，小的有四五岁，大的有十一二岁，他们背靠背围成圈，警惕地看着周围。

　　大的沉稳一些，而那几个年幼的目露凶光，像是小狼一般冲外人龇牙，喉

325

咙里还发出一声接一声的低吼，看得周围不少富有同情心的古剑派弟子眼圈都红了。

不过现在没人敢在他们面前放松警惕，他们这次一死九伤，死掉的那个女弟子是被三个十岁左右的孩子杀死的。

那三个孩子先示弱，让那女弟子卸下防备去给他们治伤，然后三人同时攻击，其中一个更是咬掉了那女弟子的半张脸，场面惨不忍睹。

所以身上戾气太重、杀戮太多的孩子有不少被他们处理了，剩下的这些已经是里头相对好一些的了。

希望能教得回来。

苏竹漪站在了那群孩子面前，她一个接一个地看了过去。

几个月大的婴儿？太小了，懒得养。

这个倒是不错，还挺机灵，明明杀的人最多，偏偏低着头做鹌鹑，白着脸咬着唇，一副可怜兮兮的模样，算是这里头资质最好的了，可惜眼睛有点小，长得不太可爱。

这个长得跟个矮墩子似的，吃了多少肉啊，在血罗门里头还能胖成这样？

一个一个选过去，苏竹漪愣是一个没看上，不过她倒是产生了收徒的心思，便打算去外头看看，给落雪峰找个正儿八经的传人。

苏竹漪在外头晃悠了三天，连小骷髅都没带，等回来的时候，她手里拎了个小女娃。

"代掌门，你选的弟子肯定根骨绝佳！"梅长老听说苏竹漪出去收徒了，心情一直很好，毕竟这关乎着落雪峰的传承，而落雪峰可是古剑派根基所在。

他听到苏竹漪回来了，立刻兴冲冲地跑过来看，本打算送点见面礼给她新收的弟子，但瞅到那小女娃的时候，忽然觉得有点不对。

"这小姑娘好像没什么仙缘啊？"她的先天灵脉微小得可以忽略不计，灵脉微小就难以吸收天地灵气，难以吸收天地灵气，修炼自然就千难万难，这小姑娘百年内若能突破凝神期，只怕就得谢天谢地了。

"嗯，是没有，我去凡间找的。"

"哦，那她父母可愿意？"他们是名门正派，收徒不会乱来，需征求对方父母同意，才能把孩子带走。

其实并非所有凡人都愿意将孩子送去仙门，因为那意味着一生都难以再见。

苏竹漪愣了一下："哦，忘了问。"

梅长老："……"

她这性子真是太随便了，难不成连招呼都没打，直接掳走的？

梅长老虎起脸："这样跟血罗门有什么区别？"

苏竹漪语气阴森地道："血罗门要灭人满门。"

梅长老："……"他以前很少下山，不爱与人打交道，现在，他更不爱了，总觉得跟苏竹漪说话能把自己给活活气死。

他深吸一口气："这小孩自己可愿意？"

"愿意呀，一根糖葫芦就跟着我走了。"

苏竹漪话音落下，那小女娃就咯咯笑起来，眼睛弯弯的，像是两个小月牙。

直到此时，梅长老才注意到，这看起来漂亮得像小仙女似的小姑娘竟然是一副呆呆傻傻的模样，她的心智不全。

"她家在哪儿？我派弟子过去问问。"

苏竹漪说了个地名："我看到她的时候，她可没这么干净，自己坐在路边玩泥巴呢。"

她差点把从泥巴里掏出来的蚯蚓给吃了，肚子是有多饿啊。

一个呆呆傻傻的小女娃，压根不受重视，或许被带走了，那家人心里头倒轻松不少。

当然，苏竹漪不是同情心泛滥，她是真的觉得这小女孩长得还不错，就捡回来养着。

"悟儿。"苏竹漪喊了一句，"我捡了个徒弟回来，你把她带去洗干净，换身衣服。"

哦？忘记买小孩子衣服了。反正小骷髅会针线，不怕。

"悟儿，你记得多做几套衣服给她啊，我去问藏峰的人要点布。"

梅长老："……到底是你收徒，还是悟儿收徒？"

"这不都一样嘛，我收了徒弟，悟儿养嘛。"苏竹漪无所谓地笑了笑，跑去要布了。

只是跑出去一段距离，她又回过头，喊了一句："悟儿，记得轻拿轻放啊。"

她以前也是这么漂亮的小姑娘，可惜，爹爹不疼，姥姥不爱，亲娘死得早，连口饭都吃不上。

想到这里，她掏出流光镜，自恋地歪头看了看自己的脸。

苗麝十七略心酸："我就没见过中了情蛊后恢复得这么快的人。"

然而心里头到底是什么样子，只有她自己知道了。

苏竹漪轻抚镜面，微微一笑。

那边，悟儿小心翼翼地用两根手指头夹着女童的衣领，他回答道："好的，小姐姐。"

把小女孩轻轻放在地上后，小骷髅拿了一串红果子放到了她手心上。

小骷髅看着面前眨巴着眼睛的小女娃，她的一双眼睛亮晶晶的，干净清澈，像是亮闪闪的稀世珍宝。

"我叫悟儿，它是大黄。

"欢迎来到落雪峰。"

苏竹漪带徒弟是心血来潮，她压根没想过要怎么养小孩。总觉得一眨眼，小姑娘就能变成大姑娘了，到时候就能美美地带出去，闪瞎一片人。

事实跟想象有太大的差别。

她给新来的小姑娘取了个名字叫苏糖，原因是小姑娘是用一串糖葫芦"拐"来的。

苏糖的小名叫小葫芦，理由同上。

小葫芦如今六岁半，心智有些不全，苏竹漪给丹如云捎了信，让她送来了点灵悟丹，吃了丹药后，小葫芦看着正常了一些，傻笑的时候也不流口水了。于是苏竹漪便觉得这孩子能教了，结果一教，差点没气死。

一个最简单的灵气运行法诀，她足足讲了一天，小葫芦依旧一头雾水，啥都没明白。

"盘膝坐下，感悟天地灵气。"落雪峰灵气浓郁，就算是头猪，坐半天也能感觉到天地间的灵气了吧？

"感觉到什么了吗？"苏竹漪手里拿着一枝梅花，用梅花轻轻戳了下小葫芦的脸。

然后就见小葫芦抖了抖，点了点头，眨巴着眼睛道："师父，我感觉到了。"

"感觉到什么了？"

小葫芦说："有点冷。好大的雪。"

盘在苏竹漪脚边的小白蛇都抖了几下，俨然是笑抽了。

"什么时候感觉到天地灵气，什么时候再吃饭。"苏竹漪是个没耐心的，她从来没见过这么蠢的孩子，虽然女娃娃长得可爱，但是悟性这么差，她有点后悔把人带回来了。

"小姐姐，我来教她。"悟儿自告奋勇地道。

328

苏竹漪觉得头疼，就由着他去了，她闲着没事，回屋子里打坐，打算把修为境界稳固一下。坐在床边，看到悟儿手把手地教小葫芦感悟天地灵气，替小葫芦打通经络的时候，苏竹漪的思绪逐渐飘远。

她又想起了在望天树上的时候。那时候她浑身是伤，经脉尽断，秦江澜用灵气一点一点温养她的经脉。如今回想起来，那段岁月像是在梦里一样。

大梦三千年，梦醒一瞬间。明明觉得自己不在乎了，可心里头空落落的，她有时候会想，若可能，长眠梦境中，不复醒来。

她的修为会越来越高。随着时间的流逝，蛊虫对她的影响会越来越微弱。等到蛊虫的影响彻底消失，那些情感铺天盖地地涌回来，她一定会痛不欲生吧！

她现在不痛，但到那时候，肯定会痛的，因为她依然记得，当时在落雪峰上，以为秦江澜死掉的那一刻，自己到底有多痛。

所以趁着现在没痛，她就好好享受一下生活，到处找找乐子吧。

原本以为眼皮底下有个萌萌的小姑娘，自己会觉得好玩一些，哪儿晓得小葫芦那么蠢，苏竹漪觉得自己真是瞎，挑什么好看的小姑娘啊，还是得找几个美男及时行乐才行。

歪在床上的时候，苏竹漪扳着指头回忆，上辈子哪些男子俊美出尘，能勉强配上她的花容月貌，结果左思右想也没敲定一个，反而看到了墙上秦江澜的画像，她心头不太舒服，顺手抄起流光镜，直接砸了出去，等砸完了，还骂道："长了一副这样的皮囊，让我的口味都养叼了，现在可如何是好。"

苏竹漪又翻身爬起来，秦川与秦江澜有几分相似，要不去找秦川玩玩？

穿了鞋下床，正要掏出传讯符联系秦川，明明话都到了嘴边，她又咽了回去，默默地把传讯符扔到了一旁。

外头两个小孩玩得高兴，一副甜甜蜜蜜、开开心心的样子，苏竹漪觉得碍眼，看他们都像一对狗男女！

她唰的一下站起来，打算出去行侠仗义，拆遍天下道侣。

刚走几步，苏竹漪又退了回来，把流光镜捡起来，又拿了剑。

罢了，人生这么没趣，还是先定个容易实现的小目标吧。

"什么目标？"

"天下第一剑。"

她一挥剑，青霞剑的银光在雪地上斩出了一道长痕，紧接着，她唰唰刺出

无数道剑气，雪地上的那道长痕变成了树干，无数剑气形成树枝，零星剑气刺出花朵，便有一树梅花在雪中徐徐绽开。

"师父好厉害，用剑画了梅花呢！"小葫芦开心地拍手，她的鼻子冻得红通通的，由于拍巴掌太用力，两只手也红了。

小骷髅咧嘴一笑："这有什么，大黄也会画梅花呢。"

"真的吗？"小葫芦一脸欣喜地问。

苏竹漪也有点好奇。大黄它只是低阶灵兽，灵智并不高，它这样的狗居然懂艺术了？

"当然。"小骷髅一脸自豪地挥手，"大黄，去。"

就见大黄在雪地上飞奔，踩出了一大片梅花形的脚印，小骷髅还在旁边道："你看，是不是？"

"真的呢，好多。"小葫芦语气中充满崇拜。

苏竹漪："……"

突然觉得落雪峰有点待不下去了，她还是去跟别人比剑吧。

就这样，苏竹漪抛下了新收的徒弟和悟儿，跑去挑战天下修真门派，不管正道还是魔道，一路从古剑派赢到了云霄宗。

上辈子云霄宗的秦江澜是天下第一剑，现在那个天下第一剑变成了她。

"赢都赢了，还不快走，难道要我们留你吃饭？"云霄宗宗主脸色有点不好，他完全没想到，当初青河能一剑斩了东浮上宗的仙器，现在这苏竹漪年纪轻轻也剑道非凡，打得他们云霄宗的高手毫无还手之力。云霄宗那些年轻女修全都受了刺激，闭关练剑去了。

她当时说了什么来着？

"长得不如我，剑法不如我，还不好好修炼，跑到这里来争风吃醋，别说我不喜欢你师兄，就算我勾走了你师兄，你能把我怎样？"

听听这叫什么话！

当然，受她影响的不只女弟子，男弟子中一些心高气傲的青年也受了刺激："就你这剑法还想得到我的青睐，你看着我的眼睛，我不瞎。"

特别是秦川，每天从早到晚不休息，那样练下去，真怕他的身体撑不住。

明明年纪差不多，秦川还是罕有的三阳聚顶体质，为何会比不过这妖里妖气的苏竹漪呢？

云霄宗宗主想不通，不仅是他，只怕全天下的人都想不通。

他看着这坐没坐相的后辈就觉得心烦，她往那儿一坐，多少云霄宗弟子心浮气躁地躲在外头偷偷看看，她再不走，能把一些人的心给勾走。

"宗主，我既然赢了，就向你讨个彩头如何？"苏竹漪笑嘻嘻地道。

"你要如何？"云霄宗宗主眉头一皱，显得有些警惕。

"我想去你们的望天树上看看。"

"去望天树上，就这么简单？"

苏竹漪点点头，就这么简单。

云霄宗，望天树。

她看了六百年的风景，在梦中又看了许多年，如今，只想再看看。或许，再看一眼，她也能顿悟飞升了呢，毕竟现在她的修为已臻至圆满。

事实证明她想多了，她哪怕再看一百年一千年，也不会断情绝爱、无欲无求。

苏竹漪侧靠在门边，脱了鞋子，把双脚伸进了云海之中。

她看着屋外绿叶婆娑，远处云海翻腾，那云雾之中仿佛有个人御剑而来。

再眨眼，那人却消失了。

苏竹漪按着自己的胸口。

她想，要开始痛了呢。比预想之中要早了一些。因为这座木屋承载了太多她的回忆吗？

啪的一下，她一掌打在木门上，将木门拍出了一个大窟窿，脸上也露出狰狞神色："所以说，秦老狗，你是怎么斩断情缘的？"

"你说斩就斩，我斩了你信不信？"

"如今我天下无敌，便试试斩斩神仙，做那当之无愧的天下第一剑。"

她用力拍门的时候，随身携带的流光镜从袖子里掉了出来，那镜子掉在木地板上，镜面朝上，微微泛光。

苏竹漪将镜子握在手中，她忽然想，他为何要留下这面镜子呢？是因为她没有飞升？只有飞升的生灵才能看到那棵沟通天地的建木。

她站在望天树的顶端，手握着流光镜，隐约看到远方有一棵参天大树，比望天树更高更茂盛，此刻正屹立在天地之间。

那是建木啊。

建木是沟通仙凡的桥梁。没有飞升的人看不到建木，既然看不到，就不想

着上去了。但看到建木后想要爬上去并不是太难，毕竟在地缚灵小凤凰的记忆里头，曾有人上去帮她找过家人。

关键在于能否看见，应该是这样的吧。

将手里的流光镜丢到一边，苏竹漪就发现那棵耸立于云霄、矗立于天地之间的建木消失了，待她再拿起来流光镜，那树又出现在眼前。

她把镜子拿在手中把玩，手指触摸到那冰凉的镜子，哪怕在怀里焐上一天一夜，这镜子依旧冷冰冰的，像极了那时候的秦江澜。

他的身体是冷的，也没有心跳，就像这镜子一样。但那时候他的感情是炙热疯狂的……

想到这里，苏竹漪斜靠在木门上，长腿伸出，玉足往前绷直，点了点屋外望天树的嫩叶，白嫩细腻如玉的肌肤、粉嫩可爱的指甲，在绿叶里轻点几下后，她索然无味地缩回脚，嘴角露出一抹讥笑。

在望天树上，时刻展现身体的美，似乎成了她自然而然的习惯。因为在很久之前，她在这里用尽了心思去撩拨一个男人。

这棵望天树若是成了精，只怕早就长针眼了。

"所以说，男人的一心一意都是骗人的。只有心魔才会眼里只有你。"

她上辈子对男人可没一分真心，好不容易动了情，对方却说斩就斩了，成仙就成仙，还敢拿她当那垫脚石，当她好欺负是吗？

苏竹漪又待了一会儿，便离开了云霄宗，她不眠不休地御剑飞行，花了一天一夜的工夫，再次到了建木底下。

她不知道这棵新生的建木跟从前那棵被劈死的树有没有关联，这会儿站在树底下，苏竹漪想了想，轻轻敲了两下树干，想同它打个招呼。

当初她看到过一点建木的记忆。那时候的流沙河之所以想要成神，是因为想要改变这棵树的命运。

它被天道规则限制，只能矗立在这里，做沟通天地的桥梁，而流沙河幻化的少女想与它一起畅游整片天地，看花开花落，云卷云舒。

然而如今流光镜成了神器，这棵树依旧在这里。好似白白挣扎了那么多年，却没有任何改变，若当初流沙河没有动那个念头，或许现在她依旧在建木的树底下潺潺流淌，依旧能化为人形，坐在树梢上，晃悠着脚丫子，无忧无虑地微笑。

可惜，她把自己炼制成神器，身体变成了镜子，元神也完全碎裂。最后神器是炼成了，但有什么意义呢？

苏竹漪将流光镜取出，轻轻地碰了一下建木，好似有微风吹过，树叶摇晃，沙沙作响。

苏竹漪足尖一点，轻轻跃上了一截枝丫，她想着从树底爬到天上恐怕很艰难，没想到，每一次往上的时候，那微微摇晃的树枝都好像给了她一点助力。

树枝摇晃，有风在脚下。

好风凭借力，送我上青云。

她就这么一鼓作气地往上爬，从日出到日落，昼夜交替，不知道过了多久，她终于看到了尽头。

就在她打算捏紧拳头一鼓作气往尽头攀爬的时候，一根树枝在她脚底一弹，一股力道将她送到了侧边的一根小枝丫上，刚刚站上去，她就感觉眼前的景色出现了变化。

难道这里就是仙人住的地方？建木把她送过来了？

苏竹漪还未道谢，就见手中的流光镜陡然增加了重量，重得她都握不住了，手一松，那镜子就被刚刚那根枝条给卷住，瞬间消失得无影无踪。

苏竹漪哑然，她没想到，在底下的时候，她跟建木打招呼了许久，对方都没半点回应，她还以为这新生的大树跟从前没了关联，如今看来，它能卷走流光镜，想来还记得流沙河吧？

不过现在苏竹漪没那么多心思去想别人，她抬脚往前跨出了一步。

飞升的仙人住的地方是什么样子？

她脑中想过，至少是仙气飘飘，祥云朵朵，遍地都是奇花异草，仙灵瑞兽随处可见，总之，就是一个一脚能踩一株仙葩、呼口仙气能增长十年修为的地方。

没想到，她跨出这一步之后，看到的是一片灰暗。

这里是哪儿？空气中似乎没什么灵气，冷得有些吓人。

落雪峰常年大雪纷飞，却比这里暖和得多。这里的冷像是渗进了骨头里，连护体屏障都难以抵挡，苏竹漪看到自己手背上起了一层寒霜，青霞剑都快冻在掌心了。

她运转心法，又吃了颗丹药，才稍稍缓了一口气来。

这是什么鬼地方，怎么这么阴森可怕？

苏竹漪默默掏出了一个替身草人，这才继续往前走。

四周空无一物。她走在这荒凉阴寒又无比安静的地方，心跳声变得格外

明显。

这里真的是飞升的仙人待的地方？苏竹漪压根不信。

怎么办？苏竹漪觉得自己有点尿了。她在下面过得好好的，干吗逞一时之能跑上来受罪，明明能好好活几千年，现在总觉得自己生死未卜了。

如果继续往前，不会把小命交待了吧？

不过转念一想，死了也没什么好怕的，如今死了还有轮回一说，她这辈子攒了不少功德，虽然师兄和师父没办法给她开后门，但她真去轮回，恐怕下辈子也能投个好人家……

呸，老子还没活够呢。

手上用力，苏竹漪把替身草人攥紧了一些。她继续往前走了一段，忽然看到前面有块石头。

苏竹漪的心跳声消失了。那一刻，她本来怦怦乱跳的心脏好似被人猛地攥紧了一般，短暂的停顿之后，便是犹如雷鸣一般的轰隆声。

轰隆、轰隆、轰隆……心跳声重新出现。

那不是石头，那是个人。有个人坐在地上，不知道坐了多久，在这片灰暗的天地间，几乎变成了一块石头。

他是秦江澜？

苏竹漪的脑子轰的一声炸开了。

她简直不敢相信眼前看到的一切，她是跑上来打秦江澜的，本打算轰轰烈烈地跟飞升的神仙打一架，哪儿晓得会变成这样？

苏竹漪一开始走得很慢。她小心翼翼地接近他。到后来，她的步子越来越快，越来越急，凌空飞起，直接落到了他的面前。

他身上气息微弱，没有多少生机。

苏竹漪缓缓伸出手，她的手在颤抖，不敢落到他身上。

"秦江澜，是你吗？"

她轻轻拂开那遮住脸颊的白发，在看到那张布满皱纹的脸的时候，苏竹漪的手僵在那里，她眼睛酸涩，视线瞬间模糊了。

她的手指白嫩干净，指尖触到的皮肤却布满皱纹，犹如枯木。

苏竹漪咧嘴一笑："蠢货，我以为你在天上快活逍遥做神仙，哪里晓得，你竟然老成了这样？怎么回事，你不是斩了心魔飞升了吗？怎么把自己糟蹋得人不人鬼不鬼了？"

她颤抖的指尖在他眉心点了一下："抛妻弃侄子，现在吃苦头了吧？"

悟儿天天叫他小叔叔，算是他侄子吧。

明明脸上挂着嘲讽的笑，眼泪却止不住地往下掉，苏竹漪哆哆嗦嗦地去掏丹药，摸出丹药瓶的时候，手抖个不停，那颗颗圆润的丹药她都没接住，骨碌碌地滚了一地。

她低下头慌忙去捡，把丹药捡起来送到秦江澜嘴边的时候，她看到秦江澜睁开了眼。

他目光混浊气息微弱，轻声道："苏竹漪。又做梦了啊。"

那双眼睛毫无神采，眼皮微微颤动两下，即将缓缓闭上。

苏竹漪再也忍不住，哇的一下哭出声来："秦老狗，你怎么把自己搞成这样了？你瞧你现在跟条癞皮狗一样，你不是飞升了吗？你不是看都不看我就上天了吗？你现在怎么混成了这样？"

秦江澜身子微微一颤。

良久，他笑了。"你来了。你来救我了。"

"放屁，我是来杀你的，哪儿晓得还没动手，你就要死了。"苏竹漪将丹药小心翼翼地喂到秦江澜嘴里，然后将身上的灵气渡给他，见他身子冰凉，她竟直接抱紧了他。

狠狠地抱紧了他。

苏竹漪最是爱美，她一直觉得，自己之所以能瞧上秦江澜，对其他男人没什么兴趣，是因为秦江澜长得好看。

然而，此时他是个丑得不能看的糟老头子，她依旧抱住了他。

抱着这个糟老头子，苏竹漪只觉得泪水模糊了眼睛，只要他还在，其他的都无关紧要。人活着，才能秋后算账。

他的身体渐渐有了温度，胸口也有了微弱的心跳。

虽然微弱，却是真实存在的，跟以前的身体完全不一样。

"竹漪。"

"嗯？"

"带我下去，好不好？"

"你求我啊。"虽然一头雾水，但苏竹漪知道，以秦江澜现在的情况，继续待在这里肯定不行，她得把人给带下去。

他肯定没有成仙，这里也不是仙境，不管是什么地方，她都得把他给救回去。

没等秦江澜回答，苏竹漪已经把秦江澜背到了背上。

他身子轻飘飘的，没多少重量。

苏竹漪把人背好，准备往回走的时候，她听到耳边传来沙哑的声音："我求你。"

"知道我生气，现在事事顺着我了，连求我这样的话都说得出口。"她想骂人，神识却感觉到秦老头已经昏了过去，苏竹漪便没有再说什么，快速地返回。

她顺着建木一路往下，将秦江澜背回了落雪峰。

苏竹漪背着秦江澜回到落雪峰。她修为高，落雪峰弟子能够自由进出古剑派，护山大阵对她来说跟没有一样，因此她回来得很隐蔽，没引起任何人注意。

她把秦江澜放在自己房间，在床头点了聚魂凝神的香，又在他周围布了阵，把人护好了，这才坐在床头看着那人，眼睛都不带眨一下。

可真丑，糟老头。

她一边看，一边叹息，恨不得把人给丢回去。

她靠近了一些，凑到他跟前，看他脸上那些褶子，心里想着："这皱纹这么深，蚂蚁掉进去都爬不出来了。

"以前我骂你秦老狗，如今，你倒是变成了秦老头，你也有今天呢。"

她在心头骂了他千万遍，嘴角却有不易察觉的微笑，她趴在床边，仿佛只是这么静静地看着他这个糟老头子都不觉得无趣了。

早上的时候，悟儿依旧过来给房间换花。这是他雷打不动的习惯，隔三岔五就在小姐姐的房间里头摆上一束鲜艳的花，哪怕房间里没住人，他也依旧如此。

小姐姐离开落雪峰出去闯荡了三年，这三年里，他带着小葫芦过来，从未间断过，那花瓶里的花娇嫩鲜艳，是这冰天雪地里的一抹亮色。

这次，小骷髅手里捧的不是梅花，而是他在其他峰的山头上采的紫玉兰，小葫芦也不是空手来的，她手里端着个白玉盘子，盘子里头是亮晶晶的红果子。

三年过去，小葫芦现在是炼气初期修为，虽然修为没怎么增长，人却是长开了不少，个子蹿高了一头，看起来已经有了几分玲珑曲线，胸口也不是"搓衣板"了，她现在像个含苞欲放的花骨朵，再过个三五年，等她完全长开，娇艳欲滴，不晓得有多少狂蜂浪蝶想要采这朵娇花了。

走到房门口的时候，小骷髅忽然站定，他吸了两口气，随后一脸惊喜地道："小姐姐，你回来啦！"

小葫芦捧着玉盘的手都抖了一下，她怯生生地道："师父回来了呀。"

小葫芦很喜欢师父，在她的记忆中，是师父给了她好吃的糖葫芦，给她好看的衣服穿，把她从山沟沟里带出来，带到了这神仙住的地方。

师父还给她吃了仙丹，让她脑子开了窍，不像小时候，她什么都不懂，整天傻乎乎的。

可她也怕师父，怕师父嫌弃她笨。

小葫芦还记得那天，师父很不耐烦地看着她，说她笨，教头猪都比她学得快。

师父回来是不是要考她法术了？她学会了什么？

小葫芦眼睛转了转，脑子里一片空白，学了心法？心法怎么运转来着，忘了忘了全忘了，学了清风诀可以把衣服整理干净的，怎么也忘了，她还学了一个剑招，这会儿一紧张，什么都想不起来了……

她又羞愧又惊惶，在看到窗户打开，师父出现的时候，小葫芦哇的一声就哭出来了。

这是急哭的。

苏竹漪看秦江澜入了神，都没注意到小骷髅他们靠近，不过小骷髅说话了，她就反应过来，起身开了窗户，打算跟小骷髅和便宜徒弟打个招呼，哪儿晓得她刚刚露面，就把自己徒弟给吓哭了。

苏竹漪摸了摸自己的脸颊，她长得很凶？

"怎么了？"小骷髅把手里的花从窗户扔进去，随后顾不上小姐姐，他一脸担忧地看着小葫芦，着急地伸手去给她擦眼泪，"别哭啊，肚子饿了吗？"

小葫芦抽抽搭搭地点头："有点。"

她本来就有点饿，现在见了师父心里一慌，更饿了。

"嗯，我带了吃的。"说着，小骷髅便从储物法宝里拿出许多吃食，不是丹药灵果，而是很多凡间的小点心，看着很精致。

"小哥哥你也吃。"小葫芦伸手抓了一块桂花糕，直接喂到了小骷髅嘴里。

小骷髅被塞了一嘴桂花糕，笑得眼睛都眯成了缝，一副傻乎乎的样子。

看着他们的甜蜜互动，苏竹漪扯了扯嘴角，心道："小骷髅，虽然我知道你保持童真了很多年，但是我带你出来多久了，学多少东西了，还当真以为自己是小孩哪？"

"你都多大岁数的人了，还把自己变得跟小葫芦一样的年纪，天天跟她一

起吃东西，你早八百年就辟谷了好吗……"

若说以前苏竹漪看到他俩会觉得辣眼睛，现在却没那么不耐烦了，她把紫玉兰放在花瓶里，又问："那盘子里的果子是给我的？"

小骷髅摇头说："小叔叔不是飞升了吗？这是给他的，神仙都要受供奉的呀。"他说完之后忽然意识到了什么，紧紧抿唇沉默了。

"神仙？"苏竹漪呵呵冷笑，"若我再晚些时候去，他就投胎转世了。"

也不尽然，那地方简直是游离于天道之外众生不容的禁地，没准他想转世都没机会。

"啊？"

苏竹漪侧身让开，指了指身后的床。

她用阵法结界护着，又点了聚魂凝神的香，味道很浓郁，加上秦江澜气息太微弱，小骷髅一时没有发现也很正常，现在她让开了，小骷髅用神识看过去，就看到床上躺了个人。

白发如霜，满脸皱纹。

可即便这人这么老了，他也能认出来这是他的小叔叔。

"小叔叔不是飞升成仙了吗，他怎么了？"

苏竹漪两手一摊，无奈地道："我怎么知道他怎么了，等他醒来才知道。你去要点好药来，藏宝楼的仙丹什么的还有吗？他们要是不给的话，你就凶一点，知道吗？"

"怎么会不给？"小骷髅道，"小姐姐最近三年一路挑战，每天都有战报送回古剑派，古剑派已经是名副其实的天下第一派，你立了大功，要点丹药他们怎么会不给？"他唰的一下站起来，"我马上去。"

小骷髅已经风风火火地往前跑出了好几步，又猛地停下来，他转过头，冲苏竹漪喊道："小姐姐，我不在的时候，你可别凶她。"

苏竹漪："……"

她凶小葫芦干吗？嫉妒小葫芦比自个儿年轻？

年轻又如何，虽然姿色很不错，比她只逊色了一分，但这气质差太远了。一看就呆呆傻傻的，以后长大了也是个傻大姐。

小葫芦正低头吃糕点，感觉到师父的视线，她慌慌张张地抬起头，嘴角还有糕点屑，圆溜溜的大眼睛眨了两下，都快哭出来了。

"师父……"她刚一开口就呛着了，把眼泪都咳出来了。

苏竹漪："……"

她怎么收了这么一个蠢徒弟。所以光长得好看还不行，关键是得聪明，不然就是个草包，是个花瓶，落到修真界里，没人照顾的话，只能给人当炉鼎。

她扯了扯嘴角，道："慢点吃，别噎着。"

"嗯，谢谢师父。"师父没生气，小葫芦立刻笑了，眼睛弯成了月牙，看着挺讨喜。

罢了罢了，懒得管她，收都收了，难不成能逐出师门？苏竹漪没关窗户，她返回床边，又在秦江澜身边坐下了。

她不知道秦江澜还要多久才会醒来，她愿意等。

春去秋来，窗台上的紫玉兰变成了万寿菊。

小骷髅说小叔叔现在年纪大了，摆上万寿菊更吉祥。

秦江澜一直没醒，不过身上的气息稳定多了，脸上的皱纹也没了。当时他几乎修为全失，灵气也耗尽了，自然会老。如今他体内有了灵气，修为慢慢恢复，人也变得年轻多了，跟以前没什么区别，清隽出尘，宛若仙人。

可他依旧没醒过来。

苏竹漪在床边坐得烦了，这会儿正斜靠在窗台，她穿的依旧是最艳的红衣，也没穿鞋袜，脚支在窗棂上，脚踝上还绑了串铃铛。

微微动脚，那铃铛就轻轻摇晃，发出清脆悦耳的声响。这是清音铃，配合静心咒使用有安神的作用，苏竹漪想给秦江澜安神，又懒得自个儿在那儿摇铃铛念咒语，于是就把铃铛绑在了脚上，只要她一动，那铃铛就会响起来。

至于咒语，她念不出那味道，还不如唱唱小曲。

想当年秦江澜日复一日地给她念咒，也真是难为他了。

桌上的万寿菊开得很艳，黄澄澄的，十分显眼。

苏竹漪曲指一弹，指尖便射出一道剑气，这是她的新剑招，手中无剑，心中有剑，哪怕剑祖宗没握在手里，她也能随时随地地射出剑气。

剑气唰的一下刺过去，切了一朵万寿菊下来，她手一抬向虚空一抓，那万寿菊就到她手里了。

万寿菊层层叠叠，花瓣多得数不清。

苏竹漪将花捏在手里把玩了一阵，扯了一片花瓣往窗外一丢："醒……"

金黄的花瓣落在雪地里，被衬得更加灿烂，它给白雪添了妆，也高贵了自己。

"不醒……"

她又丢了一片花瓣，花瓣被风一吹，落在了不远处的雪地上。

"醒，不醒，还不醒……"

"醒，不醒，再不醒……"

好好的一朵万寿菊被她拔秃了，那花瓣落在雪地里，被风一吹，又飞起来，犹如金黄的小蝴蝶在风中翩翩起舞。

苏竹漪一只手撑着下巴，另一只手伸到窗外，她手腕翻转，那些飞舞的花瓣又合拢起来，纷纷飞到她掌心，在她掌心上再次聚拢，赫然是朵万寿菊。

她用灵气裹着那朵万寿菊飞到自己眼前："花能再开，人呢，何时醒来？"

一转头，忽然见到床上躺了那么久的人坐了起来，她手一抖，那些被灵气聚拢的花瓣又簌簌落下，在她身前下了一场花瓣雨，落满了衣衫。

艳丽的红配上细碎的金黄，让她变得娇艳又高贵。

秦江澜都看痴了。

梦中，她款款走来，收拢了天光，清脆的铃音在此刻宛如勾魂曲一样，让人如痴如狂，入了魔障。

他听见了自己的心跳声，犹如密集的鼓点，那颗心像是要从胸腔里蹦出来一样。

明明她什么都没做，便已撩拨得他失了方寸。

秦江澜眼睛一闭，心中默念了静心咒，待再睁眼时，苏竹漪已经坐到了他身边。

"老神仙，你醒了？"

秦江澜："……"

他的下巴被苏竹漪轻轻捏住，往上一抬："我有一句话，不知当讲不当讲。"

秦江澜静静看着她。

"看了你这模样，我便知道为何那些凡人会说，只羡鸳鸯不羡仙了。"

说完，她一撩裙摆，跨坐在了床上，身子微微前倾，松开的领口处便露出大片雪肤，连肚兜的细绳也露了出来，动作可谓是彪悍大胆。

隔了一床薄薄的被子，她骑在秦江澜身上。

"不如，跟我做鸳鸯怎么样？"明明恨不得打他一顿的，但现在他醒了，苏竹漪觉得应该在别的地方惩罚他。

先满足自己，再教化他人。

苏竹漪静静看着秦江澜，眼神一变再变。她没有发出任何声音，紧紧抿着唇，黑沉沉的眼睛一眨不眨地盯着他看，双眸之中仿佛有风雪涌动，却又逐渐平息，变得平和安宁，幽然如井。

这一眼她看了很久，久到坐着的腿都有点发麻了。

她没动，秦江澜也不动。

目光凝视间，暗流涌动。

不知道过了多久，苏竹漪倏尔一笑。她如火的红裙撩到腰际，层层叠叠的裙摆起了褶皱，堆叠成了一朵怒放的牡丹，她坐在那里，就像是坐在花丛中。

她像个打了胜仗的大将军一样，脸上的笑容恣意又畅快。

她用手在秦江澜的脑门上连点了好几下，斜眼看他，一脸嫌弃："还记不记得你之前有多老？我跟你说，你脸上长满了皱纹，那皱纹深得呀，蚂蚁进去都爬不出来。"

可就是那张老掉的脸，她都看了那么久，日复一日地看，也没觉得厌烦。

她现在的修为跟上辈子的秦江澜差不多，至于情蛊的影响，随着时间的流逝，在日复一日的比剑当中，已经彻底消失了。

现在的她并没有那种空落落的感觉，她有心，有情，有爱，也有怨。

她从未想过飞升。

凡间无限好，为何要飞升成仙？

无欲无求她做不到，众生平等她更做不到。

在她眼里，喜欢的就能宠上天，讨厌的就能一巴掌打死，喜欢的犯错了她也纵容，陌生人就算是对的，她看不顺眼也能出手教训，就是这么任性，这么张扬。

苏竹漪眨了眨眼睛，伸手指着自己的脸颊："你再看我，是不是还是那么美？"接着，她又指着秦江澜的额头，连截了好几下才道："所以吃亏的是我，不是你。"

清风诀施展出来，将秦江澜从头到脚洗刷了一遍，她手指白嫩，指甲略长，在秦江澜额头上都截出了个红印子。

像是点了颗朱砂痣一样，衬得他脸上病态的白更加明显，一副虚弱的模样。

"喊，小白脸。"

她嬉笑一声，双手环在了他肩膀上，身子也凑近了些，在他耳畔轻声道："怎么一动不动？是不能动，还是不敢动？"

说话的时候，她的眼睛滴溜溜地转，暗送了不知多少秋波。

水润的眼睛，妩媚又多情。

她现在离他那么近，口鼻呼出的热气把他的耳朵都快烫熟了。

被子很薄，苏竹漪又时刻关注着秦江澜的身体状况，她自然注意到秦江澜的异常，笑得分外妩媚。

"老神仙，不能近女色？"她得意地勾起唇角，垂下的缕缕长发都蹭到秦江澜脸上了，一副眉飞色舞的模样，"破了色戒会如何？"她一脸恶趣味，隔着被子拍了他两下，眼睛笑得眯起来，狡黠如狐。

秦江澜哑然失笑。

她一来就用威压制住了他，他根本动不了好吗？否则的话，哪里会由得她这么张狂，就是不办正事。

他知道，她心里头还是很不痛快，所以，她来给他找不痛快了。

"我没有成仙。"秦江澜道，"那只是骗了天道，求的一线生机。"他现在还是很虚弱，至少修为不如苏竹漪，若她一直这么压制着他，他就真的从头到脚都不能动了。

若真是躺着享受也罢，偏偏她存了心思要捉弄他。若不说清楚，只怕他的日子会很难过。

这女妖精以前可是血罗门里头的高手，会的手段不要太多。

"哦？"苏竹漪坐正了身子，她解开了束发的丝带，又把头发上的发簪取下，让一头青丝如瀑布般自然滑落，接着才微扬下巴，示意他继续说。

肌肤似雪，乌发如云，红裙似火。

他眸光暗沉，声音沙哑。

"我以身祭镜，让时光倒流，本不该存于天地间，因为你记得我，所以我一直在，没有被流光镜吞噬，而是跟它合作，渐渐开始掌控它。我们都以为流光镜原身的魂魄已经完全碎了，但即便碎了，初心还在。"

让流光镜成为逆天神器的初心还在。

"你遇到危险，我强行出来救你，那时候已经让流光镜沾了戾气，若非后来在转生池里得了好处，我和流光镜或许都坚持不到最后。"

他原本有机会成为流光镜的主人，但为了提前出来，他失去了成为流光镜主人的机会，依旧是个祭品。

"然而我心魔太重，执念太深，转生池的洗涤只能缓解一时，情蛊的出现就像是埋在我心中的刺，让我变得更加偏执和疯狂。好在轮回道即将成功建

342

立，为了保住轮回道和流光镜，我索性封印了自己，将自己分成了两半，这是于元婴后期能修的一门法术，修炼出一具备用的身体。"

那时候，他就知道自己出了问题，所以一开始总是隐忍，不愿意去碰苏竹漪。因为他清楚，被心魔缠身的他很可能无法一直陪伴在她身边。

只可惜，他高估了自己的自制力。

"两个我，一个陪着你，一个坐镇流光镜。只是陪着你的那个越来越强大，而真正的我反而越来越弱小。"

修士的分神之术苏竹漪知道，就是给自己炼制一具身体，用神识操控，办事方便。不过分神会比本体弱，而分神受伤的话，本体也会跟着受伤，所以炼制分神吃力不讨好，一般来说，没人愿意干。

修道之人谁没点心结，产生心魔再正常不过，只要能克制就问题不大，但一旦炼制另外的身体让心魔钻了空子，后果就难以想象。

"苗麝十七死的时候，我在建木陨落的地方，就是那个坑里，想要找到建木的残魂。他死了，你哭了，我疯了。分神和本体都是我，只不过一个理智一些，另一个则疯狂一些，若我彻底疯魔，流光镜就会堕落成魔器，轮回道不复存在，而你这个天道异数也会被抹去，我们此前所做的一切全都白费。"

"在我尚有一丝理智之时，建木的残魂出现了，教给了我一个瞒天过海的方法，关系到你的生死，所以我听进去了。"

建木陨落了，可它还有残留的意志，它记得流沙河，它还记得保护流沙河。

他不再控制自己的情绪，让心魔彻底滋生壮大，斩亲人，斩师门，斩无辜百姓，天下众生的死活皆不顾，眼里只剩下了苏竹漪一人。

在那一瞬间，建木的残魂涌入他体内，帮助他本体保持住一线清醒，冲击修为境界，迎来天劫。他赌的就是那一瞬间，赢的就是一线生机。

本体在流光镜里，他渡劫就像是流光镜在渡劫。也正是渡劫时汹涌的灵气，把苏竹漪肚子里的息壤给吸引了过去。

他赌成功了。

息壤进入流光镜，轮回道便已然成功建立。

"我不是渡劫成仙，而是利用了那一瞬间的假象，吸引息壤入内，让流光镜成为神器。"

"天道也不是那么好骗的，我钻了空子，那时候确实有一种顿悟，欲乘风而去。"结果骗过了天道，骗过了苏竹漪，也骗过了青河和洛樱，让他们都以

为他斩断心魔，羽化升仙。"可你也知道，我是假冒的，哪里真的成仙。若真的成仙，哪怕是在荒芜之地，也能用神念开辟出一个仙界来。"

然而他没有，天上也没有仙界。当初的真灵界早就被流光镜给吞了，如今已经成为轮回道的一部分，他现在上去，只能去到那毫无灵气的天罚禁地。

"我几乎所有的力量都在那具分出来的身体上。分神被雷劈散了，本体也受了重创。天罚禁地什么都没有，我身上有伤一动不能动，只能坐在那里。"

等她，或者等死。其实他没想到她真的会来，所以才会在见到她时，觉得像是在做梦一样。

他轻笑一声："等到你了。"

苏竹漪愣愣地问了一句："若是我不来呢？"

秦江澜微垂眼睑："不来说明你忘了我，命运已经改变，你不用时刻握着替身草人，不用担心被天道抹除，会过得很好。"

他所求的不就是她能过得恣意潇洒吗？

"你都把镜子留下来了，为何不跟我说一句？"

当时为了瞒过天道，他不可能说这些，也没时间说这些。陪在苏竹漪身边的是理智全失、眼里心里都只剩下她的心魔，更不可能说这些了。

秦江澜却摇了摇头："流光镜是神器，我不是它的主人，我留不下它。"

那是谁留下它的？

苏竹漪眼前浮现了那个坐在建木上的少女，她喃喃道："是流沙河。"建木都能有残魂存在，在多年后重新出现在天地间，那流沙河作为山河之灵，想来她也是有残念存在的吧？

是不是因为她天天把流光镜又摔又打，所以流光镜才什么都不告诉她？

她猜不透那镜子的想法，只觉得心中惶恐不安。若是她从来没有发现新生的建木，若是她没有好奇地爬上建木一探究竟，又或是她发现得太晚，上去之后只看见一具风干的尸骨……

想到这些，苏竹漪有些瑟瑟发抖，她的手紧紧揪着被子一角，只觉一阵后怕。

不知何时，一只手将她轻轻揽住，耳边传来他喑哑低沉的嗓音："竹漪。"

"嗯？"

"我能动了吗？"虽然他是在问，却没打算等她回答，他的手已经不老实起来了。

他紧紧地抱住了她，恨不得从此以后便腻在一处不分彼此，哪怕外头洪水滔滔也顾不上。

两人依偎在一起，正吻得难舍难分之际，屋外传来一声惊呼。

苏竹漪没关窗户。

这会儿，小葫芦正端着一盘果子站在窗外，她杵在原地，看傻了。

小骷髅连忙用手捂住她的眼睛："别看了，快走。"

"师父在做什么呀？"小葫芦眨了眨眼睛，但她的眼睛被捂得太严实了，压根什么都看不见，"师父是不是不舒服，刚刚看着好奇怪地扭哩，她还梗着脖子呢。"

一边说，一边比画，小葫芦如今身子长开了，腰是腰，腿是腿，扭来扭去的，还挺曼妙。

小骷髅："……"

"别扭了，我眼睛疼，别说了，再说你就要被打死了。"

他原本只是捂住了小葫芦的眼睛，现在还得捂上她的嘴。

"别说话了，憋着！"

睫毛轻拂他的掌心，温热的唇不安分地一开一合，好像还要说话，那触感让小骷髅面红耳赤，他声音都低沉了一些："走了先，待会儿再说。"

等带着小葫芦走远，他才松了口气。

偏偏小葫芦不依不饶地问："师父在做什么呀？"

"在跟喜欢的人做想做的事情。"挠头想了半天，小骷髅终于想通了，"听说小宝宝就是这么来的。"

"那我们也去做吧。"小葫芦一脸娇憨，天真烂漫。

小骷髅登时闹了个大红脸。"喀喀，以后，以后吧……"

（一）六百年

六百年前，苏竹漪以为自己必死无疑。哪儿晓得她会活过来，醒来的时候，身上的纱布从头裹到脚，就像个大茧子一样躺在床上。床很窄，很硬，她觉得像躺在一块冷冰冰的木板上，难受得要命。不过也不一定是床的问题，毕竟她当时伤成了那副样子，她觉得自己碎掉了，所以哪怕睡在云里，她依然会难受吧。

此时的苏竹漪浑身上下不能动，也就眼睛能眨两下。

她在哪儿？这里是哪里，谁救了她？谁愿意救她，谁还敢救她？

全天下的人都恨不得把她给千刀万剐了，居然还有人救她，给她治伤？当时她的骨头全断了，经脉也寸寸断裂，算是彻底毁了，怎么都没想到自己有再睁眼的这一天，能把她的命从鬼门关拉回来的人恐怕不是寻常人吧。

她很疼，浑身上下都疼。但也不算特别不能忍，比这更疼的时候都有，年少时更痛苦的时候她都熬了过来，现在的疼她能忍住，不发出一丝声音。

苏竹漪就这么睁着眼睛看着屋顶吊着的一盏铜灯，她想，那灯里的光线那么暗淡，难道是凡间的油灯吗？但没有闻到一丝烟火气啊，那到底是什么灯呢？

她头不能转，身子不能动，眼睛只能看到那盏灯。

苏竹漪就那么睁着眼睛，一直看着头顶那方寸天地，不知道过了多久，在那局限的视野之中，她看到了被那柔光笼罩的秦江澜。

秦江澜素来清冷，他长得很好看，但因为性子太冷，那张俊逸非凡的脸就显得特别冷漠，然而此时那柔柔的光照在他脸上，将他的冷弱化了三分，一瞬间，苏竹漪觉得自己好似看到了真正的仙人。

他眉如墨画，鬓若刀裁，面如中秋之皓月，风姿特秀，踏光而来。

竟然是云霄宗的那个秦江澜。

天下第一剑修，秦江澜。虽然惊诧，却又好似理所当然。除了他，谁还会救她，谁还能在那种情况下，成功地救走她。

秦江澜跟她纠葛颇深，最早那次打交道，是一千多年前，那时候他还是个刚刚下山的愣头青，她还是个幼女。

他只救走了苏晴熏，所以一直对她有亏欠之心。

而此后，苏竹漪利用他的愧疚，占了几次便宜，顺利地从他手上脱了身。她一直觉得秦江澜这正道第一人对自己是有情的，所以以往在他身边放肆过几回，但她没想到，这秦江澜的情好似不是一般地深，他居然敢救她，要知道，救她就算是与天下人作对了呢。

他一个正道大能，天下第一剑修，居然救了她。

她还杀了他的宝贝徒弟呢。

苏竹漪想说话，哪儿晓得她都开不了口，只能发出哼哼唧唧的声音，她浑身上下唯一能动的就是眼睛，这会儿眼睛猛眨两下，就见秦江澜从屋顶的青铜灯里取出了一颗亮晶晶的珠子。"你醒了。"

"灯亮了，这么直接看着对眼睛不好。"他的声音冷冰冰的，脸上也没什么表情，可苏竹漪就是觉得，他关心她，他喜欢她，既然有这么一个强大的后盾，只要利用好了，她卷土重来就不是难事。

就在她构思如何让秦江澜对自己唯命是从的时候，她发现，秦江澜走了，他还取走了灯里的鲛珠。

现在的苏竹漪身上半点灵气都没有，神识也受了重创，压根指望不上，没了光，她就两眼一抹黑，啥都看不见了。

"秦江澜，你回来。"她心里是这么想的。

嘴巴张不开，努力发出了一点声音，就是"哼哼哼呜呜呜"。

苏竹漪睁大眼睛在黑暗中瞪了许久，秦江澜也没回来，她身子虚，实在撑不住，最后昏了过去。

此后每一次醒来，情况都差不多，她不知道他平时在这屋子里待多久，但她知道，醒来的时候，秦江澜基本上不在她身边，就好似他并没有多关心她，

有多在意她是死是活一样。

可是当真如此吗？苏竹漪不信。

她全身上下缠得跟蚕茧一样，每天都如此。

过了一段时间，苏竹漪想，难道她就没换过药？她现在可是凡人，凡人又不能像修士那样疗伤，当时她全身上下没有一根好骨头、没有一块好肉了，怎么可能这么裹着一直不换药呢？

这时候，苏竹漪有一两根手指能动了，于是她悄悄在那绷带上做了一个细微的记号，她清醒不了多久又会昏睡，等再醒来的时候，苏竹漪检查了一下那个记号……

不见了。

"呵呵。"她笑了。

秦江澜这个道貌岸然的色坯，趁她昏睡的时候把她扒光了换药，平时对她不理不睬，一副冷冰冰的模样，谁晓得在她昏迷的时候，他偷偷摸摸地动了多少手脚！

想白占老子便宜，没门！

就这么足足裹了三年，苏竹漪身上的外伤才好多了。她上半身基本能动了，皮肤白嫩光滑，欺霜赛雪，比之从前也不差。

这都是因为秦江澜药用得好，但她的内伤却一时好不了，而腿当初还中了毒，现在依然动不了。

身上没有缠绷带了，腿上隔三岔五还得换药，秦江澜说她能动了，就让她自己擦药，苏竹漪擦了几次，嫌累，她要秦江澜帮忙，可他倒好，坐在一旁什么都不管，默默打坐修炼或者念他的静心咒。

苏竹漪穿的衣服是秦江澜给的，很保守的衣服，没什么花纹，将她裹得严严实实，她瞧着就心烦，又没工具，她一点一点用手撕出了万种风情。

她把衣服领口拉低，将里头素色的肚兜露出来大半截，她坐在床上，弯腰去给自己的双腿抹药的时候，那胸口处的大好春光就那么露在了外头，她用余光瞄了一眼，秦江澜眼睛都没睁开，然而苏竹漪岂会就此罢休，她擦着擦着，身子一歪，直接往床底下滚了，且她的右手还从袖子里落了出去，肩膀和手臂完全暴露在了外头，手肘都要抵着地面了。

然而下一刻，她没有着地，反而被一股清风托起，稳稳地被放回床上。他人没动，灵气动了。

修士可不是只用眼睛看的，闭上眼睛又如何，心眼还睁着呢。否则的话，他反应哪儿能那么快，直接将她托住。

喊，假正经。

然而仅仅引他用灵气可不行，她还得让他跟自己再次有肌肤接触！

"秦老狗。"她扬手，"我够不着，我累了，你来帮我擦药。"

秦江澜不言不语，坐在那里好似一座雕塑。

她冷哼一声："现在假正经了？我昏迷的时候，谁给我换的药，谁用药擦遍我全身的？一点一点地将药轻轻揉开，从脖颈开始……"

她是个没皮没脸不害臊的人，自己在那儿描述，声音低哑婉转，恨不得一字一句详细地说他那双手如何在她身上每一寸皮肤流连游走，若是她有纸笔，这会儿都能画上几十幅春宫图了。

"揉我的呜呜呜……"

秦老狗，你居然敢给老子下禁言术！

又养了一年半载，苏竹漪的双腿也能动了，但她没说，装作依旧不能动的样子，不过她也不确定能不能瞒住秦江澜。毕竟她现在没灵气了，而秦江澜修为又那么高。

她整天待在望天树上没事做，经脉全断了，修炼也不成，就让秦江澜给她找了一些凡间有趣的话本来看，有时候看得累了，瞧着旁边打坐念经的秦江澜，便把手里的话本砸在他脸上，说："你反正在念经，不如念书给我听？"

她砸的那本话本讲的是山野妖精跟凡人之间的故事，里头还有一些挺露骨的话，也不知秦江澜自个儿看过没有，还是直接去凡间收罗的，自个儿压根没看过？

苏竹漪倒是觉得，他应该没看过。

怎么都想不到他会看这样的闲书。

秦江澜不说话，她以为秦江澜会跟往常一样无视她，没想到，等到快睡着的时候，她听到了秦江澜念书的声音，那声音跟念经一样，一点起伏都没有，不管是山上破庙里狐狸精引诱进京赶考的书生，还是千年蛇妖报恩，抑或邪魔外道杀人、正道大侠除妖，从他嘴里念出来都平板至极，简直跟念静心咒一模一样了。

"别念了，秦江澜，你给我唱个曲吧？"她歪在床上，背靠着软垫，身上没盖被子，搭了件素色袍子，半遮半掩的，将大好春光露在了外头，她长睫毛

颤动，柔声道，"我还记得，小时候，我娘给我唱曲，哄我睡觉。"

她娘长什么样子她都不记得了，谁还记得唱了什么曲啊。

说实话，苏竹漪内心是不喜欢她娘的，毕竟她娘丢下了她，她娘因渣爹的背叛而死，却根本没想过还有个非常小的女儿。所以，她现在完全是睁着眼睛说瞎话了。

苏竹漪声音低沉："你说，我娘若是还活着，我没有一路乞讨到长宁村，我还会变成现在这样吗？"

没有到长宁村，自然不会被血罗门抓走了。

她眸子里已经有了水光，长长的睫毛上，一颗晶莹的泪珠悬而未掉："若是……若是当年我被救走了，现在，也是不一样的光景了吧？"

当初若被救走了，她就是秦江澜的徒弟了。不过转念一想，这么俊的师父天天在她跟前晃，她还是不愿当这个徒弟的。

原本苏竹漪是懒得费心思想这些的，毕竟想了也没用，路是她走出来的，她不会后悔，当妖女也没什么不好，她年少时受苦，长大后倒是过得挺随心所欲的，想杀谁就杀谁，只要实力强，就不会受到约束。

当然，若是没落到这个万人围剿、经脉尽断的下场就更好了。

苏竹漪轻轻哼了个小曲，那哼声与其说是唱歌，倒不如说是呜咽。

片刻后，有个人走了过来，静静地站在她床前，遮挡了她眼前的光。那抹青色如青松一般，逆光而立，依旧比周遭的其他一切看着要亮眼得多，果真是生了个好皮囊呢。她若是能诱得这人，那这日子也就不会无聊了啊，跟他双修，她肯定是能受益的。

苏竹漪泪眼婆娑地看着秦江澜，接着就听到他面无表情地站在那儿哼唱起来，耳根却有了一点可疑的红晕。

他哼的是当时修真界挺有名的一首曲子，本身调子激昂，是金戈铁马荡气回肠的，被他哼得跟念经一样，全不在调子上。苏竹漪先是愣了，随后哈哈大笑起来，先前眼睫毛上挂的是假的眼泪，现在倒是真的了，却不是伤心的，而是笑出来的。

她笑得眼泪都出来了，抱着肚子笑，都快在床上打滚了。

"秦老狗，哈哈哈哈哈，你哈哈哈哈哈……"

明明被她耻笑，秦江澜却没停下，依旧哼着那曲子，他看向笑得捂肚子的苏竹漪，眼神中有一闪而逝的温柔，从未见她如此真心笑过，既然她高兴，那他就接着哼下去吧……

苏竹漪笑了一会儿，突然蜷缩起来喊疼："腿……腿抽筋了。"

秦江澜弯腰去看，就见她直接伸出双手圈住他的脖子，冷不丁在他脸颊上轻啄了一下，随后又仰面倒下，躺在了她的青丝上，她冲他抛了个媚眼，长睫毛眨动，像是蝴蝶的翅膀一样："秦江澜，你看我美不美？"

秦江澜看着这样的苏竹漪，莫名有些想笑。他脸上是没有任何表情的，但此刻，嘴角微微抽了两下。

之前，她在他耳边念叨，他替她换药的时候，将药揉散，抚遍她全身，她那时的语言和神情他都记得，只是他也记得，当初苏竹漪浑身是伤，身上没有一块好皮肤，他替她擦药，是不会生出什么旖旎心思的。

有的大抵只是心疼吧。

而现在，她似乎忘了，当年曾有人一刀劈在了她额上。虽然现在那里已经摸不出疤痕了，但那一道红色的印子还在，可能还得养几年。现在她经脉尽断，伤势也恢复得很慢，之前吃一颗丹药就能好的，如今得天天换药，慢慢养着。

她没有灵气，没办法施展水镜，望天树上也没有一面镜子，他没准备，她的脸是她最自得的地方，所以他特意没有在望天树上放镜子。

是以，她现在不知道自己的脸到底是什么样子的。

她躺在那里，姿态妖娆妩媚，眨着眼睛问他："你看我美不美？"

秦江澜没有回答，但他在心里说了一声："美。"

当年他没能救走她，后来，他终于救了她，只是心结并未因为救她而消失，反而越缠越紧，越陷越深。

秦江澜心头蓦地一沉，他微微皱眉，随后不再看苏竹漪，而在蒲团上坐下，又开始念起了静心咒。

他是念给她听的吗？不是，因为他知道，她根本听不进去。

他是念给自己听的。

他与她，一个正，一个邪。而她的邪是她从不觉得自己有错，在她看来，生命犹如蝼蚁，杀便杀，死便死，永不悔悟。

他本该杀她，诛邪卫道，而他偏偏救了她的命，中了她的邪！

（二）大西瓜

人间，飘香酒楼。这酒楼不太正经，说书的人也不正经，半躺在椅子上，长腿交叠着放在桌上，一副痞子相。

"丹鹤门的丹药最出名。"屏风后，说书人将手中的盖碗茶放下，盖子磕到杯子，发出一声脆响。

他话音落下，外头就一阵起哄："这不是废话吗？丹鹤门的丹、古剑派的剑，这谁不知道?!"

"喀喀，丹鹤门还有一个比丹药更出名的，你们可不知道。"

"说！"有铜板扔了过来，说书人立刻笑了，压低声音道，"女人的胸。"

那屏风半透明，屋外阳光也正好，说书人的身形在屏风上留下影，就见他双手夸张地比画了一下："特别是现在那最有名气的丹如云，怀抱两个大西瓜。"

一众男子全都猥琐地笑了起来："什么呀，说得好像你见过似的。"

"我不仅见过，我还摸过呢！"

"讨打，要是被丹鹤门的修士听见了，小心扒你一层皮！"

"那云霄宗呢？我还打算送儿子去云霄宗拜师学艺呢！"又有人问道。

"云霄宗自然也是不错的。"说书人喝了口茶润嗓子，"你们知道云霄宗什么最出名？"

"三阳聚顶资质的秦川啊，据说他一表人才，人中龙凤！"

"前些日子听说他去了咱凡间的城池，路上那些小姑娘扔的花能把大街给堆满喽。"酒楼里头还有几个妇人一边说，一边笑了起来。

"秦川，也还行吧。"说书人啧啧两声，"云霄宗最出名的是望天树。"

"你就吹吧你，一棵树有什么出名的？"

"那是你们不知道，古剑派那两位就是在云霄宗的望天树上领悟的剑道，那望天树上可是好地方，修行一日千里，就算在树底下站一站，是头猪也能踏上仙途。"

"当真？"

"可不是，那是神木。等哪天云霄宗宗主开了窍，组织大家伙去参观望天树赚点香油钱，指不定云霄宗就被踏破了门槛，成为天下第一富的修真门派了。"

云霄宗以前可是天下第一剑宗，现在，要奔着天下第一富一去不复返了吗？

"那树还经常无风自动，摇晃得呀，若是恰好有落叶掉到你头上，指不定你就……"说书人一时忘了词，听到有妇人追问，一着急，道，"指不定你就喜得贵子了。"

哟嘿，望天树还能当送子娘娘使呢，是得好好拜一拜。

可惜云霄宗宗主不开窍，不让大家去参观，仙门就是仙门，他们偷偷说说就行，可万万不能传到云霄宗的人耳朵里去。

"古剑派，古剑派，说说古剑派！"古剑派可是名副其实的天下第一，大家对古剑派最感兴趣，有人提了一句，其他人便跟着嚷了起来。

"古剑派出名的就多了，三大美人知道吧？"

"知道知道，剑尊苏竹漪、她徒弟苏葫芦、她姘头秦江澜。"

说书人一口热茶喷了出去。

他原本吊儿郎当地坐着，这会儿坐正了，一脸严肃地道："秦江澜才是我心中的剑尊，他的剑术出神入化……"

话没说完，就有人扔了盘子过来："姓秦的就是个小白脸，跟着苏剑尊混吃混喝的，做男人做到那种地步……"他话锋一转："真他妈爽啊，要是我也愿意啊！"

旁边的女子啐他一口："就你这熊样，想都别想。"

"呃，三大美人不说了，不跟你们这些不懂的人扯，我来说最出名的……古剑派最出名的是护短，护短知道不？"

"上回，小葫芦去那个云宝城，就是那些修真弟子购买宝物的地方，小葫芦看上了一根红绸带，是个挺好看的法宝，她跟老板讨价还价的时候，被别的宗门弟子瞧见了，态度有一些不好……"

"怎么不好了？"

"就是你买不起，我买呗。"

小葫芦是乡下来的，脑子也笨，长得倒是美，但浑身一股憨气，加上穿得也朴素，乍一看就像个傻妞。最重要的是，她还很抠，明明身上有大把的灵石，却不舍得花，就喜欢躺在灵石法宝堆里睡觉。

这德行，真不知道跟谁学的，怎么都改不过来。

估计是小时候吃了苦饿了肚子，总觉得现在是天上掉下来的好日子，所以就怕一朝被打回原形，天天攒灵石了。

那法宝红绸带很贵，要上千块上品灵石，以往小葫芦看都不看，那天也不晓得抽了哪门子风，看上了，在那儿跟卖家讨价还价，好不容易磨得对方松了口，眼看就要成了，这时来了个骄横的女弟子，嘲讽她穷，还把东西给高价买走了。

"结果呢？"听了故事，大家来了兴趣，纷纷追问。

"结果小葫芦眼睛红红的，没吭声，她师兄过来一问就知道原因了，她师兄是个善良明事理的人，就在那儿安慰她，好吃好喝地哄着她，刚把人哄高

兴，那位就来了。"

"那位是哪位？"

"还能是哪位，肯定是小葫芦的师父剑尊大人啊。"说起剑尊苏竹漪，不论男女，皆是一脸仰慕。

"那可不是，只瞅一眼，周围的人就一五一十地把事情的来龙去脉给说清楚了。"

"然后可不得了了，剑尊大人就发飙了。"

"她可是剑尊啊，那女弟子不过是一个凝神期的晚辈呢！"

"以大欺小？"

说书人顿了一下："嗓子有点干，喝不起润喉的好茶啦。"

哗啦啦，又是大把的赏钱丢了过来，他呵呵笑了两声："就见那苏剑尊五指成爪向虚空一抓，把那已经走到了十里外的女弟子给抓回来拎到了空中。然后你们猜怎么着？"

"你别拖拉了，快说！"性子急的大汉就差掀了屏风，把人揪出来打一顿了。

"就听苏剑尊说：'你说谁穷呢？说谁寒酸买不起东西呢？'

"然后她就把人扔在地上，从兜里掏出灵石来砸，一块一块只砸脸，把好端端一个漂亮妹子的脸砸成了'猪头'。

"这就算了，看她那口气，砸成'猪头'了都不打算饶过那女弟子呢。"

"难道要杀了？"

教训一下就得了，真打死了，倒是有些说不过去了，不过是晚辈间的斗嘴，加上苏竹漪好歹是天下第一剑，用灵石砸正道小辈的脸……

好似只有她放得下脸面，干得出来这事。

"最后，你们猜是谁阻止了她？"

"小葫芦和她师兄都心善，他们给那女弟子求情了吧？"

"屁咧，是秦剑尊拧着苏竹漪的耳朵把她揪走了呢！"

"怎么可能！那秦什么就是个小白脸，靠脸吃饭的！他打得过苏剑尊？"

应该吧？

"怎么拧的耳朵啊，是不是这样？"一个声音在说书人耳边响起，吓得他浑身一颤，手里的茶碗都掉了。

"丹……丹丹……"

"我胸有西瓜大，你摸过？

"松尚之，你好大的胆子，你以为躲到凡间来，我就找不到你了？

"占了我便宜，你还想跑！"

耳朵被人拧住，松尚之欲哭无泪："丹大师，丹大师，我错了，对不起，我不该撞到你，我不该瞎看，我不该……"

丹如云俏脸泛红，她冷哼一声："古剑派不是出了名的护短吗？我看她这次护不护你，跟我走！"她手上用力，把松尚之的耳朵狠狠一拽，结果因为歪着头拧耳朵的姿势，他的头撞到了丹如云的胸口上。

松尚之登时面红耳赤："……"

不是西瓜。

西瓜是硬的，那儿是软的哩。

"怎么不说了？继续啊！"见屏风后没了动静，众人等不及了，把屏风一掀开，乖乖，哪儿有人啊，周围都没别的出路，那说书人去哪儿了？

众人面面相觑，难道那也是个修真者？还真是……

有点接地气呢。

（三）情山

从前有座山，名为情山。

准确地说，这山是两座，左边的很窄，远看像柄指天剑，右边的就是普通的山峰了，只不过早些年不晓得被谁一剑削平，在崖壁上刻了个"青"字，风吹雨打数万年，字迹非但没有半点模糊，反而越来越深，越发引人注目。

有一对剑修觉得这山上的"青"字里有剑意，便在山上搭了个茅屋，每日看字练剑，最后修出了成果，创出了鸳鸯同心剑法。

不过他们出名的不是剑法，而是相伴一生的故事。

毕竟这种单打独斗的剑修还是比不上那些修剑的大宗门，什么云霄宗、古剑派，宗门的剑术都是数万年的传承，是鸳鸯同心剑法比不上的。

后来，这两人陨落后就葬在了茅屋后，坟头恰好长了连理枝，围在一起成了个桃心的形状。

不知从哪天起，这座山就成了情山，修真界的修士要结成双修道侣，便会在情山的石壁上刻下彼此的名字。

历经十万多年，情山有了灵性，在情山上刻名的道侣更能长相守。

苏竹漪上辈子没在情山上刻过名字，毕竟撩的汉子太多，刻谁的名字都不好。她又没给自己取个艺名，被发现了就尴尬了。

这辈子嘛，苏竹漪也没想起这件事，她每日闲不住，不干正事，而是扮猪

吃老虎，到处惹是生非，就享受打别人脸的快感，心头暗爽，也算是修真界的一朵奇葩。

因为隐藏了身份在外头混，又长得好看，她自然招了几朵小桃花，秦江澜默默挡了，但也有挡不住的时候。

"你们是什么关系？"

"你们对着上天立过誓，还是在情山上刻过字？"

"别以为你修为高，就能只手遮天！我也有追求她的权利！"

秦江澜："……"

于是有一天，秦江澜在扔出去一朵烂桃花后，沉着脸走到苏竹漪面前，先把人就地正法了，最后才道："竹漪。"

"嗯？"她被摧残得厉害，身子像是被碾过，躺在他身下，手指头都动不了了。

她紧紧裹着被子，就怕他再来一回，直接把她拆吃入腹了。

虽说有些害怕，但气势却是不输的，苏竹漪脑袋露在被子外头，回答一声，那音调也是百折千回，着实勾人。

一副"我还能大战三百回合"的模样。

只可惜她整个人缩在被子里，把自己裹得跟个蚕茧一样，媚眼抛得再厉害，也是个蚕宝宝，还是眼睛抽筋的那种。

秦江澜伸手去摸她，她就往被子里继续缩，下巴又缩了进去。

他用明亮的眸子静静看着她。

"你打算什么时候给我个名分？"手指头点上了苏竹漪的额头，秦江澜脸上没什么表情，眸子里像是有暗流涌动。

点了一下后，他将手伸进被子里放在她脖颈处，还在她锁骨上轻轻敲了起来。

明明脸上没啥表情，苏竹漪却觉得毛骨悚然。

这老狗在威胁她！

谁怕谁！

正要痞里痞气地说两句，就见他又压了下来，开始动手扯被子。

她没力气了，扯不过他。

身子还累着呢，哪儿应付得了这精力旺盛的家伙！

伸手去推，手反被他握紧，抬手一抓，苏竹漪可不是好脾气的人，直接想用剑了，结果剑祖宗压根不在，喊不动……

远处，两柄剑各立在一边。

发青光的是青霞剑，老祖宗。

发绿光的是松风剑，大松树。

"要不，比画比画？"青霞剑提议。

松风剑直摇头，剑形都没维持，直接变成了一棵树。

松风剑是好脾气的剑，才不喜欢打打杀杀呢。

剑祖宗："……"

"哼，跟你的主人一样，耙耳朵，废物。"

松风剑沉默了，许久之后，它轻声道："我主人能让你主人下不了床。"

青霞剑："我能把你砍成秃头！"

最终，苏竹漪还是答应了跟秦江澜结成道侣，昭告天下。

他们在情山上刻了名字，立下誓言，相伴彼此，生生世世。

苏竹漪在修真界和凡间都极其有名，秦江澜也不比她差，毕竟当初苏竹漪行走江湖的时候，用的是秦江澜的脸，说起来，秦江澜在凡间的名声比她还好一些。

他俩结成道侣的消息也传到了凡间。

当年秦江澜大战恶蛟的地方有一块被劈裂了的石头，凡人效仿修真界，弄出了姻缘石和连理枝，将他们成婚那日确定为情人节。

"我们在情人节成亲，对着姻缘石立下誓言，若你负我……"

"你便如何？"

"我便请两位剑仙祭出一道剑气，把你劈成两截。"

听起来很血腥是吧？在凡间却是很流行呢。

苏竹漪："……我肚子里揣了个球，哪儿有那闲工夫管你们这些破事！"

秦江澜看着她微微隆起的肚子，眼角含笑。如今，她可不能到处留情，毕竟快当娘了呢！

苏竹漪表示不服气。"我即使是孕妇，也是最漂亮的孕妇。"

小骷髅："嗯，小姐姐是一百三十斤的大美人。"

好好说话！

（四）前缘

"我儿有仙根，被天上的仙人收作了仙童，你们少在这里妖言惑众，赶紧

放开我，否则我儿回来，定饶不了你们！"喊话的是个穿碎花棉袄的中年女子，她脸色惨白，眼下一片黑青，一副病入膏肓的模样。

明明身子虚得很，骂起人来却中气十足，声音尖厉刺耳，惊得路旁树下的乌鸦飞起，哇哇乱叫。

今日是满月，头顶上原本有一轮圆月，可自打进了这林子后，就一丝月光都透不进来，就连神识都好似投到了一团墨汁里，只能看清前方三尺远，还不如眼睛好使。

领路的少女穿一身象牙白云纹飘带裙，系着翠玉腰带，那腰带衬得腰肢纤细如柳，不堪一握。她手里提着一盏莲花灯，灯下坠着的玉佩上雕刻的是青松，风一吹，玉佩左右摇晃，有雪纷纷扬扬落于脚下，在乌黑发臭的地上留下了一抹白。

"苏师妹，现在怎么办？"苏晴熏身侧紧跟着一个青衣女子，这会儿她正一脸紧张地拽着苏晴熏的胳膊，"我们回去，回去吧。"

"回去，回得去吗？当初是你非要来，现在想回去？呵呵，回不去了！"苏晴熏身后一个弟子脸色铁青，冲青衣女子怒吼道。

"楚师兄，不要被戾气所影响，我们一定能出去的。"苏晴熏想了想，又多消耗了一点灵气，将莲花灯的光芒放大些许，"若我三日不归，师父定会来寻，即便我们出不去，只要坚持三日，便能活下来。"

"三日，哈哈，我儿说了，天上千年，地上一日，我只需在家等待三天，他在神仙那里就修炼了三千年，三天后，我就能享清福了，哈哈……"

中年妇人的笑声戛然而止。

"楚师兄！"

楚姓修士愣愣地看着自己手里的木簪，他眼前一片血红。簪子上全是血……

他僵硬地抬起头，恰好看到中年妇人喉咙处飙血，她血流如注，脸上没有半点血色，两眼暴突，明明模样凄惨至极，嘴角却往上翘起，勾出了一个诡异至极的微笑。

中年妇人汩汩冒血的喉咙里还发出极其诡异的声音："咕噜咕噜……"

青衣女子惶恐不安："她在说什么？"

楚姓修士突然转过头去，白眼一翻，狞笑着道："我孩儿已求得仙途，他就在那儿呢！"说罢，楚姓修士笑了几声，身子往后一退，直接跃出了莲花灯照亮的范围。

"楚师兄！"

一行人想回头去找，却压根不见其踪影了。

来时有十二人，一路过来，死的死，失踪的失踪，到如今不过两个时辰，只剩下了一半的人。

剩下的几个人也都脸色不对，要么眼睛通红，处于失控的边缘，要么惶恐不安，被吓破了胆，苏晴熏看着这些同门的师兄师姐，只觉压力巨大，提着莲花灯的手都微微颤抖。

这其实是外门弟子的一次宗门历练。

灵山村有童男童女失踪，怀疑是低阶邪修作祟。来的师兄师姐都是凝神期的修为，对付个把低阶邪修是手到擒来的事，其中一个师姐与她交好，邀她下山游玩，她兴致勃勃地跟着来了，哪儿晓得会遇上这么可怖的事。

而平时瞧着成熟稳重的师兄师姐们此刻无一人冷静，这让她意识到，原来外门弟子跟内门弟子的差距真的不在于资质。

此时没时间胡思乱想，苏晴熏强自镇定地道："大家凝神静心，只要在莲花灯的映照之下，邪物就不敢作祟……"

话未说完，倏忽一声叫声划破黑夜，与此同时，一只手狠狠地抓在她胳膊上，直接在她的手臂上抓出了血痕。

陡然吃痛的苏晴熏手一抖，持续不断的灵气稍稍停滞，莲花灯摇晃间，光也随之一晃。

一个弟子的半个身子落在光外，他刚准备跨到光中，脸上表情凝固，整个人从光亮边界的位置被一刀劈成了两半！

一个人到底能喷溅出多少血？苏晴熏以前不知道。现在，她的白裙上满是鲜血，因裙子不是凡物，血沾上了迅速滑落，于是，她能清楚地听到自己脚边有滴答滴答的声音。

那不是雨，是师兄喷溅的血。

"张师兄！"一个女子神色凄惨，她不敢冲出光罩，却冲苏晴熏大吼大叫，"你为什么要手抖，你是故意的对不对？"

苏晴熏已经蒙了，她仿佛回到了很多年前，到处都是血，大火焚烧了整个村子，她的父母、村子里的叔叔婶婶全部被劈成几截，鲜血铺满村子里唯一的那条小巷，将石板街都变成了一条血河。

村子里那么多人，就她一个人活了下来。

她凭什么不好好活着，凭什么不好好修行，非要跟这些虚伪、懦弱、无能

的人一起浪费时间？

"你为什么要手抖！难道你不知道手里的灯有多重要，你害死了人！你……"

苏晴熏脸上的愧疚之色越来越淡，她逐渐平静下来，缓缓道："若我不来，你们进林子时就全死了。"

她挣脱身边青衣师姐的手："我之所以手抖，是因为她尖叫，并用指甲抓伤了我的胳膊。"她将袖子卷起，白嫩的胳膊上有两道血痕，可见青衣师姐下手有多重。

青衣女子连忙道："我不是故意的。我……我是看见了一个孩子……"

她慌忙转过头去，指着一棵枯树道："就在树背后！"

那是棵不过半人高的小树苗，此时早已枯死，树干不过大拇指粗细，上面只有零星几片叶子，怎么藏得下人。

苏晴熏将手里的莲花灯稍稍抬起一点，冷冷道："愿意跟就跟，不愿意就算了。"等她转身向前，把后背露给其他人后，苏晴熏仿佛背后长了眼睛似的突兀地道："若我遭遇什么不测，莲花灯立刻会熄灭，这是我师父给我炼制的法宝，除了我，谁也不能驱使！"

"我要是出了什么事！"她手腕一转，莲花灯上的玉佩也跟着转了一圈，发出了奇异的嗡鸣，宛如长剑出鞘时的轻吟，清脆悦耳，"师父会替我报仇！"

阴影里，一袭黑衣的苏竹漪嘴里叼着一片青竹叶，听得这话，觉得嘴里咬着的竹叶都有点涩。

将竹叶呸的一声吐到地上，她轻哼一声："是是是，你有师父，你了不起。"

视线扫向莲花灯处，就见那几个弟子又拉拉扯扯起来。

"晴熏师妹，你别生气……"青衣女子又伸手去拉她的袖子。

苏晴熏直接用力甩手，这一甩手使莲花灯摇晃起来，光影一晃，其他几人惊叫连连，纷纷呵斥青衣女修不要乱动。

苏晴熏笑了一下："我手疼，莲花灯要是护不住了，可别怪我。"

"你们前来调查这个任务时，恐怕已经发现有点不对劲了吧，所以才缠着我一起来，毕竟我身上法宝多，靠着我的本事完成你们压根不可能完成的历练任务，回去肯定能得到嘉奖，赏赐下来用来冲击外门比试，名次肯定能提升不少。"她停下脚步，回头看向青衣女子，"师姐，我说得对吗？"

青衣女子不敢与其对视，只是摇头道："没有，没有的事。"

此后队伍安静下来，剩下的几人个个存着私心，到底如何才能破局，谁也不知道，他们能倚仗的仅有前方提着灯的苏晴熏了。

她师父必然不会只给她这么一盏无用的破灯。

没准会留一道剑气？听说那些内门的关门弟子身上都有师父所赠的剑气，苏晴熏兴许也有吧？

总之，不能得罪那死丫头，其他的走一步算一步了！

　

阴影里一直关注着这一切的苏竹漪勾唇一笑，这才像话。

要是当年她牺牲自己救出来的是个没脑子的废物，她现在就想上前把这废物亲手给剁了，省得想起来心烦。

要不是把活命的机会让给苏晴熏，现在有个大佬师父的就是她了吧。那她也有数不清的法宝可以用，整日被一群小弟簇拥在中间，走路都能迈出六亲不认的嚣张步伐，那可真是……

太爽了！

可惜没有如果。

苏竹漪甩甩头，刚要开口说话，就看到一团黑影蹿出去，又将一个心神不宁的弟子给勾去了，杀得人脑浆都迸出来了，红的白的一片，有点像她昨日在山头上看到的红白杜鹃花。

剩下的几个人除了尖叫就是尖叫，吵得她脑瓜子疼，真想一爪子抓过去，把这群人的天灵盖给掀了。

正道，就这样？

如果正道弟子都这样的话，血罗门一统修真界指日可待啊。上头那些人果真没给他们画饼……

那人回到身侧不远处蹲下，冲苏竹漪挥了下手："怎么，懒得出手？那我可杀光了啊！"他手里的铁钩寒光闪闪，钩子尖端已被鲜血浸红。

要不是需要收集恐惧和血煞气来养法宝，对付这群正道小儿，他一刻钟都用不了就能将他们一网打尽。

他是个侏儒，本就个头小得很，这会儿蹲在地上如同一个不起眼的石头墩子，融于黑暗中很难被发现。

苏竹漪睨他一眼，说："提灯那个留给我。"

侏儒不满："凭什么，她细皮嫩肉的，一看就很好玩，油水也足。"

话音落下，一片竹叶嗖的一下扎在了侏儒的脚趾缝里。

苏竹漪轻飘飘地道："你说凭什么？"

侏儒嘟囔："那等我玩了再给你，大不了东西我不要，我就馋她的身子。"

苏竹漪呵呵一笑："巧了呀，我也馋她的身子。"

侏儒愣了愣，就听苏竹漪又道："我就喜欢这种看着漂亮，却又没有我漂亮的女孩子，到时候炼制成傀儡，给我抬轿、抛花，多美……"她一只手托腮。"旁人看着会想这傀儡侍女都美貌惊人，那轿中女子又该是何等绝美出尘？"

侏儒："……"是她能干出来的事。

没办法，打不过，这口气他只能先忍下来了。

很快，剩下的几个崩溃的弟子被侏儒一一收割，唯独剩下了苏晴熏一人。

苏晴熏也不走了，索性将莲花灯往地上一插，接着盘膝坐下，原地开始念起了静心咒。

莲花灯下的玉佩依旧飘着雪花，很快就在地上积了一层雪。

苏竹漪瞧了半天都没动手，侏儒在旁边等得不耐烦："你到底动不动手？"

苏竹漪翻了个白眼："你怎么光长个子了，脑子都不长？"

侏儒气得跳脚，却只是重重冷哼一声："我们是搭档，我劝你有话好好说。"

苏竹漪妩媚一笑："知道我为何选你做搭档吗？"

侏儒明知道不会是什么好答案，仍被那一记眼神看得心跳加速，不由自主地问："为何？"难不成，她就喜欢我这样的？忽略了我的外在，看到了我的内心和潜力？

苏竹漪："当然是因为你丑啊。"

侏儒气得当场自闭，只能狠狠地盯着苏竹漪这妖女，恨不得剥她的皮，吃她的肉。

"你不去，我去！"暴怒之下的侏儒直接杀了过去，铁钩挥出，撞得莲花灯左右摇晃，他怒喝一声，"一个破法器而已，你以为护得住你多久！"

不多时，莲花灯开裂，很快，灯下白雪也被他铁钩上的煞气所影响，变得黑乎乎一片。

苏晴熏微微发愣，她以为自己跟其他关门弟子一样，身上会有一道师父的剑气护身，她一直以为，松风剑气就在这莲花灯之中。可如今莲花灯被煞气污染，防御屏障即将被撞破，松风剑气也不出来，这就表明师父并没有给她剑气护身。

她还未能入他的眼吧。

不是因为资质，而是因为心性？可当初，师父说他之所以收她入门，是因

362

为她通过了心性的考验。

可为何，她没有松风剑气呢？

是因为她没有好好修炼，被那些闲言碎语影响了心神，还是因为自己资质不好，整日跟外门所谓的资质相同的修士们厮混在一起，吃喝玩乐不思进取？

她不配得到师父的剑气啊。

如果——脑子里隐约冒出了一张血肉模糊的脸，如果当初师父救走的是她，她一定会拼命修炼，现在都已经找到仇人报仇了吧，毕竟她是那么厉害的一个人。

莲花灯碎裂的一瞬间，苏晴熏泪眼模糊。

她说："对不起。"

闪烁着寒光的铁钩在她眉心前一寸停下，喔的一声巨响后，那铁钩被打飞出去，落地的瞬间将地面砸出了一个大坑。

"混账，你干什么？"

苏竹漪从阴影里缓缓走出："当然是让你去试探一下啊，这小姑娘刚刚一直吹嘘自己的师父有多厉害，没准身上能留点什么保命手段，现在看来也没有嘛，谢啦！"

侏儒气得发抖："你……你……你……妖女！"

苏竹漪学着他的样子："你……你……你……矮子！"

就在侏儒又想攻击时，苏竹漪直接抓了苏晴熏去挡："再试试？万一濒死才能激活呢？"

侏儒顿时不敢动手了，沉下脸道："好，算你狠。赶紧炼制傀儡，这里还不能暴露，绝对不能出半点差池，赶紧把人给炼了！"

他一字一顿咬牙切齿地道："别耍心眼子。"

早不要傀儡，晚不要傀儡，以前也不是没见过比这丫头漂亮的女子，现在偏要留下这个女弟子，这事发生在苏竹漪这个妖女身上不正常，刚刚好像听到这女弟子也姓苏。

侏儒眼珠子转了转，二人之间该不会有什么关系吧？总之，他得亲眼看着她把人炼了才算放心。

要是苏竹漪不肯动手，呵呵……他摸了摸袖子里的传讯符，那就可以喊刑殿执事过来钩她琵琶骨了。

苏竹漪呵呵笑了一声："都叫你试探完了，我当然要动手了啊！反正又没有危险，我怕什么。"

手腕一翻，素手快速掐诀，指尖如蝴蝶翩翩起舞。

苏晴熏明明不想看，视线却不由自主地被那只玉手所吸引。她眼神逐渐呆滞，想要抗拒，元神却仿佛被吸入旋涡，根本无法抽身。

最后的视线里，是一个黑衣女子勾唇一笑，长长的指甲刺入她的眉心，宛如一根长钉扎入识海，此后天地无声，而她永堕黑暗。

苏竹漪微喘了口气，接着用指甲撩了一下鬓角散落的碎发："这不就成了。"

"这么快？"侏儒一脸狐疑，围着苏晴熏转了好几圈，用神识反复打量，确定这傀儡内并无神魂气息后，仍有些不敢相信，"这么快就成功了？"

苏竹漪一脸讥笑，刚要说话，那侏儒就摆摆手说："好了，我知道，你学什么都快，你厉害。"他再多说一句，他就不是矮，而是傻。

这死丫头有多厉害他其实比谁都清楚，何必自取其辱！

苏竹漪招呼新炼的傀儡跳了支天魔舞，瞧着苏晴熏那腰肢连连摇头："细是细，但不够软。"

评价完，扭头看到侏儒蹲在原地没动，他脸上挂着猥琐至极的笑容，她没好气地道："还杵在这儿干什么，滚！"手提起裙子，脚微抬，苏竹漪冷笑一声，继续道："想被我当球踢？"

侏儒："……"

打发了侏儒后，苏竹漪牵着傀儡到处遛弯。

走出了黑乎乎的林子，又把人带到了三百里外的湖畔，替她洗了手，又顺手治了她胳膊上的伤。

侏儒只知道这群人是云霄宗的外门弟子，却不清楚这里头还混了个大宝贝疙瘩。

苏晴熏啊，临江仙的徒弟呢。可惜瞧着这师父没多重视这个徒弟。将苏晴熏的储物袋掏了个底朝天，也没翻出什么厉害的法宝，看来最厉害的就是那盏莲花灯，但也是个样子货，中看不中用。

苏竹漪眉宇间生出点戾气，下意识厌恶了临江仙，只是视线落在呆愣的苏晴熏身上时，她叹了口气说："我要是有你这么蠢笨的徒弟，我也不想培养。多大年纪了，才炼气期修为？给你高阶法宝你都用不了。"

明明她俩年纪相仿，苏竹漪早已筑基，而苏晴熏才炼气七层，说废物都是抬举了苏晴熏。

她养的那只傻鸟都比苏晴熏修炼得快。

将破碎的莲花灯勉强修补了一下后插在了苏晴熏的腰间，苏竹漪一拍苏晴熏的背："去，找你师父去。"

傀儡听她的命令行事，说找师父，绝对不会找旁人，直到找到临江仙才会停下。

该做的都做了，至于能不能找到，那就不关她的事了。放走了人，苏竹漪没敢回去，而是拼命赶路，最后在她以前布置的一处藏身之所窝起来避风头，等血罗门那个据点的其他人都被云霄宗灭了，她这影罗之位可不就是手到擒来。

血罗门都养蛊，活下来的那一个能获得丰厚的资源，她才不会傻乎乎地跟人结盟、慢慢发展壮大、厮杀……

等到其他人都死了，可不只剩下了她？

要当大魔头，不仅得有实力，还得有脑子呀。

说是这么说，可只有她自己知道，是因为放走了苏晴熏，她才会走这一步险棋。

为何要放走苏晴熏？或许是因为那年那月那天夜里，苏晴熏挥着树枝与野狗对峙，抑或苏晴熏瞒着她爹偷偷塞给了小乞丐一颗糖。

糖很甜，是苏竹漪此生难忘的味道。

布置好了一切的苏竹漪藏在石洞内，轻轻咂了下嘴唇，似乎在回忆糖的味道。

只是下一刻，她轻笑一声："苏晴熏那师父似乎长得很俊，味道应该挺不错。我记得他，就是不知道他还记不记得我了。"

黑暗中，一盏灯忽明忽灭。

有猛兽想要靠近，却被飘飞的雪花给冻伤。雪花转瞬即融，散发的寒意却依旧存在，让其他藏在阴暗中的凶物不敢靠近。

傀儡苏晴熏瞪大一双眼睛往前冲，因为一直不曾眨眼，她的双眼已经充血，红肿得像兔子的眼。

直至眼前出现一个白色身影，苏晴熏强撑着的眼皮终于抽动了两下，她僵硬地走到白衣男子面前，眼睛一眨，流下两行血泪。

秦江澜一眼看出苏晴熏身上的不妥，抬手正要拔出那根稍稍插歪了一点的镇魂钉，就听苏晴熏咯咯笑了起来，说："漂亮哥哥……你说过会回来救我

的呀。"

镇魂钉应声而碎。而那道声音也好似一颗石子投入他心湖，将平滑如镜的湖面砸出了一丝裂痕。

秦江澜幽潭一般的眼眸里终于闪过一丝慌乱。他突兀地伸手，朝那自行碎裂的镇魂钉一抓，出手虽快，却也因为短暂的失神而错过了最佳时间，仅抓住了一丝残留的神魂气息。

他直接以剑气将其冰封，随后抬手接住了缓缓倒下的苏晴熏。

"在这里藏好，等我回来救你。"

"好，漂亮哥哥，我等你，回来救我。"

那个脏兮兮、遍体鳞伤、骨瘦如柴，临走时还捏了他衣袖一下的小女孩没能等到他。

以最快的速度将苏晴熏送回云霄宗后，秦江澜回到自己房间，从枕头底下取出一件弟子服。

白袍绿带，这是他六十年前云游时穿的弟子服，自那次后便没有再穿过。将袍子轻轻抚平，看着袖子上小小的黑指印，秦江澜心尖有微弱的刺痛感。

乌黑指印用一个除尘诀便可清除，但秦江澜没有这么做。袖上污迹可除，心上痕迹难消。

本是一次斩妖伏魔的历练修行，不承想，修了个心结。

彼时他还不知道，此结会成劫。

视线久久停留在指印之上，秦江澜眼前似乎浮现出一双因为太过瘦弱而大得过分的眼睛，明明那么小的年纪，她眼睛里却仿佛藏了人间百苦。

她什么都明白，明白他可能回不来，明白她让出的是活命的机会。

可她依旧说："你带她先走。"在他离开时，她也会强忍着泪水说："漂亮哥哥，我等你，回来救我。"

轻抚松风剑，剑身的冷意让他起了波澜的心稍稍冷静下来。

是不是她，他得亲眼看过才知道。

离得太远，这将散未散的神魂气息根本捕捉不到，得走近了才能确定。

秦江澜等不及苏晴熏苏醒。

他提起那盏破掉的灯，循着雪落的痕迹追了过去，不多时，就赶到了灵山村外。

　　苏竹漪窝在石洞内，储物袋里能用的东西都用了，替身草人都扎了两个，可以说，她将能想到的保命法子全都施展了出来。

　　本来打算把灵石消耗光，冲击下一个境界，哪儿晓得腰间的血罗门令牌突然发烫，剧痛直接传入神魂，让她不得不中断手中的一切。

　　苏竹漪忍着疼痛道："堂主！"

　　那边，血罗门堂主厉声道："苏竹漪，你干的好事！灵山据点被云霄宗的人给一剑削了，里头的弟子一个都没跑掉！"

　　苏竹漪疼得吸气，却仍咧嘴笑了一下："那我们这一批的试炼岂不是结束了，我就是唯一活着的那一个。影罗的位置得有我一个！"

　　"你还敢嘴硬！"

　　"只要能杀出重围就行了，我这么做有何不对？我做这一切的时候并非一个人，也有对手在侧，他都没有反对，这说明他蠢！堂主，门规里可没说不能借外力杀人啊。"苏竹漪嘴上说得轻松，实际上已经一脸紧张，迅速催动陷阱准备跑路。

　　"好一个没有违反门规。那暴露宗门据点的惩罚，希望你也能撑住！"

　　苏竹漪哈哈一笑："我自有办法，不劳您费心。影罗的位置给我留着！"

　　堂主："等你躲过三日追杀再说。"

　　苏竹漪迅速钻出石洞，她这两天在附近做了些许布置，希望能迷惑住那几个来追杀她的死士，多给她点时间！

　　刚逃离石洞不过百里，苏竹漪就感觉到自己留在石洞的陷阱被踩塌，她心道不妙："狗东西来得这么快！"明明她都远离了灵山，藏得那么深那么远！肯定是狗东西不讲道理，用神魂令牌给他们通风报信了。

　　跟狗沾边的没一个好东西。

　　黑云翻墨，寒风刺骨。

　　苏竹漪迎着风跌跌撞撞地往前跑，行过之处，血滴如玛瑙珠串。

　　她身上的衣服破破烂烂的，浑身上下布满伤口。

　　因伤得太重，已无力遮掩痕迹，只能拼命往前逃，等进了藏雪谷的小秘境，有那位丹药师的传承限制，一定能挨过剩下的一日。

　　随身的令牌贴在腰窝处，好似一块烙铁一样烫着她的身体，耳朵隐约能听到那堂主油腻的声音："挺厉害的，七个死士被你杀了六个，别高兴得太早，剩下的那个，筑基境内无敌手。"

苏竹漪没吭声，咬着牙往前跑。血罗门等级森严，堂主以令牌为媒介，用秘术时不时监视她，她无法拒绝，更不能反抗，至多不搭理。

当然，她一旦成为影罗，就是血罗门重点培养的精锐，地位与堂主相当，到那时，堂主就没办法通过令牌来骚扰她了。

堂主："还有一天。"他呵呵一笑，淡淡道："我缺个漂亮炉鼎。"漂亮炉鼎他有不少，可漂亮成苏竹漪那样的还真是没见过。

血罗门鼓励同龄同境界弟子互相厮杀，决出最强者。

严禁高境界弟子因一己私利而强行对低境界弟子出手，若非如此，他早就把这死丫头给收了。

堂主："怎么今天不嘴硬了？想活就来求我。"

苏竹漪懒得跟他废话，她有一颗丹药。在那个无人能破的丹道小秘境里，苏竹漪找到过一颗能够短暂提升修为的火髓丹。服用后，她的修为能提升到筑基期大圆满，但一刻钟后，她就会浑身骨骼碎裂，生不如死。

身后有奇异的风声渐近。

苏竹漪后背一凉，艰难地侧身闪躲，但肩头仍被黑色箭支射中，灼烧感从伤口传遍全身，灵气运转骤然滞涩。

箭上自然是带毒的。

血罗门的弟子从小到大浸泡在各种各样的毒罐子里，寻常毒物伤不了她，然而现在，苏竹漪分明感觉到那毒开始影响她的灵气，她心道不好，毫不犹豫地取出了火髓丹！

此刻距离藏雪谷还有十里，她已来不及过去。

那就宰了追兵，再躲到藏雪谷里养伤。

正要服药，眼前的黑暗里好似悄然生出一抹新绿，宛如绝境里迸发出的生机。

苏竹漪微微一怔，以为自己出现了幻觉，下意识地眨了下眼。翠绿的剑光擦着她的耳畔过去，明明贴得那么近，近到蝴蝶耳坠都碎成粉末，她却没有感觉到一丝惊慌。

贴着她的剑意好似轻柔的风，将粘在她脸颊上的湿头发吹开，又轻轻别在了耳后。

身后传来重物倒地之声。

苏竹漪并未回头看，她扬起脸，眼眸里迅速涌起一层水泽，径直往前撞了过去："漂亮哥哥，你来救我了吗？"

她并没有扑进一个温暖的怀抱。

临江仙侧身让开，苏竹漪直接脸着地。她心里头骂了句"狗东西"，略一思索，直接放弃折腾，昏睡过去。

作为从血罗门尸山血海里杀出来的弟子，苏竹漪不管受伤多重，只要有一口气，元神还剩一丝一缕，都能杀至流尽体内每一滴血。

但一旦放松下来，她也可以瞬间进入休息状态，说昏就昏，毫无表演的痕迹。

鼻子闻着灵气充沛的药香，苏竹漪眼睛还未睁开，直接五指成爪，本能地循着散发药香的地方抓了过去。

杀到最后的弟子能有奖励，将奖励吃进肚子里是至关重要的事。

药香太浓，灵气充沛得好似海浪正冲刷着她的天灵盖，她整个人都像要飘起来，一时分不清丹药具体在何处，手胡乱摸索两下，就听一个清冷的声音响起："松手。"

苏竹漪瞬间清醒，余光瞄过去，登时一愣。

临江仙盘膝坐地，双手结印，面前悬空支着一个丹炉。而她的手正抓着他的大腿，并掐着他大腿根的肉。

她的手再稍稍往上一些，捏到的就该是某个不可描述之处了。

苏竹漪心念急转：他果然救了我。

身上的伤似乎好了很多，浑身轻松不少，她衣服破烂，浑身是血，体内还有蛊虫，临江仙要替她疗伤，势必得脱了她的衣服，她对自己的脸和身子有绝对的自信，心道怎么着也能给这剑仙留下深刻印象，他瞧着面无表情、清冷庄重，内心指不定掀起了多大的浪——

正人君子又如何，还不是男人。

苏竹漪手指微动，像是拨动琴弦一般停留原地轻弹几下……

秦江澜眸色一沉，眉头微蹙，正欲开口，就听她道："我手脏，把你的裤子弄脏了，给你掸掸灰。"

心生的些许不悦离奇消退，他的目光似穿透了岁月，看到了那个夜晚，那只轻轻拉了一下他袖口的小手。

当年像鸡爪一样瘦弱的小手，如今已经变成纤纤玉手，葱根一样的指节上没有污泥，仅沾了些许干涸的血。

他在炼丹，双手不空。一缕剑气劈出，惊得地上窝着的女子险些原地蹦

起来。

苏竹漪一脸惊骇，心道："这家伙这么狠？不会想把我的手剁了吧？也不怕伤到自己命根子？"

转念想到那是剑修的本命法宝，她的心头微酸了一下："喊，你有本命飞剑你了不起！"

下一瞬，冰凉的手指轻轻擦拭她指尖，像是有人捧了薄雪，将她手上那些凝固的血污擦洗干净。

苏竹漪心道："有戏，他记得我，他对我有情。"

是早些年没能救她的愧疚？

管他什么情，只要心里种下一颗种子，她就能让其破土而出变成参天大树！她是缠树的藤，而不是依附树存在的菟丝花，汲取树的养分，榨干其每一滴价值，最后，将其彻底绞死！

苏竹漪想摆出自己最美的姿势，哪儿晓得刚一动就觉得不对劲，右肩怎么抬不起来？

直到此时，苏竹漪才有空来打量一下自己，这一看，差点没把她给吓死。就见她脖子以下都缠着白布条，她整个人被裹得像个蚕宝宝。就这样她还想妖娆？扭一下说好听点是只蚕，说难听点不就是只蛆？

苏竹漪脸上的笑容挂不住了："你怎么不把我的脑袋也裹上？"

秦江澜："你会醒，你的元神伤得不轻，需要多休息。"

苏竹漪："……"在感觉不到威胁的时候，她自然能继续睡着，可一旦有任何危机感，她立刻就会醒来，这一点他倒是没说错。

苏竹漪尝试挣开身上的绷带，暗自运气，但一点松动的迹象都没有。她娇声道："多谢道友出手相救，还未请教道友高姓大名？如今我自觉恢复大半，还请道友解开这裹……"

裹尸布？

秦江澜不假思索，径直道："你我并非同道中人，不可以道友相称。"他稍稍迟疑一下，问："你没认出我？"

苏竹漪本来被气得肝疼，这会儿又有了斗志，微一挑眉："公子说笑，我一魔道妖孽，岂会结交正道人杰？还是说，公子名气极盛，已到了人人能识的地步，那恕我有眼不识泰山……"

秦江澜像是没听出她话里的阴阳怪气："你昏倒前喊了一句漂亮哥哥。"

苏竹漪抬手捋了下鬓间散落的发丝："哦，那不是以为在做梦嘛。我子然一身，无所依仗，哪儿来的哥哥？"

秦江澜沉默了。

苏竹漪也不再吭声，见好就收，这时候，就让他自己默默去揣测就好。

整整半个时辰，两人都没有继续交谈。

苏竹漪半合着眼皮养神，秦江澜仍保持结印的姿势守着丹炉。

又过了片刻，秦江澜结印的手一顿，指尖弹出一点火光，落入丹炉后才盖上炉盖，接着丹炉落于面前地上，浓郁的灵气和药香顷刻间消失，全部被封在了炉内。

苏竹漪这才开口："你一个剑修也会炼丹？"

秦江澜没看她，淡淡道："略懂一二。"

一派高深莫测。

若是别人，肯定会以为这大佬是谦虚了。苏竹漪轻呵一声："你在藏雪谷的丹师秘境里用这种低阶丹师才需要的火灵阵炼丹炉，那确实是懂得不多。"末了，她咕哝："也不怕这里的丹师残念暴起伤人！"

秦江澜："嗯。"顿了一下，他又说："不怕，他打不过我。"

明明一本正经地讲话，也没有故意拿话噎人的意思，苏竹漪愣是觉得气不顺。

她闭了嘴，双手撑地往后挪，让自己靠墙坐着，接着道："你最后打的是丹鹤门的生机换血符？这可是内门精锐弟子才能学的，且不外传，你一个剑修居然也会。"

秦江澜这才侧头看她："两宗交好，一些法术自有交流，反而是你，魔道弟子，为何懂得此术？自哪儿偷师而来？"

苏竹漪一脸正气，强硬反驳："偷什么偷！我凭本事学来的法术，如何叫偷！"

秦江澜静静看着她。他那双眼睛黑白分明，黑得像毫无杂质的黑曜石，白的呢，又恰似山巅冰雪，无论黑白，都是雨后初霁清如洗，三九严寒凛如霜。

被那么一双剔透的冷眸盯着，苏竹漪莫名有几分不自在，微侧过脸，吸吸鼻子转移话题："你炼的什么？好香啊。"

可不是香，她的口水都要顺着嘴角往下滴，简直要把人给馋哭了。

秦江澜没有继续追问，回答道："勾连。"

苏竹漪脸上的笑容瞬间凝固，她讪笑一声："公子既然知道勾连，想必也清楚，一旦解开我体内的生死符，便是与血罗门为敌，血罗门天罗会出手，追

杀你到天涯海角。"

以防背叛，血罗门弟子都会被种一道生死符。传闻，勾连一药能解开这道生死符。炼制勾连不难，难的是弄到里头的药材，可以说，那里头的任何一味药材拿到血罗门里，都能请动杀手拿下苏竹漪这条命。

秦江澜无所畏惧："他来就是。"

苏竹漪讥讽道："当年将你重伤的血罗门长老就是一个天罗，如今仅过了六十年，你的修为有所提升，但顶多是金丹后期吧？别以为世人称你临江仙，你就真的是仙人了，三百多岁的金丹后期的确难得，但也只是金丹而已！"

秦江澜眸光微沉："你认出我了。"好似带钩的尖刀捅入血肉，秦江澜指尖绷紧，下意识握住了松风剑。

"解开了生死符，你准备带我去哪儿？回云霄宗？我一个杀人如麻的女魔头跟你去云霄宗，肉包子打狗？"她真的烦死了这些正道人士，没本事总爱逞能到处捅娄子，最后还非说我这是为了你好！"我说临江仙，麻烦你有点脑子行不行。真想弥补我，别整这些虚的，多给点灵石、丹药、法宝……"

秦江澜声音微涩："我已结婴多年。"

苏竹漪惊得合不拢嘴，她竟然骂了个元婴大能！但元婴又如何，世人不知血罗门到底有多强，而她却清楚得很。

她迟疑道："天罗不止一个。"

秦江澜手中长剑发出铮的一声响："剑修，可越境界杀人。"

这下，苏竹漪更惊了。越境界啊，一个大境界，元婴后的境界是什么？她想都不敢想。难不成，秦江澜的剑可斩渡劫？若是真的，他岂不是真的活神仙！

几十年的时间，他到底干吗了，进展这么神速？她一直对自己的修炼速度极为自傲，如今直接被秦江澜比成了渣。

秦江澜避开她探究的目光："剑道突破。"

苏竹漪很讨厌剑修，准确来说，她讨厌一切比她进阶快的人，因为这在血罗门里意味着她会死的风险大增！

"勾连可解生死符，为何这些年，从未有血罗门弟子成功摆脱掌控？你们想方设法打听血罗门的消息，为何线索屡屡中断？"

苏竹漪说话时，秦江澜已经伸手从丹炉内取药。这也是苏竹漪第一次见勾连。不像药丸子，反而像一截渔线，上面还挂着钩。

就是这么一种东西，香得诱人，她觉得自己好似那水中的鱼，迫不及待地想去咬钩。她嘤咛一声滚了过去，头枕在他腿上，张开红唇，去咬他手里拽着的勾连。

秦江澜坐得笔直，身体毫无异样，仿佛腿上躺的不是个美人，而是个细细长长的白萝卜。

待到勾连触到檀口，就见原本一脸沉醉的苏竹漪脸色煞白，脖颈处迅速爬满红疹。

不过眨眼的工夫，她就已经满头大汗，双手不停地抓挠脖颈，瞬间血肉模糊。苏竹漪还试图将手插入绌带，去抓被缠住的其他地方。

她一脸痛苦地道："生死符有九重封印，每一重都能让人生不如死，这是解药，也是催命符！"她五指成爪，拉扯那些布条："松……松开我！"

一道剑气斩出，将布条切断，玉体横陈。只是白皙的肌肤上已生出了许多脓疮，并且以肉眼可见的速度在扩散。

苏竹漪伸手去抓！

"别抓！"秦江澜捉住她的手，替她把脉，这么一探，心绪不宁。脉象乱七八糟，简直像是乱弹琴。

他毕竟不是医修，对这些毒、疫并不精通，至于炼制勾连，那是因为他曾想过，若当年那个被血罗门带走的小女孩还活着，他找到她后该如何帮她。

他微微恍神，突然觉得呼吸骤紧，四肢无力。躺在他面前痛苦不堪的女子用力抽出手，翻身而起！退至角落后，她飞速扯出一条红裙裹身，接着站在原地将他上下打量一番后，才趾高气扬地靠近："剑修可斩越境之敌？"

"我……筑基……可……"苏竹漪弯腰，尖利的指甲贴着秦江澜的脖颈。

本想摘了这个头回去换奖励，哪儿晓得她连对方的皮都刺不破。

她心里有数，藏在她血肉和汗水里的迷香最多能困元婴修士十息，十息之后，哪怕他仍绵软无力，却也能操控本命法宝伤人。

故而她不继续放狠话了，拍了拍秦江澜的脸颊道："如果你真心想帮我，就助我在血罗门内步步高升，成为地罗、天罗，甚至血罗至尊……"

手指在自己唇上轻点一下，又飞速擦过秦江澜冰凉的唇角，接着一片竹叶弹出，斜插在他头顶的发髻上。

苏竹漪吹了个口哨："漂亮哥哥，后会有期！"

意识到美人计短时间内很难见效后，苏竹漪果断换了苦肉计，果然成功让秦江澜放松警惕，着了她的道。虽然杀不了秦江澜，但能从一个元婴期修士手里顺利脱身，怎么着也够她吹嘘好些年了！

这次回去，她就能顺利晋升影罗，到时候领了奖励就直接闭关三十年冲击金丹。这轻薄之仇，秦江澜总不至于记上三十年吧？

秦江澜没有僵太久，很快，他就恢复如常。他伸手摘下头上的竹叶，却见那竹叶入手后，成了一条翠绿丝带。

本想将丝带缠于剑柄，想了想，秦江澜还是将丝带藏于袖中。

人跑了，其实能追上，可的确如她所说，他暂时解不开她身上的生死符，强行带走她，若是触动那生死符，她很可能会像其他那些被捉到的血罗门修士一样，元神自爆而亡。

确定她还活着就好，她还活着，心结可解，遗憾可补。

自此，神识目光皆受她牵引，无形的丝线好似握在她手中，而他心甘情愿地成了被她摄去心神的木偶。

"漂亮哥哥，你来救我了吗？"

"苏竹漪，我来救你了。"

此后六百年，你囚于望天树，我囚于你心，你晴时我喜，你阴时我忧。

图书在版编目（CIP）数据

从善：完结篇 / 定离著 . -- 长沙：湖南文艺出版社，2024.3

ISBN 978-7-5726-1543-6

Ⅰ.①从… Ⅱ.①定… Ⅲ.①长篇小说－中国－当代 Ⅳ.①I247.5

中国国家版本馆 CIP 数据核字（2024）第 013034 号

上架建议：畅销·青春文学

CONGSHAN : WANJIE PIAN
从善：完结篇

著　　者：定　离
出 版 人：陈新文
责任编辑：张子霏
监　　制：毛闽峰
策划编辑：张园园　史振媛
特约编辑：赵志华
营销编辑：刘　珣　焦亚楠
封面设计：@Recns
版式设计：梁秋晨
插图绘制：秃颓颓　衿　夏
书名题字：仓仓仓鼠
出　　版：湖南文艺出版社
　　　　　（长沙市雨花区东二环一段 508 号　邮编：410014）
网　　址：www.hnwy.net
印　　刷：北京天宇万达印刷有限公司
经　　销：新华书店
开　　本：680 mm×955 mm　1/16
字　　数：426 千字
印　　张：24
版　　次：2024 年 3 月第 1 版
印　　次：2024 年 3 月第 1 次印刷
书　　号：ISBN 978-7-5726-1543-6
定　　价：55.00 元

若有质量问题，请致电质量监督电话：010-59096394
团购电话：010-59320018